IL NOME DELLA ROSA

玫瑰的名字

意

翁贝托·埃科

著

沈萼梅 刘锡荣 王东亮

译

上海译文出版社

新版说明

　　要说这是个修订版，也许太夸张了，因为对小说原版所作的多处分散的修改既没有影响小说的结构，也没有改变小说的语言风格。关于后者，我只删除了数行之内重复出现的一些繁缛词语，换用一个同义词，有时（在很少的情况下），我简化了句子的结构。

　　我修改了少数差错（应该说很少几处，我查阅了中世纪的一些资料），为此，三十年来我一直感到很惭愧。比如，我发现书中提到药草纲目中的苦苣菜（菊苣的一种），我错误地写为葫芦，那是中世纪的人们尚不熟悉的一种倭瓜，是后来才从美洲传来的。

　　也许实质性的更改是关于大段拉丁语的引用。为了赋予发生的事件以修道院的氛围，为了证实书中反映当时人们思想的某些参考资料的可信性和真实性，拉丁语始终是极其重要的；另外，我也想让我的读者感受悔罪的惩罚。我的美国出版商海伦·沃夫（Helen Wolff）提醒我说，欧洲的读者，即使在学校里没有学过拉丁语，头脑里依然记得许多从教堂和宫殿的正门门楣上读到的铭文，也听到过许多哲学、法律或宗教方面的拉丁语引文，因此在听到类似 dominus（阁下）或 legitur（辨识）这样的词语时不会感到害怕，而美国读者则会有比较大的困难。同理，如果我们这里出现一部有许多匈牙利语引文的小说，那读者阅读时遇到的困难就相当严重了。

于是，我跟我的译者威廉·韦弗（William Weaver）着手稍许简化了拉丁语的段落，有时用拉丁语开始，以英语继续，或者保留拉丁语，把重要部分的意思译出来。这样一来，我头脑里就知道该怎么运用我的那些部分，在说方言的地方，在强调最重要的看法的时候，用意大利语复述。

后来重读英语版时，我发现那样的简化丝毫没有冲淡小说的风格，某些段落也不再那么艰涩，因此，我决定简化这个意大利语版本。我立马可以举个例子，在图书馆的一场争论中，豪尔赫说："也许他可以笑，但《圣经》上没有说过他笑。"作为一名严厉的可敬的老者，我不能不让他用神圣的语言来表达，不过紧接着，在讲述圣劳伦斯在火刑架上滑稽地请他的刽子手们帮他翻个面时（文中引述道："吃吧，已经烤熟了。"），为了使读者理解这句俏皮话，我就直接用意大利语。这样一来，原文就从九行缩减为四行，对话的节奏也轻快了。

有时候，作家就像牙科医生那样，当患者感到嘴里有结石时，只需用牙钻轻轻地过一下，一切都变得轻松了。只要砍掉一个字，就能让整段话变得畅达。

这就是一切。如果邀请读者参加一次竞赛，看谁能分辨出我在哪些地方做了修改，那谁都赢不了，因为有时候，我只是改了一个连接词，或者为了发音的和谐加了字母 d（ed），让人难以察觉。也许这些都不值得谈论，但为了使参考资料更加确切，可以把这个版本看作"修订本"，这就是我有义务要说出的全部。

目　录

v

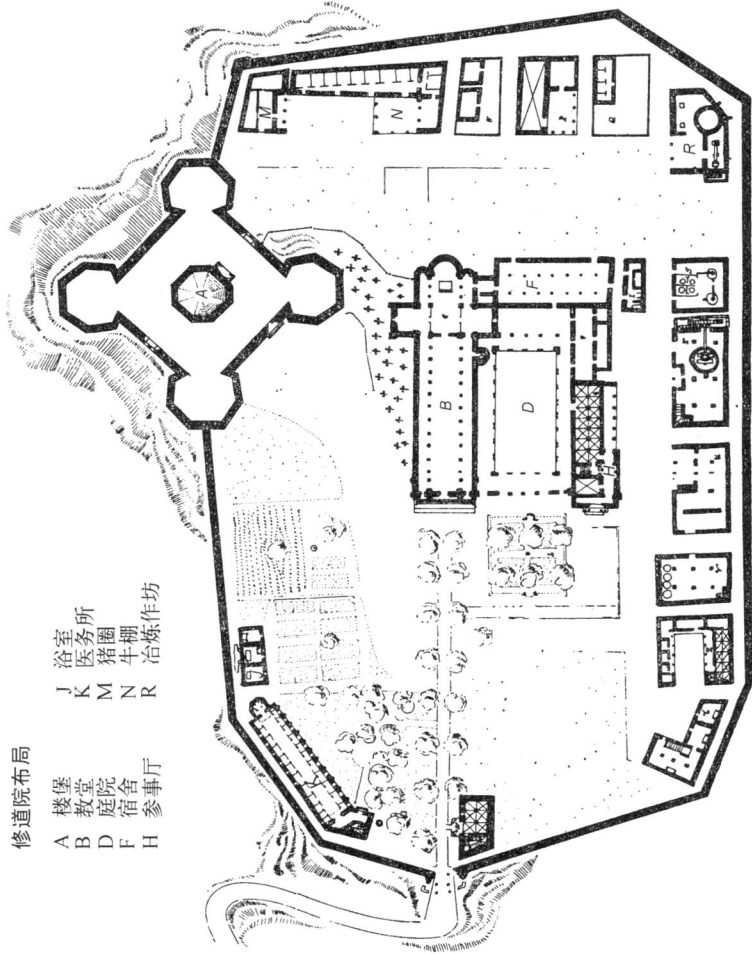

修道院布局

A 楼堡　　J 浴室
B 教堂　　K 医务所
D 庭院　　M 猪圈
F 宿舍　　N 牛棚
H 参事厅　R 冶炼作坊

自然,这是一部手稿

一九六八年八月十六日，我得到一本书，书名为《梅尔克的修士阿德索的手稿》。此书是一个名叫瓦莱①的神父由拉丁语翻译成法语的，参照的是修士让·马比荣②的版本（巴黎苏尔斯修道院出版社，一八四二年）。书中附注的历史资料甚少，不过声称是忠实地脱胎于十四世纪的一份手稿，这手稿则是十七世纪一位知识渊博的大学者在梅尔克修道院发现的，这对于圣本笃会的历史研究卓有贡献。这一学术上的 trouvaille③（按时间顺序这是我的第三个发现）令我喜出望外。当时，我正在布拉格等待我的一位密友。六天后，苏联军队侵入那座不幸的城市。我好不容易抵达奥地利的边境城市林茨，从那里前往维也纳，跟我所等待的人会合，并与他一起沿多瑙河溯流而上。

我读着梅尔克的阿德索讲述的骇人听闻的故事，如临其境，着迷而兴奋；我沉醉其中，几乎是一气呵成把它翻译成意大利语，用了好几本约索夫·吉尔贝 Papeterie④出品的大开本笔记本，那种笔记本用柔软的鹅毛笔书写特别惬意。就这样，在翻译此书期间，我们来到梅尔克附近。那座数个世纪几经修缮的异常漂亮的修道院仍屹立在一处河湾的山冈上。也许读者已经猜到了，在修道院

3

的藏书馆里，我没有找到阿德索手稿的任何踪迹。

那是一个悲剧性的夜晚。在抵达萨尔茨堡之前，在蒙德湖畔的一个小旅馆里，与我结伴同行的人突然消失不见，并带走了瓦莱的那个译本。我与那人搭伴的旅行也就此中断。我并非觉得他有恶意，而是不明白他结束我们关系的方式为什么那么蹊跷和abrupto⑤。这样，我就仅剩下自己亲手翻译的笔记本译稿，以及一颗无比惆怅的心。

几个月后，在巴黎，我决心把考证该书的研究进行到底。幸而，从法译本摘下来的不多的信息中，有关故事出处的参考资料及书目倒特别详细而准确：

　　*Vetera analecta*⑥，或称《古代著作和各类小册子汇编》，包括诗歌、书信、公文、碑文等；另外，有让·马比荣的一些旅德笔记，以及一些批注和学术论文（马比荣是圣本笃会和圣毛罗修士会的司祭和修士）；还有介绍马比荣修士生平的书和某些小册子的新版本，其中有关于献给杰出的红衣主教博纳的《圣餐使用的未发酵和发酵面包的论述》。此外，还有西班牙主教埃尔德丰索有关同样论题的手册，以及罗马的埃乌塞比奥写给法国泰奥菲洛的关于《对不知名圣人的崇拜》的书信（经国王特许，于一七二一年由巴黎雷维斯科出版社出版，该出版社位于米歇尔大桥附近）。

我很快就在圣热纳维耶芙藏书馆找到了《古书集锦》。不过，

---

① P. Vallet，十九世纪巴黎圣胥尔比斯教堂神甫。
② Jean Mabillon（1632—1707），法国本笃会修士。
③ 法语，新发现。
④ 法语，造纸厂。
⑤ 拉丁语，唐突。
⑥ 拉丁语，古书集锦。

令我十分惊诧的是,我找到的这个版本有两处细节与资料记载不符:首先是出版社不符,应该是蒙塔朗出版社,ad Ripam P.P. Augustinianorum (prope Pontem S.Michaelis)①;其次是日期不符,晚了两年。毋庸赘言,这些轶事显然丝毫没有涉及阿德索,或者梅尔克的阿德索的手稿——相反,谁都可以验证,这只不过是一部中篇和短篇故事集,其中有数百页是瓦莱神父翻译的。我求教了几位研究中世纪的著名学者,如尊贵的令人难以忘怀的艾蒂安·吉尔松②。显然,我在圣热纳维耶芙藏书馆里见到的《古书集锦》是个孤本。在屹立于帕西近郊的苏尔斯修道院的一次短暂逗留,以及与朋友阿尼·莱尼斯特修士的一番谈话,使我深信从来没有什么瓦莱神父用修道院的印刷机(再说当时并不存在)印行过什么书籍。看来,法国学者在提供参考资料的时候是疏忽大意了。不过,这件个案也太超乎常理,着实令人悲观,我开始怀疑所获得的书是一本假托之作。如今,瓦莱的译本是难以寻觅了(因为某种原因,至少我是不敢去找那个把我的书拿走的人,把书再要回来)。剩下的只有我的笔记,如今对那些笔记我也要打问号了。

人的躯体疲惫不堪,或精神极度兴奋的时候,往往会出现魔幻般梦魇的时刻,会在幻觉中见到过去曾经相识的人(en me retraçant ces détails, j'en suis à me demander s'ils sont réels, ou bien si je les ai rêvés③)。后来,我从有关比夸神父的那本可爱的小书④中得知,在幻觉中还可能会见到未写的书。

若不是后来发生了一些新情况,对于梅尔克的阿德索的故事

① 拉丁语,塞纳河上米歇尔大桥附近的奥古斯丁派神父出版社。
② Etienne Gilson(1884—1978),法国学者。
③ 法语,在回顾这些细节时,我问自己,它们是现实存在的,还是我梦中所见。
④ 指奈瓦尔的《火的女儿》。

究竟从何而来,我将会在这里提出疑问。后来,打消我疑问的是我的一个发现。一九七〇年的一天,在布宜诺斯艾利斯科里安特大街(离声名显赫的"探戈庭院"不远)的一家小旧书店里,我在书架上好奇地翻寻时,无意间看到了米洛·汤斯华写的一本名为《观镜下棋》的小书,那是卡斯蒂利亚[①]的版本。《观镜下棋》一书,我已经在我的《〈启示录〉及其附录》一书中征引过(是间接引用),同时还评论了作者最新的著作《〈启示录〉的兜售者》。这本《观镜下棋》是如今业已难寻原著的格鲁吉亚语的译本(第比利斯,一九三四年),而就在书中我颇感意外地读到了有关阿德索手稿的丰富的引证,不过其原始资料并不是出自马比荣编注瓦莱翻译的版本,而是出自一位名叫阿塔纳斯·珂雪[②]的神父的著作(然而是他的哪本著作呢)。后来,有一位学者(不便提名)向我保证说(他对书的目录倒背如流),这位伟大的耶稣会教友从未提及梅尔克的阿德索修士。可是米洛·汤斯华的《观镜下棋》就呈现在我眼前,并且它所涉及的情节与瓦莱所译书中绝对相同(尤其是对于迷宫的描述令人确信无疑)。不管后来贝尼亚尼诺·普拉齐多[③]如何写这事,瓦莱神父确实存在过。那么,梅尔克的阿德索当然也不例外。

　　我得出的结论是,阿德索的回忆似乎如实反映了他所经历的事件的真相:那些事件隐含着许多奥秘,作者的来历神秘莫测;慎言的阿德索对于他所留宿的那座修道院的方位,虽然执意缄默,但可以推测是庞坡萨和孔克之间的一个不确定的地带,按照合理的推测,修道院很可能是矗立在皮埃蒙特、利古里亚和法国之间的亚

---

① Castiglia,西班牙地名。
② Athanasius Kircher(1601—1680),耶稣会教士,博学者。
③ 见一九七七年九月二十二日意大利《共和国报》。——原注

平宁山脉的山脊上(似乎是在雷利奇①和图尔比亚②之间)。至于所描述的事件,应该是发生在一三二七年十一月末,可作者写此书的时间却不能肯定。我们可以推算一下,他说自己在一三二七年是个见习僧,当他提笔写回忆录时行将就木,那么手稿可能是在十四世纪最后十年到二十年之间完成的。

这位德国僧侣十四世纪末写成的拉丁语手稿于十七世纪被一位大学者发现后,由瓦莱神父译为新哥特风格的法语出版,我从法译本译成意大利语。几经思索,能说服我将这样一本原作难寻的译著付梓的理由甚少。

首先,采用什么文体定稿呢?我得摒弃参照当时的意大利文体的想法,那样是绝对不行的:不仅仅是因为阿德索是用拉丁语写的,而且从法译本的行文来看,很显然,他的文化(或者说那种对他有影响的修道院的文化)可以追溯到相当久远的年代。很明显,这是好几百年的知识和习俗的积淀,它们与中世纪后期的拉丁语传统相关联。阿德索像是一位未曾受到通俗拉丁语冲击的僧侣。他接受的是基督教初期教会领袖的经典书籍所传授的思想,这与他所叙述的藏书馆珍藏的书籍密切相连。从他使用的语言和书中的旁征博引来看,他所讲述的故事(除了十四世纪的参考资料,以及阿德索自己也无比困惑地记录下来的那些往往是道听途说的事情之外)很可能在十二或十三世纪就已经有了。

另外,瓦莱在把阿德索的拉丁语翻译成人们称之为新哥特风格的法语时,随意引进了不少并非中世纪时期的东西,这不仅仅表现在文体上。比如,书中人物有时候谈论到药草的性能,明显是因

① Lerici,意大利利古里亚地区斯佩齐亚附近的沐浴中心。
② Turbia,意大利西海岸地名。

7

袭了那本被认作献给大阿尔伯特①的秘密之书,那本书在几世纪的过程中曾经有过无数次的修改和重写。阿德索肯定知道这本书,事实上,他从中引用的几段,无论是帕拉切尔苏的药方,还是肯定是都铎时代的阿尔伯特的一个版本的明显修改,几乎与原文一字不差。另一方面,后来我查证到,瓦莱翻译(?)阿德索的手稿时,巴黎当时正流传着《大阿尔伯特》和《小阿尔伯特》②十八世纪的版本。

最后,我在翻译时保留了瓦莱神父本人认为不宜翻译的拉丁语片断。也许他是为了保留当时的语言氛围,但他又没有确切的理由,除非他有表明手稿出处的意图。也许是我误解了。我删除了不必要的段落,不过还保留了一些。我担心自己会像拙劣的作家那样,在刻画一个法国人物时,竟然让他说出:"parbleu!""la femme, ah! La femme!"③

总而言之,我疑虑重重。我真不知道为什么有勇气下决心出版,就好像梅尔克的阿德索的手稿是真实的资料。这么说吧:这是挚爱之举,或者是使我自己摆脱诸多旧时顽念的一种方式。

我翻译时并没有考虑现实。在我发现瓦莱神父的译本的那个年代,人们都深信写作只需着眼于现实,写作是为了改变世界。相隔十年、二十年之后,如今,写作是文人(回归到文人最高的尊严)的慰藉,他们可以纯粹因钟情于写作而写作。这样,现在我感到自己可以自由地讲述,可以单纯出于对精妙绝伦的品位的追求而翻译梅尔克的阿德索的故事。当我发现他的故事背景在时间上是那

---

① Albertus Magnus(1205—1280),中世纪重要的哲学家和神学家,托马斯·阿奎那的导师。
② Grand et Petit Albert,指《大阿尔伯特的秘密》和《小阿尔伯特的奇妙的秘密》。
③ 法语,真见鬼。女人哪,女人。

么遥不可及(如今我苏醒过来,理智地发觉,沉睡中的所有梦魇已荡然无存)时,我更感到宽松和欣慰。这样,它与我们的时代毫无关联,也与我们的期望和我们的自信毫不相干。

因为它是有关书籍的故事,而不是日常生活的琐事,阅读它可以引导我们进入角色,像大模仿家坎普滕的托马斯①那样扮演角色:"In omnibus requiem quaesivi, et nusquam inveni nisi in angulo cum libro."②

一九八〇年一月五日

---

① Thomas A.Kempis(约 1380—1471),有"德国之谜"美称,被公认为耶稣基督模仿者的创始人。
② 拉丁语,你四处寻觅,欲得一席宁静之地,但你只有在书海的一角才能找到它。

按　语

　　阿德索的手稿分为七天,每天又按照做礼拜的时辰分为若干时段。小标题用的是第三人称,很可能是瓦莱所添加。然而,因为它们对读者有指导作用,而且当时许多用通俗拉丁语创作的文学作品也采用这种手法,故这些小标题予以保留。

　　阿德索参照合乎教规的祈祷时辰的写作方法令我颇感困惑,一是因为祈祷时辰随着地区的差异和季节的更替而有所不同,二是在十四世纪,很有可能没有绝对精确地奉行圣本笃会所规定的教义。

　　不过,为了引导读者,部分地从全书的行文推断,部分地对照爱德华·施奈德在《圣本笃会的祈祷时辰》(巴黎格拉塞出版社,一九二五年)一书中所描写的按原始教规行事的修道院生活,可以遵循以下对祈祷时辰的估算:

　　早课:(有时候阿德索按古老的习俗称之为守夜)凌晨两点半至三点。

　　赞美经:(古老的传统称之为早课)清晨五点至六点,黎明时分结束。

　　晨祷：约七点半，破晓前。

　　辰时经：约九点。

　　午时经：中午（在僧侣们无需下田干活的修道院里，也是冬季午餐的时候）。

　　午后经：下午两点至三点。

　　夕祷：将近四点半落日时分（按教义规定，在夜幕降临之前用晚餐）。

　　晚祷：约六点（七点之前僧侣就寝）。

　　这样推算的依据是，在意大利北方十一月底，太阳在七点半左右升起，在下午四点四十分落山。

序

太初有道,道与神同在,道就是神。这道太初与神同在。谦恭地反复吟诵这一亘古不变的经文,乃是虔诚僧侣每天的必修课,人们可以断定其中自有无可替代的真理。但是,在我们直面荒谬的世界、真理尚未适时显示出来之前,videmus nunc per speculum et in aenigmate ①(啊,真难懂)。我们不得不去辨读真理忠实的符号,尽管这些符号显得晦涩不明,简直像是由一个一心作恶的意志编织而成的。

　　作为罪人,我已人老发白,如今正苦度残年。同世上芸芸众生一样,我在沐浴着天使般智慧的神灵之光的同时,等待坠入寂寥荒凉的无底深渊,以了此余生。在这梅尔克大修道院的陋室中,我拖曳着沉重的病体,准备在这羊皮纸上为我年轻时亲历的那些神奇而又恐怖的事件留下证据,我要把所见所闻全都记录下来,虽不奢望勾勒出一幅蓝图,却也试图给子孙后代(倘若敌基督不在他们之前问世的话)留下符号之符号,以求他们作出诠释。

　　上帝赐我恩惠,让我成为那座修道院内发生的种种事件的见证人。出于善意和仁慈,修道院的名字我就不提了。那是在一三二七年末,适逢德国皇帝路德维希 ② 遵奉万能上帝的意愿南征意大利,以重振神圣罗马帝国的雄风。阿维尼翁那位亵渎了圣徒神圣之名的臭名昭著的篡位者为此慌了手脚。他是买卖圣职的罪犯,是异教的罪魁祸首(我说的是那个被渎神者们誉为约翰二十二世的卡奥尔的雅各,他有罪恶的灵魂)。

为使人们更好地理解我亲身经历过的那些事件,也许我得按当时的理解,即现如今的记忆,讲述在那个世纪末发生过的一切,并用后来我听到的其他故事来丰富它,假如我的记忆还能将那许多奇怪混乱的事情重新贯穿起来的话。

自从那个世纪初,教皇克雷芒五世将教廷圣座从罗马迁移到阿维尼翁以后,野心勃勃的各地僭主③横行霸道:圣城沦为竞技场或妓院,任凭僭主宰割,陷入他们的你争我夺之中;人称之为共和国,却名不副实,它被武装匪徒所控制,烧杀抢掠的暴力事件层出不穷。神职人员有世代免受法律制裁的特权,他们滥用职权,指挥成群的暴徒流氓,手持匕首绑架良民,掠夺钱财,并从事卑鄙的非法交易。有人妄想戴上神圣罗马帝国的皇冠,恢复帝国时代曾经拥有的世俗统治的尊严,然而,怎么才能阻止 Caput Mundi④ 重新成为那些人理所当然追求的目标呢?

话说一三一四年,五位德国王公在法兰克福选出了巴伐利亚的路德维希为统治帝国的国君。但就在同一天,在美因河的对岸,莱茵河公爵和科隆大主教推举奥地利的腓特烈为国君。一个皇位两个皇帝,一个教皇两个皇帝:形势的确混乱不堪⋯⋯

两年之后,在阿维尼翁选出了新的教皇——七十二岁高龄的

---

① 拉丁语,吾等如今于镜与谜中观看。
② 即后来的神圣罗马帝国皇帝路易四世(1282—1347)。
③ "僭主"一词在古希腊城邦时期就出现过,指集权力于一身的专制君主(但也可能是贤士仁人)。
④ 拉丁语,世界之首领。指罗马教廷。

卡奥尔的雅各，教名是约翰二十二世。愿上帝再也别让任何教皇取这么一个让善良人无比憎恨的名字。作为法国人，他忠于法国国王（那块腐败国土上的人总是考虑他们的私利，不能一视同仁地把整个世界看作宗教的圣地），支持腓力四世反对圣殿骑士团。国王曾控告（我认为是不公正的）圣殿骑士团的人犯下了极端可耻的罪行，以伙同那个背叛的教皇侵占他们的财产。当时，那不勒斯的罗伯特①也牵连在整个阴谋之中。他为了继续控制意大利半岛，说服教皇不承认任何一个德国皇帝，这样，教皇就保住了统领的地位。

一三二二年，巴伐利亚的路德维希打败了他的对手腓特烈。对约翰二十二世来说，此时的一个皇帝比当初的两个皇帝更可怕。因此，他开除了路德维希的教籍，而路德维希反控教皇是异教徒。必须说明的是，正是那一年，在佩鲁贾召开了方济各会全体修士大会。他们的会长，切塞纳的米凯莱，接受了属灵派②的恳求（对此，我以后还有机会再谈），宣称基督的清贫是信仰的真谛所在，若他跟门徒曾占有过什么，那仅仅是 usus facti③，是旨在捍卫修士会的善德和纯洁的正确决断。这令教皇相当不悦，或许因为教皇从中隐约看到这种教义会使身为教会之首的他所遵奉的教义摇摇欲坠。他反对帝国有选举主教的权力，而对神圣的王位，他主张教皇可以加冕皇帝。也许是由于这些或者其他别的动摇他统治的原因，约翰二十二世于一三二三年以谕旨《当某些人中间》谴责了方济各修士会的主张。

我猜想，路德维希就是由此看出了方济各会是教皇的敌人，是

---

① 指 Roberto I d'Angiò（1278—1343），安茹亲王，曾任那不勒斯国王。
② Spirituali，方济各会内部的狂热派。
③ 拉丁语，出于实际的需要。

他强有力的盟友。方济各修士认定基督的清贫，从某种程度上使帝国的神学家们——帕多瓦的马西利乌斯[1]，让丹的约翰[2]——的思想更加有生命力。最终，在我叙述的事件发生的数月前，被打败的腓特烈签署了协议，路德维希南征意大利，在米兰接受加冕。期间，路德维希与维斯贡蒂家族发生冲突，尽管这个家族曾支持并欢迎过他，使他得以包围比萨城。他也曾任命卢卡[3]和皮斯托亚[4]的大公爵卡斯特鲁乔为皇室代理（我认为他做得不好，因为除了法焦拉的乌古乔内，我也许从未见过像他那么残忍的人）。那时候，他已接受当地僭主夏拉·科罗纳的要求，准备南下罗马。

这就是当年父亲带我离开宁静的修道院时的情形——当时我已经是梅尔克修道院的一名本笃会见习僧。那时，我父亲跟随路德维希征战，在国王册封的那些男爵中，他不是最后一名；父亲认为把我带走是明智之举，为的是让我了解意大利的名胜古迹，并让我得以观看皇帝在罗马的加冕典礼。然而，正值围攻比萨之战，他忙于军务，难以脱身。我趁此机会在托斯卡纳地区的城镇闲逛，一是由于无所事事，二是想多长点见识。但父母却认为这种无拘无束自由自在的生活，对于我这样一个许愿默祷终生的少年来说并不合适。对我关爱备至的马西利乌斯建议我父母把我托付给一位巴斯克维尔的威廉修士管教。那是位学识渊博的方济各修士，他正要启程，去完成探访几个名城最古老的修道院的使命。于是，我就成了他的书记员和门徒。对此我毫不懊悔，因为我有幸成了那些留在后人记忆中千古流传的事件的见证人，此刻，我正是在为作

---

① Marsilius of Padua(1275—1343)，意大利哲学家、政治理论家。
② Jean de Jandun(1280—1328)，法国哲学家。
③ Lucca，意大利中部托斯卡纳地区城市。
④ Pistoia，意大利中部托斯卡纳地区城市。

这历史的见证而记述。

　　当时，我并不知道威廉修士要寻访什么，说实话，至今我也没弄清楚。我估计连他自己也不知道，可能只是想了解真相，怀疑当时出现在他眼前的并非事实吧——我见他总是疑虑重重。也许在那些年月里，他所承担的世纪重任一直在分散他对自己所喜爱的研究的注意力。整个旅途中，我始终不知道威廉肩负的是何种使命，他也从未跟我谈起过。只是，在我们沿途短暂停留过的那些修道院里，从他跟院长们的谈话片断中，我对他要完成的使命的性质有了些许了解。然而，直到我们抵达目的地，我才有了透彻的了解。

　　我们向北走，但不是直奔北方，而是在多座修道院停留。这样，我们的最终目的地就移到了东方，而我们却转向了西方，这就与当初从比萨出发的圣雅各①所走的山路一样了。我们在途中某处停留，那里发生了可怕的事件。地点不便明说，但那里忠于皇帝的僭主们以及修道院院长们倒是与我同属一个教派，并与我们一致反对那个腐败的信奉异端的教皇。我们颠沛流离，跋涉了两周。一路上，我对我的新导师有了一定的了解（我深信自己对他的了解始终是不够的）。

　　在以下篇章中，我不会着力描写人物——除非一个面部表情或一个动作看似哑语的手势，却胜似雄辩的语言——因为正如波伊提乌②所说，表相转瞬即逝。就像秋天来临时绽放的野花会无言地凋谢，现在再说"阿博内院长目光严峻，面颊苍白"，又有什么意义呢？（托上帝的福，只有灵魂之光永不熄灭。）但是关于威廉，

---

①　San Giacomo，耶稣十二门徒之一，第一个殉难的使徒。
②　Boethius（约480—524 或525），古罗马哲学家、神学家、政治家。

我不得不说一说，因为他身上既有年轻人的朝气，又有老者的智慧，他的脸庞也与众不同，深深打动了我。不仅是因为他谈吐的魅力，也不只是因为他思维的敏锐，而主要是因为他的外表轮廓，使他显得和蔼可亲，感觉就像是自己的父亲，引人去琢磨他的手势，观察他恼怒时的表情，窥视他的微笑——而不允许任何污言秽语玷污他的形象，这是我对形体喜爱的方式（也许是唯一最纯粹的方式）。

昔日的男子英俊而高大（相比之下，现在的男人都像小孩子或侏儒），但这只是证明世界正在退化。年轻人不思进取，科学无进步，整个世界被架空，瞎子在引导盲人，并把他们带入深渊。鸟儿翅膀未硬就想飞，蠢驴演奏里拉琴，笨牛在狂舞。马利亚不再恪守默祷，马大不再喜欢积极的生活，利亚已经绝育，拉结耽于肉欲，加图①出入妓院。一切都脱离了自己的轨道。感谢上帝，在那些日子里，我从导师那里获得了学习的愿望，走上了正道，即使行走在崎岖小路上，也未曾迷失方向。

威廉修士比一般人高，却又极瘦，所以就显得更高。他目光犀利，鼻梁瘦削，鼻尖略呈鹰钩状，这使他的面部带有警觉的神情，只有在某些时候他才会变得迟钝，这我以后会提到。他的下颌显示出他有顽强的意志，尽管他那张布满雀斑的瘦长脸上——我见到出生在海伯尼亚②至诺森比亚③一带的人大都有那样的雀斑——有时会显现出犹豫和困惑的神情。而随着时间的推移，我发现那

①　Marco Porcio Catone（前 234—前 149），罗马政治家，演说家，全力维护罗马"古风"。
②　Hibernia，爱尔兰的拉丁语名称。
③　Northumbria，位于古代苏格兰与英格兰交界处。

种犹豫和困惑，其实也只是他好奇心的表现。但起初我对他这种美德所知甚少，原以为那是心灵所激发的贪欲。我认为那是理性的心灵不该有的，（当时我想）心灵应该只靠真理而生存，从一开始人们就应该对此有所感悟。

威廉看上去年过半百，虽然岁数已不小，但他不知疲倦，行动灵活敏捷，常令我自愧不如。面对突发事件，他总是精力充沛，应付裕如。不过，他那富有生命力的精神似乎带有些鳌虾的特征，时而显出懒散和怠惰。我曾见他在卧室的小床铺上一躺就是好几个小时，嘴里勉强发出几个单音节词，脸上的肌肉纹丝不动。那时，他的眼睛里显露出一种心不在焉的茫然神情，要不是他生活中一向具有节制的能力，我真怀疑他是不是服用了某种药草产生了幻觉。不过，他在旅途中偶尔停留在草坪周围，或在树林的周边采集药草（我觉得他采集的总是同一种药草），这一点我不隐讳：他常常待在那里专心致志地咀嚼。他把一部分药草带在自己身上，在精神极度紧张时，就拿点儿放在嘴里咀嚼（在那座修道院逗留期间经常遇到这种情况）。有一次，我问起他那是什么，他微笑着说，一个好的基督徒有时候也能向异教徒学到有用的东西；而另有一次，当我想要品尝一下那药草时，他回答说，对年长的方济各修士有效的药草，对年轻的本笃会修士就未必有效。

在我们相处的日子里，我们没有机会过有规律的正常生活：即使住在修道院里，我们也是夜里守夜，白天疲惫不堪，没有按时去参加宗教仪式。不过，在旅途中，他很少过了晚祷还守夜的，他的生活习惯很简单。在修道院里，有几次他整个白天都在菜园仔仔细细地观察植物，好像那是绿宝石或翡翠。我还见他在珍宝室里浏览，看着镶有翡翠或泛金光的绿宝石珠宝箱，却像是在看一片野刺果树丛。另外有几次，他整天待在藏书馆的大厅里翻阅手稿，好像只是为了自娱自乐，并不是有意想找什么（当时，我们身边惨遭杀害的僧侣的尸体逐渐增多）。一天，我发现他在花园里散步，表面看上去没有任何目的，好像他无需向上帝汇报自己的行为。在本笃会，人们曾教过我以另一种截然不同的模式来安排时间，我如实告诉了他。他却回答我说，宇宙之美不仅仅来自大千世界千差万别中的同一性，也来自它同一性中的千差万别。我觉得那是依照实际现象作出的一种回答，但是后来我得知，他家乡的同胞们也经常这样来推断事物，用这样的方式，理性的启蒙力量就显得非常软弱无力了。

在修道院里的那段时间，我见他手上经常沾有藏书的尘埃，以及新近绘在书册插图上的金粉，或是他在塞韦里诺的医务所里触摸那里的东西时留在手上的浅黄色物质。似乎他不用双手就不能思考，但是我觉得他胜过机械师（人们告诉过我，机械师是moechus①，是扭曲精神文化生活的人，需要把他紧紧联结在十分纯洁的婚姻之中）。他的触觉特别灵敏，就像在触摸机器，总是那样细致。他的双手在碰触因年久磨损而变得像未经发酵的面包那样松脆易碎的书页时，都异常仔细。我还想说的是，这个怪人身上总是背着一个旅行包，里面装着我以前从未见过的一些工具，而他称那些是"神奇的机械"。他常说，机械是技艺的成果，而技艺则是对大自然的模仿，所以机械复制的不是大自然的形式，而是其运作本身。他就这样给我解释了钟表、天体仪以及磁石的功能。不过，起初我担心那会不会是巫术，于是，在某些晴朗的夜晚，他伫立静观繁星时（手里拿着一个奇怪的三角形物体），我则假装睡觉。我在意大利和家乡结交过的方济各修士常常是些头脑简单、没有文

---

① 拉丁语，通奸者。

化的人，我向他表露他的博学多识实在令我惊讶不已。可他微笑着对我说，他故乡岛国的方济各修士都是另一种类型的人："被我推崇为导师的罗杰·培根教导我们说，神的境界有朝一日将会出现在机械制造的科学领域，那乃是源于自然的神圣魔力。总有一天，人们可以凭借自然之力制造出航行的仪器，船只可以依靠那些仪器 unico homine regente① 航行，比用风帆或橹桨快得多；还将会有无需动物牵引、强度无法估量的自动行驶的车辆，以及可载人的飞行器，只要开动一个可以转动的装置就会牵动人工制作的翅翼，那飞行器就可像飞鸟一样升入高空。小小的器械可以承受无限大的重负，运载工具可以在海底航行。"

我问他这些机器在哪里时，他对我说，有些在古代就已有人制造出来了，有些甚至沿用到我们的时代。"飞行的工具除外，我没见到过，但我知道有一位智者想到过。人们可以不靠支柱或别的支撑物及其他闻所未闻的机械来建造桥梁横跨江河。不过，虽说目前还没有发明出来，你不必担心，因为那不等于说将来也不会有。我对你说，上帝希望制造出它们来，而且他肯定已胸有成竹，即使我的朋友奥卡姆的威廉②否认这些思想是以那样的方式存在。我这么说，并不是因为我们能左右神的意图，而恰恰因为我们无法对它有任何约束。"这并不是我听他发表的唯一矛盾的看法：即使如今我已经年老，比当时更有智谋，我还是没明白他怎么能够那么信任他那奥卡姆的朋友，又怎么总是言必称罗杰·培根，对培根那么忠贞不渝？当然，那是处在愚昧的年代，即使一个睿智的人也不得不相信一些自相矛盾的东西。

这就是我想谈论的有关威廉修士的一些情况。也许毫无意

---

① 拉丁语，由单人驾驶。
② William of Occam(1280—1349)，英国哲学家和神学家，方济各会修士。

义,这只是现在我收集的当年和他初次见面时产生过的支离破碎的印象。他究竟是什么人,他在做什么,我亲爱的读者啊,也许你能从他在修道院那些日子里的所作所为推断出来。我没有许诺给你们一个已完成的设计蓝图,这只是一张记述着一系列可叹又可怕事件的单子。

就这样,我一天一天逐渐了解了我的导师,并在跋涉的漫长时日里与他畅怀长谈,这些我将择要讲述。我们就这样来到耸立着修道院宏伟建筑的那座山的山脚下,渐渐走近那座我现在要讲的故事所涉及的修道院。但愿在我讲述后来发生的一切时,我的手不会颤抖。

第一天

第一天

晨　祷

其间，他们来到修道院坐落的山脚下，威廉显示出超凡的睿智。

那是十一月底，一个晴朗的早晨。头天晚上下过雪，雪不算大，但大地上已覆盖了一层近三指厚的冰雪。天还没亮，我们刚念过赞美经，就在山谷的一个村庄里听了弥撒。随后，我们迎着初升的太阳，踏上了登山的旅程。

就在我们沿着陡峭的盘山小路艰难攀登时，我望见了修道院。我感到惊奇，不是因为修道院四周的围墙，那围墙与我在基督教世界许多修道院常见的别无二致，而是那座后来我得知名为"楼堡"的庞大建筑。那是一座八角形的建筑物，从远处望去呈四方形（它完美的形式表达了"上帝之城"的固若金汤、难以攻克），它的南围墙屹立在修道院所在的高台平地上，而北边的围墙却像是从山崖的峭壁上拔地而起，高高耸立，俯瞰着万丈深谷。从悬崖下面的某处向上望去，峻峭的山崖仿佛直刺苍穹，其色彩和材质与楼堡浑然一体，从某一角度看去仿佛是楼堡的要塞和堡垒（那乃是深谙天地的建筑大师之杰作）。三排楼窗告知人们，楼堡的建筑是以三重的模式逐渐增高的,这就是说,地面上呈正方形的建筑实体,高耸入云时已是神学"三位一体"意义上的三角形了。走近修道院时,我们发现这幢四方形楼堡的每一个角各有一个七角形的角楼,从外面可以看到其中的五面——也就是说,整个大八角形楼堡的四个侧面又增添了四座小的七角楼,而从外面看过去却是四座五角楼。没有谁看不出这巧妙的和谐中蕴含着神圣的数字组合,每一个数目都揭示着一种极其细微的神圣的意义。数目八,蕴含着每个四方形的完美之数;数目四,是四部福音书之数;数目五,是世界五大地域之数;数目七,代表神灵的七种礼数。在我看来,无论楼堡的庞大实体还是外形,都像是后来我在意大利半岛的南部见到过的乌尔西诺城堡或是蒙特堡,但由于此处地势险要,它就显得更加阴森可怖,令渐行渐近的旅行者不由得心生恐惧。不过,幸好那是一个天气晴朗的冬日清晨,所以那建筑物不像我在风雨大作的时日里看到的那样可怕。

不过,我怎么也无法说这座城堡令人心生愉悦。它让我感到害怕,略带不安。上帝知道,那不是发自我稚嫩心灵的幻觉,而且我是在直接解读那些像是刻在岩石上的毋庸置辩的预示,早在建筑巨匠们着手建造修道院之初,在僧侣们怀着虚幻的愿望大胆地把它奉献给神灵保佑之前,那凶兆就已经刻写下来了。

就在我们骑着小骡子沿着最后的山间弯道吃力地行走时,见前面的大道形成了三岔路口,大道两边各生出一条小路。我的导师驻足四望,大道两侧以及大道上方,满眼尽是四季常青的松树,那苍翠的松枝上披着皑皑白雪,真是一派大好的北国风光。

"一座富有的修道院,"他说道,"修道院院长喜欢在公共场合炫耀财富。"

因为我已习惯于聆听他发表奇谈怪论，所以也没再问什么。另外，也因为我们又走了一程之后，就听到了一片嘈杂声。在一个拐弯处，出现了一群情绪激动的僧侣和仆人。其中的一个，一见到我们就彬彬有礼地迎上来。"欢迎您的到来，先生。"他说，"我能猜到您是谁，请不必为此感到惊诧，因为我们已经接到您来访的通知了。我是雷米乔，瓦拉吉内人，我是修道院的食品总管。如果您就是巴斯克维尔的威廉修士，那么我必须通报修道院院长。"他转身命令他的一名随从，"你快上去通报一下，说我们的来访者快要进修道院的围墙了！"

"谢谢您，总管先生，"我的导师温文尔雅地回答道，"更为令我珍惜的是，你们为了迎接我而中断了追踪。不过您不用担心，马儿经过了这里，已经沿着右边的小路走了。它不会走得很远，因为到了那边的烂草堆，它就会停下来。马儿很机灵，不会从陡峭的山崖跌下去的……"

"你们是什么时候见到它的？"总管问道。

"我们根本没有见到它，是不是，阿德索？"威廉带着一种打趣的神情转身朝我说道，"不过，如果你们是在寻找勃鲁内罗，它只能是在我说的地方。"

总管迟疑了。他看了看威廉，又望了望右边那条小路，最后他问道："勃鲁内罗？您怎么知道它的名字呢？"

"行了，行了。"威廉说道，"很明显，你们是在寻找修道院院长最宠爱的马儿勃鲁内罗，它是你们马厩里最出色的。它跑得最快，全身乌黑，五英尺高，尾巴卷曲，马蹄又小又圆，步态均匀；有小小的脑袋，细长的耳朵，大大的眼睛。我告诉你们，它朝右边的小路跑了，无论如何你们得动作快点儿。"

总管犹豫了片刻，然后向他的随从们示意，朝右边的小路直奔而去,而我们的骡子则继续上山。当我出于好奇正想问威廉的时候,他示意我等待:果然,没过几分钟,我们听到了兴奋的喊叫声,那些僧侣和仆人用缰绳牵着马在小道的拐弯处出现了。从我们身旁经过时,他们仍是颇为惊诧地望着我们,并赶在我们前头朝修道院走去。我相信威廉是故意放慢了骡子的脚步,以便让他们先行叙述所发生的一切。我早已认识到,虽然我的导师在各方面都是一个极具美德的人,遇到表现他超凡才智的机会,他还是抵制不住虚荣的诱惑。对他那精细的外交家般的才能仰慕已久的我,悟出了他是想在抵达目的地之前,让他那足智多谋的声望为自己鸣锣开道。

"现在您告诉我吧,"我终于按捺不住,"您是怎么知道的?"

"我的阿德索呀,"导师说道,"整个旅途之中我都在教你如何观察蛛丝马迹。世界就像一本博大精深的书,是通过这些蛛丝马迹向我们传授知识的。里尔的阿兰[①]曾这样说过:

> 世间的天地万物,
> 如同一本书和一幅画,
> 明镜般展现在眼前。

他思索着浩瀚无边的象征符号,上帝借助这些符号,通过他创造的天地万物向我们昭示永恒的生命。但是宇宙远比阿兰想象的要雄辩,它不仅仅谈论新近的事物(这种情况下它往往以一种隐晦的方式表达),还论及将来的事物,而且说得十分透彻。我不太好意思反复叮嘱你应该懂得这些知识。在三岔路口覆盖着新雪的地面

---

① Alain de Lille(约 1128—1203),法国神学家、诗人。

上，明显有一串马蹄印，朝我们左边的小路远去。蹄印整齐而又均匀，表明了那匹马的四蹄又小又圆，奔跑的步幅均匀——这样我就推断出马的特征，也推断出它并非像一头野性发作的动物那样狂奔乱跑。那边像构成一道自然屏障的松树，有些树枝正好在离地面五英尺的高度刚刚被折断。一片黑莓树丛的枝杈上挂着几缕又长又黑的鬃毛，说明黑色骏马准是得意地甩动着它那美丽的尾巴，掉转身想窜入小路的右边……你最后该不会说，你并不知道那条小路是通往烂草堆吧？我们沿着最底下的那段山道往上爬时，看见了倾倒在东侧角楼底下雪地上狼藉一片的废渣污物；这样，从三岔路口的地形来看，小路只能通往那个方向。"

"是的，"我说，"可您说那匹马小脑袋、尖耳朵、大眼睛……"

"我并不知道那匹马是否长得那样，但我肯定僧侣们对此是坚信不疑。塞维利亚的圣依西多尔①说过，一匹骏马必须是：干瘪的小脑袋，尖而短的耳朵，大大的眼睛，宽大的鼻孔，挺直的脖颈、头部和尾部鬃毛浓密，脚蹄圆润而坚实。如果我推测去向的那匹马不是马厩里面最精良的，你就无法解释，为何出来搜寻的不仅仅是马夫，竟然还惊动了修道院的总管。而作为一个僧侣，他评价一匹精良的马时，除了注重天然的模样特征之外，还不能不像骚人墨客那样去描述，尤其是，"说到这里，他诡秘地冲我微微一笑，"如果那描述者是一位学问渊博的本笃会修士的话……"

"好吧，"我说道，"可为什么您知道那匹马叫勃鲁内罗呢？"

"让圣灵多给你一些智慧吧，我的孩子！"导师惊叹道，"你还能叫它什么呢？即将出任巴黎大学校长、声名显赫的比里当②谈论一匹骏马时，不也随口称它为勃鲁内罗吗？"

① Isidoro di Siviglia(约560—636)，西班牙神学家。
② Jean Buridan(1300—1358)，法国亚里士多德学派哲学家、逻辑学家和伦理学家。

我的导师就是这样。他不仅通晓大自然这部巨著,还知道僧侣们是如何读《圣经》,以及他们是如何通过《圣经》来思考的。在以后我们所经历的日子里,这种才能让他受益良多,这我们将会看到。另外,在那种时刻,我觉得他的解释是那么顺理成章,以至于我并不为自己没能独自找到这种解释而感到羞涩,反而为自己如今已经成为他的同路人而感到自豪,我简直庆幸自己竟然有如此的洞察力。真理的力量实为强大,如同善行美德,自行发扬光大。我赞美上帝,他启迪了我,赐予我非凡的才能,他神圣的名字是耶稣基督。

　　啊,让我言归正传吧,我这个上了年岁的老僧未免东拉西扯得太多,耽误了说我的故事。我们抵达修道院时,修道院院长已站立在门口静候,他身旁有两位见习僧替他捧着一只盛满水的小金钵。我们从骡子上下来后,他用圣水浇洒威廉的双手,然后拥抱并亲吻了他,对他表示热烈欢迎,那位总管则一直照应着我。

　　"感谢院长,"威廉说道,"能踏进贵修道院的大门带给我极大的快乐,贵院的盛名远扬,已越过了这群山峻岭。我以主的名义来此朝圣,您也是以主的名义厚待我。不过同时,我也是以这片土地君主的名义来到这里,我交给您的这封信会向您说明,我也以他的名义感谢您的欢迎。"

　　修道院院长接过密封了的信件。不管怎么说,威廉来到之前,已有其修士兄弟来信通报过了(为此,我不禁带着某种自豪的心情自语道,要让一位本笃会的修道院院长感到意外并非易事)。而后,我让总管把我们带到住处,同时马夫们也来牵走我们的坐骑。修道院院长又答应晚些时候,等我们休息过后再来看望我们。我们走进了宽敞的庭院,这里是山巅——或者说是山脊的最高处,它骤然变得平坦，成为一片缓坡围绕的台地。修道院的建筑群沿着整个台地向四周延伸，错落有致。

　　有关修道院的布局，后面我还将有机会更为详细地说明。走进大门（那是围墙唯一的出入口），是一条通往修道院教堂的林荫道。林荫道左边是一大片菜园子。后来我知道，沿着围墙的曲线有两座建筑，里面有浴室、医务所和草药铺，周围是植物园。在教堂的左边，耸立着修道院的楼堡，一片平整的墓地把它与教堂分隔开。教堂的北门朝向楼堡的南角楼，迎面映入来访者眼帘的是西角楼，它左边连接着围墙，角楼向深渊倾斜，放眼望去，看得见北角楼突出在悬崖上。教堂的右边是一些隐蔽的建筑物，庭院四周当然是寝室、修道院院长的住宅和我们正朝那边走去的朝圣者的宿舍。我们穿过一座美丽的花园到达了那里。在右边宽阔的平地那一头，沿着南墙朝东一直走去，在教堂后面，有一排佃农住宅，还有马厩、磨房、榨油机房、谷仓和地窖，我看似乎还有见习僧住的房子。略有起伏的平整的土地使得那个神圣之地的古代建筑家们能够遵循完美的方位标准，把这里的建筑群分布得比欧坦的洪诺留①，或者说比纪尧姆·迪朗②奢望的好得多。从白天太阳在的那个时辰的位置，我瞥见教堂的正门正对西边，这样一来，唱诗堂和祭台就正对东方；而清晨的阳光可以唤醒寝室里的僧侣和马厩里的牲口。我从未见过布局如此漂亮如此完美的修道院，即使后来我见过圣加伦、克吕尼、丰特奈，以及别的修道院，也许它们规模大些，但都没有这座修道院的布局那么匀称。不过，跟别的修道院不同的是，这座修道院的楼堡出奇的庞大。我没有当土木工程师的

① Honorius of Autun（？—1151），中世纪神学家、哲学家。
② Guglielmo Durando（约 1230—1296），宗教法规和礼拜仪式的学者。

经验，但我也能一下就看出那楼堡比周围其他建筑物更加古老，也许是当初因为另有他用而建造，而修道院的总体建筑群都是在后来围绕这座楼堡而建的，这样，宏大的楼堡建筑恰好与教堂的走向相适应，或者说，教堂的走向顺应了庞大的楼堡建筑。因为在所有的艺术中，建筑是节奏最大胆的艺术，往往竭力营造古人称之为kosmos①的次序，也就是匀称的次序。就像一只光彩照人的完美动物，它的四肢比例必定很匀称。赞美我们创造天地万物的上帝，因为正如《圣经》所说，上帝把世间万物的数量、重量和尺寸都设定好了。

---

① 拉丁语，宇宙。

第一天

辰时经

其间，威廉和修道院院长有一次颇具启示性的谈话。

食品总管是个肥胖的男人。他外表粗俗，但很开朗；满头白发，却还体格健壮；个子矮小，却动作麻利。他把我们带到朝圣者住宿的房间里。确切地说，是把我们引到指定分给我导师住的房间里，并允诺次日也为我腾出一个单间来。因为，尽管我还是个见习僧，但我毕竟是他们的客人，也应该受到同样的待遇。那天晚上，我可以睡在房间墙壁中一个宽敞的长方形壁龛里，那里已让人铺上了舒适的新稻草。总管补充说，要是某些老爷有让人守着睡觉的习惯，仆人们就是这样被安排在壁龛里睡的。

随后，僧侣们端上了葡萄酒、奶酪、橄榄、面包和一些新鲜的葡萄干，让我们先吃点东西恢复一下体力。我们津津有味地饱餐了一顿。我的导师不像本笃会修士那样有苦行的习惯，他不喜欢闷头进食。席间，他侃侃而谈，所谈及的都是一些仁义之行和明智之举，仿佛是一位僧侣在朗读圣人的生平业绩。

那天，我忍不住又问他关于那匹马的事情。

"不过，"我说，"当您看到雪地和树枝上的痕迹时，你还不知道那匹叫勃鲁内罗的马。从某种意义上来说,那些痕迹可以是任何一匹马留下的,至少是同一品种的马留下的。所以,我们是不是只能说,大自然这本书只告诉我们本质的东西,正像许多有声望的神学家所教诲的那样?"

"不全对,亲爱的阿德索,"导师回答我说,"当然,你可以说,那种痕迹如同 verbum mentis①,向我表明了意识中的马,而且无论我在哪里找到它,它都会那样表达。然而,在这特定的一天里的特定地点和特定时间里,它向我传达的至少是所有可能经过那条小路的马中的一匹。于是,我就处在对马的整体概念的认知和对一匹个体的马的认识之间。而不管怎么说,我对普遍意义上的马的认识来自那些个体的马留下的具有特征的痕迹。可以说,在那个时刻,我被具有特征的痕迹和我的无知所困,因为我对普遍意义上的马的认识还相当模糊。比如对这匹马的认识过程,你从远处观察时不知道那是什么,你会满足于把它视为一个占有一定空间的物体。当你走近时,你把它定位成一个动物,尽管你还并不知道它究竟是一匹马还是一头驴。而最后,走得更近些,你就会断定它是一匹马,尽管你不知道它叫勃鲁内罗还是法维罗。只有你站在恰当的距离时,你才会看出它是勃鲁内罗(换句话说,是某匹而不是另一匹,无论你打算怎么称呼它),而那才是充分的认识,是对其特性的认知。所以,一个小时之前,我可以评论所有的马,这并不是因为我知识渊博,而是因为我的推断。当我看到僧侣们牵着那匹特定的马时,我对知识的渴望才得以满足。只有在那时,我才真正知道是我先前的推理使我接近了真理。所以,我先前想象中的还未曾见过的一匹马的概念纯粹是符号,正像雪地上留下的马蹄印

---

① 拉丁语,思想的语言。

构成马的概念的符号一样：这就是说，唯有我们在对事物缺乏完整的认识的时候，才使用符号，或符号的符号。"

以往，我曾听过他怀着很多的疑虑谈论普遍的概念，并怀着极大的敬意论及个体的事物；而后来我也感觉到，他之所以有这种倾向，源于他既是大不列颠人，又是方济各修士。不过，那天他没有足够的精力谈论神学上的争议。于是，我就蜷缩在他们安排给我的那壁龛有限的空间里，裹着睡毯，沉浸在酣睡之中。

要是有人走进来，很可能会把我看作一个铺盖卷。而修道院院长在辰时经来拜访威廉的时候，肯定就把我当做铺盖卷了。我就这样听到了他们的第一次谈话而未被发觉。我并非心怀恶意，因为如果我突然出现在来访者面前，就会显得更不礼貌，还不如就那样谦卑地藏匿起来。

这时，院长阿博内到了。他为自己的突然来访表示了歉意，重申他对来客的欢迎，并且说，他要与威廉谈一件十分严重的事情。

一开始，他恭维威廉在马匹的事情上所表现出来的才干，并且问他对一个未曾亲眼见过的牲畜怎么能有这么确切的了解。威廉扼要地解释了一番，并且叙述了他所采用的方法，修道院院长对威廉的睿智赞不绝口。他说，威廉来此之前，就听说他是一个才学渊博的人，果真名不虚传。他说他已经收到了伐尔法修道院院长的来信，信中不仅谈到皇帝托付给威廉的使命（这在以后的几天内将会谈到），还谈到，我的导师曾在英国和意大利作为宗教裁判所的裁判官出庭审讯过几桩案子，表现出非凡的才智，又不乏高度的人道精神。

"我十分高兴地获悉，"修道院院长继续说道，"在许多案子中，您裁定了被告的无罪。在这些令人悲伤的日子里，我尤其相信人间存在永恒的罪恶。"他默默地环顾四周,仿佛敌人就在墙外徘徊,"但是我还相信,罪恶的缘由往往不可告人。而且我深知,邪恶能够促使受害者把罪过推到无辜者的身上,幸灾乐祸地看着无辜的人替代伤害他的恶魔被烧死。裁判官们经常会不择手段让被告供认,以显示办案果断,以为唯有找到一个替罪羊了结案子,才是一个好裁判官……"

"裁判官也可能受魔鬼的驱使。"威廉说道。

"这完全有可能,"修道院院长谨慎地表示同意,"因为天主的意图是难以捉摸的,但我可不能在如此有功德的人头上投下怀疑的阴影。今天您就是我所需要的人之一。修道院里发生了一些事情,需要引起注意,并需要一个敏锐而又审慎的人的建议。敏锐是为了发现,审慎是为了掩盖(如果需要的话)。事实上,证实有杰出功德的那些人犯的过失常常很有必要,但是得用能消除犯罪缘由的方式,使犯罪者不受到公众的鄙视。如果一个牧羊人犯了错,得与其他牧羊人隔离开来,而要是绵羊就此不再信任牧羊人,那可就糟了。"

"我懂。"威廉说道。我早就注意到这一点,当他用这种敏捷而颇有教养的方式表示自己的看法时,通常坦率地隐含着他有异议或犹疑。

"为此,"修道院院长接着说道,"我认为,凡牵涉到一位牧师有了过错,就只能托付给您这样不仅善于明辨是非,而且处事得当的高手。我一高兴就想起来了,您好像只判决过……"

"……犯有杀人罪、放毒罪、教唆无辜儿童罪和其他我难以启齿的凶案的罪人……"

"……我想到您只有,"修道院院长顾不得停顿,继续说道,"当在众人眼里恶魔的存在显而易见,以致不可能有不同的判决时,在对犯人的宽恕比罪行本身更令人发指时才判刑。"

"当我认定某人有罪的时候，"威廉明确地说道，"他肯定是真的犯了那种我可以问心无愧地交给宗教法庭判决的罪孽。"

院长犹豫了片刻："为什么您执意谈论犯罪的行为而不提犯罪的根源呢？"

"因为思考犯罪的原因和效果是一件相当困难的事情，我想，唯一能判断的法官就是上帝了。诸如一棵被焚烧的树和点燃林火的雷击之间这样一种明显的因果关系，我们已经很难加以揭示，因为我觉得追溯原因和效应捉摸不定的连锁反应，如同要把塔楼一直建到天上去，是不可思议的妄想。"

"阿奎那①博士，"院长提醒道，"便不惧怕仅凭理性的力量，来证明那至高无上者的存在，他是从一个原因追溯到另一个原因，直至那无他因的第一因。"

"我是何人，"威廉谦卑地说，"能和阿奎那博士相提并论？再说，他有关上帝存在的论证被许多其他的证据验证过，他那几条道路是坚不可摧的。上帝是在我们的心灵深处跟我们交谈，圣奥古斯丁深知这一点，而您，阿博内，您也许吟唱过对上帝的赞歌，颂扬其明显的无所不在，尽管托马斯并没有……"他停住不说了，然后补充道，"可以想见。"

"噢，当然喽。"院长急忙予以肯定。而我的导师用这种得体的方式打断了一场显然令他不快的学术性讨论。而后他又说了起来。

"我们回到诉讼案件的话题吧。比方说一个人被毒死了。以往已有此类经验。面对某些难以辩驳的迹象，我很可能想象到投

---

① 指托马斯·阿奎那(Tommasso d'Aquino，约 1225—1274)，哲学家、神学家、圣人。

毒的另有他人。处理一系列如此简单的案件,在某种程度上可以依赖我的思维能力。但是,我怎么能够想象有另一种人会出于非人道的邪恶目的用罪恶的行径加以干预,使案子复杂化呢?我不能说这不可能,魔鬼也会用明显的标志揭示它所经过的路,如同您的马勃鲁内罗一样。可是我为什么要寻找出这些证据呢?我知道了那个人是罪犯,并把他交给宗教裁判所不就足够了吗?他无论如何得判死刑,愿上帝宽恕他。"

"不过我得悉,三年前,在基尔肯尼①的一场诉讼案件中,有些人被判犯了猥亵罪,后来真凶被认出来之后,您并没有拒绝邪恶势力的干预。"

"可我也并没有明确肯定呀。我没有否认,这是真的。我是谁啊,怎么能对邪恶的阴谋表示看法呢?尤其是,"他似乎想坚持自己的理由,补充说道,"在那些案件中,那些创建了宗教裁判所的大主教、权威人士、全体民众,乃至被告本人,他们真愿意把插手干预的魔鬼揪出来吗?也许魔鬼插手的唯一真正理由,就是所有的人在那种时刻都迫切渴望知道魔鬼所采取的行动……"

"那么您是说,"院长带着不安的语调说道,"在许多诉讼案件中,魔鬼不仅仅对罪犯起作用,也许尤其会在法官身上起作用?"

"我可以做一个类似的结论吗?"威廉问道,我觉察到他问的方式令院长不能肯定他是否能做出结论;这样,威廉趁他沉默之机转移了话题,"不过,那早就是过去的事情了。我已经放弃了那种崇高的职业,我这样做也是上帝的意愿……"

"当然。"院长赞同地说道。

"……现在,"威廉继续说道,"我关心其他一些棘手的问题。

---

① Kilkenny,今爱尔兰中心城市。

要是您愿意告诉我的话,我想问一下您担忧的事。"

我觉得修道院院长似乎巴不得改变话题。于是,他讲起几天前发生在修道院里的一件奇特的事情,还说那件事令修道院众僧侣惶恐不安。他言谈极谨慎,说话拐弯抹角。他说,之所以对威廉讲述那件事情,是因为知道他通晓人的心灵,又熟知邪恶者的诡计,希望威廉能够花费他一部分宝贵的时间解开这个令人痛苦的谜。奥特朗托的阿德尔摩是一个年纪尚轻的僧侣,但他已经是一位绘制袖珍画的名师了,他的尸体是被一个牧羊人在楼堡东角楼的斜坡脚下发现的。头天晚祷时,唱诗班有些僧侣还见到过他,可是到了次日早课的时候,他就没再出现,很可能在天色最暗的深夜不慎跌下山崖了。那是个暴风雪的夜晚,西边吹来的狂风卷着雪片,尖利有如刀刃,简直像下冰雹。他的尸体先是被雪水浸透,后来又结成了冰,身体在跌下山崖时,因连续撞击岩石而皮开肉绽,已无法确切地说清楚他究竟是从什么地方跌落下来的。可怜而又脆弱的生命啊,愿上帝怜悯他。他是从三面朝向悬崖的角楼三层的一个窗口掉下来的,这一点可以肯定。

"你们把可怜的尸体埋在哪儿啦?"威廉问道。

"自然是埋在公墓里了,"修道院院长回答说,"公墓就坐落在教堂的北侧和楼堡以及植物园之间,这也许您已经注意到了。"

"是的,"威廉说道,"我看您的问题是在后面。倘若那个不幸的人是自杀,上帝是不愿意这样的(因为不能想象他是偶然掉下去的),那么在第二天你们就会发现那些窗户的其中一扇是开着的,可你们却发现窗户全关着,窗台底下没有出现任何水迹。"

修道院院长是一位具有外交家风度的举止端庄的人,这我说过,可这一次他的举动却令人惊讶,他那种亚里士多德式的凝重豁达的神情和仪态荡然无存:"这是谁告诉您的?"

"是您告诉我的。"威廉说道,"如果窗户是开着的,那么您一定会立刻想到他是从那里跳下去的。我从角楼的外面可以判断出,这是些装有毛玻璃的大窗户,那种窗户齐人高,安在庞大建筑物的楼房里,平时是不打开的。因此,即便那扇窗户开着,那不幸的人也不可能是因为探身出去、失去平衡而跌下悬崖,那就只能让人想到他是自杀的了。若果真如此,您是不会让人把他埋葬在神圣的公墓的。既然您将他看作一个基督徒那样安葬了,那窗户就应该是关着的。而如果窗户是关着的话,那么假定的自杀者一定是被推下去的,无论是人为还是魔鬼所为。因为,上帝或者魔鬼让死者从深渊里爬上来消除其自绝于世的痕迹,这在我以往审理过的命案中还真没有遇上过。那么,您一定会寻思是谁干的,我没说是有人把他推入深渊,而是有人胁迫他站到窗台上。您会为此感到不安,因为有一种邪恶的势力,目前正在修道院里肆虐横行,不管是自然的还是超自然的。"

　　"是这样……"修道院院长说道,然而不清楚他是在认可威廉所说的话,还是在用威廉如此精辟阐述的理由在说服他自己,"可您怎么知道那些窗台下没有任何雪水的痕迹呢?"

　　"因为您对我说了那天刮着西风,雪不可能从朝东开的窗户刮进去。"

　　"看来,他们对我说过的有关您的才能,与实际的您还相差甚远。"修道院院长说道,"您言之有理,窗下是没有雪水,现在我知道为什么了。事情正如您所说的那样。现在您明白我的忧虑了。如果我的一名僧侣因为自杀而玷污了他的名声,事情就已经相当严重了,可我现在有理由认为他们之中的另一个人犯有同样可怕的罪孽而玷污了自己的灵魂。但愿事情仅仅是那样……"

　　"为什么首先想到的是一个僧侣呢? 修道院里还有很多其他

的人、马夫、羊倌、仆人……"

"当然,这是一座小修道院,但很富裕。"修道院院长傲慢地附和道,"一百五十个仆人伺候六十个僧侣,然而一切都发生在楼堡里面。也许您已经知道,尽管在楼堡的底层有厨房和膳厅,上面两层有缮写室和藏书馆,楼堡在每天晚餐后都关门。修道院有一条严格的规定,不准任何人擅自入内,"他猜到了威廉的问题,马上补充说道,显然很勉强,"自然也包括僧侣们在内,不过……"

"不过什么?"

"不过,我绝对排除,您明白,绝对排除一个仆人会有胆量在夜里进入楼堡。"他的目光中掠过一丝挑衅的微笑,尽管像一道闪光或是流星那样短暂,"我们不妨说他们是害怕,您要知道……对于头脑简单的人下命令,有时候得带几分威胁才显得有分量,预先告诫他们要是不遵守命令就会大祸临头,而且肯定是意想不到的灾祸。而一位僧侣……"

"我明白。"

"不光是,一位僧侣可能因为别的缘由冒险进入禁地,我是想说理由……怎么说呢? 就是合理的缘由,尽管违反规定……"

威廉发现院长神色不安,便问了一个问题,也许旨在转移话题,不料这一问却让院长显得更加窘困。

"谈到有可能是一桩谋杀的时候,您说'但愿事情就只是那样'。您这么说是什么意思?"

"我是这么说的吗? 就算是吧,没有人会无缘无故杀人,无论他杀人的缘由有多么邪恶。一想到能驱使一个僧侣去杀害自己的兄弟的那些邪恶的缘由,我就毛骨悚然。我说的就是这个意思。"

"没有别的意思了吗?"

"我没有别的可以对您说的了。"

"您是想说，别的您没有权利再说了？"

"威廉修士，威廉兄弟，请别这样，"修道院院长又是修士又是兄弟地称呼他。威廉满脸通红，评议道：

"你将永远为祭司。"

"谢谢。"修道院院长说道。

上帝啊，我的两位冒失的长者在那种时刻所谈及的是多么可怕的奥秘呀，其中的一位是出于焦虑，另一位则是出于好奇。因为尽管我是刚刚起步探索神圣的修士教职之奥秘的一个见习僧，也是初出茅庐的年轻人，但我晓得修道院院长是知道某些内情的，不过他是在别人的告解中得知了某些可能跟阿德尔摩的惨死有关的犯罪细节，所以他得保密。也许是因为这个，他恳请威廉修士来发现一个他虽怀疑但又不能跟任何人明说的秘密，并且希望我的导师能用智慧来查清他出于仁慈为怀的至高无上的教义而不得不掩饰的命案。

"好吧。"于是我的导师说道，"我可以向僧侣们提一些问题吗？"

"可以。"

"我可以在修道院内自由走动吗？"

"我授予您这个权利。"

"您能当着僧侣们的面授予我这种使命吗？"

"就在今天晚上。"

"不过，我今天白天就开始调查，在僧侣们得知您任命我之前。另外，我很想参观一下你们的藏书馆，基督教世界所有的修道院无人不欣赏赞扬它，这也是我经过这里的原因之一。"

院长绷紧了脸，几近惊恐地站了起来。"我说过，您可以在整个修道院里活动，但一定不能去楼堡顶层的藏书馆。"

"为什么？"

"我本来应该事先向您解释的，可我以为您已经知道。您要知道，我们的藏书馆不同于别的藏书馆……"

"我知道你们藏书馆的藏书比基督教世界任何一个藏书馆都丰富。我知道你们藏书馆用的书柜之多是举世无双的，相比之下，博比奥①或珀泊萨②，克吕尼或弗勒里③的藏书柜，就如同一个刚学珠算的孩童的小书屋。我知道一百多年以前诺瓦雷萨④曾引以为豪的六千册手抄本，与你们的藏书比较起来也甚少，而且其中有许多手抄本如今也许就在这里。我知道你们的藏书馆是基督教世界唯一可以跟巴格达的三十六座藏书馆分庭抗礼的，可与其一万册伊本·阿尔卡米⑤手抄本相媲美。我知道你们珍藏的《圣经》的数目相当于开罗引以为豪的两千四百部《古兰经》，我还知道你们的气派十足的藏书柜，明显地压倒了几年前异教徒们（他们像说谎的王子那样胆怯）高傲的神话，他们曾想要拥有六百万册藏书和能接纳八万注释者和二百名誊写员的特里波利⑥藏书馆。"

"确实是这样，赞美上天。"

"我知道，住在你们这里的僧侣有许多人来自世界各地的修道院：有人短期逗留，抄写在别处难以找到的手稿，带回自己的修道院去；作为交换，他们也带几部特别有价值的稀有手抄本供你们抄写，以丰富你们的宝库；也有人长期居住在此，有的甚至在此寿终，因为只有在这里他们才能找到启迪他们思想、有助于他们研究的

① Bobbio，意大利皮亚琴察附近小城。
② Pomposa，意大利费拉拉附近小镇。
③ Fleury，法国诺曼底西北部小城。
④ Novalesa，意大利都灵附近小镇。
⑤ Ibn al-Alkami，奥托曼帝国巴格达最后一位行政长官，拥有全城最大的藏书馆。
⑥ Tripoli，黎巴嫩著名港口城市。

著作。因此,你们中间有日耳曼人、达契亚人、西班牙人、法兰西人、希腊人。我知道,国王腓特烈在多年之前曾要求你们为他编纂一部有关默林①预言的书,并把它翻译成阿拉伯文,想作为赠礼送给埃及苏丹。最后,我知道,在目前这样令人伤心透顶的年代里,像穆尔巴赫②那样一座荣耀一时的修道院里连一个誊写员都没有,在圣加伦只剩下了很少会缮写的僧侣;我知道,如今城市里行会以及由在大学执教的还俗神父组成的同业会层出不穷,唯有你们的修道院在日益更新,我怎么说呢? 它在把你们修士会的荣耀提升到极致……"

"一座没有藏书的修道院,"修道院院长若有所思地吟诵道,"如同一座没有财富的城市,没有名望的城堡,没有炊具的厨房,没有食物的餐厅,没有植物的菜园,没有花草的草坪,没有树叶的林木……我们的修士会肩负双重使命,既开展布道又进行祈祷,它给普天下带来光明,是智慧的宝库,拯救因火灾、掠夺和地震而濒临毁灭的世界古老学说,编著新的经文,搜集古老的经书……然而,如今我们生活在极度阴暗的时代,上帝的子民热衷于贸易和战争。在那些大城市的居住中心,人们不仅说通俗拉丁语(你不能要求非信徒们别的),而且已经用通俗拉丁语写作,而这些作品是绝对不能进入我们修道院围墙的——这些作品充斥了异教思想,这是必然的! 由于人类的过失,世界正面临深渊,危在旦夕。就像霍诺留③所说的,明天人的躯体将比现在人的躯体更小,就像我们的身躯比古人的身躯小一样。Mundus senescit.④要是上帝把一个使命托付给我们的教

---

① Mago Merlino,中世纪传说中的巫师和预言家,他把亚瑟王抚养成人,并使他登上王位。
② Murbach,法国东部小镇。
③ Flavius Honorius(384—423),西罗马帝国皇帝。
④ 拉丁语,世界在退化。

派,那使命就是反对这种朝深渊沉沦的倾向,保存、继承和捍卫我们从父兄手中接过的智慧的财富。依照神的意志安排,世界的起源是在东方,而随着时间的推移,主宰世界的中心移向了西方,这已警示我们世界的末日即将来临,因为事件的发展进程已经达到了宇宙的极限。而在千年最终来临之前,反基督的肮脏的猛兽没有取得胜利(哪怕是短暂的胜利)之前,我们得担当起捍卫基督文明世界的财富和上帝训示的重任,就像他向预言家和信徒们教导的那样,就像我们的父兄原原本本反复吟诵的那样,就像我们的学校全力为其诠释的那样,尽管在当今的学校里充斥着骄奢、嫉妒和愚昧。在这日落黄昏的年代里,我们仍然是高高地照耀在地平线上的火炬和亮光。只要这修道院的围墙犹存,我们就是神之道的守护者。"

"但愿如此。"威廉用虔诚的语调说道,"可是,这跟不能进入藏书馆又有什么关系呢?"

"威廉修士,您看,"院长说道,"为了完成修缮这座修道院的宏伟而又神圣的工程,"他指着庞大的建筑物示意,从房间的窗户可以隐约看到远远高过修道院教堂之巅的大楼堡,"虔诚的人们在那里遵循着铁一般的纪律工作了好几个世纪。多少世纪以来,藏书馆的设计蓝图一直不为众人所知,也没有指派哪个僧侣去了解它。唯有藏书馆馆长从他的前任那里得悉这个秘密,并在自己尚在人世时,告知他的助理,以免自己因突然死亡而使那个秘密失传。然而对这个秘密,他们两个人都要守口如瓶。除了知道这个秘密外,唯有藏书馆馆长还有权利在迷宫般的藏书馆中走动,唯有他知道怎么找到书,再把它们放回原处,唯有他负责保存藏书。其他的僧侣全在缮写室工作,他们可以了解藏书馆藏书的目录。但是一个书目往往说明不了什么,唯有藏书馆馆长能从书卷的位置,以及从找到书籍的难易程度知道书中蕴藏着什么样的秘密、真相和谎言。

唯有他能决定以什么样的方式，在什么时候，以及能不能把此书提供给前来借阅的僧侣，有时候他还得先跟我商量一番。因为不是所有的人都能够聆听真理，就像不是所有的谎言都能够被一个善良的灵魂所识破一样。最后僧侣们在缮写室里开始一项精确无误的工作，为了完成那项工作他们必须读某些书卷，而不是去读另一些书卷，以满足会令他们鬼迷心窍的好奇心，不管是由于思想上的弱点，还是由于自负，抑或是由于魔力的引诱。”

“那么说，藏书馆里也有包含谎言的书籍……”

“魔鬼是存在的，因为他们是神设计的蓝图的一部分，造物主的威力也体现在魔鬼可怕的面容上。也正是神的蓝图，使世上存在着巫师的邪书、喀巴拉①、非基督徒诗人的寓言和异教徒的谎言。几个世纪以来，立志建立并支持这座修道院的人深信，即使骗人的书卷也会在睿智的读者眼前透出一种惨淡的圣灵智慧之光。因此，藏书馆也珍藏着这些书。您要明白，正因为这样，谁都不能够进入藏书馆。另外，”院长补充说道，像是因论据不足而表示歉意，“书籍是脆弱的东西，经受不起时间的损耗，怕虫咬，怕恶劣的气候，怕有人胡乱翻阅。要是在几百年的过程中，任由人们随意触摸我们的手抄本，那么大部分经书早就不复存在了。藏书馆馆长不仅要防范人为的损坏，还要防范自然的侵蚀，他毕生为捍卫书卷而战，与真理的天敌、湮没真理的遗忘之力抗争。”

“如此说来，除了两个人之外，没有人能进入那楼堡的顶层……”

院长微笑了：“任何人都不该进去。任何人都进不去。即便有人想这么做，也不会成功。藏书馆设有自我保护系统，如同它所珍

---

① Kabbala，犹太教神秘主义体系。

48

藏的真相一样秘不可测，也如同它所包容的谎言一样难辨真假。那是神灵的迷宫，也是凡人的迷宫。您或许可以进去，可是您可能出不来。我对您说这些就是希望您能遵从修道院的规矩。"

"可是您并没有排除阿德尔摩可能是从藏书馆的一扇窗口坠入深渊的。如果我不知道他产生死的念头的地方，怎么能推断他的死因呢？"

"威廉修士，"院长以一种和解的口吻说道，"对于一个没有见过我那匹名叫勃鲁内罗的马，却能描绘出它特点的人，虽然他先前对阿德尔摩毫无了解，但他肯定能毫不费力地推断出其死因，即使他未曾亲自看过命案现场。"

威廉深深鞠了一躬："您对人严厉的时候不失您的睿智。就按照您的意思办吧。"

"要说我是个睿智的人，那是因为我懂得对人严厉。"院长回答说。

"最后还有一件事情，"威廉问道，"乌贝尔蒂诺①呢？"

"他就在这里，正等着您呢。您在教堂里会找到他。"

"什么时候？"

"随便什么时候。"修道院院长微笑了，"您知道，尽管他很博学，但他并不是一个珍重藏书馆的人。他认为藏书馆是世俗的一种诱惑……他多半时间待在教堂里默想和祈祷……"

"他年岁大吗？"威廉迟疑地问道。

"您多久没有见到他啦？"

"很多年了。"

"他疲惫了，对这个世界的一切都置之度外。他六十八岁了。

---

① Ubertino da Casale(1259—1338)，意大利神学家和神秘主义者。

不过我认为他还保持着年轻的心态。"

"谢谢您,我这就去找他。"

修道院院长问他愿不愿意在午时经后跟僧侣们一起用餐。威廉说他已经用过餐了,而且吃得相当满意,他更愿意马上去见乌贝尔蒂诺。修道院院长就告辞了。

他正要走出房间,从院子里传来一声撕心裂肺的喊叫声,像是有人被刺将死,接着是几声同样凄惨的呻吟。"出了什么事?"威廉不安地问道。

"没有什么,"修道院院长微笑着回答说,"在这个季节,他们宰猪。那是猪倌们的事。这可不是您将要过问的血案。"

他出去了。他徒有精明过人的虚名。因为第二天早晨……不过,你别着急,瞧我这个多嘴多舌的人。就在我叙述的那一天里,天黑之前还发生了许多事情,且听我慢慢道来。

第一天

午时经

其间，阿德索观赏教堂的大门，威廉与卡萨莱的乌贝尔蒂诺重逢。

教堂并不像我后来在斯特拉斯堡、沙特尔、班贝格和巴黎见到的教堂那样雄伟。其实，它与我以前在意大利见过的那些教堂更为相似，没有冲入云霄的磅礴气势，而是坚实地坐落在地面上。教堂占地宽广，却并不高；它的第一层像一座矗立着一排正方形城垛的城堡，上面还有另一层建筑，它与其说像一座教堂，毋宁说只是一座盖有一个尖顶、窗户封闭严实、结构坚固的堡垒。修道院的教堂盖得很结实，同我们的古人在普罗旺斯和朗格多克①建的教堂一样，它远离现代的建筑风格，没有大胆的设计和过分雕饰，仅在近些年来才大胆地在唱诗台上方建了一座直冲苍穹的尖塔加以充实。

门口有两根直立的柱子，上面没有什么雕饰，一眼望去仿佛只有一个大拱门，但从门前的柱子开始建有两堵弧形的墙，上面有许多洞孔，像是一个深渊之底，把来访者的注意力引向教堂的正门。在阴影中隐约可见横在大拱门上的一块三角形的大门楣，两侧有两个方柱支撑着,中间顶着一根饰有雕像的柱子,把大拱门分成两个入口,分别装有用金属加固的橡木门。白天的那个时辰,惨淡的阳光几乎直射屋顶,光线斜照在大拱门正面却没有照亮门楣:这样一来,走过了门前的两根柱子,我们顿时置身于无数的拱顶之下。一组成比例排列,用来加固弧形墙面的小柱子支撑着拱顶。待来访者的眼睛习惯了半明半暗的光线之后,那以历史故事为题材雕饰的石头所代表的无声言语,在任何人的视线和想象中都能立即产生效应(因为 pictura est laicorum literatura②)。我眼前一亮,便沉浸在一种至今都难以用言语描绘的景象之中。

我见到置于天国里的一个宝座,上面端坐着一位圣人。圣人的面容严肃而冷峻,他怒目圆睁,直视已届穷途末路的世间的人类。威武的鬈发和胡须蓬松地披散在胸口,对称均匀地分成两股,像江河的流水。皇冠镶有璀璨的珠宝,用金银丝线编织绣边的宽幅紫色圣袍盖过双膝。左手拿着密封的书卷,稳放在膝盖上,举着的右手作出我说不清是祝福抑或是警示的姿态。头上那饰有十字架和鲜花的绚丽光环映照着他的脸庞,而且我看见宝座的周围和圣人头部上方闪烁着一道翡翠般的彩虹。在宝座前面神像的脚下,涌动着一片水晶般的流水,在神像和宝座的四周以及宝座的上方却雕有四只可怕的动物——我看到了——对于惊诧地看着它们的我来说是可怕的,而对于端坐在宝座上的圣人来说,它们是驯服和温柔的,它们无休止地为其唱着赞歌。

或者说,并不是所有的造型都可怕,因为出现在我左边(圣人右边)那个手捧书卷的人就显得俊美和仁慈。然而,对面的那只老鹰却特别吓人,鹰嘴大张,厚硬的羽毛像是护胸铁甲,鹰爪锋利,凶

---

① Languedoc,古代法国南部地区。
② 拉丁语,绘画是俗人的文学。

狠地伸展开硕大的翅膀。在神像脚下，在前面两座雕像下面，另有两尊动物雕像：公牛和雄狮。每只怪物的利爪或脚蹄之间都抓有一本书，它们背对宝座，头却朝向宝座，因而是猛力扭曲着肩部和脖颈，胯部颤栗着，挣扎着四肢，张着大口，蛇一般卷曲的尾巴末端喷着火焰。两个恶魔都带翅翼，头戴光环，虽然外表看来狰狞，却不是地狱的畜牲，而是天堂的生灵，如果说它们显得可怕，那是因为它们在咆哮着赞颂一位将会判决生死的来者。

在宝座的四周，四只动物的旁边，端坐着的圣人脚下，透过那水晶般的流水一眼望去，三角形门楣的结构，几乎占据了整个视觉的空间：在圣人端坐的宝座两侧，是坐在二十四个小宝座上的二十四位身穿白色衣衫，头戴金冠的老者：底部两边各有七个，中间两边各有三个，最后两边各有两个。他们有的手拿诗琴，有的手拿香水瓶，只有一人在演奏，其他所有人都沉醉在乐声之中。他们向端坐的圣人唱着赞歌，四肢像动物一样扭曲着，以便都能看到端坐在宝座上的圣人，但并不是以野蛮兽性的方式，而是用一些陶醉的舞姿——大卫可能也是这样在方舟周围舞蹈的——不管他们如何摆脱身躯的控制，目光转向哪里，都汇聚在一个明亮的焦点上。啊，那是多么洒脱奔放，协调和谐呀，仪态举止那么反常，却又那么优雅动人，用那种神秘的肢体语言神奇地挣脱了身躯实体的重负，在相当多业已带上标记的事物中注入了新的创造力。神圣的群体如同被一阵狂风吹打，生命的气息，对欢乐的狂热迷恋，哈里路亚般的欢呼赞美，使声音奇迹般地变成了形象。

依附着神灵的身躯和四肢领悟到神的启示，面容因惊诧而兴奋，目光因激情而明亮，双颊因爱情而绯红，双眸因幸福而炯炯发光；那些老者有的因欣喜而容光焕发，有的因喜出望外而惊诧，有的因看到奇迹而动容，有的因欢悦而变得年轻。他们都面带表情，身披大幅长袍,四肢肌肉紧绷扭曲,在那边高唱着新的赞歌,微张着的双唇绽露着永恒赞美的笑容。在老人们的脚下,在他们的上方,在宝座和四尊动物雕像的上方,画师巧夺天工,团团花簇布局比例匀称和谐,千姿百态却又浑然一体,各有所异又不失交相辉映,各部分奇妙地协调一致,色彩柔和温馨,令人赏心悦目,各不相同的声音奇迹般地交融协调在一起,就像是齐特拉琴发出的和弦那样,透出一种内在深沉的亲和力,那么一致、默契和持续不变,旨在用同中求变、变中求同的不断变换交替的手法,朦胧地营造出单一的乐曲,使那些不可相互转换的造化物相互融合,构成一部天造地作之乐章(安宁、爱情、美德、制度、权力、秩序、起源、生命、阳光、辉煌、物种和形象之间相互束缚和制约的关联)。那是为求得其璀璨的存在形式,各部分成比例的物质无数次的均衡协调——你看,所有的鲜花和树叶,藤蔓和草丛都交织缠绕在一起,簇拥着装饰点缀人间和天堂的花园里的所有花草,紫罗兰、金雀花、百里香、欧洲女贞、麝香草、百合、水仙、莨菪花、锦葵、没药和凤仙,争奇斗艳。

然而,正当我全身心地沉浸在这人间美和超凡的杰作的和谐之中,抑制不住地想唱起欢乐的颂歌时,我的目光伴随着荡漾在心中的匀称的音乐节奏,顺着老人们脚下盛开的温馨的玫瑰,落在了已与支撑着门楣的中央大柱水乳交融浑然一体的那些造型上。那是横向排列的三对狮子。一头狮子后脚站立,前脚搭在另一头横着蹲伏的狮子背上,呈弓形跃起,交叉成十字架;狮子的鬃毛蓬乱,嘴巴大张,像是在咆哮,像是被一簇簇葡萄藤条缠在那根中央大柱上。那究竟是些什么,又传达着何种象征性的信息呢?也许是为了平息我不安的灵魂,在支柱的两侧,有两个人像出奇地同柱子一般高,被安排在那里驯服狮子凶残的本性,把狮子象征性地改造成高级生灵。另外有两个同他们一模一样的人像对称地站在另一边中央大柱外侧的柱脚上。教堂每扇橡木门都有带雕饰的边框：上面有四幅老人雕像，从他们的穿着我认出他们是彼得、保罗、耶利米和以赛亚，他们也是扭动着身躯像是迈出舞步，双手颀长的手指像羽翼般张开，胡须和头发也像羽翼般随一股清风飘逸，长长圣袍的皱褶随着修长的腿部的摆动而波浪起伏。他们与狮子遥遥相对，雕刻使用的材质与狮子相同。正当我的目光从那神秘的圣人的肢体和可怕的肌肉扭动构成的复调音乐移开时，我见到了大门一侧、深邃的拱门下方的另外一些可怕的图像。在那些由一排小型的列柱支撑和装饰的扶壁上，绘着历史故事装饰画。柱子的顶端绘有茂盛的植物花草，枝丫伸向有许多洞孔的圆形拱顶。在那里绘制那些图像，仅仅是因为它们拥有隐喻和寓意的力量，或是因为它们传达着道德上的训诫警示：我看见一个全身赤裸的淫荡女人，丑陋的癞蛤蟆啃食着她身上的肌肤，蛇蝎吮吸着她的血液。我看见一个吝啬鬼，直挺挺僵死般地躺在一张饰有边柱的奢华的大床上，已懦弱地成为一群魔鬼的猎物，其中一个魔鬼从他奄奄一息的嘴里扯出婴儿形状的灵魂（哎呀，他再也不能投胎永生了）；我看见一个骄傲自负的人，一个魔鬼趴在他肩上用利爪挖他的眼睛；另外我还看见两个饱食者彼此撕扯着，令人作呕地扭打成一团。此外，还有其他的造化物，羊头、狮身、豹嘴，以及被囚禁在一片烈焰之中的囚犯，你几乎能感觉到他们灼热的气息。在他们的周围，在他们的上方和下方，有各种各样的脸颊和肢体与他们混杂在一起。一对相互揪着头发的男女，两条毒蛇吮吸着一个被打入地狱者的眼珠，一个狞笑着的男子在用钩状的手撕开一条龙的咽喉。还有撒旦动物寓言集里所有的动物，半人半羊的农牧之神、雌雄一体的动物、六指的怪兽、鳗鱼、马头鱼尾怪兽、用蛇盘成发髻的女妖、鸟身女妖、人身牛头怪、猞猁、豹子、狮头羊身蛇尾的怪兽、长着狗嘴从鼻孔喷火的怪物、多毛的蟒蛇、蝾螈、眼睛长角刺的毒蛇、齿龟、游蛇、背上长利齿的双头怪物、鬣狗、水獭、乌鸦、鳄鱼、头上长着锯形角的狂犬、青蛙、兀鹰、猴子、犬面狒狒、秃鹫、银鼠、龙、戴胜鸟、猫头鹰、蜥蜴、蝎子、鲸鱼、双头蛇、短印鱼、绿蜥蜴、珊瑚虫、海鳝和乌龟。它们庄严地聚集在一起，坐守着面对它们的宝座，以它们的失败歌颂在位者的荣耀。这些属于地狱冥府的一群聚集在那里，它们望着那门楣上端坐着的圣人，看着令它们期待又恐惧的面容，像是待在地狱的过厅。那是一片幽暗的森林，一片凄凉的荒野，它们这些哈米吉多顿①的失败者，将在那里面对最终裁定它们生死的来者。看到这番景象，我（几乎）昏厥过去，已经难以确定自己是处在一个仁爱之地，还是处在最后审判的幽谷。我惶恐不安，勉强忍住哭泣，我似乎听见了（或者是真的听到了？）那个声音，看到了少年时期的那些幻象，它们陪伴我阅读那些圣书，并伴我度过在梅尔克修道院的唱诗台默祷的那些夜晚。而我在神志恍惚中，听到了一个圆号般洪亮的声音说："把你见到的这些东西写成书吧。"（而现在我正在这样做。）我看到七盏金色的油灯，灯光下出现了一个像是上帝之子的人。他胸前系着一条镶金边的长带，满头白发像羊毛那样洁白，目光炯炯有如明亮的火焰，双脚像是炉窑里煅烧的青铜，洪亮的声音像是波涛汹涌的江水声，他右手端着七颗星星，嘴里叼着一把双刃利剑。我看见天堂的一扇门开着，而原来端坐在宝座上的那个在位者，像是一块翡翠或碧玉，一道彩虹萦绕在宝座四周，宝座发出闪电和雷鸣。那人手里拿着一把锋利的镰刀，喊道："你挥动镰刀收割吧，已经

①　Armageddon，《启示录》中基督和敌基督进行最后决战的地方。

56

到收割的时候了，因为大地的庄稼已经成熟了。"那端坐在宝座上的人挥动镰刀，大地收割了。

那时候我才恍然大悟，那番景象讲述的不是别的，正是修道院里正在发生的事情，就是我们所获悉的从修道院院长谨慎的双唇吐露出来的事情——此后的几天里，我多次回去凝视教堂的大门，确信自己正在经历它所叙述的种种事件。我们长途跋涉来到这座修道院，就是为了见证一场天国里血腥的大屠杀。

我一阵颤栗，好像被寒冬冰冷的雨水淋透。我又听到另一个声音，这一回是从我的背后传来的。这是一种不同的声音，因为它来自地上，而不是来自令人眼花缭乱的幻觉的中心；它甚至中断了我的幻觉，因为连一直也沉浸在默想之中的威廉（那时我才又意识到他的存在）也像我一样转过身来。

站在我们身后的人像是一位僧侣，但他身上的僧袍肮脏而破烂不堪，活像个流浪汉。有生以来，魔鬼从未光顾过我，不像我的许多修士兄弟。不过我相信，有朝一日魔鬼想要出现在我面前的话，那么，他将具有此时出现在我们面前的这位对话者的模样。这个僧侣剃了光头，并不是为了赎罪苦修，而是因为早些时候患过黏性湿疹所致。他额头发际线很低，因为倘若他头上长有头发，就会跟眉毛混杂在一起（他的眉毛浓密蓬乱）；他眼睛圆圆的，小小的眼珠十分灵活，他的目光说不出是天真还是邪恶，也许两者皆有，有时天真有时邪恶；鼻子很难称得上是鼻子，因为它只是从中间长出来分隔双眼的一根骨头，刚从前额隆起就很快又凹了进去，形成了两个黑色的窟窿，那就是长有浓密黑色鼻毛的鼻孔；嘴巴宽大而丑陋，一块伤疤把嘴巴和鼻孔连在一起，右边与左边不对称，在几乎看不见的上唇和厚厚的下唇之间，不规则地露出又黑又尖的犬牙。

那人露出微笑（或者说，至少我是这样认为的），举着一根手指像是要警示什么，说道：

"忏悔吧！你看到了那条恶龙要来吞噬你的灵魂！死亡已临到我们头上！祈求圣主把我们从邪恶和罪孽中解救出来吧！啊，相信我们的主耶稣基督的奇迹吧！欢乐对于我就是痛苦，喜悦对于我就是忧伤……留神魔鬼！他总是在某个角落窥视，想咬住我的脚后跟。然而萨尔瓦多雷不是傻瓜！仁爱的修道院，在这里用膳就向我们的主祈祷。而余下的事情就无关紧要了。阿门！是不是这样？"

随着故事的展开，我还得多处谈到这个人，并转述他说的话。我承认自己很难这样做，因为现在我不知道，当时我也根本不明白，他说的究竟是什么语言。不是我们修道院文人之间表达思想所用的拉丁语，不是当地方言，也不是我从来没有听到过的俗语。不过，我认为从他说话的方式，对他所要表达的意思有个大概的了解，所以我把每次从他那里听到的话（根据我所记得的）大致记录下来。后来，当我得悉他的充满冒险色彩的生活经历，以及他曾经在许多地方生活过却都没有生根的情况之后，我意识到他会许多种语言，但哪一种都不精通。或者说他发明了一种自己的语言，一种用他所接触过的各种语言拼凑起来的语言——有一次我想到他用的语言大概不是幸福的人类始祖亚当曾经用过的语言，即从世界的起源到巴别塔，所有的人都通用的同一种语言，在他们不幸地被分化隔离之后，没有产生任何别的语言，而就在受到上帝惩罚后的第一天，产生了巴别语，造成语言的原始混乱。我也不能把萨尔瓦多雷所用的语言叫做哪一个地方的方言，因为每一种人类语言都有规则，而每一个术语的含义都是 ad placitum①，遵循着一种不可更改的法则，因为人们总不能把狗一会儿称作狗，一会儿又称作猫吧，也不能在人们没有确定那个词的意思就发出那个词的音来，就像有人说"blitiri"这个词，没有人知道他在说什么。不过，我好歹明白萨尔瓦多雷想说什么，别人也是这样。这就表明他用的并不是一种语言，而是在用各种语言，但哪一种都没有说正确。后来，我发现他称呼一个事物时，有时用拉丁语，有时用普罗旺斯语，而我明白，与其说他是在创造自己的语句，还不如说是根据他想要表述的情况和事情，借用他在某一天听到过的片言只语。比如，我明白，他想要说明某种食物的时候，就用以往和他一起吃过那种食物的人所用的语言来表达，而在表达快乐的时候，他就只用自己听到过的快乐的人们的言语来表达。好像他的语言就如同他的那张脸，是用别人面孔的若干部分一块块拼凑起来的，或者如同我有时候见过的珍贵的圣骨箱（如果允许我把圣物与魔鬼的东西相提并论的话），它们是从别的神圣的东西的残渣碎片中产生的。我在头一次遇上萨尔瓦多雷的那一刻，觉得他的脸庞和他的说话方式，与我刚才在教堂门楣上见到的那些毛发蓬乱的妖魔怪兽别无二致。后来我发现那个人也许有一颗仁慈的心，而且诙谐幽默。后来还发现……不过我们还是按顺序来吧。再说，萨尔瓦多雷刚一说完话，我的导师就好奇地问他：

"为什么刚才你说'忏悔'呢？"

"仁慈的修士兄弟，"萨尔瓦多雷微微鞠了个躬回答道，"耶稣冒过生命的危险，活着的人理应忏悔。不是吗？"

威廉死死地盯着他看了一眼："你是从方济各会的修道院来到这里的吧？"

---

① 拉丁语，专断的。

"我不明白。"

"我问你是不是在圣方济各会的修士中间生活过,我问你是不是知道所谓的使徒……"

萨尔瓦多雷的脸色一下刷白,或者说他那古铜色野蛮的脸变成了灰白色。他深深地鞠了一躬,半张开嘴说出一句"Vade retro①",在胸前画了个十字,然后就溜走了,还不时地回头看我们。

"您问他什么啦?"我问威廉。

他若有所思地待了片刻:"没什么,我以后告诉你。现在我们进去吧。我要找到乌贝尔蒂诺。"

刚念过午时经。惨淡的阳光透过几扇狭小的窗户从西边射进教堂里。一道细长的光返照在大祭台上,祭台正面的装饰物似乎闪烁着金光。然而,侧面的两座耳堂则沉浸在一片昏暗中。

左边耳堂里靠近祭台的最后一个小圣室那里,竖立着一根饰有圣母石雕的小柱子,雕像具有现代风格,圣母穿着一件带有小背心的漂亮衣服,腹部突起,怀抱婴孩,带着那种令人难以捉摸的微笑。一位身穿克吕尼修会②教袍的人跪在圣母的脚下祈祷。

我们走近前去。那人听到我们的脚步声后,仰起头来。他是个脸膛白净的秃头老者,有一双天蓝色的大眼睛,薄薄的红润的嘴唇,白皙的皮肤,皮包骨的头颅像是泡在牛奶里的木乃伊。他双手白嫩,手指细长,好像是一个青春早逝的少女。他先是迷惘地看了我们一眼,仿佛我们搅乱了他陶醉其中的梦幻,后来他脸上泛起欣喜的红光。

"威廉!"他大声喊道,"我最亲爱的兄弟啊!"他费劲地站起来,

---

① 拉丁语,回去吧。
② Congregation of Cluny,创立于本笃会修道院,遵循革新的本笃会教义。

向我的导师迎过去，拥抱着他，吻他的嘴唇，"威廉!"他又叫了一声，眼里含着泪水，"多长时间没见了! 但我还认得你! 过去了多长的时间啊! 发生了多少事情啊! 上帝让我们经受了多少的考验哪!"他哭了。威廉又拥抱了他，显然是受到感动。那就是卡萨莱的乌贝尔蒂诺，他就站在我们面前。

有关他的故事，我在来意大利之前就听说过许多，而在跟皇室的方济各修士们频繁交往的过程中，听到的就更多。有人甚至跟我说到，那个时代最伟大的诗人，几年前刚去世的佛罗伦萨的但丁，曾写过一个篇章(我看不懂，因为是用托斯卡纳方言写的)，描述了上天和大地，其中有许多诗句都是对乌贝尔蒂诺所写的《钉上十字架的生命之树》中几个片段的一种诠释。这并不是乌贝尔蒂诺唯一值得称道的地方。但为了让我的读者更好地理解那次会面的重要性，我将尽力把我所理解的那些年里发生的事件回顾一下。那都是我在意大利中部短暂的停留期间，我聆听到的导师所讲的话，以及他沿途跟修道院院长和僧侣们进行过的许多谈话。

我在梅尔克的那些导师经常对我说，一个北方人，要对意大利的宗教和政治变迁有明确的认识，是有一定难度的。

意大利半岛上的神职人员比任何国家的宗教人士都更炫耀权势和财富，这就导致最少两个世纪以来一些想过比较清贫生活的人士掀起运动，与贪腐的神父们展开争论。他们中有些人甚至拒绝施行圣礼，结成独立的团体，因此受到僭主们、帝国和城邦行政长官的憎恨。

最后出现了圣方济各，他传播济贫的思想，这与教会的戒律并没有背道而驰，而且通过他的布道，提醒教会遵循那些严格的古老教规，同时清除了原本隐含在其中的紊乱成分。随之而来的本该是一个温和而圣洁的时代。然而，方济各会不断壮大，把许多优秀人士吸引到自己的周围，从而变得过分强大，这就牵涉到许多世俗的琐事，许多方济各修士想把它带回到早期纯洁的状态之中。这对于一个在世界各地已有三万多成员（就在我逗留在那座修道院的那个时期）的教派来说是相当不容易的。然而事情就是这样，方济各会的很多修士背离了教派先前提出的教规，说是教派现行的制度，是对教派诞生时设立的教规进行改革。他们认为，这种情况在方济各在世的时候已经发生了，方济各的言论和主张都已经被篡改。

当时，他们中的许多人发现，有一位西多会①的僧侣，名叫约阿基姆②，他富有预言的灵感，在我们这个纪元的十二世纪初写了一本书。他预言了一个新时代的来临，到那时，被假使徒们糟蹋并早已被腐蚀的基督精神将重新在大地复苏。众人似乎清楚地感觉到他说的可能是方济各会，虽然他自己并不知道。

对此，许多方济各修士相当高兴，但他们高兴得过头了，因为到了十二世纪中叶，巴黎索邦神学院的学者们谴责了修道院院长约阿基姆的学说。不过，他们这样做，似乎是因为方济各会（以及多明我会）太得民心，有太大的号召力，人们想把它们像异教那样淘汰出去。但终究没有这样做，这对教会可是一件大幸事。这有助于托马斯·阿奎那和波拿文都拉③著作的传播，当然，他们可不是异教徒。由此可见，当时在巴黎，人们的思想很混乱，或者说有人出于个人的目的想把人们的思想搞乱。而这正是异教给基督教带来的罪恶，使得思想混沌不清，并驱使大家都出于个人的私利而成为宗教裁判官。而我后来在修道院里所看到的一切（这我在后

---

① Cistercian Order，属本笃会，创立于一〇九八年。
② Gioacchino da Fiore(1130—1202)，神学家、西多会布道者。
③ Bonaventura da Bagnoregio(1217—1274)，哲学家、神学家、圣人。

面还会谈到)不禁使我想到,异教徒常常是宗教裁判官制造出来的。这不仅仅是因为他们会在没有异教徒的情况下想象出异教徒来,而且,因为他们那么激烈地像挤"脓疮"一样清除异教,致使许多人因憎恨他们而加入到异教徒那一边去。这真是魔鬼想出来的手腕,愿上帝拯救我们。

不过,我说的是约阿基姆的异端学说(如果那也算是异端的话)。托斯卡纳地区有一位名叫杰拉尔多的方济各修士,他是圣多尼诺镇人,他传布了约阿基姆的预言,在方济各会影响很大。就这样,在他们中间产生了一批支持旧教规的人,因此,里昂公会议为了把方济各会从想要取缔它的人手里拯救出来,允许它拥有已占用的一切财产;一些修士在马尔凯大区起来造反,他们认为方济各修士不该拥有任何东西,不管是个人、修道院或修士会。我倒不觉得他们在布道中有什么背离福音书之处,不过一旦牵涉到对世俗财物的拥有权,人们就很难公正地判断。于是,他们把那些造反者终身囚禁起来。人们曾对我说,几年以后,修士会会长雷蒙·德·戈弗雷迪在安科纳找到了这些囚徒,在释放他们时,他说:"上帝啊,犯下如此的过错,让我们大家和整个修士会都受到了玷污。"

在这些被释放的囚犯中,有一个名叫安杰罗·科拉雷诺的人,他后来遇见了一个从普罗旺斯来的名叫皮埃尔·德·约翰·奥利维[1]的修士,那修士传播约阿基姆的预言,二人后来又遇上了卡萨莱的乌贝尔蒂诺,就从那里开展了宗教活动。在那些岁月里,一位来自莫罗内名叫彼耶特罗的神圣的隐士登上了教皇的宝座,以西莱斯廷五世的圣号统治教廷,他受到属灵派的拥戴。"将会出现一位圣人,"有人这么说,"他将遵循基督的教导,他将会有天使般纯

---

[1]　Pierre de Jean Olivi (1248—1298),法国神学家、方济各修士。

洁的生活,贪腐的教士们,你们发抖吧。"也许西莱斯廷五世的生活太纯洁了,而他周围的神职人员又都太贪腐了,或者是他忍受不了跟皇帝和欧洲的国王之间的长期战争;结果,西莱斯廷五世放弃了罗马教皇的圣位,又回去过隐居生活。但在他执政不到一年的短暂时间里,属灵派的企望都得到了满足,并成立了一个名为西莱斯廷派穷苦的隐士兄弟会的教团。另一方面,正当教皇在罗马最有权势的红衣主教之间作调解时,有些人,如一位叫科罗纳和一位叫奥尔西尼①的枢机主教,却秘密地支持主张清贫的新教义。对于生活优越拥有不菲财富的强权者来说,这种选择的确奇怪,我始终不明白是不是他们简单地想利用属灵派来达到他们执政的目的,或者是他们认为自己的世俗生活要得到解释,就必须支持属灵派的理念。而就我对意大利粗浅的了解来看,也许这两方面都有道理。但是,正是为了做出个榜样,乌贝尔蒂诺一度被枢机主教奥尔西尼任命为教区本堂神甫,而当时最受属灵派青睐的奥尔西尼是冒着被谴责为异教徒的风险的。在阿维尼翁,他还曾亲自保护过乌贝尔蒂诺。

在那种形势下,一方面,安杰罗·科拉雷诺和卡萨莱的乌贝尔蒂诺宣讲他们的学说,另一方面,大批普通的教友接受他们的布道,并在他们的家乡不受任何控制地传播。就这样,这些小兄弟会②的人,或者出身贫寒的修士们充斥了意大利,他们被许多人看作危险分子。那时,与教会的权威有接触的属灵派的导师们和他们普通的追随者已经很难区分开,他们生活在教会外面,靠乞讨度日,靠双手的劳动谋生,不拥有任何财富。而公众却称他们是小兄

---

① 指纳勃雷奥内·奥尔西尼(Napoleone Orsini,约1263—1342),枢机主教。曾在卜尼法斯八世和克雷芒五世手下任教皇特使,多次支持属灵派。

② Fraticelli,天主教方济各会的一支。

弟会修士,与追随皮埃尔·德·约翰·奥利维学说的法国苦行僧别无二致。

西莱斯廷五世被卜尼法斯八世所取代,这位新教皇一上台就对属灵派和小兄弟会的僧侣毫不宽容:就在十三世纪最后的几年中,他下达了一道敕令《坚定的审慎》,严厉谴责了游离在方济各会之外、流落各地的托钵僧①,以及脱离修士会过隐居生活的属灵派。

在卜尼法斯八世去世后,属灵派力图让继任的教皇同意他们以非暴力的方式脱离修士会,像克雷芒五世就是那样。可是约翰二十二世的继位却使他们的一切希望都破灭了。一三一六年,他当选为教皇后,逮捕了安杰罗·科拉雷诺和普罗旺斯的属灵派,他们中很多坚持要过自由生活的人都被判了火刑。

然而,约翰二十二世很清楚,要铲除小兄弟会的毒草,必须声讨他们的理念。小兄弟会的人宣称基督和他的门徒从来没有个人和公共财产,而由于就在一年前,方济各会在佩鲁贾召开大会,恰恰支持了基督守贫的观点;要是教皇谴责小兄弟会,那么就等于谴责整个基督教。教皇把认为"基督是清贫的"思想断定为邪恶,这似乎很奇怪,然而从认为"基督是清贫的"到认为"基督教会是清贫的"之间仅有一步之遥,而一个清贫的教会面对皇帝则会变得软弱无力。正因为这样,打那以后,许多对王国和佩鲁贾大会均一无所知的小兄弟会的人被教廷活活烧死了。

我望着乌贝尔蒂诺这样一位传奇式的人物,脑海里不禁回想起这些事情。我的导师把我引见给他,老人用一只近乎灼热的手

---

① 即十三世纪出现的苦行僧,以手托钵挂着拐杖乞讨施舍物而得名。

亲切地抚摸我的脸颊。一碰触到那只手，我就明白了我所听到过的有关这位圣人的许多事情，理解了当他把自己想象成《圣经》中抹大拉的马利亚那样的忏悔者时，那种自他年轻时代就吞噬过他心灵的神秘之火，尽管当时他仍在巴黎求学，他摒弃了对神学的纯理论性的研究。他跟福利尼奥的圣女安吉拉①有过异常密切的关系，受到她的影响，他开始了对十字架的崇敬……

我注视着那张圣女般线条纤细的面庞，那面容有如与他交流过深邃神学思想的那位圣女的温柔脸庞。我直觉，在一三一一年维埃纳公会议上免去与属灵派对立的方济各修道院院长们的职务，但是又强制属灵派在教会内部过平静生活的时候，他的面容一定严厉得多。不过，这位否决派的楷模人物并不接受那种妥协，而是为建立一个拥有严明教规的独立教团而奋力抗争。乌贝尔蒂诺最后败北，因为在那些年代里，约翰二十二世发动了一场讨伐皮埃尔·德·约翰·奥利维的追随者的战争。乌贝尔蒂诺为了已故挚友，毅然跟教皇对决。教皇慑于他的威望，没敢判决他（尽管后来判决了其他人），反而乘机给了他一条生路：迫使他加入克吕尼修会。应该说乌贝尔蒂诺很善于在教廷中赢得保护者和同盟者，尽管他表面上显得那么无奈和脆弱；他的确答应进佛兰德的让布卢修道院，但我相信他从未去过那里，而是打着红衣主教奥尔西尼的旗号，留在了阿维尼翁，捍卫方济各会的教义。

只是在近几年（我听到的传言并不准确），他在教廷的声望开始低落，不得不离开阿维尼翁，而教皇一直派人追踪这位被视为异端的 per mundum discurrit vagabundus②。有人说他已经销声匿迹了。而那个下午，在威廉跟修道院院长的谈话中，我才得知他躲

---

① Angela da Foligno(1248—1309)，圣女，笃守典型的方济各会的观点和学说。
② 拉丁语，浪迹天下的人。

在这座修道院里。如今他就在我眼前。

"威廉，"他正在说，"要知道，当时他们追杀我，我不得不在深夜逃跑。"

"谁想要你死？约翰吗？"

"不是。约翰从来没有喜欢过我，但他始终尊敬我。毕竟十年前是他强迫我加入了本笃会，使我逃过了审判。"

"那是谁对你居心不良呢？"

"所有的人。教廷。他们曾两度企图杀害我。他们想封住我的嘴。你知道五年前发生的事情。纳博纳的信徒们在那之前两年就被判了刑，贝伦加里奥·塔罗尼虽然是裁判官之一，却向教皇提出诉求。那是艰难的岁月，约翰已经颁布了两道敕令谴责属灵派，当时切塞纳的米凯莱也屈服了——哦，对了，他什么时候到？"

"两天以后他就到。"

"米凯莱……我好久没见到他了。现在他明白了，当初我们想要的是什么，佩鲁贾大会证实了我们是对的。可是，早在一三一八年他就向教皇屈服了，把普罗旺斯五名拒不屈从的属灵派修士拱手交到教皇约翰手里。他们被活活烧死了，威廉……啊，太恐怖了！"他用双手捂住脸。

"但是塔罗尼提出诉求之后，究竟发生了什么呢？"威廉问道。

"约翰不得不重开辩论，你明白吗？他不得不这样做，因为即使在教廷内部也有人心生疑虑，还有教廷中的方济各会的人士——那些表里不一的伪善者，为了得到一份教士俸禄而出卖自己，不过他们也心存狐疑。就在那个时候，约翰要我拟一份关于倡导守贫的备忘录。那称得上是一部杰作。威廉，愿上帝宽恕我的桀骜不驯……"

"我拜读过了，是米凯莱给我看的。"

"即使我们自己人中间也有心存狐疑的人,阿基坦的大教区主教,圣韦塔莱的红衣主教,卡法的主教……"

"一个白痴。"威廉说道。

"愿他安息。两年前他就被上帝召唤走了。"

"上帝并不是那么大慈大悲的。那是从君士坦丁堡传来的一则假消息。他尚活在我们中间,听说他将成为教皇的一员特使。愿上帝保佑我们!"

"不过他是支持佩鲁贾大会的呀。"乌贝尔蒂诺说道。

"正是。他属于那种人,他总是对手们最好的楷模!"

"说实话,"乌贝尔蒂诺说道,"即使在当时,他对我们的事业也不太支持。虽然结果一败涂地,但至少我们所倡导的思想没有被视作异端,而这是非常重要的。为此,其他人从来都不肯宽恕我,他们想方设法伤害我。三年前,当路德维希宣布约翰是异教徒的时候,他们说我在萨克森豪森。可谁都知道,七月份我明明是跟奥尔西尼在阿维尼翁……他们居然发现皇帝的部分宣言反映了我的那些思想,真是荒唐。"

"没那么荒唐。"威廉说道,"那些思想是我传授给他的,而我是从你的阿维尼翁宣言和奥利维的著作中学到的。"

"你?"乌贝尔蒂诺惊喜地大声说道,"那么说,你是赞同我的观点的!"

威廉显得窘困。"那些想法在当时对于皇帝是有利的。"

乌贝尔蒂诺疑惑地看了看他。"啊,那么说,你并不真的相信这些观点,是不是?"

"你再说说,"威廉说道,"你说说,你是怎么摆脱那些狗的呢?"

"啊,是的,那是些狗,威廉。一些疯狗。我甚至还跟博纳格拉齐亚本人较量过，你知道吗？"

"可是贝加莫的博纳格拉齐亚是站在我们这一边的！"

"现在是。在我跟他长谈过后。他被说服了，并抗议教皇的那份敕令《致教规的创始人》。教皇为此囚禁了他一年。"

"我听说他现在和我在教廷的一位朋友，奥卡姆的威廉，过往甚密。"

"我对他了解甚少。我不喜欢他。一个没有热忱的人，满脑子的理性，没有心灵。"

"可他头脑灵光。"

"也许是吧，但这会把他引向地狱。"

"那么我就将在地狱见到他，我们将在那里讨论逻辑问题。"

"你住嘴，威廉，"乌贝尔蒂诺亲切地微笑道，"你比你的那些哲学家优秀多了。只要你有愿望……"

"什么？"

"我们在翁布里亚大区最后一次见面的时候，你记得吗？多亏那个神奇的女人求情，我刚刚从我的伤痛中挣脱出来……蒙特法尔科的基娅拉①……"他容光焕发地喃喃自语道，"基娅拉……女人的天性是如此乖僻，而当那种天性升华为至高圣洁的东西后，就会变得最优雅高贵了。你知道，那最纯洁的贞节是如何启示了我的生命，威廉啊，"（他激动地抓住威廉的一只胳膊）"你知道，我是多么……强烈地——对，是强烈地——渴求忏悔，以寻求摆脱肉欲的折磨，以使自己只是沉浸在受苦受难的耶稣的挚爱之中……然而，我一生中有三个女人，她们对我来说是天国的使者。福利尼奥的圣女安吉拉，卡斯泰洛城的玛尔盖丽达（她使我提前写完我的

---

① Chiara da Montefalco（1268—1308），少女时就进入一家修道院，后任女修道院院长。

书,当时我才完成三分之一),最后是蒙特法尔科的基娅拉。她是上帝给我的一份馈赠,所以我能够走在教会行动之前,调查她创造的奇迹,对人群宣布她的圣迹。而你,威廉,当时你就在那里,你完全能够帮助我完成那神圣的事业,而你却不愿意……"

"可是,你要我参与的那种事业是要把本蒂文加、贾科莫和乔瓦努齐奥送去受火刑的。"威廉低声说道。

"他们用邪恶诋毁她的圣名。而当时你是宗教裁判官那!"

"可就在当时,我要求辞去那个职务。我不喜欢审讯。恕我直言,我也不喜欢你诱导本蒂文加认罪的方式。你假装愿意加入他们的教派,如果那称得上是教派的话。你骗取了他的秘密,然后你让人逮捕了他。"

"可是对付基督的敌人就得这样做!他们是异教徒,他们是假使徒,他们身上有多里奇诺修士①身上的硫黄臭味!"

"可他们是基娅拉的朋友。"

"不,威廉,你不能在基娅拉的名字上留下丝毫阴影。"

"可他们在她的教团里面活动……"

"她以为他们是属灵派的人,她未加怀疑……只是在调查中,古比奥的本蒂文加自称传道者,而且跟贝瓦涅亚的乔瓦努齐奥一起诱惑修女,说地狱是不存在的,说可以满足肉体的欲望而不冒犯上帝,说跟一个修女睡过觉之后可以领受基督的圣体(愿上帝宽恕我!),说抹大拉的马利亚比贞女阿格尼斯更受上帝青睐,说凡人所称的魔鬼也就是上帝本人,因为魔鬼就是智慧,上帝就是智慧!而仁慈的基娅拉在听到这些言论之后,就产生了幻觉,上帝亲口对她说那帮家伙是一些 Spiritus Libertatis② 邪恶的追随者!"

---

① Fra Dolcino(1250—1307),十四世纪初著名的异教徒。
② 拉丁语,自由精神。

"他们是方济各修士，头脑里燃烧着跟基娅拉一样的幻觉，而令人着魔入迷的幻觉和罪恶的狂热之间经常仅有一步之遥。"威廉说道。

乌贝尔蒂诺紧握威廉的双手，两眼噙着泪水。"你别这么说，威廉。你怎么能把在点燃的烛光下令人销魂的爱的时刻和带有硫黄味的感官的失控混为一谈呢？本蒂文加唆使别人触摸赤裸的肢体，认定唯有那样才能挣脱感官的主宰而获得自由，homo nudus cum nuda iacebat①..."

"Et non commiscebantur ad invicem②..."

"骗人的谎言！他们是在寻欢作乐。如果他们感到肉体的刺激，他们就不认为男人和女人躺在一起，相互触摸和亲吻身体的每一个部位，赤裸的肚子贴在一起，满足这种刺激竟然是什么罪过！"

我承认，乌贝尔蒂诺鞭笞他人的罪孽时所采用的方式并没有诱导我萌生高尚的念头。我的导师大概是发现我窘困不安，就岔开了圣人的话题。

"你的精神是热烈的，乌贝尔蒂诺，无论是对上帝的爱还是对罪恶的憎恨。我想说的是：天使的激情和撒旦的狂热之间的差别是微乎其微的，因为两者均产生于一种极端兴奋的意志。"

"噢。差别是有的，这我知道！"乌贝尔蒂诺激动地说道，"你是想说，对于爱的向往和作恶的行为之间只有微小的差别，因为这都是如何引导同样意志的问题。这是真的。但差别就在对象，而对象是清晰可辨的。这边是上帝，那边是魔鬼。"

"可我担心再也不知道如何分辨了，乌贝尔蒂诺。你那位福利尼奥的圣女安吉拉不是讲到，那天，她精神恍惚地发现自己居然待

_____

① 拉丁语，男人和女人赤身裸体躺在一起。
② 拉丁语，而他们并没有交媾。

在基督的墓穴里了吗？她不是说过，她先是怎样亲吻他的胸部，并看到他闭着眼睛躺在那里，然后吻了他的嘴，那两片唇上有一种难以言喻的温柔甜美之感；短暂的间歇之后，她把自己的脸颊贴在基督的脸颊上，而基督用他的手轻抚她的脸颊，并把她紧紧地搂在怀里吗？而且——她是这样说的——她感到无比欢欣。”

“这和感官的冲动有何相干？”乌贝尔蒂诺问道，“这是神秘的体验，而且身躯是我们上帝的。”

“也许我习惯了在牛津生活，”威廉说道，“在那里，即使神秘的体验也是另一类型的……”

“全都在头脑里。”乌贝尔蒂诺微笑道。

“或者全都看在眼里。上帝可以感知，如同太阳照耀下的光亮，如同明镜中的形象，如同有序物质各部分颜色的分布，如同被雨滴打湿的树叶上的日光反照……这种爱岂不是更接近方济各在颂扬上帝所创造的天地万物、花草、水和空气时所表示的那种爱吗？我不相信这种爱会是什么陷阱。然而我不喜欢把与万能的上帝交流时在肉体的接触中所产生的颤栗说成是一种爱……”

“你在亵渎，威廉！这不是一回事。爱恋着受难的耶稣的那种激情和蒙特法尔科的那些伪善的使徒们堕落的狂热之间，有着一条不可逾越的鸿沟……”

“他们不是假使徒，是自由灵弟兄会，你自己也这样说过。”

“那又有什么区别呢？你对那次审判的详情并不知晓，我本人也不敢把某些供词记下来备案，生怕魔鬼给基娅拉在那个地方所营造的圣洁的氛围蒙上哪怕是一瞬间的阴影。但有些事情，有些事情我是知道的，威廉！他们深更半夜聚集在一个地窖里，弄来一个刚出生的婴儿，抛来抛去，直到婴儿死去。活活打死……或用另一种方式弄死……谁最后接到尚活着的婴儿，婴儿死在谁的手里，谁就当教派的首领……然后，婴儿的尸体被撕成碎片，掺在面粉里，做成渎神的圣饼！"

"乌贝尔蒂诺，"威廉坚定地说道，"亚美尼亚的主教们在几个世纪以前就说到过这些事情，那是保罗派①干的。鲍格米勒派②也这样做过。"

"那又怎么样？魔鬼是愚钝的，他设置的陷阱和诱惑都依照同一节奏，相隔数千年仍重复自己的仪式，一成不变。正因如此，人们辨得出这种敌人！我可以发誓，复活节之夜，他们会点燃蜡烛，带几个女孩子到地窖里，然后他们吹灭蜡烛，扑向女孩子们。哪怕他们有血缘关系……而如若这样产下一个男婴，就重又开始残忍的仪式。他们把一只被他们称作小酒桶的壶围在中央，壶里盛满了葡萄酒，他们开怀痛饮，喝得酩酊大醉，把男婴切成碎块，把婴儿的血斟在一只酒杯里，他们还把别的活着的婴儿扔进火里，把婴儿的骨灰和酒杯里的血搅拌在一起，喝进肚里！"

"可三百年前普塞洛斯③在他那本关于魔鬼的书上就已经写到过这种事！谁跟你讲述这些事情的？"

"是他们，本蒂文加和其他人在酷刑下招认的！"

"唯有一样东西比欢乐更能激起动物的性欲，那就是痛苦。在酷刑之下，你就像生活在药草引起的幻觉的王国里一样。你以往的所见所闻，都会浮现在你的脑海里，好像你被人劫持走，不是带入了天堂，而是走向了地狱。在酷刑之下，你不仅会说出审判官要你招供的那些事情，还会说出你想象中的那些能取悦审判官的事情，因为在你和审判官之间确立了一种关系（这正是恶魔般罪恶的

---

① Paulician，公元七世纪亚美尼亚的二元论基督教派别。
② Bogomili，十世纪中叶兴起于保加利亚的善恶两元论教派。
③ Michael Psellos（1018—1097），拜占庭哲学家、神学家和政治家。

关系）……我深知这些，乌贝尔蒂诺，我自己就曾是那些团队里的一员，他们相信用炙热的铁条就能让人说出真话。然而，要知道，炽热的真理是用另一种火焰燃烧出来的。本蒂文加在酷刑之下会说出最荒谬的谎言，因为当时已不再是他自己在说话，而是他的淫欲，他灵魂中的魔鬼。"

"淫荡的欲望？"

"是的，是痛苦的欲望，就像渴求崇拜的欲望一样，还有一种谦卑的欲望。倘若能够轻而易举地让叛逆的天使改变他们热切的崇拜和谦卑的天性，而去热衷于傲慢和反叛的话，那么，对于人还有什么可说的呢？这就是我在审判过程中所想到过的，现在你知道了。正因为如此，我放弃了那种职务。我缺乏去调查那些坏人弱点的勇气，因为我发现，坏人的弱点也是圣人的弱点。"

乌贝尔蒂诺听完了威廉的最后几句话，好像他并没有听懂。从他随即充满怜悯亲切的表情看来，我明白了，他是把威廉当做罪恶感情的猎物了，然而他原谅我的导师，因为他深爱威廉。他打断威廉，用相当痛苦的语调说道："这无关紧要。如果当初你有这样的感觉，你不当裁判官是对的。人需要抗拒诱惑。不过当时我确实缺少你的支持，本来我们是可以击溃那个邪恶教派的。而你知道结果发生了什么，我本人被指责过于软弱，而且被怀疑为异教徒。你在跟邪恶势力的斗争中也太软弱。邪恶，威廉，难道这种谴责，这种阴影，这一阻止我们抵达清泉的泥沼，还将无休止地存在下去吗？"他又更加靠近威廉，好像生怕有人听到他说的话，"在这里，就在这些用来做神圣祈祷的围墙内，也同样有邪恶，你知道吗？"

"这我知道，修道院院长跟我说过，而且还要求我帮他查明真相。"

"那你就明察暗访,用猞猁的目光朝两个方向观察:淫欲和傲慢……"

"淫欲?"

"是的,淫欲。那个死去的年轻人身上有某种……女人味儿,那是恶魔般的东西。他的目光中有青春少女寻求与噩梦交流的眼神。但是我也跟你说了'傲慢',才智的傲慢,在这座修道院演变为对拥有知识的自豪,对智慧的妄想……"

"要是你知道些什么,就帮助我。"

"我什么都不知道。没有什么是我知道的。某些事情我心里感觉得到……行了,我们为什么要谈这些令人伤心的事情,吓唬我们这位年轻的朋友呢?"他用那天蓝色的眼睛看了看我,用他那颀长白皙的手指抚摸我的脸颊,我几乎本能地想后退,但我克制住了;我做得对,因为那样会伤他的心,他的意图是纯洁的。"你跟我说说你的事,"他又转向威廉,"打那以后,你干了些什么? 过了有……"

"过去十八年了。我回到家乡。我又在牛津进修,攻读自然。"

"自然是善良的,她是上帝的女儿。"乌贝尔蒂诺说道。

"如果上帝生下了自然,那上帝就是善良的。"威廉微笑道,"我在牛津深造期间,遇见了一些才智超凡的朋友。后来我认识了马西利乌斯,他那些关于帝国、人民,以及地球上王国的新法则的观点吸引了我,于是,我就加入到辅佐皇帝的那帮兄弟们中间。不过这些你都知道,我曾给你写过信。当我在博比奥听人说你在这儿时,我欣喜不已。我们原以为你失踪了。不过现在你跟我们在一起了,过几天米凯莱也要到了,你将会帮我们大忙;那将是一场激烈的冲突。"

"我要说的,五年前在阿维尼翁都已经说了,没有更多的。谁跟米凯莱一起来?"

"一些曾在佩鲁贾的人,阿基坦的阿诺德,纽卡斯尔的乌戈①……"

"谁?"乌贝尔蒂诺问道。

"纽卡斯尔的乌戈,对不起,我用标准的拉丁语说时,又用英语了。还有阿尼克的威廉②。而阿维尼翁的方济各修士那方面我们可以期待卡法的白痴吉罗拉莫,兴许贝伦加·塔罗尼和贝加莫的博纳格拉齐亚也会来。"

"我们寄希望于上帝吧,"乌贝尔蒂诺说道,"最后两个人不太想与教皇为敌。而在那些狠心人中间,谁将会支持教廷的立场呢?"

"从我收到的那些信件中,我想象会有洛伦佐·德克阿尔科内③……"

"一个心术不正的人。"

"约翰·达诺④……"

"他在神学方面的观点很狭隘,你得留神。"

"我们会当心的。最后是约翰·德·波讷⑤。"

"他会跟贝伦加里奥·塔罗尼站在一起。"

"是的,我真的相信我们会找到乐子。"我的导师说道,心情极好。乌贝尔蒂诺带着一种茫然的微笑看了看他。

"我永远搞不懂你们英国人什么时候才说正经话。这样严重

___

① Ugo da Newcastle,英国(或法国)神学家。一三二二年加入佩鲁贾方济各会。
② Guglielmo Alnwik(约 1270—1333),英国神学家。一三二五年因支持基督守贫的观点而被召去阿维尼翁。
③ Lorenzo Decoalcone,方济各会修士。
④ Jean d'Anneau,巴黎神学家。一三二八年曾发表谴责佩鲁贾方济各会的论文。
⑤ Jean de Baune,法国普罗旺斯的宗教裁判官,曾迫害主张守贫的教徒。

的问题,还有什么乐子。教会的生死存亡在此一举,这是你的教会,在我内心深处,也是我的教会。但我会恳求米凯莱别去阿维尼翁。教皇需要他,寻找他,执意邀请他。你们可别相信那个法国老头儿。啊,上帝啊,你的教会落在谁的手中了!"他把头转向祭台,"它已沦为娼妓,追求奢华,像一条发情的蛇沉溺在欲望中!从伯利恒用造十字架的'生命之木'建成简陋圣洁的马厩,演变到用金子和大理石构建的宫廷里的纵情声色。你瞧,这里也一样,你看见门廊了,这些雕像透射出十足的狂野和骄奢!敌基督的时代终于来临,我着实害怕。威廉!"他环视四周,双目圆睁,凝望阴暗的中殿里面,仿佛敌基督随时都可能出现,而我真巴不得能见到他。"敌基督已有代言人在这里,他们是被派遣来的,就如同基督派遣他的门徒在世上游说一样。他们糟践上帝之城,用欺骗、虚伪和暴力诱惑世人。到时候,上帝将派遣他的仆人以利亚和以诺,上帝让他们留下活在人间乐园,以便有朝一日让他们对付敌基督,他们将穿着麻袋衣来作出预言,将会言传身教地劝说世人忏悔……"

"他们已经来了,乌贝尔蒂诺!"威廉指着自己身上方济各修士的教袍说道。

"然而他们还没有取胜,敌基督怒气冲天地指使人杀害以利亚和以诺,并且把他们暴尸示众,使人人都不敢效法他们。这个时刻已经到了。他们本来就是想这样杀死我的……"

在那一刻,我恐惧地感到,乌贝尔蒂诺是不是着了魔,我担心他失去理智。事隔几年后,我知道了发生的事,他在一个德国城市被人神秘地杀害了,却始终不知道凶手是谁。我更感恐惧,因为很显然,乌贝尔蒂诺那天是在为自己预言。

"你知道,约阿基姆院长说的是真的。我们已经到了人类历史的第六个时期,将会出现两个敌基督,神秘的敌基督和真正的敌基督。这就发生在如今的第六个时期，现在方济各在他自己的肉体上留有耶稣受难时的五处创口。卜尼法斯曾是神秘的敌基督，西莱斯廷的让位是无效的，卜尼法斯是从海上来的那头禽兽，他的七个脑袋代表着他犯下的七项死罪，那十只角就是他所犯的十诫，他周围的红衣主教都是蝗虫，魔王就是 Appolyon① 的化身！而野兽的数目，如果你用希腊字母念的话，就是'Benedicti'！"他盯着我看，想知道我是否明白了，并且举起一个手指警示我，"本笃十一世②就是真正的敌基督，他是从地上冒出来的野兽！上帝应允这样一个歹毒邪恶的魔鬼主宰他的教会，是为了让他的继承者更加显得功德无量，无上荣耀！"

"可是，神父，"我鼓起勇气，轻声反驳道，"他的继承人是约翰！"

乌贝尔蒂诺用一只手按住前额，像是为了驱散一个恼人的噩梦。他吃力地呼吸着，他累了。"是的。推算错了，我们还在期待一位天使般仁慈的教皇呢……可是，与此同时，方济各和多明我出现了。"他抬头仰望天空，像是在祈祷（然而，我敢肯定，他是在背诵《生命之树》中的一页），"前者在天使的感召下得到了净化，以炽热的火焰，点燃芸芸众生的心灵。后者则真正充满传道思想，以其思想的光辉荡涤笼罩着整个世界的黑暗……对呀，倘若这是许下的诺言，那么天使般的教皇就一定会出现。"

"但愿如此，乌贝尔蒂诺，"威廉说道，"此刻，我到这里来就是要阻止人道的皇帝被驱逐。至于你所说的天使般的教皇，多里奇诺修士也谈到过……"

---

① 希腊语，灭绝者。
② Benedictus XI(1240—1303)，卜尼法斯八世的继承人，竭力靠拢法国，反对属灵派。

"你别再提那条毒蛇的名字!"乌贝尔蒂诺大声吼道,这么一个哀伤的人,我是第一次见他会变得如此怒不可遏,"他玷污了卡拉布利亚的约阿基姆的圣言,使那些话成了死亡和污垢的诱因。要是敌基督有使者的话,那就是他。而你,威廉,你这么说,是因为实际上你不相信有敌基督,你在牛津的导师们教会了你崇尚理性,使你心灵的预言能力枯竭了。"

"你错了,乌贝尔蒂诺,"威廉十分严肃地回答说,"你知道,在我的导师中,我最敬仰的是罗杰·培根……"

"那个胡说什么有飞行器的人。"乌贝尔蒂诺讥讽地挖苦道。

"他是个以明确和清晰的方式谈论敌基督的人,他发现了世界贪腐和知识贫乏的迹象。然而,他教导说唯有一个方法能使我们应对敌基督:研究大自然的秘密,用知识来完善人类。你可以通过研究药草的治疗性能、石头的性质,甚至设计你刚才讥笑过的飞行器,来准备与敌基督抗争。"

"你的导师培根的敌基督的见解,只是培养智力的骄狂的借口。"

"一种神圣的借口。"

"骄傲自负绝不是神圣的。威廉,你知道,我对你好。你知道,我十分信任你。端正你的聪敏才智吧,学会为圣主的伤口哭泣,把你的那些书籍扔掉吧。"

"我将仅仅研读你的书。"威廉微笑了。乌贝尔蒂诺也微笑了,并举起一个手指威胁他说:"愚蠢的英国人。你别过分嘲笑你的同胞。相反,你得惧怕那些你不爱的人。在这座修道院里,你得留神。我不喜欢这个地方。"

"而我正想更好地了解它。"威廉辞别时说道,"阿德索,我们走吧。"

"我告诉你这个地方不好，你却要更加熟悉它。咳！"乌贝尔蒂诺摇摇头说道。

"对了，"已经走到中殿中央的威廉又说道，"那个长得像禽兽，嘴里说巴别语的僧侣是谁啊？"

"萨尔瓦多雷？"已经跪下的乌贝尔蒂诺转过头来，"我想他是我赠给这座修道院的礼物……连同那位食品总管。当我脱下方济各修士僧袍时，我回到卡萨莱的老修道院待了一阵子，在那里我发现一些修士处于困境，因为他们被教区谴责为我这个教派属灵派的人……他们就是那么说的。我设法帮了他们，让他们获得跟我一样的出路。我去年来的时候，发现萨尔瓦多雷和雷米乔他们两个就在这里。萨尔瓦多雷……真的，看起来像禽兽，可是他乐于助人。"

威廉犹豫了片刻："我听见他说'忏悔吧！'"

乌贝尔蒂诺沉默无言。他挥动一只手，像是要驱赶一种恼人的念头："不，我不信。你知道这些世俗的教士是些什么人。一些乡下人，兴许是听了某些流浪的布道者宣讲的教义，却不懂他们在说些什么。对于萨尔瓦多雷，我还要谴责的是，他是一个贪嘴和贪色的禽兽，但他不悖逆天理。不，修道院的罪恶另有他人，你得在知道得太多的人中寻找线索，而不是在毫无所知的人中寻找。千万别抓住片言只语就心生疑团。"

"我绝不会那样做。"威廉回答说，"我不当宗教裁判官，就是为了不再这样做。不过我也喜欢听别人说，然后我再加以思考。"

"你思考得太多了。孩子，"他掉过头来对我说，"你可别学你导师太多的坏榜样。唯一应该思考的是死亡，这是我到生命尽头才意识到的。死亡是流浪者的归宿，一切劳苦的终极。现在你们让我祈祷吧。"

第一天

午后经之前

其间,威廉和药草师之间有一次深奥的对话。

我们重又通过教堂中殿出来。跟乌贝尔蒂诺的那席谈话令我忐忑不安。

"他是个……奇怪的人。"我说道。

"在许多方面,他是一个,或者曾经是一个了不起的人。但正因如此,他才怪。唯有凡夫俗子才是显得正常的人。乌贝尔蒂诺原本可能成为一名让人活活烧死的异教徒,或者神圣罗马教廷的红衣主教。两种相反的身份,他都曾接近过。当我跟乌贝尔蒂诺谈话时,感觉到地狱就是从另一角度看到的天堂。"

我不明白他想说什么:"从哪一个角度?"

"是啊,"威廉承认道,"这得看知不知道有没有其他的角度,还是只有一个角度。不过你别听我的。你别再看那条门廊,"他轻轻地拍着我的后颈窝说道,因为我又被入口处那些雕刻所吸引,正要转过身去看,"他们今天把你吓得够呛了。他们所有的人。"

当我转身朝向门口时,前面又出现了一个僧侣。他看上去与威廉同龄。他对我们微笑,有礼貌地向我们致意。他说他叫塞韦里诺,是从圣艾美拉诺来的。他是一位掌管药草的神父,管理浴室、医务所和植物园。他说,如果我们想在修道院的院墙里面走走,他可以为我们引路。

威廉向他道过谢,紧接着说,他进来时已经注意到了那片别具一格的植物园,透过积雪能看到园里不仅种有食用植物,还有药草。

“在春夏两季,药草的种类繁多,每种药草都开花,这园子就成了对造物主最好的赞美诗。”塞韦里诺略带歉意地说道,“不过,就是在这严冬季节,药草师也能透过干枯的枝干,一眼就看出日后会长出什么来,并且能告诉你,这个植物园比任何一本植物志上所记载的都要丰富,尽管植物志上的插图更为漂亮。而且,即使是冬天,一些珍贵的药草也能生长,有些药材我收集在实验室的药瓶里备用。大黄的根可治疗黏膜炎,木槿根煎汁可调制治皮肤病的药膏,栗果能治愈湿疹,蛇根草的块茎切碎研磨之后可治疗腹泻和某些妇科病,胡椒可助消化,款冬能止咳,我们还种有助消化的上好龙胆;杜松和刺柏可制成汤剂,接骨木的树皮可熬制保肝药剂,石碱草根经冷水浸泡可治疗黏膜炎,还有缬草,它的疗效你一定知晓。”

“你们有各种适应不同气候的上好药草。这是怎么做到的?”

“一来得归诸上帝的仁慈,我们修道院坐落在北面靠山南面临海的高地,既有海上徐徐吹来的暖风,又沐浴着高山上森林树脂的芳香。二来得归功于我的手艺。我虽不才,但我遵循导师们对我的谆谆教诲,学有所成。有些植物也可以在不利的气候中生长,只要你管理好周围的土壤以及肥料,并关注它们的发育。”

“你们也有只供食用的上好植物吗?”我问道。

“我年轻的小马驹,你准是饿了,能当做食物的上好植物,对人体都一样有疗效,只要按适当的剂量服用;只有过量食用才会导致疾病。就以洋葱为例吧,生性温和湿润,少量食用能增进性功能,这自然是对那些没有许愿修行的人来说,但吃得过量,就会头晕,得喝牛奶和醋抵消。这就是为什么年轻的僧侣少吃洋葱为妙,"他诡谲地补充道,"理由是充分的。大蒜生性干热,有解毒的功能。尽管有人说,晚上大蒜吃多了会让人做噩梦。不过这些比某些会令人产生可怕幻觉的药草要好得多。"

"哪些药草?"我问道。

"哎呀,我们的见习僧想知道的太多了。只有药草师才能知道这些事情,否则,任何一个没头脑的人都可以四处游走让人产生幻觉,或者使用药草来招摇撞骗。"

"但只要用一点荨麻,"这时威廉说道,"或者用一点雄黄或紫草,就可以防止产生幻觉。"

塞韦里诺瞟了我导师一眼:"你对药草学很感兴趣吗?"

"我懂得很少,"威廉谦虚地说道,"我看过乌布凯希姆·德·巴尔达克①所著的《健康药谱》一书……"

"阿布尔·艾山·阿·默奇塔赫·伊本·博特兰。"

"或者叫埃鲁卡西姆·埃利米塔尔,随便你怎么称他。我想知道,这里能不能找到一本?"

"制作精美的一本书,上面有很多漂亮的插图。"

"感谢上苍! 也有普拉特亚留斯的《论药草的性能》吗?"

"也有,那也是一本精美的好书,还有亚里士多德的《植物志》。要是能跟你就药草方面的学问诚恳交谈一番,我将会很高兴。"

"我将会更高兴,"威廉说道,"但我们还是别违背肃静的戒规,

---

① Ububchasym de Baldach(? —1038),在巴格达生活过的天主教医生和神学家。

好像你们的教会是有这条教规的。"

"那条教规,"塞韦里诺说道,"在几个世纪里是依不同教团的需要而订立的。教规明文规定《圣经》可供 lectio divina[①],而不供研究;可你知道我们的教会开展了对于圣事和世俗事情的研究。教规还规定集体就寝,但有时候,我们这里就是这样,僧侣们在夜间也理应有机会静思,所以每个人都有单独的寝室。关于静思这一条教规是严格的,我们这里也如此,不仅是从事体力劳动的僧侣,就连缮写和阅读的僧侣也不能与他们的教友交谈。但是修道院首先是一个学者的群体,僧侣们相互交换所积累的学术财富是十分有益的。一切有关学术的交谈我们都看作是合法和有益的,只要不是在用膳或是举行祷告时就行。"

"你曾有机会与奥特朗托的阿德尔摩充分交谈吗?"威廉突然问道。

塞韦里诺并没有显得惊诧。"看来修道院院长已经跟你谈过了。"他说道,"没有。我不常与他交谈。他总是忙着配插图。有时候我听到他与另外一些僧侣讨论他工作的性质,如萨尔维麦克的韦南齐奥,或者布尔戈斯的豪尔赫。再说我白天不在缮写室里,而是在我的实验室里。"

"我懂了。"威廉说道,"那么你不知道阿德尔摩曾有过幻觉?"

"幻觉?"

"就像你的药草会让人产生的那种幻觉。"

塞韦里诺惊呆了:"我说过,那些有危险的药草我是严加保管的。"

"我说的不是这个,"威廉赶紧加以澄清,"我指的是一般的

---

① 拉丁语,阅读。

84

幻觉。"

"我不明白。"塞韦里诺坚持道。

"我是在想,假如一位僧侣经得修道院院长的允许,夜间可以在楼堡里走动……而在宵禁的时辰闯进去,就可能发生可怕的事情,是的,我是说,我是想可能会引起他产生恶魔般的幻觉,导致他纵身跳下深渊。"

"我说过,我不常去缮写室,除非我需要某一本书,不过我的药草标本一般都保存在医务所里。我说了,阿德尔摩跟豪尔赫、韦南齐奥,以及……当然,还有贝伦加。"

连我也觉察到了塞韦里诺声音中略带一种迟疑。这没有逃过我导师的直觉:"贝伦加? 为什么是'当然'?"

"是阿伦德尔的贝伦加,藏书馆馆长助理。他们是同龄人,一起当过见习僧,他们谈得来是很正常的事。这就是我要说的意思。"

"这就是你要说的。"威廉评论道。令我感到意外的是他并没有追问下去,实际上他很快转换了话题,"现在也许我们该去楼堡了。你能带我们去吗?"

"很乐意。"塞韦里诺明显地带着一种轻松感说道。他带我们沿着植物园走,把我们带到楼堡西面的正门。

"对着植物园的门是通往厨房的。"他说道,"不过厨房只占底层西半部,另一半是膳厅。从教堂唱诗堂后面可以到南边的门,有另外两个门厅分别通向厨房和膳厅。我们也可以从这里进去,因为我们可以从厨房到膳厅的内部。"

我进入宽敞的厨房后,瞥见了楼堡内部从上到下围着一个八角形的庭院;后来我明白了,那是一个没有出口的大天井,每一层都有朝向院子的宽敞窗户,就跟那些朝向教堂外的窗户一样。厨房是一间烟雾腾腾的宽敞大过厅,里面很多仆人已在忙着准备晚饭了。两个仆人正在一张大案子上做一张大馅饼,用蔬菜、大麦、荞麦和裸麦制作;把芜青、水芹、小萝卜、胡萝卜剁碎揉在面里。旁边有另一个厨师刚把几条鱼放在葡萄酒和水中煮熟,正在往鱼上浇着用洋苏叶、香菜、荷兰芹、大蒜、胡椒和盐调制的酱汁。

西角楼下面有一个巨大的烤面包的炉子,里面炉火熊熊。在南角楼,有一个高大的壁炉,炉子上放有几口烧开的大锅,以及还转动着的烤肉扦。这时候,猪倌们从教堂后面通向打谷场的那道门进来了,手里捧着刚宰的新鲜猪肉。而我们却是从那道门出去,来到了高地最东边紧靠院墙的打谷场,靠院墙建有很多房子。塞韦里诺对我解释说,前面几间是猪圈,其后是马厩、牛棚和鸡舍,还有盖顶的羊圈。猪倌们在猪圈前面的一口很大的缸里搅拌着新鲜猪血,以免凝固。由于天气寒冷,猪血如果及时加以搅拌,而且搅拌得均匀,就能保持好几天液状,以备制作猪血肠。

我们又进入楼堡,经过膳厅时,仅扫了一眼,就朝楼堡东角楼走去。膳厅就在东角楼和北角楼之间,北角楼装有一只壁炉,东角楼有一个盘旋扶梯,通向楼上的缮写室。僧侣们每天就是由这里上楼去工作,或者从壁炉和厨房炉灶后面的两个扶梯上去,扶梯都是螺旋式的,虽不很舒服,但相当暖和。

威廉问,在缮写室里会不会遇到人,尽管那是星期天。塞韦里诺微笑着说,对于本笃会修士来说,工作就是祈祷。星期天日课的时间持续得更长,但是安排从事书本工作的僧侣们照样会在楼上待上几小时,通常是用来交流富有成果的学术心得,以及对于圣书的思考。

第一天
午后经之后

其间，他们参观了缮写室，结识了许多学者、誊写员和书目标注员，还有一位期待敌基督降临的老盲人。

上楼梯时，我看见我的导师在注意观察照亮楼梯的窗子。也许我也变得像他一样机灵了，因为我立刻发现窗子的高度是一般人难以企及的，而且膳厅的窗户也没那么容易够着（那是二层楼唯一朝悬崖开的窗户，窗下没有可垫脚的家具之类的东西）。

爬完楼梯后，我们就从东角楼进入缮写室，到了那里我不禁惊叹了一声。楼上这一层不像楼下那样分成两个部分，所以在我眼前呈现出一片无比宽敞的空间。缮写室的天花板呈圆弧形，并不太高（比教堂要低些，但比我所见过的其他修士会堂要高），由几根粗大的圆柱支撑着。由于有三扇大窗户开在宽阔的墙面上，而且每个角楼的五面外围墙上都有镂空的小窗，此外，还有八扇高高的窄而长的窗子让光线从八角形的天井照进来，就此形成一个光线充足的明亮空间。

如此多的窗户使缮写室内长年光线充足，即使在冬天的午后也很明亮。窗玻璃不像教堂的窗子那么五颜六色，无色方格玻璃用铅框固定，让光线尽量不受人为干扰地照射进来，为阅读和书写的人照明。我多次在其他地方见到过一些缮写室，但没有一个像眼前见到的这间这么豁亮。阳光自然地倾泻而入，满屋生辉，那是光亮本身所体现的精神的原理，即 claritas①，那是一切美和智慧的源泉。这与缮写室匀称的比例是密不可分的，因为营造出美需要有三个要素：首先是完整或完美，因此我们认为丑恶的东西往往是残缺不全的；其次是比例适当，或叫和谐；最后是清澈和明亮，确实是这样，我们把色彩亮丽的东西视作美。由于美蕴含着安宁、善良和美好，我们的欲望也同样能用安宁、善良和美好来调节，所以我感到无比欣慰，并且我想，在那样的地方工作该是多么惬意啊。

　　在那个午后的时辰，呈现在我眼前的似乎是一个令人愉悦的做学问的场所。后来我在圣加伦也见到过一所和藏书馆分隔开（在其他地方，僧侣们都是在收藏书籍的地方工作的）的比例得当的缮写室，但不如这间布局好。古籍研究者、书籍管理者、书目标注员和学者各自坐在自己的书桌前，每扇窗前都有一张书桌。又因为总共有四十扇窗子（这也是一个十分完美的数字，由四角形的十倍推算而得，仿佛十诫是受四德所颂扬），四十位僧侣可以同时工作，尽管那时只有三十来位僧侣在那里。塞韦里诺跟我们解释说，在缮写室工作的僧侣可以免去辰时经、午时经和午后经，这样他们就可以在白天有光线的时辰不间断地工作，仅仅到了黄昏才去参加夕祷。

　　最明亮的地方是留给古籍研究者、最专业的绘画者、书目标注员和誊写员的。每张桌子上都有绘制和抄写所需的一切：角形墨水瓶、僧侣们用薄薄的小刀削尖的纤细的鹅毛笔、用来磨平羊皮

---

① 拉丁语，光洁明亮。

纸的浮石、书写前用来画线的直尺。在每一位缮写者旁边,或在每张桌子的斜桌面顶部,都有一个可放需要誊写的经书的支架,书页上覆盖着镂空格的小卡片,框出当时要誊写的那一行。有人用金色的墨水,有人用别的颜色的墨水。有些人就只在那里读书,在他们自备的笔记本或写字板上记笔记。

我还没来得及观察他们的工作,藏书馆馆长就已经向我们迎过来。我们早知道他就是希尔德斯海姆的马拉希亚。他脸上竭力装出欢迎的表情,但面对如此特别的容貌,我不由得一阵战栗。他脸色苍白,尽管他刚刚踏上其人生一半的路程,一脸细密的皱纹在旁人一眼看上去似乎更像是一位老太太(愿上帝宽恕我!),而不像是个老头子,他那深邃和伤感的眼神里流露出一种难以言喻的女人气质。他的嘴巴似乎露不出微笑,总而言之,他留给人的印象是:他是为了尽到某种令人不快的义务而痛苦地活着。

不过,他彬彬有礼地招呼了我们,并且把我们介绍给许多正在那里工作的僧侣。马拉希亚还把每人正在从事的工作告诉我们,我对他们那种求知欲和研读圣人教诲的虔诚态度深感钦佩。在此,我认识了萨尔维麦克的韦南齐奥,他是希腊语和阿拉伯语的翻译,睿智过人,是亚里士多德的忠实信徒;乌普萨拉的本诺,一个来自斯堪的纳维亚半岛的年轻僧侣,他研读修辞学;藏书馆馆长的助理、阿伦德尔的贝伦加;亚历山德里亚的埃马洛,他正在誊写从藏书馆只能借出来几个月的著作。还有一批来自各国为书籍绘图作画的人,有克朗麦克诺伊的帕特里奇奥,托莱多的拉巴诺,尤奥纳的马努斯,赫里福德的沃尔多。

当然,这个名单可以继续说下去,没有比名单更奇妙的了,它是生动地形象化描写的手段。但我得言归正传,从中会得到许多有用的启示,以揭示萦绕在僧侣们中间那种淡淡的不安心绪,以及他们言谈中表露出来的某种难以言喻的沉重感。

我的导师跟马拉希亚谈论起来，他赞扬缮写室的美观和勤学的气氛，并向他询问在这里进行工作的程序。他十分慎重地说，因为他所到之处都听人谈论这座藏书馆，有许多书他很想在这里查阅。马拉希亚对他解释了修道院院长已经说过的那些话，僧侣向藏书馆馆长借阅图书时，只要他的要求是正当而合理的，馆长就会到上面的藏书馆去取来。威廉问他怎么能知道收藏在楼上书柜里的那些藏书的名字，马拉希亚就让他看用一条金链子固定在一张桌子上的目录，一本厚厚的、上面写满了密密麻麻书名的图书目录。

威廉把双手伸进长袍，从一个口袋里取出了一件东西。在旅途中我就曾见到他把那东西拿在手里或戴在眼前。那是一个叉形的夹子，可以夹在人的鼻梁上（夹在他的鼻子上更好，他有那么突出的鹰钩鼻子），好似骑在马背上的骑手，也像是一只栖息在树枝上的鸟儿。叉子的两边，正对眼睛前面，镶有两个椭圆形的框子，中间嵌着有酒杯杯底那么厚的呈杏仁状的玻璃片。威廉看书时总喜欢戴上这个夹子，说那样可以比造物主赋予他的视力好一些，或者说比他衰老的年龄所允许的视力强一些，尤其是在夕阳西下的时候。但这副夹子只在他看近物时有用，远看的时候用不着，因为那时他目光锐利。戴上这副夹子，他可以阅读那些字体细小得连我也难以辨认的手稿。他曾对我解释过，人生过了半百之后，即使视力一贯很好，眼睛也逐渐老化了，眼球难以完成视物的使命。所以，很多有学识的人在度过了五十个春秋之后，就阅读和书写方面来说，像是已经寿终正寝了。对于还可以多年贡献智慧硕果的人来说，那是极大的不幸。为此，人们得感谢上帝，有人居然发明和制造出这种仪器。他跟我这么说是为了支持他的罗杰·培根的思想,即做学问的目的也是为了延长生命。

其他僧侣好奇地望着威廉,但他们不敢贸然提问。而我发觉,即使在这样一个令人珍惜和自豪的专门供人从事阅读和书写的地方,那件神奇的仪器却还没出现过。我导师拥有的东西,居然能令以智慧闻名于世的那些人感到惊奇,我为自己能师从这样一个人而感到自豪。

威廉把那夹子戴在眼睛上,俯身浏览图书目录。我也看了目录,发现藏书馆收藏着很多我们从未听说过的书籍,有些是声名显赫的传世之作。

"赫里福德的罗杰的《所罗门五棱论》《希伯来语的雄辩和智慧》《论今属》;花拉子密①的《代数学》,由洛博托·阿利科翻译成拉丁语;西利乌斯·伊塔利库斯的《布匿战记》;拉邦·毛尔的《法兰克人的业绩》《赞美神圣的磨难》;弗拉维奥·克劳迪的《书籍中所记载的世界人物和文人:从 A 到 Z》。"我的导师一一念道,"辉煌的著作。可它们是按照什么次序排列的呢?"他引用了一段原文,我不知道是从哪里引出的,不过马拉希亚肯定很熟悉:"藏书馆员必须对所有的书籍都作目录,按科目和作者分别编排,把书籍按数字编码和分类的标记上架。怎么知道每本书放在哪里呢?"

马拉希亚让他看每个书名旁的附注。我读道:"三,第四排,第一类希腊著作第五本;二,第五排,英语类著作第七本。等等。"我明白了,第一个数字是指书本所处的书架的位置,第二个数字所指的是架格位置,第三个数字是指分类的书柜。我也了解到另一些字标识藏书馆的一个房间和一个走道,我大胆地问了有关这些的最后的区别标志。马拉希亚严肃地看了我一眼,说道:"莫非你不

---

① Al Khwarizmi(约 780—约 850),阿拉伯数学家、天文学家。

知道,还是忘了,只允许藏书馆馆长进入藏书馆,因此只要馆长能解读这些标识就足够了。"

"可书籍是按照什么次序编排在这本目录里面的呢?"威廉问道,"我看,好像不是按照论题。"他不是指把作者姓名按照字母表排列的那种次序,因为那是我看到过的最近几年来所采用的一种办法,而当时却用得少。

"这座藏书馆源远流长,"马拉希亚说道,"书籍是按照购入、捐赠、进入藏书馆的先后顺序来登记的。"

"那要找到它们不容易。"威廉提示道。

"只要馆长记得清楚,并知道每本书入馆的时间就行了。至于其他的僧侣,那就得凭馆长的记忆了。"马拉希亚好像在谈论别人,而不是在谈论他自己;我明白他是在说过去他还不配担当的职务,不过那是在他以前曾由上百位已过世的人担当过的职务,他们将自己所知道的一个传一个地传承下来了。

"我明白了,"威廉说,"如果我想寻找一本有关《所罗门五棱论》的书,且不清楚究竟是什么内容,您就能告诉我,在目录上有那本书,而且您能指出此书在楼上的位置。"

"如果您真的想知道有关《所罗门五棱论》的书的话,"马拉希亚说道,"在我把书交给您之前,要先征求修道院院长的意见。"

"我得知,你们的一位最优秀的古书绘图员,"威廉说道,"最近死了。修道院院长向我大大称赞过他的手艺。我能不能看看他所绘制的古抄本呢?"

"奥特朗托的阿德尔摩,"马拉希亚疑惑地看着威廉说道,"因为他年纪轻,只做书籍页边的装饰。他的想象力很活跃,可以从已知事物构想出未知的和令人惊讶的事物。比如说,把人体连接在马的脖颈上。他绘制过的书就在那边,还没有人动过他的桌子。"

我们走近阿德尔摩工作过的地方，书桌上还放着一本赞美诗集的书页，上面绘制了许多图画。纸张细薄——羊皮纸之王——，最后一页还固定在桌上，刚用浮石刮过，用白垩粉揉搓过，还用砂纸打过光，从页边用尖笔画出细小的洞孔，看得出那应该就是艺术家画出来的线条。前面一半已经写上了文字，僧侣已经在书边画上了形象的草图。其他的页面都已绘制完，看着那几页图案，我和威廉情不自禁地发出一声赞叹。那本赞美诗集的页边描绘的是一个与我们感知的完全相反的世界。就像人把话说过了头，确切地说，就是真理说到了极限，也会变成谬误，用玄妙的影射来演示一个完全颠倒了的宇宙：狗为躲避兔子而逃跑，小鹿追逐着狮子。人的小脑袋上长出鸟的爪子，动物背上长着人的手，脚长在有着浓密头发的脑袋上，龙身上有斑马的条纹，四脚动物的脖子上缠绕着蛇，猴子长着鹿角，美人鱼背上长着飞鸟的翅膀，形似驼背的人体长在没有胳膊的人腰间，一个人利牙长在肚子上，长着马头的人和长着人腿的马，有鸟翅的鱼和有鱼尾巴的鸟，一个身子两个脑袋或者一个脑袋两个身子的怪物，长着公鸡尾巴和蝴蝶翅翼的母牛，脑袋上长着鱼鳍、身上披挂着鳞片的女人，双头怪兽与长着蜥蜴嘴的蜻蜓扭打在一起，人首马身的怪物，巨龙，大象，盘绕在树枝上的蜥蜴，半狮半鹫的怪兽尾巴上长出一位弯弓欲射的弓箭手，脖子长长的怪物像魔鬼般可怕，像人的动物和像动物的侏儒聚合在一起。在同一页上还不时出现田园生活的画面，栩栩如生，形象逼真，有犁田的农夫、采摘的果农、收割的男人、纺纱的妇女、身边蹲着狐狸的播种者、拿着弓弩的貂鼠攀登着由猴子守卫的一座城池。这边是弯成 L 的字母，下面盘踞着一条巨龙；那边是一个大大的 V 字，是 verba 的开首字母，一条形似葡萄藤的大蛇盘在上面，那蛇还繁衍出多得像纵横交错的葡萄枝叶般密密层层的小蛇。

在赞美诗集旁边,有一本讲述祈祷时辰的精致小册子,显然是不久前才绘制完的,版面令人难以想象的小,我简直可以把它攥在手心里。字体很小,页边的图案不能一下子看清楚,得凑近细看才显出全部的美(你一定会纳闷,绘制者是采用了什么超凡的工具,才在那么有限的空间里勾勒出如此生动的图案来的)。整本书的所有页边都画满了微型的小图案,简直就是自然的发挥,从字母的结尾处巧妙地延伸出来:美人鱼、奔跑的鹿、吐火的怪兽、无臂的人体上身,它们像蚯蚓一样蜿蜒盘绕在书本页面的周边。书中有一处,在不同的三行中重复了三个"圣洁的,圣洁的,圣洁的",你可以看到三只长有人头的野兽,其中两只相互亲吻,一个俯着身子,一个仰着脑袋,如果你不相信其中所蕴含的深义,你会毫不迟疑地判定那是猥亵的画面,尽管不很清晰。

我一页页看着,心里既默默地钦佩,又忍俊不禁,因为那些图像太有趣了,尽管图案是对圣书的评注。威廉修士微笑着一一细看,并且评价说:"在我们岛国,人们把它们称之为狒狒。"

"在高卢,人们管它们叫黄狒狒。"马拉希亚说道,"阿德尔摩正是在贵国学的手艺,尽管后来他也在法国学习过。狒狒,也就是非洲的猴子。一个颠倒了的世界,在那里,房子矗立在尖塔顶上,大地在天空之上。"

我想起在家乡听到过的一些方言诗句,忍不住顺口背诵出来:

> 面对一切奇异的景观,
> 人们哑口无言,
> 大地在天空上面,
> 这无疑被视为奇观。

马拉希亚接着背诵了一段，是同一篇诗里的：

> 大地在上面，
> 天空在下面，
> 这无疑是奇观中之奇观。[①]

"你真行，阿德索，"藏书馆馆长继续说道，"实际上，这些图像是在告诉我们那个乘坐蓝色天鹅才能抵达的地方，在那里，兀鹰在小溪里钓鱼，熊在空中追逐老鹰，龙虾与鸽子比翼齐飞，三个掉入陷阱的巨人被一只公鸡啄食。"

一丝淡淡的微笑掠过他的嘴角，那些怯生生地听着这番谈话的僧侣们也开心地笑了起来，好像他们一直在等待馆长的认可。但是，当僧侣们继续笑着赞美阿德尔摩的技艺，竞相指着那些奇异的画作时，他的脸却阴沉下来。众人的笑声未落，一个庄重而又严厉的声音从我们背后传来。

"此处不宜空谈和嬉笑。"

我们回头去看。说话的是一位因年老而微微驼背的年长修士。他全身雪白，我说的不仅仅是皮肤，连面容和眼球也泛白。我发现他是个盲人。尽管岁月的重负压弯了他的身躯，他的声音依然威严，四肢依然有力。他凝视着我们，好像他看得见，而且我接着看他的言谈举止，好像他仍具视觉能力。他说话的语调俨然是个有先知先觉天赋的人。

"在您面前的是位德高望重的人，"马拉希亚指着这位新来的老人对威廉说道，"他就是布尔戈斯的豪尔赫。在这座修道院里，

[①] 十三世纪中叶德国诗人瑞因马·冯·斯威特（Reinmar von Zweter）的作品。

除了格罗塔菲拉塔的阿利纳多以外，他是最年长的，许多僧侣都私下向他告解自己的罪孽，以解除精神的重负。"说完他就转向老人，说道，"站在您面前的是我们的贵客，巴斯克维尔的威廉修士。"

"希望我的话没有让您动气，"老人用唐突的口吻说道，"我听见有人在为可笑的事情发笑，所以我提醒他们遵循我们教规的一条戒律。正如赞美诗集的作者所说，要是修士许下了愿保持沉默，那他就得忌讳善意的言谈，更得回避邪恶的言谈。就如同有邪恶的言论存在一样，世上也有邪恶的形象存在。那些形象扭曲了上帝创造物本来的形象，展现与原本世界，与现在、过去、将来，与直到世界末日的世世代代出现过的或将会出现的世界完全相反的世界。但你们来自另一个修会，听说在那里，即使对于最不成体统的行为也是等闲视之的。"他说的就是本笃会指责阿西西的方济各会的出格言行，或许也指各种类型的托钵僧和属灵派的奇谈怪行，就是方济各会中最新分离出来的那些令人窘困的尚处在萌芽状态的分支。但是威廉假装没有领会他的影射。

"页边的图案常常引人发笑，但有教诲人的作用，"他回答说，"就像我们在布道中，为了激发虔诚的信徒们的想象力，必须引入不乏道德内容的轶事奇闻，插图也是这样，得不介意用这些看似无稽之谈的东西。每一种善行和罪孽，都可以从动物中找出例证，而动物形体则能展现人类尘世。"

"噢，是的，"老人不带笑容地讥讽道，"每一个图像都能启迪人的美德，哪怕让上帝杰出的造物头朝下变为笑柄。上帝的圣言也通过弹七弦琴的驴子、用盾牌耕作的猫头鹰、独自套在犁把上的耕牛、逆流而上的河流、着火的大海、当隐士的狼来演示！你带着牛去狩猎兔子，让猫头鹰教你学语法，让狗去捉跳蚤，让独眼龙去看着哑巴，让哑巴去要饭，让蚂蚁生出一头牛犊，让烤鸡凌空飞翔，让屋顶上长出蛋糕,让鹦鹉教授修辞学,让母鸡使公鸡受精,让牛车驾驶公牛,让狗睡在床上,让所有的人都头朝下行走! 这些无稽之谈的图案想说明什么呢? 一个与上帝创立的世界完全颠倒和相反的世界,却借口是为了传授神的训示!"

"但古希腊雅典最高法院的法官教导说,"威廉谦卑地说道,"上帝只能通过最畸形的东西被认知。圣维克托的雨格①提示说,相似的东西越是变成相异的东西,就越能在恐怖和不成体统的形象遮掩下向我们揭示真理,而想象力就越是不会在肉欲的享受中磨灭,从而不得不去探索隐藏在猥亵形象下面的奥秘……"

"我知道这类论题! 而且我羞愧地承认,当克吕尼修会的院长们和西多会斗争的时候,这也是我们教会的主要论题。不过圣伯尔纳②说得对,代表恶魔和大自然载体的人类,通过形象和谜语来揭示上帝的创造物,却欣然揭示他所创造的恶魔可怖的本性,并以其恐怖为乐,从中得到愉悦,他们就只能通过那些恐怖的形象看到事物的真相。你们还有视力,只需看一看我们庭院的柱头,"他用手指着窗外的教堂,"在专心致志地默祷着的僧侣们的眼前,那些可笑的魔鬼形象,那些变态的丰腴的体态,那些奇形怪状的图像,那些肮脏的猴子,那些狮子,那些人首马身的怪物,那些嘴长在肚子上、仅有一只脚、耳朵像风帆的半人半兽的怪物,究竟意味着什么呢? 那些身上长有斑点的老虎,那些搏斗中的武士,那些吹着号角的猎人,那些一身多头和一头多身的怪物,究竟意味着什么呢? 还有长着蛇尾的哺乳动物,长着哺乳动物脑袋的鱼,这里有一只前看像马,后看像羊的动物,那里有一匹头上长角的马,不一而足。如今,僧侣们更喜欢看大理石上面的雕像,而不是读手稿;与其默

① Ugo di San Vittore(1096—1141),新柏拉图派哲学家和神学家。
② Bernard de Clairvaux(1090—1153),中世纪基督教神学家,明谷隐修院创始人。

想上帝的法则，还不如欣赏前人的杰作。羞愧呀！瞧你们那贪婪的眼睛和你们的微笑！”

老人停住不说了，气喘吁吁。我钦佩他的记忆力，尽管他也许已失明多年，可仍然记得他跟我们谈的那些邪恶的形象，以至于我怀疑他当时见到的那些图像是不是对他太具诱惑力了，不然在描述它们的时候为什么还那么有激情。不过我也正是常常在最有道德修养的圣人所写的那些篇章里，发现那些罪恶的最诱惑人的画面，尽管他们在书中是批判和谴责那些罪恶的。这就表明这些圣人有渴望证实真理的热忱，他们出于对上帝的爱，毫不迟疑地揭开罪恶诱惑人的外衣，使人们更好地识破邪恶所用的种种伎俩。豪尔赫的话确实激励了我，使我特别想看看庭院柱头上的那些老虎和猴子的图案，这之前我还未曾欣赏过。但是豪尔赫却打断了我的思路，他又以比较平静的口吻说道：

“我们的主没有必要用这些扭曲的东西来指引我们走上正道。在他教诲人的格言中没有任何引人发笑和令人恐怖的东西。你们现在痛悼阿德尔摩的死，恰恰相反，他对他所绘制的妖魔鬼怪是那么陶醉，以至于看不到他所描绘的具体事物的最终形象。他沿用了一切魔鬼般恐怖的手法，我说的是一切手法，”他的声音变得庄重而具有威慑力，“因此上帝惩罚他。”

在场的人一阵沉默，气氛凝重。萨尔维麦克的韦南齐奥大胆地打破了沉默。

“尊敬的豪尔赫，”他说道，“您的崇高品德使您有失公道。阿德尔摩死去的前两天，您也出席了一场就在这缮写室里举行的学术性辩论。当时阿德尔摩曾担心他那种艺术，虽然旨在颂扬上帝的荣耀，但不介意描绘妖魔鬼怪和奇形怪状的图像，能否有助于读者对天国事物的了解。威廉修士刚才提到了古希腊雅典大法院的法官,有关借助扭曲的形象来认识事物的论点。而阿德尔摩那天引用了另一个更高的权威,阿奎那博士的论证。他说,用污秽卑贱的躯体图像比用高贵的躯体图像能更好地诠释神圣的事物。首先是因为人的心灵更容易摆脱谬误;很显然,事物的有些特征实际上是不可能依附在神圣的东西上的。倘若用高贵的有形物体来表示神圣的东西,就会令人产生疑惑。其次,这种表现方式更适合我们尘世对上帝的认知。事实上,上帝在表现'非我'的时候比表现'真我'更加真实,因此,离上帝最远的类似的事物更容易引导我们准确认识他,因为这样,我们就知道上帝是高于我们的言谈思维的。最后,这样可以更好地让上帝创导的圣洁避开卑劣者的耳目。总而言之,那天我们研讨的是有关以怎样的方式来发现真理,即如何通过令人惊讶的、诡谲的和谜一般的手法来表现真理。我还提醒他说,在伟大的亚里士多德的著作中,我找到了这方面相当精辟的论述……"

"我不记得了,"豪尔赫生硬地打断了他的话,"我年岁太大了,记不得了。也许我过于严厉。现在时间不早了,我得走了。"

"您怎么不记得了呢?太奇怪了。"韦南齐奥坚持道,"那是一场很有意思的学术讨论,本诺和贝伦加也发言了。讨论的内容是探索诗人情有独钟的暗喻、双关语和谜语是不是会以一种新的方式引导我们思索,当时我说这也是智者所应该具有的一种美德……当时马拉希亚也在场……"

"倘若尊敬的豪尔赫真记不得了,那就看在他年事已高和心智疲惫的分儿上原谅他吧……诚然,平时他的思维总是那么活跃。"一位听着这番讨论的僧侣插话了。这话是以十分激动的语气说的,至少开始的时候是这样,因为说这话的人发现自己说到这位老人年事已高要别人原谅的时候,实际上反而暴露了老人的虚弱,所以他后来对自己插话时的冲动情绪有所收敛,到最后简直变成了低声的道歉。插话者是藏书馆馆长助理,阿伦德尔的贝伦加。他是一位面色苍白的年轻人,当我注意观察他的时候,不由得想起乌贝尔蒂诺对阿德尔摩的一番描述:他好像有一双荡妇的眼睛。在众目睽睽之下,贝伦加把双手的指头绞在一起,像是为了抑制内心的紧张。

韦南齐奥的反应却不同凡响。他望了贝伦加一眼,后者当即低下了头。"好啊。兄弟,"他说道,"如果记忆力是上帝的恩赐,那么忘却的能力也同样是值得称道的,也应该受到尊重。不过,我尊重我谈及的年长兄弟的健忘能力。我本指望对围绕这个问题所讨论的事情,你的记忆是比较清晰的,当时我们都在这里,跟你的一位最亲密的朋友在一起……"

我不能确定韦南齐奥是否在"最亲密的"一词上加强了语气。我发现当时在场的人都显得很尴尬,这是事实。他们每个人都朝不同的方向看,没有人看满脸通红的贝伦加。马拉希亚立刻用权威的口吻插话说:"您过来,威廉修士,"他说道,"我让您看另外一些有意思的书籍。"

人群散了。我瞥见贝伦加扫了韦南齐奥一眼,目光里充满了怨恨,作为回敬,韦南齐奥也狠狠地瞪了他一眼,以示无声的挑战。而我呢,见到老豪尔赫就要走了,一种敬仰之情油然而生,便俯身去吻他的手。老人接受了我的吻,摸了摸我的头,问我是谁。当我向他说出我的名字时,他脸上神采飞扬。

"你有一个了不起的美丽名字。"他说道,"你知道蒙梯艾-盎-德尔的阿德索①吗?"他问道。我坦诚地说不知道。于是,豪尔赫

---

① Adso da Montier-en-Der(910 或 915—992),于九六八年出任法国蒙梯艾-盎-德尔修道院院长。

接着说："他是《评敌基督》一书的作者，那是一本令人恐怖的书。在书中他预言了将来会发生的事情，但他没有受到足够的重视。"

"那本书是在千禧年之前写成的。"威廉说道，"而书中预言的事情并没有发生……"

"只有那些有眼无珠的人看不见，"瞎眼的老人说道，"敌基督所走的路是平缓而又曲折的。他会在我们没有预想到的时候来临，并不是因为传道者测算有误，而是因为我们没有识破他使用的手腕。"然后他把脸转向大厅，高声大喊，缮写室的拱顶也发出巨大的回响："他就要来了！别再浪费最后的日子，别看着花斑兽皮、卷曲着尾巴的恶魔笑了！别浪费最后七天的时间了！"

第一天

夕 祷

其间，威廉参观修道院其他地方，对阿德尔摩的死因得出初步结论。与负责玻璃装饰的修士谈话，涉及阅读书籍所用的眼镜，以及迷恋书籍的人所产生的幻象。

这时，夕祷的钟声响了，僧侣们准备离开课桌。马拉希亚示意我们离开，他将与助理贝伦加留下来把东西放回原处（他是这样说的），收拾好藏书馆过夜。威廉问他最后是不是要锁门。

"从厨房和膳厅通向缮写室没有防卫的门，从缮写室到藏书馆也没有门，院长的禁令比任何一道门都森严。在晚祷之前，僧侣们必须使用厨房或膳厅，晚祷之后，为了阻止外人或者牲畜入内（禁令对它们是无效的），我要亲自锁好通向厨房和膳厅的外面的正门，此后，整幢楼里就与外界隔离开了。"

我们下了楼。当僧侣们纷纷朝唱诗堂走去时，我的导师决定不参加夕祷，上帝一定会宽恕我们的（在接下来的日子里，上帝要宽恕我们的地方太多了），他提议我跟他到台地上走一走，以便熟悉环境。

我们从厨房出来，穿过了公墓：那里有一些新近竖立的墓碑，此前的墓碑留下了时间的痕迹,讲述着多少世纪以来僧侣们的生活。坟墓上放着石制的十字架,上面没有名字。

天气变得恶劣。刮起了一阵寒风,雾蒙蒙的。能预感到太阳要从西边植物园后面落下去了。东边的天色已经暗下来,我们沿着教堂的唱诗堂外墙朝东面走去,抵达了台地的后身。那里有几间牲口棚挨着墙垣与楼堡东面的角楼,几乎像是连在一起,猪倌们正在盖盛有猪血的大缸。我们注意到牲口棚后面的院墙比较矮,以至于都能从墙头看到外面。墙外是峭壁,那陡峭的山坡覆盖着一层松散的土壤,大雪没能把它完全掩盖住。很明显那是一个烂草堆,草料就是从那里被扔出去的,滑落到小路拐弯处的三岔路口,那匹名叫勃鲁内罗的马就是沿着那条小路冒险逃出去的。我说的烂草堆是一大堆腐烂的物质,臭味一直散发到我探出头去的护栏;我看到农民们是从山下上来扒取烂草用来肥田。此外还有动物和人的粪便,并掺杂着别的垃圾,都是些从修道院内部清除出去的废物。修道院保持了自身的清洁和纯净,与洁净的山头和天空相得益彰。

在旁边的马厩里,马夫们正把马匹牵回马槽。我们沿着小径往里走,靠墙的那边是一排马厩,右面唱诗堂下面是僧侣们的宿舍,还有厕所。东墙南端的拐角处,是冶炼作坊。最后要离开的铁匠们正在收拾工具,把鼓风机关上,准备去教堂作夕祷。威廉好奇地朝冶炼作坊的一侧走去,那里与整个作坊是分隔开的,有一位僧侣正在收拾自己的东西。他的工作台上堆放着各种非常漂亮的彩色玻璃,尺寸都不大,大块的玻璃都斜靠在墙上。他面前放有一只尚未完成的圣物箱,只有一个银质架子,不过他显然是想往上面镶嵌各种玻璃和石头,先用工具把它们制作成像一颗宝石那样大小的物件。

就这样，我们认识了修道院的玻璃匠，莫利蒙多的尼科拉。他对我们解释说，在冶炼作坊的后部也有吹玻璃的地方，冶炼作坊前部铁匠们工作的地方，是把玻璃固定在铅框上做成玻璃窗。但他补充说，装饰教堂和楼堡的精致玻璃工艺品，至少两个世纪之前就已完成了。现在他只做一些小件的工艺品，或者修补随岁月流逝而破损的部位。

"也很费劲，"他补充说道，"因为再也找不到那时的颜色，尤其是你们还可以在唱诗台看到的那种深蓝色的玻璃，它是那么晶莹剔透，日光高照的时候，反射到教堂中殿里的是一种天堂里的颜色。中殿西边的玻璃是不久前重新配的，那可就不是同一成色了，到了夏天就看得出来。没有办法。"他又补充说，"我们不再有古人的智慧，巨人的时代已经结束。"

"比起他们来我们都是侏儒，"威廉赞同道，"但我们是站在巨人肩上的侏儒，有时候我们用仅有的知识能比他们看到更远的天地。"

"你说说，我们能更好地做出哪些他们所不能做的事情呢？"尼科拉大声说道，"你到教堂的地下室去看看，那里收藏着修道院的许多珍宝，你会看到一些圣物箱做工异常精致，而我现在正在制作的这小件饰品，"他指着桌上在做的那件东西，说道，"比起那些珍品，简直太微不足道了！"

"既然过去的能工巧匠已制作出那么精美的传世佳作，就不必明文规定玻璃工匠一定得永远制作玻璃窗，铁匠必须永远制作圣物箱。否则，地球上就全是圣物箱了。在这样一个时代，实际上能被人搜集到遗骸的圣人已经很少了。"威廉调侃地说，"将来也不用没完没了地焊接窗户了。我在很多地方看见玻璃制作的新作品，令人想到在明天的世界，玻璃制品不仅为达到神圣的宗教目的而用，还可以弥补人类的不足。我给你看一件当代的工艺品，很荣幸，我拥有一件非常实用的东西。"他从长袍里取出眼镜，与我们交谈的人顿时惊讶不已。

尼科拉兴趣十足地接过威廉递给他的眼镜夹子："Oculi de vitro cum capsula!"[1]他高声说道，"我从一个在比萨认识的名叫乔尔达诺[2]的修士那里听说过这东西！他当时说这镜片儿发明才不过二十年！但是他跟我说这话是在二十多年之前。"

"我相信它发明得还要早，"威廉说道，"但制作非常困难，需要有相当专业的玻璃工匠，费时又费工。十年前，这样一副 ab oculis ad legendum[3] 在博洛尼亚卖六个钱币。我这副眼镜是十多年前一位名叫萨尔维诺·德依·阿尔马蒂[4]的工匠赠送给我的，这么长时间以来我一直珍存着，它好像是——如今也几乎是——我身体的一部分了。"

"我希望这几天，你能留给我仔细观察一番，要是我能制造出类似的镜片来，我会感到无上荣幸。"尼科拉激动地说道。

"当然可以，"威廉欣然同意，"不过你得注意，镜片的厚度得随使用者合适的视力而调整，得让戴镜人试许多镜片，直到厚度合适为止。"

"真奇妙！"尼科拉继续说道，"可是很多人会说这是巫术和妖法……"

"你当然可以说这些是魔法，"威廉赞同地说，"不过魔法有两种。一种是魔鬼通过谋算施展的魔法，旨在毁灭人类，研究它是不

---

① 拉丁语，带有框架的玻璃眼镜。
② Giordano da Pisa(约 1260—1311)，多明我修士，布道者。
③ 拉丁语，用来阅读的玻璃眼镜。
④ Salvino Degli Armati(？—1371)，传说中近视眼镜的发明者。

合法的;另一种是神奇的魔法,上帝的智慧通过人的科学来体现,用来改变自然,其目的之一就是延长人的生命本身。这是神圣的魔法,是有识之士应该为其奋斗终生的事业。不仅要发现新事物,而且要不断发现大自然的无穷尽的秘密,那是神的智慧早就向希伯来人、希腊人及其他古老民族,以及当今的教徒们所揭示过的秘密(我暂且不说,在那些异教徒的书籍里记载着多少有关光学和视觉的奇妙东西啊)。而一种基督科学理应重新掌握所有这些知识,从世俗的人和异教徒手里夺回来,tamquam ab iniustis possessoribus ①。好像不是他们而只有我们才有权利拥有这些真理的财富。”

“可掌握这种科学的人为什么不告知上帝所有的子民呢?”

“因为不是所有的上帝子民都能够接受那么多秘密的。而拥有这种科学的那些人却常被看作是与魔鬼有联系的巫师,当他们想与大家分享知识宝藏时,往往得付出生命的代价。我本人在审判那些被怀疑跟魔鬼做交易的人时,不得不防备,不敢使用这副眼镜,而要求助于好心的文书把我需要阅读的卷宗念给我听,不然,可以这么说,在一个处处有魔鬼肆虐横行的时代,人人都会闻到魔鬼身上的硫黄味,我很可能被人看成被审判者的同伙。最后,正像伟大的罗杰·培根所警示的,不是所有人都可以掌握一切秘密的,因为有些人会把科学用到邪恶的目的上去。智者常常把并非魔术的书籍写得像巫术那样神乎其神,目的是为了掩人耳目,免受多心人的注意。”

“你担心贱民会把这些秘密用在邪恶的目的上吗?”尼科拉问道。

---

① 拉丁语,因为他们不该拥有它。

"对贱民来说，我只担心他们会被这些秘密吓倒，将它们与布道者经常灌输给他们的那些魔鬼般的伎俩混为一谈。你看，我曾认识几个医术超凡的医生，对一种疾病他们提炼出了一些药到病除的药物，当他们给贱民患者敷药或用浸膏时，还得同时念诵类似祈祷的圣人名言和赞美诗句。并不是因为这些祈祷有治病的功效，而是因为那些贱民相信祈祷能够治愈疾病，不过，也正因为患者精神上受到虔诚信仰的激励，药物才能够更好地在人体内发挥效应。但是科学的宝库往往不需要提防贱民，而要提防其他学者。现在人们制造出神奇的机械装置，它们能够促进自然的进程，但如果那些机械装置落在那些用来扩张世俗权力的坏人手中，就糟糕透了。听说在中国，一个学者调制出一种粉末，一旦接触火，就能够产生巨响和冲天的火焰，炸毁周围几十米之内的一切东西。如果它被用来改变河道，或是在要开垦的荒地上炸碎岩石，那可是神奇的发明。但如果有人用它来加害于自己的敌人呢？"

　　"如果是上帝子民的敌人，或许那也不是坏事。"尼科拉虔诚地说道。

　　"也许吧，"威廉认同地说，"可如今谁是上帝子民的敌人呢？是皇帝路德维希还是教皇约翰？"

　　"我的上帝啊！"尼科拉惊恐万状地说道，"我真不想独自裁定这么一件令人痛苦的事情！"

　　"你看见了吧？"威廉说道，"有时候秘密还是用隐讳的语言掩饰起来更好。大自然的奥秘并不是通过山羊皮或是绵羊皮来传递的。亚里士多德在传授奥秘的那本书①上说过，传达太多的自然和艺术的奥秘，会粉碎一种神的权威，许多罪恶就会接踵而来。这

---

① 　指在中世纪及后来被误认为是亚里士多德所著的《奥秘之奥秘》一书。

并非意味着应该将这些奥秘掩饰起来,而是应该由智者决定在什么时候以怎样的方式展现出来。"

"所以,就像这里这样的地方,"尼科拉说道,"不是所有的书籍都能让大家随意阅读的。"

"这就是另一个话题了,"威廉说道,"人们可以因为饶舌而忏悔,也可以因为过分缜密而忏悔。我并不是说应把科学的源泉藏匿起来,我觉得那反倒是极大的罪恶。我是想说,对待既可从中引出好事也可导致坏事的奥秘,学者有权利也有责任采用一种隐讳的语言,一种唯有他的同行能够理解的语言。科学的道路是艰辛的,要识别其中的好坏也很难。新时代的学者往往不过是站在侏儒肩上的侏儒罢了。"

与我导师亲切的谈话,让尼科拉深感他是可以推心置腹的知己。因此,他对威廉眨了眨眼睛(好像是在说:我跟你是相互理解的,因为我们谈的是同样的事情),并影射说:"不过,那边的人,"他指了指楼堡,"科学的秘密被魔法般的手腕防范得很严……"

"是吗?"威廉故意装出无所谓的样子说道,"我想无非是把门锁好,下严格的禁令,施加威慑力。"

"噢,不只是如此……"

"譬如什么?"

"这我就知道得不太清楚了,我是主管玻璃的,不是主管书籍的,不过修道院里发生的事情……挺奇怪的……"

"哪一类的事情?"

"奇怪的事情。这么说吧,有一位僧侣夜里冒险进入藏书馆,他中了魔法似的在书上见到了蛇、无头人、双头人。他几乎疯了,差一点儿没能从迷宫里出来……"

"你为什么说那是魔法而不是恶魔般可怕的幻觉?"

"我虽然是可怜的玻璃工匠,但我并不那么愚笨。魔鬼(愿上帝拯救我们!)是不会用蛇和双头人来诱惑一名僧侣的。也许会用淫秽的幻象,就像诱惑沙漠中的神父。再说,如果偷阅某些书是一种罪恶,那为什么魔鬼会不让一个僧侣去犯那种罪恶呢?"

"我觉得这是精辟的省略三段论。"我的导师认同道。

"最后,我去给医务所装修窗玻璃的时候,我翻阅过塞韦里诺的几本书。有一本有关自然界奥秘的书,我想是大阿尔伯特写的;我被一些奇妙的装饰画所吸引,我翻阅过几页,说的是怎样点燃一盏油灯的灯芯,以及灯芯冒出的烟怎么熏得人产生幻觉。也许你已注意到,或者你还没有注意到,因为你还没有在修道院里住过一夜,在天黑之后,楼堡的顶层总是有亮光。从几处玻璃窗里透出淡淡的微弱的光。很多人纳闷,那究竟是什么。人们说那是鬼火,或者是以往在那里工作过的藏书馆馆长的灵魂,他们来故地重游。这里很多人都这样相信。而我却认为那是制造幻觉的油灯。你知道,若是取来狗耳朵上的脂肪涂在灯芯上,谁吸入了那灯芯燃烧后冒出的烟,就会相信自己长出了狗头,如果旁边有另外一个人,就会觉得那人也长有一个狗头。还有另一种油膏,会使挨近灯的人觉得自己的身体跟大象一般粗壮。用蝙蝠的眼睛、两种我不记得叫什么名字的鱼类,以及狼的胆汁做成灯芯,燃烧时会使你看见你取其脂肪的那种动物。用壁虎的尾巴涂抹灯芯,则会看到周围的东西都像是银的。把一条黑蛇的脂肪抹在灯芯上,用一块死人的盖布罩上,房间内就会像是爬满了蛇。这我知道。藏书馆里面有某个人很精明……"

"不过,会不会是过世的那些藏书馆馆长在施展这些魔法呢?"

尼科拉重又显得犹豫和不安:"这我倒没有想到。也许是吧。愿上帝保佑我们。时间不早了,夕祷已经开始了。再见。"说完,他便朝教堂走去。

我们沿着南边继续朝前走：右边是朝圣者的宿舍和带有花园的参事厅，左边是橄榄榨油坊、磨房、粮仓、地窖、见习僧的宿舍。人们都急着朝教堂走去。

"你对尼科拉所说的有什么想法？"我问道。

"难说。藏书馆里有鬼。但我不信会有过世的藏书馆馆长的鬼魂……"

"为什么不信？"

"因为他们在世时功德无量，所以现在他们正在天国瞻仰着神的面容呢，要是这样回答使你满意的话。至于那些灯，如果有的话，我们就会看到。而至于玻璃工匠对我们谈到的那些油膏，我觉得有更简便的方法使人产生幻象，塞韦里诺对这些很了解，今天你也发现了。当然，修道院不愿意让人夜里擅入藏书馆，而有许多人却曾试图那样做，或者还在试图那样做。"

"可我们要调查的凶杀案跟这有关系吗？"

"凶杀案？我越来越确信阿德尔摩是自杀的。"

"为什么？"

"你还记得今天早上我注意到的那个烂草堆吗？当我们爬上东角楼底下的拐弯处时，我见到那里有塌方的痕迹；或者可以说，烂草堆附近的部分地面，有塌方的土块滚到角楼底下。这就是为什么今天傍晚我们从上面往下看时，烂草堆上好像没有覆盖什么雪，或者说只覆盖着昨晚下过的雪，而不是前几天的积雪。至于阿德尔摩的尸体，修道院院长对我们说过，已被岩石撞得皮开肉绽。而在东角楼底下，即建筑物尽头紧连陡峭悬崖的地方长着松树。峭壁的岩石就紧挨在墙外面，像是台阶，下面就是那堆烂草。"

"那么说——"

"那么就是说，这是否就更……怎么说呢？……就更不必费我们的心思了，不妨就相信阿德尔摩是由于尚待弄清的原因而自己从墙的围栏跳下去的，碰撞在悬崖的岩石上，然后，不管是死或者是伤，坠落在烂草堆上。随后，因那天夜里的暴风雪而引起的塌方，烂草和一部分土块，连同那可怜人的尸体一起滑落到东角楼底下了。"

"为什么您说这样的结论我们就不必太费心思了呢？"

"亲爱的阿德索，如果没有迫切的需要，就不必对事件详加解释，把事情发生的原因复杂化。倘若阿德尔摩是从东角楼摔下来的，那么他必定进入了藏书馆，有人一定先袭击了他，使他无法反抗，而且那人一定得设法背着已经失去知觉的躯体爬上窗台，并把窗户打开，把不幸的人推下去。按照我的假设，一切就只在阿德尔摩本人，他寻短见的决定，加上一次塌方。用不多的理由就足以说明问题了。"

"可是为什么他会自杀呢？"

"他们为什么要杀他呢？无论是自杀或是他杀，都得找到原因。而这些原因无疑是存在的。在楼堡里有一种缄默回避的气氛，人人都在对我们掩饰什么。与此同时，我们也已经搜集到一些影射阿德尔摩和贝伦加之间关系的线索，其实是很隐讳的暗示。这就是说，我们得盯住藏书馆馆长助理。"

就在这样谈论着的时候，夕祷结束了。仆人们在进晚餐之前又回去工作了，僧侣们则向膳厅走去。天色已暗，又开始下雪了。下的是小雪，松软的雪花飘飘而落，我想那雪又下了大半夜，因为第二天早晨，整个台地白雪皑皑，这我后面还会提到。

我肚子饿了，想到就要去进膳，心里一阵轻松。

晚　祷

其间，威廉和阿德索受到修道院院长的愉快接待，聆听豪尔赫忧愤的谈话。

高大的蜡烛把膳厅照得通明。僧侣们分坐在一长排饭桌两边，修道院院长居首席，他的饭桌与僧侣们的饭桌成直角，放在一个宽大的平台上。正对面有一个布道讲坛，晚餐时要读经文的僧侣已经在那里就位了。修道院院长在一个小喷水池旁候着我们，他手里拿着一块白布，以便让我们洗完手后用来擦手，这是遵从圣帕科米乌斯①的古老教义。

修道院院长邀请威廉与他共桌，还说我是新来的客人，这个晚上我也受到同样的款待，尽管我只是本笃会的一名见习僧。他慈祥地说，接下来的日子里，我可以与其他的僧侣们同桌进餐，如果我的导师指派我什么任务，不能按时用餐，可以在用餐前后去厨房，那里的厨师会照应我的。

僧侣们现在一动不动地站在桌前，兜帽压低到脸上，双手放在无袖僧袍下面。修道院院长走近他自己的饭桌，宣告开始祝福。布道讲坛上的领唱者唱起了《节俭进餐颂》。修道院院长念诵过祝福祷词后,大家各就各位。

我们本笃会缔造者创立的教规限定,进餐的饭菜要相当节俭,但允许由修道院院长来决定僧侣们实际需要进食的量。不过,在如今的修道院里,对于饭桌上享用美食是很宽容的。我说的不是那些已成为贪食者巢穴的修道院,但也不是那些恪守悔罪和修德标准的修道院,那里总是向那些几乎始终从事繁重脑力劳动的僧侣们,提供充足的、甚至过量的营养食品。再说,修道院院长的那张餐桌总是享有特权,也是因为那里时常有贵宾就座,而且修道院常常要显示自己引以为豪的土地的收获、牛棚羊圈的产品,以及厨师们的手艺。

按照惯例,僧侣们进餐时都很安静,相互之间都按习俗用手指头表示的字母来沟通②。供大家享用的饭菜总是先送到修道院院长的饭桌,然后见习僧和最年轻的僧侣最先接过来食用。

与我们和修道院院长同桌进餐的有马拉希亚、食品总管、两位最年长的修士,布尔戈斯的豪尔赫,就是我们在缮写室已经结识的那位年迈的盲人,以及来自格罗塔菲拉塔的阿利纳多:他是位已经上百岁的跛脚老翁,样子虚弱,而且——在我看来——已经是昏聩老朽了。修道院院长说,阿利纳多打从当见习僧起就一直生活在这座修道院,至少在这里经历了八十年的风风雨雨。这是修道院院长就座时小声对我们说的,因为接着就得遵从教会的惯例,安静地聆听经文了。但是,正像我说的,院长的饭桌上还是有一些自由的,我们可以赞美端上来的饭菜,同时院长还对修道院生产的橄

---

① Pachomius(292—346),古代基督教集体隐修制创始人。
② 可追溯到奥多(Oddone di Cluny,878—942)主持修道院的年代。手指头所表示的语言只局限于修道院内部僧侣之间迅捷简洁的沟通,目的是为了保持修道院内的寂静。

榄油和葡萄酒的品质大加赞赏。有一次,院长在给我们斟酒时,甚至还让我们想起本笃会创始人的教规里所说的:僧侣无疑不宜饮葡萄酒,但是在我们的时代,不可能说服僧侣们不喝酒,不过至少他们不能开怀畅饮,因为正如《传道书》所言,喝葡萄酒甚至会令智者叛教变节。当初圣本笃说的"我们的时代",是指他所处的年代,离我们已经很遥远了。不难想象,在我们在修道院里进晚餐的年代,习俗已经沦丧(我不是说现在我写此书的年代,在我们梅尔克对饮啤酒是很宽容的)。总之,不能纵酒狂饮,但要喝得有品位。

我们吃了烤猪肉串,是刚刚宰杀的猪,我发现他们在烹制其他食物时不用动物油,也不用菜籽油,而是用橄榄油,产自修道院在靠海的山脚下所拥有的那片土地。院长让我们品尝我曾在厨房见到的鸡肉(只有他桌上才有)。我注意到他有一个金属夹子,那是相当罕见的餐具,那形状让我想起了导师的眼镜:招待我们的主人是个出身高贵的人,他不想让食物弄脏双手,他还把这个餐具递给我们,想让我们至少能用它把鸡肉从大盘子里取到我们的碗里。我婉拒了,威廉却欣然接受,并且用起贵族老爷的夹子来动作娴熟,也许是为了让院长看看,方济各僧侣们并不是些缺乏教养的出身卑微的人。

我津津有味地吃着那些精美的食物(在几天的旅途中,我们都只是填饱肚子,有什么吃什么),没有留心聆听经文,可吟诵是那么虔诚地继续着。我被豪尔赫发出的一番有力的赞许声所提醒,我意识到已经读到了教规中常读的那一个章节。由于我在下午听他发表过有关言论,所以我明白为什么豪尔赫那么得意。吟诵者念道:"让我们学习先知的榜样,他说:'我意已决,在人生的道路上,我将严格控制我的舌头,嘴巴套上嚼子,我谦卑地缄默不语,即使是实话也决不说。先知用这段话教诲我们,为了避免祸从口出,有

114

时候就要信守缄默，甚至是一些合理合法的话也守口如瓶！'"然后那吟诵者继续念道："我们要谴责那些粗俗、胡编乱造的瞎话和可笑的狂言乱语，永远把它们置于禁地，普世皆同，我们不允许一个信徒开口说这类话。"

"这是针对今天的页边插图一事。"豪尔赫按捺不住地低声评说道，"金口约翰①曾说过，基督是从来不笑的。"

"他的人性不能禁止他笑，"威廉提示道，"因为笑是人的天性，正如神学家们所教诲的那样。"

"也许他可以笑，但《圣经》上没有说过他笑。"豪尔赫引用彼得·康托尔②的话斩钉截铁地说道。

"不过，当圣劳伦斯③被绑在火刑架上时，被烤到一定的时候，他请求刽子手们把他翻转过来再烧，说那边的肉已经烤熟了。普鲁登蒂乌斯④在他的《日课颂》中也是这样回忆的。"威廉带着一种圣人的神态喃喃地说道，"那么就是说，圣劳伦斯知道说一些可笑的事情，即使是为了羞辱他的敌人。"

"这表明笑离死亡和躯体的腐烂是相当近的。"豪尔赫带着一丝狞笑说道。我应该承认他这时俨如一位逻辑学家。

这时候修道院院长善意地请我们安静下来。晚餐已近结束。院长站起身，把威廉介绍给僧侣们。院长赞扬他的智慧，炫耀他的名望，并告知大家他已受托调查阿德尔摩的死因，请僧侣们协助回答他所提出的问题，并为他的调查提供方便。他还补充说，调查不

①　Joannes Chrysostom(约 347—407)，古代基督教希腊教父，擅长辞令，有"金口"之誉。
②　Petrus Cantor(?　—1197)，法国神学家和布道者。
③　Saint Lawrence(225—258)，古罗马皇帝瓦勒利安迫害基督教时期的七位殉难者之一。
④　Prudentius(348—410)，西班牙基督教拉丁语诗人。

要违反修道院的规定，一旦出现有违修道院规章的情况，就应征得他的批准。

晚餐结束后，僧侣们朝唱诗堂走去，参加晚祷。他们重又戴好兜帽遮住脸，站立在门前排成一行，然后单行穿过公墓，从北门进入唱诗堂。

我们随院长一同走。"这时候楼堡的门锁了吗?"威廉问道。

"等到仆人们收拾干净膳厅和厨房，藏书馆馆长就亲自把所有的门都锁上，从里面插上门闩。"

"从里面插上门闩? 那他从哪儿出来?"

修道院院长盯着威廉看了片刻，脸上的神情很严肃。"他当然不会睡在厨房。"他突然说道，然后加快了脚步。

"好，好，"威廉对我低声说道，"那么说，还有另一个门，而我们是不该知道的。"我笑了，为他的推测感到十分骄傲，而他却责备我说:"你别笑。你看见了吗? 在这修道院的围墙内笑的人名声不好。"

我们走进了唱诗堂。一座两人高的青铜制的三脚架上，点着一盏灯。僧侣们默默地在唱诗席上就位，吟诵者正在朗读圣格列高利布道中的一段。

院长发出了信号，吟诵者就唱起:"主啊，你最终会怜悯我们。"院长答唱道:"以主的名义，帮助我们。"众人合唱:"他创造了天空和大地"。这时候唱起了赞美诗:"当我呼唤您的时候，公正的上帝，您回应我吧;我全身心地感谢您，上帝;上帝所有的仆人，来祝福上帝吧。"我们没有坐在唱诗台上，而是退到教堂中殿。在那里，我们突然发觉马拉希亚从黑暗的侧堂冒了出来。

"你盯住那个地方，"威廉对我说道，"那可能是通向楼堡的一条通道。"

"在公墓下面吗?"

"为什么不会呢? 再仔细想一想,甚至在某个地方应该有一个圣骨堂,几个世纪以来过世的僧侣们不可能都埋葬在那片墓地里。"

"那您真的想在夜里进入那座藏书馆了?"我恐怖地问道。

"到那有过世的僧侣、毒蛇和神秘光亮的地方去吗? 不,我的好阿德索。不,孩子。我今天一直有这种念头,不是出于好奇,而是因为我在纳闷,究竟阿德尔摩是怎么死的。现在,就像我跟你说过的那样,我倾向于一种更为合乎逻辑的解释,总而言之,我愿意尊重这地方的习俗。"

"那您为什么想知道?"

"因为科学不只是揭示人们应该或能够做的事情,而且还揭示人们能够做却又不该做的事情。这就是今天为什么我对玻璃工匠说,从某种程度上来说,智者要把自己所发现的秘密藏匿起来,以免让别人用在邪恶的地方,但需要发现秘密,我觉得这个藏书馆是一个隐藏着秘密的地方。"

我们这么说着,走出了教堂,因为晚祷已经结束。我们两个都非常疲惫,很快回到了卧室。我蜷缩在威廉所说的我的"藏身处"里面,立刻就睡着了。

第二天

第二天

早课

其间，几个时辰神秘的愉悦时光，因一起血腥事件而中断。

没有比公鸡这种动物更让人信不过的了，有时候它象征魔鬼，有时候又象征复活的基督。我们教会的人知道，有一些懒惰的公鸡，日出时不啼叫。尤其是在冬日里，早课正值夜阑人静、大自然还在沉睡中就得举行，僧侣们得摸黑起床，在黑暗中祷告，期待着天亮，用炽热度诚之心照亮黑暗。因此，常常按习惯事先明智地安排人守夜，在兄弟们就寝的时候，按节奏彻夜诵读经文，计算着祈祷的准确次数，以测算已经过去的时间。这样，在规定该睡醒的时辰，就将他们叫醒。

那天晚上我们就是这样被那些摇铃人吵醒的。他们奔走在宿舍楼和朝圣者住所的楼道里，从一个房间喊到另一个房间："祝福天主。"每个人都回答说："感谢上帝。"

威廉和我遵照本笃会的教义：不到半个小时我们就准备就绪，迎接新的一天到来。我们下楼进了唱诗堂。僧侣们在那里跪在地上等着，背诵着前十五段赞美诗，直到见习僧们由他们的导师领着进来为止。每个人在各自的位置上就座后，合唱随即开始：

主啊,让我张开双唇,开口来将您赞美。歌声直冲教堂的拱顶,有如小孩子的恳求。两位僧侣登上布道坛,吟诵起第九十四段诗篇《皆来颂》,其他人都跟着唱起来。这使得我内心信仰倍增,激情满怀。

唱诗班在座的六十位僧侣,穿戴着清一色的长袍和兜帽,在三足青铜架上大蜡烛昏暗的光照下,像是六十个黑影。六十个声音齐声高唱,赞颂至尊至圣的上帝。我聆听着这像是通向极乐天堂的和谐动人的乐曲,不禁自问,修道院是不是真的隐藏着神秘的怪事,是不是真的有邪恶行径要揭示,是不是真的存在凶险的威胁。因为此刻的修道院是美德之源泉,学识之殿堂,修行之方舟,智慧之高塔,谦卑之王国,力量之堡垒,圣德之香炉。

吟诵六首赞美诗之后,开始诵读《圣经》。有些僧侣摇头晃脑地打起盹来,一位守夜的僧侣提着一盏小灯穿梭在唱诗台长排坐椅之间,叫醒打瞌睡的人。倘若哪个僧侣昏昏欲睡被逮个正着,就会被罚,由他执灯继续巡视。接着唱另外六首赞美诗,随后修道院院长念祝福词,领唱者又大声祈祷,所有的人都朝祭台鞠躬默想一分钟。没有经历过这奇妙激情时刻的人,没有体验过这内心极度平静时刻的人,是不能体会那种温馨之感的。最后,众僧侣重新把兜帽戴好遮住脸,坐下来庄重地唱起《感恩赞》。我也赞美天主,因为他让我摆脱重重疑虑,并消除了我从第一天抵达修道院起就产生的那种不安。我对自己说,我们是一些脆弱的生灵,甚至在这些既有学识又虔诚的僧侣之间,恶魔也煽动嫉羡,挑起微小的纠葛。不过那只是一抹青烟,在信仰的疾风暴雨中定会消散,只要众人聚集在圣父的名义之下,基督仍会降临在他们中间。

在早课结束、赞美经开始之前,尽管依然夜色沉沉,但僧侣是不回宿舍的。见习僧跟随他们的导师到参事厅去学习经文，有些僧侣则留在教堂照料法衣圣器等祭礼用品，多数人则跟我和威廉一样，在庭院里一边散步一边默想。仆人们还在梦乡，他们能一直睡到天亮。我们又摸黑回到唱诗堂唱赞美经。

又开始吟诵赞美诗了。在规定星期一必唱的那些赞美诗中，特别有一首让我重又陷入原先的恐惧之中："他那渎神的叛逆之心充斥了罪恶——他眼中没有惧怕上帝的目光——他对上帝采用欺诈的手段——他的语言变得那么恶毒。"我觉得那是不祥之兆，教规为那一天竟然事先写下了一条如此可怕的警示。赞美诗唱毕，按惯例是念《启示录》，但那并没有使我惶恐不安的心平静下来，我又想起头天门廊上那些令我胆战心惊的可怕图像和目光。然而，当我们唱完应答歌、颂歌和几段短诗，正要开始吟唱福音书的时候，我瞥见唱诗堂大祭台上方的窗口出现了朦胧的亮光，使得这以前还笼罩着黑暗的五颜六色的窗玻璃熠熠生辉。此刻还不到黎明，通常在晨祷时才看得见黎明的曙光，届时正值我们唱起"主啊，你是神奇无比的神圣的光辉"和"星辰消逝，白昼已经来临"。这是冬日破晓时的第一缕晨曦，那么微弱和惨淡，不过教堂中殿里这缕正取代黑暗的苍白微光，已足以抚慰我的心了。

当我们唱着圣书里的赞歌，目睹福音之光照亮人们的心灵时，我觉得似乎整个教堂都沐浴着灿烂的阳光。初现的黎明曙光，伴随着拱顶上那圣洁地绽放的百合花浓郁的芳香，似乎充溢在赞美诗的字里行间了。"上天啊，感谢您给予我们这无比欢愉的时刻，"我默默地祈祷，并对自己说，"你这个笨蛋，你究竟在害怕什么啊？"

突然，从北面门廊传来了一阵喧闹声。我正纳闷，准备干活的仆人怎么能如此打搅宗教圣礼呢！这时候闯进来三个猪倌，他们带着一脸惊恐的神情走近修道院院长，并对他低声耳语些什么。

院长先做了个手势让他们平静下来,像是不想中断礼拜,但是又有一些仆人进来了,喊声更大。"是个人,一个死人!"有人说。其他人也说:"是个僧侣,你没有见到他的鞋吗?"

祈祷中止了,院长急忙走了出去,招呼食品总管跟他走。威廉跟在他们后面,别的僧侣也离开了唱诗堂,拥向门外。

已是黎明时分,茫茫积雪把整个台地映照得更加明亮。在唱诗堂与牲口棚之间的空地上,即头天矗立着的盛猪血的大缸里,有一个近乎十字架的奇怪东西倚靠在猪血大缸内沿上,就像是两根插在地上、挂着破布条以吓唬麻雀的大桩子。

那是两条人腿,一个脑袋倒栽在猪血缸里的人的两条腿。

院长下令把尸体从那黏稠的猪血里拉出来(活人不可能保持那么不堪入目的姿态)。猪倌们犹豫着走近缸边,顾不得衣服溅上猪血,从里面拉出了血淋淋的尸体。我在前面已经说过,猪血倒进缸后,若马上搅拌冷却,是不会很快凝固的,但沾在尸体上的猪血已开始结块,死者的衣服全被猪血浸透,他的面部也难以辨认。一个仆人提过来一桶水,泼在那可怜的死者脸上。另一个仆人俯身用一块布擦拭他的面部。立刻,我们眼前现出来的竟是韦南齐奥苍白的面孔,他是来自萨尔维麦克的希腊语学者,头天下午我们在阿德尔摩绘制的插图手稿前还跟他谈过话。

"阿德尔摩也许是自杀的,"威廉凝望着那张脸说道,"但这个人肯定不是,不能设想他是不慎掉进猪血缸里而倒栽在里面的。"

修道院院长走近威廉,说道:"威廉修士,修道院里居然发生了这种事情,这您都看见了,需要用您的智慧来揭秘。但我恳请您,得赶紧行动。"

"刚才做礼拜的时候他在唱诗堂吗?"威廉指着尸体问道。

"没有。"院长说道,"我注意到他的座位是空着的。"

"没有别的人缺席吗?"

"好像没有。我没有留意。"

威廉在提出新问题之前迟疑了一下,然后,为了不让其他人听见,低声问道:"贝伦加在他的位置上吗?"

院长以赞许的目光不安地看了威廉一眼,他感到吃惊的似乎是:我导师的怀疑居然就是他一瞬间也曾产生过的,不过他怀疑的理由更能让人理解。然后他赶忙说道:"贝伦加刚才在场,他的座位在第一排,差不多就在我的右首。"

"自然,"威廉说道,"这一切不能说明什么。我不相信没有人从教堂的后殿进入唱诗堂,因此尸体可能已经在这里停留了好几个小时了,至少是大家都去睡觉之后。"

"当然,头班仆人天亮才起床,因此他们是现在才发现尸体的。"

威廉俯下身子凑近尸体,像是习惯于处理死人遗体似的。他沾湿放在水桶旁的那块布,把韦南齐奥的脸擦得更干净些。这时候其他僧侣惊恐地挤在一旁,你一言我一语地围成一圈,院长让他们安静下来。领头的是塞韦里诺,他是负责修道院全体人员医疗保健的,他走过来,靠近我的导师。为了听清他们的对话,也为了帮威廉从水桶里再取出一块干净的湿布,我克服了自己的恐惧和厌恶情绪,凑到他们跟前。

"你见过淹死的人吗?"威廉问道。

"见过很多次,"塞韦里诺说道,"如果我没有猜错的话,你是想说,淹死的人面部不是这样的,而应该是肿胀的。"

"那么说,在有人把他扔进缸里之前他早就死了。"

"为什么那人要这样做呢?"

125

"为什么那人非杀死他不可呢？我们面对的是一个心理扭曲的人所干的事。不过现在我们得看看死者身上是不是有伤和瘀血的痕迹。我建议把尸体抬到浴室里去，脱去他的衣服，好好冲洗干净后再仔细检查。我马上就去找你。"

征得院长允许后，塞韦里诺让猪倌们把尸体抬走，威廉要求僧侣们按原路回到唱诗堂去，仆人们也照样退回去，以便把场地空出来。院长没有问为什么，就满足了他的要求。这样，猪血缸旁边只留下我和威廉两个人。把尸体从缸里拉出来时，猪血从缸里溢了出来，周围的雪地被染红了，血水把地上的雪融化出好几处水坑，停过尸的地方还渗出一大摊深红色的血迹。

"真是乱透了。"威廉指着四周僧侣和仆人们留下的凌乱的脚印说道，"亲爱的阿德索，瑞雪是最好的羊皮纸，人的躯体在上面会留下最易读懂的文字，可这张羊皮纸手稿却被拙劣地涂改得难以辨认，我们从上面读不到任何有意思的东西。从这里到教堂，有僧侣们踏过的一长溜脚印，从这里到谷仓和马厩，有仆人们蜂拥而至的足迹，唯一没有动过的就是谷仓至楼堡之间的空地，我们去那里看看是不是会发现什么有意思的东西。"

"您想找什么呢？"我问道。

"若死者不是自己跳进缸里去的，那么，我想一定是有人把死尸驮到那里去的。而驮尸体的人，就一定会在雪地上留下较深的足迹，那是与喧闹的僧侣们破坏了现场的脚印不一样的，你就在这周围寻找一下吧。"

我们找到了。让上帝宽恕我的虚荣心吧，我要马上告诉你们，是我发现了猪血缸和楼堡之间的地面上有异样的脚印。那是一块还没有人踩踏过的地面，脚印相当明显，我的导师也立刻注意到了，但看上去比僧侣和仆人们留下的脚印要浅，上面被新降的雪覆盖了薄薄的一层,因此那脚印应该是较早时留下的。而最值得我们注意的,就是那些脚印中间夹杂着一溜几乎连续不断的印痕,像是留下脚印的人拖拽过什么东西。总之,就在南角楼和东角楼之间的楼堡一侧,有一道异样的印痕从猪血缸一直延伸到膳厅的门口。

"膳厅、缮写室、藏书馆,"威廉说道,"又是藏书馆。那么韦南齐奥是死在楼堡里的,而且很可能是死在藏书馆里的。"

"可为什么偏偏是在藏书馆呢?"

"我尽量设身处地从凶手的角度思考。如果韦南齐奥是在膳厅、缮写室或是厨房里被杀死的,那凶手为什么不把尸体留在那里呢? 而如果他是在藏书馆被杀死的,就得把他驮运到别的地方,一来,因为在藏书馆里,尸体是永远不会被人发现的(也许凶手就希望被人发现);二来,因为凶手很可能不愿意把人们的注意力引到藏书馆。"

"可为什么凶手要有意暴露尸体呢?"

"我不知道,我只是作一些假设。谁说凶手就是出于憎恨韦南齐奥才把他杀死的? 凶手可以为了留下某种符号,另有用意,只杀死他而不杀死别人。"

"世上的天地万物,犹如一本书或一部手稿……"我喃喃自语道,"不过那会是什么符号呢?"

"这就是我所不知道的。但是我们别忘了,有些符号似乎是表明什么,却没有任何意义,例如 blitiri 或者 bu-ba-baff……"

"那可就太残忍了,"我说道,"要是为了说 bu-ba-baff 就把人给杀了!"

"要是一个人说'我只相信一个上帝'也把他杀了,那同样也太残忍了……"威廉评价说。

这时候,塞韦里诺跟上了我们。尸体冲洗干净了,也仔细检查过了。身上没有任何伤口,头部也没有瘀血,像是着魔而死。

"是上帝惩罚他吧?"威廉问道。

"也许是。"塞韦里诺说道。

"或许是中毒而死?"

塞韦里诺犹豫了一下:"也许,也有可能。"

"你的实验室里有毒药吗?"当我们朝医务所走去的时候,威廉问道。

"这要看你怎么理解毒药了。有些药品少剂量服用是有益于健康的,而服用过量就会致死。我跟所有的药剂师一样,收藏着一些药材,慎重地使用它们。比如,我在我的植物园里种了缬草。要是在其他药草的浸剂中加上几滴缬草汁,就有镇静作用,可以调节心律,但若是超剂量服用,则会引起昏厥或死亡。"

"你在尸体上没发现有特别的毒药痕迹吗?"

"没有。不过许多毒药是不留痕迹的。"

我们到了医务所。韦南齐奥的尸体在浴室洗干净后被转运到这里,放在塞韦里诺实验室的大工作台上。室内的蒸馏器、玻璃和陶制器皿令我想起炼金大师的作坊(虽然我是间接听人说的)。靠外墙的一长排架子上,摆放着一大串细颈瓶、壶罐和杯盘器皿,里面盛满各种颜色的药物,琳琅满目。

"你收藏的药草真不少啊,"威廉说道,"全都是植物园里栽培的吗?"

"不都是,"塞韦里诺说道,"很多稀有的药草在这里是不生长的,那是多年来我让来自世界各地的僧侣们捎来的。我有许多珍稀名贵药品,也有用外来药与此地易于种植的药草调制而成的。你看……这是来自中国的沉香,是从一位阿拉伯学者那里得到的;

来自印度的芦荟,是治疗伤疤的灵丹;咸仙草能起死回生,或者说,能让失去知觉的人苏醒过来;砒霜,十分危险的毒药,谁吞食了,能致命;玻璃苣是治疗肺病的好药,石蚕治疗头部伤痕十分有效;乳香能治疗肺气肿和黏膜炎;没药……"

"就是东方博士带的那种没药①吗?"

"是的。不过这种没药也是为了防止流产用的。这是世间稀有的木乃伊汁,是从制成木乃伊的尸体上分解出来的,用来制作许多几近神奇的药物。曼陀罗,可以催人入眠……"

"还可以激起人的肉欲。"我的导师评价道。

"是有人这么说,不过,这里可不是用在这方面,这你可以想象。"塞韦里诺微笑道,"你看这个,"他拿起一只细颈玻璃瓶,"这是一种锌和镉的氧化物,治疗眼疾有奇特功效。"

"这又是什么呢?"威廉摸着放在架子上的一块石头,饶有兴趣地问道。

"这个吗? 是很久以前有人赠送给我的。我想那是一种奇特的石头,好像有多种治疗功能,可我还没有发现。你了解吗?"

"我知道。"威廉说道,"但这可不是药。"他从修士长袍里取出一把小刀,拿着小刀慢慢地靠近那块石头。当小刀随着他那极其灵巧的手贴近石头的时候,我看见小刀猛地动了一下,像是威廉抖动了手腕似的,其实他拿小刀的手腕稳稳的。刀刃紧贴在了石头上,发出一种轻微的金属撞击声。

"你看,"威廉对我说,"这是一块磁石。"

"它有什么用处呢?"我问道。

"它有多种用处,我以后再告诉你。不过,塞韦里诺,现在我想

---

① 据福音书记载,耶稣诞生后,有三位东方博士前来朝拜,他们献上从东方带来的黄金、乳香和没药作为贡品。

知道,这里有没有能致命的药物?"

塞韦里诺考虑了片刻,鉴于他回答得不是那么明确,我觉得他似乎考虑太久了。"很多药都可致命。我对你说过了,毒药和普通药物的界限很细微,当初希腊人把毒药和一般的药都统称为pharmacon。"

"最近你没有发现少了些什么吗?"

塞韦里诺又想了想,然后像是在掂量自己每一个词的分量那样说道:"最近没有发现少什么。"

"以往呢?"

"那谁知道。我记不得了。我在这座修道院都三十年了,在这个医务所待了二十五年。"

"对于人的记忆来说,时间是太长了。"威廉认同地说。随后他突然又问,"我们昨天谈到的能让人产生幻觉的药草,都有哪些呢?"

塞韦里诺的举动和脸上的表情显示出他很想避开这个话题:"这我得想一想,你知道,我这里有那么多的灵丹妙药。不过,我们还是谈谈韦南齐奥的死因吧。你是怎么想的呢?"

"这我得想一想。"威廉回答道。

第二天

晨　祷

其间，乌普萨拉的本诺和阿伦德尔的贝伦加吐露了一些内情，阿德索领悟了悔罪的真正含义。

灾难性的事件搅乱了修道院的生活。命案引起的混乱中断了圣事，修道院院长立刻把僧侣们打发回唱诗堂，去为他们兄弟的灵魂祈祷。

僧侣们的祈祷声音嘶哑。我们选择最合适的位置坐下，好在他们还没有用兜帽遮住脸的时候观察他们的面部表情。我们很快看到了贝伦加。他的脸紧绷着，面色苍白，挂着晶莹的汗珠。头天我们听到过有关他的一些闲话，好像他个人跟阿德尔摩之间有某种特殊关系；并不是因为他们这两个同龄人是朋友，而是别人在影射他们之间友谊的时候用了那种回避的语气。

我们注意到他身边的马拉希亚。他阴沉着脸，紧锁着眉头，表情令人费解。马拉希亚旁边的瞎眼老人豪尔赫的脸，也同样令人捉摸不透。相反，我们注意到乌普萨拉的本诺举止特别紧张，他是我们头一天在缮写室里认识的修辞学学者，我们发现他朝马拉希亚所在的方向迅速地扫了一眼。"本诺很紧张，贝伦加很害怕。"威廉提醒道,"得立刻审问他们。"

"为什么?"我天真地问道。

"我们在做一件十分艰苦的工作,"威廉说道,"就像宗教裁判官那样艰巨的工作,得看准弱者,在他最软弱的时刻击中他的要害。"

晨祷仪式刚一结束,我们就赶上了正朝藏书馆走去的本诺。这年轻人听见有人喊他,有些不太情愿,找借口推托。他好像急着要去缮写室,但是我的导师提醒他说,自己正在从事的调查是受到修道院院长委派的。我们把他带到庭院里,坐在两根圆柱之间。本诺等着威廉发问,并且不时地朝楼堡张望。

"那么,"威廉问道,"那天,你、贝伦加、韦南齐奥、马拉希亚以及豪尔赫,你们在讨论阿德尔摩的插图时都说了些什么?"

"这您昨天都听到了。豪尔赫认为在包含真理的书籍上面添加那些滑稽可笑的插图是不雅的,而韦南齐奥则认为连亚里士多德本人也说过一些俏皮话和诙谐的语言,用来更好地发现真理。如果'笑'能够成为真理的载体,那么它不应该是一件坏事。豪尔赫说,他记得,亚里士多德是在《诗学》一书中谈隐喻的问题时论及这些的。这就已经牵涉两种令人困惑的情况了。首先,《诗学》一书在基督教世界长期以来一直是无人知晓的,也许是有教廷的圣谕,它是通过摩尔人的异教徒带来的……"

"但是已被圣阿奎那的一位朋友翻译成拉丁语了。"威廉说道。

"我就是这么对他说的,"本诺马上增添了勇气,"我不太懂希腊语,我正是借助穆尔贝克的威廉①的译文,才得以接近那本巨著的。我就是这么跟他说的,但是豪尔赫补充了第二个令人不安的

---

① Guglielmo di Moerbeke(约 1215—1286),翻译过许多亚里士多德的著作,是将希腊古典文化传播到中世纪拉丁语国家的重要学者。

因素。在这本书里,亚里士多德谈论的是诗歌,而诗歌是 infima doctrina①,靠臆想来表现。而韦南齐奥则说,赞美诗也是诗歌作品,也用比喻。豪尔赫恼羞成怒,他说赞美诗是神的灵感的结晶,用比喻是为了传播真理,而世俗诗人们的作品则是用比喻来传播谎言,纯粹是出于娱乐目的。他这样说令我很生气……"

"为什么?"

"因为我是搞修辞学的,我读过很多世俗诗人的作品,并且我知道……更确切地说,是我相信,通过他们所用的语言,也同样可以传播基督教自然的真理……总之,那时候,如果我没有记错的话,韦南齐奥谈到了其他一些书,令豪尔赫十分恼火。"

"哪些书?"

本诺犹豫了一下:"我记不得了。谈论到哪些书至关重要吗?"

"至关重要,因为我们是在探讨这些人之间究竟发生了什么事情,这是些生活在书本之中、与书共存,并靠书本活着的人,因此,他们所说过的有关书本的话是很重要的。"

"那倒是真的,"本诺说道,他第一次露出笑容,笑脸光灿照人,"我们为书而活着。在这个充满混乱和颓废的世界,这是一种温馨的使命。也许明白了这一点,您就会明白那天究竟发生了什么。韦南齐奥,他通晓……他生前通晓希腊语,他说,在亚里士多德的《诗学》第二卷里,特别谈到了'笑'。他说,如果那么伟大的一位哲学家,在整卷书里都论谈'笑',那么'笑'一定是十分重要的事情。但豪尔赫争辩说,许多神学家撰写了不少有关罪孽的巨著,这固然重要,却是邪恶的。韦南齐奥又说,据他所知,亚里士多德还论述'笑'是好事,是真理的媒介,豪尔赫就问他是不是读过亚里士多德

———————————

① 拉丁语,最低级的学识。

的这本书，韦南齐奥说没有人能够读到那本书，因为那本书已经难以寻觅，或许已经丢失了。确实无人读过《诗学》的第二卷，就连穆尔贝克的威廉本人也从未得到过那本书。于是豪尔赫说，之所以没有找到那本书，是因为从来没有写过，这是天意，上帝不想赞美毫无意义的东西。豪尔赫动辄发火，而韦南齐奥说话的方式又惹他发怒，为了让他们平静下来，我就说，我们所知道的部分《诗学》和修辞学里，有关奥秘的谜语诗有许多明智的论述，当时韦南齐奥认同我的看法。在场的还有提沃利的帕奇菲科，他对世俗诗人的作品相当了解。他说关于奥秘的谜语诗，没有人能超过非洲的诗人，他引用了辛福西奥①的关于鱼的谜语诗：

> 地上有那么一间房子，发出一种清晰的响声。
> 那响声在屋里回荡，房主人却默不作声。
> 但双双一起逃跑的，竟是房主人和他的房子。

豪尔赫这时说，耶稣曾嘱咐我们只要说'是'与'否'，更多的话就都来自罪恶，你想说'鱼'，你只说'鱼'就够了，不要用虚假的响声来模糊'鱼'的概念。他还补充说，他觉得用非洲人来做例子似乎是不明智……于是……"

"于是？"

"于是，就发生了我不明白的事情。贝伦加笑了起来，豪尔赫训斥了他。他却说，他那么笑是因为他想起了，只要在非洲人的作品中间好好寻找，就能发现很多类似的谜语，当然不都像'鱼'的谜语那么简单。在场的马拉希亚火冒三丈，几乎要抓住贝伦加的兜

---

① Sinfosio，五世纪拉丁语作家。他的《非洲文集》一书汇集了几百首谜语诗。

帽,支使他去干他自己的事……贝伦加是他的助理,这您知道……"

"后来呢?"

"后来豪尔赫走了,争论就结束了。我们大家都各去干各的事,但我在工作时,见韦南齐奥和阿德尔摩先后走近贝伦加,向他询问一些事情。我离他们甚远,见贝伦加回避着,但当天他们俩又都去找了他。后来,那天晚上,我见到贝伦加和阿德尔摩在进餐之前待在庭院里谈话。这就是我所知道的全部情况。"

"这就是说,你知道最近神秘死去的两个人都向贝伦加打听过事情。"威廉说道。

本诺窘困地回答说:"我可没这么说! 我只是说了那天发生的事情,我这是按照您的要求说的……"他想了想,又立刻补充说:"不过,您要想知道我的看法的话,我认为贝伦加对他们说了些有关藏书馆里的事情,您应该到那里去寻找线索。"

"为什么你想到了藏书馆呢? 贝伦加所说的到非洲人那里去寻找是什么意思? 莫非他想说得好好读读非洲诗人的作品吗?"

"也许是吧,好像是这个意思。可当时马拉希亚干吗要火冒三丈呢? 毕竟是由他来决定哪部非洲诗人的作品可以借给人阅读。但是有一件事我是知道的:人们去翻阅图书目录时,在只有馆长看得懂的索引中,会看到'非洲'这一栏目,我在其中就曾经找到过'非洲之终端'。有一次,我问到带有这个标签的一本书,我记不得是哪一本了,题目令我很好奇;而马拉希亚却对我说,带有这个标签的书都已经丢失了。这就是我所知道的。正因为如此,我才跟您说,您得监视贝伦加,在他上藏书馆的时候监视他。谁都说不准是怎么回事。"

"谁都说不准。"威廉在与他告别时下结论说。然后他跟我在庭院里散步,他提醒说:首先,贝伦加又一次被他的教友们当做纷纷议论的对象;其次,本诺急于把我们的注意力引向藏书馆。我提示说,他也许是想让我们在那里发现一些他也想知道的东西。威廉说,这很有可能,但他这样做也有可能是想把我们的注意力从另一个地方引开。"什么地方呢?"我问道。威廉说他不知道,兴许是缮写室,也可能是厨房、唱诗堂、宿舍或是医务所。我提示他,头一天,你威廉自己还被藏书馆的魅力所诱惑呢。他回答说,他情愿迷醉于他所喜爱的东西,而不需别人指点。不过他说,藏书馆是得盯住了,而到了这种地步,想法子进藏书馆里面去也并非坏事。眼下的形势,在出于礼貌遵守修道院惯例和规定的范围之内,他完全有权满足自己的好奇心。

我们正要离开庭院。这时仆人和见习僧做完弥撒也正从教堂里出来。就在我们沿着教堂的西侧行走的时候,瞥见贝伦加从十字形耳堂的大门出来,他穿过墓地朝楼堡走去。威廉叫了他一声,他停住脚步,我们就赶上了他。他比我们在唱诗堂里见到时更加惊恐不安,威廉显然是想利用他此时的心理状态,就像他对付本诺那样。

"这么说来,阿德尔摩死前,你是最后一个见到他的人?"他对贝伦加说。

贝伦加身子晃了一下,像是要昏厥过去。"我?"他小声问道。威廉那么随意地向他发问,很可能是因为刚才本诺对他说见到过这两人夕祷后在庭院里谈过话。不过,他这一问正击中了要害,贝伦加显然以为他指的是另一次会面,一次真正的最后一次会面,因为他开始声音嘶哑地说道:

"您怎么能这么说呢,我跟其他所有人一样,是在去就寝之前见到他的!"

这时,威廉觉得他的这番话颇有价值,决心对他穷追不舍:"不对,你还见到过他,你知道的要比这多得多,可你不说。如今这已经是牵涉两条人命的事情,你不能再沉默了。让人说出实话的办法很多,这你知道得很清楚!"

　　威廉多次跟我说过,他是一直避免使用刑罚的,即使他当教廷的裁判官时也一样,可是贝伦加却误解了他的意思(或者说是威廉有意让他误解自己)。不管怎么说,他用的那一招还真有效。

　　"对,对,"贝伦加号啕大哭起来,他说,"那天晚上我是见到阿德尔摩了,但那时他已经死了。"

　　"怎么死的?"威廉追问道,"是死在山坡脚下吗?"

　　"不,不,我是在公墓里看见他的,他当时游荡在坟墓之间,比那些幽灵还更像幽灵。我一见到他,就发现站在我跟前的不是一个活人。他一副死人脸,活像个僵尸,已经睁着双眼凝望永恒的痛苦。当然,直到第二天早晨,听到他的死讯,我才意识到自己在头天晚上遇上的是他的鬼魂。可在当时我就意识到自己有了某种幻觉,意识到眼前出现的是一个亡灵,是一个鬼魂……啊,上帝,他跟我说话的那种声音像是从坟墓里发出来的!"

　　"他说什么啦?"

　　"'我已被打入地狱!'他这样对我说,'就像你见到的,站在你面前的是一个来自地狱的人,他得回到地狱里去。'他这样跟我说。而我冲着他大声喊道:'阿德尔摩,你真是从地狱里来吗? 地狱的惩罚是怎样的呢?'我全身颤抖着,因为我刚做完晚祷出来,刚听过有关天怒的那几段可怕的经文。而他又对我说道:'地狱里的惩罚之重是无法用言语表达的。'他还说:'至今一直披在我身上的这件意味着诡辩的长袍,你看到了吧? 它沉重地压着我,像是比巴黎最高的塔还重的重负,像是背负着世上的大山一样,我永远无法把它卸下来。这是正义之神对我仰慕虚荣的惩罚。我曾以为自己的肉体是满足欢乐之乐园，我曾以为自己比别人懂的多，我曾以那些荒诞可怕的梦幻取乐，那都是些我想象出来、在我心灵深处萌生出来的、更为可怕的幻觉——而现在我将不得不与我的罪孽同受永无终了的惩罚。你看到了吧？这件斗篷式长袍的衬里，它像是用煤制成的燃烧着的炭火和烈焰，灼烧着我的躯体，这是因为我沉溺于肉欲，犯下有辱上帝的罪孽而对我的惩罚，这熊熊烈火在不停地烧灼我的身躯！把你的手伸给我吧，我漂亮的导师，'他还对我说道，'但愿遇见我对你是有益的一课，你曾经教会我许多知识，作为对你的回报，把你的手给我吧，我漂亮的导师！'他抖动着他那滚烫的手指，他的一滴汗落在我的手上，我觉得那滴汗水仿佛穿透了我的手心，以致此后好几天，我手心里都带有那个印记，只不过我藏起来没有让人看见；而后他消失在坟墓间。第二天早晨我得知，那曾让我如此惊恐的躯体被人在崖壁底下发现了。"

贝伦加哭得上气不接下气。威廉问他："他怎么称呼你是他'漂亮的导师'呢？你们可是同龄人哪。也许你教过他什么？"

贝伦加把兜帽拉下来遮住了脸，他跪倒在地抱住威廉的双腿："我不知道，我不知道他为什么那样称呼我，我什么也没有教过他！"他大声地哭起来，"我害怕，神父！我要向您告解，发发慈悲吧，一个魔鬼在吞食我的五脏六腑哪！"

威廉把他从自己身边推开，又伸给他一只手想扶他起来。"不，贝伦加，"他说道，"你别求我听你告解。别想用告解来封住我的嘴。你必须把我想知道的事情用另一种方式告诉我。假如你不说，我也会设法弄清楚的。如果你想求我发慈悲，这可以，但你休想让我保持沉默。这座修道院里保持沉默的人太多了。你还是告诉我，既然那是个漆黑的夜晚，那你是怎么看清他那苍白的脸的呢？既然那是个暴风雪交加的夜晚，又怎么能烫伤你的手呢？当时你去墓地干什么呢？你说，"威廉粗暴地摇晃他的双肩，说道，"你至少把这事儿说清楚！"

贝伦加全身发抖地说道："我不知道我去墓地干什么，我不记得了。我不知道怎么会看清他的脸，也许当时我掌着一盏灯，不对……他有一盏灯，是他拿着一盏灯，也许我是借着灯光看清了他的脸……"

"风雪交加，他怎么拿着灯呢？"

"那是在晚祷之后，刚做完晚祷时，还没有下雪，雪是后来才下起来的……我记得，当我往宿舍逃的时候，刚刚开始飘起雪花。当时我是朝宿舍逃，那鬼魂是朝我相反的方向走……后来我就什么都不知道了，我求您，别再审我了，如果您不想听我告解的话。"

"那好吧，"威廉说道，"现在你走吧，到唱诗堂去，既然你不愿意跟别人说，你就去跟上帝说，或者找一个愿意听你告解的僧侣，因为如果你不告解你的罪孽，你就是犯了渎圣罪。你去吧。我们会再见面的。"

贝伦加跑掉了。威廉搓了搓双手，我曾多次看到，每当他对某事比较满意时，就总是这样。

"好，"他说道，"现在许多事情已经变得清楚了。"

"清楚了？我的导师，"我问他道，"现在又冒出来阿德尔摩的鬼魂，怎么就清楚了？"

"亲爱的阿德索，"威廉说道，"我觉得那并不是什么鬼魂，不管怎么说，他是在背诵为传道者编写的某本书上的话，我曾经读到过。这些僧侣也许这类书读得太多了，当他们情绪激动的时候，脑海里就会浮现出他们在书本上读到过的幻象。我不知道阿德尔摩是不是真的说过那些话，或贝伦加由于需要，就听到了这些他想听的话。这件事证实了我的一系列推测。比如说：阿德尔摩是自杀。贝伦加的故事又告诉我们，阿德尔摩死前曾忐忑不安地在墓地里走过，内心为自己的某些过失而悔恨。他认为自己犯下了罪，因而惴栗不安，原因是有人恐吓过他，也许对他描述了一些地狱里令人恐怖的情景，以致他那么熟练那么绘声绘色地又对贝伦加转述了一遍。他去墓地走，是因为他刚从唱诗堂出来，而在唱诗堂里他曾向某个令他恐惧和令他感到愧疚的人告解（或忏悔）了。从贝伦加所说的话里，我们得知，阿德尔摩当时是从墓地朝与宿舍相反的方向，也就是朝楼堡走去。但也（可能）是朝牲口棚后面的院墙走去，就是我推测他纵身跳下悬崖的地方。他是在暴风雪来临之前跳下去的，死在了围墙外的山崖下，后来山体滑坡把尸体推移到了北角楼和东角楼之间。"

"可是那炙热的汗滴又怎么解释呢？"

"这是贝伦加一再听到的故事里说的，也或许是阿德尔摩在极度惶恐和悔恨的状态下想象出来的。因为在他悔恨之前，贝伦加也感到悔恨，这你听到了。如果阿德尔摩的确是刚从唱诗堂出来，他可能拿着一支蜡烛，那么掉在他朋友手心上的就是熔化了的一滴热蜡油。不过贝伦加之所以觉得那滴蜡油特别烫手，是因为阿德尔摩口口声声称他为自己的导师。这就意味着阿德尔摩是在责备他教唆自己做了追悔莫及的丑事，以致为此他绝望得想去死。贝伦加心知肚明，现在他也感到痛苦，他知道是自己怂恿阿德尔摩做了不该做的事而把他推向了一条不归路。我可怜的阿德索，在我们听了关于藏书馆馆长助理的讲述之后，事情就不难想象了。"

"我相信我已经明白他们两人之间发生了什么，"我为自己洞察力的欠缺而感到羞愧，说道，"但我们不都是相信一个仁慈的上帝吗？您说说，阿德尔摩很可能是向别人告解过，可是他为什么要竭力用一种更为严重，或者至少是同样严重的罪过来惩罚他第一次的罪过呢？"

"因为有人对他说了一些使他绝望的话。我说过，如今某些为布道者所用的书本里有些篇章，肯定警示了令阿德尔摩害怕的一些话，而阿德尔摩又以同样的话吓住了贝伦加。为了激起大众的怜悯心和恐惧心理（以虔诚炽热的心遵循神和人的法规），从来没有人像如今的布道者们那样，用一些令人恐惧、震撼、毛骨悚然的语言教诲民众；从来没有像如今这样，在自我鞭笞苦修的人中间，听到的神圣赞歌尽是宣扬基督和童贞圣母磨难的；从来没有像如今这样，通过对地狱里要承受磨难的描述来激励常人的信仰。"

"也许那是悔罪的需要。"

"阿德索，在当今这样一个时代，无论是传道士、主教还是我们属灵派的兄弟们，都不再有创导一种真正告解的能力了，可我现在却听到用那样的方法召唤人们去悔罪，这在以往是从来没有过的。"

"可是第三次革新的年代，天使般的教皇，佩鲁贾方济各修士大会……"我茫然地说道。

"这是怀旧。悔罪的大时代已经结束了，所以，即便是普通的修士会也可以谈论悔罪。一两百年之前，曾有过一股革新的风潮。当时谁要是谈论悔罪，无论是圣人还是异教徒，都会被活活烧死。可如今人人都谈论悔罪。从某种意义上来说，连教皇也谈及悔罪。如果是教廷和宫廷谈论什么人类的革新，你可别相信。"

"不过多里奇诺修士，"我出于好奇想更多地知道其人，因为我头一天多次听人谈到过他，所以我斗胆这么说。

"他死了，他死得苦，活得也苦，因为他来得也太晚了。而你对他又知道些什么呢？"

"什么也不知道，所以我才问您……"

"我永远不想再谈论他。我倒是跟一些所谓的使徒有过接触，我贴近他们观察过。那是一个伤心的故事，恐怕你听了会感到不安。反正我听后心里很不是滋味，而且由于我本人没有能力加以判断，这会使你更加困惑。那是一个男子的故事，他实践了很多圣人在布道中所说的事情，做出了一些不理智的事。有时候我实在弄不明白究竟是谁的过错，我好像是给某种萦绕在两个敌对阵营的家族气氛搞糊涂了。一边是布道的圣人们，他们劝诫人们悔罪，一边是悔罪者，他们往往拿别人做代价实施悔罪……刚才我说的是别的。不，或许我始终是在说这个：悔罪的时代已经结束，对于悔罪者来说，需要悔罪就得去死。那些把发疯了的悔罪者杀死的人，是以死亡偿还死亡。为了击败产生死亡的真正的悔罪，他们用一种想象的悔罪来代替精神上的悔罪，从而引出超自然的痛苦和血腥的幻象，并把那些幻象称作真正悔罪的'镜子'。在常人的想象中，有时甚至是在博学者的想象中，那是一面呈现出在地狱里经受磨难的镜子。为了使得——人们这么说——没有人敢犯罪。这是期望通过恐惧来抑制犯罪心理，相信惧怕可以替代叛逆。"

"可是，那样就真的不会有人去犯罪了吗？"我焦虑地问道。

"这取决于你是怎么理解犯罪的了，阿德索，"导师对我说道，"我不想对这个我生活过多年的国度里的人们作出不公正的评价，但我觉得这是意大利民族典型的品德，是别的民族少有的。他们会因为惧怕某个偶像而不去犯罪，只要人们用一个圣人的名字称呼那个偶像就能奏效。他们害怕圣塞巴斯蒂安和圣安东尼胜过害怕基督。如果一个人想保持一方净土，制止意大利人像狗一样随地小便，就在那里立一根木头桩子，上面画上圣安东尼的像，这样，想在那里小便的人就被吓跑了。意大利人就是这样，由于布道者的危言耸听，他们不惜追随古旧的迷信，不再相信肉体可以重生，他们头脑里只有对肉体上以及不幸的灾难带来的伤痛的恐惧，因此他们更害怕圣安东尼，而不是基督。"

"可贝伦加不是意大利人。"我提醒说。

"这无关紧要，我是在谈论教会和修士会的布道者们在这个半岛上所营造的氛围。这种氛围又从这里传播到各处，也影响到了学识渊博的僧侣们所在的这座修道院。"

"但是只要他们不犯罪不就行了。"我坚持说道，因为我原本只是想满足自己的心愿，哪怕仅仅这个。

"如果这座修道院是一面 speculum mundi①，那你就已经有答案了。"

"是这样吗?"我问道。

"因为要让明镜照出这个世界来，世界需要有一种形状。"威廉下结论说。他说话太富有哲理了，我这个不谙世事的少年实在听不明白。

---

① 拉丁语，世界的明镜。

第二天

辰时经

其间，目睹了俗人之间的一场争吵。亚历山德里亚的埃马洛影射了一些事情。阿德索默想圣德之道和魔鬼的丑恶，然后威廉和阿德索回到缮写室。威廉见到某些有意思的东西，他第三次谈论"笑"是否得体，但他还是不能进入他想去的地方。

我们上楼到缮写室之前，经过厨房时吃了点东西以恢复体力，因为自从起床我们还没有进过食。我喝了一杯牛奶，马上就觉得精神抖擞。南面的大壁炉像熔炉一样燃烧，里边正烘烤着当天的面包。两名羊倌正把刚宰杀的羊搁在那里。我见到厨师中有萨尔瓦多雷，他张着狼一样的嘴巴对我微笑。我见他从桌上拿起头天晚上吃剩下的鸡肉，偷偷地递给那两个羊倌，他们把鸡肉掖进皮袄里，得意地露出狞笑。可这被厨师长发现了，他责备萨尔瓦多雷说："你应该管理好全修道院的食品，而不是把它们给挥霍掉。"

"他们是上帝的儿子，"萨尔瓦多雷说道，"耶稣说过，你们要像对待孩子一样对待他们！"

"臭方济各修士，狗屁方济各会！"厨师长朝他大声吼道，"你已经不再是你们修士会那些满身虱子的人了！施舍给上帝的儿子们，那是仁慈的修道院院长的事！"

萨尔瓦多雷沉下脸来，怒不可遏地转身对他说："我不是方济各修士！我是本笃会的一名僧侣！Merdre à toy①，混蛋异教徒！"

"晚上受用你异教徒阳具的那个婊子才是狗娘养的呢！你这头猪！"厨师长大声叫骂着。

萨尔瓦多雷赶紧让那两个羊倌出去，他走近我们，担心地朝我们看了看。"修士兄弟，"他对威廉说道，"你得维护好你的修士会，尽管那已不是我的修士会，你告诉他，方济各的修士们不是异教徒。"然后他对我耳语道："Ille menteur，puah②。"他朝地上啐了一口。

厨师长走过来粗暴地把他推出去，关在了门外。"修士兄弟，"他对威廉说道，"我刚才并不是说你们修士会的坏话，你们那里有圣贤之人。我是在骂那个假方济各修士和假本笃会修士，那个不三不四的东西。"

"我知道他的底细，"威廉用调解的口气说道，"不过他现在跟你一样是一位僧侣，你得像兄弟一样尊重他。"

"可是他多管闲事，他得到食品总管的庇护，就自以为是总管了。他把自己当做修道院的主人，不分白天还是黑夜！"

"怎么，在夜里？"威廉问道。厨师长做了个手势，好像是说他不想讲那些不光彩的丑事。威廉就不再问他什么，喝完了手中的那杯牛奶。

我的好奇心越来越强烈。跟乌贝尔蒂诺的碰面，人们对萨尔瓦多雷或是食品总管的过去的议论，以及那些日子里我听到的对方济各修士和异教徒们越来越频繁的影射，我的导师在谈论多里

---

① 古法语，你这个狗娘养的。
② 古法语，他是个骗子，呸。

奇诺修士时犹疑的态度……都在我的脑海里重新组成了一串想象。比如,我们在旅途中至少遇上过两次鞭笞派①的宗教队列,有一次当地民众像对待圣人那样看他们;另一次,他们私下说他们是异教徒,其实这是同一批人。他们排成两列,走在城市的街道上,他们没有羞耻感,裸露的身体只遮掩着下身的隐秘之处。他们每人手持皮鞭,不停地鞭笞自己的双肩,直至出血。他们泪流满面,好似亲眼看到了上帝的磨难,他们哀怨地吟唱,恳求上帝发慈悲,哀求圣母保佑。他们这样周而复始,不分昼夜,不管寒冬腊月,成群结队的人点着大蜡烛,围着教堂走,谦卑地在祭台前跪拜。带队的是举着大蜡烛和旗帜的神父们,紧随其后的除了普通男女民众,还有贵妇和商人们……当时能看到十分感人的悔罪举动,偷盗者归还赃物,有过失的人忏悔罪孽……

威廉却冷漠地看着他们,并对我说,那不是真正的悔罪。他倒是跟我讲了当天早晨说过的那些话:悔罪的大时代已经结束,那不过是布道者为避免自己成为另一种悔罪欲望的猎获物,调动起群众的虔诚心理的做法——那种欲望才是异教徒的欲望,才是令众人害怕的。但我不明白其中的差别,如果真存在差别的话。我觉得差别不在于一个人或是另一个人的行为,而在于教会判断这种或那种行为的眼光。

我想起了威廉跟乌贝尔蒂诺的那次讨论。威廉无疑是在影射,竭力向他说明其(正统的)神秘的信仰和异教徒扭曲的信仰之间并没有存在多大差别。乌贝尔蒂诺对此颇为生气,好像他清楚地看到了两者之间的差别。我的印象是,乌贝尔蒂诺与众不同之处就是他善于看出这差别。而威廉当初辞去宗教裁判官的职务,

---

① Flagellants,天主教苦行派别之一。

恰恰就是因为他看不出它们之间的差别，所以他也无法跟我谈论那位神秘的多里奇诺修士的事情。也就是说，显然（我对自己说）威廉失去了天主的保佑，因为天主不仅教诲人看到差别，而且，可以这么说，还赋予他的子民这种辨别的能力。乌贝尔蒂诺和蒙特法尔科的基娅拉（她周围也拥簇着悔罪者）之所以成了圣人，就是因为他们善于辨别。这就是圣德，不是别的。

可为什么威廉不善于辨别呢？他可也是一个相当精明的人呀，而且他善于从本质上发现事物之间哪怕是最微小的差别和最无足轻重的关系……

我沉浸在纷乱的思绪之中。当威廉快喝完奶的时候，突然听到有人跟我们打招呼。那是亚历山德里亚的埃马洛，我们已经在缮写室里认识他了。他的面部表情给我留下深刻印象，脸上不论何时总带有一种冷笑，似乎他永远不相信人们的愚昧昏聩，也不太在乎这种普遍性的悲剧。"那么，威廉修士，您已经习惯了这座神经错乱者的巢穴了吧？"

"我觉得这个地方集聚了圣德博学之人，一些值得钦佩的人。"威廉很小心地说道。

"过去是这样。那时修道院院长尽院长之责，藏书馆馆长尽馆长之责。可如今，正如您看到的，那上头，"他指着上面一层楼，"那个半死的有眼无珠的日耳曼人，在虔诚地聆听着那个长着死人眼的西班牙盲人狂言乱语，仿佛每天早晨敌基督都会来。他们整天抓挠着羊皮纸手稿，可是很少有新书进来……我们整天无所事事，可在那边城市里，人们已经行动起来……曾几何时，整个世界都由我们这些修道院主宰。如今，您看见了，皇帝利用我们，派遣他的朋友和他的敌人会面（我对您的使命略有所知，僧侣们没有事做，他们都在议论）。但皇帝若是想掌控这个国家，他只要管好城市就是了。我们在这里收割麦子，饲养家禽；他们在城里用几尺亚麻布换几丈丝绸，用几袋香料换几尺麻布，这种交易都能赚好多钱。我们只是守着我们的财富，而他们却在城里累积大量财富。书籍也是这样，他们出的书比我们的要精致得多。"

"是的，世上新鲜事物层出不穷。可为什么您认为是院长的过错呢？"

"因为他把藏书馆交到外国人手里，把整个修道院当做捍卫藏书馆的一座小城堡。这块意大利土地上的一座本笃会的修道院，本该是由意大利人来决定意大利事务的地方。意大利人连自己的一个教皇都没有，他们究竟在做什么？他们在经商、制造各类产品，他们比法国国王还富裕。那我们也效仿他们好了，要是我们会制作精美的书本，我们就为大学出书，我们可以过问下面山谷那边发生的一切。我不是说要过问皇帝的事情，我尊重您所肩负的使命，威廉修士，我是说要过问意大利的博洛尼亚人和佛罗伦萨人在做些什么。我们可以从这里控制往返于意大利和普罗旺斯的朝圣者和经商者的通道。我们的藏书馆应该对通俗语的著作开放，让不再用拉丁语写的作品登上我们的藏书楼。可是我们却被一批外国人控制着，他们沿袭善良的奥多在克吕尼隐修院当院长那个时代的老办法管理藏书馆……"

"可你们院长是意大利人啊！"威廉说道。

"院长在这里无济于事，"埃马洛还是冷笑着说道，"他的脑子就是藏书馆的一只书柜。被虫蛀空了的书柜。为了故意与教皇作对，他让大批方济各修士闯入修道院……威廉修士，我说的是那些异教徒，是那些背弃您神圣教会的人……而为了讨好皇帝，他又把北方各修道院里的僧侣弄到这里来，好像我们这里就没有优秀的缮写员，没有懂得希腊语和阿拉伯语的人了，似乎在佛罗伦萨和比萨就没有富有而慷慨的商人子弟加入修士会了。其实加入修士会要是能使父辈增添实权、提高威望的话,他们会很情愿加入的。可是,在这里,对于上个世纪发生的事情,唯有牵涉日耳曼人的时候,才抱有这种宽容的态度……哦,善良的上帝啊,因为我出言不逊,要说出一些不甚体面的事情,您把我的舌头给割了吧!"

"修道院里发生不甚体面的事情吗?"威廉漫不经心地问道,说着又给自己倒了一些牛奶。

"僧侣也是人哪,"埃马洛评议道。然后,他又补充说:"但他们比别的地方的人缺少人味。您权当我没有说过这些事情。"

"很有意思,"威廉说道,"这些是您个人的看法,还是许多人都这么看?"

"这是很多很多人的看法。很多人都为阿德尔摩的不幸遭遇而难过,倘若是另一个人因不该过多出入藏书馆而坠入悬崖,他们是不会那么难过的。"

"您这话是什么意思?"

"我说得太多了。这里的人话说得太多了,这您大概已经察觉到了。一方面,这里的人已不再尊重沉默;另一方面,他们却又过分尊重沉默。在这里不应该只有说或沉默,而是应该行动。在我们教会的黄金年代,要是一位修道院院长不称职,只需用一杯下了毒的美酒,继承人的问题就解决了。威廉修士,您心里明白,我对您说这些,并不是对修道院院长或是其他的修士兄弟说三道四。愿上帝警示我别这样做,幸亏我没有背后议论人的恶习。可我不想让院长请您来调查我,或者调查提沃利的帕奇菲科或者圣阿尔巴诺的彼得。我们跟藏书馆的事情没有任何关系,但是我们想稍微过问一下。那么,好吧,烧死过那么多异教徒的您,就来揭开这个毒蛇盘踞的黑窝吧。"

"我从来没有烧死过任何人。"威廉断然回答说。

"我就是这么说说罢了。"埃马洛满脸堆笑地说道,"祝您马到成功,威廉修士,不过您晚上得小心。"

"为什么不是白天?"

"因为白天这里有可以治疗疾病的好药草,而在晚上,有毒的药草可以致人神经错乱。您可别相信阿德尔摩是被人推下深渊的,韦南齐奥是被人按进猪血缸里的。这里有人不想让僧侣们自己选择该去哪里,该做什么,该读什么,而是采用地狱的力量,以及用地狱里招魂卜卦的巫师们,搅乱好奇者的思想……"

"您是说掌管药草的神父吗?"

"圣艾美拉诺的塞韦里诺,他可是个好人。当然,他是个德国人,马拉希亚也是德国人……"埃马洛再一次表示他不想说别人闲话,随即上楼去工作了。

"他想跟我们说什么呢?"我问道。

"他想说出全部,又想什么也不说。修道院往往是僧侣之间勾心斗角的地方,为的是稳掌整个修道院的领导权。在梅尔克那里也是这样,不过你作为一个见习僧,或许意识不到。在你的国家,赢得一座修道院的领导权,就意味着赢得了与皇帝直接交涉的一席之地。在这个国度里却不然,天高皇帝远,即使皇帝南下到罗马,仍然远离此地。如今这里已没有宫廷,连教廷也没有。有的只是城市,这你大概已经看到了。"

"可不是嘛,我为此感到震惊。'城市'在意大利跟我们国度里不一样……'城市'不仅仅是居住的地方,还是决策之地。大家总是聚集在广场上,'城市'的行政长官们远比皇帝或教皇重要。这些城市……就像是一个个的独立王国……"

"而国王就是商人。金钱就是他们的武器。金钱在意大利有一种不同于在你我国度里的功能。在别的地方，随处可见到金钱流通，但大部分情况下，调节和制约生活的还是用鸡鸭、成捆的麦子、一把镰刀或一辆车换取所需物品，也用金钱来置办这些物品。在意大利的城市恰恰相反，这你大概注意到了，商品是用来赚钱的。就连神父、主教，甚至修士会都需要用金钱来结算。正因如此，反对权势的叛逆行为往往表现在号召守贫。反对权势的都是些被排斥在金钱关系以外的人，而每次号召守贫，都会引起紧张的社会气氛和许多辩论。整个城市，从主教到地方行政长官，都把过于宣扬守贫的人视作仇敌。凡有人对魔鬼的邪恶有反应的地方，宗教裁判官就会有所闻。昔日，在教会的黄金时代，一座本笃会修道院是牧师把信徒们控制得像羊群般驯服的地方。埃马洛希望恢复传统。只是'羊群'的生活习性改变了，修道院唯有接受他们新的生活方式，改变面貌，才能回到传统上来（恢复昔日的荣光和权力）。不过，如今控制'羊群'的不是武器或是辉煌的宗教礼仪，而是金钱，所以埃马洛希望整个修道院成为一座工厂，藏书馆本身也成为作坊，一座赚钱的工厂。"

"可这跟那些罪恶或那桩凶案有什么关系呢？"

"这我还不知道。不过现在我想上去看看。你跟我来。"

僧侣们都已经在工作了。缮写室里一片肃静，但这种肃静并非源于勤奋与内心的安宁。贝伦加神情尴尬地接待了我们，他只比我们先到一步。其他正在工作的僧侣抬起头注视着我们，他们知道我们去那里是想发现韦南齐奥的死因。他们的视线把我们的注意力引向了一张空着的桌子，它在一扇朝八角形中央天井打开的窗子下面。

尽管那天天气很冷，但缮写室里温度适中。当初把缮写室设计在厨房上面是有道理的,因为从下面可以传来不少热气,尤其是下面的两个大炉灶的烟道分别安装在西边和南边角楼的两个螺旋形楼梯的柱子里。至于大厅对面的北角楼,虽然没有楼梯,但是装有一个烧得很热的大壁炉,为缮写室增添了不少暖意。此外,地板上铺着稻草,走在上面没有脚踩地板的声音。总之,室温最低的要算是东角楼了。我也注意到,相比之下,从在室内工作的人数来看,那边空出的位子比较多。后来我才明白,东角楼螺旋形的楼梯是唯一既通往楼下膳厅,又通向楼上藏书馆的通道。我不禁自问,大厅的供暖布局是否经过精心安排,为使僧侣们不会因好奇而去东边,而且这也有利于藏书馆馆长控制藏书馆的出入。也许我过分猜疑了,成了我导师可怜的小猴子,因为我立刻想到这样的布局在夏天就没有用了——除非,(我对自己说)夏天那边阳光最充足,所以更可以避免人们去。

可怜的韦南齐奥的桌子背对大壁炉,那大概是僧侣们最想坐的位子。虽然当时我还没有怎么从事过缮写室的工作,可后来我在缮写室几乎度过了大半生,我深知对伏案抄写、做索引和做学问的人来说,在漫长的冬天,冻僵的手指握着尖笔(即使在温度正常的情况下,写了六个小时之后,手指头也会可怕地痉挛,大拇指像是被人踩了一样疼)是一件多么痛苦的事。这就能解释,为什么我们经常在手稿边缘空白处看到缮写员的留言,比如:"感谢上帝,很快就要天黑了",或者"啊,我要是有一杯葡萄美酒该多好啊!",或是"今天天气很冷,光线又暗,这张羊皮纸不光滑,看不清楚"。这足以证明缮写员工作之辛苦(或者令人腻烦)。就像古老的谚语所说,三指握笔,全身干活。而且必有疼痛。

刚才我说到韦南齐奥的桌子。它跟其他围着八角形天井摆放的那些桌子一样小,是供做学问的僧侣用的,而放在外墙窗户下面的桌子比较大,是供绘制插图和抄写的僧侣用的。另外,韦南齐奥的桌旁还有一个工作用的支架,也许是放从藏书馆借来要查阅和抄写的手稿用的。桌子底下有一个不高的小书架,上面堆放着一些没有装帧的稿页,因为全是用拉丁语写的,所以我推断那是他最新的译稿。字迹很潦草,构不成书页,原本还得交给一位缮写员或一位装帧员的,因此那些文字很难读懂。稿页中间还有几本希腊语的书。支架上也放着一本希腊语的书,前几天韦南齐奥正在翻译。当时我还不懂希腊语,可是我导师说,那是一位名叫路吉阿诺斯[①]的人写的,讲述一个人变驴的故事。于是我想起来一个阿普列乌斯[②]写的类似的寓言,这类书在当时一般是严禁见习僧阅读的。

"韦南齐奥怎么在翻译这本书呢?"威廉问站在一旁的贝伦加。

"是米兰的一位僭主请求修道院翻译的。修道院以此来换得对东边一些田庄出产的葡萄酒的优先购买权。"贝伦加用手指了指远处,但很快又补充说道,"这并不是说修道院跟俗人做金钱交易,而是委托我们做这件事的那位米兰僭主,他为了从威尼斯国王手里借得这部珍贵的手稿,费了好大周折,而威尼斯国王又是从拜占庭皇帝那里弄来的。一旦韦南齐奥译完这部手稿之后,我们会抄写两份,一份给委托者,一份留在藏书馆。"

"那么说,你们藏书馆不忌讳收集俗人的寓言作品。"威廉说道。

"藏书馆是真理和谬误的见证。"此时,从我们身后传来一个声音。是豪尔赫。这位老人以出人意料的方式突然出现,让我又一次感到惊诧(而在其后的日子里,还有更让我感到惊诧的事情),仿

---

① Lucianus(约120—180),希腊讽刺作家。
② Apuleius(约124—180),哲学家、修辞学家和拉丁语作家。

佛我们看不见他,他却能看见我们。我还纳闷儿,一个瞎子在缮写室干什么呢,后来我才明白,豪尔赫是无处不在的,他会在这座修道院的任何一个地方现身。他在缮写室里经常坐在靠壁炉的一个凳子上,密切注意着这座大厅里所发生的一切。有一次,我听到他坐在凳子上大声问道:"谁要上楼去?"他转身对着正要上楼去藏书馆的马拉希亚,尽管铺在地上的稻草减弱了脚步声。僧侣们都很敬重他,他们读到较难理解的段落时经常会去向他求教,会为了一个旁注去询问他,也会请他指点如何描绘一只动物或一位圣人。而他却会用暗淡的双眼凝视着远处,仿佛凝望着记忆中犹存的书页,然后回答说,假先知也披着主教的外衣,而从他们嘴里出来的却是些癞蛤蟆;他会告诉你装饰圣城耶路撒冷城墙用的是什么样的石头;他还会说,独目人①在地图上应该画在靠近祭司王约翰②的福地附近——以告诫僧侣们别把他们可怕的样子画得过分有诱惑力,只要画得有象征意义,能够辨认就足够了,别画得太性感,也不能太可憎,以免引人发笑。

有一次,我听见他建议一位搞旁注的僧侣,如何根据圣奥古斯丁③的思想体系来诠释提科尼乌斯④作品中的重点论述,目的是为了避免多纳图派的异教邪说。还有一次,我听见他告诉别人如何在评注中区分异教者和教派的分裂分子。另有一次,他指点一个有疑问的学者应该在藏书馆的书目中寻找什么书,并且大概在哪一页会找到谎言,还向他保证说馆长一定会把那本书借给他,因为那是一本在上帝启示下写成的书。最后又有一次,我听他说某一

---

① Arimaspi,生活在多瑙河和伏尔加河地区的古代部族,传说只有一只眼睛,曾为争夺黄金与狮身鹰头的怪物展开过持久的斗争。
② Prester John,传说中信奉基督教的东方统治者。
③ Aurelius Augustinus(354—430),基督教神学家和哲学家,拉丁教会之父。
④ Ticonius,非洲多纳图派作家,著有《自由教规》一书。

本书不必去找了，因为目录中虽有，这是真的，但五十年前它就被耗子给啃坏了，如今谁要是碰一下，那本书就会在手指间碎成一堆粉末。总之，他是藏书馆的记忆，是缮写室的灵魂。偶尔，他听见僧侣们闲聊，就警告说："快加紧干吧，留下真理的见证，剩下的时间不多了！"他是影射敌基督就要降临。

"藏书馆是真理和谬误的见证。"豪尔赫说道。

"当然，阿普列乌斯和路吉阿诺斯是诸多谬误的罪人。"威廉说道，"但是，这则寓言在虚构的面纱下面，包含了一种好的道德含义，因为它告诫人们，犯下错误是要受到惩罚的。另外我相信，人变驴的故事影射了有罪之人心灵的变态。"

"也许是吧。"豪尔赫说道。

"不过，我现在明白了为什么韦南齐奥在昨天那番谈话中对我说，他对喜剧很感兴趣；实际上，古代的喜剧也模仿这一类的寓言。喜剧跟悲剧一样，两者都不是讲现实生活中真人的故事，正如伊西多尔①所说，都是虚构的故事：'诗人把它们称作寓言，因为其用语言所叙述的并非事实，而是虚构的……'"

原先我不明白为什么威廉会深入到那场学术性的讨论中去，而且是跟一个看来并不喜欢类似话题的人讨论，但是豪尔赫的回答给了我答案，我导师具有多么强的洞察力啊。

"那天并不是讨论喜剧，而是讨论'笑'是否得体。"豪尔赫蹙起眉头说道。可我记得很清楚，就是在头一天，当韦南齐奥提到那场辩论的时候，豪尔赫曾推说他记不得了。

"啊，"威廉心不在焉地说道，"我还以为你们是谈论诗人们的谎言和深奥的谜语……"

----

① Isidoro di Siviglia(约560—636)，拉丁教会的圣师，圣人。

"我们谈论了'笑',"豪尔赫冷冷地说道,"喜剧是非基督徒写的,为了引观众发笑,这样做很不好。耶稣,我们的天主,从来不讲喜剧和寓言,只是用清晰的比喻,旨在用寓意的方式教诲我们怎样赢得天堂,仅此而已。"

"我不禁要问,"威廉说道,"为什么您那么反对耶稣也曾经笑过的说法呢?我倒认为'笑'是一种良药,就像沐浴一样,能够陶冶人的性情,调节人的情感,尤其是治疗忧郁症。"

"沐浴是有益的事情,"豪尔赫说道,"连托马斯·阿奎那本人也建议用沐浴来解除忧伤。人在忧伤时,如若不能勇敢地为消除痛苦改变处境,就会产生消极情绪。沐浴可以恢复心态的平衡。'笑'能使人体颤动,扭曲脸部的线条,使人变得跟猴子一样。"

"猴子是不笑的,只有人才会笑,'笑'标志着人是有理性的。"威廉说道。

"语言也是人类理性的标志,而有人却可以用语言来咒骂上帝。人的言行并不一定都是好的。笑的人既不相信也不憎恶他所笑的对象。对罪恶报之以笑,说明他不想与之抗争;对善行报之以笑,说明他不承认善德自行发扬光大的力量。因此,教义规定:'关于谦卑的第十条训诫就是劝诫人不要轻易大声笑,这里有文字为证:愚笨者才在笑声中激扬自己的声音。'"

"昆体良①说过,"我的导师打断说,"出于庄重,念颂词时不准笑,但在其他许多场合,应该鼓励人笑。塔西佗②称赞卡尔普尔尼奥·皮索内的幽默,小普林尼③曾写道:'我时而欢笑,时而玩耍,时而开玩笑,因为我是人。'"

---

① Quintilian(约 35—95),古罗马修辞学家,著有《雄辩术原理》。
② Tacitus(56—120),古罗马元老院议员,历史学家。
③ Plinio Cecilio(约 61—113),拉丁诗人和演说家。

"他们不是基督徒，"豪尔赫反驳道，"教义规定：'我们总是反对在任何场合下的庸俗下流的言行，或者滑稽可笑的言谈，禁止放声大笑；绝对不允许见习僧随便张口说类似的话。'"

"但是，昔兰尼的叙内修斯①说过，当基督之道在人世间获胜时，神明能将悲喜融为一体。埃利乌斯·斯巴提亚努斯在谈论到哈德良②皇帝时，说他是个品行高尚、天然富有基督精神的人，他善于集悲欢于一刻。甚至连奥索尼乌斯③也主张严肃与诙谐要适度。"

"但是诺拉的圣保罗④和亚历山德里亚的克雷芒⑤曾告诫我们，要提防这些邪门歪道，苏尔皮西乌斯·塞维鲁⑥说过，从未有人见过圣马丁怒气冲天，抑或是兴高采烈。"

"但是他记得圣人的一些风趣戏谑的回答。"威廉说道。

"那是敏捷明智的回答，并不可笑。圣埃弗冷⑦曾经写过一篇告诫僧侣们别笑的文章。他在《论修士的言谈举止》中也告诫要像防范毒蛇那样避讳猥亵的行为和俏皮诙谐！"

"但是赫德伯图斯说过：'在严肃的工作之余，你应该允许自己娱乐。'这表明有时候得以风趣诙谐来调剂过度的严肃。索尔兹伯里的约翰⑧也允许一种适度的欢乐。最后，作为你们教规的依据，您刚才引用过的《旧约·传道书》中的一段，阐述了'笑'是愚人之举，但至少也承认人处在平静的心境中的默笑。"

---

① Sinesio(370—415)，新柏拉图派哲学家，后信奉基督教教义。
② Adriano Pubblio Elio(76—138)，公认为最有文化修养的罗马皇帝。
③ Ausonio Decimo Magno(约 310—395)，拉丁诗人。
④ Paolinus of Nola(353—431)，拉丁诗人，曾先后任罗马元老院议事和执政官。
⑤ Clement of Alessandria(150—212)，希腊基督教的倡导者之一，竭力调和柏拉图和基督教教义之争议。
⑥ Sulpicius Severus(约 363—420)，高卢人，早期基督教修士，基督教拉丁语作家。
⑦ San Ephraim(306—373)，叙利亚早期基督教神学家和诗人。
⑧ John of Salisbury(约 115—180)，英格兰拉丁语学者。

"人只有在默想真理、为自己的善举而感到欣喜的时候，心灵才会平静，而对真和善没有什么好笑的，这就是基督所以不笑的缘由。笑会令人生疑。"

"可有时候应该怀疑。"

"我看不到怀疑的理由。有疑虑的时候，就应该求教于权威，就应该查询一位圣人或博学者所说的话，这样一切疑虑才会消除。我觉得您头脑里尽是巴黎那些逻辑学家们颇有争议的学说理论。但是圣伯尔纳是知道怎么反驳阿伯拉尔的，阉人阿伯拉尔主张一切问题都要经过冷处理，认为未受到《圣经》启示的任何理由都是没有生命力的。接受他的这些危险思想的人，当然也会看重愚人的把戏，嘲笑那世人早就论证过的唯一真理，而其实那真理是只要知道就足矣。于是，愚人在嘲笑的时候，暗自在说：'上帝不存在'。"

"尊敬的豪尔赫，我觉得您把阿伯拉尔称为阉人不太公正，因为您也知道，他落得那样悲惨的地步，是由于别人的邪恶……"

"是因为他自己的罪过。因为他傲慢地相信人的理性。于是普通人的信仰被嘲笑，上帝的神秘被诋毁（或者是竭力想诋毁，那些蠢人竭力想那么做）。这牵涉到一个十分崇高的问题，却被他相当草率地处理了。人们嘲笑神学家，因为他们认为这样的问题应该压制下去，而不该放任自流。"

"我不同意，尊敬的豪尔赫。上帝期望我们用理智来解读《圣经》留给我们的许多含义隐晦的谜，让我们自由决断。而当有人建议您接受某种主张的时候，您首先得审视一下它是否可以被接受，因为我们的理智是上帝创造的。我们的理智乐于接受的东西，神的理性不可能不乐于接受，而至于神的理性，我们只是借助我们的思维过程，经由类比或往往通过否定而推断出来的。于是，您看到,有时候为了颠覆一种悖逆理性、想法荒谬的虚假权威,'笑'也可以成为有效的工具。'笑'也可以经常用来让恶人惶恐不安,揭穿他们愚蠢的行径。据说非基督徒把圣毛罗投入开水里的时候,圣毛罗还笑着抱怨说水太凉了;非基督徒的地方长官愚蠢地把手伸进开水里去试水温,结果把手烫伤了。那位殉难的圣人以聪明的举动嘲弄了信仰的敌人。"

豪尔赫嘲笑道:"在布道者讲述的故事中,也有许多无稽之谈。一位被浸泡在开水中的圣人是为基督受难,因此他强忍着痛苦不喊叫,而不是跟非基督徒们做儿戏!"

"您看,"威廉说道,"您是觉得这个故事不合常理,就觉得它是可笑的! 尽管您是在强摁住嘴,没有笑出声来,其实您是在嘲笑,您希望我也别把它当真。您虽是嘲笑,但您终究也是在笑。"

豪尔赫做了一个厌烦的手势:"你用玩弄'笑'的把戏,把我拖入无谓的话题中。但基督是不笑的,这你知道。"

"对此我没有把握。当基督请法利赛人丢第一颗石子时,当他询问纳贡用的钱币上刻的是谁的肖像时,当他玩文字游戏时,说'Tu es petrus'①的时候,我相信他是在机智地应对,以迷惑有罪的人,鼓励信徒们振作精神。他在对该亚法②说'这你已经说过了'的时候,他也是很诙谐的。在克吕尼修会和西多会斗争最激烈的时候,前者为了嘲笑后者,指责他们没有穿裤子,这您知道得很清楚。而《愚人之镜》一书讲述了驴子勃鲁内罗的奇遇,它问自己,要是夜里刮起大风把僧侣的被子给吹掀了,让他外阴露了出来,会怎么样呢⋯⋯"

周围的僧侣哈哈大笑,弄得豪尔赫恼羞成怒:"你是在引诱这

---

① 古法语,你是彼得("石头"的意思)。
② Caifa,《圣经·马太福音》中主审耶稣的大祭师。

些教友堕入疯人的欢愉之中。我知道圣方济各的修士们用这种荒唐的无稽之谈蛊惑人心,这已成为风气,不过对于这些伎俩,我想引用你们布道者中的一位说过的话:'从肛门排出的屁是臭不可闻的。'"

这句话回敬得有些过分厉害了,刚才威廉的确太冒失,但豪尔赫现在却是骂他用嘴放屁。我心想,一位年长的僧侣这样严厉的回答该不是在赶我们离开缮写室吧?但我看到刚才还那么趾高气扬的威廉,却变得温良了。

"请您原谅,尊敬的豪尔赫,"他说道,"我只是随口说出了我的想法,并非想对您不敬。也许您说的是正确的,是我错了。"

在这样谦恭的表示面前,豪尔赫嘴里嘟囔了几句,仿佛是表示满意,也好像是表示原谅,就径自回到座位上去了。而那些在辩论过程中逐渐聚拢过来的僧侣也各就其位。威廉又跪在韦南齐奥的那张书桌跟前,重新在散乱的稿页中搜寻什么。威廉用他谦卑的回答为自己赢得了几秒钟的宁静。而就在这短短的几秒钟里所发现的事情,启示他要在即将到来的夜晚进行搜查。

那真的是短短的几秒钟。本诺立刻走了过来,装作自己刚才过来听他跟豪尔赫谈话时,把笔忘在桌上了。他对威廉耳语,说有急事要告诉他,并约定在浴室后边见面。他让威廉先走,说自己随后就到。

威廉犹豫了片刻,然后叫来了马拉希亚。刚才马拉希亚坐在馆长的桌旁,旁边放着图书目录,他一直注视着所发生的一切。威廉对马拉希亚说,鉴于院长的委托(他特别强调了这份特权),请他派人看管好韦南齐奥的那张书桌,在他回来之前,全天都不准有人靠近那张桌子,因为这对他的调查至关重要。他是提高嗓门大声说这番话的,这样一来,不仅马拉希亚不得不悉心监视僧侣们的行动,僧侣们也要监视马拉希亚的行动。藏书馆馆长只好应允他,威廉就跟我离开了。

当我们穿过植物园,朝挨着医务所的浴室走去时,威廉提醒说:"仿佛很多人不希望我在韦南齐奥的桌上找出什么来。"

"那会是什么呢?"

"我觉得连不愿意我寻找的人也不知道。"

"这么说,本诺并没有什么要跟我说的,他只是想把我们从缮写室引开。"

"这我们马上就会知道。"威廉说道。过了一会儿,本诺果然来了。

第二天

午时经

其间，本诺讲了一个奇怪的故事，从中可窥见修道院生活中不光彩的阴暗面。

本诺说话语无伦次，好像他真是有意引我们离开缮写室，才把我们约到那里去的。他似乎编不出一个令人信服的借口，但从他讲述的支离破碎的片断中，我们似乎捕捉到一些有广泛意义的事实真相。

他对我们说，早晨他一直缄默不语，但是现在，经过深思熟虑之后，他认为威廉应该知道全部真相。在关于"笑"的那场辩论中，贝伦加曾提到过"非洲之终端"。那是什么呢？藏书馆里充满了秘密，尤其是很多从来不允许僧侣们阅读的书籍。威廉关于理性地审视事物的主张，令本诺深受触动。他认为一位僧侣学者有权利知晓藏书馆里藏有的一切，他激烈地抨击了苏瓦松公会议对阿伯拉尔的判决。在他说话时，我们觉察到这位年轻僧侣喜欢修辞学，他内心激荡着对独立的渴望，很难接受修道院对其求知欲的种种束缚。我一向被告诫，这种欲望是要不得的，但我深知我的导师并不排斥这种要求。此时我看得出来，他对本诺有好感，并且信任他。简言之,本诺告诉我们,他不知道阿德尔摩、韦南齐奥、贝伦加之间究竟谈过什么秘密,不过,要是能从他要讲的那个令人伤心的故事中理出藏书馆管理模式的头绪来,他会感到很欣慰。他相信,我的导师能通过调查解开谜团,从而促使修道院院长放宽压制僧侣们求知欲的清规戒律——他们跟他一样远道而来。他补充说,就是为了用深藏在藏书馆里的珍奇书籍,来充实自己的头脑。

我相信本诺所说的,他对调查的期望是真心的。然而威廉的判断也是有远见的。本诺强烈的好奇心驱使他也想第一个搜索韦南齐奥的书桌,为了把我们从那里支开,他情愿给我们提供一些情况作为交换。下面就是他反映的情况。

如今僧侣中很多人都已经知道,贝伦加对阿德尔摩一直有一种不健康的欲望,就像索多玛和蛾摩拉城因同样的欲火受到愤怒的神灵惩罚一样。本诺就是这么说的,也许是考虑到我尚年轻。不过凡是在修道院里度过自己青春的人,都知道,尽管保持了贞节,可是对于那样的欲望听得很多,有时候得留神别让欲火中烧而堕入难以自拔者所设下的圈套。我在梅尔克的时候,还是个小僧侣,不是也曾收到过一位年长的僧侣写给我的不少诗文吗?那可通常是一位俗人写给一个女子的情书啊。僧侣们许的愿是教我们远离那些罪恶,也就是女人的躯体,但那又会导致我们愈加接近另一些错误。如今我业已年迈,可在唱诗堂,每当我的目光落在一位没有胡子,像少女那样鲜嫩的见习僧脸庞上的时候,我自己究竟能不能掩饰仍然萌动的正午之魔①的欲念呢?

我说这些话,并非怀疑自己献身于修道生活的选择,而是为许多因担当不起这神圣的重负而犯下错误的人开脱。也许是为贝伦

---

① 指突然被一种失去知觉和思维能力的暴病所袭击,由于人们相信这种病往往在中午发作,所以称其为“正午之魔”。

加犯下的可怕罪行开脱。不过，就本诺所言，这位僧侣的罪孽手段更为卑劣，就是说，他以讹诈的手段从他人那里获得想得到的东西，而那东西又是道义和尊严都不允许给予别人的。

事情是这样的，阿德尔摩眉目清秀，所以很长一段时间以来，贝伦加向他暗送秋波，僧侣们对此议论嗤笑已不是一日了。然而阿德尔摩只专注于工作，仿佛唯有工作中才有无穷的乐趣，他很少注意贝伦加对他的激情。可谁知道啊，也许他自己也不清楚在他心灵深处潜藏着同样的邪念。本诺说他确实听到过阿德尔摩和贝伦加的一次谈话，贝伦加暗示了阿德尔摩一直向他询问的一个秘密，他提出了淫秽的交易条件，我想这是最幼稚的读者也能猜得到的。好像本诺听到阿德尔摩几乎是轻松地同意了。本诺大胆地说，似乎阿德尔摩实际上别无他求，对他来说，这桩交易只要能找到一个与满足肉欲不同的理由就足够了。本诺评论说，这就表明，贝伦加所知道的秘密是有关知识上的奥秘，这样，阿德尔摩可以自欺欺人地认为自己之所以屈从他人肉欲上的需要，是为了满足自己的求知欲。本诺微笑着补充说，他自己从未为了满足如此强烈的求知欲，而违心地顺从他人肉欲的需要，多次压制住了并非出自肉欲需要的感情冲动。

"难道有时候，"他问威廉，"您不想也用不太光彩的行为来换得一本您向往了多年的书籍吗？"

"几个世纪以前，德高望重的智人西尔维斯特二世为了得到一部手稿，用一架稀世的浑天仪作为赠礼，我想那是斯塔提乌斯①或是卢卡②的手稿。"威廉说道，然后他又谨慎地加了一句，"但那是

---

① Statius（约45—96），拉丁诗人。
② Lucan（39—65），即卢卡努斯，拉丁史诗诗人。与罗马皇帝尼禄反目为仇，后被迫自杀。

一架浑天仪，而不是自己的道德。"

本诺承认自己热情过头了，讲话欠分寸，接着他又说下去。阿德尔摩死的头一天，出于好奇他一直跟着他们俩。晚祷之后，他看见他们一起朝宿舍走去，于是本诺就虚掩着房门等着看他俩的行踪。本诺的宿舍离他们的宿舍不远，夜深人静了，僧侣们都熟睡了，他清楚地看到阿德尔摩溜进了贝伦加的房间。他睡不着，就继续等着，直到听见贝伦加的房门打开。他看见阿德尔摩简直是跑着逃了出来，而他的男友贝伦加极力要拉住他，紧追不舍直到底层。本诺小心地跟着他们，在楼下走廊的入口处，他看见贝伦加缩在一个角落里，几乎全身都在颤抖，眼睛盯着豪尔赫的房间看。本诺的直觉是，阿德尔摩准是跪倒在老修士的脚下，向他供认了自己的罪孽。贝伦加深知自己的隐秘已泄露，因此浑身发抖，尽管那隐秘是以告解的方式揭示的，可以秘而不宣。

而后，阿德尔摩脸色苍白地出来了，他推开想跟他说话的贝伦加，从宿舍冲出去，在教堂多角形的后殿周围转了会儿，从北门（夜里那门始终是开着的）走进了唱诗堂。他大概是想祈祷。贝伦加一直跟着他，但没有进教堂里去，他拧绞着双手在公墓的坟墓间转悠。

本诺发现还有第四个人在附近，这个人也跟踪那两人，本诺不知道该怎么办。但是本诺知道那个人肯定没有发现他，他躲在公墓边上一棵大橡树的树干后面站着。是韦南齐奥。贝伦加一看到韦南齐奥，就隐藏在坟墓之间，韦南齐奥也走进了唱诗堂。这时，本诺生怕自己被发现，就回到了宿舍。第二天早晨，就在悬崖下发现了阿德尔摩的尸体。其他的事情，本诺就不知道了。

已经快到进午餐的时候了，我的导师就没有再问他什么，本诺也离开了我们。我们在浴室后面待了一会儿，而后在植物园里漫步几分钟，心里默想着那些奇特的事件。

"欧鼠李，"威廉说道，他躬身观察一株植物，他从那些冬天的灌木丛里认出了它，"用这树皮泡成药，可以治疗痔疮。而那是牛蒡眼，医治皮肤的瘢痕很有效。"

"您比塞韦里诺还懂行。"我对他说道，"可现在我想听听，您对我们刚才听到的事情是怎么想的。"

"亲爱的阿德索，你得学会用你的头脑来推理。本诺也许是对我们说了实话。他所说的跟今天大清早贝伦加说的是相吻合的，尽管掺杂了一些幻觉。你试着重新梳理一下思路。贝伦加和阿德尔摩一起干了一件污秽丑恶的事情，这我们已经猜到了，而贝伦加该是已经向阿德尔摩揭示了那个秘密。天哪，可如今那仍然是个秘密。阿德尔摩在犯下了他那亵渎贞操、违背自然法规的罪孽后，就想跟某个可以救赎他的人告解，于是他就跑到豪尔赫那里去了。豪尔赫是个极为严厉的人，这我们已经领教过了，他肯定刻薄地斥责了阿德尔摩。也许并没有赦免他的罪，也许强迫他接受一种难以做到的悔罪方式，这我们不知道，豪尔赫也永远不会对我们说。事实上阿德尔摩是跑到教堂里跪在祭坛前，但并没有平息自己愧疚的心理。这时候，韦南齐奥走近了他。我们不知道他们相互说了些什么。也许阿德尔摩跟他说了贝伦加作为馈赠（或是当做报酬）揭示给他的秘密，那个秘密对他来说已经无关紧要，因为他有了一个更加可怕和更为揪心的秘密。韦南齐奥身上又发生了什么呢？也许，与今天那种强烈的好奇心触动了本诺一样，韦南齐奥在这种好奇心的驱使下得知了秘密就心满意足，离开了愧疚不已的阿德尔摩。阿德尔摩见到自己无人理睬，就萌生了自杀的念头，他绝望地走到墓地，在那里遇上了贝伦加。他冲贝伦加说了一些可怕的话，并把责任推到他身上，称他为淫秽的导师。去除那种种幻觉，我真的相信贝伦加所说的是真的。阿德尔摩对他重复了从豪尔赫那里听来的那番令人绝望的言辞。正因为这样，贝伦加就惶恐不安地走了，而阿德尔摩则朝另一个方向走了，去自杀了。后来的事情，我们都是见证人。大家都以为阿德尔摩是被人谋杀的，而韦南齐奥感到，藏书馆的秘密比他所想象的还要重要，所以就独自继续搞他的调查，直到有人制止了他，或在他找到想要知道的秘密之前，或在他找到这秘密之后。"

"谁把他杀了？贝伦加？"

"有可能。也可能是看管楼堡的马拉希亚，或许是另一个人。贝伦加很可疑，因为他害怕了，而且他知道韦南齐奥已经掌握了他的秘密。马拉希亚也可疑，他看管整个藏书馆，发现某人违反了规矩，他也会杀人。豪尔赫知道所有人的一切，他掌握了阿德尔摩的秘密，他不愿意让我发现韦南齐奥究竟找到了什么……许多事实表明该怀疑他。可你倒是说说，一个盲人怎么能杀死一个精力旺盛的年轻人呢？一个老人，尽管他还有气力，怎么能把尸体拖入猪血缸里呢？最后，凶手为什么不可能就是本诺自己呢？他可能出于不可告人的目的对我们撒了谎。而为什么要把怀疑的对象局限在争论'笑'的那些人身上呢？也许凶杀案另有跟藏书馆毫无关系的动机。不管怎样，有两件事要办：搞清楚夜里如何进入藏书馆，还得弄到一盏灯。灯的事情你去办，在进餐的时候到厨房里去转转，取个灯来……"

"偷窃？"

"借用一下，为了上帝的无上荣光。至于进入楼堡的事情，我们昨晚已经见到过马拉希亚从哪里出来了。今天我去看一下教堂，特别是那个小礼拜堂。一个小时后我们去膳厅，然后我们跟院长有一个会议。你将被允许出席，因为我要求有一个书记员记录我们的谈话。"

第二天

午后经

其间，院长为他的修道院所拥有的财富而自豪，心里却又害怕异教徒。最后，阿德索怀疑自己选择周游世界是否错了。

我们在教堂的大祭台前找到了院长。他在跟几个见习僧摆放从某个密室取出来的圣瓶、圣杯、圣盘、圣体供台和一个耶稣受难像，这些圣物我在上午的礼拜仪式上没有看见。眼前这些光彩夺目的美丽圣器，使我惊叹不已。正午时分，阳光透过唱诗台的窗户射进来，像是神秘的山涧流水，交叉地倾泻在教堂的各个角落，特别是在教堂正门玻璃窗那儿透射进来的光线，形成了白色的光的瀑布，祭坛上也沐浴着阳光。

那些圣瓶和圣杯，全都显示出它们是用稀世珍宝制成：黄澄澄的金子，洁白的象牙，晶莹剔透的水晶；耀眼的各种宝石色彩斑斓大小不同，其中能辨认出的有紫玛瑙、黄玉、蓝宝石、红宝石、绿宝石、水苍玉、红玛瑙、红玉、碧玉和白玛瑙。我发现，早晨因为我沉浸在祈祷中，又被恐惧的心理所困扰，没有注意到祭台正面的装饰物和三幅屏风全是纯金的，这样，不管从哪个角度看过去，整个祭台都是金碧辉煌。

院长看到我那么惊诧，微笑了。"你们看到的这些财富，"他对我和我的导师说，"以及你们往后还会看到的那些，都是继承了几个世纪的仁慈和虔诚的结晶，乃是这座修道院的实力和圣洁的明证。世俗的王公权贵们，以及大主教和主教们，他们都为这个祭台作出过奉献，他们献出了晋封时戴过的戒指，献出了象征他们丰功伟绩的黄金和宝石，在这里熔铸成圣物献给象征至高荣耀的上帝和瞻仰他的地方。虽然，今天又发生了一起令人哀伤的事件，修道院沉浸在悲恸之中，但是面对我们生命的脆弱，我们不能忘记至高无上的上帝的威力和强大。圣诞节的庆祝活动临近了，我们开始擦洗圣器，我们将以最华贵和最荣耀的方式来欢庆主的诞辰，这是主所期望的，也是他应得的。一切将以最辉煌的形式呈现出来……"他注视着威廉补充说道，"因为我们认为炫耀这些神圣的捐赠物而不是把它们藏起来，是有益的，也是恰当的。"后来我才明白为什么他要那样自豪地为自己的举动辩解。

"当然，"威廉客气地说道，"如果尊贵的院长认为主应该这样来加以赞颂的话，那么你们的修道院在赞颂主方面做出的贡献是最最杰出的。"

"就应该这样，"院长说道，"如果按照上帝的意愿，或是先知们的吩咐，得用金质的双耳瓶和细颈瓶，以及小金钵来盛山羊、小牛或是所罗门寺庙里小母牛的鲜血的话，那么接盛基督的鲜血，无论用多少金瓶玉罐，用多少最值钱的稀世珍宝，都不足以表示我们恒久的敬意和全部的虔诚！他是一位如此无可比拟的殉难者，即使我们能被上帝再次创造出来，拥有像掌管知识的天使和六翼天使那般圣洁的天性，也不配受到这样的侍奉……"

"这倒也是。"我说道。

"很多人反对说，一个具有神圣思想的头脑，一颗纯洁的心，一种充满信仰的意志，是不必奉行这种圣礼的。可我们率先明确而又毫不动摇地认定，这是完全必要的：人们瞻仰上帝也应该通过外表神圣的装饰和点缀，我们在任何事情上都毫无保留地将一切奉献给我们的救世主，这完全是应该的，也是恰当的，因为上帝在任何事情上，毫无例外地，从来没有拒绝过全力保佑我们。"

"这一直是你们教会里一些伟大人物的意见，"威廉认同地说道，"我还记得伟大而又可敬的修道院院长絮热①对教堂装饰的生动描述。"

"是这样的，"院长说道，"你们看这座耶稣受难像。还没有完成……"他怀着无限的爱把它捧在手里，端详着它，脸上洋溢着幸福的光辉，"这里还缺几颗珍珠，我没有找到大小合适的。昔日圣人安得烈②瞻仰各各他③的十字架时曾经说过，基督的四肢是用珍珠镶嵌成的。而这件虽是赝品，但仿造的是那伟大的奇迹，当然得用珍珠来制作，尽管我认为在这救世主的头顶上方，应该镶嵌你们从未见过的最漂亮的钻石。"他用白皙细长的手指，虔诚地轻抚着木制的或是用象牙制作的神像最神圣的部分，那十字架的横杆就是用精美的象牙雕成的。

"当我欣赏这座上帝殿堂里所有的美时，五颜六色的宝石魅力让我忘记了外面的种种风波，物质转化成了精神，我陶醉在对于神的各种美德的沉思默想之中，于是我觉得，这么说吧，自己到了一个奇怪的宇宙领域之中，那里不再是封闭的人间泥潭，也不是纯洁自由、可以放任不羁的天堂。感谢上帝的恩宠，通过这条神秘的途径，我仿佛被人从这个卑劣的世界带到了那个崇高的世界……"

---

① Suger de Saint-Denis(1081—1151)，法国宗教学家、建筑师和政治家。
② Andrea，耶稣十二门徒之一，圣彼得的兄弟。
③ Golgotha，耶稣被钉上十字架的地方，意思是"头颅"。

他这么说着,把脸转向中殿。从大殿上方射进来的一道光线,正照在他的脸和他的双手上,那是白日行星的一种特别的仁爱。院长张开双臂作出十字架形状,沉醉在自己的狂热之中。"每一种创造物,无论是可见的和不可见的,都是一种光,被光之父赋予了生命。这象牙,这玛瑙,以及围绕着我们的宝石都是一种光,因为我意识到它们是好的,是美的,是按照自己的成分比例有规则地存在着。它们分成不同的属别和种类,各自有别于其他的属别和种类,这是由它们不同的天性决定的,但不外乎同属一个目,它们按照符合物体各自的重心体现它们的独特之处。而向我展现的这些东西越多,就越能看出其材质本性的珍贵稀有,并越显示出神的造物威力之光,因为倘若我追溯事物无比奇妙的因果关系的话,那是永远也无法达到超凡的完满境界的。最好不必跟我谈论金子或是钻石所产生的神奇效果能使我理解超凡的缘由,那是只要举粪土和昆虫作例子就能够说服我的!那么,当我从这些宝石中领悟到如此崇高的涵义时,我因心灵感动而热泪盈眶,并非由于世俗的虚荣,或是对财富的贪恋,而是由于对上帝所倡导的空前伟大事业的无比纯真的爱。"

"这的确是神学最妙的部分。"威廉十分谦卑地说道,而且我想他是在用修辞学家们狡诈的思维运用了说"反话"的修辞手法,先作断言,构成了说反话的标志和理由;以往威廉从来不那么做。正因如此,还沉醉在奇妙激情之中的院长,被"反话"激起,立刻抓住威廉反话的字面含义,借机说道:"这是我们可以跟天主接触的捷径,神在物质上的显现。"

威廉很有教养地咳嗽了一下,说:"咳……唔……"每当他想转换话题时,总是这样。他能做得很优雅,因为这是他的习惯——我想这是他故乡的人典型习惯——插话之前,先要这样装腔作势哼唧半天,像是在绞尽脑汁想表达出一种成熟的思想似的。现在我深信,他在作出断言之前这样的举动越多,他对自己要表达的看法就越有把握。

"咳……唔……"于是威廉说道,"我们该谈谈会晤和守贫的辩论了……"

"守贫……"还陶醉在自己的那些迷人珠宝中的院长说道,好像他很难从那个美妙的宇宙领域里出来,"啊,对了,会晤……"

他们开始专注地讨论起一些事情,有我已经知道的,有我从他们的谈话中才知道的。正如我在忠实地记述这桩事件的篇首说过的,他们谈到了皇帝和教皇,以及教皇和方济各修士们的双重的争吵。尽管是很多年以前的事了,他们还是对于属灵派就基督的清贫提出了各自的论点;他们谈论到方济各修士给帝国造成的错综复杂的局面——原先已有三足鼎立和联盟——如今又形成了四角对立和联盟,这全是由于本笃会的修道院院长们介入造成的,当时我根本搞不清楚。

我始终弄不明白,在本笃会从某种程度上还并不认同方济各属灵派的观点之前,本笃会的修道院院长们为什么要保护和接纳方济各属灵派。因为,如果属灵派传道放弃一切人间财富的话,我所属的本笃会修道院的院长们追随的却是一条同样圣洁但完全相反的道路,这在那天我已得到确认。我相信本笃会的修道院院长们认为教皇的权力过大,这就意味着主教们和城市的权力过大,而我的教会却在几个世纪里一直在同世俗的教士和城市的商人们的斗争中,保留着自己的权势,把自己当做人世间和上天的直接媒介,以及君主们的顾问。

我不知多少次听到不断重复的一句话,上帝的子民分为牧羊人(即教士)、狗(武士)和绵羊(民众)。不过后来我可以用许多不同的方式来说这句话。本笃会的修士们经常谈到的等级不是三种，而是两种，一类是掌管世俗事务的，一类是掌管上天事务的。掌管世俗事务的，尚可分为教士、世俗的财主和民众，而主宰这三种人的则是可怕的 ordo monachorum①，它是连接上帝及其子民的纽带，而这里所说的僧侣与那些世俗的牧师们却没有任何关系，他们都是些神父和主教，愚昧无知又腐败，如今只关注城市的利益，那里的"绵羊们"已经不是昔日那善良和忠诚的农民了，而是商人和手工匠。对于本笃会来说，托付世俗的教士们来统治普通人，并不遗憾，只要为这种关系确立一种固定的规矩，使僧侣们有能力与人间一切权力之源，即帝国，直接接触，就像他们过去跟上天一切权力之源，即教会，能够直接接触一样。我想，这就是为什么本笃会的许多修道院院长，为了反对城市（主教和商人结合在一起）的统治，恢复帝国的尊严，同意接纳方济各属灵派，尽管并不认同他们的思想，但是他们的存在有利于本笃会，因为可以为帝国提供有力的理据以反对教皇过大的权力。

我推断出，就是这些缘由，促使现在阿博内打算跟由皇帝派遣来的威廉合作。威廉是方济各修士会和教廷之间的调解人。事实上，尽管在危及教廷团结的激烈争论中，多次被教皇约翰召到阿维尼翁去的切塞纳的米凯莱，最终还是打算接受邀请，因为他不愿意让他的修士会处于跟教廷难以化解的冲突之中。作为方济各修士会的会长，他同时希望能使他们的立场取胜，获得教皇的认同，因为他直觉到没有教皇的认同，他不能长期居于修士会之领导地位。

但是很多人提醒他说，教皇将设下圈套在法国等着他，指控他为异端，并审判他。他们建议说，米凯莱去阿维尼翁之前应该举行

---

① 拉丁语，僧侣阶层。

几次谈判。马西利乌斯有过一个好主意：派遣一位皇帝的特使跟米凯莱一起去阿维尼翁，向教皇陈述皇帝支持者们的观点。这倒并不是为了说服老查理①，而是为了加强米凯莱的地位，既然他是皇帝派遣的使团中的一员，他就不至于轻易地成为教廷搞报复的牺牲品。

　　但是这个计划也有许多不妥之处，而且也不太可能立刻实现。于是又有了另一个主意，那就是让皇帝派遣的使团成员和教皇的一些特使会晤，以试探各自的立场，并签署有关举行一次会晤的协议，以此保证意大利来访者的安全。这样，巴斯克维尔的威廉就被指派组织这第一次会晤。之后，如果威廉认为旅行不会有什么危险的话，他将会在阿维尼翁提出皇帝派神学家们的主张。这是一个艰巨的使命，因为人们猜测到教皇是希望切塞纳的米凯莱单独去。为了能轻而易举地使其从命，教皇可能向意大利派出一个使团，力图使皇帝派遣的使者的教廷之行归于失败。到现在为止，威廉一直应对自如。跟许多本笃会的修道院院长们长时间切磋之后（这就是我们旅途中多次停留的原因），威廉选定我们当时所在的修道院，因为威廉知道这座修道院院长对帝国是极为忠诚的，由于他高明的外交手腕，教廷也并不憎恨他。因此，这座修道院是一块中立的领土，两派都可以在这里聚首。

　　但教廷还是顽固地坚持着。教皇清楚，一旦教皇的使团踏上修道院的土地，就得服从修道院院长的管束。使团里也可能有世俗的教士成员，教皇使团或许会落入帝国设置的圈套。为此，教皇提出条件，把他所派遣的使团成员的人身安全托付给法兰西国王的一个弓箭手连队，听从教皇的一名亲信指挥。这是我从威廉在

---

① 指法国国王查理四世。

博比奥时跟教皇的一名公使的交谈中听到的。要确定这个弓箭手连队的任务，就要制定规则条文，也就是说彼此谈妥怎样保证教廷使团成员的人身安全。最后，他们接受了阿维尼翁方面提出的似乎是比较合理的条件：武装人员及其指挥者"对于一切以某种方式企图谋害教廷使团成员生命的人，以及企图用暴力行为影响使团成员态度和意见的人"均有权予以制服。当时签署这个协议似乎仅是一种形式，是出于一种担心。现在，在修道院新近发生的一些事件之后，院长很不安，他向威廉表示了他的疑惑。如果使团抵达修道院时，他还没查出两起凶案的主犯（次日，院长的担忧将有所增加，因为凶案将增加到三起），他就得承认这座修道院院墙内确实有人具有威慑力，想以暴力影响教廷使团成员的态度和意见。

力图隐瞒已经有人犯罪是徒劳的，因为倘若再发生别的什么，教皇的使者们会想到那是一桩谋害他们的阴谋。因此，解决的办法有两个：要么威廉在使团到达之前查出凶手（说到这里，院长瞪了他一眼，像是在责备他办案不力），要么如实向教皇的使者说出真相，并要求合作，使得修道院能在两派会晤期间处在严格的监管之下。院长不喜欢第二个解决办法，因为这意味着放弃了部分自主权，而他的僧侣们将处于法国人的控制之下。但是又不能冒险。威廉和院长两人均为事情进展不顺而感到不快，但他们鲜有别的选择。他们说好第二天再作最后决定。眼下，只有仰仗神的慈悲和威廉的智慧。

"我会尽力的，尊敬的院长，"威廉说道，"不过从另一方面来看，我不觉得事情真的会危及会晤。教廷的使者也会理解，一个疯子或是一个杀人狂，或只是一个灵魂迷失的人所做之事，与正直坦诚之人要讨论的重大问题是不能同日而语的。"

"您是这么认为的吗？"院长凝视着威廉问道，"您别忘了，从阿维尼翁来的人知道是来跟佩鲁贾方面的方济各修士们会晤,也就是跟接近小兄弟会的危险人物会晤。更何况,方济各修士们还接近比小兄弟会的人更加狂热的人,甚至包括染指各种罪行的危险的异教徒。"说到这里,院长压低了声音,"这里发生的事情尽管恐怖,但是与异教徒的罪行相比,那是小巫见大巫。"

"那是两码事!"威廉敏捷地大声说道,"您不能把佩鲁贾方面的方济各修士与一帮曲解了福音书教义的异教徒混为一谈,异教徒把与财富作斗争理解成一系列的私人报复和疯狂的血腥行为……"

"就在几年前,在离这里没有几里路的地方,就是您说的那一帮人,随您怎么称呼他们好了,用铁血手段掳掠了韦尔切利的主教领地和诺瓦拉山区。"院长冷冷地说道。

"您说的是多里奇诺和他的使徒派……"

"假使徒派。"院长纠正他说道。我又一次听见有人提到了多里奇诺修士和假使徒派,而且又一次听到小心翼翼的近乎恐惧的语调。

"是假使徒派,"威廉心甘情愿地表示认同,"可是他们跟佩鲁贾方面的方济各修士们没有任何关系……"

"他们跟佩鲁贾方面的方济各修士们一样,都崇仰卡拉布利亚的约阿基姆,"院长咄咄逼人,"这您可以去问您的兄弟乌贝尔蒂诺。"

"我想提醒您,尊敬的院长,如今他已经是您的兄弟了。"威廉带着一丝微笑,微微鞠躬,好像是在恭贺院长,因为他们的教会接纳了这么一位德高望重的人士。

"这我知道,这我知道,"院长笑道,"当属灵派的修士触怒了教皇的时候,我们的教会是怎么以兄弟般的关切接纳了他们,这您知道。我不单指乌贝尔蒂诺，还指其他许多鲜为人知的谦卑的兄弟，以及也许人们应更多了解的人。因为我们接纳的避难人士都是穿着佩鲁贾方面方济各修士长袍来的，后来我得知，他们的许多生活经历导致他们相当接近多里奇诺派的人……"

"这里也是如此？"威廉问道。

"这里也是如此。我对您说的这些事情，其实我也所知甚少，不管怎么样，都不足以构成起诉。不过既然您在调查这座修道院的生活，那么最好您也了解这些事情。我将对您说出我的怀疑，请您注意，是基于我听到过的或是我猜想到的事情。我们的食品总管有过一段相当阴暗的生活经历，他就是两年之前随着佩鲁贾方面的方济各修士们被放逐而来的。"

"总管？瓦拉吉内的雷米乔，一个多里奇诺派的人？我觉得他是最温和的，无论如何，在我见过的人当中，他是对守贫的问题最没有偏见的人……"威廉说道。

"对他我确实没有什么可说的，我很看重他周到的服务，对此，修道院全体人员都得感激他。可是我这么说，是为了让您明白，要找到一个普通修士和小兄弟会的关联是多么容易。"

"您的宽宏大量又一次用错了地方，如果我可以这么说的话。"威廉打断他的话，"刚才我们是在谈论多里奇诺修士，而不是小兄弟会。许多人都不知道在谈论谁，就可以说他们的不是，因为他们分成很多类型，但不一定就是残暴成性的人。人们至多可以谴责他们出于对上帝的真爱，不够理智地实践了属灵派所大肆宣扬的东西，在这一点上，我认为他们之间的界限微乎其微……"

"但小兄弟会的人是异教徒！"院长生硬地打断，"他们不局限于支持基督徒的清贫，这种学说可以用来与傲慢的阿维尼翁教廷分庭抗礼,尽管我并不认同这种教义。小兄弟会的人从这样的教义中得出一种切实可行的三段推理,演绎出一种造反、抢掠和伤风败俗的权力。"

"哪些小兄弟会的人?"

"一般来说,他们全是这样。您知道他们染指了难以启齿的罪行,他们不承认婚姻,他们否认有地狱,他们犯鸡奸罪,他们欢迎保加利亚的鲍格米勒派和德瑞刚提耶的异教……"

"请您,"威廉说道,"别把两种不同的事情混淆在一起!照您这么说,好像小兄弟会、巴塔里亚会①、韦尔多派②、卡特里派③,以及可怖的保加利亚的鲍格米勒派和德瑞刚提耶的异教全都是一码事!"

"他们当然是一回事,"院长尖锐地说,"因为他们都是异教徒,他们都危及了文明世界的秩序,以及你所赞同的帝国的秩序。一百多年之前,布雷西亚的阿诺德④的追随者们放火焚烧了贵族和红衣主教们的房子,那可就是伦巴第的巴塔里亚会犯下的暴行。我知道这些异教徒可怕的故事,我是在海斯特巴赫的凯撒利乌斯的《神奇的对话》中读到的。在维罗纳的圣杰尔多内的牧师埃韦拉尔多有一次注意到他的房东每天夜里带着妻子和女儿出门。他随便问了他们中的一个,想知道他们去哪里,做什么。回答说他跟着去看就知道了,于是他跟着他们到了一个地下室,那地下室很宽敞,里面聚集着男男女女。当众人安静下来时,一个异教头领讲了一番通篇骂人的话,力图毁坏这些人的生活和习俗。随后,灭了蜡

---

① Patarine,十一世纪意大利北方伦巴第大区掀起的民众政治和宗教运动,抨击教廷道德败坏和掌握俗权。
② Waldenses,中世纪宗教改革运动的追随者,后来演变成了耶稣教。
③ Catari,亦称清洁派。中世纪流传于欧洲地中海沿岸各国的基督教异端教派之一。
④ Arnaldo da Brescia(约 1100—1155),政治、宗教改革家。罗马人民起义领袖。

烛,男人都扑到身边女人身上,不管这些女人是已婚还是未婚,也不管是寡妇还是处女,甚至不管是不是自己的女儿或者姐妹(这是最糟糕的,请上帝宽恕我讲如此可怕的事情)。目睹着这一切,自年轻时就轻浮淫荡的埃韦拉尔多就装作门徒,走到他房东的女儿(或是另一个少女)身边,等蜡烛熄灭后,跟她交媾。事情就这样持续了一年多。最后导师说,那个年轻人一直参加他们的聚会,很快就能够教唆新的入会者。这时埃韦拉尔多明白自己已堕入深渊,他设法摆脱了诱惑,说他出入那个地下室,不是因受到异教的诱惑,而是受到了少女们的诱惑。后来那些人将他从那里逐出。您看到了吧,这就是巴塔里亚会、卡特里派、约阿基姆派、形形色色的属灵派的异教徒们的法规和生活。这没有什么可惊讶的:他们不相信肉体的复活,也不相信地狱是对坏人的惩罚,认为无论做任何坏事都不会受到惩罚。事实上,他们称自己是 catharoi,就是'清洁'的意思。"

"院长,"威廉说道,"您孤陋寡闻地生活在这座金碧辉煌的神圣修道院里,远离尘世的不公。城市生活远比您所想象的复杂得多,人的错误或罪恶程度也大有不同。与那些对上帝派遣的天使们怀有肮脏想法的同乡们相比,罗得所犯的罪要轻得多,彼得的背叛比起犹大的背叛也算不上什么。事实上,上帝原谅了彼得,犹大却没有被宽恕。您不能把巴塔里亚会和卡特里派混为一谈。巴塔里亚会主张对圣母教会内部教规的习俗进行改革,他们始终想改善世俗神职人员的生活方式。"

"他们认为教士玷污了圣洁,不能参加圣事仪式……"

"他们错了,但这是他们学说上唯一的错误。可他们从来没有提出过改变上帝的法则。"

"但是布雷西亚的阿诺德的巴塔里亚会,一百多年前,在罗马煽动乡下暴民烧毁了贵族和红衣主教们的房舍。"

"阿诺德煞费苦心地想把城市里的行政长官们拉入他的改革运动之中。他们不跟随他,于是他就在穷人和被驱逐者的群体中得到了认可。民众过激的愤怒行为不该由他来负责任,民众是响应他的号召想建立一个没有腐败的城市。"

"城市永远是腐败的。"

"如今城市是上帝子民生活的地方,您和我们都是他们的'牧羊人'。城市是丑陋的地方,在那里,富有的神职人员向贫穷饥饿的人传道。巴塔里亚会的骚乱就是在这种局面下产生的。他们令人悲哀,但是可以理解。卡特里派就另当别论了,它是游离于教会之外的东方异教。我不知道他们是否犯有人们所指控的罪行。我知道他们排斥婚姻,否认地狱的存在。但我怀疑,是不是就因为他们的思想和主张,人们妄加给他们一些莫须有的罪名。"

"您是在告诉我,卡特里派的人没有混在巴塔里亚会里面,他们并不是同一个魔鬼派生出的无数张面孔中的两张脸,是不是?"

"我是说,这些异端中有许多是独立在他们所主张的学说之外的,他们在贱民中间取得成功,是因为他们提出过一种不同生活的可能性。我是说贱民经常把卡特里派与巴塔里亚会的主张混淆起来,通常又把巴塔里亚会与属灵派的教义混淆起来。阿博内啊,贱民的生活并不受智慧的启示,也不像我们这些聪明人具备辨别真伪的警觉性。他们的生活被疾病和贫困所困扰,因愚昧无知而变得渺茫。对于许多人来说,加入异端团体,经常只不过是一种方式,一种发泄自己绝望的方式。人们烧毁红衣主教的寓所,既是因为想改善教士的生活,也是因为他们认为红衣主教传道中所说的地狱是不存在的。人们那样做,是因为存在着人间地狱,在人间生活着'羊群',而我们是'牧羊人'。不过您知道得很清楚，就像他们辨别不清保加利亚的教会和利普朗多神父①的追随者一样，当政的皇帝和他们的支持者也分辨不清属灵派和异教徒。吉伯林派②为了打败对手，也没有少支持民众中间卡特里教派的倾向。依我看来，他们做得不对。不过我现在知道的是，同样的团体，为了扫除这些太'纯洁的'不安分的危险对手，经常把一部分人的异教思想强加于另一部分人，并把他们全都送去处以火刑。这我见过，阿博内，我向您发誓，我亲眼见到，一些生活节俭、品德高尚的人，他们诚挚地信奉清贫和贞节，但他们是主教的敌人，那些主教逼着他们去受世俗的武力处置，不管是皇帝的武力还是自由城邦的武力。他们被指控乱伦、鸡奸、胡作非为。其实，犯有这些罪行的往往是别人，而不是他们。当贱民可以被利用致使敌对政权陷入危机时，往往是任人宰割的肥肉，而当他们失去被利用价值时，就成了牺牲品。"

"那么说，"院长明显不怀好意地说道，"多里奇诺修士和他那些狂热的追随者，以及盖拉尔多·塞加烈里③，以及那些卑鄙无耻的杀人犯就都是邪恶的卡特里派的人喽？高尚的方济各修士们、施行鸡奸的鲍格米勒派或是主张改革的巴塔里亚会也都是卡特里教派的人喽？威廉，您对异教徒的一切都清楚，您简直就是他们中的一员，那么，您能不能告诉我，真理究竟何在？"

"有时候，哪儿都没有真理。"威廉忧伤地说道。

"您看，连您也不善识别异教了。我至少有一条规则，我知道异教就是那些不顾上帝子民所赖以生存的秩序而铤而走险的人。我捍卫帝国，因为帝国维护这种秩序。我反对教皇，因为他正在把

---

① Liprando，神父。为证实米兰大主教的贪腐，他甘愿接受宗教法庭的判决。
② Ghibelline，意大利中世纪的保皇党成员。
③ Gherardo Segalelli(？—1300)，宗教改革者，主张绝对清贫，后被处以火刑。

神权拱手交给与商人和行会结盟的城邦的主教们，而这些人不可能维持这种秩序。这种秩序，是几个世纪以来我们竭力维持的。对于异教徒，我同样有一条规则，就在阿诺德·阿马里科①的回答之中，他是西多的修道院院长，有人问他如何处置被怀疑是异教的贝济耶的市民时，他回答说：把他们全杀了，上帝会承认他们是他的子民的。"

威廉垂下眼睛，久久地沉默无言。而后，他说："贝济耶城被攻破，而我们的人却不顾人的尊严，不分性别，不管年龄，差不多有两万人死在刀下。一场大屠杀之后，城市又被劫掠和焚烧。"

"圣战也是一场战争。"

"圣战也是一场战争。正因为这样，也许本不该有什么圣战。可我在说什么呢，我在这里支持路德维希的帝权，可他也在把意大利置于战火之中，我自己也陷于其同盟的游戏之中。属灵派跟帝国之间奇怪的联盟，帝国与为民众争取主权的马西利乌斯之间的同盟也是奇怪的联盟。我们两人的观念和传统如此不同，我们两人之间的联盟也是奇怪的。但我们有两个共同的任务，那就是保证会晤的成功和找出凶手。我们尽量用和平的方式行事吧。"

院长张开双臂："给我和平之吻吧，威廉修士。跟您这样有智慧的人在一起，我们可以就神学和道德上深奥的问题作长时间的讨论。不过我们可不能像巴黎的导师们那样争论不休。的确有一项重要的任务等待着我们，这是真的，我们应该协力合作。不过，我之所以讲了这些事情，是因为我相信其中有一定的联系，您明白吗？一种内在的联系，抑或说，我相信别人会把这里发生的命案与您教会兄弟们的主张联系起来。正因如此，我要事先通告您一下，

① Arnald Amalricus(? —1225)，法国南部纳博纳的大主教。

也正因如此，我们要防备来自阿维尼翁的人的任何猜疑和旁敲侧击。"

"尊敬的院长，我能否这样揣测，您是在为我的调查提供一条线索？您是不是认为最近发生的两起命案有不明的历史渊源，可以追溯到某个僧侣曾持有的异端思想？"

院长沉默了片刻，面部极力不显露出任何表情地望着威廉。"在这可悲的事件中，裁判官是您。被怀疑，甚至冒无端被怀疑的风险，都是您的事。我在这里只是一个普通的神父。我再说一句，如果我得知我的僧侣中有人过去确实有可疑之处，我会立刻斩草除根的。我所知的，您皆知；我所不知的，您靠您的睿智一定会让真相大白。不管怎样，您得经常通报，首先向我通报。"他向我们告别后就从教堂出去了。

"亲爱的阿德索，事情变得更加复杂了，"威廉阴沉着脸说道，"我们追踪的是一份手稿，关注的是一些过分好奇的僧侣的争执和谩骂，以及一些僧侣淫荡的行为，可现在却浮现出另一条完全不同的线索，越来越难以摆脱的线索……食品总管，那么……还有那个跟着食品总管一起来的野蛮的萨尔瓦多雷……但是现在我们得去休息了，因为我们还得度过一个不眠之夜。"

"那么您今晚还是打算进藏书馆里去？您没有放弃第一条线索？"

"当然不放弃。何况，谁说这是两条截然不同的线索呢？再说了，食品总管的事情很可能只是院长的一种猜测。"

他向朝圣者的宿舍走去。到了门口，又停了下来，好像在继续刚才的话。

"其实，当初院长怀疑年轻的僧侣中会发生什么蹊跷的事情，才要求我调查阿德尔摩的死因,可是现在韦南齐奥的死又产生了新的疑点。也许院长已经意识到奥秘的关键在藏书馆,而他并不愿意让我往这方面去调查,于是他就向我提供了食品总管的线索,为了把我的注意力从楼堡引开……"

"可他为什么不应该想……"

"别提太多的问题。院长从一开始就对我说过,藏书馆不许碰。他一定有其充分的理由。很可能他也深信有些事情跟阿德尔摩的死有关联,而现在他意识到修道院的丑闻愈演愈烈,会把他自己也牵连进去。他不想弄清真相,或者至少不愿由我去发现真相……"

"如此说来,我们是在一个被上帝抛弃的地方。"我失望地说道。

"你难道找到过上帝感到悠闲自在的地方?"身材高大的威廉望着我问道。

而后,他打发我去休息。我躺下时,得出了结论,我父亲也许真不该让我周游世界,这个世界比我想象的要复杂得多。我眼下要学的东西太多了。

"拯救我吧,别让凶狮吞噬了我。"我这样祈祷着入睡了。

第二天

夕祷之后

章节虽短，但其间，年迈的阿利纳多说到迷宫，以及如何进入其中的一些相当有意思的事情。

我醒来时已近晚餐时分。我感到困顿乏力，因为白昼入睡就像犯肉欲之罪：得之越多，越觉不够，而且并不感到快乐，像是得到了却又并不满足。威廉已经不在他的房间，显然他早就起床了。我稍稍转了一圈，就见他正从楼堡出来。他说到缮写室去了，翻阅了图书目录，观察了僧侣们的工作，想设法接近韦南齐奥的那张桌子，以便再度寻查。可是，不知何种缘故，那里每个人都有意不让他在那些书稿中查阅。先是马拉希亚走近了他，让他看一些珍贵的插图本，而后是本诺找一些无谓的借口缠住他不放，后来，当他俯下身继续他的搜查时，贝伦加就开始围着他转，主动表示要给他帮忙。

最后，马拉希亚见我的导师执意要查看韦南齐奥的东西，索性直截了当地说，在搜查死者的遗物之前，最好获得院长准许；他本人虽是藏书馆馆长，但鉴于对死者的尊重和纪律的约束，也没有去动过死者的东西；他还说，不管怎样，没有人像威廉那样要求过靠近那张桌子,而且要是未经院长许可,是没有人会接近那张桌子的。威廉提醒他说,院长已准许他对整座修道院展开调查,而马拉希亚却不怀好意地问他,院长是不是也准许他在缮写室,或是藏书馆里自由地走动呢,但愿上帝是愿意的。威廉觉得此时不宜跟马拉希亚较量,尽管韦南齐奥书稿引起的骚动和种种恐惧,让他寻根究底的想法更加坚定。他想夜里再回到那里的决心已定,在还不知该如何行动之前,他决计不节外生枝。不过他显然心存报复,如果说那不是出于对弄清真相的渴望,那么,这样的报复心就显得十分固执,也许是要遭人谴责的。

在走进膳厅之前,我们还在庭院里散了散步,以借助夜晚的寒冷驱散睡意。有几位僧侣也在那里漫步沉思。在庭院对面的花园里,我们见到了来自格罗塔菲拉塔的年迈老人阿利纳多,他老态龙钟,每天除了在教堂祈祷外,大部分时间都消磨在花园的草木之间。他仿佛感觉不到寒冷,久久地坐在拱廊外。

威廉和他寒暄了几句,老人好像很高兴有人跟他攀谈。

"晴朗的一天。"威廉说道。

"感谢上帝的恩典。"老人回答说。

"天上晴朗,地上阴霾。您对韦南齐奥了解吗?"

"谁是韦南齐奥?"老人说道,然后他的两眼发出一种奇异的光,"噢,那个死去的孩子。修道院里有怪兽在徘徊……"

"什么怪兽?"

"来自海上的巨兽……七个脑袋,十只角,角上长着十颗齿冠,头上写着亵渎神灵的三个名字。那怪兽长得像一头豹,有四个熊掌,一张狮子嘴……我见到过它。"

"您在哪里见过它?在藏书馆吗?"

"藏书馆?为什么?我已经多年不去缮写室了,我从来没有进过藏书馆。谁也不去藏书馆，我倒是认识以往能去藏书馆的人……"

"谁啊？马拉希亚，贝伦加？"

"哦，不是……"老人笑了，声音像老母鸡，"那是过去的事情了。三十年前，在马拉希亚之前的那个藏书馆馆长……"

"他是谁？"

"我记不得了，他死了，那时候马拉希亚还年轻。是在马拉希亚来之前的那个，他是位年轻的馆长助理，当时我也年轻……但是我从来没有进过藏书馆。迷宫……"

"藏书馆是个迷宫？"

"迷宫是这个世界的象征，"老人陶醉地吟诵着，"入口很宽敞，出口却十分狭小。藏书馆是一座大迷宫，象征着世界的迷宫。你进得去，然而不知是否出得来。千万不要跨越海格立斯的石柱啊……"

"那么楼堡的门一关上，您就不知道如何进入藏书馆了？"

"哦，知道，"老人笑了，"许多人都知道。你从圣骨堂进去。你可以穿过圣骨堂进去，可你一定不愿意从那里进去，因为过世的僧侣们守在那里。"

"是死去的僧侣守在那里，而不是那些夜间掌灯，在藏书馆里巡游的僧侣？"

"掌灯？"老人像是很惊诧，"我从未听说过这种事情。死去僧侣的灵魂守在圣骨堂里，他们的尸骨逐渐从公墓里转移过来，堆集在那里，守护着通道。你从未见过通向圣骨堂祈祷室的祭台吗？"

"过了十字形耳堂，左边第三个祈祷室，是不是？"

"第三个？兴许是。就是基石上雕刻着上千个骷髅的那座祭坛。从右边数第四个骷髅头，你按一下他的双眼……就能进入圣骨堂了。但你别去那里，我可从来没有进去过。院长不让。"

"那怪兽呢？您是在哪里见到它的?"

"怪兽？啊，那是敌基督……他就要来临，千禧年快要到了，我们在等他……"

"千禧年三百年前就到了，那时候他也没有来临……"

"千年刚结束他是不会来的。千年的结束意味着正义王国的开始，然后敌基督就来向正义挑衅，然后将是最后的决战……"

"不过正义将统治一千年，"威廉说道，"或者他们从基督蒙难一直统治到第一个千年结束，而那时敌基督就该来了；或者正义还没有统治，因而敌基督还远在天边。"

"千年不是从基督蒙难算起的，而是从君士坦丁的馈赠算起的。现在正好是一千年……"

"那么正义的王国结束了?"

"这我不知道，我真不知道……我累了。挺难计算的。里耶巴纳的贝亚图斯①做过计算，你去问豪尔赫，他年轻，记性好……但时机已经成熟了。你没有听见七声号角吗?"

"为什么是七声号角?"

"你没有听说另一个孩子，那个绘制插图的，是怎么死的吗？第一位天使吹响了第一声号角，冰雹、烈火夹带着鲜血从天而降。第二位天使吹响了第二声号角，海的三分之一变成血……第二个孩子不就是死在血海里的吗？你们注意第三声号角吧！海洋中三分之一的生物将会死去。上帝在惩罚我们。修道院周围的世界充斥着异教，有人对我说过，在罗马的宝座上，坐着一位邪恶的教皇，他用圣餐饼来施行巫术，用它们来喂养他的海鳝……我们之中有

① Beatus of Liébana(730—800)，西班牙里耶巴纳修道院院长，曾为《启示录》作过评注。

188

人违反了禁令，把迷宫的封条给撕了……"

"谁告诉您的?"

"我听说的，大家私底下议论纷纷，说邪恶已经进入了修道院。你有鹰嘴豆吗?"

他是直接问我的，令我惊诧不已。"没有，我没有鹰嘴豆。"我困惑地回答说。

"下一次你给我带点鹰嘴豆来，我把它们含在嘴里。你看我这张可怜的嘴，牙全掉没了，吃什么都得先把它们含软了。鹰嘴豆刺激唾液，aqua fons vitae①。明天你给我带一些来，行吗?"

"明天我给您带一些来。"我说道。然而他已经打瞌睡了。我们离开他朝膳厅走去。

"你对他的话是怎么想的呢?"我问我的导师。

"他在享受百岁老人的暮年，脑袋糊涂了，从他的言语中难以辨别真假。不过，关于怎么进入楼堡，我相信他倒是提供了一些线索。我看见马拉希亚昨天夜里正是从祈祷室出来的。那里真的有一座石头祭坛，基石上刻有骷髅头。今天晚上我们就试一试。"

---

① 拉丁语，水是生命之源。

第二天

晚　祷

其间，进入楼堡。发现一个神秘的不速之客，找到一页藏有巫术符号的神秘书稿，刚找到的一本书转瞬消失。关于寻找此书的事，以后许多章节里将多次讲述，威廉宝贵的眼镜被盗，也不是奇遇的终结。

晚餐的气氛沉闷而肃静。此时距发现韦南齐奥的尸体才十二个多小时。大家都悄声望着饭桌旁他的座位。晚祷时间一到，僧侣们像是一列送葬的仪仗走向唱诗堂。我们在中殿参加祈祷仪式，而眼睛却盯着第三个祈祷室。光线幽暗，当我们看见马拉希亚从黑暗中冒出来，走到他座位上去的时候，弄不清他究竟是从哪里出来的。我们必须站在暗处，躲在大殿边上，以便在仪式结束后留在那里而不被人发现。晚餐时，我从厨房里拿来一盏灯，把它藏在僧袍里面。稍后，我将从通宵不灭的三足青铜鼎灯上点着它。我装上了新灯芯，还灌足了灯油。它会长时间里为我们照明的。

想到我们即将去做的事情，我兴奋极了，以至根本没有把心思放在祈祷上，甚至没有发觉仪式已经结束。僧侣们把兜帽拉到脸上，排列成行，缓缓地朝各自的房间走去。三足鼎灯的光亮照耀着空无一人的教堂。

"现在开始吧,"威廉说道,"该工作了。"

我们走近第三祈祷室。祭坛的底座的确像是一个骸骨堆,一批眼窝深凹的骷髅头骨令人毛骨悚然,它们排放在一堆胫骨上,显得十分醒目。威廉低声重复着他从阿利纳多那里听来的话(从右边数过来第四个骷髅头骨,按一下双眼)。他把手指伸进那干枯脸上的眼窝里,立刻就听到了一种嘶哑的吱嘎声。祭坛动了,随着一个暗轴转动,显出了一个幽暗的洞口。我高举灯盏照亮洞口,发现了一些潮湿的台阶。在决定走下台阶之前,我们商量是否把身后的通道门关上。"还是不关为好,"威廉说道,"我们不知道是否能再度打开它。至于是否有被人发现的风险,我想,要是有人在那时同样从这个暗道机关进来,那么他一定知道方法,关闭通道也徒劳。"

我们下了十几个台阶,进入了一条走廊,那走廊两侧墙壁上是一排排平行的壁龛,就像后来我在许多古墓道里看到的那样。不过那是我第一次进入圣骨堂,感到十分恐惧。那里存放了几个世纪以来僧侣们的遗骨,从土里挖出来,堆积在壁龛里,完全没有重新拼凑起来恢复原样的打算。不过,有些壁龛里面只有几根小骨头,有些壁龛里面只有几个骷髅头骨,摆放成金字塔的形状,以免有哪只滚落下来。那景象真令人害怕,尤其那盏给我们照明的灯,忽明忽暗地摇曳不定,更让人感到毛骨悚然。我看到有一个壁龛里只藏有手骨,那么多手骨,相互交错地缠绕在一起,僵死的手指交织成团。突然,我在那安放死人遗骸的地方,感到有动静,仿佛有什么活的东西。一声尖叫,黑暗中一阵快速的运动,我不禁叫了一声。

"耗子。"威廉宽慰我说。

"耗子在这里干什么?"

"它们路过这里,跟我们一样,圣骨堂是通向楼堡的,也就是通向厨房的。还通向藏书馆,那里有好吃的书。现在你该明白,为什么马拉希亚老是那么铁板着脸。他的职责迫使他每天得到这里来两次,早晚各一次。的确没有能让他笑的事。"

"可为什么福音书上从来没有说基督笑过呢?"我问道,并没有什么理由,"真是像豪尔赫说的那样吗?"

"有许多许多人都在寻思基督究竟笑没笑过。我对此并不太感兴趣。我认为他没有笑过,作为上帝之子,他无所不知,他知道我们这些基督徒会做什么。我们这就到了。"

感谢上帝,我们果真已到走廊的尽头,眼前出现了一些新的台阶。我们走完那些台阶,推开一扇用铁箍加固的木门,这样我们就来到厨房壁炉后面,正好就在通缮写室的螺旋形楼梯口。正当我们上楼梯的时候,好像听到楼上有响动。

我们静静地停了片刻,而后我说道:"不可能。我们前面没有人……"

"如果这是来楼堡的唯一通道的话。在以往的几个世纪里,这里一直是一座古堡,应该有许多我们所不知道的秘密通道。除了悄悄上去,我们别无选择。如果把灯熄灭了,就看不清路了,如果点着灯,就是向楼上的人报警。要是楼上真有什么人,唯一的指望就是他更害怕我们。"

我们从南角楼出来,到达缮写室。韦南齐奥的书桌正好在我们面前。缮写室极为宽敞,随着我们的移动,用来照明的那盏灯只能照亮几尺宽的墙面。我们希望楼下的院子里没有人,不然能看到从窗户透出去的亮光。那书桌似乎很整齐,威廉立刻俯身去查看桌下架子上的书稿,他扫兴地叫了起来。

"少了什么东西吗?"我问道。

"今天我在这里见到过两本书,一本是希腊语的,这本书不见了。有人拿走了,取得很匆忙,有一页羊皮纸手稿掉在这儿地上了。"

"可这张桌子是有人看守的呀……"

"当然。也许有人就在刚才拿走的。也许那人还在这里。"他回头往黑暗处张望,"要是你在这里,你可得小心!"他的声音在柱子间回荡。我觉得这是个好办法,正如威廉说过的,最好让令我们害怕的人害怕我们。

威廉把书桌底下找到的那页羊皮纸展开,把脸凑近那书页。他要我给他点亮儿,我把灯挪近它,发现那书页的上面一半是空白的,下面一半写满了密密麻麻的小字。我吃力地辨认是什么文字。

"是希腊语吗?"

"是的,但是我不太懂。"威廉从修士袍里取出他的眼镜,稳稳地戴在鼻梁上,脸更凑近那书页。

"是希腊语,字体细小,而且写得很乱,即使戴眼镜我看都费劲。光线再亮一点儿,你靠近些……"

他拿起书页,举到眼前,我本该绕到他身后,把灯举过他的头顶,可我却傻乎乎地站在他的正前方。他让我靠边站,我随即靠边,火苗触到了书页的后面。威廉用力推开了我,说我是否想把那手稿给烧了,而后,他又大声叫了起来。我清楚地看到那页手稿的上部呈现出一些模糊不清的黄褐色的符号。威廉让我把灯给他,他从稿纸后面照,让火苗靠近那页羊皮纸,用灯火烤热它,却又烧不着它。这时,好像有一只无形的手在描画似的,随着威廉晃动着的灯光,慢慢在空白的纸页正面出现了"Mane,Tekel,Fares"字样,而火苗顶端冒出的油烟熏黑了那页手稿的背面,手稿正面显露出来一些符号，一个一个不像是任何语言的字母笔画，倒像是巫术的符咒。

"妙极了！"威廉说道，"越来越有意思了！"他环顾了一下四周，"不过，这个发现最好别让我们神秘的不速之客偷看了去，如果他还在这里的话……"他摘下眼镜，把它放在桌子上，然后小心翼翼地把羊皮纸卷起来，藏在长袍内。那一连串近乎奇迹般的事情惊呆了我，我正要问他究竟是怎么回事儿，猛然听见的一个响声转移了我们的注意力。那声音是从通向藏书馆的东边楼梯底下传来的。

"我们的不速之客在那里，去抓住他！"威廉大喊了一声，就朝那个方向冲了过去。他动作比我快，我动作比较慢，因为我掌着灯。我听到有人跌倒的声音，就跑了过去，看到威廉在楼梯下，他正注视着封面上带有金属球饰的一本厚书。就在这一瞬间，我们又听到了一阵响声，是从我们来的方向传来的。"我真笨！"威廉叫喊道，"快，回到韦南齐奥的桌位去！"

我明白了，我们身后有人在暗处把那本厚书扔出来，企图把我们引到远处。

威廉动作还是比我迅速，先跑到了桌旁。我紧跟他，瞥见一个逃窜的身影闪过柱子间，迅急下了西角楼的楼梯。

我被一股战斗的激情所激励，把灯塞到威廉手中，盲目地朝那楼梯冲过去。顷刻间，我觉得自己就是一个基督的卫士，此时在与地狱里倾巢出动的魔鬼率领的军团激战。我急切地想马上抓住那个陌生人，交给我的导师处置。我几次被长袍的衣角绊倒，沿着螺旋形的楼梯连滚带爬地下去（我发誓，有生以来那是唯一的一刻，我后悔入了修士会！）。然而，那只是一瞬间的闪念，想到我的对手一定也遇到长袍带来的不便，心里颇觉宽慰。再说，要是他拿了那本书，手里得抱着东西。我几乎是冲到厨房，面包炉的后面。借着夜空惨淡的星光，只见在宽敞的过道里，一个人影正穿过膳厅的大门，那正是我追逐的人。那人随手拉上了身后的门。我冲过去，费了好大劲才打开门，进到膳厅。我环顾四周，那人早已不见踪影，朝外面开的门还紧锁着。我转过身，一片黑暗和寂静。我发现从厨房透出来一道光亮，我紧靠在墙上。在连接厨房和膳厅的过道门槛处，出现了一个掌灯的人影。我叫了一声，是威廉。

"这里没有人吗？我预见到了，他不是从门出去的。他没有穿过圣骨堂的暗道吗？"

"没有，他是从这里消失的，可我不知道他是从哪里出去的！"

"我跟你说过，有其他的暗道，我们找也没有用。兴许我们的对手正从远处什么地方冒出来呢。他还拿着我的眼镜。"

"您的眼镜？"

"是的，我们的朋友没有能夺走我手里的这页手稿，但他急中生智，从桌子上抄走了我的眼镜。"

"为什么？"

"因为他不是傻瓜。他听到我谈论这些笔记，他明白这很重要。他想到，要是我没有了眼镜，就无法解读这些笔记，而且他知道我是不会让其他任何人看这些笔记的。而实际上，我就像没有发现它们一样。"

"可是他怎么知道您眼镜的功能呢？"

"你想一想，除了昨天我们跟玻璃工匠谈论过眼镜以外，今天上午在缮写室里，我是戴着眼镜查看韦南齐奥的书稿的，因此，有许多人都可能会知道那副眼镜对我来说是多么宝贵。确实，我可以读任何一种正常的手稿，但那份手稿没有眼镜就没法读，"他边说边展开了那张神秘的羊皮纸，"用希腊语写的部分字体太小，上面的部分又太模糊……"

他让我看那些在火苗的加热之下变魔术似的显现出的神秘符号："韦南齐奥想掩饰一个重要的秘密，他用了那种写完后不留痕迹，加热后又会重现的墨水，或用了柠檬汁。但是我不知道他究竟用了什么质地的墨水，这些符号也许会再次消失。快点儿，你眼睛好，把它们抄下来，尽可能忠实于原样，最好稍稍大一些。"

我照他的吩咐办了，虽然并不知道我抄的是什么。那是四到五行符咒似的一串符号，现在我仅把前几组符号照抄如下，以让读者对当时我们眼前出现的谜有个概念：

$$\text{↙○♂♏,○♈♒≈≍ ♂ɣ⊙ɣ⅄ ♉♉⊸♏,ɣ♀♀○}$$

我抄写完毕，威廉看了看，可惜他没有了眼镜，得把我抄的字板放在离鼻子相当近距离的地方。"这肯定是一种秘密的字母表，得设法把它解读出来，"他说道，"符号画得很差，你一抄写可能就更糟了，不过那肯定是一种黄道十二宫式的字母。你看见吗？在第一行……"他把那张纸稿举到离他更远的地方，眯缝着眼睛，集中全力聚光，"人马座，太阳，水星座，天蝎座……"

"它们表明什么呢？"

"如果韦南齐奥是个天真无邪的人，他就会采用普通的黄道十二宫式的字母：字母 A 表示太阳，字母 B 表示宙斯……那么第一行应该读成……你誊写下来试试：RAIQASVL……"他停了下来，"不对，没有任何意思，那么，韦南齐奥并不是天真无邪的人。他按照另一种秘诀重新编制了一种字母表。我得发现他的秘诀。"

"这可能吗？"我钦佩地问道。

"可能，如果知道一点阿拉伯人的智慧的话。最好的有关破译密文的论述见于异教徒学者的著作，在牛津，我让人给我读过几本。培根言之有理，知识的获得要通过对语言的掌握。几个世纪之前，阿卜·博克尔·艾哈迈德写过一本书，是有关虔诚的信徒狂热地渴望破解古代文字之谜的。他揭示了组成和破解密文的许多规则，那些字母对施行巫术很有用，然而也可用于军队之间的联络，或是一个国王和他的使者之间的信函。我还见到过其他一些阿拉伯书籍，列举了一系列相当巧妙的设计。比如，可以用一个字母代替另一个字母，可以把一个字母倒过来写，可以把字母按相反的顺序写。不过，得一个字母隔过一个字母写，然后从头开始，也可以像这篇手稿那样用黄道十二宫的符号代替字母，但是得给密文标上数字，然后，按照另一种字母表，把数字转化为其他字母……"

"那么，韦南齐奥用的是哪一类系统呢？"

"得逐一试着破解它们，还有别的系统。但是为了破解一种密文，第一条规则就是猜准它的含义。"

"可那样一来就不需要破解它了！"我笑了。

"不是这个意思。不过，可以对密文的头几个字母编制一些假设，看看其采用的规则是否适合密文的其余部分。比如，韦南齐奥在这里肯定记下了深入'非洲之终端'的秘诀。如果我考虑密文会谈到这个，就会突然受到一种节奏的启示……你看一下头三个词，别去考虑字母，只考虑符号的数字……八、五、七……现在你试着把它们分成音节，每个音节至少两个符号，并且大声地朗读：塔-塔-塔，塔-塔，塔-塔-塔……你脑子里想到什么了吗？"

"我没有想到什么。"

"我可想到了。Secretum finis Africae①…不过，要真是这样的

---

① 拉丁语，非洲之终端的秘密。

话,那么最后一个词的第一个和第六个字母应该是一样的,确实如此,象征地球的符号在这里出现了两次。第一个词的第一个字母S,第二个词的最后一个字母应该同样是S。果然处女座的符号重复出现了。也许这是正确的思路,不过,也可能这仅仅是一系列的巧合,得找到一条对应的规则……"

"到哪里去找?"

"到头脑里。把规律找出来,然后看看那规律是否正确。不过,这么一试再试,我整整一天时间就用完了。其实一天也足够了,因为——你记住了——只要有一点耐心,没有什么密码是破解不了的。但是,现在天已经晚了,而我们还想去看看藏书馆。反正没有眼镜密文的第二部分我是怎么也无法看了,而你又帮不了我,这些符号,在你的眼里……"

"是希腊语,读不懂。"我无奈地接着他的话说道。

"就是啊,培根说得有道理。学习吧!但不要失去灵魂。我们把羊皮纸稿页和你抄的笔记放好,上楼去藏书馆。因为今天晚上,哪怕有地狱的十支魔鬼军团来,也拦不住我们。"

我在胸前画了个十字。"可那个先于我们来到这里的人会是谁呢?会不会是本诺?"

"本诺急切地想知道韦南齐奥的书稿里究竟有什么,但我认为他无意玩如此邪恶的勾当。再说,他已经建议跟我们联手,而且看他那副神情,是没有胆量在夜间闯进楼堡的。"

"那么,是贝伦加?或者是马拉希亚?"

"我觉得贝伦加有胆量干这种事。再说,他对藏书馆也负有责任。他因泄漏了某种秘密而愧疚不已,他认为韦南齐奥拿走了那本书,还想把它放回原处。可他无法上楼,现在正把书藏到什么地方。如果上帝帮我们忙,在他企图把书放回原处时,我们可以当场抓住他。"

"不过,出于同样的动机,也可能是马拉希亚。"

"我想不会。马拉希亚在他独自留下来锁门的时候,有充分的时间搜查韦南齐奥的书桌。这一点我很清楚,而且我无法制止他这样做。现在我们知道他并没有这样做,而且,如果你仔细思考一下,我们没有理由怀疑当时马拉希亚是知道韦南齐奥进到藏书馆里拿走了什么书。这一点贝伦加和本诺知道,你我也知道。在阿德尔摩告解之后,豪尔赫也可能会知道,但他肯定不是从螺旋形楼梯仓皇逃走的那个人……"

"那么,是贝伦加,或者是本诺……"

"可为什么就不会是提沃利的帕奇菲科,或者我们今天在这里见过的僧侣中的某一个呢?深知我那副眼镜功能的玻璃工匠尼科拉也有可能,或是那个古怪的人物萨尔瓦多雷,他不是跟我们说过,经常不知为了什么事情在夜里到处闲逛吗?我们得留神,别因为本诺提供了线索,就按他引导的方向把怀疑的范围缩小。本诺也许是想误导我们。"

"但是,您觉得他挺真诚的。"

"那当然。但是你要记住,一个出色的裁判官,其首要职责,就是怀疑那些你觉得真诚的人。"

"裁判官的工作真不好干哪。"我说道。

"正因如此,我才辞去不干了。可你看到,我不得不重操旧业。好了,现在上藏书馆。"

第二天

夜　晚

其间,终于进入迷宫,闯入者出现了怪异的幻觉。而且就像迷宫里通常会发生的那样,他们迷失了方向。

我们上楼又回到了缮写室,这一回我们是从东面的楼梯上去的,那儿也通往上边的禁地。我高举灯盏走在前面,心里一直想着阿利纳多老人说过的有关迷宫的话,提防着随时会发生可怕的事情。

然而,当我们出现在这个我们本不该进入的地方时,我惊诧地发现了一个七边形的过厅。那过厅并不很宽敞,没有窗户,跟整个楼层一样,厅里散发出一股长久不通风的霉味,倒是没有丝毫令人恐惧的地方。

我说了,那过厅有七面墙壁,其中只有四面墙壁有门洞,门洞两侧的两根小柱镶嵌在墙体内,门洞上方呈圆拱形。沿着封死的墙面矗立着高大的书柜,里面整齐地放满了书册。每个书柜都贴着编了号的小纸条,书柜的每一层都是如此:很清楚,纸条上面的编号与我们在目录里见到的一样。过厅的中央有一张大桌子,同样也放满了书籍。所有的书册上面都有一层薄薄的灰尘,这表明书是经常清理的。地上也没有什么脏物。在一扇拱形门洞上方的墙面上,写有"耶稣基督的《启示录》"的大幅字样。字迹好像没有褪色,虽然字体古老。后来我们发现,在其他房间里,这些字样是刻在石头上的,而且刻得相当深,凹陷的地方都涂满了颜色。

我们穿过其中一个门洞,来到另一个房间。这个房间有一扇窗,但不是玻璃窗,而是镂空雕花石膏板。房间有两面墙是封闭的,其余一面墙有一个门洞。跟我们刚经过的那些门洞式样相同,它通向另一个房间。那房间同样也有两面封闭的墙,其余一面墙有一扇窗,另一面墙开有一道门,正对着我们。两个房间门洞上方的字幅跟我们在第一个房间见到的样子相同,但上面的字不同。第一个字幅上写的是"宝座四周就座的二十四位长老",另一幅上面写的是"他的名字是死亡"。另外,虽然这两个房间比我们刚进藏书馆见到的那个过厅要小(那个过厅是七边形,而这两个房间是长方形),屋里的陈设却一样:放书的柜子和放在中间的桌子。

我们进到第三个房间。里面没有书籍,也没有编号的纸条。窗下有一个石头祭台。房间有三道门,一道是我们进来的门,另一道是通向我们已经看过的那个七边形过厅,还有第三道门把我们引入另一个房间,格局大同小异,只是门洞上方的字幅上写着"太阳和天空将黯然无光"。从这里又进到另一个房间,字幅上写着"冰雹和烈火即将降临"。房间没有别的门,或者说,到了那个房间以后,不能继续前进,需要退回来。

"我们好好思索一下,"威廉说道,"五个四边形的房间,也可以说是五个略呈梯形的房间,每间一扇窗,围绕着一间通向楼梯的没有窗户的七边形过厅。我觉得这是基本结构。我们是在东边的角楼里面,每一个角楼从外面看有五扇窗和五个面。这就对了,没有书的那个空房间是朝东的,跟教堂的唱诗堂是一个朝向。黎明时阳光会照亮祭台，我觉得这样设计是对的，也是虔诚的。看来，唯一聪明的做法是采用了镂空雕花石膏板。白天过滤明亮的光线，夜里连月光都透不进来。现在我们看看七边形过厅的另外两道门通往何处，相信我们将不难辨别方向。"

我的导师错了，藏书馆的建造者比我们想象的要更有睿智的头脑。我不知该怎么解释发生的事情。我们一离开角楼中央那个七边形的过厅，其他那些房间的顺序就变得乱了。有些房间有两道门，有些房间有三道门。所有的房间都有一扇窗，我们从其中一个房间里出来，打算朝楼堡内部走去，而进入的那些房间也都有一扇窗。每一个房间都有同样的书柜和桌子，摆放得整整齐齐的书册仿佛全都是一个样子，它们当然无法帮助我们瞬间辨认出所在的方位。我们试图用字幅来辨认方向。有一次，我们穿过一个房间，里面写着"在那些日子里"，可转了几圈之后，觉得好像又回到了那里。可我们明明记得窗口对面的那道门是通向一间上面写着"死者之长子"的屋子，而现在我们又见到"耶稣基督的《启示录》"的字样，但那并不是我们进来时的那个七边形过厅。这使我们意识到，有时候同样的字幅重复出现在不同的房间。我们发现相邻的两个房间的门洞上方都写有《启示录》上的文句，接下去的一个房间门洞的上方又写着"一颗巨星从天而降"。至于字幅上句子的出处，显然，是约翰《启示录》上的诗文，但为什么把它们刻写在墙上，又是按照哪种逻辑安排的，这根本就不清楚。我们还发现有些字幅涂的是红色，而不是黑色，这更使我们平添许多疑惑。

我们突然又回到了最初的那个七边形过厅（容易辨认，因为有楼梯出口），我们再次朝右边走，穿过一个又一个房间，尽可能保持朝正前方走。我们来到第三个房间，一道死墙堵在我们面前。这个房间的唯一通道把我们引入另一个房间里，那个房间只有一道门,从那道门出来,我们又经过了四个房间,又有一堵死墙挡在我们面前。我们回到前面有两个出口的屋子,我们选择了那个没有走过的出口,穿过一个新房间,又回到了最初进来的那个七边形过厅。

"我们从那里往回走的最后一个房间叫什么?"威廉问道。

我好不容易回忆起来:"白马。"

"好,我们再回到那里去。"很容易。如果不想再重新兜圈子,只能经过那个叫做"祝您平安"的房间,再往右走,好像有一条新的通道,走那儿我们可以避免走回头路。我们却又看到了写着"在那些日子里"和"死者之长子"(那不是刚才我们见到过的同一些房间吗?)的字幅,不过,最后我们来到了一个似乎没有到过的房间,门洞上方写着:大地的三分之一已被焚烧。但那时,我们已不再知道这是东角楼的什么方位了。

我把灯高举到身前,闯进了后面几个房间。忽见一个可怕的巨大身影,像幽灵般晃动着向我迎面飘来。

"魔鬼!"我大喊一声,迅即转身躲在威廉怀里,那盏灯差点儿掉下来。威廉从我手中夺过灯,推开我,坚定地朝前走去。我觉得他是那么高大。他像是也看见了什么,猛然往后退了一步。很快他又朝前探出身子,把灯举得高高的。他哈哈大笑起来。

"真是妙不可言。一面镜子!"

"一面镜子?"

"是的,我勇敢的斗士。刚才在缮写室里你那么勇敢地冲向一个真正的敌人,可现在你却被自己的影像吓坏了。一面镜子,一面把你的身影放大而且扭曲了的镜子。"

他牵着我的手,带我走到对着房间门口的那面墙。现在灯光更靠近那面镜子,我看到那是一块表面呈波纹状的大玻璃。是面哈哈镜。镜中照出了我们俩扭曲了的滑稽可笑的影像，镜中的我们随着走近或远离镜子而不断地改变身体的高矮和胖瘦。

"你得读一读有关光学的论著。"威廉开心地说道，"这座藏书馆的创建者们一定读过。这方面的论文阿拉伯人写的最优秀。海桑①写了一篇《光学理论》，里面用精确的几何图像论述了镜子的功能。根据镜子表面不同的曲度，有些镜子能够放大最小的物体（我的眼镜不就是那样的吗），有些镜子可以把物体倒过来或倾斜过来，或者把一个物体变成两个，把两个物体变成四个。还有一些镜子，就像这面镜子，可以把侏儒变成巨人，把巨人变成侏儒。"

"耶稣基督啊！"我说道，"那么说，有人说藏书馆里有幻影，难道就是这面镜子里的影像？"

"也许是吧。这真是天才的设想。"他念着写在镜子上方墙上的字句："宝座四周就座的二十四位长老。这条字幅我们已经见过了，但那是一个没有镜子的房间。再说，这个房间没有窗户，而且不是七边形。我们这是在哪儿呢？"他环顾四周，走近一个书柜，"阿德索，没有了那副 oculi ad legendum②，我看不清这些书上写的是什么。你给我读几个书名。"

我随手拿起一本书："导师，上面什么也没写。"

"怎么？我看到上面写着呢，怎么读啊？"

"我读不出来。我不认识上面的字，不是拼音字母表上的字母，也不是希腊语。希腊语我能辨认出来。好像是小虫子、小蛇、苍蝇屎……"

"噢，是阿拉伯语。还有别的书名是这样的吗？"

"是的，有一些。不过，这里有一本是拉丁语的，上帝保佑。花

---

① Alhazen（约 965—1039），阿拉伯数学家和物理学家，以光学论著而闻名。
② 拉丁语，阅读的眼睛。

拉子密,书名是《图表》。"

"花拉子密的《星象图表》,由巴斯的阿德拉德①翻译成拉丁语！一部稀世之作！再往下看。"

"伊萨·伊本·阿里的《论眼睛》,阿尔金迪②的《论星光》……"

"现在你再看看桌子上的书。"

我打开桌上一本厚厚的书,书名是《动物志》。我翻到配有精致插图的一页,上面画着一只很漂亮的独角兽。

"好手笔,"威廉评价说,他还能看清书上的插图,"那本是什么书?"

我读道:"《怪兽集锦》。这本书也有漂亮的插图,不过我觉得更加古老些。"

威廉把脸凑近书页:"爱尔兰的僧侣们的插图,至少是五个世纪以前的了。那本画着独角兽的书,年代要近多了,好像是法国人装帧的。"我导师的渊博学识再次使我由衷地钦佩。我们走进下面一个房间,接着又看了后面四个房间,全都有窗户,都放满了用陌生的语言写成的书册。再走下去,我们到了一面迫使我们往回走的死墙,最后五个房间都相互连着,没有其他出口。

"从墙壁的倾斜度来看,我们应该是在另一座五角形的角楼里了,"威廉说道,"不过,没有中间的七边形过厅了,也许我们搞错了。"

"可这些窗户是怎么回事?"我说道,"怎么会有这么多的窗户呢？不可能所有的房间都朝向外面。"

"你忘了中央天井了。刚才我们看到的许多窗户都是朝八角形天井开的。如果是在白天,光线的强弱就能告诉我们哪些是朝

---

① Adelard of Bath(1080—1152),英国自然主义哲学家。
② Al-kindi(801—873),阿拉伯哲学家。

外的窗,哪些是朝内的窗,也许甚至能向我们显示房间与太阳之间的方位角度,但是在晚上却看不出。我们往回走吧。"

我们回到了有镜子的那个房间。我们在第三道门那里拐弯,那道门好像我们没有走过。我们眼前出现了相互连着的三四个房间,而快到最后一个房间时,我们看到那里有一丝亮光。

"那儿有人!"我压低声音说道。

"要真有人,他已经看到我们的灯光了。"威廉说道,同时却用手挡着光。我们在那里停留了一会儿。那亮光仍微微地摇曳着,没有更强也没有更弱。

"也许那只是一盏灯,"威廉说道,"放在那里吓唬僧侣,让他们相信藏书馆里栖息着古人的亡灵。不过,得弄清楚。你在这里遮着灯光,我会小心地往前走。"

我还在为自己刚才在镜子前面表现出的狼狈相而感到羞愧,我想挽回自己在威廉心目中的形象。"不,我去,"我说道,"您还是留在这里吧。我会小心的,我个子小,动作也敏捷。一旦弄清没有风险,我再来叫您。"

我就这样去了。我贴着墙像猫儿一样(或者说像到厨房碗柜里偷吃奶酪的见习僧,这是我在梅尔克的拿手好戏),轻巧地走过三个屋子,摸到了发出微光的那个房间。我贴着墙壁溜到门框右面的柱子后,偷偷地朝屋里看。里面没有任何人,桌子上放着一盏灯,点燃着,冒着青烟。它不像我们的灯,倒像是一个敞顶的香炉,没有火苗,只有缓缓燃着的余烬在发光,烧出一种淡淡的粉末。我鼓起勇气走了进去。在靠近香炉的那张桌上,摊着一本色彩鲜艳的书册。我走近前去,见到有四种颜色不同的长条纹:黄色、朱红色、青绿色和焦土色。上面趴着一只野兽,样子异常可怕,是一条长有十个脑袋的大龙,它用巨尾拖住天上的星辰,把它们打落在地。突然，我见那条龙成倍地增大，身上的鳞片变成无数发光的碎片从书页中飞出，在我的头上盘旋。我仰头朝天，只见房顶倾斜，朝我身上砸下来。随后，我听见一种咝咝的响声，像是上千条蛇发出的，不过，那响声并不可怕，甚至是诱人的。随之出现了一个光彩夺目的女人，她把脸贴近我，我的脸感到了她的呼吸。我伸开双手用力推开她，而我的手似乎触到了对面书柜上的书，也许是那些书册以无限大的比例在放大。我不知道自己在哪里，也不知道天在哪里，地在哪里。我看见贝伦加站在房间的中央，带着可憎的微笑，垂涎欲滴地盯着我。我用双手捂住了脸，而我的手仿佛变成了癞蛤蟆的脚掌，黏糊糊的，指间还长了蹼膜。我相信我是喊叫了，我觉得嘴里发酸。其后，我坠入了无底的深渊，那深渊的口子在我脚下开得越来越大，我什么都不知道了。

我醒来了，觉得有咚咚咚的击打声在脑子里震荡。我发现自己躺在地上，威廉正在拍打我的脸颊。我是躺在另一个屋子里了，我的目光落到一条字幅上：愿他们在辛劳之后得以安息。

"阿德索，你醒一醒，"威廉轻声地对我说道，"没有什么……"

"那边的东西……"我还在说胡话，"那边，有怪兽……"

"没有什么怪兽。我找到你的时候，你倒在桌脚边喊叫，桌子上有一本漂亮的莫扎拉布人①的《启示录》，打开的那一页上绘有 mulier amicta sole② 与龙搏斗的场面。但是，我从屋里的气味判断，你是吸入了某种不好的气体，我赶紧把你拖了出来。我也有点头疼。"

"可我见到的是什么呢？"

"你什么也没看到，是那里烧着一种能使人产生幻觉的薰香。

---

① Morazab，阿拉伯人统治下的西班牙基督徒。
② 拉丁语，披着日头的女子。

我闻出它的气味来了,是阿拉伯人的药草,也许就是山中老人①派他的刺客们行刺前迫使他们吸入的那种药草。这样我们就揭开产生幻觉的秘密了。有人在夜间把药草放在这里,警告不速之客,藏书馆里有妖魔鬼怪把守。那么,你到底察觉到了什么?"

我根据自己的记忆,语无伦次地向他讲述了我的幻觉,威廉笑了:"你一半是夸大了你在书上看到的东西,一半是你的欲望和恐惧心理在作祟。这正是那种药草所产生的效力。明天得跟塞韦里诺谈这件事,我相信他所知道的远比告诉我们的要多。那是药草,只是药草,不需要玻璃工匠跟我们谈到的那些法术。药草,镜子……这块知识的禁地被许多太巧妙的手腕封闭起来了。科学被用来掩饰,而不是被用来启迪。我不喜欢这样,一种邪恶的思维主导着对神圣的藏书馆的防卫。今晚我们太累了,现在我们得出去。你已经神志不清,你需要喝水和呼吸新鲜空气。想打开这些窗户是白费力气,窗户太高,也许关闭了好几十年了。他们怎么能设想阿德尔摩是从这里纵身跳下悬崖呢?"

出去吧,威廉刚才说。可谈何容易,我们知道藏书馆只有一个出入口,就是东角楼的那个。可我们此刻是在哪里呢? 我们完全迷失了方向。我们毫无目的地来回乱转,心想永远无法从那个地方出去了。我摇摇晃晃地走着,一阵阵地想呕吐,威廉着实为我担心。就算我们今天能从这里出去,明天我们不还得回藏书馆嘛。明天再来,有了个好主意,确切地说,是他想到了一个主意。再来,得带上一截烧过的木炭,或者用另外一种能在墙上留下标记的东西。

---

① 哈桑·本·萨巴哈(al Hasan b.Sabbah,? —1124)的别名,阿萨辛派首领,他手下的刺客在行凶之前都要饮用或吸入某种特殊的药草。

"要在迷宫里找到出路，"威廉一板一眼地说道，"只有一个办法。在每个新岔口，都要在我们取道的岔口画三道标记。如果前面的岔口已经有了一个标记，证明那个岔口已经到过，就再画一道标记。如果看到岔口都已画上了三道标记，那么就得返回去重新寻找岔口。但要是有一两个岔口还没有标记，那么就从中任选一个画上两道标记。走到只带有一个标记的岔口时，我们再画上两个标记。那样一来，每个岔口就都应有三道标记了。这样，我们就会走遍迷宫所有的岔口，如果我们不走任何带有三道标记的岔口，就能到达某一个出口，除非还有什么不带标记的岔口。"

"这您是怎么知道的？您是研究迷宫的专家吗？"

"不，我是在背诵一篇从前读过的古文。"

"按照这种规则，就能出去吗？"

"据我所知，几乎永远出不去。不过我们不妨试试。何况，以后几天我就会有眼镜了，我将会有时间琢磨那些藏书。很可能是那些字幅搅乱了我们的思路，而那里藏书的布局会启示我们找出规律。"

"您会有眼镜？您怎么再找到它呢？"

"我说了我会有眼镜的。我会再做出一副眼镜来。我想玻璃工匠巴不得有一次可以做一种新试验的机会。要是他有合适的工具磨制玻璃片的话。至于玻璃片，那个作坊里有的是。"

正当我们在里面晕头转向寻找出路的时候，忽然，在一个房间中央，我感到有一只无形的手在抚摸我的脸颊，同时听到一种非人非兽的呻吟声回荡在那个房间和邻近的房间，好像有一个幽灵在那里游荡。对于藏书馆里令人惊诧的意外事情，我本该是有心理准备的，但是，我又一次感到惊恐不已，吓得往后一跳。威廉一定也感觉到了，因为他正在摸自己的脸颊，并高举灯盏，四下张望。

他举起一只手，而后观察着似乎变得更亮的火苗。他舔湿了手指，把它举到身前。

"很清楚，"他说道，并让我看相对的两面墙壁一人高的两处地方。那里有两道狭窄的缝隙，他把手靠近那两道缝隙时就感到有凉风从外面吹进来。他把耳朵贴近那里，能听到一阵呼啸声，好像外面刮着大风。

"藏书馆应该有通风系统，"威廉说道，"否则，这里会让人透不过气来，尤其是在夏天。另外，这些缝隙能够供给室内一定的湿度，那样，羊皮纸就不会干裂。但藏书馆的建造者的睿智还不止这些。按照一定的角度留出这些缝隙，就能保证在寒风凛冽的夜晚，从各个角度的裂缝透入的冷风相互交叉回流，在通道的一间间屋子里形成漩涡，从而产生了我们所听到的声音。那呼啸声连同那些魔幻般的镜子和药草的薰香，对像我们这样不熟悉这里而擅自闯入的不速之客就能平添恐惧感。刚才我们在一瞬间觉得是幽灵在抚摸我们的脸颊，现在才明白是怎么回事，因为现在才刮起风来，而这个奥秘也揭开了。不过，我们还是不知道怎么出去啊！"

我们一面这么说着，一面毫无目的地乱撞，已经迷失了方向，顾不得去看那些差不多相同的字幅。我们偶然走进一间新的七边形过厅，在它周围的几个房间转了转，没有找到出口。我们又往回走，走了将近一个小时，已经不想知道我们究竟在何处。威廉忽然果断地说我们失败了，只能在哪个屋子里睡个觉，指望在第二天让马拉希亚来发现我们了。而正当我们为如此奇妙的历险行为的悲惨结局而懊丧时，却又意外地来到了有楼梯出口的大房间。我们由衷地感谢上帝，喜出望外地下了楼梯。

到了厨房，我们就朝壁炉走去，进了圣骨堂的走廊。我敢说，那些光秃的骷髅头骨露出的阴森狰狞的笑，当时在我看来像是亲人们的微笑。我们重又回到了教堂,从北边的门出去,最后愉快地坐在坟墓的碑石上。我觉得那清凉的迎面吹来的晚风,仿佛是把一种神圣的油膏抹在脸上。

"世界是多么美好,迷宫是多么丑恶!"我轻松地说道。

"要是有一个在迷宫里畅游的秘诀,这世界该多美好啊!"我的导师回答说。

"现在是什么时候啦?"我问道。

"我失去了时间概念。不过我们最好在早课之前回到房间里去。"

我们沿着教堂的左边往回走,经过教堂正门(我有意朝另一边扭转头去,不想见到门楣上《启示录》里面的长老们,宝座四周就座的二十四位长老),穿过庭院,向朝圣者的宿舍走去。

院长站在宿舍门口,他严厉地看了看我们。"我找了你们一整宿,"他对威廉说道,"房间里没有找到你们,教堂里也没有找到你们……"

"我们去追查一个线索……"威廉含含糊糊地说道,显得很尴尬。院长凝视了他许久,然后用严峻而又缓慢的声调说道:"晚祷一结束,我就开始找你们。贝伦加晚祷时没有在唱诗堂。"

"您说什么?"威廉喜形于色地问道。实际上他心里已经清楚,刚才躲在缮写室里的那个人是谁了。

"晚祷时他没有在唱诗堂,"院长又说了一遍,"也没有回到他的房间。现在早课的钟声快要敲响了,我们看看他是不是会出现。我真怕又会生出新的灾祸。"

早课的时候,贝伦加没有出现。

第三天

第三天

从赞美经到晨祷

其间,贝伦加失踪了,在他的屋子里发现了一块血迹斑斑的白布,别无其他。

写到这里我累了,就像那天夜晚,更确切地说像那天清晨。怎么说呢?做完礼拜后,修道院院长指派许多已惊恐万状的僧侣到各处去寻找贝伦加,但毫无结果。

将近赞美经时分,在搜查贝伦加的屋子时,一位僧侣在他的床垫下找到了一块血迹斑斑的白布。他们把那块布拿给院长看,他觉得这是一种不祥之兆。在旁边的豪尔赫,一经被告知此事,便说道:"血?"他似乎觉得这是不太可能的事情。众人对阿利纳多说此事,他摇了摇头,说道:"不,不,第三次号角吹响时,死亡来自水……"

威廉观察了那块带血的白布,然后说道:"现在一切都清楚了。"

"那么,贝伦加在哪儿呢?"

"我不知道。"他回答说。埃马洛听到他这么说,眼睛望着天,对圣阿尔巴诺的彼得说道:"英国人都是这个样子。"

将近晨祷的时候，太阳出来了，一些仆人被指派到山脚下以及院墙四周去搜索。他们一无所获，辰时经时就回来了。

　　威廉对我说，我们也不会有什么更好的办法。得等待事态的发展。他到冶炼作坊去了，跟玻璃工匠尼科拉促膝长谈。

　　做弥撒时，我坐在教堂靠近中间的那道门那儿。我就这样虔诚地入睡了，而且睡了许久。因为年轻人似乎比老年人更需要睡眠，老人们已经睡足了，正打算长眠安息呢。

第三天

辰时经

其间，阿德索在缮写室里思考他所在教会的历史，以及书籍的命运。

我从教堂出来时已不觉那么疲劳，但脑袋还是昏昏沉沉的。人体唯有在夜间才能得到平静的休息。我上楼去缮写室，经马拉希亚许可后，开始翻阅图书目录。我心不在焉地匆匆浏览着眼皮底下的书页，而实际上我在集中注意力观察那里的僧侣们。

僧侣们在专心致志地工作。他们沉着安详的神态令我惊诧，仿佛人们并没有在修道院里满世界寻找他们的一位兄弟，仿佛其他两位兄弟也并没有那么可怕地死于非命。这就是我们教会的伟大之处，我暗自思量着：几个世纪以来，他们这些人目睹蛮族入侵，掠夺他们的修道院，把王国置于火海，然而，他们还依然珍爱着羊皮纸和笔墨，嘴里依然念念有词地诵读着几个世纪传下来的词句，以后还将世世代代传诵下去。而现在，在千禧年来临之际，他们仍不停地阅读和抄写这些稀世之作，他们为什么不该这么做呢？

头一天，本诺曾经说过，只要能得到一本稀世之作，他不惜犯罪。他既不是在撒谎，也不是在开玩笑。一位僧侣当然应该谦卑地珍爱他的书本,并从书本上学到知识,而不是为了满足自己好奇的虚荣心。然而,正如通奸乃是对凡人的诱惑,财富乃是对贪婪的世俗教士的诱惑,知识则是对崇尚求知欲的僧侣的诱惑。

我翻阅着图书目录,各种神秘的书目在眼前跳跃:坤托·塞雷诺的《药物志》;《大气现象》;《伊索关于动物的自然界》;希腊哲学家埃第科的《宇宙志》;阿尔库弗主教执笔的《关于海外圣地的三卷游记》;Q·朱利奥·伊拉里奥内的《关于世界的起源》;索利尼·波利斯托雷德《地球上的神奇之地》;希腊地理学家克拉底奥·托罗梅奥的《天文观察集》……关于围绕藏书馆所发生的罪案的奥秘,我并不诧异。对于这些潜心于书本的人来说,藏书馆就像是天堂的耶路撒冷,又是地下的世界,介于未知的土地和冥府之间。他们受藏书馆主宰,欣然接受它的承诺,服从它的禁忌。他们与藏书馆共存,为藏书馆而生,或许也为仇恨它而生,罪恶地企望有朝一日能揭穿它所有的秘密。那么,为什么他们就不能为了满足他们源于心灵深处的求知欲,去冒死亡的风险,或者为了阻止他人占有他们的秘密而杀人呢?

种种诱惑,当然是这样,还有因拥有知识而骄傲。这些僧侣与我们藏书馆神圣的创始人当初想象中的缮写书本的那种僧侣截然不同,那种僧侣臣服于上帝的意志,能够不理解只抄写,他们只是祈祷者,并且是作为抄写员而祈祷。为什么不再是那样了呢?啊,这当然不是我们的教会唯一堕落蜕化之处!教会变得太强大了,修道院院长们跟国王们较量,我在阿博内身上不是看到一位君王的形象了吗?他不是力图以君王的威仪来摆平君王之间的争端吗?修道院积聚起来的知识财富,如今被用来当做交换的商品,成为骄傲自大的理由,炫耀虚荣和威望的缘由;就像昔日的骑士们用盔甲和旌旗炫耀自己一样,我们的修道院院长们用装帧好的手稿来炫耀……更有甚者（真是疯狂之极），如今我们的修道院还失去了知识界的领先地位：教会学校、都市行会和大学都在传抄书籍，也许比我们抄得更多更好，而且还制作出一些新书——这也许就是发生诸多不幸事件的根源。

我所到的修道院，当时在知识财富的创造和再创造方面，也许是能够引以为豪的最后一个精湛完美的修道院。然而，也正因为如此，那里的僧侣们已不再满足于神圣的抄写工作，他们在探求新事物的欲望驱使下，也想创造出补充大自然的新作品。他们并没意识到，那时我隐隐约约地直觉到（我如今已鬓发苍白、年迈识广，更清楚地知道），他们那样做，是在诋毁他们精湛杰出的学识。因为倘若他们创造的"新的学识"一旦任意流出修道院的围墙，那神圣之地比起一所教会学校和一所城市大学来，就不会有什么更值得称道之处了。而把知识隐藏起来，就能使其威望和实力不减，免受争端的侵蚀，免受暗藏玄机的论辩的攻击，防止一切奥秘和伟大置于 sic et non① 的审视之下。我对自己说，这就是藏书馆笼罩着寂静和阴暗的缘由所在，藏书馆珍藏着知识，但是，要保持知识完好无损，只有阻止任何人进入，即使是僧侣们自己。知识不是钱币，即便经过了最卑鄙的交易，实质上仍然是完整的。知识像是一件精美的服饰，经过穿戴和炫耀就会变旧。书本不正是如此吗？要是有太多的人抚弄，书页不是就会起皱，墨汁和镀金不就会褪色吗？不是吗，我在不远处看着提沃利的帕奇菲科，他翻阅着一本古书，书页因潮湿而黏在一起，他用舌尖舔着食指和大拇指将书翻开。他的唾液接触到的地方就失去了活力，打开书页就意味着毁坏它们，把它们置于空气和尘埃的剧烈作用之下，这样就会使羊皮

---

① 拉丁语，是与非。

纸上的纹理磨损而起褶皱,被唾液软化和损伤的书角就会长出霉菌。就如同过分温柔多情会使勇士变得软弱无能一样,这种过度的占有欲和求知欲会使书籍提前染上疾病而最终导致其毁灭。

那么该怎么做呢?停止阅读,只是保存好它们吗?我的担忧是不是正确呢?导师又会怎么说呢?

我见不远处有一位给书册标题的僧侣,尤奥纳的马努斯,他刚用浮石磨光上等的羊皮纸,用白垩软化它,然后用铁尺压平纸面。他旁边是托莱多的拉巴诺,他把羊皮纸固定在桌上,在羊皮纸两边打上小孔标出页边,现在正用一支金属笔在上面划着平行的横线。过一会儿,这两张书页上就会充满各种色彩和图案,上面写着《圣经》虔诚经文的纸页,就会成为一件仿佛镶嵌着各种宝石的圣物闪闪发光。我对自己说,那两位僧侣兄弟正在人间度过天堂般的时光。他们在制作新的书本,跟那些随着时光的流逝将要被无情销毁的书籍一样……那么,藏书馆不能受到任何人间的威胁,它是有生命的……既然它有生命,为何又不能冒被认知的危险而向公众开放呢?莫非这就是本诺,或韦南齐奥所希冀的吗?

我为自己有这些想法感到困惑和胆怯。也许对于一个见习僧来说,在未来的全部岁月里,只应该谦卑地服从教规,不该有这些想法——而后来我正是这样做的,不提出任何问题,可是我周围的世界却越来越深地陷入一场血腥疯狂的大风暴之中。

用早餐的时候到了,我朝厨房走去。现在我已成为厨师们的朋友,他们给了我一些美味可口的饭菜。

第三天

午时经

其间，萨尔瓦多雷对阿德索推心置腹，三言两语难以概括，但是勾起他许多不安的沉思。

我正吃着，看到萨尔瓦多雷在一个角落里。他狼吞虎咽，高兴地吃着羊肉饼。显然，他跟厨师言归于好了。他像是平生没吃过东西，一点儿碎渣都不掉，而且仿佛为这特殊的事件而对上帝感恩戴德。

他对我挤挤眼，用他那种古怪的语言对我说，他这么死命地吃，是因为在以往那些岁月里他一直挨饿。我询问了他，他对我讲述了在乡村度过的悲惨童年。那里空气污浊，阴雨连绵，田野被毁发臭，瘴气弥漫。如果我没听错的话，那里常常一年四季连续不断发洪水，田地犁不出垄沟，播下去一个蒲式耳的种子只能收到六分之一，而那六分之一的收成还会逐渐化为乌有。那里的大财主也跟穷人一样面无血色，萨尔瓦多雷说（说到这里他咧嘴笑了），虽然穷人死掉的比财主多，那是因为穷人的人数多……一个蒲式耳的种子值六十个钱币，收上的六分之一谷物只值十五个钱币。布道者们宣告世界末日到了，但是萨尔瓦多雷的父母和祖上回忆说，以

221

往多次都是这样，因此，他们得出的结论是世界永远是快到末日了。就这样，当人们吃尽了能找到的死鸟肉和走兽肮脏的腐肉之后，传闻村里还有人把死人从地下挖出来吃掉。萨尔瓦多雷像是一位戏剧演员，讲得有声有色，还说有人入殓之后，那些最最歹毒的人怎么用手指从坟里把死人挖出来。

"那可真是！"说着，他把羊肉饼塞到嘴里，不过，我从他脸上看到的像是绝望的食尸者做出的怪相。他又说，后来，有些更坏的人，不满足于从墓地里挖死人，而像是半路打劫的盗匪，隐蔽在树林里突袭过路人。"嚓！"萨尔瓦多雷把小刀搁在喉咙上，说道，"咔嚓！"还有比这更狠毒的人，他们用一个鸡蛋或是一个苹果诱杀小孩子，把他们吃掉。说到这里，萨尔瓦多雷神情严肃，让我感觉确有其事。他说，总是先把孩子们的肉煮熟再吃。

他讲到一个来自外乡的人，到村里来贱卖熟肉，只卖几个钱，人们不知道哪儿来的那么好的运气。后来当地神父说，那是人肉，愤怒的人群把那人撕成了碎片。可是在当天夜里，村里的一个人去扒开那个人的坟，把那个食尸者的肉给吃了，而他被人发现后，就被村里人处死了。

不过，萨尔瓦多雷不光给我讲了这段往事。他片言只语，断断续续地跟我讲述了他从家乡出逃，浪迹天涯的故事。我努力回想着自己所知甚少的普罗旺斯方言和一些意大利方言，设法去听懂他说的话。从他的叙述中，我脑海里似乎浮现出在旅途中结识过或者见过的许多人，而现在我却能从中认出许多我后来认识的人。现在我对他们有更多的了解了，正因为如此，我不能肯定，相隔那么多年后，是不是把在认识萨尔瓦多雷之前或在他之后本来是别人的经历和罪行都归到他身上去了。在我疲惫的头脑里，他们都混为一体变为一个形象了，正所谓是依靠想象力，把对金子的记忆和对山峰的记忆融合在一起，就构建出一座金山来。

在旅途中我经常听见威廉提到"贱民"，他的一些教会兄弟用这个词语不仅指平民，还用来指没有文化的人。我总觉得这种表达太笼统了，因为我在意大利的一些城市，曾结识过一些商人和手工艺人，他们不是教士，但也不是没有文化的人，尽管他们的知识是通过俗语来表达的。这么说吧，那个时候就连统治着意大利半岛的一些暴君们，对神学、医学、逻辑学、拉丁文也都一无所知，但他们肯定不是贱民，也并非愚昧无知的人。因此我想，当我的导师谈论"贱民"的时候，是在使用一种简单的概念。不过，萨尔瓦多雷毫无疑问是一个贱民。他来自穷乡僻壤，他家乡的人几个世纪以来始终经受着饥荒和封建财主及恶霸的欺凌。他是个头脑简单的人，但他不是一个傻瓜。从他对我说的话看，在他从家里逃出来的那些岁月里，他始终渴望有一个不同的世界。那里呈现出一片安乐乡的景象，那里的树木会散发出蜜一般的芳香，那里盛产各式奶酪和香喷喷的腊肠。

在这种希望的激励之下，萨尔瓦多雷弃绝了那让人泪流成河的世界，在那里（他们这样教导我们），好像不公道也是上帝为了平衡天地万物而安排的，而其意图往往让我们难以捉摸，于是他艰难跋涉，从他家乡孟费拉出发去利古里亚，然后，从普罗旺斯出发去法国国王的领土游历。

萨尔瓦多雷浪迹天涯。他沿街乞讨，偷窃，装病，在某个财主那里临时干些杂活，后又重操旧业，干起绿林强盗的勾当。从他对我讲述的经历中，我看到了一个跟流浪汉为伍的浪人，而在随后的年月里，他更多的是在欧洲流浪，结交的人多半是：假僧侣、江湖骗子、诈骗犯、乞丐、麻风病人、跛子，还有卖货郎、流浪汉、说书人、无国籍的神职人员、巡游的大学生、魔术师、残废的雇佣军人、流浪的犹太人、精神崩溃的流亡者、疯子、被判流放的逃犯、被割去耳朵的罪犯、鸡奸犯。他们之中还有流动手工匠、纺织工人、锅炉工人、桌椅修理工、磨刀人、箴匠、泥瓦匠以及各类恶棍、拐骗犯、地痞流氓、无赖、赌棍、拉皮条的、造假者、犯买卖圣职罪的神职人员和神父、盗用公款者、贪污犯。另外，还有人以行骗为生，有人假造教皇的玉玺和印章，有人吹嘘大赦，有人假装瘫痪躺在教堂门口，有人从修道院逃出来到处流浪，有人兜售圣物；有替人看手相的占卜者，有替人招魂的巫师，有江湖郎中、假警察、犯私通罪者，还有用欺骗和暴力的手段诱骗修女和少女者，假装患有脑积水、羊痫风、痔疮、痛风病、伤口溃烂或患抑郁症或疯狂症的病人。有人在自己身上涂胶泥，假装患上了不治的溃疡病；有人嘴里含着血红色的液体，假装泄出体内毒汁；还有人装模作样地拄着拐棍，装做是局部肢体残疾的弱者；有人模仿患有癫痫病、疥癣、淋巴炎或腮肿病，他们缠上纱布，涂上藏红花，手持铁器，头上缠着绷带，浑身散发出恶臭，溜进教堂里，或者突然倒在广场上，口吐白沫，翻动着白眼，鼻子里流淌着用黑莓汁或朱砂制成的假鼻血，以骗取人们同情，讨得食物和金钱。人们往往想起圣人们的教诲：要对受苦受难者行善事，与挨饿的人分食你的面包，把无家可归的人领入家门；我们瞻仰基督，欢迎基督，为基督穿衣，犹如水可以灭火一样，我们可以用善行洗涤我们的罪孽。

就在我讲述的这些事实之后，我在多瑙河沿岸见到了许多这样的人。如今我还记得那些江湖浪人，他们有名有姓，还像地狱里的恶魔似的分成许多不同的群体：类似乞丐帮、庸医帮、行骗团伙、假朝圣者、卖圣器者……

就像流窜在我们世间小道上的一群乌合之众，他们之中还混杂着有虔诚信仰的布道者，寻找新的猎获对象的异教徒，以及煽动作乱的离经叛道者。就是那个总是忧心忡忡的教皇约翰,生怕那些"贱民"会采取行动宣扬贫穷和乐于守贫,挑起对抗那些布道者的纷争。按照他的说法,那些"贱民"会吸引一些好奇的民众打起绘有各种图像的旗帜,祈求和勒索金钱。买卖圣职的贪腐的教皇,把宣扬贫穷行乞募捐的修士们比做盗匪是不是有道理呢? 在那些日子里,经过在意大利半岛的一段旅行之后,我的思绪也理不清楚:我曾听说过阿尔托帕肖①的修士们在布道时威胁犯有罪孽的人,要他们用金钱赎罪,并承诺赦免罪孽;他们宽恕犯有抢劫罪和杀戮兄弟罪的人,释放凶杀犯和立伪誓者。他们声称在他们的医院每天要做上百次弥撒;他们募捐钱款,并用那些善款资助了二百名贫穷的少女。我还听过修士保罗·佐朴的故事,他隐居在列蒂②的森林里,吹嘘自己直接得到了圣灵的启示,说肉欲并不是罪恶。于是他就诱惑一些女子,把她们称作姐妹,强迫她们鞭笞自己赤裸的身体。在把他的祭品献给上帝之前,强求她们给予所谓的平安之吻,让她们排成十字形屈膝跪拜在地。那都是真的吗? 这些自称得到了守贫修士们启示的隐士们,他们真的走遍了半岛城市的大街小巷苦行苦修吗? 他们真的因鞭笞世俗的教士及主教们的恶习和抢劫行为而遭到憎恨吗?

　　萨尔瓦多雷所讲述的,与我的亲身经历和经验搅和在一起,难以分清了:似乎一切全一样。有时候,我觉得他颇像图赖纳③的那些瘸腿的叫花子,当圣马丁的遗体快要靠近他们时,他们拔腿就跑,生怕这位圣人会奇迹般地恢复他们关节的功能,这样就会断了他们的财源;而圣人在他们抵达边境时恩赦了他们,恢复了他们四

①　Altopascio,意大利中部卢卡城郊小镇。
②　Rieti,意大利中部拉齐奥大区省份。
③　Touraine,法国南部区域。

肢的功能,毫不留情地惩治了他们的邪恶。但当他跟我讲到在那帮人中间的生活时,讲到他聆听方济各会的布道者们的话语时,以及他怎么落草为寇时,这位僧侣凶残的脸上泛出了柔和的光亮。他明白了,当初他那贫穷和流浪的生活,不应该是一种迫不得已的沉重选择,而是一种愉快的奉献举动,于是他加入了一些苦行的赎罪教团。那些教团的名字他说不清楚,对他们宣扬的教义也解释得很不准确,我推测他是遇上了巴塔里亚会和韦尔多派,也许是卡特里派、布雷西亚的阿诺德派、卑微者。他周游世界,从一个教派到另一个教派,像完成使命那样为上帝过着他那浪迹天涯的生活,如同他以往为了填饱肚子这样做一样。

不过,他是怎么过来的,究竟有多长时间呢?按照我的理解,有三十来年的光景。他进了托斯卡纳地区的一个方济各修道院,穿上了方济各修士的长袍,但没有领受圣职。我想,他就是在那里学会了他能说的那点儿拉丁语,这点儿拉丁语与他流浪时说的各地方言混杂在一起。那时,他身无分文,没有祖国,流浪的同伴中间,有些是我家乡的雇佣兵,有些是达尔马提亚的鲍格米勒派。他说,在那里他开始了修行忏悔的生活(说到"忏悔"这个词时,他两眼一亮,我又听到了这个曾经引起威廉好奇的词)。不过,看来他在方济各修士们那里所领悟到的思想也很混乱,因为附近教堂里那个被指控犯有抢劫等罪行的牧师令他们十分恼怒。有一天,方济各修士们闯入那个牧师家,那牧师从楼梯上滚下来摔死了,然后他们把教堂抢劫一空。为此,主教派遣一些武装人员,修士们四处逃散,萨尔瓦多雷又开始长时间地在意大利北方四处流浪,跟一帮小兄弟会的人或是不再遵循什么教规和戒律的行乞的方济各修士混在一起。

此后,他躲到图卢兹①,开始了一段奇异的经历。在那里,他听到了十字军东征的伟大业绩,心里激动万分。有一天,一群基督徒和"贱民"组成一支队伍,集合起来漂洋过海,号称为捍卫信仰而与敌人奋战。人称他们"牧童",实际上他们只是为了逃离自己条件恶劣的家园。其中有两个头领,用伪善的教义误导了他们。一个是因品德败坏而被逐出教会的牧师,另一个是入了本笃会的僧侣。这两个头领竟然蛊惑那些无知的人像羊群似的尾随他们,组成了一个庞大的群体,甚至连刚满十六岁的孩子也不顾父母的反对,背着行囊,拄着棍子,身无分文,离开家园。当时他们完全不受理智和正义感的约束,只凭仗自己的力量和意志行事。他们希望最终自由地聚集在一起,能找到一块"福地"。这种模糊的理想使他们变得痴狂。他们走遍乡村和城市,把财物掠夺一空,要是有人被捕,他们就劫狱。有一次,他们进入巴黎的城堡营救同伙,宪兵队长力图抵抗,他们就击倒了他,把他推下监狱台阶。然后,他们在圣日耳曼的草坪上列队叫阵,无人敢应战,他们就朝阿基坦进发,所到之处,犹太人居住区里的犹太人都被残杀,财物被抢劫一空……

　　"为什么杀犹太人呢?"我问萨尔瓦多雷。他回答说:"为什么不杀他们呢?"他向我解释道,他生来就听布道者说,犹太人是基督的敌人,他们累积的财富是穷人所不齿的。我问他,领主和主教们不是也通过什一税聚敛财富吗,如此说来,牧童们并不是跟他们真正的敌人斗争。他回答我说,当敌人太强大的时候,就得选择较弱的敌人。我揣测,正因为如此,这些人才被称为"贱民"。只有那些有权势的人才清楚地知道谁是他们真正的敌人。领主们不愿把他

─────────────

① Toulouse,法国城市。

们的钱财作为这些牧童的军费供他们铤而走险。对领主们来说，牧童的头领误认为财富在犹太人手里，是很幸运的事情。

我问他，是谁教唆这些人去袭击犹太人的，萨尔瓦多雷记不得了。我现在认为，当一群乌合之众追随着一种承诺而妄想一举获胜时，就永远不知道是受谁指使的。当时我想，他们的头领是在修道院和教会学校里接受的教育，说的是领主们的语言，尽管他们翻译成牧童们能听懂的话，那些人也并不知道教皇在哪里，但他们知道犹太人在哪里。总之，他们围攻法国国王一座高大坚实的城堡，是因为大批惊恐万状的犹太人躲在里面。他们攻破城堡时，一些从城堡里逃出来的犹太人在城墙下勇敢地自卫，他们扔木头和石块奋力抵抗。牧童们就在城门口纵火，用烟和火阻击仍被围困在里面的犹太人。犹太人寡不敌众，但他们宁可自杀也不愿死于敌手，就恳求他们中一位最勇敢的人用剑刺死他们。那位勇士拔剑杀死了五百名自己人，此后便带领犹太人的孩子们走出城堡，请求牧童们给那些孩子施行洗礼。但是牧童们对那人说："你杀了那么多自己的同胞，而你却想免于一死？"就把那人碎尸万段，但没杀那些孩子们，还为他们施了洗礼。

然后，他们就朝卡尔卡松走去，一路上杀人抢劫，无恶不作。这使法国国王忍无可忍，即下令牧童们所经过的每一个城市都要进行抵抗，甚至下令保护犹太人，就像保护国王的臣民一样……

为什么法国国王在那个紧要关头对犹太人如此关切呢？这不仅因为犹太人对于王国的贸易发展有利，也许还因为他怀疑牧童们会在他的王国做出过激的事情来。况且，牧童的人数激增，已危及他的政权。因此国王认为必须消灭牧童，得让所有的优秀基督徒能找到理由来声讨牧童们犯下的罪行。不过许多牧童不服从国王，他们认为不该保护犹太人，说他们始终是基督的敌人。在许多犹太人放高利贷的城市,民众也乐于看到牧童们惩罚富有的犹太人,于是国王下令不准帮助牧童,违令者处死。国王集聚了一支大军突袭,牧童死伤甚多,有的幸免也落荒而逃,遁入森林,不少人冻饿而亡。对漏网的残余分子,国王委派将领把他们一一捉拿归案,二十人或三十人一批,将他们吊死在大树上,用他们的尸体警示世人,看谁还敢搅乱王国的安宁! 不久,牧童终被歼灭。

萨尔瓦多雷在跟我讲述这段历史时,像是在讲一番丰功伟绩,这挺不寻常。他的确一直深信牧童们的行动是为了征服基督的圣地,并把它从异教徒手里解放出来。

不管怎么样,萨尔瓦多雷没有到异教徒的国度里去,他去了意大利北方诺瓦拉地区,但是对这段时间发生的事情,他很含糊。后来他到了卡萨莱,在那里,方济各会的修道院接待了他(我想他是在那里遇上的食品总管雷米乔)。那时,他们之中很多人躲在其他教会的修道院里避难,以免被处以火刑。这的确就像乌贝尔蒂诺跟我们说的那样。由于他擅长手工艺,长期积累了不少经验(他在无拘无束流浪时,有时是为不正当目的,有时是出于对基督的爱而从事多种劳动),食品总管雷米乔很快就接纳他为助手。这就是为什么他在这修道院里一住许多年,对教会的豪华气派不大感兴趣,却致力于管理地窖和食品库的缘由。他可以不用偷窃而随意吃东西,他可以自由地赞美上帝而不被烧死。

这是在他狼吞虎咽地吃着美味时给我讲述的故事,我怀疑他会不会编造了些什么,又隐瞒了些什么。

我好奇地看着他,不是因为他遭遇过的那些经历独特,而是因为我觉得他所经历过的一切,正像许多光辉灿烂的事件和运动的缩影,使得那个年代的意大利变得更加富有魅力和更加不可思议。

从他的那些谈话中能看出什么呢? 他是一个有过冒险生涯的

人，一个可以杀死同类而不认为是犯罪的人。虽然在那个时代，每一种触犯教规的行为在我看来如出一辙，但是，我开始懂得我耳闻的一些现象，并且理解了群情激昂的人们，因把魔鬼的法则看作上帝的法则，而对异类实行疯狂大屠杀，这是一回事；而躲在阴暗的角落里预谋杀人，却镇定自若，这是另一回事，两者不可相提并论。我觉得萨尔瓦多雷不像是染指这样一桩凶杀案的人。

另外，我想发现修道院院长影射的究竟是什么，多里奇诺修士所追求的理念一直困扰着我，尽管我对他一无所知。那两天，在我所听到的许多谈话之中，总有他的幽灵在游荡。

我直截了当地问萨尔瓦多雷："在你的跋涉途中，从来没有结识过多里奇诺修士吗？"

萨尔瓦多雷的反应颇为特别。他瞪大眼睛，也许他从未那样睁大过眼睛，他不停地在胸前画十字，用一种我实在无法听懂的语言，断断续续地念叨了几句。不过我觉得他是在否定。这以前，他始终是用亲切信任，可以说友善的目光看着我。可在那一瞬间，他简直是恼怒地看了我一眼，而后找了个借口走掉了。

这时我再也无法克制。那位别人提起他时总是恐惧万分的修士究竟是谁呢？我决不能再让求知欲继续折磨我了。我突然闪过一个念头，乌贝尔蒂诺！他就是提到过那个名字的人，就在我们遇见他的第一个晚上。他通晓那些年代里有关修士的、小兄弟会的以及其他各类人的一切明显的和隐晦的事情。可那个时辰我在哪儿能找到他呢？他肯定是在教堂里，沉浸在祈祷之中。一定是在那里，鉴于那会儿我有空闲的时间，我就去那里找他。

他没在那里，而且直到晚上我都没找到他。我的好奇心无法解除，与此同时修道院里发生了别的事情，现在我得一一叙述。

第三天

午后经

其间,威廉跟阿德索谈论一大批异教徒以及"贱民"在教会里的作用,谈论他对认识普遍规律的怀疑,并顺便讲述他如何破译了韦南齐奥留下的魔符。

我在冶炼作坊找到了威廉,他跟尼科拉两人正专心致志地干活。他们在桌上摆开许多圆形的玻璃片,也许原本是准备把它们装在一扇玻璃窗衔接处的。有些玻璃片已经用工具磨成所需要的厚度。威廉把它们放在自己眼前,一一试着。尼科拉在安排铁匠们制造铁框架,好把磨好的玻璃片镶嵌进去。

威廉恼怒地嘟囔着,因为到目前为止最令他满意的那个镜片是翠绿色的,而他说,不愿意在用它来翻看羊皮纸书页时,看到的是一片片草坪。尼科拉走远去监督铁匠们的工作。当威廉摆弄那些圆形镜片时,我对他说了刚才我跟萨尔瓦多雷的谈话。

"他那个人有过多种经历,"他说道,"也许他真的跟多里奇诺派的人在一起待过。这座修道院正是大千世界的一个缩影,当教皇的特使们和米凯莱修士来到的时候,我们真就齐全了。"

"导师,"我说道,"我真是什么都不明白了。"

"是哪方面的事情，阿德索？"

"首先，是关于异教徒之间的差别，这我以后再问您。现在我为差异的本身而困惑。跟乌贝尔蒂诺谈话过程中，您极力对他表明异教徒和圣人全都是一样的，可您跟修道院院长谈话时却又竭力跟他解释异教徒与异教徒以及异教和正统的基督教之间的差别。也就是说，您责备乌贝尔蒂诺把本质相同的异教徒区别对待，却责备修道院院长把本质不同的人看作一丘之貉。"

威廉把镜片暂时搁在桌上。"我的好阿德索，"他说道，"我们来区别一下吧，不妨权且用巴黎学派所用的术语来加以区别。那边的人说，所有人本质上都属一个类别，我没有搞错吧？"

"当然，"我对自己的学识颇感自豪地说，"人是动物，然而是有理性的动物，有笑的能力是人的本性。"

"好极了。不过伯克特①和波拿文都拉是不同的，伯克特肥胖，波拿文都拉干瘦。同样还有，乌戈乔内②凶恶，方济各善良，阿尔德马洛冷静，阿基鲁尔夫③暴躁。是不是这样？"

"无疑是这样。"

"那么，这就是说，在不同的人中间，从他们的实质来看，有同一性，从他们的偶然性，或者是从他们的表面来看，却又有差异。"

"当然是如此。"

"所以，我在跟乌贝尔蒂诺谈到人性时，分析了其既爱善行又爱邪恶的复杂性，旨在说服他相信人性的同一性。而我在跟院长谈到卡特里派和韦尔多派之间的差别时，我坚持说明他们偶然行为的不同。我之所以这样坚持，是因为发生过这样的事情，把一个

---

① Thomas Becket(1117—1170)，中世纪坎特伯雷大主教。
② Uguccione della Faggiuola(1250—1319)，中世纪吉伯林派首领。
③ Agilulfo(591—616)，伦巴第国王。

韦尔多派的人所犯的罪行错加到一个卡特里派的人身上而将他活活烧死，反过来也是如此。而将一个人活活烧死，就是烧死他个人存在的实体，也就是彻底消除了一种具体的生存行为，包括本身好的行为，至少是在上帝的眼里。你不觉得这是坚持其偶然性差别的一种充分理由吗？"

"是的，导师，"我兴奋地回答说，"我明白您为什么要这样说，我钦佩您雄辩的哲理！"

"这并不是我的哲理，"威廉说道，"我甚至不知道这是不是好的哲理。不过，重要的是你已经懂了。现在我们看看你的第二个问题。"

"问题就在于，"我说道，"我觉得自己太没有知识了。我无法分辨韦尔多派、卡特里派、里昂穷人派、卑微者、贝基诺派[①]、笃信基督者、伦巴第派、约阿基姆派、巴塔里亚会、使徒派、伦巴第穷人派、阿诺德派、威廉[②]派、自由灵弟兄会，以及路西法派之间的差异。我该怎么办呢？"

"啊，可怜的阿德索，"威廉笑了，在我的后颈窝亲切地拍了一下，"你并没有错！你看，就像在最近两个世纪，或许还要更早，我们这个世界是怎样一下子完全被无奈、希望和绝望的情绪所侵袭……不行，这不是一种好的比拟。你想象一条江河，它在坚实的堤岸之间奔流，一泻千里。你知道河流在哪里，堤岸在哪里，陆地在哪里。河流由于流经的时间太长、地域太宽广，突然间它疲惫了，因为它即将接近大海，而大海要把所有的河流都纳入其中，这时，这条河流就不知道自己原本是什么了。这样就汇成一片流域。

---

① Beghini，指十二世纪在荷兰和比利时由外号叫"结巴"的名叫兰贝托的僧侣建立的宗教和慈善性质教派。
② 指奥卡姆·威廉。

也许主要的河道还留着,但从大河分出很多支脉,流往各个方向,而有些支流又相互汇合起来,你分不清那一条原本是从哪一条分出来的。而有时候,你连哪里还是河流,哪里已经是大海都分不清了……"

"如果我没有理解错的话,您所比喻的那河流就是上帝之城,或者说是正义的王国,它正临近千禧年,而在这种动荡不安之中,它已难以支撑了。真假预言家应运而生,一切都汇集在一片广阔的平原上,那里将会展开最后的决战……"

"我倒并没有想到这个。不过我们方济各修士中总有一种对第三个时代以及圣灵的王国的强烈期待,这倒是真的。不过,我更想让你明白,几个世纪以来,教会的组织机构,也是整个社会,即上帝子民的组织机构。这个机构变得越来越富有和密集了,并且带走它所经过的一切国家的残渣垃圾,而失去了自身的纯洁性。就像江河流域的支脉,要是愿意,就如同干流一样,有那种尽可能流归大海的愿望,或者说,想到达净化的境界。不过,我的比喻不是完美的,我只是告诉你,江河在支撑不住时,也会产生许多异教和革新运动的支派,也会鱼目混珠。你可以在我拙劣的比喻中加入个人的想象:某个人想竭尽全力加固重建河流的堤岸,却不能如愿以偿。江河流域的一些支流就被淤泥阻塞了,另一些支流通过人工运河重又流入了大河,还有一些继续向前奔流而去。因为江河不可能留住一切,河流要维持河道的完整,形成一条可以辨认出来的水道,让河水失去自身的一部分是合情合理的。"

"我越来越听不明白了。"

"我也同样,我不善于用比喻的方式说话,你忘了这河流的故事吧。你还不如先弄懂你所提到的许多运动为什么都产生在两百年之前,而有些运动已经销声匿迹了,有些是新兴的……"

"可是每当人们谈到异教徒时，总要提到它们。"

"的确，不过这就是异端传播的方式之一，也是其被消灭的原因之一。"

"这我又不懂了。"

"我的上帝啊，真难哪！好吧，你想象你是一位道德风尚的改革者，你把一些同伴聚集到一座山顶上，一起过贫穷的生活。一段时间后，你就会看到许多人来投奔你，有些甚至来自遥远的国土，把你看作预言家，或者你看到有新的使徒跟随着你。他们真的是为你或为你所宣扬的理念而跟随你吗？"

"我不知道，我希望是如此。如果不是，那又会怎样呢？"

"因为他们是从父辈那里听到过其他改革家们的故事，以及近乎完美的社会群体的传说，他们把事情都混淆在一起，认为此即彼，彼即此。"

"这样一来，所有的运动都是一代代沿袭下来的了。"

"当然，因为很多参加社会风俗改革运动的人是没有多少学识的贱民，而改革运动的各种不同的方式，不同的学说形式产生于不同的地方，这些贱民怎么能分辨呢？比如说，人们常把卡特里派和韦尔多派混淆在一起，但是他们之间有着很大的差异。韦尔多派主张在教会内部进行改革，而卡特里派则主张创立一种不同的教会，对上帝和道德有不同的观点。卡特里派认为世界被善恶两种相对立的势力所分割。在他们创立的教会里，把完美的信徒与普通的信徒区分得很清楚，他们有自己的圣礼①和仪式；他们建立了十分严格的等级制度，几乎跟我们的圣母教会差不多，根本不想消灭一切权力的形式。这就向你说明了为什么身居高位的人、大财

① 指洗礼、坚振、告解、圣体、终傅、神品和婚配七大圣礼。

主们和大封建主们都加入了卡特里派。他们不想改变世界,因为对于他们来说善与恶永远无法形成对立。而韦尔多派(跟他们在一起的有阿诺德派和伦巴第穷人派)却愿意在守贫的理想上建立一个不同的世界,因此他们接纳穷人,靠他们的双手劳动生活在集体中。卡特里派拒绝施行教会的圣礼,而韦尔多派却不是,他们只拒绝亲耳聆听告解。"

"可为什么人们总是把他们混为一谈,而且总说他们同样都是罪恶的呢?"

"我跟你说过了,让他们活下去的手段也是他们灭亡的原因。他们致富所依靠的是受到其他运动鼓动的贱民,那些贱民相信同一种动力既能引发造反又给人以希望;宗教裁判官把他们中一些人的错误嫁祸于另一些人,从而把那些人全部消灭,要是一种教派的人在他们的运动中犯下一桩罪行,那么其他任何运动的任何教派里的人都会被牵连在内。从道理上来说,是宗教裁判官们搞错了,他们把互相矛盾的教义混在一起;而从那些运动的追随者所犯的过错来说,他们又是对的,因为,比如当一个城市发起了阿诺德派的运动,那些过去曾经是卡特里派或是韦尔多派的人也会响应。多里奇诺的信徒们宣扬要在肉体上消灭世俗的教士和僭主,他们肆意实行暴力,而韦尔多派却反对暴力,小兄弟会也同样如此。我肯定,在多里奇诺修士的年代里,许多追随过小兄弟会和韦尔多派的人也加入了他的团体。贱民无法为自己选择他们的异端。阿德索,他们参加了那些自己家乡的、路过村子里的或者在广场上布道者的团体。他们的敌人采取欺骗蒙蔽的手段,把民众统统说成是异教徒,而他们也许同时宣扬弃绝性的欢乐和领受圣体,这是高明的传道艺术:把异教说成不过是叛逆意识及各种错综复杂的矛盾交织在一起形成的。"

"那么说，他们之间没有联系，由于恶魔的欺骗，一个贱民明明想成为约阿基姆派或属灵派的人，却可能误入卡特里派手里，反过来也是如此？"

"可并非如此。我们从头再来，阿德索。我可得声明，我想对你解释的事情，连我自己也难辨真伪。我想错误就在于首先相信有异端，然后，贱民参与其中（并被毁在其中）。事实上，首先是贱民的社会存在，然后是异端。"

"这怎么讲？"

"对上帝子民的构成你有明确的概念。一大群羊，有善良的羊，也有邪恶的羊，被凶猛的牧羊犬即武士们看守着，或在当政者、皇帝和僭主的权力控制之下，或在牧师、世俗的教士以及神的代言人的权力控制之下。形象清晰易见。"

"并非如此。牧羊人跟牧羊犬斗争，因为两者都想从对方手里夺得权力。"

"不错，正因如此，才使得羊群的性质难以确定。牧羊犬和牧羊人只顾相互厮杀，根本顾不上照应羊群。羊群中的一部分就被排斥在外了。"

"怎么排斥在外？"

"被边缘化了。农民不再是农民，他们没有了土地，或者他们的土地很少，不能养活自己。市民不再是市民，因为他们没有手艺，也不属于某个行会，他们地位卑微，是猎物。你在乡下偶尔见到过麻风病人的群体吗？"

"见过，有一次我见到上百个麻风病人在一起。形态怪异，皮肉溃烂发白，拄着拐杖瘸着走路，眼皮肿胀，眼球泛血，他们不是在说话或喊叫，而是像老鼠似的吱吱叫。"

"在基督徒眼里，他们是游离在羊群之外的另类人。羊群憎恨他们，他们也憎恨羊群。基督徒巴不得他们这些患麻风病的人统统都死掉。"

"是的，我还记得国王马克的一段故事，他判了美女依索尔德火刑，正要让她登上火刑架，来了一群麻风病人。他们对国王说，火刑是一种太轻的惩罚，还有一种更厉害的惩罚。那些麻风病人对国王叫喊道：把依索尔德交给我们吧，她是属于我们大家的，病痛烧灼着我们的欲望，把她交给你的麻风病患者吧！你瞧，我们的破衣烂衫都粘在了流脓的烂疮口上，她在你的身边享受着锦衣玉食和珍珠宝物，当她看到我们麻风病人住的院子，当她走进我们的陋室跟我们一起躺下时，她真的会承认她的罪孽，后悔自己没有被活活烧死在火刑架上！"

"我看你这个本笃会的见习僧，读的东西倒挺奇怪。"威廉评论道，我满脸绯红，因为我知道一位见习僧是不该读爱情小说的。然而在梅尔克的修道院里，那些小说却在年轻的僧侣之间传阅着，我们经常在夜里点着蜡烛偷看。"不过，没有关系，"威廉接着说道，"你明白了我想说什么。那些被排斥的麻风病患者是想把人们都拖入他们的苦难之中，而你越是排斥他们，他们就变得越坏；你越是把他们看做一群想毁了你的妖孽，他们就越是被排斥在社会之外。方济各修士都明白这一点，他们把生活在麻风病人中间作为自己的第一选择。如果不把自己融入被社会排斥的人群中去，上帝的子民是无法改变自己的。"

"但是您刚才谈的是其他的被排斥者，并非组织异教运动的麻风病患者。"

"'羊群'是一串同心圆，从离圆心最远的'羊群'到离圆心最近的'羊群'，都围绕着同一个圆心。麻风病患者只是象征普遍意义上的被排斥在外的人，圣方济各明白这一点。他不仅想帮助麻风病患者,如果只是那样的话,他的行动就会降格到一种微不足道的慈善行为。他另有深意。他们对你讲述过他向鸟儿传道的事情吗?"

"噢,是的,我听过这个美丽动人的故事,我很欣赏圣人乐于跟那些稚嫩的上帝的创造物为伴。"我激情洋溢地说道。

"咳,他们对你讲述的是一个错误的故事,或者说是如今正在重建的修士会的历史。方济各对他城市的民众和他的法官们讲话时,看到他们并不理解他,于是他朝公墓走去,对着乌鸦、喜鹊、鹞鹰以及食尸的猛禽布起道来。"

"这太可怕了。"我说道,"它们可不是一些好鸟儿啊!"

"都是一些猎鹰,另类的鸟儿,就像麻风病人一样。方济各自然是想到了《启示录》中的话:我看见一位天使站在日头中,向天空所飞的鸟大声喊着说:'你们聚集来赴神的大筵席,可以吃君王与将军的肉,壮士与马和骑马者的肉,并一切自由的,为奴的,以及大小人民的肉。'"

"那么,方济各这不是要鼓动被社会排斥在外的人们起来造反吗?"

"不,那是多里奇诺和他的追随者们干的事。方济各是想让原本打算造反的被排斥在外的人们,成为上帝子民的一部分。方济各没有成功,对你说起这个,令我痛心疾首。为了与被排斥在外的人们融合在一起,得在教会内部行动,而为了在教会内部行动,就要获得教规的承认,从而产生一个修士会;而当一个修士会产生的时候,就会重新组成'羊群'的同心圆;于是被社会排斥的人们就在那圆的边缘上了。那么,现在你明白了,为什么有小兄弟会和约阿基姆派,他们再次把被排斥的人集合在他们的周围。"

"可我们刚才不是在谈论方济各,而是在谈论异教如何成为贱民和被排斥者的产物。"

"不错。我们刚才是在谈论被'羊群'排斥在外的人。多少世纪以来,教皇和皇帝为了争夺权势而厮杀,这些人却一直生活在社会的边缘,他们是真正的'麻风病人'。麻风病人只是上帝安排的病态形象,旨在让我们明白这种比喻,在谈论'麻风病人'时,我们明白指的是'被排斥的人、穷人、贱民、穷困潦倒的人、乡村中失去土地的人、城市里被凌辱的人'。我们没有明白,麻风病的神秘一直在困扰着我们,我们没有分辨出其实质的象征含义。被排斥在'羊群'之外的那些人,都巴不得能聆听到借助基督的召唤所作的传道,让那些牧羊犬和牧羊人受到谴责,而且承诺有朝一日将会让他们受到惩罚。掌控权势的人一直是明白这一点的。而承认被排斥的人就意味着减少他们的特权,因此被排斥的人一旦确认自己就是被排斥的人,就会像异教徒那样受到放逐,无论他们所遵循的是何种教义。对异教的错觉就在于此。人人都是异教徒,人人又都是正统的基督徒,一种运动所推崇的信仰已经不重要了,重要的是展示的希望。你抓住异教,你就能找到'麻风病人'。每一场对抗异教的战斗只求这样的结果:让'麻风病人'仍然当'麻风病人'。至于'麻风病人'呢?你想要他们做什么?让他们从三位一体的教义中或者在圣餐的定义中分辨出对错吗?算了吧,阿德索,这是我们这些有学识的人玩的游戏,贱民有他们自己的问题。请注意,他们往往是用错误的方式去解决自己问题的,因此,他们就成了异教徒了。"

"可为什么有些人支持异教徒呢?"

"因为这对他们的游戏有用,那种游戏与信仰很少有关联,经常是跟赢得权势有关。"

"难道就因为这样,教廷就把所有与它敌对的人指控为异端吗?"

"正是这样,正是这样,教会就承认那些能够在其控制范围内行动的异教为正教,或者说,教会不得不接受异教变得过分强大的事实,认为把异端视为敌对势力是不合宜的。不过没有明确的标准,国王和普通人都是如此。不久前在克雷莫纳,忠于帝国的人帮助卡特里派只不过是想让教廷处于尴尬的境地。有时候城邦的长官们鼓励异教徒把福音书翻译成通俗拉丁语;如今通俗拉丁语已经成为城邦的语言了,拉丁语则是罗马的语言。他们或许会支持韦尔多派,因为他们主张所有的人,不分男女老少,都可以从事教学或布道……"

"可是,为什么后来城邦的长官自己起来反对异教徒,并且坚决支持教会把异教徒烧死呢?"

"因为他们发现异教也危及说通俗语的世俗者的特权。两百年以前,在拉特兰公会议上,有人提出不要让那些愚昧无知的韦尔多派的人获得信贷。要是我没有记错的话,他说,他们居无定所,赤脚周游,一无所有,共生共存,赤身裸体地效法赤裸的基督,如果给予他们太多的空间,他们会撵走所有的人。为避免这种灾难,城邦后来支持了托钵修会,尤其是我们方济各会:因为我们允许在悔罪的需要和城邦生活之间,在教会和对市场感兴趣的市民们之间建立一种和谐的关系。"

"在热爱上帝和热衷于交易之间也达到和谐了吗?"

"没有,革新运动遇到了障碍,被纳入教皇认可的轨道之内,但是私下里的活动并没有纳入轨道。一方面,形成了不损害他人的鞭笞派的运动,形成了像多里奇诺修士那样的武装团伙,形成了就像乌贝尔蒂诺所谈到的那些施行巫术般宗教礼仪的蒙特法尔科的修士们……"

"可是当初是谁对，现在又是谁对，谁错了呢?"我茫然地问道。

"谁都有自己的道理，谁也都错了。"

"可是您，"我简直是带着一种叛逆的冲动叫喊道，"为什么就不站稳立场，为什么您不告诉我真理究竟在哪里呢?"

威廉缄默不语地待在那里，他把刚制作好的镜片拿起来对着亮光看，然后又把镜片放在桌上。他让我透过镜片看一件铁器:"你瞧，"他对我说，"你看到什么啦?"

"一件铁器，稍稍放大了点。"

"这就对了，人们应努力做到的就是把事物看得更清楚些。"

"可始终是那件铁器啊!"

"当我有了这副眼镜，能够再读韦南齐奥的手稿时，那也将永远是同样的手稿。但我读过那份手稿之后，我也许会更好地了解一部分真相。而也许，我们会使修道院的生活有所改善。"

"但是那还不够啊!"

"阿德索，看来我说得太多了。我不是第一次跟你谈到罗杰·培根。也许他并不比其他时代的人更聪明。但是，他那种激励自己热爱知识、满怀希望的魅力始终吸引着我。培根相信贱民的力量，理解他们的需要，接受他们精神上的创新。如果他没有想到穷人、无立足之地的人、愚钝的和没有文化的人经常使用上帝的嘴在说话，那他就不是个好的方济各修士;如果他有可能近距离地了解他们，他就会比当地修士会的人更关注小兄弟会。贱民有时比学者知道得更多，因为学者在对极其普通法则的探讨研究之中经常迷失。他们往往有个人的直觉，但这种直觉是不够的。贱民发现了一种真理，也许比教会里的导师们更真实，但他们把真理耗费在不经思索的欠审慎的行为之中了。那么该怎么做呢? 向贱民传授科学吗? 太容易，也太困难了。再说，传授什么科学呢? 阿博内藏书馆里的科学吗？方济各会的导师们给自己提出了这个问题。伟大的波拿文都拉说，智者应该用清楚的概念去解释蕴含在贱民行为里的真理……"

"正像佩鲁贾方济各大会和乌贝尔蒂诺博学的专题论文，把贱民对守贫的向往变成神学的决议。"

"是的，可你也看见了，这一切太晚了，贱民的真理变成了强权者的真理，掌握这真理对路德维希皇帝来说，比对一个生活贫穷的修士更有用。怎么近距离地体验贱民的经历，这么说吧，就是怎么保持其勤劳的美德，以及拥有为改变和改善世界而工作的能力呢？这就是培根曾经提出的问题：没有文化教养的粗鲁人所做的事，其产生的效果往往是偶然的。贱民的经验会产生野蛮和失控的结果，知识的功能是受到某种法则保护的，它们会有效地实现应该达到的目的。他认为新的自然科学应该是有学识之人的新的伟大事业，协调社会的基本需求，那是贱民所期待的，尽管这些需求是成堆的，混乱无序的，但有真实与合理的部分。只不过，在培根看来，这项宏伟事业应该由教会来领导，我认为他之所以这么认为，是因为在他生活的年代里，当世俗教士与当学者是一回事。如今情况不同了，有学识的人也产生在修道院和教堂之外，甚至也产生在大学之外。在这个国度里，本世纪最伟大的哲学家就没有当过僧侣，而曾是一个卖香料的商人。我说的这个佛罗伦萨人，你也许听到过人们谈论他的诗篇，可我从来没有读过，因为我不懂他的通俗拉丁语，而且他的作品，据我所了解的部分来看，大概我不会太喜欢的，因为他夸夸其谈，所论及的事情也离我们的经历太远了。不过，关于对元素和整个宇宙性质方面的理解，对于如何领导国家，我想他为我们写下了最高明的篇章。和他一样，我和我的朋友们认为，人间事务不该归教会来管，而应由人民开会来制定法律，将

243

来也同样应该由有学识的群体提出崭新的富有人性的神学,因为神学是自然的哲学,有正面的魔力。"

"无比美好的事业,"我说道,"但是可能吗?"

"培根相信有可能。"

"您相信吗?"

"我也是一直相信的。但要相信其实现的可能性,就需要肯定贱民是有道理的,因为他们具有个人的直觉,那是唯一可信的。但是,如果个人的直觉是唯一可信的,那么科学又怎么能通过直觉重新总结出普遍规律呢?而那种正面的魔力又怎么通过反映普遍规律变成切实可行的呢?"

"对啊,"我说道,"怎么能够呢?"

"这我就不知道了。在牛津大学,我曾经跟我的朋友,奥卡姆的威廉有过许多争论,现在他在阿维尼翁。他在我头脑里播下了怀疑的种子。因为,如果唯有个人的直觉是正确的,那么,同样的原因产生同样的效果,这样的命题就变得很难成立了。同样的物体,可以是冷的也可以是热的,可以是甜的也可以是苦的,可以是湿润的也可以是干燥的——在一个地方是这样,而在另一个地方就不是这样了。如果我不动一个手指就能营造出无穷无尽的新物体的话,那我怎么能够发现支配事物保持井然有序的普遍的关系呢?因为只要手指一动,就会改变手指和所有其他物体之间的地位关系。这些关系就是我的头脑用来感知个体与个体之间的关联的方式,可是怎么保证这种感知的方式是普遍的和稳定的呢?"

"可您知道一定厚度的一块玻璃,适应一定的视觉能力。因此,您现在知道怎么制造出跟您丢失的那副一样的眼镜来,否则您怎么能够呢?"

"一个尖锐的回答,阿德索。实际上我拟出了这个命题。一定的厚度应该适合相应的视觉能力。我提出这个命题，是因为我有过多次同样类型的个人直觉。试验过药草治疗性能的人，都知道所有本质相同的药草用在患者身上会产生同样的药效。因而，做这两种试验的人就得出论断，哪种类型的药草对发高烧的人有效用，哪种类型的镜片能够以相应的程度改善眼睛的视力。培根所谈到的科学论点无疑是围绕这些命题提出的。请注意，我是谈关于事物的命题，而不是就事论事。科学跟命题及其术语有关系，而术语是指个别单一的事物。你要明白，阿德索，我应该相信我的命题是行得通的，因为我是在实际经验的基础上学到的。但是，要相信它，我就得推测存在普遍规律，可我又不能谈论那些规律，因为同样是关于存在普遍规律和事物有其一定秩序的观点，就意味着上帝成了这种观点的俘虏。但是上帝的存在是绝对自由的，如果他愿意，只要是出于他的意志，他的举动，就能使世界完全变个样。"

"那么说，如果我没有搞错的话，您知道自己为什么做某件事，而您并不知道为什么您深知自己在做什么？"

我应该自豪地说，威廉是钦佩地看了我一眼，他说："也许。不管怎么样，我对你说这个，是为了让你知道我对自己所阐述的真理并没有把握，尽管我是相信它的。"

"您比乌贝尔蒂诺更神秘莫测！"

"也许是吧。不过你看到了，我是在探索大自然的事物。而即使在我们正进行的调查中，我也并不想知道谁是善人谁是恶人。不过，我想知道的是，昨晚究竟是谁到过缮写室，究竟是谁拿走了我的眼镜，究竟是谁在雪地上留下了拖曳躯体的印痕，以及贝伦加究竟在哪里。这些都已成为事实，而且我会尽可能地把这些事实联系起来，因为很难说清楚哪些原因会产生哪种结果；只要有一位天使相助,也许就能改变一切。因此,无法表明某种事物就是产生另一种事物的原因,这并不令人惊讶,尽管要不断地证实。我正是在这样做。"

"您活得很艰辛。"我说道。

"可我找到了勃鲁内罗。"威廉大声地说道,他指的是两天以前的那匹马。

"那么说来,世界是有一定秩序的!"我兴高采烈地喊道。

"也就是说,我这个可怜的脑袋里有一点儿头绪了。"威廉回答说。

这时候,尼科拉拿着一个快要做完的眼镜架回来了,他得意洋洋地给我们看。

"在我这可怜的鼻梁上戴上这副眼镜的时候,"威廉说道,"也许我这个可怜的脑袋会变得更有条理些。"

来了一位见习僧,他通知我们说院长想见威廉,他在花园里等着他。我的导师不得不推迟他的试验,我们急忙朝约好的地方赶去。我们起身走的时候,威廉朝自己的脑门上敲了一下,好像就是在那一瞬间才想起自己忘了什么事情。

"噢,对了,"他说道,"我把韦南齐奥神秘的符号破解出来了。"

"全部破解出来啦? 什么时候?"

"你睡着的时候。这得看你理解的'全部'是什么意思了。我破解了在火焰下显示的那些符号,就是你誊写下来的那些。至于用希腊语写的那些笔记,得等我有了新眼镜以后再说。"

"那究竟是什么? 是不是关于'非洲之终端'?"

"是啊,而破解的方法相当简单。韦南齐奥用的是黄道十二宫的十二个符号,另外八个符号是指五个行星,太阳和月亮两个发光体和地球。一共二十个符号。这就足以把拉丁语的字母结合进

246

去,因为你可以用同样的字母来表达 unum① 和 velut② 这两个词首字母的发音。字母的排列次序我们知道。那么符号的次序又是怎样的呢？我想到了天体的布局次序,把黄道十二宫的象限放在最外边的周界线上。那么就是地球、月亮、水星、金星、太阳,以此类推,然后,接下去就是黄道十二宫的符号,按照他们传统的排列次序,就像塞维里亚的伊西多尔所排列的那样,以白羊座和春分开始,到双鱼座结束。现在,如果你试着用这个解法破译,就可知韦南齐奥所传达的信息蕴含的某种意思了。"

他递给我那张羊皮纸书页,上面是用很大的拉丁语字母破译出的信息:"Secretum finis Africae manus supra idolum age primum et septimum de quatuor③。"

"清楚吗?"他问道。

"'非洲之终端'的秘密:用手在幻象上方'四'的第一和第七上操作……"我摇着头重复说道,"一点儿都不清楚!"

"我知道了。首先得搞清楚韦南齐奥所说的幻象指的是什么。一种影像,一个偶像,还是一种形象? 然后,那个'四'的第一和第七又意味着什么? 而且得怎么操作它们呢? 转动它们,推开它们,还是拉动它们?"

"那么就是说,我们还是什么都不知道,我们仍然在原来的起点上。"我扫兴地说道。威廉停住不说了,用一种并不完全是慈爱的目光看了我一眼。"我的孩子,"他说道,"站在你面前的是一个可怜的方济各修士,多亏万能的上帝赐予他浅薄的学识和有限的能力,在不过几小时的时间之内,他破解了一段密文,密文的作者

---

① 拉丁语,唯一。
② 拉丁语,正如。
③ 拉丁语,非洲之终端的秘密:用手在幻象上方"四"的第一和第七上操作。

满以为除了他自己，无人能够破译出来……可你，可怜无知的小混蛋，竟敢说我们仍然在原来的起点上！"

我非常不自然地表示歉意。我伤害了我导师的虚荣心，尽管我深知他为自己推理的敏捷和准确是多么的自豪。威廉真的是完成了一件值得钦佩的工作，如果机敏过人的韦南齐奥，不仅用晦涩难解的黄道十二宫的符号作掩护，藏匿了他所发现的一切，而且还设置了一个难以破解的谜，这实在怪不得威廉。

"没有关系，没有关系，你不用道歉，"威廉打断了我，"其实你是有道理的，我们知道得还很少。我们走吧。"

第三天

夕　祷

其间，再次跟修道院院长谈话，威廉对于揭开迷宫之谜有一些惊人的想法，而且以最合理的方式取得成功。之后他吃起奶酪薄饼来。

修道院院长带着沉重的心情不安地在那里等着我们。他手里拿着一张信纸。

"我接到孔克修道院院长的一封来信，"他说道，"他告诉我一个人的名字，约翰把法国士兵的指挥权交给了那个人，他还负责教皇派遣的使团的安全。他不是军人，也不是教廷的人，而且他本人就将是使团的一个成员。"

"不同品类的稀有组合，"威廉不安地说道，"他是谁呀？"

"贝尔纳·古伊，或者叫贝尔纳·古伊多尼，随便您怎么叫他都行。"

威廉用他的本族语大声叫喊起来，我没有听懂，院长也没有听懂。也许这样对大家都更好，因为威廉说出的话带有一种淫秽的吱吱的响声。

"对这样的指派我很不高兴，"他马上补充说道，"多年来，贝尔纳是图卢兹一带异教徒不共戴天的死敌,他写了一本《审判堕落的异教徒的实践经验》,供迫害和消灭韦尔多派、贝基诺派、笃信基督派、小兄弟会和多里奇诺派使用。"

"这我知道。我读过那本书,有精辟的学术性论述。"

"是有精辟的学术性论述,"威廉认同地说,"他对教皇约翰忠心耿耿,过去几年里,教皇一直委派他在佛兰德和这里——意大利北方完成许多使命。在他被任命为加利西亚主教后,也从来不在自己的教区里,而是继续从事他宗教裁判官的活动。我本以为他已经退居到沃代沃地方主教的辖区去了,但是现在看来,约翰重又起用他,把他派到意大利北方这里来。为什么恰恰就是贝尔纳呢?为什么由他来负责指挥武装人员呢?……"

"答案是有的,"院长说道,"它证实了我昨天向您表示过的种种疑虑。您很清楚——尽管您不愿意向我承认——佩鲁贾方济各大会所主张的有关基督和教会守贫的立场,虽然有丰富的神学内涵,却也同样是许多异端运动所主张的,尽管异教们采用的方式不够谨慎,态度不够正统。要表明被当今皇帝所采纳的切塞纳的米凯莱的立场,跟乌贝尔蒂诺和安杰罗·科拉雷诺的立场是相同的,这很容易论证。在这一点上,双方使团将取得一致看法。但是古伊多尼会做得更多,他也有这种能力:他将尽全力证明佩鲁贾方济各大会的主张与小兄弟会或者假使徒派的主张是完全一样的。"

"人们已经知道即使没有贝尔纳在场,也会走到那一步。贝尔纳最多会做得比那些教廷里的庸才们效率高些,而这就要求在跟他讨论时,得特别缜密。"

"对,"院长说道,"可在这一点上,现在我们要面对的是昨天产生的问题。如果我们在明天还找不到那两起或许是三起命案的凶犯,那么就得把监管修道院事务的权力移交给贝尔纳了。我无法向贝尔纳这样一个有权势的人(我们有成熟的一致的看法,这一点我们得记住)掩饰在这个修道院里发生过,而且还正在发生的一些难以解释的事件。不然的话,在他有所察觉,在一件新的神秘事件又发生了的时候,他就完全有理由告我们背叛……"

"这倒是真的,"威廉不安地喃喃自语道,"可没有任何办法。我们得倍加小心,得警惕贝尔纳对神秘凶手的注意。不过,也许那倒是件好事,贝尔纳的注意力若是在凶手身上,就不太顾得上参与辩论了。"

"让贝尔纳插手去调查凶案,对我当院长的职权来说,那将是一种威胁,请您记住这一点。这桩棘手的案子,会导致我不得不部分地交出我在这个院墙内行使的权力,这可是头一次,这不仅在这座修道院的历史上,而且在克吕尼修会的历史上也是前所未有的事情。我将尽量避免。头一件要做的就是拒绝接待双方派来的使团。"

"我请求您,高贵的院长,慎重考虑这样一个重大的决定,"威廉说道,"您手里有皇帝的一封信,他热情地请您……"

"我跟皇帝的关系我心里清楚,"院长生硬地说道,"这您也是知道的。因此您知道我很无奈,我不能后退。但这一切很糟糕。贝伦加在哪儿?他出什么事啦?您究竟在做什么呢?"

"我只是一名修士,多年以前做过一些宗教裁判方面的有效调查。两天之内是查不到真相的。再说了,您又给予我什么权力了呢?我能进藏书馆吗?我能提出我想提的所有问题吗?"

"我看不出那些命案跟藏书馆有什么关系。"院长恼怒地说道。

"阿德尔摩是书籍装帧员,韦南齐奥是翻译员,贝伦加是馆长助理……"威廉耐心地解释道。

"照这么说,六十名僧侣全都跟藏书馆有关系。就如同他们跟教堂有关系一样。那么,为什么您不去教堂调查? 威廉修士,您是受我的委派进行一次调查,而且我是要求您在规定的范围之内进行。何况,在这片围墙之内,我是在上帝之下,并受到上帝恩宠的唯一主人。而这对贝尔纳也将同样有效。再说了,"他改为比较温和的语气补充说道,"很难说贝尔纳来这里就是为了参加这次会见。孔克修道院院长的来信中也写道,他到意大利来是为了继续南下。他还告诉我,教皇还请勒普热的红衣主教贝特朗从博洛尼亚来这里担任教廷使团的领导。也许贝尔纳来这里是为了跟贝特朗会晤。"

"从全局来看,这样更糟糕。贝特朗在意大利中部大肆镇压异教徒。这两个反对异教徒斗争的领军人物会晤,将宣告在全国范围内掀起一股更加猛烈、最终将全部肃清方济各会的运动……"

"我们得立刻把这一情况禀告皇帝,"院长说道,"不过,按目前的情况,还不会有迫在眉睫的危险。我们得多加警惕,再见了。"

院长匆匆离去,威廉缄默不语地待在那里,而后他对我说道:"阿德索,首先我们尽量别慌张。匆匆忙忙解决不了问题,应该把许多个人的哪怕是点滴的经验累积起来。我这就回实验室去,没有眼镜,我不仅读不了手稿,今晚回藏书馆去也不方便。你去打听一下,看有什么有关贝伦加的消息。"

这时,莫利蒙多的尼科拉迎着我们跑来,他带来了极坏的消息。就在他试图把威廉寄予极大希望的那个镜片磨得更好一些时,镜片破了;另一片原本可以取代它的镜片,又在他往镜架里面装的时候碎裂了。尼科拉绝望地对我们指指天空。已经是夕祷时分,天色正在暗下来。那天没有办法再干活了,又浪费了一天时间。威廉痛心地思量着,极力压制着(这是后来他向我供认的)想掐死那个无能的玻璃工匠的冲动。再说,那人已经觉得自己丢尽面子了。

我们丢下了一肚子委屈的玻璃工匠,去打听有关贝伦加的消息。自然,没有人找到他。

我们感到束手无策,在庭院里散了一会儿步,不知该怎么做。过了一会儿,我见威廉目光朝天茫然地凝神沉思,仿佛他什么都没看见。刚才他从僧袍里取出几个星期之前我见他采集来的药草,咀嚼着,像是要从中吃出某种可使他沉静又激奋的成分。他真的显得心不在焉,但他的两眼不时闪烁着亮光,也许在他空白的大脑里浮出了新的主意;然后他又沉浸在那种特别而又积极思索的愚钝状态。忽然他说:"当然,可以那样……"

"什么呀?"我问道。

"我在想一个在迷宫里确定方位的办法。实行起来不简单,不过可能有效……出口毕竟就在东面的角楼,这我们已经知道了。现在你假设一下,要是有一种仪器能告诉我们北面在哪里,那事情会怎么样?"

"自然只要向右转,就能走向东边。或者只要朝相反的方向行走,我们就知道是走在朝南角楼的方向。不过就算存在这样的魔术,迷宫究竟是迷宫,而我们一旦朝东走,就会碰上一堵死墙挡住我们径直向前走,那样我们又会迷路的……"我提醒他说。

"对,但是我说的那种仪器会永远指着北方,即使我们改变了方向,走到哪里他都会告诉我们该转向哪儿。"

"那真是太奇妙了。不过得有这样的仪器,而且它在夜里,在封闭的地方,在见不到阳光或行星的时候,也能辨别朝北的方向……而我相信,您的培根大概也不会有这样的仪器!"我笑了。

“你错了，”威廉说道，“这样的仪器已经制造出来了，有一些航海家已经使用过它。这种仪器不需要阳光和星辰，因为它是利用一种奇妙石头的功能，跟我们在塞韦里诺的医务所里见到的那块吸铁石一样。它是由培根和一位名叫皮埃尔·德·马里古①的庇卡底巫师研究出来的，他们还描述了那种石头的多种功能。”

“那您能造出来吗？”

“造出来并不困难。石头可以产生许多奇迹般的效果，其中有一种仪器可以不借助任何外力而永恒地运动，但是最简单的办法是一个名叫拜莱克·阿·恰巴亚奇②的阿拉伯人所描述的那个。拿一只盛满水的盆，把一根铁针插入一块橡木塞，放在水里漂浮，然后，拿着石头在水的表面绕圈掠过，直到那根铁针也具有了磁石的性能。这时，铁针的尖端就有了指北的功能。当然，要是磁石有可能固定在一个轴上转动，它也会有那样的功能，如果你转动水盆，铁针的尖端永远只指向北方。无需对你说，如果你在水盆的边缘标出与北方相对的南边及东边等方位，那么，你就无论何时都会知道自己是处在藏书馆里面的哪个方位，从而就能找到东角楼了。”

“真是妙极了！”我大声说道，“可是为什么铁针的尖端始终指向北面呢？磁石吸铁，这我见到过，我想，应该有大量的铁吸着那块石头。但是，这就是说……这就是说在北极星的方向，在地球的尽头，蕴藏着丰富的铁矿喽！”

“有人真的这样推测过。不过铁针不是精确地指向运行的星辰，而是朝向子午线的交汇点。这就标志着，这种石头本身带有一

---

① Pierre de Maricourt，十三世纪法国科学家，著有《论镜子的功能》等论文。
② Baylek al Qabayaki(约 1215—1285)，穆斯林科学家，曾撰写过一部《对稀有石头的认知》的矿物学方面的著作，其中有一章论及磁石和海员们使用的指南罗盘。

种与天空相近似的东西。磁性两极的倾斜来自天空,而不是来自地球。这是远距离引发运动而不是直接的物质原因引起运动的一个很好的例子:我的朋友让丹的约翰正就这个问题在进行研究,当皇帝还没有要求他把阿维尼翁沉陷到地心里去的时候……"

"那我们去把塞韦里诺的那块石头拿来,再取一个盆,弄点水和一个橡木塞子……"我兴奋地说道。

"别忙,别忙。"威廉说道,"也不知为什么,我可是从未见过像哲学家们所描述的那样完美的仪器,而且不知道在机械运转时它是否就那样完美。况且,农夫的一把钩刀,虽然没有哲学家描述过,却总是该怎么使用就怎么使用……我生怕在迷宫里绕行的时候,一只手提着灯,另一只手端着盛满水的盆……等一下,我有了另外一个主意。即使我们在迷宫外面,仪器也会指着北方,是不是?"

"是的,不过那样的话,就用不着那种仪器了,因为有太阳和星星……"我说道。

"这我知道,这我知道。如果仪器在里面或外面都一样运转,那么,我们的头脑为什么不能同样运转呢?"

"我们的头脑?它当然可以在外面运转,而且从外面我们完全可以知道楼堡的布局!可是我们在里面的时候,就什么都不知道了!"

"正是啊。不过现在你还是把仪器给忘了吧。一想到仪器就启发我想到了自然规律和我们思维的规律。问题的症结就在这里:我们得从外面找到一个描述楼堡结构的办法来,就像在里面一样……"

"那怎么做?"

"让我想一想,不应该那么困难……"

"而您昨天说到的那种方法呢？您不是想用炭笔标出记号走遍迷宫吗？"

　　"不行，"他说道，"我越想越觉得那个办法不行。也许是我记不得那个规则了，也许在迷宫里转，得有一个好心的阿里阿德涅手里拿着一条线的一头，在门口等着你，但是没有那么长的线哪。而即便有那么长的线，也意味着（童话故事经常说真话）非得有一种外力的帮助，才能从迷宫里出来。要找到外面的规律与内部的规律相等的地方。对了，阿德索，我们得采用数学知识。正如阿威罗伊①所说，那些绝对被人所认知的东西就是我们所认知的东西。"

　　"那么，您看，您自己也承认普遍的知识了。"

　　"数学知识是我们的智力所构建出来的定理，能永远精确地运用，因为它们是天生的，或是因为数学是先于其他科学的科学。而藏书馆是由一位具有数学头脑的人建成的，他是用数学的方式设计的，没有数学，就建不成迷宫。因此这就牵涉到要把我们的数学定理与迷宫建造者的数学定理做一个比较，从比较中可以得出科学结论，因为那是研究空间形式和数量关系项与项之间的科学。无论怎么说，你别再把我拖入形而上学的讨论之中。今天你这是怎么啦？你视力好，还不如去拿一张羊皮纸，一块木板，或者可以在上面做记号的东西，一支笔……好，这你都有，阿德索，好样的。我们到楼堡周围转一圈去，趁现在还有点亮光。"

　　随后，我们在楼堡四周转了很久。也就是说，我们从远处观察了和墙壁浑然一体的东、南、西三边的角楼。至于对着缮写室的北面的角楼，由于对称的原理，不应该与我们看到的那些有什么不一样。

---

① Averroè(1126—1198)，伊斯兰最杰出的思想家之一。

我们见到的是每面墙都有两扇窗,而每一个角楼有五扇窗,威廉让我精确地把他所注意到的记在木板上。

　　"现在我们思考一下,"我的导师对我说道,"我们见到过的每一个房间都有一扇窗……"

　　"那些七边形的过厅不是。"我说道。

　　"那很自然,那是位于每一个角楼中央的过厅。"

　　"我们看到另一些房间也没有窗,它们不是七边形的。"

　　"先把它们搁在一边。我们先找到规律,然后再设法解释例外。从外面看,每一个角楼有五个房间,而每一面墙有两个房间,每一个房间都有一扇窗。但是如果从一个带有窗户的房间,朝楼堡的内部走去,就会遇到另一个带窗户的厅室。这就表示有一些朝院子开的内窗。现在,从厨房和缮写室可以看到的天井是什么形状的?"

　　"八角形的。"我说道。

　　"太好了。八角形的每一边上完全可以开两扇窗。这就是说,八角形的每一边有两间内室喽? 对不对?"

　　"是的,但是房间没有窗户。"

　　"总共是八间。每一座角楼的内厅都是七边形,有五面墙朝向每个角楼的五个房间。那么,另外两道墙跟什么邻接呢? 不是跟一个沿着外墙而设置的房间,因为那样的话,房间应该有窗户,也不会跟一个沿着八角形的天井建造的房间连接,道理是一样的,否则那些房间就会非常长了。你就试着画一张草图,从上方看下去的藏书馆的鸟瞰图。你看,每一座角楼相对应的应该有两个房间与中央七边形的过厅相邻接,而又朝向与八角形的天井相邻接的两个房间。"

　　我按照我导师的建议试着画出平面草图,我兴奋地叫喊起来,

"那么说，我们全都知道了！您让我计算一下……藏书馆总共有五十六个房间，其中四间是七边形的，五十二间近似正方形，八间房没有窗户，而二十八间朝外开，十六间朝天井！"

"而四座角楼每一座都有五个四边形的房间和一个七边形的中央厅……藏书馆是根据天体和谐的意念建造的，赋予多种神奇的含义……"

"绝妙的发现，"我说道，"可是，为什么如此难以辨别方向呢？"

"因为岔口的布局不符合数学的规律。有些房间可以通向其他几个房间，有些房间只通向一个房间，我们琢磨一下，是不是有些房间没有去别的房间的通道。如果你考虑这个因素，再加上缺少光线，太阳的位置也无法给你提供任何线索（又有幻觉和镜子的干扰），你就会明白，迷宫是怎样搅乱闯入者思路的，尤其是当他本来就因负有犯罪感而心神不定的时候。另外，你想一想，我们昨晚在迷路时，是多么的绝望。最严密的秩序产生最大的混乱：我觉得这是一种绝妙的计算。藏书馆的建造者的确是伟大的建筑大师。"

"那么，我们怎么能辨认方向呢？"

"到了这步就不难了。拿着你画的方位图，它多多少少符合藏书馆的路线草图，我们到了第一个七边形的过厅里，就马上设法找到两个没有窗口的房间之一；然后，我们一直向右转，经过三四个房间后，就应该到了一座新的角楼里，那肯定就是北角楼，直至回到另一个没有窗口的房间，它左边就应该跟七边形的过厅相邻接，它右边应该又可以找到一个与我刚才跟你说过的相同的通道，一直抵达西角楼。"

"没错，要是所有的房间全部通向其他房间的话……"

"的确如此。为此，我们需要你画的路线图。上面标出没有通道的墙面,这样我们就能知道走了哪些岔道。不过那样并不难。"

"可我们有把握见效吗?"我犹疑地问道,因为我觉得这似乎过于简单了。

"能见效。"威廉回答。"实际上线条、角度和形象都是产生自然效果的缘由。否则的话,谜就无法被揭开。"他引证说,"这是牛津大学一位杰出的大师①说的话,可惜我们没有全懂。我们已经掌握怎么能不迷失方向,现在牵涉到怎样才能知道房间里书籍排列的规则。我们看到的从《启示录》引用的诗句能告诉我们的东西太少了,也因为许多诗句在不同的房间里重复使用……"

"而《启示录》那本书里可以引用的诗句却远远超出五十六条。"

"当然如此。可见只有一些诗句是有用的。挺奇怪,仿佛不到五十句、三十句、二十句……哦,得按照默林的算法。"

"谁的算法?"

"我家乡的一位巫师……对了,他们使用的诗句数目相当于字母表的字母数目!肯定是如此!诗句的行文没有用,要看诗句开头的字母。每一个房间由一个字母来标志,所有的字母拼在一起就构成了我们必须弄清的某个经文!"

"就如同一首用图像表示的回文诗,呈十字架形状或是一条鱼的形状!"

"差不多是这样,大概在建造这座藏书馆的年代,这种诗体很流行。"

"那句子是从哪里开始的呢?"

"在进去的那座角楼的七边形过厅里,从那一幅比其他都要大

---

① 指格罗斯泰斯特(Robert Grosseteste,约 1175—1253),英国神学家、哲学家和科学家。

的字幅开始……或者说……当然，是从用红颜色写的字幅开始！"

"那可就太多了！"

"因此会有许多诗句或者许多经文。现在你把你的路线图重新誊一遍，稍稍大一点，然后在观察藏书馆的时候，你不仅要用笔轻轻地标出我们经过的房间，以及房门和墙壁（还有窗户）所在的位置，还要写出房间里诗句的头一个字母，并设法像一位袖珍画师那样，把红色的字母写得大一些。"

"可是，"我钦佩地说道，"您是怎么从外面观察就能破解出藏书馆奥秘的呢？您在里面的时候却没有破解出来啊！"

"就如同上帝认识世界，因为他是在世界被创造出来之前，从外部用脑子认知世界的，而我们却不了解世界的规则，因为我们生活在已经形成了的世界里面。"

"这么说，从外面观察就能认识事物了！"

"对于艺术创造物是这样，因为我们可以重新思索艺术家的创作过程，而大自然的创造物却不行，因为他们不是我们头脑的产物。"

"可是对于藏书馆来说，这就足够了，是不是？"

"是的，"威廉说道，"但是仅限于藏书馆。现在我们去休息吧。在我明天早晨得到（但愿如此）眼镜之前，什么也干不了。反正也该睡觉了，睡吧，好按时起床。我尽量思考思考。"

"那晚餐呢？"

"啊，对了，晚餐。用餐的时辰已过，僧侣们已经去做晚祷。不过，厨房也许还开着门，你去拿点吃的东西。"

"去偷吗？"

"去要。向萨尔瓦多雷要，他已经是你的朋友了。"

"可他也得偷！"

"莫非你是你兄弟的守护神吗?"威廉用该隐的话问道。不过,我发觉他是在开玩笑,他是想说上帝是伟大而又慈悲的。因此,我就开始寻找萨尔瓦多雷,我在马厩旁找到了他。

"真漂亮,"我指着勃鲁内罗说道,就是为了跟萨尔瓦多雷搭腔,"我真想能骑上它。"

"那可不行,是院长的马。不过,要跑得速度快,不一定要骑好看的马……"他指给我看一匹强悍的马,但相当丑陋,"那匹马也相当快。你看,还有那边数过去第三匹马……"他想指给我看第三匹马。我笑他说的那种滑稽可笑的拉丁语。"你打算怎么驯养那匹马呢?"我问他道。

这样,他就给我讲了一个奇怪的故事。他说,任何一匹马,即使是又老又弱的马,都可以驯养得跟勃鲁内罗跑得一样快。只需在马吃的燕麦里掺入一种碾成粉末的叫做'毒兰花'①的药草,然后再把鹿油涂在马的大腿上。而后骑上马,在扬鞭策马之前,让马脸转向东边,并凑近马耳朵低声说三遍以下的字:"Gaspare, Melchiorre, Merchisardo."这样,马就会疾风般奔驰,一个小时能跑完勃鲁内罗八个小时才能跑完的路程。而要是在马的脖颈上挂上马以往在驰骋中撞死的狼的牙齿,那马就更不会感到疲倦了。

我问他是否自己试验过。他凑近我的耳朵,低声对我耳语说,那是相当难的,因为那种药草只归主教和他们的骑士朋友们种植。他说话时呼出的气息特别难闻,他说他们用那药草来增加他们的性能力。我不让他把话说下去,并对他说我的导师晚上想在房间里读些书,打算在那里进餐。

---

① Satirion,兰科植物的一个变种,根部形似睾丸,有较强的激发性欲的功能。

"我来做，"他说道，"我来做奶酪薄饼。"

"怎么做呢？"

"很容易。你取一块不要太硬也不要太咸的奶酪，然后切成方形的薄片，或你喜欢的形状，并可加上一点黄油，或新鲜的猪油，在炭火上烘烤；等奶酪变软后，就把两个薄片叠在一起，加两次糖和桂皮粉，然后立刻把它端上饭桌，得趁热吃。"

"你快去做你的奶酪饼吧。"我对他说。他消失在去厨房的路上，并让我等他。半小时后，他端来一盘薄饼，上面盖着一块布，香味扑鼻。

"拿着，"他对我说道，还递给我一盏大油灯，里面装满了油。

"干什么用啊？"

"我不知道，"他带着诡秘的神情说道，"你的导师今晚想到什么黑暗的地方去，没准会用得着。"

萨尔瓦多雷知道的事情显然比我猜想的要多。我不再多加追问，就把食物给威廉端去了。我们吃过东西后，我就起身退回我的房间，或者至少是假装那样做。不过我还是想找到乌贝尔蒂诺，于是我又悄悄地溜进了教堂。

第三天

晚祷之后

其间,乌贝尔蒂诺对阿德索讲述了多里奇诺修士的故事,阿德索回想起别的故事,以及他曾在藏书馆读到过的故事;后来,与一位美丽而又可怕的姑娘邂逅,宛若遇上了一支展开旌旗的军队。

我果然在圣母像前找到了乌贝尔蒂诺。我静静地跪在他一旁,假装(这我承认)祈祷了一阵子,然后我鼓起勇气跟他说话。

"至尊的神父,"我说道,"我能向您求教,得到您的启示和开导吗?"

乌贝尔蒂诺看了看我,拉住我的手,站了起来,领着我到一个板凳旁,跟我一起坐在上面。他紧紧地拥抱了我,我的脸可以感到他的气息。

"最亲爱的孩子,"他说道,"无论什么事情,只要能为你的灵魂做到的,我这个年迈的可怜的罪人都将会高兴地去做。何事使你困惑?焦虑不安,是不是?"他几乎也是焦虑地问道,"是肉体上的欲望吗?"

"不是,"我涨红着脸回答说,"要说欲望,那是思想的欲望,想知道太多的东西……"

“这是罪恶。上帝知道一切，而我们只能崇拜他的学识。”

“但是我们也得辨别善恶，懂得人间的情欲。我是个见习僧，但我将成为僧侣或神父，我得知道罪恶在哪里，它会以何种面目出现，以便有朝一日能识别它，并教会他人识别它。”

“孩子，你说得不错。那么你想知道什么呢？”

“异教这颗毒草，神父。”我坚信地说道。然后我一口气说了出来：“我听人谈到多里奇诺修士，一个引诱别人堕入罪恶的坏人。”

乌贝尔蒂诺沉默不语，然后说道：“是的，前天晚上你在我和威廉修士的谈话中听见提到过此人。但那是一个非常丑恶的故事，说起来令我痛苦，因为它告诫人们（是的，从这个意义上来说，你应该知道，以从中得到有益的教训），我是说，因为它告诫人们，原本热衷于忏悔并怀着净化世界的愿望，如何会演变成流血或杀戮。”他坐端正后，放松了紧搭着我肩膀的手，但另一只手始终放在我的脖颈上，仿佛是想把他的智慧或激情传递给我。

“故事是从多里奇诺修士之前开始的，”他说道，“六十多年前，当时我还是个孩子。我在帕尔马，某个名叫盖拉尔多·塞加烈里的人开始在那里布道，鼓动大家要过祈祷的生活。他走遍大街小巷，高喊着：‘忏悔吧！’这是没有文化修养的人的传道方式，意思是说：天国近了，你们应当悔改。他号召他的门徒效法使徒们，像贫穷的乞丐一样沿街乞讨走遍世界……”

“就像小兄弟会，”我说道，“那不是我们的天主和你们的方济各修士所号召的吗？”

“是的，”乌贝尔蒂诺认同道，声音里略带迟疑，并叹了一口气，“不过，盖拉尔多也许做得过分了。他和他的信徒们被指控蔑视神职人员，他们不施行弥撒圣礼，不行告解，到处流浪和游逛。”

“但是，方济各属灵派的人也受到同样的谴责。方济各会的人不是也说不需要承认教皇的权威吗?"

"是的,但不是神职人员的权威。我们自己也是神职人员。孩子啊,这些事情难以区分,善恶之间的界限是极其微小的……盖拉尔多犯了错,染指异端……他要求加入方济各会,但我们的修士兄弟不接受他。他在我们修士会的教堂里过日子,他看到墙上绘着的使徒们脚穿拖鞋,肩披斗篷,于是他也这样蓄长发,留胡子,脚穿拖鞋,腰系方济各修士的绳子,因为谁想建立一个新的教会,总是要从方济各会中模仿些什么的。"

"那么说,当时他做得对……"

"但在有些事情上,他做错了……他身穿一件白色长袍,披一件白色斗篷,留着长发,在贱民中间赢得了圣人的名望。他卖掉了自己的一所小房子,得到一笔钱,站在一块古代行政长官通常在那里发布消息的岩石上,手里拿着那袋钱,既不散发给公众,也不施舍给穷人,却叫来在那附近赌钱的一帮无赖,把钱散发给他们,嘴里说道:'谁要钱就拿吧。'那些无赖拿了钱就去掷骰子赌钱,一边还咒骂他这个活上帝。盖拉尔多给了他们钱,听见他们这么骂,也不感到脸红。"

"但是方济各也舍弃了一切,今天我听威廉说他对乌鸦和兀鹫布道,还去向麻风病人布道,就是对自称品德高尚而被人看作渣滓排斥在外的人布道……"

"是的,但盖拉尔多在某些方面做错了,方济各从来不跟神圣的教会冲突,福音书教导人们把金钱布施给穷人而不是无赖。盖拉尔多施舍于人,却不能得到回报,因为他布施给了坏人,这就开了一个很坏的先例,导致了坏的延续和恶劣的后果,因为教皇格列高利十世不赞同他的教团。"

"也许是吧,"我说道,"那不是一位高瞻远瞩的教皇,不如接受方济各教规的那位教皇……"

"但是盖拉尔多在某些方面还是做错了。毕竟,我的孩子,这些猪倌和放牛人后来突然都成了假使徒,想不劳而获过舒服的日子,靠方济各修士们以自身含辛茹苦安贫乐道的榜样感化培养出来的那些人的施舍! 但问题不在于此,"他立刻补充说道,"为了效法当时还是犹太人的使徒们,盖拉尔多·塞加烈里还给自己行了割礼,这违背保罗对加拉茨人所说的话——你知道,许多圣人宣称,即将降临的敌基督是来自行过割礼的民族……但是,盖拉尔多有过之而无不及,他到处集聚无知的民众,说:'你们跟我去葡萄园。'而那些不了解他的人误以为是去他的葡萄园,其实是被他带进了别人家的葡萄园,吃的是别人种的葡萄……"

"捍卫他人的财富并不是方济各修士的事情。"我冒昧地说道。

乌贝尔蒂诺以严肃的目光凝视我:"方济各修士们安贫乐道,但从来不要求别人也跟他们一样贫穷。你不能侵犯善良人的财产而不受到惩罚,善良的人会把你看作强盗。而盖拉尔多却那么做。后来人们说他(注意,我不知道是不是真的,可我相信萨林贝内①修士的话,他了解那些人),为了证实他的意志力和他克制性欲的能力,他跟一些女子睡觉而不发生性关系;但是当他的门徒效法他那样做时,结果可大不一样了……啊,这不是一个孩子应该知道的事情。女人是魔鬼的战舰……盖拉尔多不断地喊'忏悔吧',但是他的一个名叫圭多·普塔乔的门徒驰骋千里炫耀自己,像罗马教会的红衣主教那样挥霍金钱,大办宴席。后来因教派领导权的问题他们之间发生争吵,做出不少卑劣的丑事。可是有许多人投奔盖拉尔多,不仅仅是农民,还有城里人。而盖拉尔多让他们脱光衣

---

① Salinbene de Adam(1221—1287),方济各修士。

服,赤身裸体地追随裸体的基督,并打发他们到各处去布道。他却让人给自己做了一件无袖的衣服,白颜色,用粗麻编织的,穿在身上哪像个信教的人,活像个小丑！他们居无定所,露天生活,但有时候,他们登上教堂的布道坛,搅乱虔诚民众的集会,把他们的传道士撵走。有一次,在拉韦纳的圣奥尔索教堂,他们把一个小男孩放在主教的座位上。他们声称自己是菲奥雷的约阿基姆学说的继承者……"

"可是,方济各修士们也称自己是约阿基姆学说的继承者,"我说道,"圣多尼诺的盖拉尔多也是,您也是！"

"镇静些,孩子！菲奥雷的约阿基姆是一位伟大的预言家,他第一个知道方济各将象征教会改革的开始。而那些假使徒却利用他的学说来为他们的疯狂举动辩解,那个盖拉尔多·塞加烈里把一位名叫特里皮娅,也叫里皮娅的女使徒带在身边,她声称自己有预言的天赋。一个女子,你懂吗?"

"可是,神父,"我试图反驳,"您自己前天晚上不是也谈到过蒙特法尔科的圣女基娅拉和福利尼奥的安吉拉……"

"她们是圣女！她们承认教会的权力,一直以谦卑的态度生活,从来不因为自己有预言的天赋而狂妄自大。然而,那些假使徒却宣称女人也能够到各座城市去布道,像许多其他异教徒那样。他们对单身和已婚的男子不加区别,不相信许愿应该是永恒的。简单点儿说,帕尔马的主教奥比佐最后决定把盖拉尔多处以火刑。但这时发生了一件奇怪的事情,它告诉你人性是多么脆弱,异教这棵毒草是多么险恶。因为最后主教释放了盖拉尔多,还在自己家的餐桌上招待他,并对他插科打诨的本事表示特别欣赏,把他当做自己的弄臣供养起来。"

"这是为什么呢?"

"我不知道，或者说，我害怕知道。主教是高贵的人，他不喜欢城市里的商人和手工业者。也许他认为盖拉尔多主张守贫是反对那些人的，所以他并不反感，也不介意他们把乞讨变成抢劫。但是，最后教皇出面干涉，那位主教就回到他严厉的立场上，于是盖拉尔多就像死不悔改的异教徒一样最终被处以火刑。"

"可这跟多里奇诺修士有什么关系呢?"

"有关系，而这就向你说明，异教徒虽然被消灭，异教犹存。这位多里奇诺是一位神父的私生子，就是意大利靠北方这个地区。有人说他出生在奥索拉河谷，或是在罗马涅亚诺。不过这倒无关紧要。他是个睿智过人的年轻人，文学上有一定的修养，但他偷了收养他的神父的东西，往东逃到特伦托城。在特伦托他重又传播盖拉尔多布道的那一套。他自称是上帝唯一真正的使徒，认为爱是一切事物的共性，跟任何女人发生性关系都是合法的，因此谁都不应该被指控有通奸罪，即使是同时跟妻子和女儿有性关系……"

"他真是这样布道的，还是被这样指控? 因为我听说属灵派的人，像蒙特法尔科的修士那样，也被指控犯有类似的罪行……"

"就这方面已经说得够多的了。"乌贝尔蒂诺恼怒地说，"那些人已经不是什么修士了，他们都是异教徒，被多里奇诺所蛊惑。另外，你听我说，只要知道多里奇诺后来的所作所为，就可以认定他是个邪恶的人。至于他是怎么知晓假使徒们那些教义的，连我都不得而知。也许他年轻的时候到过帕尔马，听到过盖拉尔多布道。不过人们知道他是在特伦托开始布道的。在那里，他诱惑了一个贵族出身的美丽少女，名叫玛尔盖丽达，兴许是那位少女勾引了他，就像爱洛伊丝引诱阿伯拉尔那样，因为，你得记住，魔鬼正是借助女人渗入男子心里的! 事情到了那种地步，特伦托的主教就把他逐出教区。但那时，多里奇诺已经拥有一千多名追随者，他开始长途跋涉回到他的出生地。在他言论的蛊惑下，可能许多居住在沿途山区的韦尔多派的人也聚集在他名下，或是他愿意与生活在北方这块土地上的韦尔多派的人结合在一起。到了诺瓦拉地区，多里奇诺找到了合适他叛乱的环境，因为，以韦尔切利城主教的名义统治加蒂纳拉城的封臣们被当地民众驱逐，民众像友好的同盟军那样欢迎多里奇诺的匪徒们。"

"韦尔切利主教的封臣们干了些什么？"

"这我不知道，也轮不到我来评判。在韦尔切利城内，一些家族之间发生争斗，假使徒们加以利用，而那些家族也利用了假使徒们造成的混乱。封建领主们招募了一些亡命徒打劫市民，而市民们就向诺瓦拉的主教请求保护。"

"事情真复杂。可是多里奇诺跟谁站在一起呢？"

"我不知道，他自成一派，他参与了所有这些争端，利用机会宣扬他那种以贫穷的名义侵吞他人财产的谬论。多里奇诺跟他的手下近三千人在诺瓦拉附近的一个山头上安营扎寨。那山头又名'秃壁'，他们在山头上建造了要塞和住所，而多里奇诺统领着那群乌合之众，他们男男女女杂居在一起，无耻地乱伦。他从那里发信给他的信徒们。在信里，他宣称他们的理想是贫穷，而且他们不受来自外界的任何束缚。他，多里奇诺，是上帝派遣来的，是来破解预言、解读《旧约》和《新约》经文的。他称神职人员是世俗之人，称布道者和方济各修士是魔鬼的使者，无论是谁都没有听命于他们的义务。他把上帝子民的生活划分成四个时期，第一个是《旧约》时期，即基督来临之前的人类祖先和先知者的时期，在那个时期，婚姻是正面的，因为人们应该繁衍生殖；第二个是基督和使徒们的时期，那是神圣和贞节的时代；然后是第三个时期，教廷必须接受人世间的财富以能统治人民，而当人们远离上帝的爱时，就出现了圣本笃,他提出反对一切对财富的占有。而当后来本笃会的僧侣们开始积聚财富的时候,就出现了圣方济各和圣多明我,在反对世俗统治和财富方面,他们比圣本笃更加严厉。可是,现在那么多神职人员的生活又与所有那些严明的教规相矛盾,人们到了第三个时期的最后阶段,必须要听从使徒们的教诲才是。"

"那么说,多里奇诺布道的那些东西都是方济各修士们所提倡的,而属灵派就在方济各会之中,神父,您本人也是!"

"啊,是的,但是他从中得出一种诡异的推理!说是为了结束这腐败的第三个时期,所有的教士、修士都得惨死,所有教会的高级教士、神父和修女、男女信徒,以及所有多明我会修士、方济各修士和隐士的教会,包括教皇卜尼法斯本人,都应该让他所选中的皇帝杀掉,那个皇帝就是西西里岛上的费德里科。"

"可那不就是在西西里岛上热情地接待了从翁布里亚被撵走的那些属灵派的那个费德里科吗?不正是那些方济各会的人要求皇帝消灭教皇和红衣主教的世俗权力的吗?"

"那正是异端学说的主张,或者说是狂妄的主张,歪曲正确的思想,把它们转化为与上帝的法则相对立的思想而造成极端的后果。方济各会的人可从来没有要求皇帝杀掉其他神职人员。"

现在我知道他当时说的全然错了。因为几个月之后,那个巴伐利亚人在罗马建立了他自己的教会,马西利乌斯和其他方济各修士正如多里奇诺要求的那样对待教皇虔诚的信徒们。如果马西利乌斯是错的,我不想以此来说明多里奇诺是正确的。但是我开始产生疑问,尤其是下午跟威廉交谈过之后:那些跟随多里奇诺的贱民怎么可能分辨属灵派的承诺和多里奇诺的承诺之间的区别呢?是不是他也许正是实践了他人用纯粹神秘的途径布道的内容?或许差别就在这里。难道神圣就是意味着等待上帝赐予我们圣人们的许诺,而不是通过世俗的方式获得吗? 现在我明白了事情的原委,知道多里奇诺为什么错了:他不该改变事物的秩序,即使他热切地期望事物改变。不过,那天晚上我的思想非常矛盾。

"总之,"乌贝尔蒂诺对我说,"持异端思想的人往往是桀骜不驯的。在某个时候,多里奇诺任命自己为使徒兄弟会的最高头领,甚至还任命无耻的玛尔盖丽达(一个女人)为他的副手。他宣称约阿基姆所说的天使般的教皇将被上帝选定,届时多里奇诺和他的追随者(那时,他的信徒该已经有四千了)将会一起领受圣灵的恩惠。但在那位天使般的教皇来临之前的三年中,得把一切罪恶都释放干净。这就是多里奇诺竭力想做到的,他到处挑起战争。然而,新教皇正是要讨伐多里奇诺的克雷芒五世,人们从中可以看到魔鬼是怎么捉弄它的驯服工具的。这么做是正确的,因为在那些信里,多里奇诺认定罗马教会是邪教的,人们不应该再听命于神职人员,唯有使徒们才可组成新的教会,取消婚姻,任何教皇都不能赦免罪恶。他主张人们不必缴纳什一税,认为没有许愿的生活比许愿的生活更加完美,认为一个供着神的教堂还不如一个马厩;他提出在树林里和教堂里同样能瞻仰基督。"

"他真的说过这些话吗?"

"他的所作所为更加恶劣。他在'秃壁'上安营扎寨后,就开始掠夺山谷里的村落,烧杀抢掠,为他们自己储备粮草。当时恰逢几十年未遇的严寒,四周都闹严重的饥荒。山上很难活下去,他们饿得只能吃马肉和其他兽肉,还煮熟草料充饥。许多人都饿死了。"

"那时候他们为反对谁而战呢?"

"韦尔切利的主教求助于克雷芒五世。教皇宣告讨伐异教徒,还向所有参加这场讨伐的人,颁布了一项大赦令。萨伏依的路德维希,伦巴第的宗教裁判官们,米兰的大主教,都被动员起来。很多人抬起十字架声援韦尔切利和诺瓦拉方面的人,有的人还从萨伏依、普罗旺斯和法国赶来,韦尔切利的主教担任最高指挥。两军的先头部队不断交锋,然而多里奇诺的堡垒固若金汤,而且渎神者还能设法得到某些援助。"

"来自谁的援助?"

"我想,是来自其他渎神者的援助,他们乐于看到那样混乱的骚动局面。然而,在临近一三〇五年年底的时候,异端的首领们被迫放弃了'秃壁',留下了伤病员,迁居至特利维罗一带,困守在一个当时名叫祖贝洛的山头上。打那以后,那山头就被称作鲁贝洛或者雷贝洛①,因为那儿成了反对教会的叛逆者的堡垒。总之,我不能把发生过的一切都讲给你听,那都是些骇人听闻的杀戮。但是,叛逆者最后都投降了。多里奇诺和他的追随者都被抓了,理所当然地都被处以火刑。"

"那位美丽的玛尔盖丽达也被处以火刑了吗?"

乌贝尔蒂诺看了我一眼:"你想起她是个美丽的女人来了,是不是? 人说她很美,当地很多领主都力图娶她为妻以使她免去火刑,然而她不愿意,执意要跟她那个顽固不化的情人同死。这对你是个教训,要当心巴比伦大淫妇,尽管她有着最诱人的外表。"

"不过,神父,现在您得告诉我,修道院的食品总管,也许还有萨尔瓦多雷,是否遇见过多里奇诺,而且还跟他有过某种交往……"

"别胡说,你不要发表轻率的议论。我是在方济各的一座修道院里认识总管的。那是在有关多里奇诺的事情发生之后,真的。在那些年月里,许多属灵派的人在决心投靠圣本笃会之前,都过着

---

① Rebello,与意大利文"叛逆者"(ribèlle)一词发音相近。

优裕的生活,他们不得不离开他们的修道院。雷米乔在我遇见他之前曾在什么地方待过,这我不知道,我只知道他一直是一个忠于教会教诲的本分修士。至于其他方面,哎呀,肉体是脆弱的……"

"您想说什么呢?"

"这不是你应该知道的事情。不过,既然我们已经谈论到他了,你应该能够分辨出善和恶了……"他又犹豫了一下,"我想说的是,我在这座修道院里听到有人私下里议论,说食品总管没有能够抵御某些诱惑……不过,那只是一些议论。你应该学会对这些事情连想也不去想。"他重又紧紧地拥抱了我,并指给我看圣母的雕像,"你应该开始一种圣洁的爱。看,圣母身上体现了女性最纯洁的美。因此,你可以说她是美丽的,就像是《雅歌》中被爱戴的人。在她身上,"他脸上露出发自内心的愉悦,就像头一天院长在夸耀他的珠宝和那些金光闪闪的圣器时的神情,"妩媚的体态把天堂里的圣洁优雅都显示出来了,而正因如此,雕塑家把女性应具有的所有的优雅秀美都体现在她身上了。"他指给我看圣母纤细的上身,那件紧身的背心束着稍稍隆起的胸部,婴儿的小手玩弄着背心中间的搭扣。"你看到了吧? 圣母洁白娇小的胸部确实很美,丰满且稍稍隆起,饱满而不疲软,略微紧绷而不松弛,紧缩而不干瘪……看着这温馨的形象,你有何感想?"

我满脸通红,感到强烈的窘困不安,内心好像有一团火在燃烧。乌贝尔蒂诺大概察觉到了,或是注意到我滚烫涨红的脸颊,因为他立刻补充道:"你应该学会区别什么是超凡的爱之火,什么是感官上的狂热激情。这对于圣人来说也是困难的。"

"怎么识别健康的爱呢?"我颤抖着问道。

"何谓爱? 我认为世上无论是人或是魔鬼,无论是任何什么,没有比爱更可怀疑的了,因为爱比任何别的更深入到灵魂里。没有什么比爱更能占据和牵连着你的心。因此，除非你有主宰灵魂的那些武器，否则为了爱，灵魂可以坠入到毁灭的境地。而我相信，要是没有玛尔盖丽达的诱惑，多里奇诺就不会入地狱，也不会在'秃壁'过那种毫无约束的男女杂居的生活，许多人就不会受到他叛逆魅力的诱惑。你得留神，我对你谈这些事情，只谈到罪恶的爱情，这种爱，自然是被看作魔鬼般邪恶的东西而被众人所畏避。说到爱，我也得带着相当畏惧的心理，谈论上帝和人类之间美好的爱，以及人和人之间的爱。两三个人之间，男女之间，经常会相当诚挚地相亲相爱，相互产生一种特殊的感情，愿意永远生活在一起，一方需要，另一方愿意。我向你供认，我对像安吉拉和基娅拉那样品德高尚的女人，就有过类似这样的感情。不过，这也是该受到指责的，尽管那是精神上的，而且为了上帝……因为即使是灵魂感受到的爱，一旦失去了戒备，激情一上来，就会沉沦，或是陷入混乱。啊，爱有不同的特性，首先是灵魂为其所动，然后是陷于病态……然而，后来感受到神圣的爱的炽热真切，就喊叫，就呻吟，变成了放在炉窑里煅烧的石灰石，在熊熊的火焰吞噬下碎裂……"

"这就是美好的爱吗？"

乌贝尔蒂诺亲切地抚摸我的脑袋，我望着他，见他两眼热泪盈眶："这是美好的爱情。"他把手从我的肩上移开，说道，"可那是多么不易啊。"他补充说道，"要与邪恶的爱区分开来，那是多么不易啊。有时候，当你的灵魂被魔鬼迷惑住，你就觉得自己像是一个脖颈被吊住的人，双手被捆绑在背后，眼睛被蒙住，吊在绞刑架上，但仍然活着，没有任何帮助，没有任何支撑物，没有任何办法，在空中晃荡着……"

他的脸不再只是挂满了泪水，还渗出薄薄的汗珠。"现在你走吧，"他匆忙地对我说道，"我跟你说了你想知道的事情。这里是天使们的合唱堂，那里是地狱的入口。你去吧，赞美上帝……"他重又跪在圣母像面前，我听见他在轻声地抽泣。他在祈祷。

　　我没有从教堂出去。跟乌贝尔蒂诺的谈话深入我的灵魂，渗入我的肺腑，点燃一把奇怪的火，一种难言的骚动不安。也许因为这个，我觉得自己变得不听话了，并决定独自进藏书馆。连我自己都不知道想寻找什么。我想独自侦查一个神秘之地，要在没有导师的帮助下在迷宫里辨明方向，这种想法诱惑着我。我就像多里奇诺当初登上鲁贝洛山头那样上了藏书馆。

　　我手里拿着灯（为什么我一直带着灯？ 莫非我早已酝酿这个秘密的计划?），几乎是闭着眼睛钻进了圣骨堂，顷刻间我就到了缮写室。

　　我想，那是一个关键的晚上，因为正当我在那些桌子中间好奇地寻找什么时，我发现一张桌子上有一本打开的手抄本，那正是一位僧侣在那些天抄写的。手抄本的书名立刻吸引了我：《异端首领多里奇诺修士的历史》。我想那也许是圣阿尔巴诺的彼得的书案，他们对我说过，他正在写一本有关异端历史的巨著（自从修道院出事以后，他自然就不再写那部书了——不过，我们还是别提前讲述要发生的事件）。因此，手抄本放在那里并不奇怪，那里还放有一些内容相关的、关于巴塔里亚会和鞭笞派的书籍。但是我把那看作一种超凡的征兆，虽然我并不知道这征兆是圣洁的还是邪恶的，我俯身贪婪地读起他写的东西。文章并不长，第一部分他写到了乌贝尔蒂诺刚才跟我说的事情，其中有很多细节我都忘了。上面讲到了多里奇诺派的人在战争和围困中所犯的许多罪行，并谈到了最后那场惨烈的战斗。不过，我也读到了乌贝尔蒂诺没有跟我讲述的事情，写文章的人显然目睹过整个事件，那场面他似乎还历历在目。

由此我知道了，在一三〇七年三月复活节前的一个星期六，最后被捕的多里奇诺、玛尔盖丽达和他的追随者，被押送到比耶拉城内，交给了等待教皇决定的主教。教皇得知消息后，就通报给法国国王腓力，信中写道："我们获悉了令人兴奋的消息，这使我们振奋和欢欣鼓舞，因为经过长期的危险，历尽千辛万苦、血腥的厮杀和频繁的交战，在我们可敬的兄弟韦尔切利城的主教拉尼耶罗的努力下，那个十恶不赦的魔鬼，彼列①的儿子，令人恐怖的异端首领多里奇诺和他的追随者终于在上帝的圣餐之日被捕，被关押在我们的监狱里面了。许多受他毒害追随他的人，也在同天被杀。"

教皇对于俘虏毫不留情，下令让主教把他们处死。于是，在同年的七月，就是在七月一日那天，异教徒们被交给了执行宗教裁判所判决的世俗权力。当城市的钟声此起彼伏地响起，异教徒们被装在一辆车上，行刑队的刽子手们把他们围在中间，后面跟着民众，车子走遍全城，人们在每个角落，都准备了炽热的铁钳撕扯罪犯的皮肉。玛尔盖丽达在多里奇诺面前，第一个被烧，而多里奇诺脸部的肌肉纹丝不动，当火钳灼烫他的四肢时，他也未发出一声呻吟。车子继续前进，刽子手们把烙铁放在装满烧红的木炭的炭火盆里烧烤。他经受了许多酷刑，但默不作声，哪怕割下他的鼻子，他也只稍稍耸了一下肩膀，只是在他们摘除他的生殖器时，他才发出一声长长的叹息，像是一阵呻吟。他最后的话语表明了他的死不悔改。他警告说，他死后第三天将获得重生。后来他的骨灰随风飘散。

我双手颤抖着合上了这个手抄本。多里奇诺犯下过许多罪

---

① Belial，撒旦的别名。

行,但他被烧死时的情景太恐怖了。他在火刑柱上的表现……如何? 像殉道者那样坚定不移? 或是像入地狱的人那样固执? 上楼时,我晃晃悠悠地走在通往藏书馆的楼梯上,我明白自己为什么那么困惑不安。我突然想起,就在几个月前,我到达托斯卡纳不久之后曾见到过的一幕情景。我还纳闷儿这以前为什么几乎把它给忘了,仿佛我那病态的灵魂想抹去一种回忆,它像一场噩梦压在我心头。也许,我并没有忘却它,因为每次我听人谈到小兄弟会,那件事情就又重新浮现在我脑际,但是我立刻把它驱赶到我内心的隐秘之处,好像见证那个恐怖的场面就是一种罪过。

我在佛罗伦萨见到过一个小兄弟会的人被烧死在火刑柱上。就在那些日子里,我头一次听到人们谈论小兄弟会,那是我在比萨遇见威廉修士前不久的事情。他延误了抵达佛罗伦萨的时间,我父亲准许我参观那里美丽绝顶的教堂,事先我们多次听到人们赞许过。为了更好地学习通俗拉丁语,我在托斯卡纳地区游荡,最后我在佛罗伦萨逗留了一个星期,因为我听太多人谈论这个城市,我很想好好了解它。

就这样,我一抵达那个城市,就听到了一桩轰动全城的大案子。一个小兄弟会的教徒,因为犯下了反对宗教的罪行而被控告,被带到主教和其他神职人员跟前。那些日子里,他被监押,受到宗教裁判所的严厉审判。我跟随那些跟我谈论这桩案件的人,来到了事件的发生地,在那里我听到人们谈论这位小兄弟会的人。他名叫米凯莱,实际上他是一位仁慈的人。他宣扬忏悔和守贫,不断重复着方济各修士的话语。他被拖到裁判官面前受审,是一些刁蛮的女子使的坏,她们假装向他告解,然后诬告他传播渎圣的教义;更有甚者,他是被主教的亲信们在那些女人的家里抓住的。这个事实令我颇为惊诧,因为一个教会的人是不该到如此不合宜的地方施行圣事的。不过这似乎是小兄弟会教徒的弱点,他们毫不考虑场所合宜与否。也许公众的舆论有真实的一面,他们还有伤风败俗的暧昧行为(正如人们总是说卡特里派的人都是保加利亚人或鸡奸者一样)。

我来到了圣萨瓦托雷教堂,那里正在进行审判。教堂前人群拥挤,我进不去。不过有些人爬上窗户趴在铁围栏上,看得见和听得见教堂里发生的一切,并把里面的情形转告给站在下面的人。他们在重新宣读米凯莱修士头天的供词。他在供词中说,基督和他的使徒们"没有任何个人专有的和公共的财物",而米凯莱抗议说公证人当时加上了"许多不实之词",并且大声喊道(这我在外面也听到了):"到判刑那天,你们得给一个说法!"但是审判官们仍然宣读了他们拟定的供词,最后问他是不是愿意谦卑地遵循教会和全城民众的意见。我听见米凯莱大声喊叫,他要遵循他所相信的,也就是说"认为被钉上十字架的基督是贫穷的,教皇约翰二十二世才是异教徒,因为他总是与基督唱反调"。接着是一场大辩论。审判官中也有方济各修士,他们想让他明白《圣经》里面没有他说的那些东西,而他却谴责他们否认了修士会本身的教规;审判官们反击道,他是不是认为自己比他的导师们更懂得《圣经》。米凯莱修士确实顽固不化,与他们当场争辩,以致审判官们挑衅地攻击他说:"我们就要你承认基督拥有财物,教皇约翰是天主教徒和圣人。"而米凯莱却不以为然地说:"不,他是异教徒。"那些审判官说,他们从来没有见过罪孽深重还如此执迷不悟的人,但在大楼外面的人群中有人说,他像是落在法利赛人中间的基督。我发现民众中间有许多人认为米凯莱修士是圣洁的。

最后,主教手下的人又把戴着手铐脚镣的米凯莱带回牢房。那天晚上,人们对我说,主教的许多修士朋友都去监狱辱骂米凯莱,要他收回自己的言论,而他却义正词严地回答他们。他对每个人都一再重复说,基督是贫穷的,圣方济各和圣多明我也都是这么说的,还说要是因为宣讲这种正确的意见而被判极刑的话,那再好不过了,过不久,就像《圣经》里所说的,他就将去见《启示录》的二十四位长老、耶稣基督和圣方济各,以及光荣的殉道者们。人们告诉我,米凯莱还说:"如果我们热切地研读某些神圣的修道院院长所推崇的学说,我们就会更加热切和愉悦地渴求与他们走到一起去。"听到类似这样的话后,宗教裁判官们就都阴沉着脸走出牢房,气急败坏地喊道(我听到他们这样喊了):"他走火入魔了!"

第二天,我们得知判决已经宣布了,我得知,他被指控的罪行中有一桩罪行令人难以置信。人们说米凯莱修士认为圣托马斯·阿奎那既不是圣人,也没有享受永恒的救赎,而是被罚入地狱,处于沉沦的状态之中!判决书最后的结论是,由于被告不愿意悔过自新,所以他将被带至处以极刑的地方进行处罚。在那里,他将在火刑柱上被烧死。他将完全灰飞烟灭,其灵魂将超脱肉体。

后来,教会的人还来监狱探视,并告知他要发生的事情,我还听见他们说:"米凯莱修士,带有小斗篷的僧帽已经做好了,上面画有被魔鬼缠身的小兄弟会人的形象。"他们这是为了恐吓他,迫使他最后就范。然而米凯莱修士跪了下来,说道:"我想在火刑柱周围将会有方济各修士,我说甚至会有耶稣及其使徒们,会有光荣的殉道者巴托洛谬和安东尼。"他最后一次拒绝了宗教裁判官给他的悔过机会。

第二天早晨,我来到主教府邸的大桥上,宗教裁判官们早就集聚在那里,米凯莱修士戴着手铐脚镣被带到裁判官面前。有一位信徒跪倒在米凯莱面前想领受他的祝福,但立刻被武装人员带走,关进监狱。之后,宗教裁判官们重新宣读了判决书,还问米凯莱是不是愿意悔罪。每当读到审判书上所说的米凯莱是一个异教徒的时候,米凯莱总是反驳说:"我不是异教徒,说我是罪人,那倒是,但我是天主教徒。"当念到判决书上"最最尊贵最最神圣的教皇约翰二十二世"的时候,米凯莱就说:"不,他是异教徒。"于是,主教让他跪在面前,但米凯莱说人们不该给异教徒下跪。他们强制他下了跪,他就低声说道:"愿上帝原谅我这样做。"由于他穿着全套祭祀服饰被带到众人面前,所以祭礼开始后,就把他身上的祭服一片一片地剥下来,直到留下一条长衫,佛罗伦萨人称它为"乔帕"。按照习俗,对于被解除圣职的神父,得用一把锐利的刀具刮他的手指肚儿,并剃去他的头发,然后就把他交给军事长官及其手下的人。他们对他很凶残,给他戴上手铐脚镣,又把他带回监狱,而他却对人群说道:"我为上帝而死。"次日他就得被烧死,我是这么听说的。那天他们还去问他是否要告解和领圣餐,他认为领受有罪者施行的圣礼,就犯有罪孽,所以他拒绝了。而在这件事情上,我认为他做得不对,表现了他深受巴塔里亚会异端邪说的毒害。

最后,到了行刑的那天早晨,来提刑的是一位最高军政长官。他问米凯莱为何非要固执己见,只要他认定全民认定的事情,接受圣母教会的意见就可以赦免。然而米凯莱却十分粗暴地说道:"我坚信被钉上十字架的基督是贫穷的。"最高军政长官张开双臂无奈地走了。于是行刑队长及手下的人来了,把他带到院子里。在那里,主教的代理人再次对他宣读了他的供词和审判书。

当时,我真不明白为什么天主教和执行宗教裁判所判决的人对愿意生活在贫穷之中的人如此深恶痛绝。我思索着为什么那些想生活在富裕之中的人,剥夺他人财富的人,想把教会引向罪恶并且买卖圣职的人，竟然对他们感到如此害怕。当时我跟我身边的一个人说了，因为我实在无法沉默。那人诙谐地对我微笑说，一个宣扬贫穷的修士，对于民众来说无疑是一个坏榜样，因为以后他们就不再信服那些不宣扬贫穷的修士了。那人又补充说，那种宣扬贫穷的教义在民众的头脑里灌输了不好的思想，他们会因贫穷而自豪，而自豪的思想又会导致许多自豪的行为。最后，我不得不承认，宣扬修士应该守贫就是站在皇帝那一派，而这就会令教皇不悦。不过，直到那一刻之前，我始终不明白，为什么米凯莱为了取悦皇帝居然愿意以如此可怕的方式去死。

当时在场的人中，确实有人这么说："他不是圣人，他是路德维希派来在城市民众之间散布不和的。小兄弟会的人都是托斯卡纳人，在他们背后是帝国的使者。"有人说："他是个疯子，魔鬼附体了，妄自菲薄，桀骜不驯，以殉道者自居。这些修士读的有关圣人生平的书太多了，让他们娶个老婆过日子就好了！"还有人说："不对，我们需要所有的天主教徒都能这样做，就像在异教徒统治的时代，时时刻刻都坚持他们的信仰。"听到这些议论，我不知道究竟该怎样想。这时，我重新见到受刑者的面容，他不时被我面前的人群挡住。在出神观望的人群中，他有些不像是生活在这个尘世间的人，而像有时候我在那些圣人的雕像上见到的那种出神地沉迷在幻觉中的面容。我明白，不管他是疯子还是先知，他是想头脑清醒地去死，因为他相信只有用死才能击败他的敌人，不管那敌人是谁。我明白，他这一死，其他人也得跟着死。不过，我为他这种坚守信仰视死如归的精神所震撼，因为我至今不得而知，他们是被追求真理的自豪感所驱使，还是被他们所信仰的以死来证明真理的愿望所驱使，使他们敢于直面死亡。无论是哪个原因，都令我感到敬佩和畏惧。

不过，我们还是回到行刑的事上来吧，因为现在大家都在往行刑地点赶去。

行刑队长及其手下的人，把米凯莱从门里拽出来，他身上只穿着那件长衫，衣服上的纽扣都掉落在地。他大踏步朝前走，低垂着脑袋，嘴里念诵着祷词，确像一位殉道者。在场的人多得出人意料，许多人高喊着："你别死！"而他回答说："我要为基督而死。""可你不是为基督而死，"人们对他说。他回答："那么是为真理而死。"到了一个名叫"行省总督之角"的地方时，有一个人朝他高喊，让他为他们大家向上帝祈祷，而他却为人群祝福。到了圣丽贝拉塔教堂的墙根时，有一个人对他说："你真傻，相信教皇吧！"而他回答说："你们把你们的教皇奉若上帝，"并补充说道，"你们的小公鸡都是些臭狗屎。"（这里是文字游戏，'小公鸡'与'教皇'谐音，在托斯卡纳方言中，就是把教皇比作动物，当时他们是这样跟我解释的。）这令大家都很惊诧，他居然开着玩笑走向死亡。

到了圣约翰教堂，人们对他高喊："活下去吧！"而他却回答说："为免去罪孽而死吧！"到了旧市场，大家朝他喊："活下去吧！活下去吧！"而他回答说："为了免入地狱而死吧！"到了新市场，众人对他喊："忏悔吧！忏悔吧！"而他回答说："为你们的高利贷忏悔吧！"到了圣十字架教堂，他见到了站在台阶上的他所属教会的修士们，他谴责他们没有遵循方济各修士的教规。那些修士中有些缩着双肩，有些羞涩地用兜帽遮着脸。

他们朝正义门走去，许多人对他说："你否决吧，否决吧，别去死！"而他说："基督为我们死了。"他们说："可你不是基督，你不该为我们去死！"而他说："可我愿意为他而死。"在正义门的草坪上，有一个人问他，能不能像他的一位上司修士那样否定自己的观点。而米凯莱回答说，不否定自己的观点。我看到人群中许多人表示认同,并鼓励米凯莱要坚强些:这样,我和许多别的人就明白了,那些人是他的信徒,于是我就远远地离开了他们。

人们最后来到了城门外,木柴堆,即当地人称作的'小茅屋'(因为那些木柴搭成了茅草屋的形状),出现在我们眼前,全副武装的骑士们在那里围成一圈儿,为了不让人群太靠近。他们把米凯莱修士捆在柱子上。我听见有人仍然在喊:"你究竟为了什么而死啊?"而他回答说:"这是一种真理,乃是我的归宿,一种不死就不能证明的真理。"

他们点燃了火。米凯莱修士早已唱起《信经》,接着又唱起《感恩赞》。他好像唱了八句,然后就像要打喷嚏似的蜷曲身子,并倒在了地上,捆绑他的绳子早就烧断了。他死了,在他全身被焚烧之前,高温已使他的心脏爆裂,浓烟已使他窒息。

随后,"小茅屋"像一把火炬全部燃烧起来,发出一道耀眼的亮光,要不是透过炽热的木炭隐约看见米凯莱修士被烧成炭的躯体,我会说自己是站在一座着火的树丛前。当时我离得那么近(我登上藏书馆的楼梯时回想起来),所见到的那番情景令我情不自禁地念诵起我读到过的圣女希尔德加德①著作中有关心醉神迷的狂喜的字句:"火焰以非凡的生命活力和炽热的光焰,发出灿烂夺目的光辉,灿烂夺目的光辉照亮人心,炽热的火焰焚烧污浊的世界。"

我想起了乌贝尔蒂诺说过有关爱的一些话。米凯莱在火刑柱上的形象跟多里奇诺的形象,以及多里奇诺的形象和玛尔盖丽达的形象都混在一起了。我的心又像在教堂里那样困惑不安了。

我尽力不去想这件事情,毅然决然地朝迷宫走去。

---

① Saint Hildegard(1098—1179),德意志女隐修院院长,多次见异象的神秘主义者。

我是头一次单独前往迷宫,灯光反照在地板上的长长的影子像头天晚上出现的幻影那样令我毛骨悚然。每时每刻我都害怕再碰到一面镜子,因为镜子有这样的魔力,即使你知道那是镜子,还是会令你感到惊恐不已。

另外,我也没想辨认方向,也没有避开那间香气熏人、使人产生幻觉的房间。我像是个发高烧的人迷迷糊糊地朝前走着,全然不知道自己要去哪里。实际上我离出发的地方并不远,因为不久后我又回到了刚才我进来的那个七边形的过厅。过厅里的一张桌子上放着一些我先前仿佛没有见过的书籍。我猜想那是马拉希亚从缮写室里取来的,还没有放回原处。我不清楚自己离香气萦绕的房间是否还相当远,因为我觉得有点晕头转向,也许是有几缕熏烟扩散到我所在的那个地方了,或是我刚才过分沉浸在胡思乱想之中的缘故。我打开了一本装帧得相当精致的书,从风格上看,好像来自北极最遥远的国度图勒①。

书中首先映入眼帘的是使徒马可传播福音书,我被一头狮子的画像吸引住了。尽管我没有亲眼见过活生生的狮子,但那肯定是一头狮子。装帧者忠实地描绘出了狮子的头部,也许因见到过号称妖魔鬼怪之乡的海伯尼亚的狮子而受到启迪,我深信,这只动物就如同《生理学家》一书中所说的,它集世上最可怕和最威严的东西于一身。于是,那头狮子使我想起了"敌基督"的形象和我们天主基督的形象,我不知道要用哪种象征性的语言来解释它。我全身颤栗着,因为害怕,也因为从墙壁缝隙吹进来的寒风。

我看到的那头狮子巨嘴獠牙,脑袋像蟒蛇头那样长满鳞斑,庞大的兽身撑立在四个犀利凶猛的脚爪上,毛皮像是后来我见到过

---

① Thule,传说中大西洋北部格陵兰古老的王国。

的一种来自东方的织有红色和翠绿色斑纹的地毯,上面带有像人得了鼠疫般的土黄色,凸显出可怕而又强壮的骨架。尾巴也是黄色的,从臀部一直卷到头顶,尾梢是一个黑白色鬃毛的涡卷形。

　　我被那头狮子吓坏了(我多次回头环顾四周,好像那头狮子会在我身后突然出现),决定翻看其他书页,目光落在了《马太福音》开头那页的一个人的画像上。不知为什么,他比狮子更使我害怕:是人的脸,但那人从头到脚裹在一件像是披肩的无袖长袍中,而那披肩(或称铠甲)上面镶有坚硬的红色和黄色的宝石。那人的脑袋从红宝石和黄玉砌成的城堡里神秘地伸出来,我觉得他正像是(渎神者让我感到多么恐惧啊!)我们一直跟踪却难以寻觅其踪迹的神秘的凶手。后来我明白了,为什么我会把那头狮子、披戴盔甲骑着战马的武士与迷宫那么紧密地联系起来:因为,那两幅插图就像那本书上所有的插图一样,都是从纵横交错的迷宫布局的图案中浮现出来的,它们仿佛一个线团,似乎在暗示我所在的厅室和通道。我的目光迷失在书页之中那些金碧辉煌的小路上,我的双脚像是行进在藏书馆的厅室内被扰人的布局所困扰。看到在那些羊皮纸页中神游的我,我更平添许多不安,并令我深信那里的每一本书都在以神秘的狂笑方式叙述着我在那一刻的故事。"De te fabula narratur[①]."我自语道,并自问,在那些书页上是否也已蕴含着等待我的未来事件呢?

　　我翻开另一本书,那像是一本西班牙学派的书籍。颜色非常鲜艳,像血和火一样红。那是一本使徒的《启示录》。我又像头天晚上那样翻到了披着日头的女子那一页,但不是同一本书,装帧不一样,艺术家在这张页面上以更大的篇幅描绘女人的体态。我把

――――――――

① 拉丁语,这个故事里说的就是你。拉丁诗人贺拉斯的名句。

她的面容、胸部、弯曲的臀部与我跟乌贝尔蒂诺一起看到的童贞圣母相比较。形象不一样，但是我觉得这个女子也非常美丽。我想自己不该这样胡思乱想了，就又翻阅了几页，看到了另一个女人。这一回是巴比伦大淫妇。她的体态并不让我吃惊，但是我想她跟那位一样都是女人，这个是一切陋习的标志，而前面那个则是一切美德的化身。不过，两个女子的体态都很富女人味，从某种程度上我不知道该怎么区别她们。我的内心重又感到不安，教堂里那位童贞圣母跟那位美丽的玛尔盖丽达仿佛重合在一起了。"我该入地狱！"我自言自语道，"啊，我疯了。"我决定不再待在藏书馆了。

幸好当时我已到了楼梯口，我急忙冲下楼去，顾不得会不会摔跟斗，会不会把灯扑灭。我又到了缮写室宽阔的拱顶下，但直到此时，我还是无法克制自己，一直冲下通向膳厅的楼梯。

我跑得气喘吁吁，站立了一会儿。那天夜晚，从窗玻璃透进来明亮的月光，几乎不用再掌灯了。不过我仍让它点着，仿佛是为了寻求慰藉。然而我还是上气不接下气，想喝点儿水，缓解一下紧张的心绪。厨房就在旁边，我穿过膳厅，慢慢地打开了一道门，那门是通向楼堡底层另一半的。

这时，我恐惧的心理有增无减，因为我很快发现厨房里，靠近面包炉的地方有人，或者说，至少我发现在那个角落里有一盏灯闪着亮。我惊恐万状，熄灭了我的灯。已经万分惊恐的我，却令那人感到害怕，而且那人（或那些人）也很快熄灭了自己的灯。不过没有用，因为月光把厨房照得相当明亮，在我眼前的地板上现出了一两个模糊的黑影。

被吓呆了的我，再也不敢后退，又不敢前进。我听见一阵结结巴巴的说话声，我觉得是一个女人在悄声说话。稍后，一个体形矮壮的身影从靠近面包炉那堆模糊的黑影处蹿出来,冲着外面那道显然是半掩着的门逃了出去,随即在身后带上了门。

我待在餐厅和厨房之间的门槛处。面包炉旁发出某种隐隐的声音。一种隐隐约约的——怎么说呢?——呻吟声。从那个黑影处确实传来一阵呻吟,几乎是因为害怕而发出的低声哭泣,一种有节奏的呜咽声。

胆小的人只有面对他人的恐惧,才会壮起胆子来,不过,我不是因为有了勇气才朝黑影走去。我想说的是那更多的是一种陶醉的心理,那种近乎使我产生幻觉时的陶醉心理,促使我前进。厨房里有某种近似头天晚上我在藏书馆被熏倒的气味。也许不是同样的物质,但对于我那极度兴奋的感官来说,却有着同样的效果。我闻到一股难闻的气味,是厨师们用来添加酒味的紫云英、明矾和酒石的气味。或许正像后来我所得知的,那些日子里,他们正在酿制啤酒,是按照我家乡的方法制作的,用石楠、沼泽爱神木和野生迷迭香。所有这些香料不仅刺激我的鼻孔,而且麻醉我的头脑,使我飘飘欲仙。

我理性的本能在提醒我:"后退!"远离那在呻吟着的东西,那肯定那是一个恶魔给我召唤来的淫妇,可是我的欲望的冲动却驱使我向前走,仿佛我想参与某种神奇的事情。

就这样,我接近了那个黑影,借助从大窗户射进来的月光,我发现那是一个女人。她全身颤抖着,一只手用一个包裹捂着胸口,哭泣着退到面包炉口。

现在,但愿上帝、童贞圣母和天上所有的圣人能帮我说清楚那发生在我身上的事情。作僧侣的尊严和纯洁(如今我是这座漂亮的梅尔克修道院里的老僧,这里是清静的)提醒我得小心翼翼恪守本分。我可以简单地说有某种罪恶的事情发生了,但是把它复述出来，就不够有修养了，我不想让我自己和我的读者感到困惑。

然而，我又打算叙述出那些已很久远的事件的全部真相，而真相是不可分割的，其本身是一清二楚的，不能因为我们的兴趣和我们的羞耻心而遮掩它。关键在于我不能按照我现在的观点和印象说出当时发生的事情（如今我还记忆犹新，也不知是因为事后我产生的愧疚心理使我能如此清晰地铭刻在心，还是因为我内心愧疚得不够，所以内心仍饱受折磨，只要萌生哪怕是一丁点儿的羞耻感，我那痛苦的记忆就会出现在眼前），要像当时我亲眼见到和亲耳听到的那样来讲。我可以像编年史作者那样一五一十地记载下来，因为我一闭上眼，就不仅能够复述出我在那瞬间所做过的一切，还能够回忆起自己有过的想法，就像抄写一份当时写就的书稿。因此我得这样进行叙述，但愿大天使米迦勒能保护我。为对未来的读者有警示作用，以及因我对自己过错的愧疚感，现在我愿意像讲述一位年轻人误入魔鬼布下的种种陷阱那样讲述当时发生的事情，以使后人识别那些陷阱，做到防患于未然。

果然，那是个女人。依我看来，是个姑娘。由于在那一刻之前（感谢上帝，自从那以后也同样如此），我跟女性很少有过亲昵接触，我真说不出她年龄的大小。我只知道她很年轻，几乎是个少女，也许已度过十六个或十八个春秋。她像一只冬天里的小鸟在颤抖，她在那里哭泣，她怕我。

一想到帮助别人是每一个善良的天主教徒的责任，我就走近了她。我极其温柔地挨近她，并用标准的拉丁语对她说不用害怕，我是一位朋友，不管怎么说不是一个令她心存恐惧的敌人。

也许因为见我眼里流露出温柔的目光，姑娘平静下来，走近了我。我发现她不懂拉丁语，就本能地跟她说通俗德语，这使她恐惧万分。我不知道，这是因为德语生硬的发音对于那个地区的人来说很陌生,还是这声音让她想起跟我家乡来的士兵们有过的某些经历。于是我微笑了,我想手势和脸部表情比语言本身更便于沟通。她的确平静下来了,她也对我微笑,并对我说了几句话。

我听不太懂她说的方言,它无论如何与我在比萨学的俗语一点儿也不一样,但是从她那温柔的口吻听来,我觉得她是在说诸如"你年轻、英俊……"之类的话。听到有人称赞自己美貌,对于一个在修道院里度过整个童年时代的见习僧来说,的确是很稀有的事情,因为我一贯得到的训诫就是,躯体的美是瞬间即逝的,应该把它视作卑微的东西。然而敌人设下的圈套是无穷无尽的,而且我承认,对我长相的那种恭维,不管多么虚假,在我听起来却是那么温馨,激起了我难以抑制的柔情。再说,那姑娘一边说着,一边把她的手伸过来,用手指肚儿轻轻抚摸我还未长胡须的脸颊。这使我产生了一种神魂颠倒的感觉,但在那一刻,我心里没有丝毫的罪恶感。当魔鬼想跟我们较量的时候,完全能够在我们心灵中抹去任何美德的痕迹。

我感觉到什么了呢?我见到什么了呢?我只记得起初片刻产生的那种激情,是难以用任何言语来表达的,因为我的语言和我的思维都没有描述那种感情的素养。直到后来我想起了那些表达心灵的言语,那也是在别的时候和别的场合听来的,说的都是与此事不同的愉悦心情,但它们跟我那一刻的欢乐简直是神奇地和谐一致,好像它们就是为表达这种欢乐而创造的。那些簇拥在我记忆深处的言语浮上我无言的嘴边,我忘记它们是否写在圣人的经书和著作中,表达更加光彩夺目的现实世界。不过,圣人们所说的欢快和我那骚动的心灵在那一刻所体验到的欢快真有所区别吗?在那个时刻,我心中已完全丧失了警觉。在我看来,这正标志着处在地狱深渊里所感受到的痴狂。

姑娘就这样突然出现在我面前,像是黝黑的童贞圣母,她像《雅歌》中所描述的那么漂亮。她穿着一件破旧的粗布小衫,酥胸性感地袒露着,脖颈上挂着一串用五颜六色的小石头制成的项链,我想那是很不值钱的东西。但是她的头高昂在那如同象牙台的白皙的脖颈上,她那明亮的眼睛如希实本的水池,她的鼻子仿佛利巴嫩塔,她头上的发是紫黑色。是的,她的头发如同山羊群,她的牙齿如一群绵羊,洗净上来,个个都有双生,没有一个丧掉子的。"我的佳偶,你甚美丽!你甚美丽!"我情不自禁地低声说道,"你的头发如同山羊群,卧在基列山旁;你的唇好像一条朱红线;你的两太阳如同一块石榴;你的颈项好像大卫的高台,其上悬挂一千盾牌。"我惊奇不已,心醉神迷,不禁自问,这位向外观看如晨光发现,美丽如月亮,皎洁如日头,威武如展开旌旗军队的[①],究竟是谁呢?

那姑娘更加靠近了我,把一直紧紧捂在她胸口的那个深色包裹扔到一个角落里,又举起她的手轻抚我的脸颊,同时重复着我刚才听到的话。而正当我不知是该躲避她,还是更靠近她的时候,我的头嗡嗡作响,像约书亚的军号声要把耶利哥的城墙吹塌了那样震荡。在我又渴望碰她又害怕碰她的时候,她开心地露出了微笑,像发情的母山羊发出了一声快乐的呻吟,解开了系在胸口的衣带,衣衫像一件长袍那样从身上滑落下来。她站在我面前,就像夏娃在伊甸园里出现在亚当面前那样。"微微隆起的丰满而又美丽的乳房。"我低声地重复着从乌贝尔蒂诺那里听到的话,因为她的两只乳房好像百合花中吃草的一对小鹿,就是母鹿双生的,她的肚脐如圆杯,不缺调和的酒;她的腰如一堆麦子,周围有百合花。

"啊,少女群中一颗灿烂的星星,"我大声喊道,"啊,关闭的门

户,花园里的泉水,蕴藏着珍贵香料的芳香扑鼻的幽闺!"我情不自禁地贴在她身上,感受她的体温,以及从未闻到过的那种浓郁的肤霜香味。我想起来:"孩子们哪,当疯狂的爱情降临时,人是难以抗拒的!"而我明白,不管我觉得那是敌人的圈套还是上帝的恩赐,此时我已难以抵御那诱惑我的激情冲动。"啊,我软弱无力,"我喊道,"我深知自己为何如此,但我难以抵御!"也是因为她的嘴唇散发出一股玫瑰花的芳香。她穿着凉鞋的双脚是那么美丽,两条腿像光滑的圆柱,她那腰部的曲线也像柱头那样呈流线型,仿佛是出自艺术家之手笔。"啊,我所爱的,欢畅喜乐的女儿,王的心因你下垂的发绺系住了。"我低声自语道。我依偎在她的双臂之中,我们一起倒在厨房的光地板上,我不知道是我的主动还是她的手腕,我发现自己已脱下见习僧的长袍,我们并不为那样赤身裸体而感到羞涩,一切都是那么美好。

她用嘴亲吻了我,她的柔情比美酒更香醇。她身上的香气醉人,她那挂着彩石的脖颈是那么美,挂着耳坠的脸庞妩媚动人。我的佳偶,你甚美丽,你甚美丽,你的眼像鸽子眼(当时我那么说),让我好好看看你的脸,让我听听你的声音。你的声音是那么悦耳,你的脸庞是那么诱人,我的妹子,你让我爱得发疯,只要你的一个眼神,只要你脖颈上的一颗彩石,就能让我心醉神迷。你的唇滴蜜,好像蜂房滴蜜;你的舌下有蜜有奶,你鼻子的气味香如苹果,你的两乳,好像葡萄累累下垂,你的口如上好的酒灌入我的心扉,流淌在我的唇齿间……那是封闭的泉源,哪哒和番红花,菖蒲和桂树,没药和芦荟。我吃了我的蜜房和蜂蜜,喝了我的酒和奶。这位向外观看如晨光发现,美丽如月亮,皎洁如日头,威武如展开旌旗军队的,究竟是谁呢?

上帝啊,当人的心灵受到诱惑时,其唯一的美德就是去爱迷住你的对象（难道不是真的？），去得到你渴望拥有的。这最大的幸福，就是在生命的源头享受欢愉的人生（莫非没有人这么说过吗？），就是要品味人生的滋味之后去体验生命的真谛，我们将永恒地生活在天使们的身边……我这样想着，我觉得预言在变成现实。最后，当姑娘那无法言喻的柔情使我飘飘欲仙的时候，我的身躯就如同眼睛，一下子见到了前后四周的事物。而且，我领悟到爱情能同时萌生出结合在一起的温馨和幸福，激发出亲吻和交欢的激情。我曾经听说过这些，当时却以为别人是在跟我说别的什么。当我的欢快达到最高潮的时候，一瞬间我想起来，也许我是在体验正午魔鬼在夜里的占有欲，它到最后会对我心醉神迷的灵魂显露出魔鬼的本性，好像在叩问你是谁。魔鬼善于诱惑人的灵魂，捉弄人的躯体。不过，我立刻相信我的迟疑是可恶的，因为我当时的感受无比的真切、美好和神圣，温馨感逐渐增长。

它像掺在一杯葡萄酒里的一小滴水，完全失去了水的成分，颜色和味道变得跟葡萄酒一样；它像烧红的热铁，变得跟烈火一模一样，似乎已失去原有的形状；它还像沐浴着阳光的晴空，灿烂靓丽，以至让人觉得那不是阳光照亮的，而是它自身发出的光亮。我就这样被一汪似水的柔情所融化，用仅有的气力喃喃地吟诵着赞美诗中的一段："你的胸脯如同新开启的密封的醇酒，让人开怀畅饮。"我即刻看到了一道亮光，一个燃着熊熊烈火的红宝石色的胴体，光彩照人，奇妙无比。那亮灿灿的光线萦绕在火焰四周，那火焰穿透了整个光彩夺目的形象，那灿烂的亮光、熊熊的火焰和奇妙的形象，三者融为了一体。

正当我几乎晕倒在与我紧密结合的身体上时，在最后一股生命的气息中，我明白了火焰发出的明亮光辉，那是天赐的生命力，它有着炽热的能量，直到焚烧殆尽。继而我明白那就是深渊，那就是诱惑人的无底深渊。

现在，我用颤抖的手（我不知道是因为惧怕自己所犯下的罪孽，还是因为那回忆令人愧疚）写下了这几行字。我发现自己在描述我的秽行时所使用的词语，竟然跟前面几页中描述小兄弟会的米凯莱被施火刑殉难时所使用的语言并无二致。我那屈从于我心灵的手，居然用同样的言语写下了两种截然不同的经历。这并非偶然，也许当初我是以同样的方式经历了那两件事。刚才，试图把那两件事都写在羊皮纸上的时候，我才发现这一点。

可以用神秘的智慧，把本质截然不同的现象用同样的词语表达出来，以同样的智慧也可以用世俗的词语来描述超凡的圣事，并可借模糊的象征来表达。狮子或猎豹可以象征上帝，伤口象征死亡，火焰象征欢乐，火焰又象征死亡，深渊象征死亡，堕落意味着深渊，而癫狂意味着堕落，激情意味着癫狂。

为什么年少的我，要用殉道者米凯莱面对死亡时表达快感的语言来表达对（神圣的）生命之欢乐的陶醉呢？但为什么我又不能不用同样的语言来表达对（有过错的和一时的）人间欢乐的享受呢？尽管享受过后我立刻有一种死亡和毁灭的感觉。现在，在事隔多年之后，我在用心思索两个同样令人兴奋和痛楚的经历，以及当初我感受的方式。而那天夜里在修道院，我刚想起了一件事情，怎么在相隔几个小时之后，又敏感地想起了另一件事的情景呢？还有，眼下当我叙述这些时，这两件事情的情节怎么会历历在目，就像是在幻觉中见到神灵时，一个销声匿迹的圣洁的灵魂，在三种不同的情况下用同样的语言在对我叙述。也许我亵渎了上帝（那个时候，还是现在？），米凯莱那种对死的渴望，焚烧米凯莱的火焰使我感受到的惶惑，与姑娘肉体结合时我不可遏制的欲望，用神秘的贞操观来寓意式地解读我的那种欲望，以及驱使圣女为了爱情视死如归，以求活得更加长久，达到爱情的永恒，这所有的一切究竟有什么相似之处呢？如此模棱两可的事情，怎么可能用如此相同的方式解释呢？而这仿佛是最有名望的学者留给我们的教诲：意味着真理的种种形象越是明显，往往因其不相类似，就越显得仅是形象，而不是真理。但是如果对火焰和对深渊的爱，象征着对上帝的爱，那么是不是也意味着对死亡和对罪过的爱呢？是的，就像狮子和蛇蝎都象征着上帝和魔鬼一样。对此只能由神父们做出权威性的解释，而处在愁闷中的我，哪有什么权威让我心悦诚服呢？因此我仍是疑惑不解（火焰的形象还诠释了我空虚的现实和我十足的错误，这现实和错误毁灭着我）。上帝啊，现在我被记忆的漩涡所吞噬，我把不同的时代混淆在一起了，好像我在干预星辰的次序和天体运行的序列，我的心灵在发生什么变化呢？我肯定是在超越我有罪的和病态的聪明智慧。罢了，还是回到我谦卑地给自己定下的任务上来吧。刚才，我讲述了那天我完全沉沦在困惑之中。我把回忆起来的情景都说了，我这个诚实的实况报道者无能的笔，就写到这里为止了。

我不知道自己躺了多久，姑娘就在我的身边。她用一只手继续轻轻地触摸我汗湿的身体。我内心感到欣喜，但并不觉得安宁，就像火烧到最后，在烟灰底下慢慢消逝。我想毫不迟疑地称那些有过我同样体验的人是幸福的人（我像是在沉睡中喃喃自语），尽管生活中很少会有这种体验（实际上我仅有过这么一次），而且是那样急匆匆地发生在生命的一瞬间。人在那种时刻几乎感觉不到自己的存在，对自身毫无感觉。自己变得那么渺小，几近于被毁灭。而如果有人（我对自己说）也能在这一瞬间仓促地品味到我的欢乐，就会很快以冷眼观察这个邪恶的世界，就会被恶作剧般的日常生活所困扰，就会感觉到僵死的躯体之重负……我不就是如此得到教训的吗？让陶醉在那幸福之中的我的全部心灵忘却一切。我的感受肯定是(现在我明白了)永恒的太阳发射的光芒所致,太阳光带来的喜悦打开了人的心灵,舒展了人的心情,开阔了人的心胸,而人为自己敞开的欲望之洞却不是那么容易关上的。那是爱情之利剑刺开的伤口,没有比爱情更为温馨而又可怕的了。然而,那就是太阳的威力,它用光芒穿透受伤的人,让所有的伤口扩大,于是人打开自己的心胸,膨胀自己,血脉暴胀,人的力气已经无法履行接受的命令,只能听凭欲望的支配。燃烧的心灵坠入现今正触及的深渊之中,看到自己的欲望和所追求的真理被亲身体验过并被正在体验的现实所超越。人惊诧地目睹自己的癫狂。

我沉浸在难以言喻的欢快的感受之中,睡着了。

过了相当长的时间,我睁开了眼睛,也许因为有一片云彩遮挡着,夜晚的月光非常暗淡。我朝身旁伸过手去,没有摸到姑娘的身躯。我转过头：她不在了。

发泄我的欲望和满足我饥渴的对象一旦不复存在,我突然感受到的是那种欲望的虚荣和那种饥渴的邪恶。所有的动物在交媾后都是忧郁的。我意识到自己已经犯下了罪孽。如今,在相隔多年之后,当我仍为自己的过错愧疚不已时,我不能忘怀的是那天夜里我所体验到的无比欢乐,而我要是不承认某些自然发生的事情本身的善和美的话,即便是在两个罪人中间发生的,那我就愧对用善和美创造了天地万物的至高无上的上帝了。不过,也许是如今我已年迈,错误地觉得在我年轻时发生过的一切事情都是那么美好,而到了古稀之年的我应该想到的是即将面临的死亡。可当时我还青春年少,并没有想到死亡,而是强烈地虔诚地为自己的过失而痛哭。

我站了起来，全身颤栗着，也因为我在厨房冰凉的石板地上躺得太久，全身都麻木了。我几乎像是在发烧，颤抖着穿上了衣服。这时我发现了姑娘逃跑时留在墙角的包裹。我俯下身子仔细查看：那包裹皮像是从厨房里弄来的粗布。我打开包裹，起初看不清里面究竟是什么东西，一方面因为光线幽暗，另一方面是里面包的东西形状奇特。随后，我明白了：在一片片血块和一条条松软泛白的肌肉中间，出现在我眼前的是一颗心脏，一颗硕大的心脏，虽然已脱离活体，黏糊糊的，但仍然颤动着，看得出上面一道道青灰色的脉络。

　　我眼前降下一片阴霾，嘴里涌起一股酸涩的唾液。我叫喊了一声，就像一个死人那样倒下了。

第三天

夜　晚

其间，心神不宁的阿德索向威廉告解，思索着女人创造人的作用，但随后发现了一具尸体。

我醒来时，感觉有人在我脸上洒水。是威廉修士，他拿着一盏灯，在我脑袋底下垫了什么东西。

"阿德索，发生什么事情啦?"他问我道，"莫非你在夜里转悠到厨房偷吃下水了?"

简单说吧，威廉醒来后，我现在记不得是由于什么原因他寻找过我，因为没有找到，就想到我可能是到藏书馆去显露自己的才干了。他从厨房进入楼堡时，看见一个黑影从门里出来进了菜园（那是姑娘离开楼堡出来，也许是因为她听到有人走近楼堡）。他想弄清那人是谁，就跟着她，但那人（或者在他看来那是个黑影）走到院墙外，然后就消失了。于是威廉——在对四周作了一番侦察之后——走进了厨房，发现我晕倒在那里。

我仍然惊恐不已，向他示意那裹着心脏的包裹，含糊地嘟囔着又发生了一件新的凶杀案。他笑了起来："阿德索，什么人会有这么肥大的心脏呀? 这可是一头母牛或是一头公牛的心脏，他们今天正好宰了一头牲口！可是，它怎么会落在你的手里呢？"

这时，我愧疚的心理难以释怀，加上恐惧惊吓，就号啕大哭起来，我求他给我施行告解的圣礼。他接受了我的告解，我毫无保留地把一切都告诉了他。

威廉修士十分认真地听我说，不过带有一丝包容。当我讲完后，他脸上显出严肃的神情，对我说道："阿德索，你犯下了罪，这是肯定的，违反了不准通奸的戒律，也背离了你作为见习僧的职责。然而，可以原谅你的是，处在那样的一种境遇之中，即使是沙漠中的神父也会犯同样的罪孽。女人是诱惑的根源，这在《圣经》中已经讲得相当多了。有关女人，《传道书》中说，她的话语就像燃烧的烈火，《箴言》中说，她窃取了男人最宝贵的灵魂，最坚强的人也会被毁。《传道书》还说：我得知有等妇人，比死还苦；她的心是网罗，手是锁链。还有人说女人是魔鬼的载体。不过，我亲爱的阿德索，我无法说服自己的是，上帝在自己创造的物种中引入这样邪恶的东西，怎么会不赋予她某些美德呢？我不能不思索这样的事实，上帝给了她许多特权和瑰宝，是有缘由的，上帝有三方面是很伟大的。他用泥土在这个卑劣的世界上创造出男人，而后用高贵的材料在人间的天堂创造出女人，他不是用亚当的脚和身体的内脏来创造女人，而是用肋骨；其次，无所不能的上帝，本来可以随便用什么奇迹般的方式把自己变成人，然而他却选择了在女人的腹中安身立命，这表明她并不是那么污浊的，而后来上帝复活后，是对一个女子显身的；最后一点是，在荣耀的天国中，男人不能成为那里的国王，却由一个从未失去贞操的女子当王后。如果上帝对夏娃本人和她的女儿们是施予恩宠的，那么，我们受女性的美艳和优雅的诱惑，难道就不正常了吗？我想对你说的是，阿德索，今后你一定不能再犯这样的错误，而你受到诱惑那样做了，也没什么可怕的。何况，一个僧侣在他一生中至少有一次肉欲的体验，有朝一日就可以宽容和谅解犯有过错的人，劝导和宽慰他们……好了，阿德索，这种事情没有发生之前希望别发生，已经发生了也不必过分自责。它已随上帝而去，今后我们就再也不谈及此事了。有些事情不要考虑过多，要是你能做到，最好还是把它忘了。"我仿佛觉得他说到这里，声音变得细弱了，像是有某种内心的感动，"我们还是想想今晚发生的事情说明什么。这姑娘是什么人？她跟谁幽会？"

"这我可不知道，而且我没有看见原先跟她在一起的那个人。"我说道。

"好吧，不过从许多线索来看，我们可以推测那个人是谁。首先那是一个又丑又老的男人，一个女孩子不情愿跟的人，特别是据你所说，她是一个漂亮的姑娘，尽管我觉得，我亲爱的狼崽子，当时你几乎是饥不择食。"

"为什么那男子是又丑又老呢？"

"因为姑娘和他来往不是出于爱，而是为了一包下水。她肯定是一个乡下姑娘，也许她不是第一次答应跟某个淫僧幽会，她这样是为了让自己和她家里人有东西可吃。"

"一个卖淫的女子！"我惊恐地说道。

"一个可怜的乡下姑娘，阿德索。兴许她有几个弟弟得喂养。可能的话，她愿意为爱情而委身于他人，而不是为了谋利，就像她昨晚所做的那样。果真，你对我说了她夸你年轻漂亮，她是不求任何报酬，出于对你的爱而献身给你的，而她委身于别人只是为了一颗牛的心脏或几片肺叶。昨晚她为自己能把奉献给喜爱的人而感到高尚和欣慰，以至于不拿取任何东西作交换就逃走了。这就是为什么我认为，与你相比，那个人就可能是既不年轻也不漂亮了。"

我承认，尽管我对自己的过失愧疚不已，威廉的解释仍使我感到无比自豪，不过我没有吭声，让我的导师说下去。

"这个糟老头子应该是有机会到村子里去，并且由于某种跟职务有关的原因，他跟农民们有些接触。他应该知道怎么让外人出入修道院围墙，而且知道厨房里有那些下水（兴许明天，会有人说厨房的门开着，进来了一条狗，把下水给吃了）。总之，他是有一点经济头脑的，顾及厨房在伙食上不至于有太大的损失，否则他就会给她一块牛排或某个更美味的部分。现在你看到了，我们这个陌生人的图像勾勒得非常清楚了。而我斗胆直言，所有这些特征，真是要了命了，集中到一个人身上，那就是我们的食品总管，瓦拉吉内的雷米乔。或者，要是我搞错了的话，那就是我们那个神秘的萨尔瓦多雷了。何况，因为他是这一带的人，他跟当地人能说得上话，而且能够说服一个姑娘按照他的意愿行事，要不是让你给遇上的话。"

"肯定是如此，"我确信无疑地说道，"可是，现在我们知道这些有什么用呢？"

"没有任何用，或者是一切都有用。"威廉说道，"事情可以跟我们所关心的命案有关系，或者毫无关系。另外，要是食品总管曾是多里奇诺派的人，这就相互解释了因果。而我们现在知道了，这座修道院在夜里是怪事丛生的场所。可谁知道，我们的总管或是萨尔瓦多雷，他们在黑暗中那么潇洒自如地在修道院里任意胡行，他们知道的事情肯定不止他们说的那些。"

"可他们会告诉我们吗？"

"不会。如果我们无视他们的过失，对他们表现出恻隐之心，他们就不会告诉我们。然而，如果我们的确想知道某些事情，我们手里掌握着迫使他们说话的手段，那么他们就会告诉我们。换句话说，如果有必要的话，食品总管和萨尔瓦多雷就是我们的人，而上帝会宽恕我们这种渎职行为的，既然他已经宽恕了那么多别的渎职行为。"他说到这里，狡猾地看了我一眼，我也不敢对他出的主意的正当性提出看法。

"现在我们该去睡觉了，因为再过一个小时天就亮了。可是，我可怜的阿德索，我看你还是那么心神不宁，还在为你的过失害怕……没有什么比在教堂里好好作一次间歇，放松一下精神更舒心的了。我已经赦免了你的罪过，但是谁知道呢？你还是到上帝那里去证实吧。"他狠狠地拍了一下我的脑袋，像是表示刚强有力的父爱，也许是宽容和饶恕，兴许（就像我当时非分地想到的那样）也是善意的嫉羡，因为他是一个渴望体验新鲜的冒险经历的人。

我们顺着往常走的那条通道出来，朝教堂走去。我紧闭双眼急匆匆地走过去，因为那些枯骨让我清醒地想起，那天夜里我是如何几乎化为尘埃，我对自己肉体的那种自豪感显得多么愚蠢。

我们来到了教堂的中殿，看到大祭台跟前有一个黑影。我以为又是乌贝尔蒂诺，却是阿利纳多。起初他并没有认出我们来，后来，他说反正已无法入睡，他就决定为那位失踪的年轻僧侣通宵祈祷（他连名字都不知道）。要是他死了，就为他的灵魂祈祷，要是他只是病倒在什么地方，就为他的健康祈祷。

"死的人太多了，"他说道，"死的人太多了……不过，《启示录》里是那么写的。第一声号响，下冰雹，第二声号响，大海的三分之一变成了血，你们在冰雹中找到一个死人，在血泊中找到另一个死人……第三声号角警示说一颗炽热的星辰将落在江河的三分之一和众水的泉源上。所以我告诉你们，我们的第三个兄弟失踪了。你们害怕第四个人死，因为太阳、月亮和星辰的三分之一将被击中，将几乎出现一片黑暗……"

我们从教堂的十字形耳堂出来时，威廉琢磨着老人的言谈中是不是有某些真实的成分。

"但是，"我提醒他注意，"他是用《启示录》作为指南，只假设有一个可怕的心灵，事先就安排好了有三个人失踪，猜测贝伦加可能也死了。可是我们知道阿德尔摩的死是出于他自己的意愿……"

"不错，"威廉说道，"但是同一个邪恶的或是病态的心灵，可能从阿德尔摩的死得到启发，象征性地安排了另外两个人的死亡。如果是这样的话，贝伦加可能死在河流或者泉水里。可是修道院里并没有河流和泉水，至少没有能把人淹死的流水……"

"只有浴室。"我几乎是随口说道。

"阿德索！"威廉说道，"你知道吗？这可能就是个线索，浴室！"

"可是，他们也许已经去那里查看过了……"

"今天早上我看到仆人们在寻找，他们打开了浴室的门，只朝里面环视了一下，没有搜查。他们没想仔细搜寻某些藏得很隐蔽的东西，他们指望找到一具尸体戏剧性地躺在某个地方，就像倒插在猪血缸里的韦南齐奥的尸体那样……我们还是去看一眼吧，反正天还黑着呢，而且我觉得我们的灯还燃得挺欢。"

我们去了，没费劲就打开了紧挨医务所的浴室的门。

浴缸之间有宽幅的帆布帘子隔开遮挡着，我记不得有多少个。僧侣们按教义规定的日子洗澡净身，而塞韦里诺则是利用洗澡来治疗疾病，因为没有比沐浴更能使人放松身心的了。浴室角落里有一个壁炉，烧热水很方便。我们发现炉子里有刚烧完的木灰，前面地上倒扣一口大锅，可以从另一个角落里的水池取水。

我们看了看前面几个浴缸，都是空的，唯有最后一个浴缸被一个帘子遮着。浴缸的水是满的，旁边堆放着一件长袍。在我们那盏灯的照耀下，初看上去浴缸的水面显得很平静，但当灯移近水面时,我们就隐约地看到缸底有一个赤裸的人体,已经死了。我们慢慢地把尸体拖出浴缸:是贝伦加。威廉说,这才像一个溺水的死人。面部肿胀,躯体苍白松垮,除了疲软的外阴部,身上没有毛,看了让人感到污秽,像一个女人的身体。我脸红了,然后身上一阵哆嗦。当威廉为尸体祝福时,我在胸前画了个十字。

第四天

第四天
赞美经

其间，威廉和塞韦里诺检验贝伦加的尸体，发现他舌头发黑，溺死的人很少是这样。随后，他们讨论了剧毒的药品以及很久以前发生的一桩盗窃案。

我们如何通报给院长，整座修道院又如何在做礼拜的时辰前就闹腾，人们如何听到恐怖的叫喊声，又如何看到人人脸上惧怕和痛苦的神情，以及消息如何传到修道院里所有居住者的耳中，仆人们如何在胸前画十字，嘴里如何默念驱魔的符咒，这些我都不再一一赘述。我不知道那天早晨是否按照教规举行了礼拜，也不知道谁参加了礼拜仪式。我跟着威廉和塞韦里诺，他们让人把贝伦加的尸体裹起来，并命人把尸体横放在医务所一张台子上。

修道院院长和其他僧侣走后，药剂师和我的导师威廉像医务人员那样漠然地察看了尸体许久。

"他是溺死的，"塞韦里诺说道，"这无可置疑。脸是肿胀的，肚子鼓鼓的……"

"然而不是被别人溺死的，"威廉提醒说，"否则的话，他会对杀人凶手的暴力行为有反抗，我们就会在浴缸四周发现水迹。可是一切都井然有序,干干净净,仿佛贝伦加自己把洗澡水加热,把浴缸放满,心甘情愿地躺在了里面。"

"这并不令我惊诧,"塞韦里诺说道,"贝伦加患有惊厥症,我本人曾多次对他说过,温水沐浴可以安神养心。他经常要求我离开的时候烧上热水,昨晚他也可能来沐浴了……"

"是前天晚上,"威廉纠正他说,"因为这躯体——你看——在水里至少浸泡了一天……"

"可能是前天晚上,"塞韦里诺认同地说道。威廉部分地告诉了他那天晚上发生的事情,但没有对他说我们偷偷潜入了缮写室,只是说我们跟踪过一个神秘的人影,那人拿走了我们一本书,说这话时隐瞒了许多细节。塞韦里诺明白威廉只对他说了部分实情,但他没有多问。他提醒说,如果贝伦加是窃贼的话,那么他可能因为心神不宁而想借助沐浴来镇定心绪。他说贝伦加生性过于敏感,有时候遇上逆境或激动的场面,他就会全身颤抖,出冷汗,两眼突出,口吐白沫而昏厥在地。

"无论怎么说,"威廉说道,"来这里之前,他肯定是到过别的地方,因为我在浴室里没看到他偷走的那本书。"

"是啊,"我相当自豪地确认说,"我提起浴缸边上的衣服时,没有发现有什么鼓起来的东西。"

"说得好,"威廉对我笑了笑,"所以说,他是先到过别的地方。再说,我们也认为他钻进浴室把自己泡在水里,是为了安定激动的情绪,或者为了逃避我们的追查。塞韦里诺,你认为他患的惊厥症足以让他失去知觉,而致使他溺死在浴缸里吗?"

"有这个可能,"塞韦里诺犹疑地说道,"另外,如果一切都发生在两天前的夜里,即使浴缸周围有水,也都干了。所以我们不能排除他是被人强行溺死的。"

"不过，"威廉反驳道，"你见过一个被凶手杀害的人，在被溺死之前自己脱去衣服吗？"塞韦里诺没有回答，他在查看着死者的双手，过了好一会儿，他说："你看，一个奇怪的现象……前天，韦南齐奥尸体上的血迹被擦净后，我也观察过他的双手，我注意到一个细节，当时我并没有重视。韦南齐奥右手的两个手指肚儿发黑，好像被一种褐色的物质涂抹过。非常清楚，你看见了吗？就像现在贝伦加的两个手指肚儿，而且这里的第三个手指上也有些许痕迹。当初我想，韦南齐奥恐怕在缮写室里碰触过某种墨水……"

"非常有意思。"威廉若有所思地说道，把眼睛凑近贝伦加的手指。天快亮了，屋子里的光线还很黯淡，因为没有眼镜，我的导师显然感到很苦恼。"非常有意思，"他一再重复道，"食指和大拇指的手指肚儿发黑，中指上只有里面那部分稍稍发黑，然而左手上也有淡淡的痕迹，至少在食指和大拇指上。"

"如果只是右手，那可能是抓住了某些小东西，或者是细长的东西……"

"比如一支笔，或者一种食物，或者一只昆虫，或者一条蛇，或是一个圣体支架，或是一根拐杖，可以是太多的东西。可是如果另一只手上也有痕迹的话，那么，也可能是一只酒杯，右手端着酒杯，左手用较小的力托住……"

塞韦里诺现在正轻轻地揉搓死人的手指，然而那褐色的印痕仍在。我注意到他事先戴上了一副手套，大概他在调配有毒物质时使用它。他嗅了嗅那印痕，但没有闻出什么气味。"会产生这种痕迹的物质，我可以给你们列出许多来。有些是致命的，有些却不是。装帧员们的手指有时会沾上金色的粉末……"

"阿德尔摩原来是装帧员，"威廉说道，"我想你看到他那摔得粉碎的躯体时，没有考虑到要检查他的手指。然而，这两个手指变黑的人很可能是碰触了属于阿德尔摩的东西。"

"这我可真不知道,"塞韦里诺说道,"两个死人,手指都染成了黑色。你从中能推断出什么吗?"

"我推断不出什么,按照三段论法,从前面两起特别的案例中得不出任何结论。首先得了解其中的规律。比如说,存在一种物质,碰触到它的人的手指会染黑……"

我得意洋洋地完成了他的三段论法:"韦南齐奥和贝伦加的手指都发黑,所以他们都碰触了那种物质!"

"好一个阿德索,"威廉说道,"只可惜你的三段论法也站不住脚,因为或是一次或是再次把中名词(两个前提共有的结论性的名词)普遍化了。在这三段论中,中名词并不具有普遍性。这表明我们没有选择好大前提。我不该说:凡是手指发黑的人,都碰触过某种物质,因为可能有人手指也发黑,却并没有碰触过那种物质。我应该说:凡是那些,而且只有那些碰触过那种物质的人,其手指才肯定会发黑。比如,韦南齐奥和贝伦加,等等。那样一来,我们就会有一个 Dari① 了,绝佳的第一种模式的三段论法。"

"那么说,我们有答案了。"我兴奋地说道。

"哎呀,阿德索,你那么笃信三段论法啊!我们只是重新提出了问题。也就是说,我们假设了韦南齐奥和贝伦加碰触了同样的东西,这无疑是有道理的假设。但是一旦我们想到有一种能产生这种结果的物质存在,所有物质中唯一的一种(这还得弄清楚),我们不知道那是什么物质,也不知道他们是从哪儿找到它的,又为什么要碰触它。你得注意,我们连是否是他们碰触过的那种物质导致了他们的死亡都不知道。你想象一下,如果一个疯子想把所有

---

① 拉丁语,指逻辑学上的一种有效的三段推理模式:即从两个判断中必然得出第三个判断。

碰触过金粉末的人都杀死的话，那么我们难道就可以推断说，就是金粉杀的人吗？"

我困惑不解。以往我总是相信逻辑是万能的武器，现在我发现逻辑的有效性受制于运用它的方式。跟随着我的导师，在接踵而来的那些日子里，我越来越意识到只有深入到逻辑中去，又能从逻辑中超脱出来，逻辑才能充分发挥它的作用。

塞韦里诺显然不是一个好的逻辑学家，他是凭自己的经验在思考问题："正如大自然的奥秘变幻莫测，毒药的世界也是千差万别的。"他说道。他指着沿墙摆放的那些书架上一排瓶瓶罐罐和细颈瓶，这我们先前已观赏过，它们跟许多书册放在一起，"就像我已经对你们说过的那样，这些药草之中有许多，经过适当的合成和剂量配置后，可以制成致命的药水和药膏。你看那边的曼陀罗、颠茄、毒芹，可以催人昏昏欲睡，也可以让人兴奋，或两者皆有；若谨慎服用，则是上佳的药品，但是服用过量，就会致命……"

"不过这些物质都不会在手指上留下痕迹吧？"

"我相信不会。有一些物质只有吞咽下去才有危险，而另一些却是对人的肌肤起作用。谁抓住白嚏根草把它从泥土里拔出来，就会恶心呕吐。白嚏根草和白蜡在开花的时候，会使碰触它们的园丁显出醉意，好像喝了葡萄酒似的。只要一碰触黑嚏根草，就会引起腹泻。有些植物会引起心悸，有些会使头部颤动，还有的植物会使人失声。相反，毒蛇的毒汁，只用于皮肤而不渗入血液，则只会产生轻微的瘙痒……可是，曾有过一次，有人让我看一种成药，把它抹在狗的大腿内侧靠近阴部的地方，那狗便全身猛烈痉挛，四肢慢慢僵硬，很快就死了……"

"你对毒药知道得不少啊。"威廉带着近乎赞赏的语气说道。塞韦里诺盯着威廉，凝视了许久："我所知道的，无非是一位医生，一位药剂师,一位研究人体健康的医学工作者所应该知道的。"

威廉久久地陷入沉思。后来,他请塞韦里诺掰开死者的嘴检查舌头。好奇的塞韦里诺拿出一个细薄的压舌片,那是他行医的工具,他按威廉的吩咐做了。随即他惊叫起来:"舌头是黑的!"

"这么说来,"威廉低声说道,"他用手指抓过什么东西,并把它吞服下去……这就排除了你刚才列举的那些渗入肌肤而致死的毒药。然而,我们并不会因此就更容易推断。因为现在我们得考虑到韦南齐奥和贝伦加有可能是自愿那么做的,而不是纯属偶然,不是因为疏忽大意或欠谨慎,也不是暴力所致。他们知道自己在做什么,他们抓住了什么东西,并把它放进嘴里……"

"一种食物? 一种饮料?"

"也许是吧。或者也许是……这谁知道呢? 一种像笛子那样的乐器……"

"这太荒唐了。"塞韦里诺说道。

"当然荒唐。但是我们不能忽视即便是匪夷所思的任何假设,不过,我们现在再设法追究一下那有毒物质。如果有某个精通有毒物质的人进入这里,用了某几种你这里的药草,他能够配制成一种致命的药膏,在手指和舌头上形成那些痕迹吗? 它可以被放在食物、饮料、汤勺或某种入口的东西里吗?"

"可以,"塞韦里诺肯定地说道,"可那会是谁呢? 何况即便这个假设成立,那人又怎么给那两位可怜的僧侣下毒呢?"

说实话,我也想象不出韦南齐奥和贝伦加怎么会让某个人接近他们,给他们一种神秘的药物,而且说服他们把这毒药吃进嘴里或者喝下去。但是威廉对这种荒诞的假设并不感到困惑。"这我们以后再考虑,"他说,"因为现在我要你尽力回忆一件也许你还没有想过的事情,我不知道,是否有人问过你有关药草的问题,是不是有人能够随便进入你的医务所……"

"等一下，"塞韦里诺说道，"很久以前，说来有些年头了，我在那边的一个书架上存放着一瓶剧毒药物。那是一位从远方国度游历回来的修士兄弟给我的。那肯定是一种草药，但他说不清楚是用什么配制而成的。表面上看，又黏又黄，他告诫我别碰触，因为嘴唇一接触到它，顷刻之间就会毙命。他说，即使摄入极小的剂量，也会在半个小时之内就感到极度疲惫，随后四肢乃至全身就慢慢地瘫痪，直至最后死亡。他不愿把它带在身上，就赠送给我了。我保留它已有数年，因为我打算设法检验它。后来，有一天，台地上忽起大风雪。我的一个助手，一个见习僧，没有关好医务所的大门，狂风裹着大雪把我们此刻所在的这个屋子弄得乱七八糟。细颈瓶破碎了，药水洒在地上，到处是散乱的草药和药粉。我用了一天的时间才归置整齐，我只是在清扫玻璃碎片和无法再用的草药时才让人来帮了我。最后，我发现就缺了我刚才跟你说的那只细颈瓶。起初我很担心，后来我深信那只细颈瓶已经被打碎了，跟别的渣滓混在一起给清除掉了。我让人好好冲洗了医务所的地板，还有那些书架……"

"暴风雪前几小时你见到过那只细颈瓶吗？"

"见到过……噢，确切地说，没有见过，现在我想起来了。它搁在一排瓶子和罐子后面，藏得很隐蔽，我并不是每天都查看它的……"

"那就是说，据你所知，那只细颈瓶很可能在暴风雪袭击之前，早就有人从你这里把它偷走了，而你却没有发觉？"

"现在你让我好好想想，是的，肯定是这样。"

"会不会是你的那位见习僧偷走了，然后他借暴风雪之际，故意让大门敞着，把你的东西弄得七零八落的。"

塞韦里诺显得很激动："当然有这个可能。不仅如此，回想起当时的情景，我十分惊讶，暴风雪再怎么猛烈，怎么会打翻那么多的东西呢？我完全可以这么说，有人趁这场暴风雪把这个屋子弄得乱七八糟，造成的损失远比暴风雪本身可能带来的大得多。"

　　"那个见习僧是谁啊？"

　　"他叫奥古斯丁。不过他去年死了，他是从脚手架上掉下来摔死的，当时他跟别的僧侣和仆人在清洗教堂门楣上的雕塑。不过，仔细回忆一下，他曾多次发誓赌咒说他在暴风雪来临之前并没有忘了关好医务所的门。那时是我在气头上，要他对发生的事故负责。也许他真是无辜的。"

　　"这么说来，有第三个人，也许比一个见习僧更有经验，而且知晓你的毒药。你曾经对谁说起过那毒药呢？"

　　"这我真想不起来了。跟修道院院长肯定说过，在请求他允许我保留如此危险的毒药时。也许在藏书馆里也跟某些人说起过，因为我查寻过能帮助我了解有关毒药性能的药草集。"

　　"可是，你对我说过，对你医术有用的书籍不是都放在你这里吗？"

　　"不错，这里有很多这方面的书，"他说着，一边指着房间一个角落，那里有几个放着几十本书的书架，"但当时我寻找的是某些我不能留在这里的书籍，何况，马拉希亚执意不让我看那些书，非要我征得院长的同意才行。"他压低了嗓音，似乎尽量不让我听到他说的话，"你知道，在藏书馆一个没人知晓的地方，还存放着一些有关巫术的书籍。过去，为了增进知识我可以查阅这些著作，我一直想在书中找到有关那种毒药及其药性的记述，但一无所获。"

　　"那么说你对马拉希亚谈起过那种毒药？"

　　"当然，肯定是跟他谈到过，也许跟他的助手贝伦加也谈到过。

不过，不能急着下结论，我记不清了，我在讲到这种毒药时，是否还有其他的僧侣在场，你知道，缮写室里有时人相当多……"

"我没有怀疑任何人，我只是力图搞清楚可能发生了什么。不管怎么说，你告诉我的是几年前发生的事。令人奇怪的是，有人早在几年前就偷走了一种毒药，而在很长时间以后才用它。这用心险恶，牵涉到一件蓄谋已久的谋杀案。"

塞韦里诺在胸前画了一个十字，脸上现出恐怖的神情："让上帝宽恕我们大家！"

再没有什么可说的了。我们重又覆盖好贝伦加的尸体，准备下葬。

第四天

晨　祷

其间，威廉先后诱使萨尔瓦多雷和食品总管供认他们的罪过，塞韦里诺找到了威廉被偷的那副眼镜，尼科拉送来了新眼镜，威廉拿着两副眼镜去破解韦南齐奥的手稿。

我们正要出去，马拉希亚进门了。见是我们，他显得很不高兴，并做出转身要走的样子。塞韦里诺在屋里看到他，说道："你是找我吗？是为了……"他没说下去，望了我们一眼。马拉希亚向他做了一个被我们觉察到的暗示，像是在说："我们待会儿再说吧……"我们要出去，他要进来，三个人都挤在门厅口。马拉希亚没话找话地说他来找药草师，是因为头疼。

"想必是藏书馆空气不流通所致吧，"威廉带着一种理解的口吻关切地说道，"你们应该做一做药草烟熏治疗。"

马拉希亚嘴唇动了动，像是还想说什么，可他随即改变主意不说了，低下头。我们走出医务所，他走了进去。

"他到塞韦里诺那里去干什么呢？"我问道。

"阿德索，"我的导师不耐烦地对我说，"你得学会用自己的头脑思考。"然后他改变了话题，"现在我们得查问几个人。至少，"他目光环顾台地的时候，补充说道，"趁他们还活着。对了，今后我们得注意我们的饮食。你要从公用的盘子里取食，从别人倒过酒的大酒坛里取酒。贝伦加死了之后，我们就成了最知情的人。自然是除了凶手之外。"

"可是，您现在打算查问谁啊？"

"阿德索，你大概也注意到了，这里最蹊跷的事情都发生在夜里。有人在夜里丧命，有人在夜里潜入缮写室，有人在夜里把女人带进修道院围墙内……我们的修道院白天是一番景象，夜里又是另一番景象，而不幸的是，夜里的景象比白天更加蹊跷。因此，对在夜间转悠的任何人我们都感兴趣，比如说，昨晚你发现的跟那个姑娘在一起的男子。即使姑娘与毒药毫无关系。但愿如此。瞧，那边走过来一个人，或许就是昨晚的那个人，或许只有他自己才能说清他是何许人。"

他指给我看的是萨尔瓦多雷，他也看见了我们。我注意到他举步微显踌躇，像是想避开我们而停下脚步打算往回走。不过那只是一瞬间的举动。他显然意识到已无法回避我们，便继续朝前走过来。他满脸堆笑，并向我们虚情假意地说了一声"benedicite"①。我的导师甚至没等他说完，就突然用生硬的语气与他说话。

"明天宗教裁判所的人就要到这里了，你知道吗？"威廉问他。

萨尔瓦多雷听了并没显出高兴。他细声细气地问道："这跟我有关系吗？"

"你最好还是跟我说实话，我是你的朋友，是方济各会的修士，你曾经也是，这比明天你向那些人招供要好些，你是知道他们的厉

---

① 拉丁语，祝福上帝。

害的。"

萨尔瓦多雷猝不及防受到这样的袭击,索性不作任何抵抗。他以驯服的神情望了威廉一眼,像是让他明白自己准备问什么就招什么。

"昨天夜里厨房里有个女人,跟她在一起的是谁?"

"啊,一个像兜售货物一样出卖自己肉体的女人,不是什么好东西,没有教养的荡妇。"萨尔瓦多雷像念经文似的说道。

"我不想知道她是不是正派,我要知道昨晚谁跟她在一起。"

"上帝啊,那些女人多么刁钻精明呀! 她们白天黑夜都在琢磨怎么诱惑男人……"

威廉突然一把抓住他的胸襟:"是谁跟她在一起? 是你还是食品总管?"

萨尔瓦多雷知道再也瞒不下去了。他开始讲述一桩怪事。从他的讲述中我们好不容易获悉,他为了讨好食品总管,经常从村子里替他物色姑娘,夜里带她们进入修道院围墙内。究竟通过哪些途径,他不想告诉我们。不过,他赌咒发誓说,他这样做完全是出于好心,同时还流露出他那滑稽可笑的遗憾之意,说他不能通过这种办法也满足自己的欲望。他无法让姑娘先满足了总管之后,也给他自己些许满足。他猥亵地微笑着,油腔滑调地说着,不时还挤眉弄眼,像是在跟惯于勾引女人、贪图肉欲的那种男人说话。他还窥视我。

这时,威廉决定孤注一掷。他突然问道:"你认识雷米乔是在追随多里奇诺之前还是之后?"萨尔瓦多雷顿时跪倒在威廉脚下,流着泪恳求威廉别毁了他,要把他从宗教裁判所手里解救出来。威廉庄重地发誓,绝不会把他吐露的实情向任何人透露,于是萨尔瓦多雷就毫不犹豫地把他跟食品总管的事情和盘托出。他们是在

"秃壁"山上认识的,两人都是多里奇诺一伙的。之后,他跟食品总管逃了出来,进了卡萨莱的修道院,并一起加入了克吕尼修会。他结结巴巴地恳求宽恕,显然,他那已无油水可榨。威廉觉得有必要对雷米乔发起一次突然进攻,他撇下萨尔瓦多雷,任他跑进教堂躲起来。

我们找到食品总管时,他正在修道院对面的谷仓前面,跟几个山谷里来的农民砍价。他不安地看了看我们,并极力装出忙得无暇顾及我们的样子,然而威廉执意要跟他谈话。此前,我们跟雷米乔很少接触,彼此一直是客客气气的。这天早晨,威廉依然很客气,像对他教会里的修士兄弟那样去询问他。这亲切的态度使总管颇为尴尬,起初他回答得很谨慎。

"我可以想象,你由于职务上的需要,夜里在人们入睡后,必须在修道院各处巡查。"威廉说道。

"这要看情况,有时候有些小事要尽快处理,我就不得不牺牲几小时的睡眠。"

"这种时候,你没有发现过任何情况吗? 要是迹象表明有人未经你批准,擅自在厨房和藏书馆之间走动呢?"

"那我一定会禀报给院长的。"

"那当然,"威廉随声附和道,接着突然改变了话题,"山谷里的那个村子并不富裕,是不是?"

"也是也不是,"雷米乔回答说,"那里住着一些受俸牧师,他们得依附于修道院。丰收的年景,他们与修道院共享成果。比如,过圣约翰节时,他们收到了十二蒲式耳的麦芽,一匹马,七头公牛,一头种牛,四只小母牛,五头小牛犊,二十只绵羊,十五头猪,五十只小鸡和十七个蜂箱。另外还有二十板熏猪肉,二十七罐猪油,半桶蜂蜜,三箱肥皂和一张渔网……"

"行了,行了,"威廉打断了他的话,"不过,你得承认这还是没能向我说明村子的境况,村民中哪些是修道院的受俸牧师,而普通村民有多少田地可以自己耕种……"

"噢,你问的是这个,"雷米乔说道,"村里一户普通人家拥有五十方土地。"

"一方是多大?"

"自然是四平方特拉布基。"

"四个平方特拉布基? 那是多大?"

"一平方特拉布基相当于三十六平方英尺。或者你可以这么算,八百特拉布基排列起来的长度相当于皮埃蒙特的一里。一户人家——朝北边的土地——种植的橄榄至少可以榨取半袋橄榄油。"

"半袋?"

"是的,一袋等于五个艾米纳,而一个艾米纳相当于八大杯。"

"我明白了,"我的导师失望地说道,"各个地方有自己的计量单位。比如说,你们是用波卡莱量葡萄酒的吧?"

"或者用鲁比亚。六个鲁比亚相当于一个布伦塔,八个布伦塔相当于一个波塔利。或者你可以这么算,一个鲁比亚相当于两个波卡莱或六个品脱。"

"我想我是搞清楚了。"威廉忍气吞声地说道。

"你还想知道别的什么吗?"雷米乔问道,我觉得他话里带有一种挑衅的口吻。

"是的! 我刚才问你山谷里的人生活怎么样,是因为今天我在藏书馆里思考了罗曼斯的翁贝托①关于女人的布道,特别是在《致

① Umberto da Romans(1193—1277),多明我会第五任总会长。

乡村的贫穷妇女们》那一章里。在那一章，他说，由于贫困，她们比其他女人更容易受到诱惑而犯淫乱罪。他又明智地说：'跟俗人偷情，犯的是道德之罪；跟担任圣职的教士偷情，道义上罪不可恕；而跟选择了幽闭的修士偷情，就是罪大恶极该自绝于人世了。'即使在修道院这种圣洁之地，正午之魔的诱惑也从未中断过，这你比我更清楚。我想，愿上帝宽恕我这样想，你在跟村里人接触时，是否听说过有些僧侣引诱姑娘私通呢？"

尽管我导师说话的口吻显得毫不在意，可我的读者一定想象得出，那些话是怎样令可怜的食品总管惶恐不安。我不想说他是否脸色顿时变白，但我可以说我料想他会吓得脸色发白，果然我见到他面无血色。

"你问的这事，要是我知道，我会禀报给院长的。"他谦恭地回答道，"无论怎么样，此事对你的调查如有帮助，我一旦获知，不会瞒着不对你说的。你倒是让我想起来了，关于你的第一个问题……可怜的阿德尔摩丧命的那天夜里，我在院子里转悠……你知道，那是关于母鸡的事情……有传言说我曾经碰上某个铁匠在夜间去鸡舍偷鸡……对了，那天晚上，我看见——从远处看到的，我不能保证——贝伦加沿着唱诗堂回寝室去，他好像是从楼堡里出来……我对此不感到惊奇，因为僧侣们早已对贝伦加有所议论了，这你也许已经知道……"

"没有听说，你跟我说吧。"

"好，怎么说呢？贝伦加被怀疑是爱恋……是一个僧侣不该有的那种恋情……"

"你是不是想提示我，他跟村里的姑娘们有像我刚才问你的那种关系？"

食品总管窘困地咳嗽了一下，并露出一丝猥亵的笑："噢，不是……是更加不成体统的恋情……"

"那么,从某种意义上来说,一个僧侣与村姑享受肉欲的激情是得体的喽?"

"我可没有这么说,可是正如你所教诲的,堕落和美德一样是有轻重深浅之分的。诱纵肉欲可以是顺应自然的……也可以是违背自然的。"

"你是在说,贝伦加是同性恋?"

"我是说大家都这么议论他……我告诉你这些是为了证明我的诚意和善心……"

"我向你表示感谢。我同意你的看法,鸡奸的罪孽要远远大于其他方式的淫乱,坦率地说,我无意调查这类事情……"

"而确实发生这类事情的时候,是相当可悲的,相当可悲。"食品总管带有哲理性地说道。

"的确可悲,雷米乔。我们都是有罪孽的人。我不想在兄弟眼中挑刺,因为我害怕自己眼中有'梁木'①。不过,要是将来你愿意把眼里的'梁木'都向我指出的话,我将对你感激不尽。这样我们就可以着眼于粗大结实的树干,让那些小刺在空中飞舞。你刚才说一个特拉布基相当于多少来着?"

"三十六平方英尺。不过,你不必犯愁,当你想了解什么情况,尽管来找我好了。你尽可把我当做你忠诚的朋友。"

"我就是这样看待你的,"威廉热情地说道,"乌贝尔蒂诺告诉我,你过去跟我同属一个教派。我不会背叛一位从前的老教友的,尤其是这些天,人们正等待由一位大裁判官率领的教皇使团来临,我更不会那样做,他因用火刑处死过不少多里奇诺的信徒而声名

---

① 出自《马太福音》:为什么看见你弟兄眼中有刺,却不想自己眼中有梁木呢?

322

显赫。你刚才说一个特拉布基等于三十六平方英尺?"

食品总管并不是傻子。他决心不再玩猫捉耗子的游戏了,何况他已意识到自己正是那耗子。

"威廉修士,"他说,"看来,你知道的事情比我想象的要多得多。是的,我是个可怜的皮肉之躯,我抵挡不住肉欲的诱惑。威廉啊,你游历过世界各地,你知道即便是阿维尼翁的红衣主教们也不都是道德的楷模。我深知,你并不是为这些微不足道的过失在审问我。不过,我也明白,你对我过去的经历略有所闻。我有过一段奇怪的生活经历,像许多方济各修士一样。几年前,我笃信守贫的理想,放弃了修道院的生活,到处流浪。我相信过多里奇诺的布道,跟许多人一样。我并不是一个有知识的人,我出生在手工匠家庭,对神学知之甚少,至今都不明白当时我为什么那样做。你看,对于萨尔瓦多雷来说,是可以理解的,他出身农奴家庭,从小饱受饥饿和疾病的折磨……多里奇诺代表叛逆,反抗使他挨饿的人。至于我,却截然不同,我出生在城市的家庭里,我不是因吃不饱穿不暖而离家出走的。那是……我不知道该怎么说,一种愚人的节日,一种热闹的嘉年华……在我们沦落到食用战场上同伴们的尸体之前,在那么多人都因生活困苦而死去,以至把吃不完的死人肉扔给雷贝洛山坡上的猛兽和禽鸟食用之前,我们跟多里奇诺厮守在山上……或许在这种时刻……我们呼吸到一种空气……我可以说是自由的空气吗? 过去我不知道什么叫自由,布道者们说'真理将赋予你们自由'。当初我们感到自由自在,我们以为那就是真理了。当初我们以为我们所做的事情都是正确的……"

"而在那里,你们施行……跟一个女人自由地结合?"我问道,我自己都不知为什么这样问,但是头天晚上乌贝尔蒂诺说过的话,还有我在缮写室读到过的那些东西,以及发生在我身上的事情,始终在纠缠着我。威廉好奇地看了看我,他大概没有想到我竟然如此大胆和不知廉耻。食品总管瞪了我一眼,仿佛我是一只怪兽。

"在雷贝洛山上,"他说,"有人在整个童年时代都是十多个人一起睡在没有几平方米的一间屋子里,兄弟和姐妹,父亲和女儿共眠。接受这样一种新的生活条件,对他们来说意味着什么呢? 先前他们这样做是迫不得已,而后来这却是他们的一种选择。再说,夜里,你怕敌人的部队前来袭击,你躺在地上,搂紧你的同伴,那是为了不感觉到寒冷……那就是异教徒。你们方济各修士们,来自一座古堡,最后生活在一座修道院里,你们认为那是因受到魔鬼蛊惑的一种思想方式。然而,那是一种生活方式,而且也是……而且也是……一种新的经历……在那种时候,不再有什么主宰,他们对我们这么说,上帝与我们同在。我并不是说我们当时是有道理的,威廉,事实上,你不也见我来到了这里吗? 因为我很快就离开了他们。但是,我始终不明白你们关于基督守贫、使用权、事实、权利……那些学术上的争论。我跟你说了,那是一次壮观的嘉年华,而在嘉年华上,人们所做的一切都是颠倒了的。后来,你变老了,你没有变得更有智慧,而是变得更加贪婪。我在这里就是个贪得无厌的人……你可以审判一个异教徒,但是你能够审判一个贪得无厌的人吗?"

"不说了,雷米乔,"威廉说道,"我不是在问你当时发生了什么,而是要问你近来发生的事情。你帮助我吧,我肯定不会毁了你。我不能也不想审判你,但是你要把你知道的有关修道院的事情如实讲来。你白天黑夜在修道院里转,有些事情你不可能不知道。谁杀死了韦南齐奥?"

"我不知道,这我可以向你发誓。我知道他是什么时候死的,死在哪里。"

"什么时候？在什么地方？"

"请你容我慢慢讲。那天夜里，晚祷后一个时辰，我走进了厨房……"

"你从哪里进去的？出于什么考虑？"

"从朝向菜园子的那道门。我有一把钥匙，是好久以前让铁匠师傅给我配的。那道门是厨房里唯一不从里面闩上的门。至于理由……并不重要。方才你自己说了，你不想谴责我在肉欲上的弱点……"他尴尬地笑了笑，"但是我也不愿意让你以为我天天都在跟人私通……那天夜里我是要给萨尔瓦多雷放进院里来的那个姑娘寻找食物……"

"从哪里放进来？"

"噢，除了正门，庭院的围墙还有其他入口。不过，那天晚上姑娘没有进入修道院，我把她打发回去就是因为我发现有新情况。我这就跟你讲述，那就是昨天夜里我极力让她回去的理由。要是你们晚一点来，那么你们碰见的就是我，而不是萨尔瓦多雷了。是萨尔瓦多雷向我通报说楼堡里有人，于是我就回自己的房间去了……"

"我们回到星期天和星期一之间的那天夜里……"

"事情是这样的：我走进厨房，见到韦南齐奥在地上，已经咽气了。"

"在厨房里？"

"对，在水池旁边。也许他刚从缮写室下来。"

"没有任何搏斗的痕迹？"

"没有。不过，尸体旁有一只打碎的杯子，地上有水印。"

"为什么你觉得那是水呢？"

"这我不知道。我想那就是水。否则会是什么呢?"

就像后来威廉让我注意到的那样,那个杯子可以意味着两种可能。或是在厨房里,有人让韦南齐奥喝了一种有毒的药水,或者可怜的人已经吞下毒药(可是在哪里? 在什么时候?),毒药灼烧着他的内脏和舌头(他的舌头肯定跟贝伦加一样也是发黑的),他想缓解突然感到的灼热、痉挛和疼痛而下来喝水。

不管怎样,当时无法知道更多的情况。发现了尸体,雷米乔惊慌失措,不知怎么办好。要是他去找人,就得承认自己夜里在楼堡活动的事实,那样对这位已死去的修士兄弟也不利。因此,他决定什么也不做,原封不动地保持现场,等第二天早晨有人开门时发现那具尸体。他制止了正要让姑娘进入修道院的萨尔瓦多雷,然后——他和他的同谋——就回去睡觉。那哪能叫睡觉啊,简直通宵未眠,辗转反侧到天明。而早晨,当猪倌们来向院长报案时,尸体不是像雷米乔以为的那样在他发现的地方,而是被人挪了地方,出现在猪血缸里。是谁把尸体从厨房挪到缸里了呢? 雷米乔无从知晓。

"唯一能在楼堡里自由活动的人是马拉希亚。"

食品总管当即强烈反对说:"不,不会是马拉希亚。就是说,我不相信……不管怎样,不是我跟你说了什么马拉希亚的坏话……"

"你放心,不管你欠马拉希亚什么情。他是不是了解你的事情?"

"是的,"总管的脸红了,"他是个办事周到得体的人。我要是处在你的地位,就会监视本诺。他跟贝伦加和韦南齐奥的关系诡秘……不过,我向你发誓,我没有见到别的。如果我知道了什么,我一定会告诉你。"

"暂时到此吧。如果有需要,我会来找你的。"总管显得如释重负，又回去忙他的交易，厉声训斥借机挪动了一些种子口袋的村民。

这时，塞韦里诺赶上了我们。他手里拿着威廉的眼镜，就是两天前被人偷走的那副。"我在贝伦加的长袍里找到的，"他说道，"那天我在缮写室里见你戴在鼻梁上的。是你的眼镜，没错吧？"

"赞美上帝，"威廉高兴地大声说道，"我们一下子解决了两个问题！我有了我的眼镜，并且知道了那天夜里的窃贼是贝伦加！"

我们的话音刚落，莫利蒙多的尼科拉跑来了，他比威廉还要兴奋。他手里拿着一副做好的眼镜，还配上了眼镜架。"威廉，"他喊道，"我自己制作出来的，已经做好了，我想能用得上！"正说着，他见到威廉已戴着眼镜，惊呆了。威廉不想让他扫兴，就把那副旧的眼镜摘下来，试了试那副新的："这副更好，"他说道，"旧的那副留作备用，平时就戴你做的这副。"然后，他转身对我说："阿德索，现在我要回房间去读你知道的那些材料。总算能读东西了！你随便在哪儿等我吧。谢谢啦，谢谢你们大家，最最亲爱的修士兄弟们。"

辰时经的钟声响了，我到唱诗堂去，跟僧侣们一起背诵赞美诗、诗篇、《圣经》的片断章节和 Kyrie①。别人都在为死去的贝伦加的灵魂祈祷，我却感激上帝让我们找到了不仅是一副而是两副眼镜。

在宁静的氛围中，我忘记了自己耳闻目睹的种种丑行恶事，我打盹了。我睡醒时，祷告已经结束了。我一想到那天夜里自己没有睡觉，付出了那么多精力，就感到困惑不安。走出唱诗堂，来到外面的那一刻，我发现脑海里挥之不去的是对那个姑娘的思念。

---

① 希腊语，主啊，请你怜悯。系祷告的起始语。

我想方设法摆脱那种思绪，在台地上快步行走起来。我感到头晕目眩。我揉搓着僵硬的双手，使劲在地上跺脚，可我还是发晕。不过我还是清醒而又充满活力的。我不明白自己究竟是怎么啦。

第四天

辰时经

其间，阿德索备受情爱的折磨而无法释怀，威廉拿着韦南齐奥写的密文来了，尽管已经破译，但还是读不懂。

事实上，我跟那姑娘的邂逅，在接着发生的恐怖事件之后，几乎被我忘却了。另外，我醒来时，为自己的过失而感到的愧疚和沉重，也随着我向威廉修士的告解而消失了，好像我心灵的重负都交给了我的导师。忏悔的话语就承载着那沉重，否则，要是忏悔不能释放本身所包含的罪恶感和愧疚感，不能获得上帝伟大胸怀的宽恕从而开启一个轻松的灵魂的新天地，不能让人忘却因软弱而备受折磨的皮肉之躯的话，那忏悔还有什么净化灵魂的神圣作用呢？不过，我并没有完全解脱。我漫步在寒冬清晨惨淡的阳光下，四周散发着人和动物的热气。我开始以另一种方式回想此前经历的事件。对于所发生的一切，我仿佛已找不到能够慰藉和净化心灵的语言，剩下的只有四肢和躯体的影像。我极度兴奋的脑海里突然跳出被水泡肿的贝伦加的幽灵，厌恶和怜悯使我全身颤抖。之后，好像为了驱逐那可怖的情景，我脑海里又浮现出新的事物，那鲜活的形象历历在目，我无法回避不看（在心灵的眼睛里，但又仿佛真

329

是出现在自己眼前），这就是那位姑娘。她是那么美，但又威武如展开旌旗的军队。

我曾发誓，要做一个忠实的记录者（我这个年迈的文书至今未把在漫长的几十年中始终铭记在脑海里的往事写成一部作品），不仅是为追求真理，或为引导我将来的读者有所企望（尽管是理应有的企望），也是为摆脱我枯萎的记忆。那记忆是我亲眼目睹的种种苦难情景，它折磨了我整整一生而让我深感疲惫。因此，我必须体面而又毫不羞愧地说出一切。现在我要用最清楚的字体，讲出当时我涌出的而又自欺的那种心绪。我在台地上漫步，不时奔跑起来，想掩饰我的怦然心动，把它归诸身体的运动；我不时停下来观看乡下人干农活，假想自己已陶醉在农民的劳动之中，敞开心扉呼吸那清凉的空气，就像人借酒浇愁或忘却恐惧那样。

无济于事，我思念着姑娘。我的身体已忘却跟她肉体结合的欢乐，这欢乐虽美妙而强烈，但带有负疚感，瞬间即逝（是卑微的事情）；而我心中却存留着她的容貌，我无法承认这记忆是邪恶的，相反，我心中充满激情，好像她那青春少女的脸庞闪烁着天地万物的全部温馨。

我在困惑中否定着我自己感受到的真实。那个不知羞耻的姑娘，那个夏娃的女儿，她也向别的有罪者出卖肉体（谁知她是怎么一意频繁地出卖自己），她可怜而肮脏，就像她的姐妹们那么软弱，多次用自己的肉体做交易，然而仍是靓丽而神奇的。我的心智告诉我，她是罪恶的诱因，可我感性的欲望感受到的她却是一切美的源泉。我那种感觉是难以言传的，我可以尽力写出来。当时仍受罪恶困惑的我，心怀愧疚，却又渴望她无时无刻不在我眼前。我在那里注视着仆人们的劳动。我想在茅屋的角落里，或是在黑暗的马厩里，见到那曾经诱惑过我的身影。我不能写出真相，或者可以说,我试图用一层薄纱覆盖真相,以使它弱化,变得模糊。因为我"看见了"那姑娘,那就是真相。当一只快要冻僵的麻雀飞上光秃秃的树枝寻找栖身之地时,我好像就在那微微颤动的树枝间看见了她;当小母牛从牛棚里走出时,我就在小牛的眼睛里看到了她;当羊群在我眼前交错而过时,我就从咩咩的叫声中听到了她,好像天地万物间她无处不在。是的,我渴望见到她,不过我亦准备接受再也见不到她、再也不能与她结合的现实,只要能享受到那天早晨充溢在我心头的欢乐,能感到她始终在我身边。如今我努力去理解,显然,当时整个世界仿佛是上帝用手指写成的一本书,那里的一切都在讲述造物主无穷的善德,那里的一切造化物是讲述生和死的著作和明镜,在那里,最卑微的玫瑰都成了我们人生道路的评注。总而言之,整个世界都在对我谈论那香味扑鼻的厨房的阴影里隐约可辨的面容。我沉浸在幻想之中。我对自己说(或者并不能算作对自己说,因为在那个时刻,我的思绪难以言喻),如果整个世界定然在对我谈论万物之主强大的力量、善德和智慧的话,如果那天早晨整个世界都在对我谈论那个姑娘的话(尽管她是个罪人),她依然是天地万物巨著中的一篇,依然是宇宙所唱诵的伟大赞歌中的一章——当时(现在)我这么对自己说,如果是这样的话,她不可能不是构成宏伟世界蓝图的一部分,那乃是如同七弦琴奇妙的和弦组合而成的和谐的世界。当时我简直是如痴如醉地享受着她的出现,幻想着拥有她,我心中感到无限的喜悦和满足。

不过,那也是一种苦楚,因为我同时忍受着痛苦,尽管她多次在我的幻想中出现,使我感到幸福。这种神秘的矛盾心理难以名状,这表明人的心灵是相当脆弱的,从来不是遵循超凡的理智之道径直前行。这理智之道以完美的演绎法构建这个世界,而在这样构建的世界中,人只能是孤立的,地位往往又是不稳定的,也因此就很容易堕落成为邪恶的幻觉的牺牲品。难道那天早晨令我激动的幻觉就是邪恶的吗？如今我认为那真是邪恶的，因为当时我是个见习僧，但认为那令我心荡神驰的人类感情本身并不邪恶，那只不过与我当时的状态有关。那本来就是使男人接近女人的感情。男人跟女人结合在一起，正如异教的使徒们之所求。男女血肉之躯合二而一，繁衍后代，白头偕老，相依相伴。不过，使徒们对那些寻求欲望补偿的人，以及想免遭火刑的人才那么说的，他们告诫人们最好保持贞节，我也正是为洁身自好献身为僧的。因此那天早晨我的感受对于我来说是邪恶的，而对于别人来说也许是美好和甜蜜的。如今我明白了，我当时的困惑不安并非源于思想的堕落，因为那种思想感情本身是值得的和甜蜜的，而是这种思想感情和我所许过的愿之间有一道不可逾越的鸿沟，才产生了邪恶和堕落之感。当时我不该在某种理智支配下享受美好的爱情，那种爱情在一定的氛围下可能变得邪恶，我的问题就在于我妄想在自然的欲望与理性的意志之间加以调和。现在我知道，当时我的痛苦是来自理性的意志和感情的欲望之间的冲突，理性的欲望想要表现的是意志的权威，感官的欲望则是服从人的激情冲动的。的确如此，发自感官的欲望支配行为，关联到身体各个环节的变化，人们称之为激情，而发自意志的理性欲望则不然。当时我的欲望引起全身震颤，激动不已，我生理上的冲动使我想要大声喊叫。神圣的学者们说，激情本身并不是邪恶的，但必须在理智的心灵引导下由意志加以调节。然而，我理智的心灵在那天早晨因疲惫不堪而显得软弱无力，它试图控制狂热的欲望，它竭力征服欲望而不是满足欲望。无论是善良的欲望还是邪恶的欲望，从已知的角度来说，都一样。如今我可以用神圣的学者的话来为自己当时轻率的行为辩解，就是说，当时我无疑是堕入了爱河，那是激情，是宇宙的法则，因为地心引力也是自然的爱。而当时我自然被爱情所诱惑，陷入情爱之中，爱能使被爱的对象和爱的人以某种方式融为一体，所以爱情比知识更有感染力。的确是这样，如今我见到的那个姑娘，模样比头天晚上更清晰了，而且我了解了她的 intus et in cute①，我在她身上看到我自己，她在我身上也看到她自己。如今我问自己，我体验到的爱是否只是人与人之间的友爱，是为对方好的爱，还是情欲的爱，只为了自己好，想从情欲中补偿自己以往缺少的爱。我相信那天夜里我的爱是情欲的爱，我想从姑娘身上获得从未有过的感受。而那天早晨，我对她一无所求，我只希望她好，企盼她摆脱贫困，不再为一点食物而委屈地卖身，希望她能快活地生活；对她我不再有所求，只是继续惦念着她，幻想能在牛羊群中，在树丛中，在沐浴着静谧的修道院围墙内，在给人带来欢悦的光线中见到她。

　　如今我深知美好的东西是爱的缘由，而美好是由认知来鉴定的。倘若你未曾体验过什么是美好，你就不会去爱，而我尽管知道姑娘能满足我狂热的欲望，但我悖逆了意志。当时我沉溺在矛盾心理的冲突之中，我所感受的爱正是学者们描述的圣洁的爱：我那种心醉神迷的激情，是爱恋着的情侣共有的（在那个时刻，直觉告诉我，姑娘所渴求的正是我所渴求的，不管她身处何方）。我对她心生嫉妒。但并无恶意，不是保罗在他为克林斯人写的《晨祷》中所谴责的嫉妒。他说那是争端的根源，并且不承认被爱的人一同分享，而这也是丢尼修②在他的《论神圣的名字》一书中所谈及的。为此，上帝也被说成是有嫉妒心的，由于他对所创造的天地万物的博爱（我爱那姑娘，是为她的存在而高兴，并不是嫉妒她的存

---

① 拉丁语，内在和外表。
② Dionysius the Areopagite，《圣经·使徒行传》人物，古希腊修士，聆听使徒保罗传教而信主。

在）。我嫉妒她，那种嫉妒是神圣的学者所说的 motus in amatum①，是由爱而生，当自己所爱的人受到伤害，它促你去抗争（那时，我只妄想能解救那姑娘，把她从那个用淫欲玷污她，让她卖身的人那里解救出来）。

如今我知道，正如圣人所说，过度的爱会使恋人受到伤害，而我的爱正是过度的。我试图解释当时自己的感受，但我并不企图辩解。现在我所谈的是青春萌动期罪恶的激情。那激情是邪恶的，不过，当时真实的感受迫使我不得不说，那感受特别美好。但愿这能训诫像我这样受诱惑而坠入情网的人。如今我已年迈，通晓无数摆脱那种引诱的方法（我问自己，我该不该因此而自豪呢？因为我的确是摆脱了正午之魔的诱惑；然而我并没有摆脱其他诱惑，以致我不禁自问，如今我的追忆，是不是屈服于世俗的情爱，愚蠢地妄图挽回时间的流逝和逃避死亡）。

我凭借神奇的本能解救了自己。我看见姑娘出现在大自然和我周围的人类创造物中。我心灵幸福的直觉，使我沉浸在不尽的沉思默想之中。我细细观察牛倌把牛牵出牛栏，猪倌给猪喂食，牧羊人赶着牧羊犬聚拢绵羊，农民把麦子和谷物运到磨坊，又扛出来一袋袋上好的面粉。大自然的万物生灵和人们愉快劳动的场景，使我陶醉，忘记了自己理还乱的思绪。

未被人类邪恶的所谓智慧浸染过的大自然的景象是多么美好啊！

我见到了羔羊，人们认定它纯洁和善良的本性才赋予它这个名字。事实上，羔羊（agnus）就是来自 agnoscit② 一词，因为它能认

---

① 拉丁语，对爱恋对象的激情。
② 拉丁语，认知。

出自己的母亲,它能从羊群之中辨认出母亲的声音,而母羊也总是能从那么多形态相同、叫声相似的羊羔之中辨认出自己的孩子,哺育它。我见到了绵羊(ovis),这个名字来自 ab oblatione①,因为从最初的年代起,它就被用来做祭礼的供品;冬天来临时,在牧场遭受霜冻侵袭之前,绵羊总是按照习惯贪婪地寻找青草饱餐;而牧羊犬狂吠的声音叫做 canor②,这种狗是所有动物中最完美的。它有最敏锐的嗅觉,认识自己的主人,看守羊群免受狼群的袭击,可以被训练成猎狗在树林里捕猎猛兽,可以为主人看护房子和小孩儿,有时候也因它有如此的本领而被人杀害。加拉曼特国王被敌人俘虏入狱后,就是由二百多只猎犬组成的一支"队伍",在敌营为他杀出一条生路,把他带回国的。贾索内·里乔的狗,在主人死后就绝食而亡;利西马科斯国王③的狗,扑入主人火刑的柴堆甘愿殉葬。狗用舌头舔舐伤口可以疗伤,狗崽的舌头还能治愈内伤。它经常把吃进肚的食物再吐出来反刍。狗的质朴就是它完美精神的象征,正如同它舌头的疗伤功能,是通过忏悔和修行洗清罪过的象征。然而,狗的反刍,则意味着人们忏悔后又回到昔日的罪孽之中。那天早晨我在欣赏大自然的美妙时,这种道德内涵警诫着我的心灵。

我信步朝牛棚走去,牛倌们正把一群牛从牛栏赶出来。我顿觉那些牛历来都是友善的象征。每一头在耕地的牛都会不时回望它犁杖后的同伴,倘若它发现同伴不在,就会亲切地呼唤它。牛很听话,它们学会下雨时自动回到牛棚躲雨,并时常伸长脖子看外面,看恶劣的天气是否已转好,它们渴望雨后回去干活。雨过之

---

① 拉丁语,用作供奉。
② 拉丁语,歌声,旋律。
③ Lysimachus(约前 360—前 281),马其顿将军、总督和国王。

后，出来的牛群中有一些小牛犊，雌的雄的都有，它们的名字来自viriditas① 一词，或是 virgo② 一词。因为小牛犊朝气蓬勃，清新而纯洁，而同样年轻的我却已做了坏事并仍未改过。我对自己说，我在它们优雅的举动中，看到了一个并非贞节的姑娘的身影。我想到这些，看着晨光中愉快的劳动，融入了和谐的世界。我不再想那姑娘，或者说，我尽力把我对她的激情化成了内心的快乐和虔诚的淡定。

我对自己说，世界是仁慈和值得赞赏的。上帝的仁爱也体现在最可怖的野兽身上，就像欧坦的洪诺留所解释的那样。这是真的，世上有大能吞鹿并穿越大洋的巨蟒，有长着驴身、羊角、狮胸、马脚和像牛蹄那样分趾的猛兽，嘴巴咧到耳根，声音像人，牙齿只是一根骨头。还有食人兽，它们是人面、狮身、蝎尾，长着三排牙齿，蓝绿色的眼睛，全身血红色，发出蛇一样的咝咝声，贪食人肉。还有一种怪物，狼嘴羊身，长有八根鹰爪状的脚趾，它像狗一般狂吠，寿命比人还长，且越老毛发越黑而不是变白。还有一种无头兽，眼睛长在肩胛上，两个鼻孔长在胸前；还有一种动物栖息在恒河边上，靠嗅苹果气味活着，否则就会死亡。然而，所有这些怪兽，跟猎狗、耕牛、绵羊、羊羔和猞猁一样，都以不同的形式颂扬创世者及其智慧。当时我重复着博韦的樊尚的话，自言自语，这世界最平实质朴的美多么伟大！用理智的目光不仅能观察到由造物主精心设计的宇宙间天地万物的模式、数量与秩序的和谐，还能目睹时间的周期在延续或衰落中循环，生死轮回不断，这是多么快乐的事情啊。作为刚才灵魂还被肉欲俘虏的罪人，我承认，造物主和这个世

---

① 拉丁语，青春活力。
② 拉丁语，童贞少女。

界的通则深深地打动了我,我怀着愉悦和仰慕之情赞叹这天地万物的宏伟和恒久。

我任由脚步前行,不知不觉绕修道院走了一大圈,又来到了两个小时前我与导师分手的地方。威廉已在那里,他见到我时,我正处在情绪极佳的状态。他的话驱散了我的思绪,我的心思重又拉回到修道院扑朔迷离的神秘事件上来。

威廉似乎很高兴。他手里拿着最终破译出来的韦南齐奥的那页手稿。我们一起去他的房间,那里可以避开闲人的耳目,他把翻译出来的句子念给我听。在用黄道十二宫的字母表写成的句子后面("非洲之终端"的秘密:用手在幻象上方"四"的第一和第七上操作),是希腊语所写的密文:

净化心灵的可怕的毒药……

击毁敌人的最好的武器……

起用最卑微、粗俗和丑陋的人,从他们的缺陷中得到了乐趣……他们不应该死……别在高贵和有权势的人家里,到农民的村庄里去,酒足饭饱之后……粗短的身材,畸形的面孔。

他们强暴淑女,与娼妓同枕共眠,并不邪恶,毫不畏惧。

一种不一样的真实,一种不同的真实形象……

古老的无花果树。

厚实的石头在平原上滚动……在眼皮底下。

需要用欺骗的手段来欺骗他人并要出其不意,说出人们以为相反的事情,说的是一回事,却把它理解成另一回事。

知了从地上向他们鸣唱。

没有别的了。依我看,实在是太少了,几乎不说明什么问题,像是一个白痴的狂言乱语。我就这么对威廉说了。

"可能就是如此。而且毫无疑问,因为我的翻译,就显得更加语无伦次。我只是略懂一些希腊语。不过,就算韦南齐奥疯了,或是书的作者疯了,却并没有告诉我们,为什么那么多人,先是手忙脚乱地想把书藏起来,之后又把它找回来。并非他们都疯了……"

"可是写在上面的都来自那本书吗?"

"毋庸置疑,这是韦南齐奥的笔迹。这你也看到了,这不是一张陈旧的羊皮纸。应该是他的读书笔记,否则,韦南齐奥不会用希腊语写。这肯定是他从'非洲之终端'偷来的书里抄录下来的句子,并加以简化了。他把书带到缮写室里,开始阅读,同时他把值得注意的词句记录下来。这时就发生了后来的事情。不是他感觉到不舒服,就是他听到有人上楼了,于是他把书连同笔记藏在了桌下,可能他打算第二天晚上再拿出来看。无论怎样,我们只有把这页羊皮纸作为起点,才能推断那本神秘书卷的特征,而唯有获知那本书的特征,才有可能推测出杀人凶手的特征。因为任何图谋获得财物的凶杀案中,那财物的特征都应该能启示我们得知有关凶手的特征,哪怕那启示是多么微小。如果是为了一大把黄金杀人,那凶手就一定是贪财,如果是为了一本书杀人,那凶手就一定是急于隐藏那本书中的秘密。因此,我们必须查出没有弄到手的那本书的内容。"

"而单凭这几行字您能明白那是本什么书吗?"

"亲爱的阿德索,这几行字句像是《圣经》上的,其意义远远超过字面的意思。跟食品总管谈话后,今天早晨我解读这些字句时,感到惊诧:里面竟然也提到贱民和农民对真理的理解跟智者是不同的。总管的话暗示了他跟马拉希亚某种奇特的共谋关系。会不会是马拉希亚暗藏着雷米乔以前交给他的某些危险的异教禁书呢？那么韦南齐奥可能读过，并作了注释，书中记载了有关一群鄙俗之人组织起来对抗一切和对抗所有人的秘密指令。不过⋯⋯"

"您想说什么？"

"不过有两件事实推翻了我的这个假设。一是韦南齐奥好像对那些问题不感兴趣：他是希腊语翻译，并不是异端邪说的研究者⋯⋯二是类似无花果、石头或知了那样的句子，无法用这第一种假设来解释⋯⋯"

"也许是另有含义的谜语，"我提醒道，"或者说有另一种假设？"

"我倒是有，但还很模糊。我觉得，这页纸上的词句好像曾经在哪儿读到过，我印象中有差不多类似的句子。而且我觉得这页纸上所谈的事情也是这几天谈论到的⋯⋯但我想不起来是什么了。我得好好想一想。也许我还需要读一些其他的书。"

"为什么要知道一本书的内容还得读别的书呢？"

"有时候要这样做。一本书谈到另一些书的内容，这是常有的事。一本无害的书，常像是一颗种子，会在一本有害的书中开花结果，反之也一样，这就是苦根结出了甜果。你在读大阿尔伯特的书时，不是能够知道托马斯①会怎么说吗？或是，读托马斯的书，不是就能够知道阿威罗伊会说什么吗？"

"的确是这样，"我钦佩地说道。在那以前，我以为每本书谈论的都只是书本以外尘世的或超凡的事情。现在我才知道，一本书还常常谈及别的书，它们会相互关联。想到此，我更加觉得藏书馆令人困惑不安。那是书海，多少世纪以来，在漫长的岁月里，那都

———————————

① 指托马斯·阿奎那。

是个窃窃私语的地方,在羊皮纸书页之间进行着人们觉察不到的对话;那里有生命,有一种人类智慧不能主宰的强大力量,是收藏了许多天才和精英构设的秘密的宝库,它比发明和传播秘密的人更有生命力。

"那样的话,"我说道,"要是能从公开的书本推测出隐藏的书本,那把书本藏起来还有什么用呢?"

"倘若在几个世纪的时间范围内,没有任何作用,但在几年或者几天之间,却有些用。你看,我们现在不是走投无路了吗?"

"那么说,藏书馆不是传播真理的工具,而是在延误和阻碍发现真理了?"我不解地问。

"不总是,也并非必然。可现在确实如此。"

第四天

午时经

其间，阿德索去采松露，见到方济各会的人到达，他们跟威廉和乌贝尔蒂诺进行长时间的交谈，获知有关约翰二十二世的许多令人伤心的事情。

经过这样一番议论之后，我的导师决定不再采取任何行动。前面我已说过，有时候他处于无所作为的状态，好像不断运行的星球骤停，他也就随之不再运转。那天早晨就是这样，他躺在草褥上，茫然地瞪着眼睛，双手交叉在胸前，微微动着嘴唇，像是在祈祷，不过时断时续，并不虔诚。

我想他是在思考问题，决定不去打扰他。我回到庭院里时，阳光已变得微弱了。早晨的天气原是那么晴朗美好（上午快结束了），现在却阴湿多雾。一朵朵乌云由北而来，聚积在山顶，给它罩上了一层薄薄的雾霭。雾气也许是从地面升起的烟雾，可是处在那个高度，雾气是来自谷底，还是从天而降，很难辨别清楚。远处的建筑物已是雾里看花，朦朦胧胧。

我见到塞韦里诺正在高兴地召集猪倌，令他们带好饲养的几头猪。他告诉我说，他们要沿着山脚，到山谷里寻找松露。我当时

341

还并不知道,那种长在树林灌木丛里的美味块菌,是这个半岛的特产,而本笃会教区领地则更是盛产这种菌菇。生长在诺尔恰①一带的多呈黑色,而生长在修道院那一带的则多呈白色,且香味更浓。塞韦里诺向我讲解了那种菌菇的颜色、形状和独有的美味,说可以用多种方法烹调。他说,这种块菌十分难找,因为它藏在地下,比别的菌类更隐蔽,唯一能凭嗅觉找到并挖出它的动物就是猪。但是,猪一找到松露,就会毫不客气地吃掉,必须有人紧随其后将它赶开,取出松露来。后来我听说,许多领主都屈尊尾随猪后亲自参与寻找松露,而猪权充最高贵的"猎犬",后面跟着的是拿着锄头的仆人。如今我还记得,很多年后,我家乡的一位领主因为知道我颇为了解意大利,就说,他在意大利见到不少领主赶着猪去吃草,问我这是为什么。而当我笑着告诉他,这些领主是想从地下寻找松露(tartufo)食用时,那位领主听成了"der Teufel",也就是"魔鬼"的意思,就虔诚地在胸前画十字,惊诧地望着我。等我解释后,我们两人都笑了。人类的语言真是颇具魔力,谐音的字词,含义却截然不同。

塞韦里诺所做的那些准备,使我感到很好奇,于是我决定跟随他去。我知道,他出去是想通过此举忘却压在人们心头的那些伤心事件,而我也想借帮助他来平复心境的活动,转移我的注意力,忘却我乱如麻的心事,即便不能完全忘记。如今我也不掩饰,因为我决心忠实地写出事实真相。其实,在我内心深处隐藏着一个诱人的梦想:下到山谷里也许我能见到那无须说出其名的人。可我又近乎大喊地自语说,因为那天人们等待两个使团的到来,兴许我会见到其中一个。

---

① Norcia,佩鲁贾城附近的小镇,以饲养猪和牛为主。

我们沿盘旋的山路下来,天色渐亮;并不是太阳出现了,天空仍乌云密布,但是眼前的景物却辨别得很清楚,云雾就在我们头顶之上。然而,等我们下来一大段路,再回头远望山顶,就什么都看不见了:半山腰以上的景物,山峰、台地、楼堡,全都消失在云雾之中。

抵达山谷的那天早晨,我们身居群山之中,在曲折的山路上,不时还能瞥见大约十英里以外的大海。我们的旅途充满了意外的惊喜,在风景绮丽的海湾上的悬崖峭壁处,我们会突然找到一片山间的台地,隔不多久,又会进入深邃的峡谷。山峰此起彼伏高入云霄,重重叠叠挡住了人们的视线,别说看不见远处的海岸线,就连阳光也是勉强能照到谷底。在意大利的其他任何地方,我都从未见到过高山、大海、绵延的海岸如此错落有致,且在峡谷呼啸的风声中,时而嗅到大海的气息,时而又感受到高山凛冽的寒气。

清晨,万物却显得灰暗苍白,乳白色的雾气笼罩大地,就是从直通海岸的峡谷向远处大海望去,也看不见水天相接的水平线。我不能沉浸在这些仍然与我揪心的事件无关的回忆之中,不能再赘述怎样寻找"魔鬼",还是回到方济各会使团到来的事情吧。我是第一个见到他们的,于是我马上跑回修道院禀报了威廉。

我的导师等新到的客人走进修道院,并按照礼仪受到院长的接见后,才前去迎见他们,当然免不了一番热烈的拥抱和亲切的问候。

进餐的时辰已过,但事先已为客人们摆上了一桌饭菜。院长周到地让他们随意用餐,只留下威廉跟他们在一起,免去了教规的礼数,自由进食的同时可以交换他们对这次会晤的印象:因为毕竟,愿上帝宽恕我作如此不恰当的比喻,那如同在一场战争期间举行的会晤,要赶在敌方的客人,就是阿维尼翁方面派来的使团来到之前尽快商讨对策。

无须说，新来的客人马上跟乌贝尔蒂诺会了面，大家怀着崇敬的心情惊诧而又高兴地向他问候，不仅惊叹他长时间销声匿迹又突然出现，而且敬佩他勇敢的斗争精神。几十年来，他们浴血奋战在同一个战场上。

至于使团成员，我将会在谈论第二天的会议时说到。我跟他们接触很少，现在我只能顾及眼下威廉、乌贝尔蒂诺和切塞纳的米凯莱的三人商讨会。

米凯莱对方济各会抱有满腔热情（在他陶醉于神秘的激情中时，他的某些手势和语气跟乌贝尔蒂诺颇为相似）；他具有罗马涅地区的人那种愉悦快乐的本性，善于抓住在丰盛的饭桌上就餐的机会，愉快地跟朋友们相处；他处事洞察入微而又善于躲躲闪闪，谈论到权势之间的问题，他会突然变得像一只狐狸那样狡猾机智，又会像一只鼹鼠那样奸诈阴险；他时而畅怀大笑，充满活力，而他沉默的时候也颇具雄辩力；当谈话的对方提出他不愿回答的问题时，他便装作心不在焉的样子，避开对方的视线，加以掩饰，拒绝回答。

关于他这个人，我已经谈到过一些，都是听别人说的。不过当时我对他矛盾的态度，以及他骤然改变的政治主张有了更好的了解，那几年他的态度和变化令他的朋友和追随者们颇感惊诧。他是方济各会的总头领，最初他是圣方济各的继承人，实际上是方济各教义诠释者的继承人；他要与波拿文都拉那样的前辈较量，要在圣洁的地位和智慧方面胜过一筹；他要确保严守教规，同时又要保护强大而又范围广泛的教会财产；他要监视教廷和城市行政长官们，因为他们是教会财富的来源，繁盛的保障，尽管是通过布施、馈赠礼物和赠送遗产的形式；而同时他也要注意坚持悔罪的原则，免得过激的属灵派人士游离于教会之外，以致把那个以他为首的非凡的教会消融成为异教帮派的群体。他要取悦于教皇、帝国、守贫的修士，以及肯定在天上监督他的圣方济各、在地上监视他的基督子民。当约翰将所有的属灵派人士划为异教徒的时候，米凯莱曾毫不犹豫地把普罗旺斯属灵派中五位最倔强的修士拱手交给了教廷，任凭教皇判处他们火刑。但是，当他察觉到修士会的很多人同情信奉福音书主张的守贫的信徒时（乌贝尔蒂诺大概也不例外），他就在四年之后采取行动，让佩鲁贾方济各大会为被判了火刑的人上诉。他这样做，自然是他领导教会的需求。他想把可能被指控为异教的教义和方式，纳入他现在奉行的教义之中，以得到教皇的认可。然而，他的期待落空了，教皇并不认同，于是他只好屈尊接受皇帝和帝国的神学家们的支持。就在我见到他那天的两年前，他还在里昂的全体修士大会上命令他的修士们在谈论教廷人士时，要谦逊有礼（这离教皇痛斥方济各会时说"他们的狂吠、他们的错误、他们的疯狂"之后才几个月）。可现在他却笑容可掬地跟与教皇格格不入的人士同桌共餐。

何况，我已经说过了，约翰本想让他去阿维尼翁，他想去，但又不想去。次日的会晤本来应该决定此次旅行的形式和保证措施，既不能把此举看作是一种屈服，也不能看作是一种挑战。我不相信米凯莱见过约翰本人，至少在约翰当上教皇之后没有见过。不管怎样，米凯莱很长时间没有见到约翰了，现在他的朋友们竞相发言，把这位买卖圣职的教皇描绘得十分阴暗。

"有一样你必须学会，"威廉对他说，"千万别相信他的承诺，他总是表面上承诺，实际上却不履行。"

"人人皆知，"乌贝尔蒂诺说道，"在选举他的那些年代里……"

"我不想把那称作选举，那是强加于人！"同桌进餐的一位修士插话说，后来我听人叫他乌戈，来自纽卡斯尔。他说话的口音很像我的导师。"本来克雷芒五世就死得不明不白的。国王从未宽恕过约翰，因为约翰在他前任卜尼法斯八世死后才答应起诉前任，又矢口否认自己背弃了卜尼法斯八世。教皇克雷芒五世在卡庞特拉是怎么死的，没有人知道。事实上，红衣主教们汇集在卡庞特拉参加选举教皇的秘密会议，可是教皇没有选出来，因为（那也是正确的）争论转移到是否把教廷从阿维尼翁迁至罗马的问题上。我不知道在那些日子里究竟发生了什么。人们告诉我说那是一场屠杀，红衣主教们受到已故教皇侄子的威胁。他们的仆人被杀害，宫殿被焚烧。红衣主教们求助于国王，国王说他从来不同意教皇放弃罗马，希望他们耐心地做出正确的选择……后来美男子腓力①死了，他是怎么死的，只有上帝知道……"

"兴许魔鬼知道。"乌贝尔蒂诺在胸前画了个十字，众人都效仿他。

"兴许魔鬼知道。"乌戈带着一丝冷笑认同说，"总之，另一位国王继位了，在位十八个月就死了。他的继承者刚生下来几天也死了，替他摄政的兄长登上了王位……"

"正是这位腓力五世，他还在普瓦捷当公爵的时候，就曾把从卡庞特拉出逃的红衣主教们都集中在一起。"米凯莱说道。

"的确如此，"乌戈继续说道，"当时的腓力公爵把红衣主教们交给在圣多明我修道院举行的里昂选举教皇的秘密会议，承诺保证他们的人身安全，不会把他们当俘虏对待。但是，那些红衣主教被他掌控之后，他不仅拘禁了他们（这是惯用的手法），还逐日减少食物的供应，直到他们做出决定。他向每个人做出承诺，谁想要登

---

① 指法国国王腓力四世(1268—1314)。

上教皇的宝座他都支持。而当他登上了国王的宝座之后，那些被囚禁了两年的红衣主教们都已身心疲惫，饥饿难忍，生怕要在那里待一辈子，就接受了他提出的一切条件，让那个已年过七旬的矮子登上圣彼得的宝座……"

"确实是个矮子，"乌贝尔蒂诺笑道，"一副痨病鬼的样子，但他比人们想象的要粗壮和狡黠！"

"一个鞋匠的儿子。"使团的一个成员嘟囔说。

"基督是木匠的儿子！"乌贝尔蒂诺训斥他道，"这不是主要的。他是个有学问的人，在蒙彼利埃学过法律，在巴黎学过医，他善交朋友，他在适当的时机，用最得体的方式，赢得主教的席位，继而获得红衣主教的头衔。在为那不勒斯的智者罗伯特①担任顾问时，他的敏锐令许多人瞠目结舌。他在阿维尼翁任主教时，向美男子腓力提出的摧毁圣殿骑士团的建议都是正确的（我说的正确，是指他那惨淡的业绩）。选举之后，他躲过了红衣主教们对他的谋杀……不过，我不是想说这个，我是说他惯于背弃誓言，也并不因发假誓而受到谴责。为了当选教皇，他答应过红衣主教奥尔西尼把教廷迁回罗马，等他当选之后，又在行祭礼时向奥尔西尼发誓说，如果他不兑现诺言，就决不再骑马或骑骡子了。而后来那只老狐狸都干了些什么，是众人皆知的。他在里昂加冕之后（这违反国王的意愿，国王想让他在阿维尼翁行加冕礼），就乘船从里昂抵达阿维尼翁！"

修士们都笑了。教皇是个发假誓的人，不过，不能否认他有歪才。

"他是个没有廉耻的人，"威廉说道，"他并不极力掩饰他的心

---

① Robert the Wise(1278—1343)，意大利教皇派领袖。

术不正,乌戈没有说吗?乌贝尔蒂诺,你不是也跟我讲过他抵达阿维尼翁那天对奥尔西尼说的话吗?"

"当然,"乌贝尔蒂诺说道,"他对奥尔西尼说,法国的天空那么晴朗,为什么他非得踏上罗马这样一个满目疮痍的城市的土地呢?他还说,教皇就像当年的彼得一样,拥有组织和解散的权力。他现在就行使这权力,决定留在他原来的所在地,他在那里很好。而当奥尔西尼设法提醒他有义务生活在梵蒂冈山头上时,他硬是要奥尔西尼服从,从而终止了讨论。但是有关誓言的故事并没有完结。从船上下来后,依照惯例,他应该骑上一匹白马,由骑黑马的红衣主教跟随,但他不这样,而是徒步走到主教的府邸。他后来是否真的再也没骑过马,就不得而知了。米凯莱,你能指望这样的人信守对你的承诺吗?"

米凯莱久久沉默不语,后来他说:"我可以理解教皇想留在阿维尼翁的意愿,对此,我不争辩。但是对我们守贫的愿望,以及对基督做出的楷模的解释不能提出异议。"

"米凯莱,你别太天真了,"威廉发表意见,"与你我的意愿相比,他的意图显得多么险恶啊。你应该认识到,几个世纪以来,在登上教皇宝座的人之中,他是最贪婪的。我们的乌贝尔蒂诺一度谴责过的巴比伦大淫妇,像贵国那位但丁那些诗人们曾经抨击过的那些贪腐的教皇们,在约翰二十二世面前,不过是一些驯服的羔羊而已。他是个窃贼,在阿维尼翁进行的交易比在佛罗伦萨的要多得多!"

"你应该知道你要跟什么样的商人打交道,"乌贝尔蒂诺说道,"他像是点石成金的国王弥达斯,让金子都流入阿维尼翁的金库里去了。每次我进入他那些套房里,都会遇到银行家、兑钱商,桌上堆满了金子,教士们数着金币把它们摞起来……你将会看到,他让人给自己盖了多么富丽堂皇的宫殿,他拥有的那些财宝过去是只进贡给拜占庭的皇帝和鞑靼人的大可汗的。现在你应该明白,为什么他所有那些敕书都是反对守贫的了。但是,你知道吗? 他唆使仇恨我们教会的多明我会雕刻的基督像,都是头戴王冠,身披紫色和金色的长袍,穿着华丽的鞋袜;在阿维尼翁展现的被钉在十字架上的耶稣只有一只手被钉住,另一只手则摸着挂在腰带上的钱包,以表明基督是允许把金钱用于宗教的……”

“啊,无耻之极!”米凯莱大声说道,“这可纯粹是亵渎!”

“更有甚者,他还在教皇的皇冠上,”威廉继续说道,“追加了第三重冠,乌贝尔蒂诺,是不是这样?”

“的确。在千禧年之初,希尔德布兰德①获取了第一重冠,上面写着‘借上帝之手统治王国的皇冠’,臭名昭著的卜尼法斯,给自己追加了第二重冠,上面写着‘借彼得之手统治帝国的皇冠’;而约翰则使这个象征体现得更完全:三重冠,精神权力、世俗权力和教会的权力。这如同波斯王的象征,异教的象征……”

有一位修士一直默不作声,只顾狼吞虎咽地吃着院长差人端上桌的美味佳肴。他对各种议论充耳不闻,在别人提到教廷的时候,不时发出冷笑声,或者对同桌就餐者愤怒的感言轻哼一声表示赞同。其余的时候就只是专注于抹干净他下巴上沾着的酱汁和从他没了牙又贪吃的嘴里掉落下来的肉末。仅有几次他对邻座的一个人说了话,那也只是赞美某盘菜肴美味可口。后来我得知他是吉罗拉莫先生,就是几天前乌贝尔蒂诺以为已经死了的那位卡法的主教——应该说,两年前已经有他的死讯,这个消息在整个基督教世界又误传了很长时间,因为我后来还听到这个消息;而事实

---

① 指教皇格列高利七世,一〇七三年上任。

上，那次我们会面之后没有几个月，他真的死了。至今我都认为是因为第二天的会议让他太气愤，令他猝然发病而撒手人寰的。他身体那么虚弱，而脾气却那么暴躁。

这时，他加入了谈话，嘴里还塞满了食物。他说："后来，你们知道吗？这个可恶的家伙还起草了一部有关悔罪的神圣的赋税的律法，利用别人违反宗教戒律榨取钱财。如果一个教士跟一个修女、一个亲戚或者任何一个女子犯下了肉欲之罪，只要交六十七个金币和十二个便士就可以获得赦免。如果犯下了野蛮的兽行，就得交两百多金币，但如果只是殴打小男孩或者是动物，而不是女性，那么罚金将会减少一百。如果一个委身过许多男子的修女，在修道院里面或外面于不同的时间多次跟男人发生过关系，此后她想当女院长的话，就得交一百三十一个金币和十五个便士……"

"行了，吉罗拉莫先生，"乌贝尔蒂诺抗议道，"您知道我是多么不喜欢教皇，可是在这一点上我得为他辩护！这是在阿维尼翁散布的谣言，我可从来没有见到过这部律法！"

"有，"吉罗拉莫斩钉截铁地说，"我也没有见到过，但是有。"

乌贝尔蒂诺摇了摇头，其他人都默不作声。我发现他们都对吉罗拉莫先生的话不以为然，那天威廉也把他看作傻瓜。不过威廉试图继续刚才的谈话："不管是真是假，这个传言告诉我们阿维尼翁有什么样的伦理道德了。约翰登上教皇布道台时，人们说他的金库有七万金币，而现在有人说他聚敛的钱财已达一千万以上了。"

"这是真的。"乌贝尔蒂诺说道，"米凯莱啊，米凯莱，你要知道我在阿维尼翁见到多少丢人的丑事啊！"

"我们尽量公正一些吧，"米凯莱说道，"我们的人也犯过错误，这我们都知道。我听说，方济各会的人武装攻打多明我修道院的时候,他们把敌对修士们的财物抢劫一空,强迫他们守贫……正因如此,在处置普罗旺斯的属灵派时,我不敢反对约翰……我想跟他达成协议,我不想伤害他的自尊心,只求别玷辱我们的谦卑。我不想跟他谈及金钱,只望他允许对《圣经》做出正确的解释。这就是明天我们要跟他的使节谈的事情。总而言之,神学界的人,不全像约翰那么贪得无厌。至于一些睿智的人在决定对《圣经》作某种解读的时候,他就可能不会……"

"他?"乌贝尔蒂诺打断了他的话,"你可真不知道他在神学界的疯狂之举。他想一手遮天。我们已经见到他在凡间的所作所为。至于天上……咳,我对你说的他那些思想还没有公开,但他私下跟他的亲信已商议过,这我可以肯定。他正在策划一些神学主张,谈不上邪恶却很疯狂,那些主张将有损于我们教义的精髓,将削弱我们传道的力量!"

"哪些主张?"人们异口同声问道。

"你们问塔罗尼吧,他知道,他曾经跟我谈论过。"乌贝尔蒂诺转身问贝伦加·塔罗尼,在过去的几年里,他是教廷内部最坚决的敌对分子。他来自阿维尼翁,两天之前加入方济各会的使团,跟他们一起来到了修道院。

"那是一个模糊不清而又令人难以置信的故事。"塔罗尼说道,"约翰似乎支持这么一种观点:主张正义的人在最后的审判之后才能看到赐福的远景。他对《启示录》第六章第九节已思索很久了,里面讲到了第五印被揭开:那些曾为神的道、并为作见证被杀之人的灵魂都出现在祭台底下。每个人都得到一件白衣,要他们安息片时……约翰对此评论说,这表明他们在最后的审判完成之前,是见不到上帝本体的。"

"他是跟谁说的这些话?"米凯莱惊恐地问道。

"到现在为止,只跟少数亲信说过,但是这话已经传开了,听说他正准备一个公开的讲话。不是马上发表,也许过几年之后,他正在跟他的神学家们切磋……"

"哼,哼!"吉罗拉莫咀嚼着食物冷笑。

"不仅如此,他好像还想走得更远,主张在那天到来之前,地狱的门就关上……连魔鬼也进不去。"

"耶稣啊,帮帮我们吧!"吉罗拉莫大声说道,"要是我们对有罪之人不能说他们死的时候地狱之门已为他们打开,威胁他们的话,那我们以后怎么跟他们说呢?"

"我们被掌控在一个疯子的手里,"乌贝尔蒂诺说道,"但是我不明白他为什么要提出这些主张……"

"宽容的教义烟消云散了,"吉罗拉莫抱怨道,"连他自己都不能兜售什么教义了。为什么一个犯下了兽行的神父为了免受如此遥不可及的惩罚而要缴付那么多的金币呢?"

"不是那么遥不可及了,"乌贝尔蒂诺有力地说道,"那时刻就要来临!"

"亲爱的兄弟,你是知道这一点的,但是虔诚的信徒们却并不知道。事情就是这样!"吉罗拉莫大声喊道,他已经没有品尝食物的雅兴了。

"可他为什么要这样做?"切塞纳的米凯莱自问道。

"我不认为有什么理由,"威廉说道,"这是一种自豪之举。他真是想做一个能管上天又能管尘世的人。这些议论我早就知道了,奥卡姆的威廉曾给我写过信。我们走着瞧,最后究竟是教皇如愿以偿,还是神学家们,整个教会的声音,上帝子民们的意愿,主教们……"

"噢,在教义方面,他也会令神学家们为之折服的。"米凯莱忧伤地说道。

"不一定,"威廉回答说,"现在我们生活在神学界的志士仁人不惧怕宣称教皇是异教徒的年代里。研究神学的学者以他们的方式代表上帝子民的声音。如今连教皇也不能与他们分庭抗礼,你应该也会跟那些神学家们看法一致的。"

我的导师果真有敏锐的洞察力。他是怎么预见到米凯莱本人居然会决心依仗帝国的神学家和上帝的子民来谴责教皇的呢? 他又怎么预见到,四年之后,约翰会发表那种令人难以置信的学说,以至在整个基督教世界掀起一场暴动呢? 如若赐福的远景迟迟不见,那么已故的人怎么能为活着的人说情呢? 对圣人的崇拜又会有怎样的结局呢? 正是佩鲁贾方济各修士大会最早敌视并谴责教皇,而奥卡姆的威廉则是站在第一线,他坚守自己的观点寸步不让。这场斗争延续了三年,约翰临到寿终正寝才对自己的说法做了部分修正。几年后,我听到过描述他一三三四年十二月在红衣主教的会议上露面的情景。当时他已近九十岁高龄,风烛残年,他从未显得如此干枯瘦小,他脸色苍白地说(这只善于玩弄文字游戏的老狐狸,不仅违背自己的事业,还否认他顽固不化的立场):"我们承认并相信,脱离了肉体并且彻底净化了的灵魂,将在天国跟天使和耶稣基督在一起,他们将与上帝面对面,清楚地看到他神圣的本质……"到此他停了一下,谁也不知道他是因为呼吸困难,还是因为想强调他表示反对的最后一个邪恶愿望,"那得看已脱离躯体的灵魂所允许的情况和条件。"第二天早晨,是星期天,他叫人把自己扶到一张靠背长椅上,在红衣主教前来吻过他的手之后,他就死了。

我又把话题岔开了,讲述一些跟正题无关的事情。不过餐桌上余下的谈话实际上对读者理解我所讲述的事件并没有太多的帮助。方济各会使团的成员商定了第二天应取的态度,评估了一个个对手。他们忧心地评论了威廉所说的贝尔纳·古伊要来的消息。将由勒普热的对付异教徒的铁腕人物、红衣主教贝特朗率领阿维尼翁的使团参加会议的消息,更令他们不安。两位宗教裁判官似乎太多了:这表明他们是想用异教的议题来反对方济各会。

"更糟糕的是,"威廉说道,"我们将要把小兄弟会当做异教来对待。"

"别,别,"米凯莱说道,"我们得谨慎行事,不能危及任何可能达成的协议。"

"依我看,"威廉说道,"尽管我们为会晤成功做了不少努力,这你是知道的,米凯莱,我仍不相信阿维尼翁方面的人来这里是为了达成什么协议。约翰是要你只身去阿维尼翁,而又不给你任何保证。这次会晤至少能让你明白这一点。要是你不亲历这次会晤就去了那里,那就更糟了。"

"那么,你忙了好几个月,就是为了实现在你看来毫无意义的一件事情。"米凯莱痛苦地说道。

"我是奉你和德国皇帝之命才这样做的,"威廉说道,"何况,对敌人有更多的了解不算毫无意义。"

这时,有人通报第二个使团已经到达修道院了。方济各会的人起身迎接教皇派来的人。

第四天

午后经

其间，勒普热的红衣主教、贝尔纳·古伊和从阿维尼翁来的人到达修道院，随后各行其是。

这些已相识多年的人，或虽不曾相识但已闻其名的人，表面上谦和地在院子里相互寒暄致意。勒普热的红衣主教贝特朗在修道院院长身旁，举止表现出他惯于依附权势，俨然是教廷的第二号人物。他向大家，尤其是向方济各会的人，频频点头致意，露出热情的微笑，祝愿第二天的会议达成可喜的协议，并公开转达了约翰二十二世祈求和平幸福的愿望（他特意采用了这种方济各会的人所喜欢的表达方式）。

"不错，不错。"当威廉和善地向他介绍我是他的书记员和门徒时，他对我说道。然后他问我是否熟悉博洛尼亚，他赞美那美丽的市容、可口的美食和举世闻名的大学，邀请我有朝一日去参观，而不是回到正在让我们的教皇大人受罪的德国家乡去。随后他伸手让我吻他的戒指，同时他已转向别人微笑了。

而我的注意力很快落在那几天人们谈论最多的一个人物身上：法国人叫他贝尔纳·古伊，别的地方的人叫他贝尔纳·古伊多尼或者贝尔纳·古伊多。

他是多明我会的人,年近七十,身材瘦削挺拔。他那灰色的双眼不时闪烁出冷峻而又难以捉摸的目光,令我震惊。这目光既暗藏着他隐秘的想法和激情,又时而故意表露出来。

在大家相互问候致意的时候,他没有像别人那么亲切和热情,而是客套又疏离。他见到熟识的乌贝尔蒂诺时,态度很恭敬,可是他盯着乌贝尔蒂诺的那种眼神,不禁让我颤栗。他笑着跟切塞纳的米凯莱打招呼,但那微笑难以解读,他冷冷地低声说道:"他们在这里等您好久了吧?"我从这句话里既听不出焦虑,也听不出丝毫讥讽或者指令的意味,更不是什么关切。他跟威廉见面寒暄,并怀有一定敌意而有礼貌地看了看他:这敌意并不是他的表情流露出了他隐秘的感情,这我可以肯定(尽管我不能肯定他是否是个没有感情的人),而是他存心让威廉感觉到他的敌意。威廉也以过分热情的微笑来回答他的敌意,对他说道:"我早就想结识您这样一位有声望的人,对我既是教训又是警告,启示我的人生做出许多重大决定。"不知内情的人无疑会认为这话是对人的表彰以至于奉承,可是贝尔纳却很清楚,威廉一生中最重大的决定之一就是抛弃了宗教裁判官的职位。这使人想到,要是威廉乐于见到贝尔纳蹲在帝国某个秘密牢房中的话,贝尔纳肯定会乐于见到威廉即刻意外死去;由于贝尔纳在当时指挥着一些武装人员,所以我深为我的好导师的生命安全担心。

贝尔纳已经从院长那里得知了修道院里发生的命案。事实上,他装作没有听出威廉话中隐含的尖刻,对威廉说:"好像在这些日子里,为了完成我担负的让汇集在这里的双方达成协议的任务,应修道院院长的要求,我不得不关心那些令人伤心的事件,其中显然有魔鬼罪恶魔爪的插手。我对您提到这个,是因为我知道在距今遥远的年代里，您曾经跟我的地位相当，那时您也跟我——以及像我这样的人——在善恶两大阵营的较量中并肩奋战过。"

"的确如此，"威廉平静地说道，"但后来我站到另一边了。"

贝尔纳机敏地应对他的软钉子："您能告诉我一些有关这些罪案有价值的线索吗？"

"很不幸，不能，"威廉彬彬有礼地回答道，"我在侦破凶杀案方面没有您有经验。"

那一刻后，我就不跟着他们了。威廉在跟米凯莱和乌贝尔蒂诺又谈过一次话后，就到缮写室去了。他要求马拉希亚去检查某些书籍，我没听见书名。马拉希亚奇怪地看了看他，但又不能拒绝。这很奇怪，他不应该在藏书馆里再寻找那些书。那些书已经都在韦南齐奥的桌子上了。我的导师在专注地阅读，我决定不打扰他。

我下到厨房。在那里我见到了贝尔纳·古伊。也许他想了解修道院的布局，所以他四处转悠。我听见他在盘问厨师和仆人们，他勉强说着当地的俗语（我记得他曾经在意大利北方当过裁判官）。我觉得他好像在打听修道院的收成及劳动组织情况。不过，他也提一些无关紧要的问题，同时用深邃的目光观察着对方，并且会突然提一个新问题，一下子弄得对方脸色苍白，支支吾吾。我的感觉是，他正在以其独特的方式进行调查，使用着裁判官在履行职责时独具的威力及奇妙的武器：用其威慑力震慑对方。因为通常被审者往往为了摆脱怀疑洗清自己，就会说出能够引起裁判官怀疑他人的线索来。

整个午后，我所到之处，都看见贝尔纳这样进行调查，不是在磨房，就是在庭院里。但他从来不盘问僧侣们，总是问还俗的兄弟或是农夫们。这与威廉到目前为止的做法恰恰相反。

第四天

夕　祷

其间，阿利纳多好像提供了宝贵的信息，经过对一系列确定无疑的失误的分析，威廉用自己的方法推断出一个相当可能的事实真相。

不久，威廉从缮写室下来，看来他心情不错。我们等待进晚餐时，在庭院里遇见了阿利纳多。我一直记得他的请求，头天就在厨房里给他弄到了鹰嘴豆。我交给了他。他一边向我道谢，一边把豆子塞进流着口水没了牙的嘴里。"你见到了吧，孩子？"他对我说，"另一具尸体也躺在书中预告的地方……现在你等着第四声号吧！"

我问他，为什么他认为一系列命案的症结都会在《启示录》中找到。他惊诧地看了看我："约翰的书是解决所有问题的症结！"他忿忿地做了个怪脸，又说道，"这我早就知道，我很久以前就知道了……当初是我建议修道院院长的……当时的院长，我让他尽可能地收集有关《启示录》的评论。我本来应该当藏书馆馆长的……但后来另一个人设法争取到了派往西罗斯的机会，在那里他找到了最宝贵的经书手稿，并带着这丰硕的成果回来了……啊，他知道到哪里寻找，他还会说异教徒们的话……这样他就接手管理藏书馆了，而不是我。然而，上帝惩罚了他，让他提前进入了黑暗的王国。哈，哈……"他幸灾乐祸地笑着。在此之前我一直以为这个老人在平静地度着自己的晚年，而现在我却觉得他倒像是一个天真的孩子。

"你说的那个人是谁啊?"威廉问道。

他惊诧地看了我们一眼："我说的是谁？我不记得了……那是很久以前的事了。然而上帝在惩罚邪恶，上帝在泯灭万物的形迹，上帝在淡化人的记忆。藏书馆里有多少人因骄傲而犯下过错，尤其是藏书馆落在外国人的手里之后。上帝仍在惩罚……"

我们从他那里再套不出什么，就离开了他，任由他独自怂怂地胡言乱语。威廉觉得那次谈话很有意思："阿利纳多说的话值得一听，每次他都能说出某些有意思的东西来……"

"这次他说了些什么?"

"阿德索，"威廉说道，"解开一个谜团跟从基本的原则去推断不是一回事。这也不等同于搜集许多特别的案例以得出一个普遍的规律。这更多的是意味着，你面对两种或者三种表面上看来没有任何共同之处的个别案例，需尽量思索它们是否属于同一个普遍规律的不同案例，那个规律也许你尚未知晓，也许还从未发表过。的确如此，正像哲学家所假设的，如若人、马和骡子都没有胆汁，然而都能长寿，那么，你就可以说所有无胆汁的动物都长寿是一个规律了。你再想象一下头上长角的动物。为什么它们长有犄角呢？你突然发现长角的动物上腭都没有牙齿。这也许是个奇妙的发现，然而，你会发现有些动物，比如骆驼，上腭没有牙却并不长角。最后你会发现上腭不长牙的动物都有两个胃。好，这一点你倒是可以想象，没有足够的牙就无法很好地咀嚼，所以就得有两个胃,以更好地消化食物。那么角呢?你试着想象一下长角的实际原因,由于缺少牙齿,动物就会从某个部位多长出骨质的东西。这种解释够充分了吗?不,因为骆驼没有上牙,它有两个胃,但不长角。那么你就得找到一个最根本的原因。骨质长成犄角,只在没有其他自卫手段的动物身上。而骆驼有坚硬厚实的皮,它不需要用角来自卫。那么,这条规律可以是……"

"可是,这跟长不长犄角又有何相干?"我不耐烦地问道,"您为什么关心起长角的动物来了呢?"

"我从来没有对长角的动物发生过什么兴趣,但是林肯郡的主教①因遵循亚里士多德的一个观点,对它们颇感兴趣。说实话,我也不知道结论是否站得住脚,也没有检验过骆驼的牙齿长在哪里,又有多少个胃。我是想告诉你,要在自然存在的事物中寻求解释的法则,就得经过一条崎岖不平的路。面对一些难以解释的事实,你应该试着设想许多普遍的规律,而你尚未看到那些规律跟你所关心的事实之间有什么关系。随后,你突然发现,一个结果,一个案例,和某种规律有一定的关系,你就会发觉一条比较有说服力的推理的思路。你把这种推理运用到所有类似的案例中,用它来预测,这样你就发现你的预测是对的。不过在你得出结论之前,你不能决定哪些论证应该引入你的推理中,哪些论证你得弃置不用。我现在就是这样做的。我把许许多多没有关联的事情排列在一起,做各种推想。我得作许多假设,有相当多的假设是那么荒谬,简直让我羞于启齿。你看,就拿那匹名叫勃鲁内罗的马来说,当我见到马蹄印的时候,我做了很多相互补充和相互矛盾的假设:也许那是一匹出逃的马,也许就是修道院院长沿着山坡下来时骑的

---

① 指格罗斯泰斯特,见第二五九页注。

那匹骏马,也许是一匹叫勃鲁内罗的马在雪地上留下了蹄印,而灌木丛中的马鬃却是另一匹叫法韦罗的马头天留下的,树枝则可能是让人给折断的。在见到焦急地寻找马匹的食品总管和仆人之前,我不知道哪种假设是正确的。后来我才假设那匹马就是勃鲁内罗,并试着跟僧侣们谈话,作为那种假设正确性的佐证。我成功了,不过,我也很有可能失败。由于我成功了,所以人们认为我是个智者,但是他们不知道在许多案例中我的推理有过失误,因为我失败了,而且他们并不知道就在获得成功的几秒钟之前,我对成败并没有把握。眼下对修道院里发生的案例,我有许多很好的假设,却没有一个明显的事实能作为依据,证明哪个假设是最准确的。所以说,为了不至于因误断使自己显得那么愚笨,现在,我不想显出自己如何精明机智。你容我再考虑考虑,至少到明天再说。”

这时,我明白了我导师的推理方法,与哲学家依照基本的原则推理的方法大相径庭。如此看来,他的才智近乎超凡。我知道,当威廉一时找不到答案时,他会提出许多答案截然不同的假设来。对此我仍感困惑。

“那么说,”我鼓足勇气说道,“您还远远没有解决……”

“我离答案已经相当近了,”威廉说道,“但我不知道是哪个。”

“所以,您找不出问题的唯一答案喽?”

“阿德索,要是我找出了唯一的答案,我早就在巴黎教授神学了。”

“在巴黎他们总是能找到正确答案吗?”

“从来不是,”威廉说道,“但他们对于自己的错误心安理得。”

“而您呢?”我幼稚而又冒失地问道,“从来不犯错误吗?”

“我经常犯错误,”威廉回答说,“不过,我不仅是剖析一个错误,还举一反三假设许多错误,这样我就不会受任何人愚弄了。”

我觉得威廉对于事实真相好像根本不感兴趣，在他看来，事实真相只不过是客观事物和心智之间的契合。他把自己能想出诸多可能性当作快乐。

　　我坦言，此刻，我对我的导师很失望，我不禁想："幸好宗教裁判所的人来了。"出于对了解事实真相的渴望，我居然认可了同样想知道真相的贝尔纳·古伊。

　　我带着这种理应受到惩罚的思绪，比复活节前圣星期四夜的犹大更心神不安地跟着威廉走进了餐厅吃晚饭。

第四天

晚　祷

其间，萨尔瓦多雷说出一种令人惊奇的魔术。

为使团准备的晚餐味美而丰盛。修道院院长对于人们在饮食方面的喜好和教廷里的习俗应该很了解（我想说的是，这些美味佳肴也是米凯莱修士的方济各会的人乐于品尝的）。厨师对我们说，按照蒙特卡西诺的习俗，刚刚宰杀完生猪，是应该做猪血肠的。但是由于韦南齐奥的惨死，最近在动手杀猪之前，他让人把所有的猪血都倒掉了。不过，我们有用当地产的葡萄酒浸泡的红酒辣汁烧鸽子，有烤兔肉，有圣基娅拉小面包，有山地杏仁焖米饭；如果吃斋饭，有油煎琉璃莴苣面包片、塞馅的橄榄、炸奶酪、羊肉、白煮蚕豆、可口的甜食、圣伯尔纳点心、圣尼古拉面、圣鲁齐亚小点心，还有葡萄酒和药酒：亚香茅烈酒、核桃壳酒、抗痛风的葡萄酒和龙胆酒。品尝着这些酒，甚至通常表情严肃的贝尔纳·古伊也神色愉悦。要不是每喝一口酒、每吃一口东西都有虔诚的念诵伴随着，那可真像是饕餮者的一次盛宴。

最后，大家都高兴地站起身，有些人推说身体不适不想去参加晚祷。院长对此很生气。在我们教派内任圣职的人，不是人人都有特权，也不是人人都有义务的。

僧侣们起身走后，我出于好奇留在了厨房。里面正在准备锁门，我见萨尔瓦多雷抱着一个包裹溜往菜园。我好奇地跟着他，喊了他一声。他力图摆脱我，后来他回答我说包裹（好像有活的东西在包裹里蠕动）里藏着一条怪蛇。

"洞穴里的怪蛇，是蛇中之王！全身都有毒，毒性都散发到外面来！人们说，闻到它散发出的臭味也会中毒！它会让人中毒……它背上有白色的斑点，脑袋像公鸡，半身直立在地上，另一半身子跟蛇一样匍匐在地。它吞噬麝香鼠……"

"麝香鼠？"

"是啊！一种啮齿类的动物，比老鼠要长一点，人们管它叫'麝香鼠'。近似蛇或癞蛤蟆。蛇咬它时，它就跑去吃茴香……或去吃莴苣……把茴香和莴苣咬在嘴里，去还给……有人说，它会放出一种气味，但更多的人说这都是假的。"

我问他拿一条怪蛇做什么用，他说那是他自己的事。我已被好奇心所吸引，对他说，那几天死了那么多人，已经没有什么个人秘密可言，我会把此事禀报给威廉的。于是萨尔瓦多雷恳求我别声张，他打开包裹让我看，原来是一只黑猫。他把我拉近他，带着淫秽的笑对我说，他不想再让食品总管和我得到村姑的爱情，一个有权势，另一个年轻英俊，而他却既丑陋又贫穷。他知道了一种让爱恋中的女子依从的特别奏效的魔法，即宰杀一只黑猫，挖出猫的眼睛来，然后把眼球分别塞在两只黑母鸡下的蛋里面（他让我看那两个鸡蛋，并保证说那是黑母鸡下的），再把鸡蛋放在马粪堆里沤（他在菜园的一角已备好一堆马粪，那里从无人去），之后，每只鸡蛋将降生一个小精灵，他们将为你竭诚服务，给你带来世上无尽的欢乐。不过，他对我说，难办的是，把鸡蛋埋入马粪堆之前，得设法让所爱的女子在上面吐口唾沫，魔法才能灵验。这件事令他伤透脑筋，因为那天夜里那女子必须得在他身边，而且不能让她知道那样干的原因。

我脸上和五脏六腑都感到火辣辣的。我细声细气地问他，当晚他是否要把头天来过的那个姑娘带到修道院里来。他笑了，讥讽我已坠入情网（我说不是，我这样问纯粹是出于好奇）。后来他对我说，村里的女子多的是，他可以给我带一个比我喜欢的那个更漂亮的来。我猜他是在撒谎，想把我支开。再说，我又能做什么呢？我整夜都跟踪他吗？威廉还有许多要事等着我干呢。回去再见她（尽管事情跟她有关）一面吗？我想见她的那种欲望激励着我，可理智却要我打消这念头——我本不该再见她了，尽管我始终想再见到她。当然不能。于是我说服自己，萨尔瓦多雷说的关于女人的事是真的，或他所说的全是谎言。他谈到的那种魔法，是他迷信的头脑产生的幻想，他不会做什么的。

我很恼怒，对他态度粗暴，警告他最好去睡他的觉，因为弓箭手要在院子里巡夜。他回答说他比弓箭手更熟悉修道院，在那种浓雾里，谁也看不见谁。而且他还对我说："我这就走，连你也看不见我了，即使我在离你两步远的地方跟你所喜欢的姑娘调情，你也看不见。"他又说了些粗话，但大致就是这个意思。我愤愤地离开，以我高贵的见习僧身份，不值得跟那样的混蛋较量。

我找到了威廉，我们照原计划行事，去做晚祷，待在中殿后面，以便在仪式完毕后顺利进入迷宫内部做第二次（对我来说是第三次）巡查。

第四天

晚祷之后

其间,他们重返迷宫,到了"非洲之终端"的入口,却进不去,因为不知道"四"的第一和第七是什么意思。最后,阿德索再次陷入痴情症,病症蕴含相当的学术意味。

在藏书馆探秘费了我们好几个小时的工夫。我们的探查,说起来容易,但我们要掌着油灯,边走边看地图,识读上面的字,在岔道口和死墙上画记号,记录书架上开头的字母,还要按照游戏般布局的出口和堵死的路走完各个路段,确实是相当漫长而又烦人的。

天气十分寒冷。夜里没有起风,没有第一天晚上那吓人的嗖嗖的呼啸声,但是从墙缝透进来一股潮湿的寒气。我们戴上了毛线手套,以便能触摸书卷而又不至于冻僵手指。不过那手套是冬天写字时戴的,露着指尖,有时候我们冻得难忍就蹦蹦跳跳,搓着双手靠近灯火或捂在胸口取暖。

因此,我们并不是不间断地完成全部工作的。我们不时停下来好奇地在书柜里翻阅。现在威廉——鼻梁上架着他新配的眼镜——可以停下来阅读书籍了。他每发现一本书的题目,就高兴地叫出声来,或许是因为他原来就熟知那本书,或许是因为他一直在寻找那本书,或许是他先前从未听人提到过那本书而特别兴奋和好奇。总之,对他来说,每一本书都像是他在陌生土地上遇到的一只怪兽。他在翻阅一本书时,就命令我去找别的书。

"你去看看那个书柜里有什么书!"

我一边挪动书卷,一边读出那些书名:"比德①的《盎格鲁史》……都是比德的,《论寺院的建筑》《论神龛》《论迪奥尼索斯的计算、编年史和周期》《正字法》《诗歌格律的定规》《圣库斯贝特的生平》《诗韵艺术》……"

"自然,是德高望重的比德的全套作品……你看这些书!《论修辞的雷同》《修辞的分类》,这里还有那么多语法学家的书,普里西安、奥诺拉托、多纳图、马西姆、维托利诺、优迪克、福卡、阿斯佩尔……奇怪,我原先以为这里会有盎格鲁作家的书卷……我们看看下面……"

"Hisperica …famina,什么作品?"

"是一首海伯尼亚的诗。你听着:

> Hoc spumans mundanas obvallat Pelagus oras
> terrestres amniosis fluctibus cudit margines.
> Saxeas undosis molibus irruit avionias.
> Infima bomboso vertice miscet glareas
> asprifero spergit spumas sulco,
> sonoreis frequenter quatitur flabris …②"

---

① Beda il venerabile(672—735),盎格鲁-撒克逊神学家、历史学家。

② 拉丁语,浪花飞溅的大海像一帘水幕,汹涌的浪涛拍击着海岸。滔天的巨浪冲击着峭壁悬崖,漩涡咆哮着将礁岩吞噬。奔腾的浪花留下道道沟壑,怒吼的飓风不时将大海倾翻。

我不懂诗的内容，但威廉朗读的时候，那些诗句从他嘴里涌出，我像是听见了海涛的澎湃声和飞溅的浪花拍击声。

"这是什么？马姆斯伯里的奥尔德海姆的诗，你听这页上写的：Primitus pantorum procerum poematorum pio potissimum paternoque presertim privilegio panegiricum poemataque passim prosatori sub polo promulgatas ...① 所有词的词首都是同一个字母。"

"我家乡的人真非同寻常，"威廉自豪地说道，"我们再看看另一个书柜吧。"

"维吉尔。"

"这里怎么会有他的书呢？维吉尔的什么书？《农事诗》吗？"

"不是。是《摘要录》。我从未听说过。"

"那不是维吉尔·马罗内！是图卢兹的维吉尔，修辞学家，是我们的上帝诞生六个世纪之后的人。他被人尊称为圣贤……"

"他在这里说到，艺术包括诗歌、修辞、文法、幽默、方言、几何……但是他用的是何种语言？"

"拉丁语，不过是一种他自己创造的拉丁语，他认为那是更为优美的语言。

"他是不是疯了？"

"我不知道，他不是我们岛国的人。你再听我说，他说可以有十二种方式来命名火：ignis, coquihabin（quia incosta coquendi habet dictionem）, ardo, calax ex calore, fragon ex fragore flammae, rusin de rubore, fumaton, ustrax de urendo, vitius quia pene mortua membra suo vivificat, siluleus, quod de silice siliat,

---

① 拉丁语，一种原始的赞美词和诗歌，是赞美父兄业绩的，尤其是赞美显贵要人和英雄豪杰，多由栖居在北极的无名诗人发表。

unde et silex non recte dicitur, nisi ex qua scintilla silit。① 还有 aeneon, de Aenea deo,qui in eo habitat,sive a quo elementis flatus fertur。②"

"可是没有人这样说话!"

"幸亏是这样。但是在那个年代,为了忘却这邪恶的世界,语法学家们以探讨一些深奥的问题为乐。人们告诉我说,在那个时代,修辞学家迦邦德斯和特棱提斯为了'自我'这个词争论了十五个昼夜,最后还动了武。"

"可是还有这个,您听⋯⋯"我抓了一本装帧精巧的书卷,上面画有植物迷宫,有从葡萄藤里探出头来的猴子和蛇。"您听我给您念念:cantamen, collamen, gongelamen, stemiamen, plasmamen,sonerus, alboreus, gaudifluus, glaucicomus …"

"是我岛国的,"威廉又亲切地说道,"别对远在海伯尼亚的那些僧侣们太苛求了,也许,这座修道院得以存在,我们仍得以讲神圣罗马帝国的语言,还真多亏了他们。曾几何时,欧洲大部沦为一片废墟,他们宣布说高卢有些教士施行的洗礼一概无效,因为在那里是以圣父和圣女的名义,这不是因为他们实行一种新的异教,或是他们把耶稣看成了一个女子,而是因为他们已经不再懂拉丁语了。"

"是不是就像萨尔瓦多雷一样?"

"差不多。来自最北端的海盗们沿着河流来到罗马烧杀抢掠。异教的寺庙纷纷倒塌,而基督教的教堂当时还不存在。唯有海伯

---

① 均是不规范的拉丁语。是关于火的定义和不同的取火方式,大意是:火,能够燃烧,它能烧熟生的东西;炽热,蕴含热量,火焰迸发呈红色,冒烟,喷发,有生命力,它能使几乎僵死的肢体重新活动起来。燧石有取火的性能,火取于打火石,火星是从打火石上冒出来的。

② 拉丁语,生活在火中的火神埃涅阿斯,以火引出古希腊哲学中的四大要素。

尼亚的僧侣们在他们的寺庙里阅读和写作，并装帧书卷。他们坐上用兽皮制成的小船，朝这些国家驶来，并且向他们宣讲福音书，把他们当做未开化的蛮夷。你知道吗？你听说过博比奥吧，那是圣高隆班创建的，他就是他们中的一位。所以说，如果他们创造一种新的拉丁语，那也无关紧要，因为在当时，欧洲已经没有懂老拉丁语的了。他们都是些伟大的人。圣布伦顿一直抵达了幸运之岛。他先沿着地狱的海岸航行，在地狱里他见到了被链子锁在一片礁石上的犹大；一天，他在一座岛靠了岸，登到岛上，发现一只海怪。自然，当时他们都着魔了。"他再次满意地这么说。

"他们画的这些图像……我简直不相信自己的眼睛了！色彩如此丰富！"我兴奋地赞叹道。

"这是从一个色彩不多的国土来的书，有一点儿天蓝色，加上许多绿色。不过我们不是在讨论海伯尼亚的僧侣们。我想知道的是，为什么这些书跟英格兰人和其他国家的语法学家的著作放在一起。你看看你画的草图，现在我们大概是在哪里？"

"在西角楼的那些房间里。我抄录了条幅上的字母。就是说，从没有窗子的房间出来，就进到七边形的过厅，楼堡的房间和房间之间都只有一个通道，红色的字母是 H。然后顺着角楼转，从一个房间进到另一个房间，又回到没有窗口的那个房间。一系列的字母就是……您说得对！HIBERNI。"

"HIBERNIA。如果从没有窗户的房间回到七边形的过厅，它跟其他三个房间一样，都有《启示录》开首的字母 A。因此，那里有图勒作家的著作，还有语法学家和修辞学家们的著作，因为当初设计藏书馆的人考虑到任何一个语法学家都应该跟海伯尼亚的语法学家们放在一起，尽管是图卢兹人。这是条规。你看，我们不是开始明白点什么了吗？"

"可是，我们进来的东角楼的房间里，我们见到的字母是FONS······那是什么意思呢？"

"你仔细查看一下你画的路线图，顺着进入楼堡的次序，按紧挨着的房间的字母读下去。"

"FONS ADAEU ..."

"不对，FONS ADAE①，有字母 U 的是东边的第二个没有窗户的房间，这我记得，也许它属于另一组系列。我们在 FONS ADAE，就是说，在人间天堂里（你得记住，这房间里的祭台是朝太阳升起的方向），找到了什么呢？"

"有许多《圣经》，以及对《圣经》的评注，这儿只有与《圣经》有关的书籍。"

"那么说，你看，上帝说的人间天堂，正如人们所说的，是远在东方。而海伯尼亚是在西方。"

"那么说，藏书馆的布局是复制了一幅世界地图了？"

"有可能。馆内的书籍是按照来源国排列的，或是按照作者的出生地摆放的，或者照目前的情况看，是按照作者应该出生的地方摆的。藏书馆馆长自以为是地认为语法学家维吉尔生在图卢兹是错了，认为他应该出生在西方岛国。他们'纠正'了这天然的错误。"

我们继续前行。我们走过了一排房间，房间里放满了装帧精美的《启示录》。其中一间是上次曾让我产生过幻觉的。果然，从远处我们又看到了灯光。威廉捂着鼻子，跑过去把灯弄灭，还在灰烬上啐了口吐沫。为万全起见，我们快速穿过那个房间，但我记得在那里我还是看见了那本漂亮的五颜六色的《启示录》，上面有披

---

① 拉丁语，亚当的由来。按当时绘图上标出的是指"远东"。

着日头的女子、太阳和龙。我们从最后进入的那个字头为红色的Y的房间开始，把这些房间的字母重新排列了一下。倒过去念字母，得出 YSPANIA① 这个词，不过最后一个字母 A 跟 HIBERNIA 结尾的字母是同样的。威廉说，这表明剩下的房间里的藏书是五花八门的。

总而言之，用 YSPANIA 命名的地方好像都珍藏着许多《启示录》的手抄本，装帧都很精致，威廉辨认出装帧所蕴含的西班牙艺术风格。我们推断藏书馆拥有的《启示录》也许是整个基督教世界里最丰富的。此外，还有大量对那本书评介的书卷。最厚的那些评介书卷都是里耶巴纳的贝亚图斯的《〈启示录〉评注》，而文字的内容几乎都大同小异，但是我们发现书上的图画却别出心裁，各式各样。威廉从中辨认出，那是他记忆中当初在阿斯图里亚斯、玛久斯、法库图斯那些王国②，及其他地方最有声望的装帧师的手艺。

我们一边思索着这样那样的问题一边走，不知不觉就来到了南角楼。头天夜里我们曾经到过这里。带有 YSPANIA 中字母 S 的房间——没有窗子——通向写着字母 E 的一个房间。随后我们逐个穿行了其他五个房间，就到了角楼的最后一个写有红色字母 L 的房间，没有其他通道。我们重又倒过去读字母，得出 LEONES 这个字。

"LEONES，即南面，在我们画的地图上，这是在非洲，这里生活着狮子。这就解释了为什么在这里我们找到了那么多异教作者的作品。"

---

① 拉丁语，西班牙。
② 古代利比里亚岛上的几个基督教王国，现均属西班牙。

"还有别的呢,"我一边在书柜里翻找,一边说道,"阿维森纳①的《医学法典》,还有一部字迹娟秀的手抄本,上面的字我不认得……"

"可能是一本《古兰经》,可惜我不懂阿拉伯语。"

"《古兰经》,穆斯林的'圣经'……"

"一本包含着与我们不同的智慧的书本。可是你已经明白,为什么他们把这本书放在这里,与狮子和妖魔鬼怪在一起。这就是为什么我们曾看到那本有关许多怪兽的书,你看到里面还有独角兽。这个被说成 LEONES 的地方,存放着被藏书馆建造者视为编造谎言的书籍。那边是什么?"

"都是拉丁语的书,但是从阿拉伯语翻译过来的。阿尤布·阿·鲁哈韦②,一本有关狂犬病的论著。这可是一本珍贵的书籍,是阿尔哈曾③的《论光学》……"

"你看,他们把科学著作也放在了妖魔鬼怪和编造谎言的书籍之中,而科学正是基督徒要多加学习的。由此可以推断出藏书馆建立的年代……"

"但是为什么他们把一本有关独角兽的书放在邪书里面呢?"

"藏书馆创始人的思想显然很奇怪。他们也许认为这本讲述生活在遥远国度里的奇禽怪兽的书,是属于异教徒传播谎言一类的书目……"

"可独角兽怎么是谎言呢?它是生性温柔的动物,很有象征意义。它象征基督和圣洁。要想逮住它,必须在森林里让一位少女出现,它一闻到少女圣洁纯真的气味,就会依偎在她的怀里,于是

---

① Avecenna(980—1037),著名穆斯林哲学家和医生。
② Ayyub al Ruhawi(约760—835),叙利亚科学家、哲学家。
③ Alhazen(约965—1039),阿拉伯科学家,以光学论著闻名。

就落入了猎人的绳套。"

"人们是这么传说的,阿德索。但很多人认为那是异教徒编造的寓言故事罢了。"

"真扫兴,"我说道,"我还指望在穿过森林时能遇上一只独角兽呢,否则穿越森林还有什么意思呢?"

"这并不是说这种动物不存在。也许跟这些书上所描绘的不一样。有一位威尼斯的旅行者,跋涉到遥远的国度,与地图上所标志的 FONS ADAE 相当接近。他确实见到了独角兽,但他发现它们粗野而笨拙,长得又黑又丑。我想他的确是见到了脑门上长着一个角的野兽。它们很可能就是古代拥有智慧的大师们所说的那些猛兽,古人的智慧不会全是谬误的,他们从上帝那里获得恩赐,有机会看到我们看不到的东西,并忠实地加以描绘,世代相传。此后,经过世代权威人士的描绘,他们不断发挥各自丰富的想象力,独角兽就逐渐演变成了优雅、洁白而又驯服的动物。所以,你如果得知森林里有一只独角兽,你千万别带清纯少女一同前往,因为独角兽很有可能更像那位威尼斯旅行家所见的,而不是这本书上所说的。"

"可古代拥有智慧的大师们是怎么得到上帝的启示看到独角兽真实习性的呢?"

"不是得到启示,而是亲身经历。他们有幸出生在有独角兽生存的土地上,或是出生在独角兽生存于这块土地上的年代里。"

"如果古人的智慧就是通过一些任意虚构夸大的书籍代代传下来的话,那么,我们怎么相信古人的智慧呢?您一直是在寻觅这种智慧的踪迹的。"

"书本不是用来让人盲从的,而是用来引导人们去探索研究的。我们面对一本书,不应该琢磨它说了些什么,而应该琢磨它想说什么,这是老一辈《圣经》注释者们一贯持有的明确理念。这些书上所谈到的独角兽蕴含了一条道德真理、寓意式真理或者类比式真理,但仍然是真理,就像贞节是一种高贵的品德这个真实理念一样。但什么是支撑这三种真理的事实真相,那就要看这些书上的文字凭借的是哪一些具体的原始资料了。文字所记述的事物是可以商榷的,而它更高层次的意思仍然是正面的。有一本书中写道,钻石只能用雄山羊的血才能切割开。我伟大的导师罗杰·培根却说不是。道理很简单,因为他亲自试验过,没有成功。但是如果钻石和山羊血之间的关系含有更高层次的意义,那这种说法就仍然可以成立。”

“那么,也就是说,文字可以用来表示超越本身意义的更高层次的真理。”我说道,“可要是我想象的那种独角兽不存在,或从未存在过,或永远不会有存在的那一天,我还是感到挺遗憾的。”

“如果上帝也愿意让独角兽存在于世的话,就不该对万能的神力设置任何限制。但是让你欣慰的是,这些书中有独角兽存在,即使没有谈论它们确实存在,却也谈论到它们有可能存在。”

“不过,这样一来,读书就不是为追寻信仰,而信仰是神学的道德规范呀!”

“神学还有另外两种道德规范。对有可能实现的事情抱有的希望,以及对坚信有可能实现希望的人们的宽容。”

“但是如果您的大脑并不相信有独角兽的存在,那它对您又有什么用处呢?”

“对我有用,就像韦南齐奥被拖曳到猪血缸雪地上留下的印痕一样有用。书上写的独角兽,如同一个痕迹。如果有痕迹,就必定有留下痕迹的某些东西。”

“您是说,与痕迹不一样的东西。”

“那当然。痕迹与留下痕迹的实体不总是具有同样的形状,痕迹不总是该物体的重压产生的。有时候它是一种物体在我们头脑中生成的印象，是一种理念的印痕。理念是事物的符号，形象是理念的符号，一种符号的符号。但是通过形象即便不能重新构想出该物体，我也可以构想别人曾有过的理念。"

"这样想就够了吗？"

"不够，因为真正的科学不应该满足于作为符号的理念，而是应该通过发现各个独特的真实形象，去找到具体的真理。因此，我喜欢从这个符号的符号，追溯到那个具体的处在一系列环节开端的个体的独角兽。就如同我要从杀害韦南齐奥的凶手留下的模糊不清的符号（可以推测到许多人的符号），追溯到唯一的个人，即凶手本人。不过，没有其他符号的辅助，在短时间内并不一定能做到。"

"那么说，我总是能够而且只能够这样做：我论及某事物，它又向我论及另一事物，以此类推，但是那终极的事物，即那真正的事物，却永远不存在吗？"

"也许它是存在的，就是那个具体的独角兽。你不必担心，总有一天你会遇上它，不管它多么黑又多么丑。"

"独角兽、狮子、阿拉伯作者，以及摩尔人，"这时我说道，"毫无疑问这是僧侣们谈到的'非洲'了。"

"无疑就是非洲。而如果是这样，我们就应该能找到提沃利的帕奇菲科曾提到的非洲诗人。"

而事实上，我们按原路返回，再次来到 L 房间，在一个书柜里找到了弗洛鲁斯①、弗龙托②、阿普列乌斯、马提安努斯·卡佩拉③

---

① Publius Annius Florus（创作时期一世纪末至二世纪初），非洲罗马史学家和诗人。
② Fronto（100—166），罗马著名演说家、修辞家和语法学者。
③ Martianus Capella（创作时期四世纪末至五世纪初），北非人，迦太基律师。

和富尔根蒂尤①作品的选集。"

"这么看,这里就有贝伦加一直说过的找到解开某种奥秘的诀窍。"我说道。

"大概就是在这里。他用了'非洲之终端'来加以表达,马拉希亚对这种表达相当恼火。'终端'一词可以表示这最后一个房间,或者……"他大声喊了起来:

"科罗马科诺伊斯②的七座教堂!你没有注意这里有奥秘吗?"

"什么奥秘?"

"我们退回去,回到我们出发的 S 房间去!"

我们回到了第一个没有窗户的房间,那里的字幅上写着的诗句是:宝座四周就座的二十四位长老。房间有四个出口。一个出口通向带 Y 字母的房间,窗户朝向八角形的天井。另一个出口通向带 P 字母的房间,沿着外侧的墙面,另外的出口通向按 YSPANIA 的字序排列的房间。朝角楼的那个房间通向我们刚走过的 E 房间,接着出现一堵死墙,最后是一个出口,通向第二个没有窗户的 U 房间。S 房间就是那个有镜子的房间,幸亏镜子是在紧挨我右边的墙上,否则我又该吓一跳了。

仔细观察我画的路线图,我发觉那房间很特别。它本该像其他三座角楼里所有没窗户的房间一样,通向中间的七边形过厅。要是不这样,七边形过厅的入口应该通向隔壁那间没有窗户的 U 房间。可是这个房间却通向窗户朝八角形天井的 T 房间,另一出口与 S 房间相连接,它的另外三道墙都是放满柜子的死墙。我们

---

① Fulgentius(活动时期五世纪末至六世纪初),北非出身的基督教拉丁语作家。
② Clonmacnois,爱尔兰早期的基督教中心。

环顾四周,发现一个从路线图上也能明显看出的疑点:从严格的对称角度以及从逻辑上考虑,那个角楼应该有一个七边形过厅,但是并没有。

"没有,"我说道。

"不是没有。要是没有的话,其他房间就应该更大些,可它们跟其他角楼里的房间差不多。一定是有的,就是进不去。"

"是不是被墙堵上了?"

"很有可能。而这就是'非洲之终端',就是那些已死去的僧侣曾好奇地绕着它转的地方。那个七边形过厅被墙堵上了,但那不等于说就没有一个入口。肯定有入口。韦南齐奥找到了它,或者听阿德尔摩描述过,而阿德尔摩则是从贝伦加那里知道的。我们再看一下他的笔记。"

他从长袍里取出韦南齐奥写的那页纸,又读了起来:"用手在幻象上方四的第一和第七上操作。"他环顾四周,"可不是嘛!幻象就是镜子里的影像啊!韦南齐奥是用希腊语思维的,幻象既有形象的意思,也有幽灵的意思,希腊语里这含义比我们的语言更清楚,而镜子正是反射出我们自己变了形的影像。前天夜里,我们真把这扭曲了的影像当做幽灵了!可是,那镜子上面又是指什么呢?是镜子反射面上的什么东西?那么说,我们得站在某个角度看镜子,以便能看到镜面上照出什么如韦南齐奥描述的东西……"

我们试了所有的角度,但毫无结果。镜中除了我们的影像之外,只有屋子里其他东西在幽暗灯光下模糊的轮廓。

"那么,"威廉沉思着,"镜子上面可以理解为镜子后面……这意味着我们得到镜子后面去,这镜子肯定是一扇门……"

镜子超出一般常人的身高,镶嵌在墙上的橡木镜框内。我们用各种方式敲击它,用手指使劲戳镜面,用指甲抠镜框和墙体之间的缝隙,可镜子仿佛是墙体的一部分,坚如山崖上的岩石,一动不动。

"如果不是镜子后面,那就可能是镜子上方,"威廉低声嘀咕着,同时他抬起胳膊,踮着脚尖,用手在镜框上缘来回摸,可摸到的只是灰尘。

"何况,"威廉伤心地寻思着说,"即使后面有一个房间,我们正在找的和其他人曾寻找过的那本书已不会在房间里了,因为先是韦南齐奥把它拿走了,后来是贝伦加,谁知道把它弄到哪里去了。"

"可也许贝伦加又把它带回这里了。"

"不可能,那天夜里我们就在藏书馆,一切迹象都向我们表明,他偷书不久就死在了澡堂,就在当天夜里。否则第二天早晨我们应该见到他的。没关系……眼下我们已弄清'非洲之终端'的位置了,完善藏书馆路线图的一切资料也差不多都有了。你应该承认,迷宫的许多奥秘已解开了。我可以说,所有的奥秘就差一个了。我相信,我们再留心一下韦南齐奥的手稿,通过进一步考察,会得到更多的启发。你看到了,我们更多的是从外面而不是从里面发现迷宫奥秘的。今晚,面对我们扭曲的影像,找不到解决问题的办法了。而且,灯光渐暗。你过来,我们再把能帮我们确定路线图的线索整理一下。"

我们走过其他房间,把我们的发现都记录在路线图上。我们所经过的房间,有的里面尽是数学和星象学方面的书籍,有的则是一些我们两人都不认识的阿拉姆语①的著作,另一些著作的文字则更难识别,也许是来自印度的书稿。我们在标有 IUDAEA② 和

---

① Aramaic,古代叙利亚人和美索布达米亚人使用的一种语言。
② 拉丁语,朱迪亚。位于今巴勒斯坦南部和约旦西南部。

AEGYPTUS① 两排相互衔接的房间走动。我们破解奥秘的前后经过可能会使读者感到乏味,因而从略。简言之,后来当我们把路线图彻底标明之后,我们确信藏书馆的确是按照地球的水陆区域分布而建造和布局的。北边是英国和德国,沿着西面的墙壁跟法国相连接,然后,延伸到西边顶端的海伯尼亚,朝南面的墙壁是罗马(这是拉丁文经典著作的天堂)和西班牙。接着我们朝南来到 LEONES 和埃及,东面就是朱迪亚和 FONS ADAE。沿着东面和北面之间的墙壁,见到 ACAIA② 的字样,威廉解释说那是一种极好的借喻,表明是希腊。果然,在那四个房间里,有大量古代异教诗人和哲学家的作品。

这些词的构成读起来很古怪,有时得顺着一个方向念,有时得倒着念,有时又得绕着圈子念;如同我所说的,经常一个字母可用来组成两个不同的词(在这种情况下,房间里有一个书柜收藏一个论题的书籍,另一个书柜收藏另一个论题的书籍)。然而,从藏书馆的布局中显然没法找到黄金规则。藏书馆馆长想要找到一部著作,完全得靠他的记忆。倘若说在 ACAIA 系列的第四个房间有一本书,这就是说,此书是在从出现 A 字头的那个房间数过来的第四个房间里,至于怎么辨认出那个房间来,无论是直线行走还是绕圈子,人们推测藏书馆馆长大概都记在脑子里了。比如说,ACAIA 这一组分布在组成正方形的四个房间里,第一个字母 A 也是最后一个字母,这一规律我们也是很快就解读出来的。因而,我们也很快懂得了死墙的游戏。比如你从东角楼进入楼堡,ACAIA 这一系列的房间没有一个是通向下一系列房间的:迷宫在此无路可走了,要想到北角楼去,就得绕过其他三个角楼。不

---

① 拉丁语,埃及。
② 亚该亚,古罗马帝国省份,位于今希腊南半部。

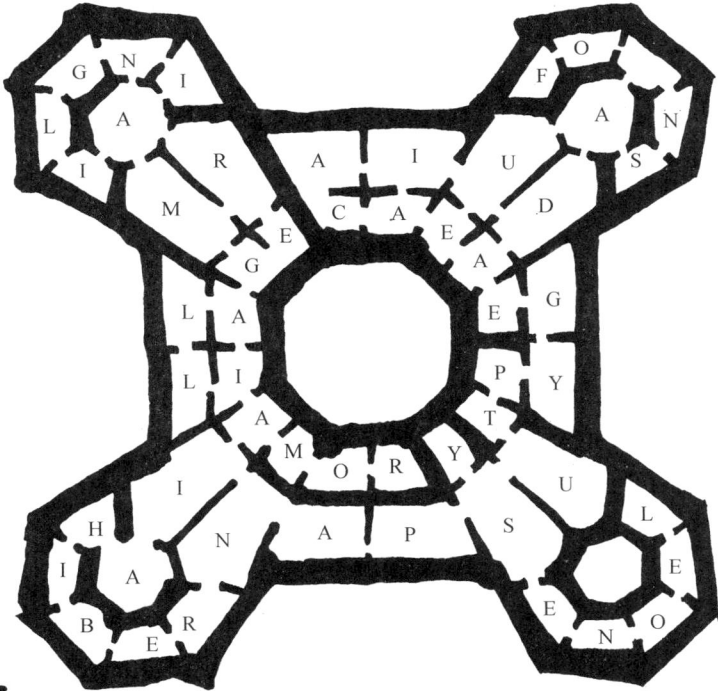

过,从 FONS 系列房间进楼的藏书馆馆长清楚地知道,比如说,要进入英国系列房间,就得绕过埃及、西班牙、法国和德国这些系列。

　　带着这些奇妙的发现,我们结束了对藏书馆饶有成果的探访,正准备满意地从藏书馆出来(我们马上又被卷入到其他事件,这我稍后再讲)。不过,我得先供认的是,当我们正在南角楼被称为 LEONES 的房间里转时,我的导师在一个放满阿拉伯语著作的房间里突然停住了,那些书上有一些令人好奇的光学图像。那天夜里我们有两盏灯,我自提一盏,出于好奇,就走到隔壁房间里去看看。我发现睿智而谨慎的藏书馆当家人把一些不是适合所有人阅读的书集中放在一面墙的书柜中,因为那些书以不同的方式论及人体和精神方面的各种疾病,几乎全部出自异教大学者的手笔。我的目光落在了一本不大的书上,封面装饰着许多与论题毫不相干的图画(幸亏如此!),有花朵、葡萄藤、成对的动物以及一些药草,题目是《爱之镜》,是博洛尼亚的马西姆修士所著。翻看书内,引用了许多其他作品的论述,都是关于爱情方面的。

　　这就足够唤醒我那病态的好奇心了,这一点读者可以理解。而且仅那书名就足以重新点燃我早晨就已平息的思绪,那姑娘的形象又出现在我脑海里。

　　本来,我把早晨的心头事都已抛在脑后,何况一天发生了那么多事,耗尽了我的精力。我已毫无欲望,以至于认为自己的心事只不过是转瞬即逝的念头,已灰飞烟灭。此时我告诫自己说,那不是一个见习僧应有的健康和平衡的心态。可是一见到那本书,就发现自己因爱而得的病比我估计的还严重。后来,我才明白,有时人们读了一些医书,就会以为自己真的患上书中所说的那种病。正是如此，此刻我生怕威廉进来问我在那么投入地读什么书，所以仅匆忙地读了几页。就几页，已使我深信自己正是得了那种病，其痛苦症状跟医学书上绘声绘色描写的一模一样。一方面，我担心自己真是病了，但另一方面，我倒为能看到自己的病症居然如此生动地被描绘出来而感到高兴；我深信尽管我是有病，但我的病可以说是常见的，因为那么多人同样为此而痛苦。

我在读到伊本·哈兹姆①的论述时是如此激动。他把爱情论定为一种难以治愈的疾病，唯有用病本身才能医治，生病的人不想治疗此病，也不想痊愈（上帝才知道那是不是真的）。我感悟到，为什么早晨我会因看到的事物而骚动不安，因为爱情仿佛是经过眼睛进入了心灵。我又看到安卡拉的巴西里奥说，而且——那是独特的症状——谁要是得了这病，就会过度兴奋，同时还喜欢独自待在一边享受孤独（就像那天早晨的我），而伴随着爱情出现的其他症状就是强烈的不安和难以言喻的惊悸……

当我读到，堕入爱河的人，在看不到所爱之人时，会出现心力交瘁的状况，直到卧床不起，甚至会影响脑部，以致神志不清，胡言乱语（显然我还没到此地步，在探访藏书馆的过程中，我还工作得相当不错），我心里好害怕。我忧虑地读到，如果病情恶化，会导致死亡。我自问，除了应考虑心灵的健康之外，思念姑娘所得到的欢乐，是否值得我的身体做出这样大的牺牲。

另外，我从圣女希尔德加德的一句话中获知，这一整天我忧郁的心情，都源于对姑娘的思念。既甜蜜又痛苦，这种感受如同身在天堂而又远离和谐与完美，这是相当危险的，而这种"忧伤和痛苦"，是产生于蛇的气息和魔鬼的诱惑力。这种想法也得到了同样

---

① Ibn Hazm(994—1064)，西班牙阿拉伯文人。

睿智的异教徒们的认同，因为我眼前出现了一排排累塞斯的书籍，在题名为《论自我约束》的书中，他把爱情的忧郁看作变狼妄想症，这种感情会导致患者变得像狼一样。起初，恋爱中的人默不作声，从外表上看他们的眼睛凹陷，目光暗淡，没有眼泪；舌头渐渐变得干涩，舌面会出现脓疱；他们总觉干渴难忍，全身干枯，到这种程度，他们会整天趴着，脸上和胫骨上会出现狗咬的印痕，到最后他们便会在夜里游荡在公墓的坟墓间。

最后，当我读到伟大的阿维森纳的引语时，我对自己精神状态的严重性深信不疑了。看来，爱情本是一种忧郁而荒谬的思绪，那是因不断思念所爱异性的脸庞、行为或者服饰而引起的（阿维森纳是多么惟妙惟肖地描述了我的情况啊）：起初并不是病，当患者不能得到满足时，变成挥之不去的顽念（请上帝宽恕我，为什么我已经感到相当满足，却还是如此着魔呢？也许，头天夜里发生的事并不是爱的满足？可这种眷恋怎么得以满足呢？），其后果就是眼皮不断地颤动，呼吸不规则，悲喜无常，脉搏加速（在读这几行的时候，我的脉搏果真加速，呼吸断断续续）。阿维森纳建议采用一种已由加伦①提出的绝对有效的方法，用来探查某人爱上了谁：抓住患者的手腕，说出许多异性的名字，当念到某个名字时患者的脉搏加速了，就表明那人即他所爱恋的人。当时我真担心我的导师会突然进来抓住我的手腕，从我脉搏加速的跳动中发现我的秘密，那样的话，我就会无地自容……

哎呀，阿维森纳居然说治愈这种病的办法，就是让两个恋人完婚。他的确是一个异教徒，尽管他很精明，但他并没有考虑到一个本笃会见习僧——或者说，是一个自愿选择献身于教会，或者是由

---

① Galen of Pergamun（约 129—199），古罗马医学家。

亲戚们暗中帮助选择而入教的僧侣——的实际情况,除非永远不得这种痴情症,得了就无法治愈。幸亏,尽管阿维森纳并未考虑到克吕尼修会的教规,却考虑到了恋人们不能结合的情况,并建议用热水澡来彻底治疗(是不是贝伦加就是想用洗热水澡来医治对已经死去的阿德尔摩的相思病呢?可是对于同性恋人的思念会患上相思病吗?或那只是兽性般的淫欲?而也许我那天夜里算不上兽性般的纵欲?不,当然不是,我立刻对自己说,那是个极其温馨美好的夜晚——很快我又对自己说,你错了,阿德索,那是魔鬼的梦幻,是很卑劣的,你犯下了野兽般的罪恶,而如果至今你还不意识到那是罪恶的话,就罪上加罪了)。不过,后来我也读到,还是阿维森纳说的,也有其他的方法可以补救,比如,求助于有经验的老妇人,让她们在茶余饭后去诽谤中伤自己所爱的女子——好像老妇人比老头儿更擅长干这种勾当。这兴许是一种解决的办法,可是在修道院里我找不到这种人(连年轻的也不好找),那么我就得求某个僧侣对我说那个姑娘的坏话,可找谁呢?何况,一个僧侣能像一个多嘴多舌的老妇人那样了解女人吗?撒拉逊人提出的最后一招就更加无耻下流,他提出让痛苦的情人去找多个女奴做爱,这对于一个僧侣来说是不可思议的事情。最后,我问自己,一个年轻的僧侣怎么才能治愈相思病呢?他真的没有救了吗?也许我得去找塞韦里诺,用他的药草医治我的病?我果真找到了维拉诺瓦的阿诺德①写的一段论述,那是我听威廉带着仰慕之情谈起过的作者。他认为相思病是过多的体液和呼吸所引起的,就是说,当人体内的水分和热量过度时,因为(产生精子的)血液过度增加,就会产生过多的精子,产生一种"发生性关系的体质状态",一种男女强烈结合

---

① Arnold of Villanova(1238—1311),西班牙炼金术士。

的欲望。人体脑部中室背面(是什么？我问自己)有一种思维功能,可以认知不强烈的欲望。这欲望存在于由感觉接收到的对象之中,而当人的这种欲望变得非常强烈时,人脑的思维就紊乱了,而且就会用对所爱之人的幻觉来滋养自己,于是就产生了炽热的激情,时而悲伤时而欢乐(热量在人感到绝望时会降到人体的最深层部位,并且使皮肤僵化,在人兴奋激动时会上升到表皮让人感到面容灼热)。阿诺德的秘诀就是想方设法让男女避免肌肤之亲,免得产生想与恋人交欢的欲望,从而杜绝对所爱之人的思念之情。

那么说,我已经治愈了,或者在痊愈的过程中,我这样对自己说。因为我对再见到我思念的对象已不抱什么希望,甚至是绝望了,而且,我是个僧侣,对家庭的出身地位又要担当责任,即使我能见到她也不能接近她,即使能接近她也不能再拥有她,即使拥有了她也不能把她留在身边……我超脱了,我对自己说。我合上了书卷,恢复了平静,而就在这时,威廉进来了。我跟他继续探访已被解密的迷宫(这我已经讲述过了),暂时忘却了自己的烦恼。

不过,读者会看到,那烦恼很快又会折磨我,只是在截然不同的场合(我的天哪!)之中。

第四天

夜　晚

其间，萨尔瓦多雷不幸被贝尔纳·古伊发现，阿德索爱慕的姑娘被当做女巫抓起来，众人带着比以往更烦闷、更忧虑的心情就寝。

我们正下了楼来到膳厅，就听到一片喧闹声。厨房那边闪烁着微弱的灯光。威廉下意识地立即熄了灯。我们紧贴墙壁靠近通向厨房的那扇门，听到嘈杂声来自外面，门却敞开着。此后声音和灯光渐远，有人猛地撞上了门。这说明那是一场大骚动，发生了令人不快的事情。我们又迅速穿过圣骨堂，从南边的大门出来，重新出现在教堂里。里面空无一人，只见庭院里一片火把闪动的光亮。

我们走向前，在混乱中，见到许多人跟我们一样已闻声赶到现场。他们有的是从寝室来，有的从朝圣者的宿舍来。我们见到弓箭手牢牢地抓着萨尔瓦多雷。他的脸色像他的眼白一样苍白，身边还有一个女子在哭泣。我的心一下子揪紧了：是她，我日夜思念的姑娘。她看见了我，并认出了我，向我投来绝望与哀求的目光。我一阵冲动想上去解救她，但威廉拉住了我，毫不留情地低声责备我。这时僧侣和客人们从四面八方涌来。

修道院院长和贝尔纳·古伊前后脚都到了,弓箭手队长做了简短的汇报。事情是这样的。

弓箭手奉裁判官之命,彻夜巡逻整个台地,特别注意修道院的大门通向教堂的甬道、菜园一带,以及楼堡的正门(为什么?我寻思了一番,后来我明白了:显然,贝尔纳·古伊是从一些仆人和厨师那里听到了传言,说夜里修道院的外围墙和厨房之间总有动静。也许贝尔纳并不准确地知道谁该对此负责。我也不知道萨尔瓦多雷这个傻瓜是不是在厨房或马厩里,就像跟我说起他的主意那样,跟某个可恶的家伙泄露过他的天机,那家伙被下午的审讯吓坏了,就向贝尔纳交代出这个传言)。在浓雾和黑暗笼罩的夜晚,弓箭手们在修道院周围巡查时,终于把正在厨房门前拨弄门锁的萨尔瓦多雷当场逮住,当时有个女子陪伴在他身边。

"在这种圣洁之地出现一个女子!还是跟一个僧侣在一起!"贝尔纳神情严肃地对修道院院长说道。"尊贵的院长大人,"他接着说,"如果这仅仅关系到违背恪守贞节诺言的事,那么对这个人的惩罚归你所管,不过,因为我们尚不知这两个可恶的家伙所干之事是否关系到所有来宾的安全,所以我们就得先揭开这件事的奥秘。你过来,我在跟你说话呢,可恶的家伙!"他从萨尔瓦多雷的胸襟中拽出那个很显眼的包袱,这傻瓜满以为自己把它藏好了呢,"里面是什么?"

这我早已知道:一把小刀,一只黑猫,两个鸡蛋;当那包袱一打开,那猫就叫唤着逃走了,两个鸡蛋已经打碎了,黏糊糊的,众人以为是血或黄色的胆汁,或是其他肮脏的东西。出事时,萨尔瓦多雷正要进入厨房,想杀了猫,挖出它的眼珠,而且谁也不知道他对姑娘许了什么愿,引诱她跟他走。很快我就知道了他许的愿。弓箭手搜了姑娘的身,他们狡黠地笑着,满嘴淫词秽语,在她身上搜出一只已经没了气，只等煺毛的小公鸡。不巧的是，在夜色中，所有的猫看起来都是灰色的，那只死鸡的颜色也像猫似的。可是我想，要想引诱这饥肠辘辘的姑娘，不需要更多的东西，头天夜里她（为了我的爱！）已经白白丢掉那个宝贵的牛心了……

"啊哈！"贝尔纳惊叫起来，用担忧的口吻大声说道，"黑猫和黑公鸡……我可知道这些玩意儿……"他从在场的人群中发现了威廉。"威廉修士，您也认识这些东西吧？三年前您不是在基尔肯尼当过宗教裁判官吗？那里有一个姑娘跟魔鬼作乐，而那魔鬼不就是附身于一只黑猫出现在她面前的吗？"

我觉得我的导师似乎怯懦地一言不发。我拽了拽他的衣袖，摇动着他，绝望地低声对他说道："您跟他说，那是用来吃的……"

威廉甩开了我的手，很有教养地对贝尔纳说道："我想，您不需要用我过去的经历来得出您的结论吧。"

"噢，不，有更加权威的证据，"贝尔纳微笑道，"波旁的斯蒂芬①在他的论述中讲到像圣多明我那样的神灵的七件礼物，说他在芳若一带布道反对异教徒后，他向某些女子宣布，她们将会见到她们一直服侍的究竟是什么玩意儿。突然，一只吓人的黑猫跳到她们中间，像一只肥胖的狗那么大，大大的眼睛里冒着怒火，血淋淋的舌头一直垂到肚脐，短短的尾巴翘着，无论它怎么摆动，都露出它后部那丑陋的肛门，发出的恶臭超过任何动物。许多撒旦的信徒，不仅仅是圣殿的骑士们，总是习惯在他们聚会的过程中吻那臭肛门。那只猫围绕女人们转了一个小时之后，就跳到钟的绳索旁，爬了上去，身后撒下发出恶臭的粪便。卡特里派的修士们不是喜欢猫这种动物吗？按照里尔的阿兰所说，'猫'这个称呼是

---

① Stephen of Bourbon（1180—1256），多明我修士，宗教裁判官。

从 catus 一字来的,因为大家都吻这种动物的背部,把它看作魔王撒旦的化身。奥弗涅的威廉①不是也在《论魔法》一书中认定这种令人生厌的做法吗? 大阿尔伯特不是也说猫是最强有力的魔鬼吗? 我尊敬的修士兄弟雅克·富尼耶②不是也谈到过,在卡尔卡松的裁判官戈弗里多去世后,床上出现了两只黑猫吗? 那不是别的,而是在嘲弄那未寒尸骨的魔鬼。"

僧侣群中传出一阵恐惧的低语声,他们之中许多人在胸前画圣十字。

"院长大人,院长大人,"贝尔纳这时以刚毅的神情说道,"也许,尊敬的阁下,您并不知道恶人惯用这些手段来造孽! 可我是知道的,愿上帝原谅我! 我见过最淫荡的女人,在最黑暗的夜晚,跟与她们是一丘之貉的女子,用黑猫来实现人们永远无法否认的奇迹:她们就这样骑着某些动物,趁着黑夜无休止地奔跑,坐骑后面拖曳的是她们那些已变成了淫荡妖魔的奴隶……至少她们是坚信不疑的,魔鬼化身为公鸡,或者以另一种黑色动物的形状出现在她们面前,或者,甚至跟她们躺在一起做爱,请您别问我是怎么做的。我确切地知道,用类似的巫术,在不久前,就在阿维尼翁,有人制造了春药和油膏,下在教皇的食物里,来谋害教皇。幸好教皇能自卫,因为他身上佩戴着蛇舌形的珠宝,上面镶着具有神奇功能的红宝石和蓝宝石,能检验出食物中的毒药。法国国王赠送了他十一件这样珍贵之极的蛇舌形珠宝,感谢上苍,唯有这样我们的教皇才免于一死! 教廷敌人的所作所为远比这要多,这是真的,世人皆知十年前被捕的异教徒贝尔纳·德利西厄的罪行:人们在他家里搜出一些宣扬妖术的书,里面记载了最卑鄙恶毒的妖法,详细讲述如

① William of Auvergne(约 1180—1249),法国神学家和哲学家。
② Jacques Fournier(约 1285—1342),教皇本笃十二世本名。

何制作蜡像来伤害敌人。您会相信吗？在他住所里还真有教皇的蜡像，复制的技巧令人叹服，身体的要害部位都画上了小红圈：众所周知，是用一根绳把那蜡像挂在镜子前面，然后用针狠扎那些要害部位，而……咳，我干吗要说这些令人作呕的卑鄙行径呢？教皇本人谈到过此事，并谴责了那种恶行，就在去年他的那本《论警觉观察》中。我真希望你们的藏书馆里有这本书，使此事能得到应有的重视……"

"我们有这本书，我们有这本书。"院长急切地确认道，显得窘困不堪。

"那好吧，"贝尔纳下结论说，"我觉得事情已很清楚。一个受到诱惑的僧侣，一个女巫，幸好某些事情还未发生。目的是什么呢？我们以后会知道的，我想少睡几个小时彻查此事。院长阁下能否给我安排一个地方，把这个人看起来……"

"铸铁工场的地下室有几个单间，"院长说道，"很幸运，那些屋子没有什么用，空了好几年了……"

"也许幸运，也许并不幸运。"贝尔纳挖苦道。他命令弓箭手给他带路，把抓来的男女带到两个不同的屋子里；他还吩咐把男子绑在墙上固定的铁环上，以便过后他下来面对面地审问他。至于那个姑娘，他补充说，她是谁已经清楚了，那天夜里就不必审问她了。在把她当做女巫烧死之前，会有其他证据等着她的。而如果她是女巫，她自己是不会轻易说的。可是也许僧侣会悔罪（他望着全身颤抖着的萨尔瓦多雷，好像是为了让他明白，他还在给他最后一个机会），讲出真相，同时要供出他的同伙。

两个人给拖走了，男的沉默不语，不知所措，像发高烧；女的哭着闹着，又蹬又踢，仿佛是一头被带到屠宰场去的牲口。但无论是贝尔纳，还是弓箭手，甚至连我都听不懂她说的是当地的什么方言。尽管她不断地说，众人只当她是个哑巴。有些语言铿锵有力，有些语言却更令人迷惑不解，这就是贱民说的那一类俗语。上帝没有赐予他们用能传达智慧和力量的通用语来表达的能力。

我又想跟随着她，威廉又一次阴沉着脸拉住了我。"不许动，笨蛋，"他说道，"这姑娘已经完了，她已是一块烧焦的肉。"

我恐惧地看着那种场面，脑海里思绪翻腾，矛盾不已。我凝望着姑娘。忽然我感觉有人拍我的肩膀。不知为什么，还没有等我转过身去，我就知道那是乌贝尔蒂诺。

"你是在看着女巫，是不是?"他问我。我心想他不可能知道我的事情，他之所以这么说，是他凭借对人情世故深邃的洞察力，从我的眼神捕捉到了我的激情。

"没有……"我回答道，"我没看她……也许，我是在看她，不过，她不是女巫……我们并不知情，兴许她是无辜的……"

"你看着她，因为她漂亮。她很漂亮，是不是?"他特别热情地看了看我，紧紧地拽着我的胳膊，"你看她，是因为她漂亮，并且你感到困惑，可我知道你的困惑，因为人们怀疑她有罪使她更具魅力。如果你看着她觉得有欲望，这本身就说明她算得上女巫了。你得小心哪，我的孩子……身体的美丽只局限在表面。如果男人们见到表皮下面的，就会如同维奥蒂亚的猞猁似的，一见到女人就毛骨悚然。人体虽有优雅的外表，内脏都是由黏液、血液、体液和胆汁构成的。要是想到鼻孔里、咽喉里、腹腔里所深藏的东西，找到的就只会是污物。要是你用手指碰触黏液和粪便，你会感到恶心，那么，我们怎么会想去拥抱那装着粪便的囊袋呢?"

我感到一阵恶心，不想再听那些话。我导师听到他说这些，就过来给我解围。他快速走近乌贝尔蒂诺，抓住他的胳膊，把他从我身边带走。

"够了，乌贝尔蒂诺，"他说道，"那姑娘很快就会受刑，就是上火刑。正像你所说的，将变成黏液、血液、体液和胆汁。可掏出她皮下东西的将是我们的同类，而上帝是想让皮肤保护和装饰她的。从灵魂的角度来看，你并不比那姑娘好到哪儿去。你别折磨这孩子了。"

乌贝尔蒂诺显得很窘迫。"也许我有过失，"他喃喃自语道，"无疑我有过失。一个犯有过失的人能做什么呢？"

这时人们一面评论着发生的事，一面往回走。威廉跟米凯莱和其他方济各修士留下来待了一会儿，他们问威廉对此事的看法。

"现在贝尔纳有话题了，尽管是模棱两可的。他可以说，修道院里有魔法师作乱，他们在干着类同于在阿维尼翁毒害教皇的事情。当然，今天的事还不算证据，初审还阻挠不了明天的会晤。今天夜里他一定会从那个倒霉的人嘴里掏出某些别的线索来，对此我可以肯定。不过明天早晨他不会马上就用，他会把线索保留起来备用，一旦讨论不合他的意，他就会抛出来作为阻挠讨论的理由。"

"他会不会诱使那人说出不利于我们的事情？"切塞纳的米凯莱问道。

威廉显得没有把握。"我希望不会。"他说道。我意识到，如果萨尔瓦多雷对贝尔纳说出他和食品总管的过去，就像跟我们说过的那样话，如果他提到他们两人跟乌贝尔蒂诺有过哪怕极其短暂的关系，也会出现异常尴尬的局面。

"无论如何，我们得等待事态的发展。"威廉平静地说道，"再说，米凯莱，一切事都已决定了。可你还想试试。"

"我想试试。"米凯莱说道，"而上帝会帮助我的。但愿圣方济各为我们所有的人求情。"

"阿门。"众人回应道。

"但是并不一定，"威廉无力地评论说，"倘若教皇有道理，方济各也可能到什么地方去候审，不能面对面见到上帝。"

这时大家都想回去睡觉了。"约翰那个该死的异教徒!"我听到卡法的吉罗拉莫嘀咕道，"要是现在上帝剥夺了圣人对我们的帮助，我们这些罪人会落到何种地步呢?"

第五天

第五天

晨　祷

其间，就耶稣守贫的议题展开了一场友善的辩论。

经历过夜里那种场面后，我内心万分焦虑。第五天早晨我起床时，晨祷的钟声已经敲响，是威廉粗暴地推醒了我，通知我过一会儿两个使团就要举行会晤。我朝外望去，什么都看不见。头天的大雾仍沉沉地笼罩着台地，好似在四周降下一圈乳白色的帷幕。

一出房门，映入我眼帘的修道院景色仿佛从未见过。雾霭蒙蒙，放眼远望，仅能辨认出教堂、楼堡、参事厅等重要的建筑，尽管轮廓不甚清晰，但仍然分辨得出；而其他建筑物只有在几步远的地方才能辨清。物体和动物好像突然从虚无中冒出来；人也好像是从浓雾中浮出来，先是幽灵似的灰蒙蒙的影团，之后才勉强显现出血肉之躯。

对出生在北方国度里的我来说，这样的大雾司空见惯。如果是在别的时候，这也许会使我感到温馨，回想起故乡的一马平川和城堡。但那天早上沉郁的氛围，恰如我那伤感的心绪，醒来时的忧伤，随着我朝参事厅走去的步伐而逐渐增强。

在离参事厅不远的地方，我见到贝尔纳·古伊在跟另一个人道别。我一时没有认出那是谁,可后来他从我身边走过时,我发现那是马拉希亚。他环顾四周,像一个罪犯怕被人发现。

马拉希亚没有认出我,走了。我好奇地跟随着贝尔纳,见他正在匆匆地翻看几页纸。那也许是马拉希亚交给他的。他走到参事厅门口时,用手势叫来守在附近的弓箭手头领,对他低声嘀咕了几句就进去了。我紧随其后也进去了。

那是我第一次走进这个地方。从外面看,参事厅规模不大,风格朴实无华;我发现它是在原有的修道院教堂的基础上新近重建起来的,原来的教堂也许部分在火灾中烧毁了。

从外面进去,要经过一道设有六个拱顶的新式大门。门上面没有什么装饰,唯有上方有一扇圆形花窗。但一进到里面,就看到有个前厅,是在老教堂的门厅遗址上改建的。对面另一道大门的拱门是典型的罗马风格,尖顶的半月形门楣雕刻得很精致。那大概是老教堂的大门。

老教堂大门的雕刻虽然漂亮,却没有新教堂大门的雕刻那么令人忐忑不安。两个门楣上雕刻的都是坐在宝座上的基督,但老教堂门楣上雕刻的基督身边却有十二个门徒。他们摆出各种姿势,手里拿着不同的东西,已接到基督的指令要去游历世界,向世人传播福音。在基督头部上方,是一个分成十二个板块的拱形嵌板。在基督脚下,是一长队形形色色的人,他们代表未知世界那些必定要接受福音的子民。我从他们的服饰中辨认出希伯来人、卡帕多细亚人、阿拉伯人、印度人、弗里吉亚人、拜占庭人、亚美尼亚人、希提人、罗马人。但是在那个分成十二个板块的拱形嵌板上方,还有一个由三十个圆圈构成的拱形图案,其中画的是未知世界的居民,即《生理学家》和旅行家们曾在模糊的叙述中一带而过、对我们提及的族群。其中很多我不认识,有些我认得:比如,长有六根手指的野人;出生时是虫豸,后又生活在树皮和果肉间的半人半羊的农牧之神;尾巴上长鳞的诱惑水手的美人鱼;皮肤墨黑,挖地洞穴居,以防烈日灼烧的埃塞俄比亚人;肚脐以上是人、下半身是驴的人首驴身怪物;仅有一只大如盾牌的眼睛的独眼巨人;长着少女的头和胸、母狼的腹部和海豚尾巴的石妖斯库拉;生活在沼泽地和伊比格马里德河畔的印度长毛人;像狗一样狂吠并且结巴的犬面狒狒;单腿飞跑的独腿怪兽,它只需仰卧在地,竖起伞一样大的脚板即可遮阳;只靠鼻孔呼吸就能生活的希腊无嘴怪兽;长胡子的亚美尼亚女人;脑袋长在腹部,眼睛长在肩上的无头人;身高只有十二英寸的红海魔女,她们头发拖到脚跟,脊椎底部是牛尾,脚部是骆驼蹄;还有脚板倒长的人,如顺着他们的脚印前行,定会走到他们的出发地,而绝不是目的地;还有三头怪人,那是眼睛好像闪着灯光的怪物;还有长着人身或鹿身却有各种动物头的怪物⋯⋯

在老教堂那扇大门上方雕刻着另一些奇观,但是丝毫没有令人感到不安。它们并不意味着世间的邪恶,或地狱里的苦难,而是福音传达到已知世界和正在传播到未知世界的见证。因此,那扇大门瞻望了灿烂的大千世界欢乐的远景。

这是门槛那边即将举行的会晤的好兆头,我自语道。在那里,因为对福音书大相径庭的诠释而已相互敌视的人,也许今天将再次相聚在一起,提出他们各自的观点。我是一个为个人的遭遇而痛苦的软弱的罪人,而他们却是为见证基督教史上如此重要的事件论争。与刻在拱形门楣上象征和平安宁的宏伟诺言相比,我个人的痛苦是多么渺小。我请求上帝宽恕我的脆弱,我怀着甚为平静的心境跨过了门槛。

我一进去,就看见两个使团的成员面对面地坐在排成半圆形的长凳上，中间放一张桌子，把他们分隔开，修道院院长和红衣主教贝尔纳坐在首席。

我给威廉当书记员，就跟着他。他让我坐在方济各修士那边，那里坐着米凯莱和他的随从们，还有从阿维尼翁来的一些方济各修士：因为会晤不应该成为意大利人和法国人之间的较量，而是支持方济各会的人和对他们持批评态度的人之间的一场辩论。大家都怀着一颗天主教信徒对于教廷的正当的虔诚之心，聚于一堂。

立场站在切塞纳的米凯莱一方的，有阿基坦的阿诺德修士，有参加过佩鲁贾方济各大会的纽卡斯尔的乌戈修士和阿尼克的威廉修士，还有卡法的主教贝伦加·塔罗尼，贝加莫的博纳格拉齐亚，以及阿维尼翁教廷的其他方济各修士。对立的一方，有来自阿维尼翁自称是博学者的洛伦佐·德克阿尔科内，有帕多瓦的主教和巴黎的神学家约翰·达诺。坐在沉默不语若有所思的贝尔纳·古伊身边的有多明我会的约翰·德·波纳，在意大利，人们叫他约翰·达尔贝纳。

修道院院长阿博内宣布开会，他认为有必要综述一下新近发生的事情。他回忆说，一三二二年，方济各修士在切塞纳的米凯莱领导之下聚集在佩鲁贾，经深思熟虑后，他们确认基督以及遵循其教诲的门徒，为了树立完美人生的楷模，从未共同拥有过任何财产和封地，并且确认这是天主教正当虔诚的信仰。早在一三一二年，维埃纳的世界公会议也赞成这条教规，而且教皇约翰本人于一三一七年在有关方济各修士状况的，以"就某些人而要求"开头的教宗谕旨里，曾评价说那次公会议提出的神圣决议是清晰、扎实和成熟的。不过，第二年教皇就颁布了谕旨《致教规的创始人》，贝加莫的博纳格拉齐亚修士上诉表示反对，认为那道谕旨与他的教会利益相矛盾，于是教皇揭下张贴在阿维尼翁大教堂几道门上的谕旨，多处作了修改。但实际上修改得更加严厉了，直接的后果就是，博纳格拉齐亚修士被捕入狱，被囚禁了一年。教廷的严厉是毋庸置疑的，同年教皇又颁布了现今著名的谕旨《当某些人中间》，严厉谴责了佩鲁贾大会的论点。

这时，红衣主教贝尔纳礼貌地打断了阿博内，他说，需要回想一三二四年巴伐利亚的路德维希怎样故意制造混乱，把事情复杂化，用《萨克森豪森宣言》横加干涉，激怒教皇。在那个《宣言》中，他毫无理由地采纳佩鲁贾大会的主张（贝尔纳带着淡然的微笑指出，人们当时不理解皇帝为何那么热情地为守贫主张喝彩，而他自己根本不实践守贫），他站在教皇的对立面，称教皇为和平的敌人，指责教皇竭力制造丑闻，酿成不和，最后他把教皇当做异教徒，甚至当做异教徒之魁首来对待。

"不完全是那样。"阿博内试图缓和一下。

"本质上是这样。"贝尔纳声色俱厉地说道。他又说，正是为了反击皇帝不恰当的干预，教皇才不得不颁布了谕旨《鉴于某些人》，并且严肃地邀请切塞纳的米凯莱去觐见。米凯莱几次发信谢绝，推托自己有病（对此无人质疑），派遣乔凡尼·费当扎修士和乌米莱·库斯托蒂亚修士代为觐见。但是很不凑巧，红衣主教说，佩鲁贾教皇派的人士密报给了教皇，说米凯莱修士根本没病，他跟巴伐利亚的路德维希保持着联系。不管怎样，事情已经过去了，如今米凯莱修士看上去气色不错，心态平和，可以指望他去阿维尼翁了。不过，红衣主教承认说，面对双方谨慎派出的人选，要事先考虑好，米凯莱该对教皇说些什么，正像两派现在做的这样，因为目的都是缓和矛盾，以友善的态度化解争端。在仁爱的教皇和他虔诚的信徒之间没有理由存在这种争端，只是因为世俗人士的干预，这种争端才变得激烈，不管他们是皇帝还是总督，他们跟神圣的教会内部问题毫不相干。

阿博内紧接着说，尽管自己是教会的人，并且是教会所器重的一个教派的修道院院长（坐成半圆形就席的双方发出敬佩的低语声），但他并不认为德国皇帝不应过问这些问题。理由很多，巴斯克维尔的威廉稍后会论及。不过，阿博内又说，第一轮讨论在教廷使者和圣方济各弟子的代表们之间展开是很合适的，他们出席教廷召集的这次会晤，本身就表明了他们是教会最虔诚的儿子。随后，他邀请米凯莱或他的代言人来阐述他到了阿维尼翁将坚持什么样的观点。

米凯莱说，那天早晨他发现卡萨莱的乌贝尔蒂诺也在场，感到非常高兴和感动。一三二二年，教皇曾亲自邀请乌贝尔蒂诺起草一份有根据的有关守贫问题的报告。他清晰的思路、博学的才能和热诚的信仰是大家公认的，由他来综述方济各会经久不衰的主要思想观点是最合适的。

乌贝尔蒂诺站起身。他刚一张口，我就明白了他作为一个布道者和皇帝的人，何以会激发众人如此的热情。他的手势充满激情，声音令人信服，微笑富有魅力，思维清晰而又连贯。他的发言始终紧紧地吸引着所有的听众。他以支持佩鲁贾方济各大会所持观点的理由为开端，做了一篇博学多才的专题演讲。他说，首先，应该承认基督和他的门徒处于双重地位，因为他们是《新约》教会的高级神职人员，他们对财物拥有分配和施予的权力。他们布施给穷人和教会的教士们，就像《使徒行传》第四章里所写那样。其次，应把基督和他的门徒看作个体的人，他们也是完全蔑视世俗的人。从这一点来说，可以有两种方式拥有：一种是世俗的，尘世的。为此，上诉朝廷的法官，从非圣职的世俗意义上捍卫自己的财富不被他人所剥夺，这是一种方式（而为了确定基督和他的门徒以这种方式拥有财富是异教的论断，他列举了《马太福音》所言，"有人想要告你，要拿你的里衣，连外衣也由他拿去"；《路加福音》里也有相同的说法，基督放弃了自己的一切主宰权和圣主的身份，并强令他的门徒效仿他；《马太福音》里面提到彼得对主说，我们已经撇下所有的跟从你）。还可以有另一种方式拥有世俗的财富。为了共同的兄弟般的仁爱，基督和他的门徒凭借自然赋予的权利拥有财富。这样，他们就拥有衣物、面包和鱼，就像保罗在《提摩太前书》中所说，只要有衣有食，就当知足。所以基督和他的门徒拥有了食物和衣服，并非是为了占有，而是为了使用，他们仍然保持了绝对的贫穷。这一点在教皇尼古拉二世的谕旨《用尽所获之物》中早已得到承认。

这时，站在对立面的约翰·达诺站了起来，说乌贝尔蒂诺的观点既不符合健全的理性，也不是对《圣经》的正确诠释。所以，对诸如面包和鱼这种不享用就容易变质的财富，既不能用简单的使用权来谈论，也不能实际上真的享用，有的只是过度使用；原始基督教会里信徒们集体占有财物，其所有权的思想基础跟他们在入教之前所有权的思想基础是一样的，这正如《使徒行传》第二章和第三章所说的；在圣灵降生之后，使徒们占领了朱迪亚的田庄；不占有财富甘于赤贫的誓言并不包括生存所必需的财物，当彼得说抛弃了一切，并不意味着他放弃对财物的拥有；亚当就曾有对财物的支配权和拥有权；从主人那里得到金钱的仆人当然既不只是使用也不是滥用金钱；方济各会的人总是引用"用尽所获之物"这句话，规定方济各修士只能使用所获之物，不能支配和占有它，这应该仅指那些使用后不会耗尽的财物。事实上，假如谕旨所指的财物包括不使用就会变质的食物，那就是支持不能成立的命题；实际的使用无法与法律上的支配权割裂开来;占有物质财富的基础是人的一切权利,它包含在国王的法律之中;还是凡人时的基督,自他在娘腹中坐胎起,就拥有了尘世间的一切财富。他成了上帝后,就从圣父那里获得了对宇宙一切的主宰权;他拥有衣物、食品、信徒奉献的金钱和虔诚者的馈赠。如果他还是贫穷的,那并不是因为他没有财富,而是因为他不收取财富的收益。因此,只有单纯的合法的支配权,而不收取利益,是不能使拥有者富有的。最后,即便《使徒行传》中有不同的说法,罗马教廷还可以废除他前任的决议。

这时,卡法的主教吉罗拉莫激动地站了起来,他气得胡子直颤,尽管在言语上竭力显出比较和缓。他一开始提出一个我觉得相当混乱的论点:"我想跟圣主说的是,而且我本人要这么跟他说,我从现在就提出请求,希望他改正,因为我真的相信教皇约翰是基督的代言人,由于我的直言不讳,我还曾被撒拉逊人抓住过。我想先引用一位伟大的学者所列举过的事实,有一天,在修道院的僧侣中引发了一场有关谁是麦基洗德父亲的争论。当时被问及的修道院院长科普雷斯敲击着自己的脑袋,说,科普雷斯啊,倘若你只研究上帝没有吩咐你的事情,而对他吩咐你的研究却漫不经心的话,那你就倒霉了。从这个例子中可以推断出,很清楚,基督和童贞圣母,以及门徒们是无所有的,无论是个人专有还是共有。承认耶稣同时是人和上帝的事实,这就不甚清楚了。但是,若有人想否定前者,就必须否认后者,我觉得这是显而易见的!"

他得意洋洋地说着,我见威廉眼朝天看。我怀疑他是认为吉罗拉莫的推论瑕疵太多。我不能说他没有道理,不过我觉得约翰·达尔贝纳怒气冲冲的反驳更加漏洞百出。他说,谁肯定基督守贫,谁就是肯定亲眼所见(或未见到),而要认定基督的人性和至高的神圣,就得靠信仰。所以,这两种观点是不能够同日而语的。

吉罗拉莫在回答的时候，比对手更加尖锐：

"噢，不，亲爱的兄弟，"他说道，"我觉得反过来恰恰才是真的，因为整部福音书宣称基督是人，他进食喝水，由于他所创造的明显的奇迹，所以他也是上帝，而这一切都是显而易见的！"

"巫师和占卜者也创造奇迹。"达尔贝纳理由充分地说道。

"是的，"吉罗拉莫反驳道，"但他们是通过巫术来实现的。你想把基督创造奇迹和巫术相提并论吗？"在场的与会者都愤怒地低声说绝不想这样。"最后，"吉罗拉莫继续说，现在他觉得自己已经胜利在望了，"像方济各这样的一个教派以基督守贫的观点作为教规的基础，勒普热的红衣主教大人还想把这种信仰看作异教吗？方济各修士们为了布道没有不去的地方，从摩洛哥到印度都有他们的足迹，他们甚至不惜流血。"

"西班牙的彼得①神圣的灵魂，"威廉喃喃地说道，"请保护我们吧！"

"亲爱的兄弟，"达尔贝纳大声嚷道，同时朝前跨了一步，"你尽管说你的修士们所献出的鲜血吧，不过你别忘了，其他教会的信徒们也付出了同样的代价……"

"尊敬的红衣主教，"吉罗拉莫叫喊道，"没有一个圣多明我修士是死在异教徒当中，而在我任职期间，就有九位方济各修士殉道！"

这时，圣多明我的阿尔波雷亚主教涨红着脸站了起来："我可以证明，在方济各修士们抵达塔尔塔利亚之前，教皇英诺森已经派遣三名多明我修士去那里了。"

"啊，是吗？"吉罗拉莫哈哈大笑道，"可我知道，方济各修士们

---

① Peter of Spain(约1205—1277)，著名的逻辑学和医学教授，据传为教皇约翰二十一世。这里威廉幽默地呼唤他的名字，隐含对先人彼得非凡的逻辑性的仰慕。

在塔尔塔利亚有八十年了，他们在那里建有四十座教堂，遍及全境，而多明我修士们只在海岸上建了五个教堂，而且总共只有十五个修士！这就足以说明问题了！"

"不说明任何问题，"阿尔波雷亚主教大声喊道，"因为那些方济各人像母狗那样繁殖异教徒，把一切据为己有，他们夸耀自己是殉道士，但他们有漂亮的教堂，奢华的祭服和装饰品，而且跟其他教徒一样做买卖！"

"不，我的主教大人，不是，"吉罗拉莫插话道，"他们不是自己做买卖，而是通过教廷的地方行政长官，地方行政长官拥有财物，而方济各修士们只是使用！"

"真的吗？"阿尔波雷亚主教奸笑道，"你有多少次未经行政长官同意做买卖呢？我知道有些田庄的事情……"

"要是我那样做了，就是我自己错了，"吉罗拉莫急忙打断道，"别把我个人可能犯过的错误归诸教会！"

"不过，尊敬的兄弟们，"这时阿博内插话道，"我们的论题并不是方济各修士们是否贫穷，而是我们的主是否贫穷……"

"好吧，"这时，吉罗拉莫仍然抢着说道，"关于这个问题，我有一个像利剑那样尖锐的论据……"

"圣方济各啊，保佑你的子民吧……"威廉没有信心地说道。

"我的论据就是，"吉罗拉莫继续说道，"东方人和希腊人对于圣父的教义比我们要熟悉得多，他们都坚信基督的贫穷。如果这些异教徒和教会分裂者都如此鲜明地赞同这个公认的真理，我们是否愿意站在比他们更加异端，更加分裂的立场来否定这一真理呢？如果这些东方人听到我们有人传道反对这一真理，会朝他们丢石子的！"

"你在跟我说些什么呢？"阿尔波雷亚主教讥讽道，"那为什么他们不向在那里布道反对这种观点的圣多明我修士们丢石子呢?"

"圣多明我修士? 我从未在那里见到过他们!"

阿尔波雷亚主教气得脸发紫,他说这位吉罗拉莫修士或许在希腊待过十五年,可他从小就生活在那里。而吉罗拉莫反驳说,他,圣多明我修士阿尔波雷亚,或许在希腊待过,不过他是在主教的府邸里过着悠闲的生活。而他自己,作为方济各修士,在那里不是只待了十五年,而是整整二十二年,并且在君士坦丁堡面对皇帝布过道。这时,理屈词穷的阿尔波雷亚想越过分隔两派的界限,他提高嗓门,用我羞于重复的话大声叫骂,意思是来自卡法的主教脸上的胡子毫无男子气概,他要以牙还牙,把他的胡子扯下来,用那胡子来鞭笞惩罚他。

其他方济各修士跑过去挡住他,想保护自己的修士兄弟,而从阿维尼翁来的人认为应该帮圣多明我修士一把,接着就发生了(上帝,你对你最优秀的子弟们发发慈悲吧!)一场殴斗,院长和红衣主教想平息骚乱,但无能为力。在骚乱中,方济各修士和多明我修士相互用恶语中伤,仿佛每个人都是跟撒拉逊人格斗的基督徒。留在位置上不动的只有一边的威廉和另一边的贝尔纳·古伊。威廉看上去挺伤心,贝尔纳却显得挺高兴。从这位裁判官撇着嘴唇露出的淡然的微笑看,甚至可以说他挺得意。

"要证明或否认基督的贫穷,"阿尔波雷亚想奋力揪下卡法的主教的胡子时,我问我的导师,"难道就没有更好的论据了吗?"

"这两个观点你都可以认定,我善良的阿德索,"威廉说道,"可依照福音书所说,你永远不能确定基督是否把他身上的僧袍看作他的财富,虽然在僧袍穿破后,他也许会把它扔掉。说起来,其实有关财产的教义,托马斯·阿奎那比我们方济各会更为大胆。我们说:我们不拥有任何财物,我们只是使用。他说:你们权且把自己看作拥有者吧，只要某人需要你们所拥有的东西，你们就让他使用好了，而且是出于义务，而不是怜悯。但问题并不在于基督是否贫穷，而是教会是否应该贫穷。而贫穷并不意味着是否占有一栋大楼，而是保留或放弃对于世俗财物合法的拥有权。"

"这就是，"我说道，"为什么皇帝如此重视方济各修士对于贫穷的论述。"

"没错。方济各会利用皇帝这张牌来与教皇抗衡。不过，我和马西利乌斯认为，这种利用是互相的，我们是想借助皇帝对我们的支持，使我们祈求仁治的理想得以实现。"

"您发言的时候会不会说这些观点呢？"

"说出这些观点，我就完成了我的使命，就表达了帝国神学家们的意见。但是倘若我这么说了，我的使命也就失败了，因为我本该促成在阿维尼翁的第二次会面的，可我不相信约翰会同意我去那里说这些。"

"那怎么办？"

"所以说，我是处在两股相对抗的力量之间，就像一头驴面对两袋干草，不知道吃哪一袋好。时机还不成熟，马西利乌斯热衷于一场不可能实现的改革，而现在，路德维希并不比他的前任们好到哪儿去，尽管目前他是能抗衡像约翰那么可恶的家伙的唯一堡垒。也许我应该讲话，除非他们无休止地争吵，直到最后相互厮杀起来。不管怎样，阿德索，把这些记下来吧，至少让今天正在发生的一切留下一点痕迹。"

"那米凯莱呢？"

"我担心他失去时间。红衣主教深知教皇并不想寻求调和，贝尔纳·古伊深知他应该使会晤失败，而米凯莱知道，不管会晤的结果如何，他都得去阿维尼翁，因为他不愿意让教会跟教皇中断关系。那样他会冒生命危险。"

我们正说着——我真不知道我们怎么还能听见彼此说话的声音——争执达到了最高潮。在贝尔纳·古伊的示意下,弓箭手们进来干涉,阻止了双方最终酿成的相互冲突。不过,就像在一个堡垒的城墙内外,无论是围城者还是被围者,都声嘶力竭地谩骂和谴责对方,我无法听清谁说什么,只好随意记录。但是,有一点是肯定的,即那些针锋相对的争论并不像我生长的国土上那样,是轮流发言的,而是地中海式的论战,一语压过一语,仿佛大海咆哮的怒潮。

"福音书上说基督有一只钱袋!"

"住嘴,你们甚至还把钱袋画在耶稣受难像上!而当初我们的主在耶路撒冷传教时,每天晚上都徒步回到伯大尼,对这一事实你又怎么解释呢?"

"要是我们的主想回伯大尼去,你算老几,竟敢质问他的决定?"

"不对,老糊涂,那是因为他没有钱住耶路撒冷的旅馆。"

"博纳格拉齐亚,你才是糊涂蛋呢!我们的主在耶路撒冷吃什么?"

"你能说,一匹马为了生存吃了主人喂的草料,那马就是草料的拥有者了?"

"你看,你竟把基督比作一匹马……"

"是你把基督比作你教廷里一个买卖圣职的神职人员了,粪桶!"

"是吗?可教廷为了保护你们的财产,不得不多次办理诉讼案!"

"教会的财产,不是我们的财产!我们只有使用权!"

"说是使用，实际上是侵吞财产，你们用金雕像装饰漂亮的教堂，你们这些伪善人、伪君子、邪恶的魁首，你们是罪恶的渊薮！完美生活的准则是行善而不是贫寒，这你们很清楚！"

"这是你们的那个贪得无厌的托马斯说的！"

"你当心，混蛋！你骂他贪得无厌，可他是神圣罗马教会的一位圣人！"

"狗屁圣人，约翰册封他是为了激怒方济各会的人，你们的教皇不能册封圣人，因为他是个异教徒！一个异教徒的魁首！"

"这种论调我们早就听过了！那是巴伐利亚的傀儡在萨克森豪森的宣言，是你们的乌贝尔蒂诺起草的！"

"留神你说的话，蠢猪！巴比伦大淫妇和别的妓女生的孽种！你明明知道那年乌贝尔蒂诺不在皇帝那里，他在阿维尼翁为红衣主教奥尔西尼尽职，教皇当时正要派他出使到阿拉贡去呢！"

"这我知道，这我知道，他在红衣主教的饭桌旁发誓守贫，正如现在他在半岛最富有的修道院里发这种誓一样！乌贝尔蒂诺，如果当时你不在，那么是谁向路德维希建议采用你著作的呢？"

"路德维希读我的著作，难道是我的过错吗？当然他不能读你的著作，因为你是个没文化的人！"

"我没有文化？那么你们的方济各跟鹅说话是有文化吗？"

"你这是在谩骂！"

"是你在谩骂，在夜里偷鸡摸狗施淫礼的小兄弟会！"

"我从来没有施过淫礼，这你知道！！！"

"你跟小兄弟会的人干那种事，当你爬到蒙特法尔科的基娅拉的床上时！"

"让上帝用雷劈死你！那时候我是宗教裁判官，圣女基娅拉已经香消玉殒了！"

"基娅拉散发的是圣洁的余香,可你对着修女们念早课时,心里却萌生了另一种欲念!"

"你再说,你再说,愤怒的上帝是不会放过你的,就像不会放过你的主子一样,他居然接纳了两个异教徒,那个埃克哈特的东哥特人,以及你们称他伯拉努瑟顿的英格兰巫师!"

"尊敬的兄弟们,尊敬的兄弟们!"红衣主教贝特朗和修道院院长大声叫喊着。

第五天

辰时经

其间,塞韦里诺跟威廉谈到一本奇怪的书,威廉对使团成员谈了一种奇怪的世俗理政之道。

争论还在激烈地进行着,突然一位在门口站岗的见习僧走了进来,他像越过被冰雹袭击过的田野似的穿过那混乱的会场,来到威廉跟前,悄声对他说,塞韦里诺有急事找他。我们走出会场,来到门厅,那里挤满了好奇的僧侣,他们想通过喊叫声和嘈杂声来了解会场里发生的事情。我见到了亚历山德里亚的埃马洛挤在第一排,他带着总是讥讽和怜悯大千世界之荒谬的那种苦笑,向我们迎了上来:"当然,自从出现托钵修会之后,基督教世界变得更加廉洁慈善了。"

威廉有些粗暴地将他推开,径直朝塞韦里诺走去,他正在一个角落里等我们。塞韦里诺显得忧心忡忡,想跟我们私下谈,然而门厅里乱哄哄,找不到一个安静的地方。我们想出去到外面,可是切塞纳的米凯莱却从参事厅探出头来,叫威廉回去,因为争吵正在平息,又要开始新一轮的发言了。

威廉又成了处在两袋干草之间的驴,他催促塞韦里诺赶紧说,而药剂师竭力不让在场的人听见。

"贝伦加到浴室去之前,肯定去过医务所了。"他说道。

"你怎么知道的?"有几个僧侣对我们的谈话感到好奇凑了过来。塞韦里诺环顾四周,说话的声音放得更低了。

"你曾经对我说过,那个人……身上应该带着什么东西……是啊,我在实验室里找到了一件东西,混在其他书籍里面……不是我的书,一本奇怪的书……"

"应该就是那本书,"威廉兴奋地说道,"你立刻把那本书给我拿来。"

"我办不到,"塞韦里诺说道,"回头我对你解释,我发现了……我相信我发现了一件有意思的东西……你得自己来,我把书拿给你看……得小心谨慎……"他没有继续说下去。这时我们发现豪尔赫突然出现在我们身边,他总是神出鬼没,趁人不备地冒出来。他朝前伸出双手,好像不习惯在这个地方走动,想探索自己前进的方向。一个正常人是听不清塞韦里诺的悄声低语的,不过我们早就听说过,就像所有的瞎子一样,豪尔赫的听觉特别灵敏。

瞎眼老人似乎什么也没听见。他朝我们相反的方向走去,他摸到一位僧侣,问了他一些话。那位僧侣关切地挽着他的胳膊,把他带到外面去。这时米凯莱又出现了,他再次催促威廉,我的导师做出了决定:"我请你,"他对塞韦里诺说,"立刻回到你来的地方去。把自己关在里面,等着我。你,"他对我说道,"跟着豪尔赫。即便他知道了些什么,我不相信他会让人带他到医务所去。不管怎样,一会儿你得告诉我他上哪儿了。"

他正要进入参事厅,发现(我也发现了)埃马洛从拥挤的人群中挤出来,想跟着出去的豪尔赫。这时候威廉不够明智,他从门厅的一头对在另一头的已经到了外门的塞韦里诺大声说道:"拜托了，别答应任何人……那些书稿……放回到它们原来的地方！"就在我正准备跟踪豪尔赫的瞬间，我见食品总管靠在外面大门的门框上，他大概听到了威廉的嘱咐，不时看看我的导师，又看看药剂师，一脸的惊恐。他发现塞韦里诺走到外面，并跟踪他。我站在门口生怕浓雾吞没豪尔赫，以致使我盯不住他：不过，药剂师和食品总管两人也正朝相反方向走，已快消失在雾霭之中。我迅速盘算了一下自己该怎么做。威廉对我下的命令是跟踪豪尔赫，那是因为怕他去医务所。可陪同他的僧侣却带他去了另一个方向，他们正在穿过庭院，朝教堂或是楼堡方向走。相反，食品总管肯定是跟踪药剂师，而威廉是担心会在实验室里发生什么。因此，我开始跟踪那两人，同时我琢磨着埃马洛的去向，尽管埃马洛跟出来的理由并非与我们截然不同。

我不让食品总管离开我的视线，他正放慢脚步，因为他已经发现有人在跟踪他。他不会想到紧跟在他身后的人会是我，就像我不能断定我跟踪的人就是他一样。不过，我没怀疑他另有什么企图，就像他也不怀疑我一样。

我设法吸引他的注意力，使他不能太靠近塞韦里诺。这样，当浓雾中现出医务所的大门时，门已经关上了。塞韦里诺先进去了，真是感谢上苍，食品总管又一次回头朝我看，这时我仿佛像菜园里的一棵树那样一动不动，随后他似乎下了决心，朝着厨房走去。我觉得自己已经完成了使命，塞韦里诺是个有头脑的人，他会留神，不给任何人开门的。我无事可做了，我急于知道参事厅里发生的事。好奇心驱使我赶回去向威廉禀报。也许我做错了，我本该再待在那里守候，那样就可以免去许多后来发生的不幸事件。可我当时并不知道。

我朝参事厅走去，几乎和本诺撞个满怀，他会意地微笑着说：

"塞韦里诺找到贝伦加留下的什么东西了,是不是?"

"你知道些什么?"我生硬地说,像对同龄人一样对他。我这样一是因为生气,一是因为他那年轻的脸庞显出了孩童般的顽皮。

"我可不是傻瓜,"本诺回答说,"塞韦里诺跑去向威廉说事,你得监视别让人跟着他……"

"你对我们和塞韦里诺关注得太多了。"我恼怒地说道。

"我?我当然注意你们。我从前天开始就一直注意着浴室和医务所。倘若我有能力,我就进去了。我会不惜代价去了解贝伦加在藏书馆究竟找到了什么。"

"你没有这个权利,你想知道的东西太多了!"

"我是个学者,我有权利知道,我来自世界的边缘地带,来这里的藏书馆学习,而藏书馆始终关闭着,好像里面藏着邪恶的东西似的,而我……"

"让我走。"我猛然说道。

"我让你走,反正我想知道的你已经告诉我了。"

"我?"

"默认就是承认。"

"我劝你别进医务所去。"我对他说。

"我不进去,我不进去,你放心。不过没有人能禁止我从外面观望。"

我不再听他说,走进了参事厅。我觉得那个好奇的人并不会有多大的危险。我又走近威廉,简短地向他汇报了情况。他表示赞同,并示意我别作声。会场混乱的局面正在平息下来。双方使团成员已在互吻以示和解。阿尔波雷亚赞扬方济各修士们的信仰,吉罗拉莫称道传教士们的仁慈,大家都期望一个不再被内战困扰的教会的出现。有人赞美对方的团结一致,有人表扬另一方的修养,大家都祈求正义,并呼吁要保持谨慎。我从未见过那么多人虔诚地为神学和基本道德的胜利而如此默契。

勒普热的贝特朗已经在邀请威廉宣讲帝国神学的观点。威廉不太情愿地站了起来:一来他意识到这次会晤不会有任何成果,二来他想快点离开,此刻那本神秘的书比会议的结果更令他关切。不过,他显然是无法推脱自己应尽的职责。

他开始讲了起来,话语中夹杂着许多"嗯"、"噢",似乎比平时用得更多,而且用得不恰当,让人感觉他对自己要讲的话好像完全没有把握。他首先肯定了在他之前发言人的观点,并表示完全理解,而且他认为被人称之为帝国神学家们的"教义",也只不过是一些观点罢了,并不强求人们把它看作信仰的真理。

他说,上帝在创造他的子民时表现出无限的仁慈,他毫无区别地热爱他们,在还没有提及神职人员和国王的《创世记》的篇章中,上帝把主宰世上天地万物的权力也赐予了亚当,只要他遵循神的法则。值得质疑的是,上帝本人是否也不排斥这样的观点:在世俗的事务中,人民是立法者,实际上立法首先是为了人民。人民这个概念,他说,最好理解为普遍意义上的公民,但因为孩童、愚钝者、为非作歹者和妇女也包括在公民之中,因此,也许人民合理的定义应该为公民之中优秀的部分,虽然他认为不宜当即宣布谁属于那一部分公民。

他咳嗽了一下,为此向与会者表示歉意,并解释说那天的空气实在是太潮湿了。他假定人民可以通过选举出的代表大会来表达自己的意愿。他说,这样做是明智的,代表大会可以解释、更改或终止法律,因为如果单由一个人来制定法律,那么会因为他的愚昧无知或心术不正而造成伤害;他又补充说,说到此就无须向与会者提及新近发生的许多类似的案例了。我察觉到在座的人，对刚才威廉的言论颇感犹疑，而现在对这番话就只能表示赞同，显然他们每个人都在想找出一个自己认为最糟糕的人。

是的，威廉继续说，如果单由一个人制定法律会出差错，那么许多人来制定不是更好吗？自然，他强调说，这是在谈论世俗的法律，有关妥善处置民间事务的法律。上帝曾告诉过亚当，别去吃善恶之果，而那是神圣的法则；不过后来上帝又授权于他，我说什么呢？鼓励他给尘世间的事物取名，并允许他为凡间的子民自由命名。尽管在我们这个时代，有人说名字意味着事物的特性。其实《创世记》对这一点阐述得相当清楚：上帝把所有的动物都带到亚当跟前，看他怎么给它们取名，无论亚当给那种动物取了什么名，都沿用到了今天。尽管世间第一人的智能无与伦比，但用亚当的语言，用他的判断和想象，按照每种事物和动物的特性来取名，这并不是否定上帝在使用无上的权力。确实如此，众所周知，人们采用不同的名字来代表不同的概念，而事物的概念及代表它的符号——名字，是人们公认的。因此，名字（nomen）这个词，来自nomos，即法律，因为命名nomina正是由人类按照 ad placitum，就是群体自由的习俗惯例给予的。

与会者对这样博学的论述不敢提出异议。为此，威廉在结束他的讲话时说，很清楚，就世俗的事物，即城市和王国的事务制定法律，与维护和履行圣人的教诲没有任何关系，那是等级森严的僧侣统治集团不可不独占的特权。不过，不幸的是，异教徒们，威廉说，他们没有那样的权威来为他们诠释圣人的话（而人人都怜悯异教徒）。不过，是不是我们因此就可以说，也许异教徒们没有制定法律的愿望，他们不想通过政府、国王、皇帝或者苏丹和伊斯兰国家政教合一的首领哈里发来管理他们的事情呢？是否可以否认许多像图拉真那样的罗马皇帝睿智地运用了他们的世俗权力呢？而又是谁赋予了世俗的人和异教徒们制定法律和生活在政治集团中的自然能力呢？是他们那些骗人的没有存在必要的神威（或是不一定必须存在，不管人们想怎么否定它）吗？当然不是。只能是由万众的上帝、以色列的真主、我们的主耶稣基督赋予他们……即便那些否定罗马教廷的人，以及不像基督的子民那样神圣、温馨而怀抱可怕神秘信仰的人，也赋予他们判断政治事件的能力，这正是神灵仁慈的明证啊！世俗的统治和尘世间的司法制度是上帝设定的，超出僧侣阶层的认可，甚至先于我们神圣宗教的创立，那么，还有什么能比这更有力地表明，它们与教会和耶稣基督的法则没有任何关系这一事实呢？

　　他又咳嗽了一下，不过这次不只他一个人，与会的许多人都烦躁不安地坐在那里清着嗓子。我见红衣主教用舌头舔着嘴唇，并做了一个焦急而有礼貌的手势，请威廉言归正传。于是威廉对他这个无可争辩的论题做了结论，也许大家并不认可。威廉说，他的推理似乎从基督作出的楷模得到了证实。基督来到这个世上，不是为了指挥别人，而是为了顺应他在世上可能会遇到的境况，至少从恺撒的法律来看是这样。他不希望他的使徒有指挥和统治权，因此，使徒的接班人也不应该依赖任何世俗权力和强制的权力，这才是明智的。要是教廷、主教和神父们不服从君主世俗的权力和强制的权力，那么君主的权威就将丧失，于是，上帝的各种训诫也会失效，就像前些年出现的情况那样。一些十分棘手的事情也得考虑，威廉说，比如异教徒，唯有真理的呵护者——教会，可以宣布对异教的审判，但是唯有接受宗教裁判所判决的世俗权力才能采取行动。教会一旦识别出异教徒，当然得向君主们通报，君主当然最好能了解他公民的情况。那么君主怎样处置异教徒呢？以异教并不信仰和维护的神圣真理的名义去谴责他吗？如果异教徒的行为损害了群体的共存，也就是说，如果异教徒杀害和妨碍那些不认可异教学说的人，君主就可以而且应该谴责他们。但这样君主的权力就终止了，因为世上没有人可以用酷刑迫使人接受福音书的教规戒律，否则还有什么自由意志可言呢？这样，想实现自由意志的人，以后都将在另一个世界（地狱或天堂）受到审判。教会能够并应该警告异教者，指出他正在走出虔诚的教徒群体，但是不能在尘世间批判他，强迫他违背意愿。如果基督允许他的神职人员获得强制的权力，就会确定精确的教规戒律，就像摩西制定的古老的律法——《摩西十诫》——那样。基督没有那样做。可见他不愿意那样做，或是否可以理解为他虽想那样做，但他没有时间或能力在三年的传道过程中说出来？不过，当初他没有那样做是对的，因为如果相反，教皇就可以把他的意志强加于国王，而且天主教的信仰就不再是自由的法则，而是令人无法忍受的奴役了。

这一切，威廉喜形于色地补充说，并不是限制教廷至高的权力，而恰恰是赞扬它的使命：因为人世间上帝奴仆们的奴仆，是在服务于人，而不是让人伺候。而且，最后，如果教皇对帝国的事情有司法权，而对于地球上其他国家却没有的话，那将是怪事了。众所周知，教皇有关神的观点，对于法国国王和英格兰国王的臣民应该有效，对于异教的大可汗或苏丹臣民也应该有效，他们被称作异教徒，是因为他们不信仰这美好的真理。因此，如果教皇想（以教皇的身份）拥有帝国事务上世俗的司法权，就会使人怀疑，他是把世俗的司法权和神权等同起来了。那样，他不仅会失去对撒拉逊人和鞑靼人的神权，而且连对法国人和英国人的神权也会丧失：这将会是罪恶的亵渎。我的导师下结论说：应该向阿维尼翁方面提出不要由教会来批准和废除罗马人选出的皇帝，那样会伤害整个人类。教皇对帝国的权力并不比对其他王国的权力更大。法国国王和苏丹王都不由教皇认可,就没有充分的理由认为德国和意大利的皇帝必须得教皇认可。这不属于神权的范围,因为《圣经》里没有论及。这种隶属也不为民众的法律所承认,理由前面已讲过。至于有关贫穷的争论,威廉最后说,他个人粗浅的意见,已由他和其他像帕多瓦的马西利乌斯和让丹的约翰等兄弟会的人拟定,以可以商榷的建议形式提出,结论如下:如果方济各会想守贫,教皇不能也不该反对这一高尚的愿望。当然,如果基督是贫寒的假设能得以证实,那么这不仅帮助了方济各会,而且会强化耶稣并不想为自己赢得世俗权力这一理念。但他在那天早晨听到一些睿智的人士论定说,不能证明耶稣是贫穷的。他倒觉得恰好应该反过来看这种观点。因为没有人论定过耶稣为自己和他的信徒要求赢得世俗的权力,耶稣这种远离世事的态度,就是一个令人信服的有力证明,耶稣是偏向守贫的。

威廉以如此谦和的语气谈话,以如此委婉的方式表明了他坚定的立场,使得与会者没有人能起来反驳他。当然这并不说明人们都同意他所说的。这时,不仅从阿维尼翁来的人都皱起了眉头,交头接耳低声议论,就连院长本人也对威廉那番话显得很不以为然,好像他在想,这并不是他所一直渴望的他的教团和帝国之间的关系。至于方济各会的团队中,切塞纳的米凯莱显得困惑不解,吉罗拉莫面露惊色,乌贝尔蒂诺若有所思。

脸上始终挂着微笑显得很轻松的勒普热的红衣主教打破了寂静,他温文尔雅地问威廉是否会去阿维尼翁,把这些话呈述给教皇陛下。威廉询问红衣主教的意见,主教说,教皇在一生中聆听过许多值得争议的意见和看法,他对于弟子是十分仁爱的,但威廉的这番言论肯定会使他感到非常痛心。

之前始终没有开口的贝尔纳·古伊插话道："倘若如此能言善辩的威廉修士能去阿维尼翁请教廷评判他的观点，我将极为高兴……"

"您在说服我，贝尔纳大人，"威廉说道，"不过，我不会去的。"然后他转向红衣主教，以抱歉的口吻说道，"我胸口疼这个毛病，不允许我在这个季节作如此漫长的旅行……"

"那您为什么讲了那么久呢？"红衣主教问道。

"是为了证实真理，"威廉谦恭地说道，"真理会让我们获得自由。"

"不是的！"这时候约翰·达尔贝纳憋不住了，"这里并没有牵涉到使我们自由的真理，而是想让过分的自由成为既定事实！"

"这是可能的。"威廉温和地承认道。

我的直觉立刻警示我，一场比第一次更加激烈的唇枪舌剑将要爆发。然而什么也没有发生。在达尔贝纳说话的时候，弓箭手头领进来了，他走到贝尔纳跟前耳语了些什么，贝尔纳猛地站起身，举手要求讲话。

"兄弟们，"他说道，"这场富有成果的讨论也许会再次举行，但现在一件异常严重的事件迫使我们不得不暂停下来，请院长允许。这无意之中也许满足了院长的期待，他一直想查到前些日子许多凶案的主犯。现在，那个人已在我手中。哎呀，只是太晚了，又一次……那边出了点事情……"他含糊地指了指外面。他疾步穿过大厅出去，身后跟着许多人，我跟着威廉抢在前头。

我的导师看了看我，对我说道："我担心塞韦里诺出事了。"

第五天

午时经

其间，发现塞韦里诺被人杀害，而且他找到的书不见了。

我们忧心忡忡地快步穿过修道院的空地，弓箭手头领把我们带往医务所。到了那里后，透过灰蒙蒙的浓雾可以瞥见拥挤晃动的人影，那是闻讯赶来的僧侣和仆人们，弓箭手们站在医务所大门口阻止闲人出入。

"那些武装人员是我派的，要搜捕一个人，他能为我们揭示许多秘密。"贝尔纳说道。

"是药剂师兄弟？"院长惊愕地问道。

"不是，您马上就会看到的。"贝尔纳一面说，一面带路往医务所里走。

我们进到塞韦里诺的实验室，映入眼帘的是一番惨痛景象。不幸的药剂师横躺在血泊之中，脑袋开了花。周围的书架像被风暴席卷过似的：细颈瓶、药瓶、书籍和文献资料散落一地，一片狼藉。尸体一旁是一架浑天仪，至少是人头的两倍大；上面有一个制作精细的金十字架，竖在一个装饰精致的三足圆锥鼎上。以往我曾多次在医务所入口左边的桌子上见到它。

在屋子的另一头，两位弓箭手紧紧抓住食品总管，他在拼命挣扎，叫喊说自己是无辜的；他见院长进来了，就加大嗓门申辩。"院长大人，"他喊道，"现场的表面现象害了我！我进来时塞韦里诺已经死了，他们见到我的时候，我正被这一死人的场面吓呆了！"

弓箭手头领走近贝尔纳，得到允许后就当着众人作了一番报告。弓箭手此前接到命令，要寻找食品总管并逮捕他。他们在修道院里找了他两个小时。我想，那应该是贝尔纳在进入参事厅之前就安排的。作为外国人，那些士兵人生地不熟，大概找错了地方，没有发现挤在过厅里、尚不知自己命运的食品总管；另一方面，大雾使弓箭手的搜捕行动变得更加艰巨。不管怎样，从弓箭手头领的话中，可以推测到，在我离开雷米乔之后，他是朝厨房走去，有人见到了他，并且禀报给了弓箭手。当弓箭手赶到楼堡时，雷米乔又刚刚离开，当时盲人豪尔赫在厨房里，他肯定地说自己刚才跟雷米乔说过话，于是弓箭手们就去菜园子的方向搜索。在那里，阿利纳多老人像个幽灵似的从迷雾中浮现出来，他们发现他迷失了方向。正是阿利纳多说，他刚才见食品总管进医务所去了。弓箭手们赶到医务所，见到大门敞着。他们进去后，发现塞韦里诺已经咽了气，而食品总管却在书架子上疯狂地翻寻，把所有的东西都扔到地上，像是在寻找什么东西。究竟发生了什么，一目了然，弓箭手头领下结论说。雷米乔进去了，扑倒药剂师，杀死了他，然后就寻找他要的东西，那也是他杀人的动机。

一名弓箭手从地上捡起浑天仪，并把它递给了贝尔纳。这件精美的仪器是由黄铜圈和白银圈制成的，并由更为坚固的一排青铜环牢牢地箍住，固定在一个三脚支架上；凶手就是用力抢起它砸在受害者的脑壳上，猛烈的击打使仪器上的许多最细小的圈圈或碎裂或朝一边歪斜。浑天仪那歪斜的一边可能就是击中塞韦里诺头部的地方，上面留有血迹，甚至还有几簇头发和瘆人的脑浆黏液。

威廉朝塞韦里诺俯下身去，想确认他是否死了。那可怜人的眼睛被头上流淌下来的鲜血蒙住了。他两眼发直，我琢磨是不是可以从死者呆滞的瞳孔里看到凶手的嘴脸，就像一些案子里有过的那样，人们说这是受害者最后的感知能力产生的痕迹。我见威廉在查看死者的手，看手指是否有黑色的斑点，尽管死因显然与以前发生的案例不一样：塞韦里诺戴着他往常那样的皮手套，我先前见他戴着这样的手套摆弄有毒的药草、蜥蜴和一些不知名的昆虫。

这时，贝尔纳转身对食品总管说道："瓦拉吉内的雷米乔，这是你的名字，是不是？我派手下的人搜寻你，是因为对你有别的指控，也是为了证实别的嫌疑。现在看来我做对了，虽然很遗憾，我行动得太晚了。""院长大人，"他对院长说道，"我似乎应对这最后的凶杀案负责，因为听了昨天夜里另一个被抓的倒霉鬼的揭发后，今天早晨，我就想，必须把这个人绳之以法。但是您也看见了，整个上午我都在忙别的事务，我手下的人也尽了责……"

他大声地说着这些，以便让在场所有的人都听得见（而屋里这时已经拥挤不堪，哪个角落里都挤满了人，他们望着地上散乱的物品，指着尸体，低声地议论着凶案）。这时，我在人群中瞥见了马拉希亚，他脸色阴沉地看着这场面。食品总管在快要被拉出去时也看见了他。他挣脱了弓箭手的羁缚，扑到马拉希亚修士身上，一把拽住他的僧袍，凑近他的脸，急促而又绝望地说了几句话，直到弓箭手又抓住他为止。不过，当他被粗暴地带走时，他又转过身来冲着马拉希亚大声说道："你发誓，我也发誓！"

马拉希亚没有当即回答，像是在寻找合适的词句。在食品总管就要被拖过门槛时,他说:"我将不会做任何对不起你的事。"

威廉和我对望了一眼,不明白这一幕意味着什么。贝尔纳也注意到了,但并没有对此感到困惑不解,反而对马拉希亚微微一笑,像是对他说的话表示赞同,并跟他确认了一桩阴险的交易。然后他宣布,餐后马上在参事厅集会,首次开庭公开这项调查。他命令把食品总管带到冶炼作坊,不准他跟萨尔瓦多雷交谈。

这时,我们听到本诺在身后叫我们:"我是紧跟在你们之后进去的,"他悄声说道,"那时屋里有一半还空着,马拉希亚没在屋里。"

"他可能是后来进去的。"威廉说道。

"不是,"本诺肯定地说,"我一直在门口附近,谁进去我都看得见。我告诉你们,马拉希亚已经在里面了……在那之前。"

"在什么之前?"

"在食品总管进去之前。我不能发誓,但是我相信,我们这里挤满了人的时候,他就从那块幔帐后出去了。"他指着一幅大幔帐,平时塞韦里诺用它来遮挡小床,让刚上过药的人躺在床上休息。

"你是想暗示,是他杀害了塞韦里诺,而食品总管进来时,他就躲在幔帐后面?"威廉问道。

"或者说他从幔帐后面看到了这里发生的那一幕。否则为什么食品总管恳求马拉希亚别伤害他,并答应自己也不会伤害他呢?"

"有可能,"威廉说道,"无论怎么样,这里原有一本书,而它应该还在,因为无论是马拉希亚还是食品总管都是空手出来的。"威廉从我的报告中了解到本诺知道这件事:在当时那种时刻,威廉需要有人帮助。威廉走近正在伤心地看着塞韦里诺尸体的院长,并请求他让众人都出去,因为他要仔细察看现场。院长答应了,他自己也出去了，不过他以一种疑惑的目光扫了威廉一眼，仿佛在责备他总是姗姗来迟。马拉希亚以种种似是而非的理由为借口企图留下来，威廉则向他指明这里不是藏书馆，在这里他不能肆意妄为。威廉很有礼貌，但态度强硬，当初马拉希亚曾经不许他在缮写室查看韦南齐奥的书桌，这回算是报了仇。

只剩下我们三个人的时候，威廉清理了一张桌子上的药瓶碎片和纸页，让我把塞韦里诺收藏的书一本本递给他。比起迷宫里收藏的大量书册来，他收藏的书并不多，不过大大小小也有好几十本。原先都整齐地排列在书架上，现在却七零八落地散了一地，跟其他东西混杂在一起，是被食品总管匆忙之中搞乱了，有些甚至撕坏了。好像他找的不是一本书，而是夹在某本书里的什么东西。有些书被粗暴地撕得装订都脱落，散了页。要把散落的书页收集起来，很快地查看它们的分类，并重新把它们摞在桌上，是很费事的。还得抓紧时间，因为院长给我们的时间有限，僧侣们随后得进来处理血肉模糊的尸体，整理遗容，抬出去安葬。我们只得找遍桌下、书架和书柜后面各个角落，察看第一次检查是否漏掉了什么。威廉不想让本诺帮我，只允许他站在门口守候。尽管有院长的命令，但很多人都急着想挤进来，有被消息吓坏了的仆人，有为他们的修士兄弟之死痛哭流涕的僧侣，还有带着洁白的布幅和水盆来清洗和包裹尸体的见习僧们……

动作要快。我抓到书就递给威廉，他一本本地查看，然后放在桌上。后来我们意识到这样干太费时间，索性就一起干。我捡起书，把散页的书本整理好，看完书名，就把书放好。而不少书是散页的。

"《药用植物志》，真该死，不是这本，"威廉边说边把书扔到桌上。

"《药草宝库》,"我说道。威廉说:"别看了,我们找一本希腊语的书!"

"是这本?"我给他看一本封面上写着奇怪字母的著作,问道。威廉说:"这是阿拉伯语,傻瓜!培根说得对,有学问的人首要任务就是学语言!"

"可您也不懂阿拉伯语呀!"我不服气地反驳道,威廉回答说:"但我至少知道那是阿拉伯语!"我涨红着脸,因为本诺在我身后嗤笑。

书很多,笔记更多,有上面画着天穹的书卷,有奇花异草的目录。我们干了很长时间,实验室里哪儿都搜遍了,威廉甚至镇定地走过去挪动尸体,想看看是不是有什么东西压在死者身下。还是一无所获。

"一定在某个地方,"威廉说道,"塞韦里诺是带着一本书把自己反锁在这里的。食品总管没有拿到……"

"他不至于把书藏在衣服里面吧?"我问道。

"不会,前天早晨我在韦南齐奥的书桌底下看见的那本书很大,放在衣服里会发现的。"

"是怎样装帧的?"我问道。

"不知道,书是翻开放着的,我只看了几秒钟,只认出那是希腊语。我们继续找吧:食品总管没有拿,我相信马拉希亚也没有。"

"肯定没有,"本诺确认道,"食品总管抓住他的胸襟时,他的腋下没有书。"

"好,也不好。要是书不在这个屋子里,那么除了马拉希亚和食品总管之外,显然还有人先进来过。"

"那就是说有第三个人杀了塞韦里诺?"

"可疑的人太多了。"威廉说道。

"不过,"我说道,"谁会知道书是在这里的呢?"

"比如说,豪尔赫,如果他听见了我们的谈话。"

"是的,"我说道,"但是豪尔赫不可能杀死一个像塞韦里诺那么壮实的人,而且又是采用暴力。"

"是不可能。何况你看见他是朝楼堡的方向走去的,而弓箭手们在找到食品总管之前发现豪尔赫在厨房里。你计算一下,即便他是从容不迫地行动,也总得沿着围墙走,不可能跑着穿过菜园子……"

"让我好好想想,"我说道,我想跟我的导师比试一下,"那么不可能是豪尔赫;阿利纳多当时在附近转悠,但他是个步履蹒跚的老人,制服不了塞韦里诺;食品总管来过这里,但从他离开厨房到弓箭手赶到这里的时间非常短暂,我觉得他不可能让塞韦里诺打开门,跟他较量,把他杀死,再到处乱翻,弄得这样乱七八糟的;马拉希亚有可能赶在了所有人的前面:豪尔赫听到了你们在过厅里的谈话,他去缮写室告知了马拉希亚,说藏书馆里有一本书在塞韦里诺那里。马拉希亚就来到这里,劝塞韦里诺给他开了门,把他杀死,上帝知道是为什么。不过如果他是在找那本书,他就能认出来,不必那么翻腾,因为他是藏书馆馆长!那么剩下还有谁呢?"

"本诺。"威廉说道。

本诺摇头极力否认道:"不是我,威廉修士,您知道我对此事特别好奇,但如果我进来,又带着那本书出去,我就不会待在这里陪着你们了,而一定是到什么地方去玩赏我的宝贝了……"

"一个有说服力的证据,"威廉微笑着说道,"不过,你也不知道那本书是什么样的,完全有可能你把他杀了,然后也待在这里想找那本书。"

本诺的脸涨得通红。"我不是杀人犯!"他抗议道。

"在犯下第一桩命案之前,谁也不是杀人凶手,"威廉不无哲理地说道,"不管怎样,书不在了,这就足以证明你没有把书留在这里,而我觉得这是有道理的,要是你先把书拿走了,你完全可以趁一片混乱溜出去的。"

他转身去察看尸体,似乎这时他才正视朋友已死的事实。"可怜的塞韦里诺,我也曾怀疑过你用毒药投毒,而你也在细心地留意毒药的隐患,否则你是不会戴上这副手套的。你担心危险来自地上,而危险却来自天穹……"他又拿起浑天仪专注地观察,"他们为什么会用这个行凶……"

"当时顺手可得吧。"

"也许是吧。但身边也有其他的东西,瓶罐、花匠用的工具……这是一件精美的天文学的金属艺术品,现在给毁了……我的天哪!"他大声叫喊道。

"怎么啦?"

"浑天仪击中死者头部的部位是太阳的三分之一,月亮的三分之一,星辰的三分之一……"他背诵着《启示录》里面的话。

我对使徒约翰的《启示录》太熟悉了。"第四声号!"我大声喊道。

"的确如此。先是冰雹,接着是鲜血和水,现在是星球……如果是这样,一切都得重新审视,凶手不是偶然伤人的,而是有一个周密的计划……可是一个如此邪恶的人,会遵循《启示录》规定的准则,只是在可能的时候才出手杀人,这叫人怎么能够想象得到呢?"

"第五声号吹响的时候,会发生什么呢?"我惊恐地问道。我终于想起:"我看见一个星从天落到地上,有无底坑的钥匙赐给他……是不是会有人将会淹死在深渊之底呢?"

"第五声号向我们预示许多别的事件,"威廉说道,"一座高炉将从深渊之底冒出滚滚黑烟,随后一些蝗虫将从炉中爬出,用像蝎子那样的毒刺蜇人,而蝗虫的形状像那戴着金色头冠、长着狮子牙齿的马匹……我们要找的这个人会用各种方式来实现书中说到的事情……不过我们别胡思乱想了,还是回想一下,塞韦里诺告知我们他找到了那本书的时候,都说了些什么……"

"您让他把书给您送来,他说办不到……"

"不错,后来我们的话被打断了。为什么他说办不到? 一本书是可以拿起来就走的。而为什么他戴上了手套呢? 在书的装帧里是否有什么东西跟杀死贝伦加和韦南齐奥的毒药有关呢? 一个神秘的陷阱,一种染了毒的尖刺……"

"一条毒蛇!"我说道。

"为什么不可能是吞下约拿的鱼呢? 不,我们还是在胡思乱想。毒药我们见到过,应该通过嘴巴摄入。何况,塞韦里诺说他没办法把书拿来,而是更愿意在这里让我看那本书。而他戴上了手套……由此可见,要碰那本书就得戴手套。这对你也一样,本诺,要是你如愿以偿找到了那本书。我看你如此热心,你能帮助我。你再去缮写室,监视马拉希亚。要盯紧他。"

"行!"本诺说道,出去了,看上去他很高兴接受这个使命。

我们不能过久地把僧侣们挡在外面,屋子里顿时挤满了人。用餐的时间已过,贝尔纳很可能已经把他的审判团集合在参事厅里了。

"这里没有什么事情可做了。"威廉说道。

我脑子里掠过一个想法,便告诉威廉:"凶手会不会把那本书从窗口扔出去,然后到医务所后面去捡回来?"威廉疑惑地看了看实验室的大窗户,好像全封得严严实实的。"我们试着检查一下。"他说道。

我们出去查看了医务所楼房的后面。那里有一条狭窄的过道,我们几乎是紧贴着围墙通过。威廉小心翼翼地朝前走着,因为地上头几天的大雪还没有被人踩过。我们踩在冰冷松软的雪地上,留下了明显的脚印,因此,如果有人在我们之前走过,就一定会留下脚印的。可我们什么也没有看到。

我放弃了我那可怜的假设,我们离开了医务所。而当我们穿过菜园的时候,我问威廉是否真的相信本诺。"不完全相信,"威廉说道,"不过,我们告诉他的事他都是知道的,而且我们弄得他对那本书有些害怕。最后让他监视马拉希亚,也是让马拉希亚监视他,那个家伙肯定在径自寻找那本书。"

"而食品总管呢?他想做什么呢?"

"这很快就会知道。他当然是想得到什么东西,为了避免他所害怕的危险。马拉希亚对这件东西一清二楚,否则就无法解释雷米乔为什么那么绝望地恳求他……"

"不管怎么说,那本书是不见了……"

"这是最奇怪的,"威廉说道,这时我们已经走到了参事厅。"如果像塞韦里诺说的书在屋子里,那么不是被人拿走了,就是还在原处。"

"可书不在那里,那就是有人把它取走了。"我下结论道。

"这不等于说不应该从另一种小前提去思考问题。因为种种迹象表明没有人把那本书拿走……"

"那么说,那本书还在那里。可是没有。"

"等一下。我们说书不在那里,是因为我们没有找到它。但是,我们没有找到它,也许是因为我们没有见过它原先在什么地方。"

"可我们哪儿都找遍了呀!"

"我们确实找了,但是没有看见书。或许我们看见了,但没有辨认出来……阿德索,塞韦里诺是怎么向我们描述那本书的?他是怎么措辞的?"

"他说发现了一本不属于他的书,是希腊文的……"

"不对!现在我想起来了。他说是一本奇怪的书。塞韦里诺是一位有学问的人,而对于一个有学问的人来说,希腊语的书不能算是怪书,尽管他不懂希腊语,可他至少认得字母。而且一位有学问的人也不会觉得阿拉伯语的书是怪书,尽管他不懂阿拉伯语……"他停住不说下去了,"在塞韦里诺的实验室里放一本阿拉伯语的书干什么呢?"

"可是他为什么把一本阿拉伯语的书说成怪书呢?"

"这就是问题。要是他把那本书看作怪书,那么一定是因为那本书的样子非同寻常,至少在他看来是。他是药剂师,不是藏书馆馆长……在藏书馆里经常会有许多装帧在一起的古老的手稿,一卷书稿中有不同的奇怪的文本,一篇是用希腊语写的,一篇是用阿拉姆语写的……"

"……还有一篇是用阿拉伯语写的!"我大喊道,脑子豁然开朗。

威廉粗暴地把我拖出过厅,叫我赶紧朝医务所跑:"你这个糊涂虫,笨蛋,愚昧无知,你只翻了头几页,剩下的都没看!"

"可是,导师,"我气喘吁吁地说道,"我递给您那本书以后,是您看了头几页,您说那是阿拉伯语,不是希腊语!"

"是的,阿德索,是我糊涂,你快跑,快!"

我们又回到了医务所实验室,费劲地挤了进去,因为僧侣们已经在往外抬尸体了,其他的人好奇地在屋子里转。威廉冲到桌旁,在书堆中寻找那本要命的书,他掀开一本本书卷,又把书一本本丢到地上,在场的人露出惊诧的目光。之后他又把书一本本打开,翻阅了两遍。天哪,那本阿拉伯语的书不见了。我隐约记得那本书古老的封面,已不太结实,相当破旧,上面略微装饰着一道道金属线。

"我出去后谁进来过?"威廉问一位僧侣。那人耸了耸肩膀,很明显,大家都进来了,或者说谁也没进来过。

我们设想了各种可能性。是马拉希亚? 很有可能,他知道自己想要什么,也许他一直监视着我们,他看见我们空着手出去了,就胸有成竹地回去了。是本诺? 我记得在我们为阿拉伯语发生口角时,他在我们身后嗤笑。我以为他是笑我的无知,但现在看来他也许是嗤笑威廉的天真,本诺知道古老的手稿可以用多种方式呈现在读者面前。也许他想到了我们本该想到却没有立即想到的,就是说,塞韦里诺不懂阿拉伯语,因此他收藏的书中竟有一本他读不懂的书,那是很奇怪的。或许还有第三个人来过?

威廉感到受了莫大的羞辱。我竭力宽慰他,我说,三天以来他一直在寻找一个希腊语的文本,在检查的过程中,他很自然就淘汰了其他语种的书。他回答说,人免不了会犯错误,但有人犯的错误比别的人更多,就被人叫做笨蛋,他就是其中的一个。亏自己还是个在巴黎和牛津刻苦深造过的人,连不同手稿文本可以装订在一起都没想到,这是连见习僧都知道的(像我这样愚笨的人除外)。像我们俩这样一对笨蛋也许在集市上能大显身手,我们就该改行干那个,哪配来探案解密,特别是我们的对手比我们要狡猾得多。

"不过,就是哭也没用,"他最后说道,"如果是马拉希亚拿了那本书,他就已经把它放回藏书馆去了,我们唯有知道如何进入'非洲之终端'才能找到它;如果是本诺拿了,他会想到我迟早会对他产生怀疑,我会再回到实验室去,否则他不会如此急急忙忙行动的。因此,他肯定是藏起来了,唯一不可能藏的地方就是他估计我们会立刻去搜寻的地方,那就是他的宿舍。因此,我们还是回参事厅去,看看在审判过程中食品总管是不是会供出一些有用的线索。我对贝尔纳的计划还摸不清楚,他在塞韦里诺死之前就在找他要找的人了,且另有目的。"

我们回到了参事厅。我们要是去了本诺的房间就好了,因为,后来我们得知,我们年轻的朋友根本没有那么畏惧威廉,威廉没想到本诺会迅即赶回实验室拿书,本诺认为没有人会到那里去找他,然后他就把拿到的那本书藏在自己宿舍里了。

不过关于这一切,我稍后再讲。此时发生了一些令人不安的戏剧性的事情,以致我们忘记了那神秘的书本。而即便我们没有忘记那本书,我们还有一些紧急的事情要办,毕竟那些事情与威廉一直肩负的使命是休戚相关的。

第五天

午后经

其间，依法进行审判，结果是错误人人有份，令人尴尬。

贝尔纳·古伊端坐在参事厅核桃木大桌子后正中央。他身边的一位多明我修士在履行公证人的职能，教廷使团的两位高级教士站在边上貌似法官。两名弓箭手押着食品总管站在桌前。

修道院院长转身对威廉低声说道："我不知道这样审判是否合法。一二一五年拉特兰公会议批准的教规第三十七条规定，离开居留地，行程超出两天以上的人不可作为犯人提审。这里的情况也许不同，是法官来自遥远的地方，可是……"

"宗教裁判官不受正常司法程序的约束，"威廉说道，"而且他不必遵循普通的法律条规。他享有特权，甚至连律师的意见也可不予考虑。"

我看了看食品总管。雷米乔到了失魂落魄的可怜境地。他像一头受惊的野兽环视着四周，仿佛从人们的举动中他已觉出那是一场可怕的宗教仪式。现在我明白了，当时他害怕的原因有两个，其严重程度相当：其一，从种种表象看来，他在众目睽睽之下，以不可饶恕的罪名被当场抓获；其二，自头天起，贝尔纳就开始了对他的调查，暗中搜集各方面的议论和暗示，他担心自己的过去会暴露在光天化日之下。当他见到萨尔瓦多雷被抓时，就更加坐立不安了。

要是不幸的雷米乔自己已经受到惊吓的话，那么从贝尔纳来说，他自有使其猎物害怕得魂不附体的绝招。当众人期待着他开始审讯时，他却一言不发：他把手搁在面前的文件上，装作在整理文件可又心不在焉。他两眼盯着被告，目光中透出一种伪善的宽容（好像在说："你不必害怕，你面对的是一次友善的权威人士的集会，只想做对你有好处的事情。"），一种冷酷的讥讽（好像在说："你还不知道你的好处在哪里，过一会儿我就告诉你。"），一种无情的咄咄逼人（好像在说："不过，无论如何我是你唯一的法官，你是我的猎物。"）。食品总管早已知道这一切，但是法官的沉默和拖延却让他回想起过去，让他更深刻地回味昔日自己经历过的一切，以至于——非但没有忘却——更觉自己受到羞辱，他的不安渐渐转变为绝望，自己似乎变成了法官的玩物，像一块蜡泥被捏在法官手中。

贝尔纳终于打破了寂静，宣读了审讯的程序。他对陪审法官们宣布对被告开始审讯，指控被告犯了两桩同样大的不可饶恕的罪行。其中一桩已是众所周知，但另一桩更令人发指，因为就在被告犯有异教罪被法庭追踪时，竟又在命案现场被当场逮住。

贝尔纳是这么说的。食品总管把脸埋在手掌中，他因戴着镣铐而行动艰难。贝尔纳开始审讯。

"你是谁？"他问道。

"瓦拉吉内的雷米乔。我想自己是生于五十二年前，还是孩童的时候我就进了瓦拉吉内的方济各会修道院。"

"那你现在怎么会在圣本笃修士会的呢？"

"几年前，当教廷颁布敕令《神圣的罗马教会》的时候，由于我怕受到小兄弟会异教的感染……虽然我从来没有认同过他们的主张……我想到，对于我有罪的灵魂来说，避开充斥着诱惑的环境是有好处的，所以我获准来到这座修道院跟僧侣们在一起，我在这里当了八年的食品总管。"

　　"你避开了异教的诱惑，"贝尔纳嘲讽道，"还不如说你是逃避了对异教的调查，以免被人发现而除掉你这根毒草，而善良的克吕尼修会的教徒们满以为接纳了你和像你一样的那些人是善举。但是换了僧袍并不能从灵魂中抹去异教的猥亵和邪恶，为此，现在我们在这里要搞清，究竟是什么隐藏在你那不知悔改的灵魂深处，而且你在来到这个神圣之地以前都干过些什么。"

　　"我的灵魂是无辜的，我不知道您说的异教的邪恶是指什么。"食品总管小心翼翼地说道。

　　"你们看到了吧？"贝尔纳朝陪审法官们大声说道，"他们这些人全都是这样！他们一旦被抓，在法官面前总是显得镇静和问心无愧。而他们不知道这恰恰表明他们有罪，因为无罪的人面对审判会局促不安的！你们问问他知不知道我让人逮捕他的原因。雷米乔，你知道吗？"

　　"大人，"食品总管回答道，"由您亲口告知我，我将感到高兴。"

　　我很惊诧，食品总管回答问题时用的语言相当规矩，仿佛他很熟悉审讯的规则以及其中的陷阱，并且他对如何面对类似的事件好像早已受过训练。

　　"好啊，"贝尔纳大声说道，"这正是不知悔改的异教徒典型的回答啊！他们像狐狸一样迂回在羊肠小径，很难当场逮住他们，因为他们的团伙允许他们有撒谎的权利，以逃避应有的惩罚。面对审问，他们惯于兜圈子，企图蒙骗裁判官，而跟这些无耻之徒打交道,已经够让裁判官忍受的了。那么说,雷米乔修士,你跟上面所说的小兄弟会的人,或者守贫的修士们和贝基诺派的信徒们没有过任何关系了?"

"在长期争论守贫期间,我经历了方济各会的种种变迁,但我从来不属于贝基诺信徒们的派别。"

"你们看见了吧?"贝尔纳说道,"他否认当过贝基诺派信徒,因为尽管贝基诺派与小兄弟会同属一种异教,但他们把小兄弟会看作方济各会一个消亡的分支,并且自认为比他们更加纯洁和完美。其实他们的许多行为如出一辙。雷米乔,有人看见你曾经在教堂里面对墙壁直立着,或用兜帽遮掩着脑袋伏地磕头,而不是像其他人那样双手合拢跪拜。这你能否认吗?"

"在必要的时候,圣本笃会的人也是伏地磕头的……"

"我没有问你在必要的时候怎么做,而是在不必要的时候!因此说你并不否认采用过一种或是另一种贝基诺派人典型的叩拜姿势!但是你说你不是贝基诺派的……那么好,你告诉我:你信仰什么?"

"大人,我信仰一个好基督徒所信仰的一切……"

"多么神圣的回答呀!那么一个好基督徒信仰什么?"

"信仰神圣的教会所教诲的。"

"哪个神圣的教会?是那些自认为完美的信徒的?那些假使徒的?小兄弟会异教徒的?还是那个我们笃信、而他们却比作巴比伦大淫妇的教会?"

"大人,"食品总管茫然地说道,"请您告诉我,您相信哪个是真正的教会呢?"

"我相信的是罗马的教会,一个神圣的、使徒们信仰的、由教皇和他的主教们统领的教会。"

"我也是这样相信的。"食品总管说道。

"狡猾得令人佩服!"裁判官喊叫道,"机灵得令人赞叹! 你们都听见他说的了:他说他相信我所相信的这个教会,却避而不说他相信什么! 我们太了解这些貂一般的狡诈伎俩了! 我们谈谈实质问题吧。圣礼是由我们的上帝制定的,要做真正的忏悔,必须向上帝的仆人告解,罗马教会有权解除和维系由上天在人世间维系和解除的一切,这你相信吗?"

"莫非我该不信吗?"

"我没问你该相信什么,而是问你相信什么!"

"您和别的有学识的善人命令我该相信的一切我都相信。"雷米乔害怕地说道。

"啊! 你所指的有学识的善人,也许就是领导你的教派的那些人吧? 这就是你所说的有学识的善人? 这些邪恶的说谎者自以为唯有他们才是使徒的继承人,为了你所信仰的教义,你就效仿他们,是不是? 你这是在暗示,要是我相信他们所相信的,你就相信我,否则你就只相信他们!"

"我没有这么说,大人,"食品总管结结巴巴地说道,"是您让我这么说的。我相信您,我听您教导我怎么做才好。"

"哎呀,真是顽固不化啊!"贝尔纳用拳头敲击桌子,"你真铁了心了,你的教派教给你们的那套把戏你都烂熟于心了。你是说,要是我用你的教派认为好的教导你,你就相信我。那些假使徒都是这样回答的,就像你现在回答的这样,也许你自己并无意识,因为你说的用来欺骗裁判官们的话都是以往他们教给你的。因此,你说的话本身就是在指控你自己,要不是我有长期宗教裁判的经验,就会落入你的陷阱……不过,我们言归正传,你这个罪人。你从来没有听人谈论过帕尔马的盖拉尔多·塞加烈里吗?"

"我听人说过，"食品总管脸色苍白地说道，如果那张苍白的脸能称得上人脸的话。

"你听人说起过诺瓦拉的多里奇诺吗？"

"我听人说过。"

"你亲眼见过他吗？你跟他交谈过吗？"

食品总管沉默了片刻，像是在估摸该把真相交代到什么程度才合适。最后他下了决心，细声地说道："我见过他，跟他说过话。"

"声音大一点儿！"贝尔纳喊道，"终于听到从你嘴里说出来一句真话了！你什么时候跟他说过话？"

"大人，"食品总管说道，"当时我在诺瓦拉地区的一座修道院里当修士，多里奇诺的人聚集在那一带，他们在那儿活动，起初人们不知道他们是什么人……"

"你在撒谎！瓦拉吉内的一个方济各修士怎么可能在诺瓦拉地区的一座修道院里呢？当时你并不在修道院里，你已经属于一个小兄弟会的团伙，他们在那一带周游，靠乞讨为生，而你已经加入了多里奇诺的那一派！"

"大人，您怎么能这样断言呢？"食品总管全身颤抖地说道。

"我将告诉你我为什么能够断定，而且必须这么断定。"贝尔纳说道，同时命令把萨尔瓦多雷带进来。

一看见那个倒霉家伙，我不由得生出怜悯之心，夜里他肯定是受到了更为严厉的私下审讯。萨尔瓦多雷那张脸平时就显得可怕，这我已经说过，但那天早晨，那张脸就更像兽脸。脸上并无受过暴力的痕迹，但他那戴着镣铐的四肢像是脱了臼，几乎动不了，活像一只用绳索捆绑着的猴子，靠弓箭手们拖曳着走。看他那惨状，显然是他在夜里经历了令人难以忍受的拷问。

"贝尔纳给他上过刑……"我朝威廉低声说道。

"绝对不会，"威廉回答道，"裁判官是从来不用刑的。对被告肉体上的处置属于世俗权力。"

"那还不是一码事！"我说道。

"绝对不是。对于宗教裁判官来说，双手仍保持干净，不是一码事。对于被审者来说，也绝不是一码事，因为当宗教裁判官到来时，他会从裁判官身上突然找到一种支持，精神上的痛苦会得到舒缓，就会敞开心扉如实招供。"

我看了看我的导师："您不是在说着玩儿吧？"我惊愕地说道。

"你觉得这种事能说着玩儿吗？"威廉回答道。

现在贝尔纳在审问萨尔瓦多雷，我的笔无法把他那时断时续的话记下来，而且即使有可能记下来，也是越来越语无伦次。他肢体伤残，现在简直成了一个狒狒，说话言语不清，众人很难听明白，但有贝尔纳的引导，向他提出的问题只需回答是或不是，这使他无法说任何谎言。而萨尔瓦多雷说了什么，我的读者就完全可以想象了。他讲述了，或者说承认了他在夜里所讲过的以往部分经历，那是我在前面说过的：他曾作为小兄弟会、牧童，以及假使徒的信徒四处流浪；他在多里奇诺修士活动猖獗时期，在多里奇诺的信徒中遇上了雷米乔，在雷贝洛战役中他跟雷米乔逃了生，几经磨难躲到了卡萨莱的修道院里。他还补充说，异教的头领多里奇诺，在临近失败和被捕之前，曾交给雷米乔几封书信，但不知道那些信是托雷米乔交到何处，交给谁。雷米乔一直把那些信带在身上不敢投送，到了修道院后，他带着那些信有些害怕，可又不愿意毁掉它们，就把信交给了藏书馆馆长，是的，就是交给了马拉希亚，让他把信藏在楼堡的某个隐蔽处。

萨尔瓦多雷在那里交代的时候，食品总管恶狠狠地望着他，终于按捺不住了，朝萨尔瓦多雷喊道："毒蛇，淫荡的丑猴子，我曾经是你的父兄、朋友、挡箭牌，而你却如此报答我！”

萨尔瓦多雷看了看那个如今需要他人保护的他昔日的保护人，吃力地回答道：“雷米乔大人，我真的一直对你言听计从，你对我也很关照。但为警察长官服务的那些人有多么厉害，你是知道的。我这是实在没有法子……”

“疯子！”雷米乔还是朝他叫喊，“你想自己脱身吗？你不知道，你也会被处死吗？你快说，你是在重刑之下招供的，你快说那全是你编造出来的！”

“大人，那些异教徒名目繁多，我知道些什么呀……巴塔里亚会、卡特里派、韦尔多派、阿尔纳尔迪派、斯佩罗内派、希尔孔西派……我不是什么文化人，我犯了些罪过，最最尊敬的贝尔纳大人，您是知道的，我希望您会以圣父、圣子和圣灵的名义宽恕我……”

“在宗教法庭允许的范围内，我们会宽容的，”裁判官说道，“而且，你向我们敞开了心扉，我们将会仁慈地考虑你所表现出来的良好愿望。你走吧，你走吧，回到你的牢房里去好好思过，企求上帝对你的怜悯吧。现在我们得讨论一个很早以前的问题。那么说，雷米乔，你带着多里奇诺给你的那些信，你把信给了你的那位看管藏书馆的修士兄弟……”

“这不是真的，这不是真的！”食品总管大声喊道，仿佛这样自卫还会有效。而贝尔纳严正地打断他：“不过我们不需要由你来承认，而是由希尔德斯海姆来的马拉希亚来证实。”

他让人去叫马拉希亚，当时他不在场。我知道他是在缮写室，或是在医务所周围寻找本诺和那本书，他们去寻找他。他出现在众人面前时显得窘困不安，尽力不正视任何人。威廉扫兴地低语道：“现在本诺可以为所欲为了。”不过，他搞错了，我见到，本诺的脸出现在大厅门口拥挤着的僧侣们的肩膀后。人们都想了解审讯进展情况。我指给威廉看。很明显,本诺对于此事件的好奇远远胜过对于书本的好奇。后来我们得知,就在那时,本诺已了结了一桩肮脏的交易。

马拉希亚站在法官们面前,他始终回避着食品总管的目光。

"马拉希亚,"贝尔纳说道,"今天早晨,依照昨晚萨尔瓦多雷的供认,我问过您是否接到过在场被告的一些信件……"

"马拉希亚!"食品总管吼道,"刚才你对我发过誓,不会做对不起我的事!"

马拉希亚朝被告稍稍转过身去,把肩膀对着食品总管,压低声音说话,我几乎听不见他在说什么:"我没有发伪誓。如果我能做对不起你的事,我早已做了。今天早晨在你杀害塞韦里诺之前,我已经把信交给了贝尔纳……"

"可是,你知道,你应该知道,我并没有杀害塞韦里诺!这你是知道的,你早在那里了!"

"我?"马拉希亚问道,"他们发现了你以后我才到那里的。"

"那时候,"贝尔纳打断他们的话,"雷米乔,你到塞韦里诺那里去找什么?"食品总管两眼迷茫地转身望了望威廉,然后看了看马拉希亚,还看了看贝尔纳:"可我……我今天早晨听到威廉对塞韦里诺说,让他保管好文稿……昨晚萨尔瓦多雷被抓,我担心他们说的是那些信件……"

"那么,你是知道那些信件的了!"贝尔纳得意地大声说道。食品总管落在陷阱里了。他急需摆脱双重困境:摆脱异教的指控,以及摆脱凶杀案的干系。他本能地先面对第二种指控,因为现在他慌了阵脚,也没有了主见:"信的事情我以后再说明……我会解释的……我会说清楚是怎么落到我手中的……但是您先让我解释清楚今天早晨的事情。当我见到萨尔瓦多雷被贝尔纳大人抓起来，我就想到他可能会谈到那些书信，多少年来一想起那些信我就揪心……所以当我听到威廉跟塞韦里诺谈到一些文稿的事情……不知怎么了，心里特别害怕，我想马拉希亚会不会推卸责任，把信件交给了塞韦里诺……我想把那些信件烧毁，这样我就到塞韦里诺那里去……当时门开着，而塞韦里诺已经死了，我就在他的书堆里翻寻，想找到信件……我只是害怕……"

威廉对我耳语道："可怜的傻瓜，因为怕落入一个险境，就一头撞入另一个险境之中了……"

"就算你说的基本符合事实，我说的是基本，"贝尔纳插话道，"当时你以为塞韦里诺拿着信件，就到他那里去寻找。可为什么你认为是他拿着信件呢？为什么之前你还杀了别的修士兄弟呢？也许你认为那些信件长期以来一直在许多人手里传阅？莫非这座修道院惯于搜寻被处火刑的异教徒的遗物？"

我看见院长很震惊。没有比收集异教徒的遗物更为阴险的指控了，而贝尔纳却是巧妙地把凶案与异教罪搅在一起，又把这一切跟修道院的生活搅在一起。我的思绪被食品总管的叫喊声所打断，他申辩说他跟凶案没有任何关系。贝尔纳容忍地让他安静下来，说眼下讨论的不是那个问题，说他是因异教罪而受到审讯的，叫他休想（这时他的语调又变得很严厉）用谈论塞韦里诺的事情，或者让人怀疑马拉希亚，使大家的注意力离开他过去信奉异教的经历。还是回到信件的事情上。

"希尔德斯海姆的马拉希亚，"他转向证人说道，"您在这里并不是被告。今天早晨您回答了我的问题，在我的调查中，您没有隐瞒任何事实。现在您把今天早晨对我说过的话在这里再重复一遍，您不必害怕。"

"我重复今天早晨说过的话，"马拉希亚说道，"雷米乔来到这里不久，就开始管理厨房的事务，因工作关系我们有许多接触……我作为藏书馆馆长，负责夜间关闭整座楼堡，也包括厨房……我没有理由掩饰我们成了好友，也没有理由对他产生怀疑。他告诉我，他藏有一些秘密资料，是别人在告解时交给他的。那些资料不能落到世俗人的手里，而他又不敢留在自己身边。由于我看守着修道院唯一禁止别人出入的地方，他求我保存那些文件以避开好奇的人，我没想到那是有异教性质的资料，就答应替他保管，而我从来也没有看过那些东西，把它们放在……把它们放在了藏书馆最不容易进入的密室里，而从此我就忘了这件事，直到今天早晨裁判官大人向我提起这件事，我才去把那些东西重新找了出来，交给了裁判官大人……"

　　修道院院长恼怒地说道："你跟食品总管的这种协议，为什么早不禀报我？藏书馆不是用来藏匿僧侣私人物品的！"院长的话清楚地表明了修道院跟这桩事无关。

　　"大人，"马拉希亚困惑地回答道，"当初我觉得那是微不足道的事，我不是存心犯罪的。"

　　"当然，当然，"贝尔纳客气地说道，"我们完全相信藏书馆馆长那样做是出于善心，他跟这个法庭的真诚合作就是明证。我友善地请求院长大人，您不要让他对过去的那次不慎之举承担责任。我们相信马拉希亚。我们只要求他向我们立誓作证，确认一下现在我们给他看的文稿，就是他今天早晨上交给我们的，而且就是瓦拉吉内的雷米乔多年以前来到修道院以后交给他的。"他从放在桌上的纸页中抽出两张羊皮纸手稿出示。马拉希亚看了看，并以坚定的声音说道："我对万能的圣父，对最最圣洁的圣母，对所有的圣人起誓作证，就是这些手稿。没错，几年前交给我的就是这些手稿。"

"我看行了,"贝尔纳说道,"您走吧。"

马拉希亚低着头出去,他走到门口时,好奇地拥挤在大厅后面的人群中传出一个喊声:"你替他藏信件,他让你在厨房里玩儿见习僧的屁股!"人群中发出阵阵哄笑,马拉希亚左推右搡地急忙跑出去。我敢发誓,那是埃马洛的声音,不过他是用假嗓喊的。一脸青紫的院长大声嚷着让大家安静下来,并威胁说要重罚所有的人,命令僧侣们撤出大厅。贝尔纳奸诈地微笑着,红衣主教贝特朗在大厅的一侧俯身跟约翰·达诺耳语些什么,后者用手捂住嘴,低着头像是在咳嗽似的。威廉对我说:"食品总管不仅自己是个淫荡的色鬼,还为别人拉皮条!但是贝尔纳对此并不关心,只是让作为帝国调解人的修道院院长处于尴尬的境地……"

他的话被正转身跟他说话的贝尔纳所打断:"不过,我想从您那里知道,今天早晨您跟塞韦里诺谈论的是些什么文稿,让食品总管听见了,并误认为你们说的是那些信件。"

威廉迎着他的目光:"他确实是误解了。我们是在谈论阿尤布·阿·鲁哈韦的一部关于狂犬病的论著,那是一部非凡的学术著作,您肯定也知道其名气,那本书对您也常常会很有用处的……阿尤布说,可以从二十五种明显的症状来识别狂犬病……"

贝尔纳是上帝之犬那个教派的,他认为当时挑起一场新的论战很不合宜。"那么,是不涉及本案的事情。"他急忙说道,并继续审讯下去。

"我们再回到你的问题,方济各会的雷米乔修士,你比一只患狂犬病的狗更加危险。要是威廉修士这几天把注意力多花在分析异教徒的唾液上,而不是狗的唾液上,那么也许会发现盘踞在修道院里的是一条什么样的毒蛇了。我们再谈谈这些信件。现在我们确切地知道这些信当初是在你的手里，而且你把它当做有剧毒的东西很小心地藏匿起来，甚至杀了人……"他用手势止住了对方否认的企图，"……我们待会儿再谈谋杀的事情……我刚才说你杀了人，是为了让我永远得不到这些信。那么你承认这些文件是你的东西了？"

食品总管不作回答，但是他的沉默意味深长。因此贝尔纳追问道："这些文件是什么？是异教头领多里奇诺在被捕前几天亲笔写下的两页信，他把信托给他的一名侍僧，让他带给分散在意大利各地的余党。我可以给你们念念信的内容，看看已经意识到末日将至的多里奇诺，是怎么把希望寄托在魔鬼身上的！他安慰他的兄弟们并通知他们说，前几封信里声称腓特烈皇帝将于一三〇五年杀掉所有的神父，尽管信上写的日期跟他前几封信的日期不合，但是这下手屠杀神父的日子不会太远了。异教的首领又一次在撒谎，因为从那以后，二十多年过去了，他那些恶毒的预言没有一个是应验的。不过我们不是要讨论这些预言是如何荒诞无稽，而是要判定雷米乔藏匿信件的犯罪事实。死不悔改的异教修士，你还能否认，你跟假使徒的团伙有过勾搭并是其中的一员吗？"

食品总管已经不能否认了。"大人，"他说道，"我在年轻时犯过许多可悲的错误。本来我就受到过守贫的修士们的诱惑，当我听到多里奇诺的布道后，就相信他说的话，并且加入了他的团伙。不错，我真的是在布雷西亚和贝加莫地区，后来在科摩地区和瓦尔塞西亚跟他们在一起，跟他们躲避在'秃壁'和腊萨的山谷，最后到雷贝洛山头上。但是我从来没有参与过任何坏事，他们烧杀抢掠犯下种种暴行的时候，我一直抱温良的态度，那正是圣方济各的弟子们所持有的。而就在雷贝洛山头上，我对多里奇诺说，我打算退出他们的斗争，他就允许我离开了，因为他不想让胆小鬼留在自己身边。他是这么说的,他仅仅要求我把那些信件带到博洛尼亚……"

"交给谁?"红衣主教贝特朗问道。

"交给他的一些追随者,我好像还记得他们的名字,我会告诉您的,大人。"雷米乔急忙保证道。他说出了一些人的名字,红衣主教贝特朗似乎都知道,因为他微笑着,露出了满意的神情,并且跟贝尔纳点头表示认可。

"很好,"贝尔纳把那些名字记了下来。接着他问雷米乔,"现在你怎么把你的朋友都供出来了呢?"

"他们不是我的朋友,大人,我从未把信交给他们就是明证。而且我还做得更多,我现在可以这么说,多年来我一直力图忘掉这件事情:为了能离开那些地方而不被埋伏在平原上的韦尔切利城的主教的军队抓住,我成功地跟他们之中的一些人取得了联系,用一张通行证作交换条件,向他们指点了进攻多里奇诺坚守的碉堡最好的通道,为此,教廷武装部队获得胜利,一部分也得益于我的合作……"

"很有意思。这向我们说明了你不仅是个异教徒,而且还是个卑微的小人和叛徒。这改变不了你的处境。就像今天,为了救你自己,你不惜指控曾经帮助过你的马拉希亚,当初你为了救自己,把你的犯罪同伙交到了教廷武装手里。你出卖了他们的躯体,可是却没有背弃他们的教诲,你把这些信件像圣物一样保存起来,期望有朝一日在你有勇气和可能的时候,无需冒任何风险,把这些信件交给假使徒,以重新求得他们的接纳。"

"不,大人,不,"食品总管满头大汗,双手颤抖着,"不是的,我向您发誓……"

"发誓!"贝尔纳说道,"这又证明了你的刁钻!你要发誓,因为你知道,我很清楚,韦尔多异教徒们可以使尽狡猾的伎俩,甚至不惜一死,都不愿意发誓的!而如果他们害怕之极时,就假装发誓,说出一些伪善的誓言!不过我知道得很清楚,你并不属于里昂穷人派,你这只该死的狐狸,你是想把你异教徒的本来面貌伪装起来,骗取我的信任,让我相信你并不是异教徒!那好吧,你发誓吧!为了获得免罪你发誓吧,不过你得知道,仅仅一个誓言我看是不够的!我可以要求你发一个,两个,三个誓言,一百个誓言,我要你发多少个誓,你就得发多少。我知道得很清楚,你们假使徒对于为了不背叛教派而发伪誓的人是免罪的。你的每一个誓言都是你罪孽的新见证!"

"那我究竟该怎么做呢?"食品总管吼叫着跪倒在地。

"别像个贝基诺派的人那样跪拜!你不必做什么。现在只有我该做什么,"贝尔纳说道,嘴上挂着一丝可怕的微笑,"你只有供认不讳。无论你供认或是不供认,你都会受到惩罚和判决,因为你将受到一个发伪誓的人应有的处罚!那么,你招供吧,至少为了缩短这场痛苦的审讯,免得让我们的良知以及我们的温情和怜悯心遭受折磨!"

"可我供认什么呢?"

"两桩罪行。其一,你曾是多里奇诺教派的人,你信奉过异教的主张和习俗,诋毁过主教和城邦行政长官,在异教的头领死后,尽管异教没有被彻底击败和摧毁,但是秘密教团被驱散到各地之后,你顽固不化地继续信奉他们的谎言和幻想。其二,你的心灵深处已被那个教团罪恶的言行所腐蚀,你在这座修道院里伙同坏人胡作非为,犯下了亵渎上帝之罪。原因我还不甚明了,但也无需搞清,那些人过去和现在所鼓吹的守贫的异教学说,是与教皇和他的敕令背道而驰的,必然会导致人犯罪,这是世人皆知的。这便是信徒们应该谨记的,而这对我就已经足够了。现在你招供吧。"

此刻,贝尔纳的意图已昭然若揭。对于搞清谁是杀害那些僧侣的凶手,他根本不感兴趣,他只想表明雷米乔从某种程度上是认同皇帝的神学家们所持观点的。在证明了佩鲁贾方济各会与小兄弟会,乃至多里奇诺教派的观点有关系之后,在揭出那座修道院里有一个人认同过异教学说,而且又犯下了许多罪行之后,他的确是给了自己的对手们致命的一击。我看了看威廉,我知道他心里清楚贝尔纳的险恶用心,但他无能为力,尽管这样的结果是他早已预见到的。我看了看院长,他一脸的阴沉:他过迟地意识到自己落入了一个圈套,他作为皇帝调解人的权威已被扫尽,身为院长的他,现在所主持的修道院成了尘世藏污纳垢的场所。至于食品总管,其实还可以为那桩凶杀案开脱,可他已全然不知所措。也许那时他已丧失了思考的能力,他的吼叫是发自心灵的,他以那一声吼,发泄了在漫长的岁月中积聚在心头的悔恨。或者说,经历过不稳定的生活,体验过激情和失望,卑微和背叛之后,如今面对着自己已无可挽回的毁灭下场,他决心表白年轻时代的信仰,不再顾及正确还是错误,而只是为了向自己表明自己终究还是有过信仰的。

"那是真的,"他叫喊道,"我是跟随了多里奇诺,跟他犯下过罪孽,无法无天。也许当时我疯了,我把对我们的主耶稣基督的爱,把对自由的渴求和对主教们的憎恨混为一谈。那是真的,我有罪,但修道院里发生的一切与我无关,我是无罪的,我对此发誓!"

"这我们就有些眉目了,"贝尔纳说道,"那么,你承认信奉过多里奇诺、女巫玛尔盖丽达以及其他同党的异教学说。那么你承认,当他们在特利维罗绞死许多基督的信徒,其中还有一个十岁小孩的时候,你是跟他们在一起的喽? 他们绞死那些不愿屈服,不让他们这些豺狼任意宰割的受难者,而且是当着他们的妻子和父母的面,那时候,你是跟他们在一起的喽? 你们这些因愤恨和狂妄而失去理智的人,为什么认为不属于你们一伙就不能获得自救呢? 你说!"

"是的,是的,我相信了那些邪说,也那么做了!"

"他们逮住了主教们的信徒,让他们之中的一些人活活饿死在监狱里;他们还砍掉了一位孕妇的一只胳膊和另一只手,她分娩后,男婴未经洗礼即死去,当时你也在场吧? 他们放火烧毁了姆索、特利维罗、科希拉、佛雷吉亚地区的村庄,以及克雷帕克里奥地区的许多地方,还有摩尔提利亚诺、瓜里诺一带的许多房屋,并将其夷为平地;他们纵火烧掉特利维罗的教堂,玷污圣像,撤掉祭台上的神牌,打断童贞圣母雕像的一只胳膊,掠夺圣杯、圣器和书籍,捣毁钟楼,撞碎大钟,把属于教会的圣器和神职人员的财富均占为己有,你是参与其中的吧?"

"不错,是的,我跟他们在一起,而我们谁也不知道自己在干什么。我们想提早实行惩罚,我们认为自己是上天派遣来的神圣教皇和皇帝的先锋,我们应该加速菲拉德费亚①的天使降临,那样世人才会受到神灵的恩惠,教会才能得以革新,而唯有在邪恶之人被全部消灭之后,圣洁之人才能统治世界!"

食品总管仿佛又着魔了,他沉浸在以往的经历中,沉默和伪装的水闸被冲开了,过去的岁月又历历在目,不光是话语,而且是鲜活的形象,他好像重又感受到昔日曾令他振奋的激情。

"那么,"贝尔纳追问道,"你承认你曾把盖拉尔多·塞加烈里奉为殉难者,你否认罗马教会的任何权威,认为在圣西尔维斯特②

---

① Filadelfia,海豚之友,预卜未来的先知。
② Saint Sylvester,即九九九年任教皇的西尔维斯特二世。

之后，教会里所有的神职人员都是渎职者和诱惑者，马罗内的彼得①除外；你们认为什一税应该只交给你们，基督唯一的贫穷的使徒们；你们游走在各个村庄，诱骗人们，嘴里念诵着'忏悔吧'。你们想把自己装扮成悔罪的人，可实际上你们却肆意妄为，纵欲放荡。你们任自己的肉体胡为，并踩蹋他人的肉体，是不是？你说！"

"是的，是的，我承认当时我是全身心地相信那是真正的信仰，我承认我们是脱下身上的僧袍以表示一无所有。我们放弃了一切财富，而把自己比作上帝之犬的你们，是不会放弃任何财物的，我们从那时起不再接受任何人施舍的任何金钱，我们身上也不带钱，我们靠乞讨生活，我们从不为将来留存任何东西，若人们摆上一桌饭菜接待我们，我们吃完后把剩下的都留在桌上而不带走……"

"可你们烧杀抢掠占有善良基督徒的财物！"

"我们是烧杀抢掠了，因为我们把守贫当做普遍的法规，而且我们有权占有他人的不义之财，我们是要打击普遍存在于各个本区教堂里的贪婪之心；我们烧杀抢掠也并不是为了占有，我们从来没有为了抢劫而杀人，我们杀人是为了惩罚，用鲜血来净化不纯洁的人心。盖拉尔多·塞加烈里是神圣之树，植根于信仰的上帝之树。我们的教规是直接由上帝来定的，不是由你们这些该死的上帝之犬，四处散发着硫黄味而不是焚香味的骗人的布道者来定的。你们都是卑微的狗，腐烂的兽尸，一群乌鸦，阿维尼翁娼妓的奴仆！当时我的确相信，我们的肉体也是用来赎罪的，我们是上帝之剑，宰杀一些无辜者，才能尽快杀死你们。我们期望消灭因你们的贪婪而造成的战争，为了树立正义和寻求幸福，我们不得不流一点儿血，可你们总是谴责我们……为了尽快实现我们的理想，即使把卡

---

① Peter of Morrone，即一二九四年任教皇的西莱斯廷五世。

尔纳斯克的河水全染红也是值得的。那天在斯塔维罗,我们并没有贪生怕死,因为我们也流了血。我们得加紧努力,多里奇诺预言的时间不多了,得加速事件的进程……"

他全身颤抖着,手在衣服上蹭,像是为了擦干净他记忆中的血。"最贪婪的人重又变成一个纯洁的人了。"威廉对我说道。"可这就是纯洁吗?"我惊恐地问道。"可能有另一种纯洁吧,"威廉说,"不过,不管是哪一种,总是让我害怕。"

"在纯洁之中,最令您害怕的是什么?"我问道。

"是匆忙。"威廉回答道。

"行了,行了,"这时贝尔纳说道,"我们要你供认,不是让你号召杀戮。好啊,你不仅过去是个异教徒,现在还是个异教徒。你不仅过去是个杀人凶手,现在你还在杀人。那么你告诉我们,你是怎么在这座修道院里杀害你的兄弟的,又是为什么。"

食品总管不再颤抖,他像是好不容易从梦魇里挣脱出来,他环顾了一下四周:"不,"他说道,"我跟修道院里发生的凶案没有关系。我供出了我所做过的一切,但您别逼我承认我没有做过的事情……"

"可是你还有什么做不出来的呢?现在你竟要说自己是冤枉的吗?竟然成了羔羊,成了驯服的楷模了!这你们都听见了,昔日他双手沾满了鲜血,现在倒成了无辜的!莫非是我们搞错了!从瓦拉吉内来的雷米乔可是一位道德的典范,是教会忠诚的儿子,是敌基督的死敌,对于教会所颁布的严肃的法令,他可是一直遵守的。法令规定在城市和乡村从事和平交易,开设手工业作坊,保护教会财富,雷米乔对此是身体力行的。他是无辜的,他没有犯任何罪。雷米乔修士,请投入我的怀抱,邪恶之徒指控你,让我来安慰你吧!"雷米乔双眼迷茫地望着他,仿佛突然相信自己最后会得到赦免，而贝尔纳重又恢复了庄重的姿态，以命令的口吻转身对弓箭手的头领发话。

"采用世俗的武力手段，教会向来是予以批判的，也是令我反感的。但是，这个世界上有法律，它主宰并引导着我个人的情感。请院长安排一个地方，在那里可以先安置一些刑具。但是别立刻用刑。先让他戴上手铐脚镣在囚室里待三天，然后把刑具拿给他看，仅仅是给他看。到第四天再用刑。审判并不像假使徒们所认为的那样，是匆忙进行的，上帝的审判要用数个世纪来完成。你们务必记住一再重复过的规矩：避免致人残废和死亡的危险。这种刑罚的程序就是要让渎神者祈望和感受死亡，而在其完全自愿地为净化心灵而彻底招供之前，是求死不得的，这是天道。"

弓箭手弯下腰准备把食品总管扶起来，但是他脚尖抵着地，极力反抗，示意想说话。得到允许后，他就开始说话，但他吐字费力，说的话像醉鬼那样含糊不清，且带有某些脏字。不过渐渐地他又爆发出刚才招供时那种狂野的精力。

"不行，大人，我受不住刑罚，我是一个懦夫。以往我是背叛过教会，但十一年来，在这座修道院里我背叛了昔日邪恶的信仰。我负责从葡萄园种植者和农民那里征收什一税，我监管马厩和猪舍，使牲畜兴旺，让修道院院长积聚更多的财富，我努力协助经营好这块敌基督的是非之地。我一直过得不错，我忘却了过去叛逆的岁月，我活得惬意，吃得开心，玩得也舒心。我是个懦夫。今天我出卖了以前博洛尼亚的朋友，当初我也出卖过多里奇诺。我曾装扮成一个十字军的人，以卑微的身份目睹了多里奇诺和玛尔盖丽达被捕，他们是在复活节前的星期六被带到布杰罗城堡里去的。我在韦尔切利城周围游荡了三个月，直到教皇克雷芒来信命令判处他们死刑。我见到他们当着多里奇诺的面肢解玛尔盖丽达，她叫喊着，又被割喉，那可怜的身躯，有一天夜里我也曾抚摸过……她那被割碎的尸体焚烧着的时候，他们又扑到多里奇诺身上，用灼热的火钳撕扯下他的鼻子和睾丸，而后来人们说他没有发出一声呻吟，那不是真的。多里奇诺长得高大壮实，留着魔鬼般的大胡子，红色的卷发一直拖到肩胛骨，那时他头戴有羽饰的宽边大檐帽，腰间佩带利剑。他带领我们战斗时，显得威风凛凛、英俊潇洒，男人见到他害怕，女人见到他喜欢得惊叫……不过，当他们给他上刑时，他也痛苦地叫喊，像一个女人，像一头小牛；他们拖着他绕行全城，走遍了各个角落，他所有的伤口都在流血。他们继续慢慢地折磨他，好让人们看看一个魔鬼的使者能够活多久。他想死，要求结束他的生命，但直到抵达火刑架时他才死去，那时他已只剩下血肉模糊的身躯。我一直跟着他，庆幸自己逃过了那场磨难，我为自己的机灵感到自豪。那时萨尔瓦多雷那个无赖跟我在一起，他对我说：'雷米乔兄弟，幸亏我们机灵，逃过了那一劫，没有比受刑更可怕的了！'那天，让我公开背弃多少宗教信仰都情愿！已经过去了好多年，多少年来，我都对自己说，我是多么的卑微，我又是多么庆幸自己是个卑微的人，但是，我总是期望能够向自己证明我并不是那么卑微。贝尔纳大人，今天你给了我这种力量，你对我来说，就像是最卑微的殉难者眼里世俗的皇帝。你给了我勇气，使我供认出我灵魂深处的信仰，虽然我的躯壳已与之脱离。不过，对已是行尸走肉的我，别过分强加承受不了的勇气。别对我施刑。你想知道什么我就告诉你什么，最好立刻上火刑架，让我在被焚烧之前就叫烟呛死。别像对多里奇诺那样对我施刑。你无非是要我一具死尸，要让我为别的尸体承担罪过而要我死。无论如何我很快就成为一具尸体了。因此你要我怎么说都行。我杀了奥特朗托的阿德尔摩，因为我恨他年轻有为，玩弄我这么一个又老、又胖、又弱小无知的魔鬼般的人；我杀了萨尔维麦克的韦南齐奥，因为他太博学，他读的书我都看不懂；我杀了阿伦德尔的贝伦加，因为我憎恨他的藏书馆；我学过神学，用棍棒揍过太过肥胖的本堂神甫；我杀了圣艾美拉诺的塞韦里诺……因为什么呢？因为我搜集药草，我在雷贝洛山头上待过，在那里我们吃野草都不用问属性。说真的，我还可以杀死其他的人，包括我们的修道院院长：他总跟教皇或者帝国站在一起与我们作对，我一直恨他，尽管他让我掌管伙食，让我有口饭吃。这样行了吗？哦，不，你还想知道我是怎么杀死这些人的……但是我杀了他们……让我想想……回想起地狱的魔力，我用塞韦里诺教给我的魔法指挥千军万马。要杀一个人不用自己动手，魔鬼会替你下手的，如果你善于指挥魔鬼的话……"

他用同谋者的神色望着在场的人，他笑着。但那是一个神经错乱的人发出的笑，尽管后来就像威廉提醒我注意到的那样，这个神经错乱的人还机灵地把去告密的萨尔瓦多雷拖下了水，为自己报了仇。

"你是怎么指使魔鬼的呢?"贝尔纳追问道，他把这种胡言乱语当做如实的供认了。

"你也知道，很多年以来，不穿他们的外衣，已经不可能跟着魔的人进行交易了！这你也知道，你这个宰杀使徒的人！你会逮住一只黑猫，对不对？一只身上连一根白毛都没有的黑猫（这你知道），把它的四只爪子捆起来，然后在半夜里把它带到一个十字路口，你大声叫喊：啊，伟大的地狱之王撒旦，我逮住你，就像我现在逮住这只猫一样，让你进入我仇敌体内。而如果你送我的仇敌去死，明晚半夜里，在这同一个地方，我将用这只猫来祭你。我用圣西普里安①秘笈所传授的魔力,以地狱最大军团所有首领阿德拉梅尔奇、阿拉斯托尔和阿扎泽雷的名义,命令你现在就按照我指示的去做,我现在跟他们全体兄弟一起祈祷……"他的嘴唇在抖动着,眼球仿佛从眼眶里鼓了出来,并且开始祈祷——或者说好像在祈祷,但是他却在向地狱里的所有首领们哀求……亚必戈,为我们忏悔吧……亚蒙,怜悯我们吧……萨马诶尔,让我们弃善从恶吧……彼列,怜悯我们吧……佛卡洛,提供我贪腐的机会吧……哈拜利,把上帝罚入地狱……齐博斯,撬开我的肛门……雷奥纳多,用你的精液洒在我身上,我就会坠入邪恶……"

"够了,够了,"在场的人在胸前画着十字吼叫,并说道,"主啊,宽恕我们所有的人吧!"

食品总管现在不作声了。他说出所有这些魔鬼的名字后,就趴倒在地上了,口吐白沫,嘴眼歪斜,瘆人地狞笑着露出一排牙齿。他翻转身,戴着镣铐的双手痉挛,时开时合,双脚不时对空乱蹬。威廉发现我在惊恐地全身发抖,就把手按在我的脑后,像是紧紧抓住我的后脑勺,想让我平静下来。"好好学学吧,"他对我说道,"在刑罚之下,或在受到刑罚的威胁之下,一个人不仅会说出他曾做过的事,还会说出他曾想做的事,尽管他并不知道。现在雷米乔一心想死。"

弓箭手们把全身还在痉挛的食品总管带走了。贝尔纳收拾好桌上的文件,然后两眼直盯着在场的惊恐万状的人们。

"审讯到此结束。被告已供认自己有罪,他将被带到阿维尼翁,在那里接受最后的审判。只有在那场严格维护真理和公正的审判之后,才会对他处以火刑。阿博内,他不再属于你,也不再属

---

① Cipriano(约200—258),迦太基主教。

于我，我只是真理的卑微的工具。判刑处决的工具在别处，牧羊人已尽了他们的义务，现在该由牧羊犬出手了，由牧羊犬来把染上病的羊从羊群里分离出来，用火来净化它。我们眼前这个罪孽深重的人结束了他可悲的经历，修道院从此太平了。但世界……"这时他提高了嗓门，面向在场的使团成员，"世界还没有得到安宁，世界被异教撕裂，他们甚至把帝国宫殿的大厅当成了避难所！请我的兄弟们牢记这一点：邪恶的多里奇诺的追随者们跟参加佩鲁贾方济各大会的尊敬的修士们有着妖魔般的关联。我们别忘了这一点，在上帝的眼里，我们刚才交付法庭的那个卑鄙之徒的胡言乱语，跟那些与被开除教籍的巴伐利亚的德国人共餐的教士们所主张的毫无区别。许多仍然得到颂扬却尚未受到惩处的布道是异教徒的邪恶之源。要由受到上帝传唤的人，就像我这个有罪之人，满怀激情并且以坚忍不拔的毅力谦卑地去直面巨大磨难，去挖出异教的毒蛇，无论它盘踞在什么地方。而在完成这一神圣使命的过程中，人们认识到，异教徒并不仅是那些公开执行异教教义的人，还有那些支持异教的人。支持异教的人可以通过五种令人信服的迹象来加以识别：第一，当异教徒被捕入狱时，他们秘密地去探视；第二，他们为异教徒被捕而伤心，而且他们曾是生死之交（他们长期交往，因此不可能不知道异教徒的活动）；第三，他们认为异教徒受到判决是不公正的，尽管其罪行已昭然若揭；第四，他们看不惯对异教徒的处置，认为是施加迫害，他们抨击宣传反对异教徒的成功人士，他们虽竭力掩饰敌对情绪，但从他们的眼睛、鼻子以及面部的表情中可以看出来，他们仇恨反对异教的人，为异教徒的受罚感到痛苦，并怜惜那些因异教徒的不幸而痛苦的人；第五，他们拾取被处以火刑的异教徒的骨灰，并保留、供奉，对其顶礼膜拜……不过，我还特别重视第六种迹象，即他们著书立说，千方百计为异教徒的罪恶行径编造理论根据，我认为他们显然是异教徒的朋友（尽管他们不公开冒犯正统的教会）。"

　　他说话的同时，眼睛直视着乌贝尔蒂诺。方济各使团的所有成员都明白他在影射什么。到此时会晤已告失败，谁也不敢再继续早晨的讨论，深知每一句话都会让人想到异教徒和发生过的不幸事件。如果教皇派贝尔纳来的本意就是让他尽力阻止两个使团和解的话，那么他成功了。

第五天

夕　祷

其间，乌贝尔蒂诺逃跑了，本诺上任，威廉对于那天遇上的各种人不同的欲念发表了一些见解。

与会者慢慢走出参事厅，米凯莱走近威廉，随后乌贝尔蒂诺也赶了上来。他们三人一起来到室外，在庭院里议论起来，大雾没有消散的迹象，反而因为黑夜的来临而变得更加浓重。

"贝尔纳把我们击败了。"威廉说道，"你们不要问我，那个多里奇诺豢养的白痴是否真的犯了那么多罪行。依我看，他没有，毫无疑问。事实上我们的心思都白费了，我们还停留在起点上。米凯莱，教皇约翰要你单独去阿维尼翁，而眼下的这次会晤并没有为你提供我们所寻求的保证，相反，却为你树立了一个反面形象。到了那里，你的每一句话都可能会被任意曲解。于此应作出判断，我觉得你不该去。"

米凯莱摇了摇头："恰恰相反，我要去。我不想引起宗教分裂。威廉，你今天讲得很清楚，而且你把你想说的都说了。不过，那不是我想要的，我感到，佩鲁贾大会的决议被帝国的神学家们利用了，这远远超出了我们的初衷。我希望方济各会守贫的理想能被教皇接受。教皇也应该明白,教会唯有接纳守贫的理想,才能重新吸纳异教的各种分支。我不是想搞什么人民议会或者什么大众的权利,我要阻止教会分裂成无数小修士会。我要去阿维尼翁,并且在必要的时候,我将臣服教皇。只要守住守贫的原则,一切都可以让步。"

乌贝尔蒂诺插话说:"你会冒生命危险的,你知道吗?"

"就算冒生命危险也无妨,"米凯莱回答道,"总比冒失去灵魂的危险要强。"

他视死如归地去冒生命的危险,而且要是约翰是正确的(对此我仍然不能相信),他也就失去了灵魂。正如现在人人都知道的那样,在我讲述的那些事情发生之后的一个星期,米凯莱就到教皇那里去了。他和教皇对抗了四个月。一直到第二年四月,约翰召开了一次红衣主教大会,他指责米凯莱是个疯子,是顽固分子、暴虐者、异教学说的鼓吹者,是教会亲手养大的毒蛇。要考虑的是,现在依照他看问题的方式,似乎约翰是有道理的,因为在那四个月里,米凯莱与我导师的挚友奥卡姆的威廉成了朋友,他对米凯莱有很大影响——他的思想与我导师的没有很大差别,尽管比我的导师在那天早晨所发表的马西利乌斯的思想更为极端些。这些持不同观点的人在阿维尼翁的生活变得相当拮据。到了五月底,奥卡姆的威廉、贝加莫的博纳格拉齐亚、阿斯科利的弗朗西斯科、塔赫伊姆的亨利,他们都逃跑了,被教皇派遣的人追踪到尼斯、土伦、马赛和艾格莫尔特,最后被阿拉布莱的红衣主教彼埃尔追上。他竭力劝他们回去,但没能压服他们,没有消除他们对教廷的仇恨及惧怕心理。六月份他们抵达比萨,受到帝国人士的热烈欢迎。在接下来的几个月里,米凯莱公开揭发了教皇约翰,然而为时已晚。皇帝的时运下降,约翰在阿维尼翁谋划为方济各会任命一位新的高级会长,最后取得了胜利。米凯莱那天决定不去教皇那里就好了:他可以亲自领导方济各会做抵抗,而不是白白浪费好几个月,听任敌人的摆布,削弱自己在教会的地位……不过,也许是万能的神力早已这么安排好了——现在我也不知道他们之中谁是正确的。在多年之后,激情之火已经熄灭,而当初被人们视为真理之光的火焰也随之熄灭。我们之中有谁能说清楚,当赫克托耳和阿喀琉斯、阿伽门农和普里阿摩斯之间,为了一个已烧成灰烬的美貌女子争战不休的时候,究竟谁是正确的呢?

此时我的思绪又转入伤感之中。我要说说那次令人痛心的会晤的结局。米凯莱下定决心去见教皇,无法劝阻他回心转意。可又产生了另一个问题,威廉明确指出,乌贝尔蒂诺的处境已不再安全。贝尔纳所说的话是针对他,教皇如今仇恨的也是他。事实上,如果说米凯莱还代表着一股可以抗衡的势力,还有商谈的权利的话,乌贝尔蒂诺就只是孤军奋战了……

"约翰要米凯莱去教廷,却要乌贝尔蒂诺入地狱。我对贝尔纳这个人太了解了,过不了明天,借助浓雾的掩护,乌贝尔蒂诺就会被谋害。而倘若有人问起来谁是凶手,反正修道院接连出了许多命案,完全可以承受另一桩凶杀案,而且人们会说那是雷米乔和他的那些黑猫招来的魔鬼所为,还会说那是修道院内残存的某个多里奇诺分子所为……"

乌贝尔蒂诺担心地问:"那怎么办?"

"这样吧,"威廉说道,"你去跟院长谈谈。向他要一匹坐骑、一些粮草和一封介绍信,到阿尔卑斯山那边某个偏远的修道院避避难。你要趁着浓雾连夜离开修道院。"

"但弓箭手们不是还守着大门吗?"

"修道院还有别的出口,院长知道。你只要从围墙的某个出口出去,让一个仆人牵一匹马,在山下面的一个弯道口等你,你只需在树林里走一段路就行。贝尔纳现在被胜利冲昏了头脑,趁他还未清醒过来,你得马上离开。我还要过问别的事情。我肩负两个使命,一个已经失败,至少不能让另一个再失败。我必须着手调查一本书和一个人。如果一切顺利的话,你应该在我再来找你之前离开这里。那么,再见了。"他张开双臂。乌贝尔蒂诺深为感动地紧紧拥抱了他:"再见了,威廉,你是个狂妄而又傲慢的英国人,但是你有一颗伟大的心。我们还会再见面吗?"

"我们会再见面的,"威廉向他保证说,"上帝会保佑我们的。"

然而,上帝没有保佑我们。正像我说过的那样,乌贝尔蒂诺两年后被神秘地杀害了。这位奋斗不息的老人具有火热的激情,他的一生是艰辛而又坎坷的。也许他并不是圣人,但我希望上帝对于他坚信自己是圣人的毅力予以奖赏。越是年迈,我就越遵奉上帝的旨意,就越不看重求知的才智以及行动的意愿:我承认信仰是救赎的唯一因素,有了信仰就善于耐心等待而不过多地提问。而乌贝尔蒂诺对我们的主被钉上十字架所流淌的鲜血和经受的磨难的确抱有至高无上的信仰。

也许当时我的沉思被这位神秘的老人发觉了,或是他猜想到有朝一日我会这么想。他朝我温柔地微笑,并且拥抱了我,但是没有像前些天的拥抱那么热切。他像一位先辈拥抱子孙后代那样拥抱了我,我以同样的心境拥抱了他。然后他就跟米凯莱走了,去找修道院院长。

"现在怎么办呢?"我问威廉。

"现在我们回到我们所侦察的凶案。"

"导师,"我说道,"今天发生了一些对于天主教来说十分严重的事情,我们的使命没有完成。可是看起来您对解开这个谜团比对教皇和皇帝之间的冲突更感兴趣。"

"阿德索，疯子和孩童说的常常是实话。那是因为作为帝国的顾问，我的朋友马西利乌斯比我能干，但是作为裁判官，我比他称职。甚至比贝尔纳·古伊还称职，愿上帝宽恕我。因为贝尔纳对发现杀人凶手不感兴趣，他一心想把被告处以火刑。而我觉得最快乐的事，莫过于揭开错综复杂的谜团。还因为，身处这个时代，我怀疑这个世界是否有秩序，作为哲学家的我，即便不能发现一种秩序，就是能发现世界上一系列事物之间哪怕是微小的关联，也是一种慰藉。另外可能还有一个原因：那就是此事件至关重要，它所包含的不同势力的较量，远在约翰与路德维希的争斗之上……"

"但这事件不就是寡廉鲜耻的僧侣间的偷盗和报复吗？"我疑惑地大声说道。

"牵涉到一本禁书，阿德索，一本禁书。"威廉回答道。

僧侣们纷纷前去进晚餐。当晚餐用到一半的时候，切塞纳的米凯莱坐到了我们身边，说乌贝尔蒂诺已经走了。威廉轻松地长吁了一口气。

用完晚餐，我们避开正跟贝尔纳说话的院长。我们看到本诺，他面带微笑向我们打招呼，并想溜出门去。威廉追上他，迫使他跟着我们走到厨房的一个角落里。

"本诺，"威廉问他道，"书在哪里？"

"什么书？"

"本诺，我们俩都不是傻瓜。我说的是今天我们在塞韦里诺那里寻找的那本书，当时我没有认出它来，而你认得，就又回去把它拿走了……"

"你怎么知道是我拿的呢？"

"我想就是你，你也是这样想的。书在哪里？"

"我不能说。"

"本诺，要是你不说，我就去禀告院长。"

"我正是奉院长之命而不能说，"本诺一本正经地说道，"今天我们见面之后，发生了一件您应该知道的事情。贝伦加死后，藏书馆便缺少了一个馆长助理。今天下午马拉希亚提议让我补这个缺。就在半小时之前，院长任命了，而且从明天早晨我就开始工作。我希望是那样，我将开始了解藏书馆的秘密。不错，今天早晨我是拿了那本书，藏在了我宿舍的草褥里面，连看都没看，因为我知道当时马拉希亚在监视我。后来马拉希亚向我提出了刚才的那个建议，于是我就尽了一个藏书馆馆长助理应尽的职责，把书交给了他。"

我顿时无法按捺，粗暴地冲他说道：

"可是本诺，昨天和前天，你……你还说你只是出于好奇，迫不及待地想了解真相，说你不想再让藏书馆隐藏什么秘密，作为一个学者是应该有权知道……"

本诺脸涨得通红，一声不吭。威廉却制止了我："阿德索，几个小时之前，本诺已经站在另一方了。现在他已是自己想知道的那些秘密的守护者了。而在他守护这秘密的同时，他将会有足够的时间去了解它。"

"那别人呢？"我问道，"当初本诺是为所有学者说话的！"

"那是以前的事。"威廉说道。他拉走了我，本诺留在那里困惑不解。

"本诺，"威廉对我说，"他是一种极端贪欲的牺牲品，那与贝伦加及食品总管的贪欲不同。就像许多学者，他有强烈的求知欲，为自己求得知识。他被排斥在一部分知识之外，就想掌握它。现在他掌握了。马拉希亚很了解他手下的人,他用最好的手段找回了那本书,同时又封住了本诺的嘴。你一定会问我,掌控了那么多知识,而又不愿意提供给其他人使用,又有什么意义呢? 但正是因此,我谈到了欲望。罗杰·培根对知识的渴求不是一种欲望,他是想用科学给上帝的子民造福,因此他不是为了知识而寻求知识。而本诺那种欲望仅出于无法满足的好奇心,以及拥有才智的自傲。对一个僧侣来说,那不过是一种转化和抑制自身肉欲的手段,这种欲望能使他变成为信仰而战的斗士,或成为散布异教的干将。世上不只有肉欲。贝尔纳·古伊的那种欲望,是为主持正义而扭曲了的欲望,是与权力欲等同的欲望;我们那位不再代表罗马教廷的教皇有对财富的欲望;食品总管年轻时有过的则是对见证、变革、忏悔的欲望,现在又有对死的欲望;本诺有对书本的欲望。所有这些欲望,就像俄南①把自己的精液洒在地上的节育的欲望一样,跟情爱没有任何关系,甚至跟肉欲也没有关系……"

"这我知道。"我勉强地自语道。威廉装作没听见。不过,他像是在继续自己的话,他说:"真正的爱往往是为其所爱的对象着想。"

"那么,本诺是为他的书籍着想(因为现在那也是他自己的书了)而要保管好书籍,为使它们远离贪婪之手,他会不会是这样想呢?"

"书本的益处就在于让人阅读。一本书是由论及其他符号的符号构成的,而这些符号又论及别的事物。如果书本不被人通过眼睛阅读,那书上面的符号就不能产生概念,书就成了哑谜。这座藏书馆的诞生也许是为了拯救这些书籍,而如今藏书馆却是为了

---

① Onan,《圣经》人物,依照法规被迫与其兄遗孀成婚,因不愿与她生儿育女,便把精液洒在地上。

埋葬这些书而存在，因此它成了叛逆的诱因。食品总管说他背叛了自己。本诺也一样，他也背叛了自己。啊，阿德索，这是多可怕的一天哪！充斥着鲜血和毁灭。今天我已经受够了。我们也去做晚祷吧，然后就去睡觉。"

我们从厨房出来时碰见了埃马洛。他问我们，人们私下议论说马拉希亚提名让本诺当藏书馆馆长助理，是否属实。我们不得不予以证实。

"这个马拉希亚今天干的好事太多了，"埃马洛的脸上挂着惯有的那种鄙视中略带几分宽容的狞笑，"如果有天理和公道的话，今天夜里魔鬼就会来抓走他。"

晚　祷

其间,聆听关于敌基督即将降临的一番训诫,阿德索发现了那些有名望之人的威力。

对食品总管的审问还在进行的时候,夕祷草草了事。那些好奇的见习僧都逃过导师的监管,从窗口和门缝偷看在参事厅里发生的事情。现在整座修道院都在为塞韦里诺善良的灵魂祈祷。人们原以为修道院院长会对大家讲话,都在琢磨着他会说些什么。可是,在圣格列高利圣咏,以及规定的三首赞美诗之后,院长只在布道的讲坛露了个脸,告诉大家他无话可说。他说,修道院沉浸在太多的不幸之中,以至神父都无法以责备和警告的语气来说话。所有的人都应反省自己的良知,谁也不能例外。因依照惯例总得有人出来说几句话,他就建议由已近暮年的最年长者来提出警示,因为比起大家来,也许他会把造成那么多罪孽的世俗欲望看得更淡一些。论岁数,应该由格罗塔菲拉塔的阿利纳多发言,不过大家都知道,这位可敬的修士兄弟的身体太虚弱。按流逝的无情岁月排列的顺序,紧接阿利纳多之后的就该是豪尔赫了。院长现在就请他说话。

从埃马洛及其他意大利僧侣平时就座的那边传来了一阵交头接耳声。我猜想那是因为院长没有征求阿利纳多的意见，就直接让豪尔赫来向大家作训示。我的导师低声提醒我说，院长决定不说话是审慎的：因为无论他说什么，都将会受到贝尔纳或在场的从阿维尼翁来的使者们的评议。而老豪尔赫则会只局限于一些神秘的预卜，阿维尼翁的人对那些预卜是不会太看重的。"不过，我并不这样认为，"威廉补充道，"因为我不相信豪尔赫会同意讲话，也许他会要求作一个没有明确目的的发言。"

豪尔赫由人搀扶着走上了布道讲坛。大殿里唯一发光的三足香炉的火光映照着他的脸。火焰的光亮使他的眼圈蒙上了黑影，看上去他的眼睛像是两个黑洞。

"亲爱的修士兄弟们，"他开始说道，"以及所有最尊贵的客人们，如果你们愿意听我这个可怜的老人讲几句话……我们这座修道院已经不幸地发生了四起命案——且不说活着的人中那些最邪恶的或远或近的罪孽——都不能归之于自然的严酷，这你们是知道的。自然遵循其不可更改的规律，主宰着我们每天的生活，从摇篮到坟墓。尽管因痛苦而感到不安，但这令人悲伤的事件并没有涉及你们的心灵，因为你们大家也许会想，除了一个人外，你们都是无辜的。而当这个人受到应有的惩罚之后，你们一定仍会为死去的人感到哀痛。不过，在上帝的法庭面前，你们都不应为自己受到指控而进行辩护。你们就是这样想的。疯子！"他用可怕的声音喊道，"你们这些聋子和胆小鬼！谁杀了人，就将在上帝面前背负自己罪孽的重负，但只因他视自己是为上帝传达旨意。正如需要有人背叛耶稣，以使得赎罪的奥秘得以完成；然而上帝认可判处背叛他的人入地狱，并把其视作败类，就像在这些日子里犯了罪，给修道院带来死亡和毁灭的那个人。我要对你们说的是，这种毁灭，如果并非上帝所愿，至少也是上帝所允许的，意在惩罚我们的桀骜不驯！"

他止住不说了，把空洞的目光转向气氛凝重的整个会场，好像他的眼睛能够看到在场的人激动的心情，其实他是在用耳朵感觉那令人惊恐的寂静。

"在这座修道院里，"他继续说道，"长期盘踞着'傲慢'这条毒蛇。然而那是何种傲慢呢？是在一座与尘世隔绝的修道院里的权力的傲慢？当然不是。是拥有财富的傲慢？我的兄弟们，在已知的世界就贫穷和对财富的拥有出现长期争论之前，自我们的创始人诞生至今，即使我们曾使用过一切，我们也并没有拥有过什么，我们唯一的财富就是遵守教规、祈祷和工作。然而，学习和保管知识，就属于我们的工作，我们教会的工作，特别是我们这座修道院的工作。我说的是保管，不是探寻，因为知识是神圣的，对知识的保管在我们道德修炼的一开始，就被看作自我充实和完善的神圣的事情。我说是保管，不是探寻，因为正是对知识的保管，知识才在几个世纪的过程中被预言家们的传道和教会神父们的诠释界定并充实，变得人性化。在知识的范畴里，没有进步，没有时代的革命，最多就是延续和升华的复述。人类有史以来，通过救赎的方式不可阻挡地前进，迎着基督凯旋，他将头戴光环出现，判决活着的人和死人。但是神和人类的知识都不遵循这条轨迹：我们谦卑而又专注地聆听知识的声音，它像磐石那样坚定，允许我们遵循并预言这一轨迹，但无论在什么情况下，知识就是知识，知识是不会被玷污的。犹太人的上帝说，我是唯一的存在。我们的主说，我就是道路、真理和生命。这就是知识，知识不过就是对这两种真理惊人的评价。其他所有论述过的一切，都是预言家、福音传播者、神父、学者所阐述的，目的是把这两句格言表达得更加清楚。有时候，不知道这两句格言的异教徒也会做出恰当的评述，他们的言论被基督教的传统所采纳。不过除此之外，就再也没有什么可说的了。只有重新思考、注释和保存。这便是而且也应该是我们这座拥有辉煌藏书馆的修道院的天职——仅此而已。听说有一位东方的哈里发，有一天纵火烧了一座有着光荣传统的、引以为豪的名城的藏书馆，而且当那成千上万册书籍被付之一炬的时候，他说，那些书卷本来就应该消失：他们不是重复《古兰经》上已说过的，因此是毫无用处的，不然就都是些与圣书格格不入的，向不虔诚的教徒宣扬异教的书，因此是有害的。教会的学者们却不那么推理，我们是遵从他们的。所以，这些评注和诠释圣书的名著都应加以保存，因为它们增添了圣书的光辉；所有那些与圣书观点相左的著作，也不应毁掉，因为收藏它，就可以让能够反驳它的人，或者让用得着它的人，在上帝选定的时间，用上帝选定的方式加以反驳。这就是我们的教会在几个世纪里所担负的责任，也就是我们的修道院今天的重任：我们为所宣告的真理而自豪，谦卑而又谨慎地保存着与真理为敌的言论，而使真理不被玷污。现在，我的兄弟们，能够诱惑一个好学的僧侣自傲的是何种罪过呢？那就是没有把自己的工作当作保管某些尚未赐予人类的信息，而是去探寻，而在《圣经》最后一卷中，最后一位天使尚未最后说出的那句话应是：'现在，我向所有聆听这本书预言的人宣告，如果有人想给预言增添些什么，上帝将把圣书里某个惩罚加给他；如果有人要删去什么，上帝将从生命之书、从神圣的城市、从书里所写的东西中删去与真理为敌的那个部分。'这就是……我不幸的兄弟们，这些话无非暗指近来这片院墙内发生的事情。而这片院墙内发生的一切，无非预示着我们所生活的世纪出现的同样事件，事件的制造者企图在言论或著作中，在城市或城堡，在高贵的大学或神圣的教堂里，煞费心机地探寻对真理论断的新的附言,以颠覆那已有的丰富的批注。对真理的含义只需要大胆捍卫而不是愚蠢的增添,你们说是不是?这就是在这院墙内盘踞着的'傲慢'这条毒蛇,而现在它仍盘踞着:以前,乃至现在都有人在冥思苦想地想撕开他们不该看的那些书卷上的封印,我要对这些人说,上帝是要惩罚这种桀骜不驯的,而且由于我们的脆弱,如果这种气焰不平息下去,不改弦更张的话,上帝还会继续惩罚它,上帝永远不难找到报复工具的。"

"阿德索,你听到了吧?"威廉低声对我说,"老人知道的比他要说的多得多。不管他是否涉嫌这桩案件,他知道,并提醒那些好奇的僧侣们,如果他们继续骚扰藏书馆,修道院将不会重获安宁。"

豪尔赫停了一长段时间之后,又说起来。

"但是,究竟谁是这傲慢的象征?谁是傲慢形象的代表、使者、同谋和旗手呢?究竟谁真的曾在这院墙内采取过行动,而且现在仍在行动,以至这样提醒我们时间已经临近——并慰藉我们——因为如果时间已经临近,痛苦将是难以承受的。但时间并不是无限的,因为这宇宙的循环周期即将完成了!你们心里都很清楚,但害怕说出他的名字,因为那也是你们的名字,你们都怕这个名字。可是我并不害怕,而且我要大声说出这个名字,让你们吓得五脏六腑痉挛,牙齿抖得咬住舌头,血液冻结成冰,让你们的眼睛蒙上黑色的薄纱……他就是肮脏的畜生,敌基督!"

豪尔赫又停了许久。全场死一样的沉寂。整个教堂里唯一有生气的就是三足香炉里面跳动的火苗,但就连火苗形成的阴影也好像是冻结了。唯一的声音就是擦拭着额头上汗珠的豪尔赫发出的喘息声。此后豪尔赫又说了起来。

"也许你们想对我说:不,敌基督还不会来临,哪有他要来的迹象?谁这样说就太无知了!就在我们眼前,日复一日地发生着预示性的灾难。在世界的大舞台上,在修道院这个世界的缩影之中……有人说,当那一刻临近时,西方将会出现一个异国的国王,他是欺诈成性的残暴的僭主、无神论者、杀人凶手、诈骗犯、歹毒的恶棍、信徒们的敌人和迫害狂。他贪图金钱,善施诡计,他当政时,银子他都看不上,只看重金子! 我心里明白:你们在听我说话,现在正急于知道我说的那个人像教皇还是像皇帝,像法兰西国王还是你们所希望的那个人。你们想这样说:他是我的敌人,我是站在正义的一方! 不过我不会天真地把那个人指给你们,敌基督该来的时候就会来,他会依附在大家身上,也是冲着大家来的,每个人都是他的一部分。他会混在烧杀抢掠城市和乡村的土匪团伙之中,他会出现在天上未曾预见的迹象之中,彩虹会突然出现,号角声、火光、呼啸声四起,大海也将沸腾。有人说人和野兽杂交会繁衍出龙,但这是说心灵会孕育仇恨和倾轧。当你们发现羊皮纸上让你们看得入迷的袖珍画饰中的动物时,别环视四周! 人说刚成婚的女子会分娩出已会说话的小孩子来,那些孩子会预告什么时候时机成熟,让人把他们杀死。但是你们别到山谷的村子里去寻找,聪明过人的孩子早已在这片院墙内被杀死了! 就像预言中所说的那些孩子,他们外表像白发苍苍的老人,在预言中他们是四只脚的孩子,他们是在母腹里就念着魔咒的幽灵和胚胎。这一切都是有记载的,你们知道吗? 社会的各阶层之中,民众之中,以及教会之中,将会发生许多骚动,这都是记载下来的:不公正的牧羊人、邪恶之徒、蔑视他人者、贪得无厌者、淫荡的人、一心只想挣钱的人、夸夸其谈的人、自吹自擂者、骄傲自大者、贪吃者、性情乖张者、沉湎色欲者、追求虚荣者都将大行其道,他们都是福音书的敌人,拒绝经受种种磨难,并蔑视真言。他们仇视一切虔诚的祈祷手段,他们不会为罪恶忏悔,为此,他们将在民众中散布猜疑,在兄弟间激起仇恨、刻薄、无情、嫉妒、冷漠、偷盗、酗酒、放纵、淫荡、肉欲、私通等等一切恶习。而人间的苦恼、谦卑、对和平的热爱、清贫、同情心、悲恸之秉性将难以寻觅……算了，所有在场的人，修道院的僧侣们，以及外来的强权者，你们难道都不认识自己了吗？"

在此后的间歇中，人们听到了一阵瑟瑟声，那是红衣主教贝特朗在他的凳子上不安地蠕动身躯发出的声音。我想，豪尔赫其实俨如一位伟大的布道者，在抨击他修士兄弟的同时，也不放过来访者。我真想知道那一刻，贝尔纳，以及那些大腹便便的阿维尼翁的使者们究竟在想些什么。

"也许在这一刻，正是在这一刻，"豪尔赫厉声说道，"敌基督，将会现出渎神的幻影，像猴子一样冒充我们的主。在那些年代（也是现在的年代），所有的王国都将被颠覆，人间将出现饥荒、贫穷、歉收、寒冬。那个时代（也是这个时代）的子民们将不再有人来管理他们的财产，并把食物储藏在他们的仓库里，他们将在做买卖的市场上受欺负。所以那些不会再活下去的人，或那些能苟延残喘幸存下来的人才是有福之人！那时候，沉沦之子将会降临，那位炫耀自己、自鸣得意的对手，他将以展示自己的诸多美德来诓骗整个人类，以正义之士自居。于是处处出现憎恨和悲伤，敌基督将攻克西方，并摧毁交通要道。他还将手持利剑，点燃炽热的烈火，那火焰会熊熊燃烧：他的咒骂是力量，他的手是欺骗，右手是毁灭，左手将带来黑暗。这些将是辨认他的特征：头上冒着熊熊烈火，右眼充血，左眼像猫眼一样发绿，有两个瞳孔，眼睫毛是白的，下唇肥大，股骨疲软，脚板肥厚，大拇指又扁又长！"

"像是他自己的肖像。"威廉瞬间冷笑道。话很尖刻，十分不敬，但我很感激威廉这样调侃，因为听着豪尔赫的话，我的头发根都快竖起来了。我鼓着双颊憋住笑，但还是从紧抿的唇间喷出一口气。在老人讲完最后一句话的寂静中，显得格外清晰，幸好人们以为是某人在咳嗽，或是在哭泣，或是在战栗，大家有理由这样想。

"到那时，"豪尔赫接着说道，"一切都将陷入无序的状态：儿女举手殴打父母，妻子设计陷害丈夫，丈夫将妻子送上法庭，主人肆意虐待仆人，仆人违抗主人，年长者不再受到尊敬，年轻人索要主宰权；劳动变为无用之苦，到处都会唱起崇尚放纵、恶习、伤风败俗的赞歌。随之像潮水般涌来的就是强奸、通奸、伪誓、违反本性的罪孽，还有占卜、魔法等各种罪恶；空中将出现飞行物体，在善良的基督徒中将出现假先知、假使徒、行贿者、骗子、巫医、强奸犯、贪得无厌者、发伪誓者以及造假者；牧羊人将变成狼，神父会撒谎，僧侣会渴求世俗事物，穷人不再救助他们的领主，有权势者没有慈悲之心，正义之士将为不公作证。所有的城市将发生地震，所有的地区将有瘟疫流行，风暴将掀起土地，田野将受到污染，大海将分泌出黑色的液体，月亮上将出现新的不为人知的奇迹，星辰将偏离正常运行的轨道，其他的——不为人知的——星星将划过天空，夏天会降大雪，冬天会出现酷热……第一天的第三个时辰，天际将传来强有力的声音，北方将飘来一片紫云，带来闪电和雷鸣，随之大地降下一阵血雨。第二天，大地将会从它所在之地翻起，烈火浓烟将穿越天门。第三天，大地的深渊将从宇宙的四角发出巨响，苍穹的尖峰将会打开，即刻烟柱冲天，硫黄的恶臭弥漫，直到第十个时辰渐散。第四天清晨，深渊将被融化，并发出轰鸣声，建筑物将会坍塌。第五天第六个时辰，光的能量和太阳的火轮将被毁，白天将笼罩黑暗，夜晚星星和月亮将停止闪亮发光。第六天的第四个时辰，苍穹将由东至西断裂，天使可从苍穹的裂缝处俯视地球，地球上的人也可看到天使从天上望着他们。于是人们将躲到山上，以躲避天使正义的目光。第七天，基督将会在圣父的光环中出现。那时才会有对善良之人的公正裁决，让他们的躯体和灵魂带着福祉升天。但这不是你们今晚要思索的事情，傲慢的修士兄弟们！有罪之人是看不到第八天黎明曙光的！那时，东方的天空将会升起一个温柔而亲切的声音，一个指挥着所有圣洁天使的大天使将会出现，所有的天使都将驾坐云雾之车欢快地跟随他朝前驰骋，去解救虔诚的子民。他们欣喜若狂，因为世界的毁灭业已完成！然而我们今晚不能为此而感到自豪和欢欣！相反，我们倒是应该思索一下，上帝为从他身边驱逐不配得到拯救的人将会说的圣言：该诅咒的人，你们远离我吧，让你们烧死在魔鬼和他的使者为你们准备的永恒不灭的烈火中！这是你们罪有应得，现在你们就去领受吧！离开我，堕入那无尽的黑暗和不灭的火焰之中！我造就了你们，你们却跟随了别人！你们做了另一个主人的奴仆，你们随他到黑暗的深渊寻找归宿吧，去跟着他那条牙齿咬得咯咯作响永不安宁的毒蛇吧！我赐给你们耳朵，是让你们聆听《圣经》的教诲，而你们却听命于异教徒的邪说！我赐给你们嘴巴，是让你们颂扬上帝，你们却用来宣扬诗人的假话和小丑的谜语！我赐给你们眼睛，是让你们看到我对你们的告诫之光，你们却用来在黑暗中窥视！我是一个慈悲的审判官，但我是公正的。我会给每个人所应得的。我想对你们发慈悲，但我在你们的坛罐里找不到圣油。我可以被迫同情你们，但你们的灯已被烟熏黑。离开我……上帝将会这样说。而他们那些人……也许我们，将陷入无尽的磨难之中。以圣父、圣子和圣灵的名义。”

“阿门！”众人异口同声地回答道。

全体僧侣排着队，一声不响地离开会场去就寝。方济各会和教皇派来的人也都退席了，他们不想再相互交谈，只求能各自歇息。我的心很沉重。

"阿德索,睡觉吧,"威廉对我说道,他登上朝圣者宿舍的楼梯,"今晚不宜到各处走动。也许贝尔纳想以收我们的尸骨让世界末日提前来临。明天我们要争取出席早课,因为米凯莱和其他方济各修士在早课之后马上就走了。"

"贝尔纳也会带着他的犯人走吗?"我细声细气地问道。

"当然,他们在这里已无事可做。他想赶在米凯莱之前抵达阿维尼翁,他要让米凯莱抵达那里时正好能赶上审判那个方济各修士、异教徒和杀人凶手食品总管。给食品总管点起的火堆将会熊熊燃烧,像一把吉祥的火炬照亮米凯莱与教皇的初次会面。"

"萨尔瓦雷会怎么样? ……还有那个姑娘?"

"萨尔瓦雷必须陪同食品总管一起去,因为他得在审判时作证。也许贝尔纳会饶他一命,以此作为交换条件。也有可能先让他逃走,然后再派人把他杀死,或者真放他走,因为像贝尔纳这样的人对萨尔瓦雷这类人是不会感兴趣的。天知道,也许最后他是在朗格多克的某个树林里被人割喉……"

"可那位姑娘呢?"

"我跟你说过了,她是烧焦的肉。她将先被焚烧,途中,在某个沿海小镇,用她教诲那些信奉卡特里派的人。我听说贝尔纳将与他的同僚雅克·福尼耶(你记住这个名字,目前他主管对卡特里派的教徒们实施火刑,但他有更大的野心)会晤,一位漂亮的女巫将被扔到火堆焚烧,这将大大增加他们两人的威信和名声……"

"可是再不能设法拯救他们吗?"我大声喊道,"院长不能出面干预吗?"

"为谁? 为认罪的犯人食品总管? 为一个像萨尔瓦雷这样的可怜虫? 你莫非是在想那姑娘?"

"就算是想她呢?"我壮着胆这样说道,"毕竟三个人中她是唯一无辜的,您知道她并不是女巫……"

"在发生这些事情以后,你认为院长愿意为一个女巫拿他仅存的那点威望去铤而走险吗?"

"可他为乌贝尔蒂诺出逃担当了责任!"

"乌贝尔蒂诺是他的一位僧侣,而且没有受到任何指控。你在瞎说八道什么呀,乌贝尔蒂诺是一个重要人物,贝尔纳也只能从背后偷袭他。"

"这样说,食品总管说得有理,贱民总是为所有的人付出代价,也为那些为他们说话的人付出代价,包括像乌贝尔蒂诺和米凯莱那样的人。他们用悔罪的话语把贱民逼上造反的路!"我颇为绝望,我甚至不认为那姑娘是受乌贝尔蒂诺神学的引诱而成了小兄弟会的人。她只是个村姑,她为一桩跟她无关的事而付出了代价。

"就是如此,"威廉伤心地回答我说,"而如果你想寻求一丝公正,我要对你说,总有一天,那些大狗,教皇和皇帝,为了寻求和平,他们会踩着那些为了他们而相互厮杀的小狗的躯体走过去。米凯莱及乌贝尔蒂诺将会落个像今天你的姑娘那样的下场。"

现在我知道威廉当时是在预言,或可说是在自然哲学的基础上推理。但那时,他的预言和推理都安慰不了我。我唯一认定的事情就是,姑娘将要被活活烧死。我感到自己也负有责任,因为好像她也是为跟我犯下的罪过而要在火刑架上受刑。

我羞愧难当,掩面而泣,逃回我的房间,整宿咬着草褥,无助地呜咽着,因为我不能呼唤着自己心爱之人的名字呻吟——像在梅尔克跟同伴们读的骑士小说中描写的那样。

对于我这一生中经历过的唯一的世俗之爱,我并不懂得,而且我始终不知道叫它什么。

第六天

第六天

早课

其间，吟唱《君主们登上了宝座》，马拉希亚倒毙在地。

我们下楼参加早课祷告。黑夜即将过去，新的一天就要来临，天空仍弥漫着浓雾。我穿过庭院，寒气袭人，渗入骨节，使彻夜未眠的我更觉全身不适。教堂里虽然很冷，但人们的体温和祈祷慰藉了我，我跪在那拱形棚顶下面，感到杂念全消，一阵轻松。

赞美诗刚刚唱起，威廉指给我看对面唱诗台上的一个空位，在豪尔赫和提沃利的帕奇菲科之间。那是马拉希亚的位子，他向来坐在瞎眼老人一旁。发现他缺席的人不只我们。我瞥见院长露出一种不安的目光，此时他当然深知马拉希亚的缺席预示着不祥；另外，我还注意到豪尔赫惶恐的神情。平时他的面容就因那双没有光泽的白眼球而显得令人难以琢磨，现在有四分之三隐没在黑暗之中，而他的双手显出了紧张和不安。他一次又一次地摸索身旁的空位，以确认是否有人。他就这样有规律地不时重复着同一个动作，像是希望缺席者随时会出现，怕他不再出现。

"藏书馆馆长会去哪儿了呢？"我悄声问威廉。

"马拉希亚，"威廉回答说，"现在是唯一据有那本书的人。如果他不是杀人凶手,那么他可能不知道那本书的危险……"

我们无话可说了,只得等待。我们都在等待着,我和威廉,以及时时注视那个空位的院长,还有双手不停地在黑暗中摸索的豪尔赫。

早课结束时,院长提醒僧侣和见习僧务必准备圣诞节大弥撒。为此,按惯例在行赞礼之前,全体人员必须练习吟唱为那天选定的一些颂歌。那些虔诚的人组成的合唱,经过多年的练习,声音和谐,像是融为一体、发自一个心灵的声音。

院长请他们吟唱《君主们登上了宝座》(*Sederunt*):

> 邪恶的君主们登上了宝座,
> 他们不公正地指责了我。
> 我的主啊,拯救我吧;
> 我的上帝,你发发慈悲,拯救我!

我暗想,院长恰恰在那天夜里,君主的使者们还在参加礼拜的时刻,选定唱那首升阶经,是为了让人回想起几个世纪以来我们的修士会是如何借助跟领主(军队的上帝)的特殊关系,抵御强权者迫害的。确实,这首升阶经气势磅礴,一开始就显出巨大的威慑力。

几十个声音交汇的合唱开始唱第一个音节 se,浑厚的吟唱声缓慢而庄严,回荡在教堂大殿,飘过我们头顶,像是由地球的中心升起;在与别的声音交织在一起后,仍不停顿。那一连串的连音和滑音依然绵延不断,深沉的吟唱声萦绕在耳际,它——来自大地的凝重的声音——把整个《万福马利亚》的颂歌抑扬委婉地重复了十二遍。那绵延不断的音节象征着永恒的延续。它赋予祈祷者充足的信心。其他的和声（以见习僧的声音为最大）像是从恐惧中挣脱出来，就像从那坚固的大理石房基上突然竖立起塔尖、石柱、尖顶似的，由低沉婉丽转为高昂雄壮。我的心被那些柔美的音符 climacus, porrectus, torculus 和 salicus[①] 的颤动所震撼，那声音是祈祷者，以及聆听着这祈祷的我的心声，仿佛在诉说心灵难以承受的复杂而丰富的感情。那些音符编织出温馨洪亮的歌声，抒发着欢乐、痛苦、赞美和爱情。与此同时，那激昂喧嚣而又亢奋的余音始终萦绕在耳际，仿佛迫害上帝子民的敌人和强权者的威胁犹存。直到那乏味的喧嚣声被响亮的歌声压下去，或至少是被赞美神的欢呼声所裹挟，将其消融在庄重完美的和声之中，颂歌才在高亢的尾声中结束。

一个近乎嘶哑的声音吃力地宣布吟唱《君主们登上了宝座》之后，紧接着就响起"君主们"的和声，气氛祥和而从容。我不再想恶意指责我（我们）的强权者是谁，那正襟危坐咄咄逼人的鬼魂阴影已经飘散消融。

当时我还相信，其他的鬼魂也在那时消散了，我的注意力被歌声所吸引，在我又一次望着马拉希亚的座位时，在祈祷者中我见到了马拉希亚的身影，仿佛他从来没有缺席过。我看了看威廉，从他的目光中我看到一点放松的神情；我向远处望去，发现院长的眼中也透出同样的神情。至于豪尔赫，他又伸出双手，当他碰到了邻座的身体时，便立刻把手缩了回去。不过，我难以说清究竟是何种感觉令他如此坐立不安。

现在唱诗班正欢快地唱起《拯救我吧》（*Adjuva me*），词中的母音 a 清晰亮丽地洋溢在教堂里，母音 u 却不像在《君主们登上了

---

① 拉丁语，均为中世纪使用的乐谱符号。

宝座》中那么沉闷,而是充溢着神圣的活力。僧侣和见习僧们依照合唱规矩的要求,挺直身子,放开歌喉,高昂着头吟唱着,歌本放在齐肩高的位置,这样,他们就无须低头看歌本,空气可以不受阻碍地从胸部轻松地呼出。夜还深,尽管欢庆的号角已经吹响,但瞌睡的阴霾仍缠绕着许多歌唱者,即使他们沉浸在颂歌一个音符冗长飘逸的发声之中,也难以抵御困倦,时而点头打盹。在那种紧要关头,巡查的僧侣就会提着灯——照亮他们的脸庞查看,使他们的身体和灵魂恢复清醒。

此时,一位巡查的僧侣最先发现马拉希亚奇怪地晃动着身子,好像他头天晚上没有睡觉,突然又坠入了梦魇之中。那人提灯走近他,照亮他的脸,这引起了我的注意。藏书馆馆长没有反应。巡查者碰了碰他,马拉希亚就沉重地向前倾倒,巡查者迅速扶住了他。

歌声慢下来,声音消逝了,众人一阵慌乱。威廉立刻从他的座位上跳起冲向那里,提沃利的帕奇菲科和巡查的僧侣把马拉希亚慢慢平放在地,这时他已奄奄一息。

我们跟院长几乎同时赶到他身边,借着灯光,我们看见了那不幸的人的脸,他完全是一副死过去的样子。尖削的鼻梁,深凹的眼睛,塌陷的太阳穴,白皙的耳垂外翻,脸上的皮肤已经发硬,干巴巴地紧绷着,蜡黄的面颊上蒙着一层黑影。双眼尚未闭合,干裂的双唇尚有微弱的气息。他张开嘴,威廉朝他俯下身去时,我站在威廉身后,也弯下腰去察看,见他齿间搅动的舌头已经发黑。威廉抱着他的双肩把他扶起,他的额头已变成青灰色,威廉用手擦拭他渗出的汗珠。马拉希亚察觉到有人动他,知道有人,他两眼直视着前方,当然他什么也看不见,肯定辨认不出在他跟前的是谁。他举起一只颤抖着的手,抓住威廉的胸襟,把他的脸拉近,直到几乎贴住自己的脸,然后他声音微弱而又嘶哑地说出断断续续的话:"他对我这样说过的……真是这样……它有着千条蝎子的毒性……"

"这是谁告诉你的?"威廉问他,"谁?"

马拉希亚还想再说。然而,他突然全身一阵剧烈的颤抖,头向后仰去。他脸上已无血色,没有了生命的迹象。他死了。

威廉站起身。他发现院长在他身边,然而没跟他说什么。这时,他看到院长身后的贝尔纳·古伊。

"贝尔纳先生,"威廉问道,"既然您找到了凶手,又严密看管,那么,这个人是谁杀的呢?"

"这您别问我,"贝尔纳说道,"我可从来没有说过,这座修道院里活动的歹徒都已被绳之以法。如果我能够做到,我当然乐意,"他看了看威廉,"不过,现在我把剩下的都交给院长来处理,严惩他们……或者极为宽大地处理。"他这么说时,院长脸色煞白,沉默不语。贝尔纳扬长而去。

就在那时,我们听见一阵抽泣声,一种嘶哑的呜咽声,那是豪尔赫。他由一位僧侣搀扶着坐在跪凳上,那位僧侣大概已经向他讲述了发生的一切。

"没完没了了……"他声音哽咽着说道,"上帝啊,宽恕我们所有的人吧!"

威廉又俯身察看了一会儿尸体。他抓起死者的手腕,把掌心转向灯光。右手的前三个手指肚儿都呈黑色。

第六天

赞美经

其间，选出新的食品总管，但藏书馆馆长一职仍未补缺。

已到赞美经的时辰了吗？是不是还早或是已经过了？从那一刻起，我失去了时间概念。马拉希亚的尸体停放在教堂的一个灵台上，僧侣兄弟们列队站成一个扇形。也许已经过去好几个小时了，也许没多长时间。院长正在安排即将举行的葬礼。他把本诺和莫利蒙多的尼科拉叫到身边。我听见他说，不到一天，修道院就失去了食品总管和藏书馆馆长。"你，"他对尼科拉说道，"你把雷米乔的职务担当起来吧。修道院里许多人的工作你都熟悉。你找个人顶替你冶炼作坊的管理工作，置办一下厨房和膳厅今天需要用的东西。葬礼你就不必参加了。去吧。"他又对本诺说，"就在昨天你已被任命为马拉希亚的助理。你去安排开放缮写室，负责管好别让任何人单独上藏书馆。"本诺怯生生地提醒说，他还不知道那个地方的秘密。院长严肃地凝视着他："谁也没说过你可以知道那里的秘密。你就监管好那边的工作，别让它停下来，缮写工作跟祈祷得同时进行。为死去的兄弟祈祷……也为那些还会死去的人。每个人都只能读他手头的书籍，谁要想看别的书，可以查目

486

录。没有别的事了。你就不用出席夕祷了,因为那个时候你得把楼堡的门全锁上。"

"那我怎么出来呀?"本诺问道。

"那倒是真的,晚饭后由我来锁楼下的大门。你去吧。"说完他就跟众人出去了,避开了想跟他说话的威廉。

唱诗台上留下一小群人,有阿利纳多、提沃利的帕奇菲科、亚历山德里亚的埃马洛和圣阿尔巴诺的彼得。埃马洛又在冷嘲热讽了。

"我们得感谢上帝,"他说,"那个德国人死了,弄不好会有一个更加蛮横的藏书馆馆长。"

"您觉得谁会被任命接替他的位置?"威廉问道。

圣阿尔巴诺的彼得诡秘地微微一笑:"自这些天发生的一切之后,问题不再是藏书馆馆长,而是院长……"

"别说了,"帕奇菲科对他说。而总是带着沉思目光的阿利纳多却说:"他们还会有不义之举……就像当年我处的年代那样……得制止他们。"

"谁?"威廉问道。帕奇菲科悄悄地拽住威廉的胳膊,拉着他朝门口走,离开令人敬畏的老人。

"阿利纳多……这你知道,我们都很爱戴他。对我们来说,他代表着古老的传统,象征着修道院最美好的日子……不过有时他不知道自己在说些什么。我们大家都为新的藏书馆馆长而担心。他应该是一位称职的人,成熟而又睿智……这就是一切。"

"他得通晓希腊语吗?"威廉问道。

"按照传统惯例,根据职务要求,他还得懂阿拉伯语。不过我们之中很多人都具备这些才能。本人就是其中的一个,还有彼得和埃马洛……"

"本诺也懂希腊语。"

"本诺太年轻了。我不知道为什么马拉希亚昨天选定他当自己的助理,不过……"

"阿德尔摩懂希腊语吗?"

"我想他不懂。是的,我能肯定他不懂希腊语。"

"但是韦南齐奥懂希腊语。还有贝伦加。好吧,我谢谢你。"

我们出去想到厨房找点东西吃。

"为什么您想知道都有谁懂希腊语?"我问道。

"因为那些手指发黑的死者都是懂希腊语的。因此,下一个死者也一定是懂希腊语的,包括我。而你则会安然无恙的。"

"您对马拉希亚最后说的那些话是怎么想的呢?"

"你也听见了,蝎子般的毒性。另外,第五声号预告蝗虫要出来了,它们会用一根蝎子那样的毒刺来蜇人,这你知道。而马拉希亚是让我们知道早就有人警示过他。"

"第六声号,"我说道,"预示将有长着狮子脑袋,嘴里喷出烟、火和硫黄的马匹出现;骑马的胸前有甲如火,与紫玛瑙,并硫黄。"

"太多的东西。不过下一个凶案将可能发生在马厩里,务必盯住马厩。而我们得准备迎接第七声号。那么说,还有两个人得死。最可能的人是谁呢?如果'非洲之终端'的秘密是目标的话,那么就是那些知道它的人。而据我的推测,那就只有院长一个人了,除非还有别的阴谋。刚才你也听见了,他们正在策划罢免院长,而刚才阿利纳多说的知情者用的是复数'他们'……"

"得预先告知院长。"我说道。

"告知他什么?说他们要杀害他?我没有确凿的证据。我是按照凶手也跟我有同样的思维而推测的。但如果凶手另有图谋呢?尤其是,如果凶手不止一个呢?"

"您想说什么呢?"

"我并不确切地知道。不过,就像我跟你说过的那样,必须估计到一切可能的情况,有序的规律和无序的混乱都要想到。"

第六天

晨　祷

其间，在参观教堂地下珍宝库时，尼科拉讲述了许多事情。

　　新任命的食品总管——莫利蒙多的尼科拉——正在给厨师们安排活计，而厨师们则向他介绍厨房的情况。威廉想跟他说话，他要威廉等几分钟。随后他说，他要到教堂的地下珍宝库去检查擦洗圣物柜的工作，那儿还是归他管，在那儿他会有较多的时间谈话。

　　过了一会儿，他果真带我们跟他走进教堂，来到大祭台后面（当时僧侣们正在中殿布置灵台，给马拉希亚守灵），他领我们下了一个小楼梯，到了一个棚顶很低的大厅，那厅由一些未经加工的石柱支撑着。于是我们便置身于修道院的教堂地下珍宝库了。院长对这里戒备甚严，只有在特别的情况下才对贵宾开放。

　　四周全是大大小小的圣物柜，火炬（由尼科拉的两位可靠的助手点燃）的亮光映照出圣物柜里精美绝伦的稀世珍宝。镶金的祭服，镶嵌宝石的金色头冠，各种绘有图案的金属珠宝盒，有的用金银制成，有的用象牙雕制，工艺十分精细。喜形于色的尼科拉让我们看一本福音书，封面装帧是耀眼的珐琅片，整体彩色版面是金丝银线有规则分割成的细条纹,并用宝石充当钉子固定。他又指给我们看一座精巧的祭坛,祭坛有两个天青石和黄金质的柱子,中间护卫的是个从十字架放下来的基督的银质浮雕像,雕像上方是镶有十三颗钻石的金质十字架,其背景用五颜六色的玛瑙制成,祭坛上部小小的三角门楣是由玛瑙和红宝石制作的。接着,我又看到用金子和象牙雕刻的可折叠双连画,分五部分,分别描绘耶稣的生平,中间是一只神秘的小羊羔,由玻璃浆调制成镀金的银窝泡组成,那是蜡白色背景上唯一的彩色图像。

尼科拉指给我们看那些珍宝时,面部表情和举止都透出一种自豪感。威廉对这些珍宝称赞了一番后问尼科拉,马拉希亚是个什么类型的人。

"奇怪的问题,"尼科拉说道,"你也认识他呀。"

"不错,但我不甚了解他。我从来不知道他究竟隐藏着什么想法……而……"他迟疑了,不想对一个刚刚过世的人作出评判,"……而如果他有那些想法的话。"

尼科拉用口水沾湿了一个手指,擦拭一块没擦干净的水晶表面,他并不看威廉,半带微笑地回答道:"你看,你并不需要提出问题……许多人说,马拉希亚好像城府很深,其实他头脑简单。阿利纳多说他是个傻瓜。"

"因为很久以前的一件事,阿利纳多对某个人怀恨在心,有人剥夺了他当藏书馆馆长的权利,伤害了他的尊严。"

"我也听人说起过,不过那已是很久远的事了,至少有五十年了。我来这里时,藏书馆馆长是博比奥的罗伯特,对阿利纳多的不公正做法,老僧侣们都有些不平。当时我不想追根问底,因为我觉得那样对老人不敬,而我也不愿人云亦云。罗伯特有过一个助理,后来助理死了,而当时年纪尚轻的马拉希亚就被任命接替了他。

许多人说他没有任何长处，而他自称懂希腊语和阿拉伯语。其实不然，他只是像一只精明的猴子，会用漂亮的书法抄写希腊语和阿拉伯语的手稿，但是他并不懂自己抄写的内容。人说一个藏书馆馆长，应该是个博学之人。当时阿利纳多精力充沛，对那次任命他说过一些抱怨的话。并且他影射说，马拉希亚被安插在那个位置是自己的对手耍的手腕，但我不知他说的是谁。这就是事情的全部。人们一直在议论说，马拉希亚像一只看门狗守着藏书馆，却又不甚清楚自己守卫的是什么。另外，在马拉希亚选定贝伦加做助理时，人们也有议论。人们说贝伦加并不比他的导师聪明，说他只是一个阴谋家。人们还说……不过，现在你大概也听到了……说马拉希亚和他之间有一种奇怪的关系……这都是过去的事情了，而且你知道，人们还议论过贝伦加和阿德尔摩之间的事情，而年轻的缮写员们说马拉希亚心生嫉妒，默默地忍受着痛苦……后来，人们还议论过马拉希亚和豪尔赫之间的关系，不，那并不是你也许会认为的那样……没有人会怀疑豪尔赫的品德！但是，按照传统，马拉希亚应该选择院长作为他告解的人，而其他人都到豪尔赫（或者到阿利纳多那里，不过老人现在有些糊涂了）那里告解……好吧，人们说，尽管如此，这个马拉希亚与豪尔赫过从甚密，经常找豪尔赫促膝谈心，好像是院长指引着他的灵魂，而豪尔赫控制着他的身体、举止言行和他的工作。你可能知道，并且也亲眼看见：如果有人想要找一本被遗忘的古书，他不是去问马拉希亚，而是去问豪尔赫，以求得到指点。马拉希亚只管收藏图书目录，到藏书馆取书，而豪尔赫却知道每本书书名的含义……”

“豪尔赫对藏书馆的事怎么知道得那么多？”

“除了阿利纳多，他最年长，他从年轻时就在这里。豪尔赫该有八十多岁了，人说他瞎了至少四十年了，也许更久……”

"他在失明之前，是怎么变成如此有学问的呢？"

"哦，关于他有一些传说。好像他在孩童时受到过神灵的恩宠，在他家乡卡斯蒂利亚那边，他在儿时就阅读过阿拉伯人和希腊学者的书籍。而他失明之后，也常待在藏书馆里，一坐就是好几个小时，现在也是这样。他让人念目录，并让人取来书，找一位见习僧大声朗读给他听，一念就是几个小时。他什么都记得，不像阿利纳多健忘。可是，你为什么问我这些事情呢？"

"现在马拉希亚和贝伦加都死了，接下来由谁来保守藏书馆的秘密呢？"

"院长，而院长现在该把那些秘密传授给本诺了……如果他愿意的话……"

"为什么说，如果他愿意的话？"

"因为本诺还年轻，他是在马拉希亚还活着时被任命为助理的，藏书馆馆长助理和藏书馆馆长大不一样。按照传统，藏书馆馆长今后会接任修道院院长……"

"哦，是这样……所以藏书馆馆长的职位让人如此垂涎。可是，阿博内曾经当过藏书馆馆长吗？"

"没有，阿博内没有。我来这儿之前他已被任命为院长了，这已是三十年前的事了。他的前任是来自里米尼的保罗，是一个人们感到好奇的人。人们讲过许多他的怪事：他好像是一个十分贪婪的读者，熟记藏书馆里所有的书卷，但他有一个奇怪的缺陷，大家都叫他不会写字的院长。人说他少年得志，成为年轻的院长，是因为他得到克吕尼的阿尔吉达斯，又名善思考的博士的支持。不过，这是早先僧侣们的一些传言。总之，保罗成了修道院院长后，博比奥的罗伯特接替了他在藏书馆的职位，可他病魔缠身，人们知道他无法主宰修道院的命运，而当里米尼的保罗消失不见时……"

"他死了？"

"不，他失踪了，我不知道他是怎么失踪的。一天，他外出旅行，就再也没回来，也许是旅途中被盗贼所害……总之，保罗失踪后，罗伯特没有能接替他，其中有说不清的内情。而阿博内——人们都说——原本是这个地区僭主的私生子，他是在福萨诺瓦的修道院里长大的。人说他年轻时照料过圣托马斯，托马斯死在修道院时，他还设法把那圣人的尸体沿着塔楼的阶梯运了下来。开始时人们面对尸体一筹莫展……这是他的荣耀，不怀好意的人在下面这样议论……事实上他果真因此而当选院长，尽管他没有当过藏书馆馆长，但有人向他传授过藏书馆的奥秘，我想是罗伯特。"

"而罗伯特是怎么当选的呢？"

"这我不知道。我始终不想过多地探查这些事情：我们的修道院是神圣之地，有时会有人策划一些可怕的阴谋来损毁修道院的荣誉。我只对我的那些玻璃器皿和圣物箱感兴趣，我不想掺和这些事情。现在你明白了，为什么我不知道院长是不是愿意把藏书馆的奥秘传授给本诺，传授给本诺那就意味着提名本诺当他的接班人了。一个来自遥远北方的冒失的年轻人，一个未开化的书呆子，对于这个国家，对于修道院，对于修道院和当地僭主们的关系，他知道些什么呢……"

"不过，马拉希亚不是意大利人，贝伦加也不是，但是他们也被授权管理藏书馆。"

"这就是一个难以说清楚的事实。僧侣们都议论着，半个世纪以来，这座修道院背弃了传统……为此，五十多年以前，也许更早，阿利纳多曾奢望过藏书馆馆长的显位。过去，藏书馆馆长一直是意大利人，这片土地上不乏伟大的天才。何况，你看……"尼科拉说到这里犹豫了一下，欲言又止，"……你看，马拉希亚和贝伦加都死了，也许，是为了不让他们当修道院院长。"

尼科拉怔了一下，在眼前挥了挥手，仿佛为了驱走不甚正当的想法，而后在胸前画了个十字。"我都在说些什么呀？你看，在这个国度里，多少年来，时常发生一些可耻的事情，在修道院里、在教皇的宫廷里，在教堂里也这样……为了夺取权力而争斗，为了攫取教廷的俸禄而控告别人是异教徒……多么丑恶，我对人类快失去信心了，我看到处处都有阴谋诡计、宫廷政变。这座修道院竟然也沦落成这样，成了一个用魔力营造出来的盘踞着毒蛇的巢穴，那魔力是隐藏在一个收藏圣人遗骸的圣骨盒里面的妖术。你看，这便是这座修道院的过去！"

他仅指给我们看堆在四周的珍宝，顾不上那些十字架和其他器皿，就带我们去看象征这个圣地荣耀的圣物盒。

"你们看，"他说道，"这是刺穿救世主肋骨的矛头！"一只水晶盖的金盒子呈现在我们眼前。盒子里绛红色天鹅绒衬垫上有一块三角形铁片，以往曾锈迹斑斑，在用油和蜡长时间地擦拭后，现在又熠熠生辉了。不过，这还算不了什么。另一只镶缀着紫晶的银盒，盒前壁是透明的，我看见里面装着圣十字架的一块木头，那是君士坦丁皇帝的母亲，即埃莱娜皇后本人，亲自带到这座修道院里来的。她曾经到圣地朝圣，挖掘了各各他圣山和基督的圣墓，并在上面建立了一座大教堂。

之后，尼科拉又让我们看了许许多多圣物，数量之多，价值之高，使我吃惊，无法一一详述，那些都是稀世之宝。一只海蓝宝石制作的圣物盒里有一颗耶稣十字架上的钉子；一只细颈瓶里放着一簇荆棘头冠，下面铺着小玫瑰的干花；另一个盒子里，是一片最后的晚餐上用的已经发黄的桌布，下面仍是铺着一层干花；还有圣马太用过的用银线编制的背包；而圣亚拿的一根臂骨则是放在一个圆筒里，用一根年久褪色的紫色缎带系着，上面还盖有金印。你看，更令人惊叹的是扣在一个玻璃罩下的从伯利恒牲口槽上取下的一块木片，下面铺着缀有珍珠的垫子；还有福音书的编者圣约翰紫色圣袍上的一小块布片；当年在罗马锁着使徒彼得脚镣的两个铁箍，圣阿达尔伯特的头骨，圣斯提反的剑，圣玛格丽特的一根胫骨，圣维塔利斯的一个手指，圣索菲娅的一根肋骨，圣埃奥巴诺的下颌，圣克里索斯托的肩胛骨的上部，圣约瑟的订婚戒指，施洗约翰的一颗牙齿，摩西的权杖，圣母马利亚婚纱上一条已破损的薄花边。

还有一些物品，虽算不上圣人的遗物，但能证实遥远土地上的奇珍和奇异生物的存在，它们都是那些到过世界最边远地方的僧侣带到修道院来的：一条填塞着稻草的九头蛇标本，独角兽的一只角，一位隐士发现的一个蛋中之蛋，一块《圣经》中记述的以色列人在沙漠中食用的神赐之物吗哪，一颗鲸鱼的牙齿，一个没有外皮的椰子，大洪水之前一头牲口遗留的胫骨，一颗大象的门牙，一只海豚的肋骨。还有一些我难以辨认的圣物，而有些圣物箱比圣物更为珍贵，有些（从发黑的银器盒的工艺来判断）已十分古老。还有不计其数的骨头残骸、布料、木头、金属、玻璃碎片。有些装着深色粉末的瓶子，我知道其中一个装的是索多玛城被焚毁后的残留物；另一个装的是耶利哥城墙上的石灰。所有物品，即使最不起眼的，皇帝也不惜用一块领地来交换，并将其收藏。对于接待我们的这座修道院来说，不仅意味着无上的权威，而且也是实实在在的一笔可观的物质财富。

尼科拉停止了讲解，但我仍在惊诧不已地边走边看，何况，每件物品都附有简介。此时我可以随意走动，观赏那些珍奇的无价之宝。有时我在亮光下欣赏这些宝物，有时透过幽暗的光线隐约见到它们,因为尼科拉的侍僧举着火炬转移到教堂地下的另一边去了。我被那些发黄的软骨吸引住了,既感到神秘,又觉得恶心。还有那些不知多少年前留下的神秘的破烂衣衫碎片,薄得透亮,都褪了色,脱了线,有的卷起来放在瓶子里,像褪了色的手稿,碎片跟当衬垫的布料混在一起;那些神圣的象征有生命的(和有理性的)动物的遗骨,如今被封存在水晶和金属盒子里,它们在狭小的空间里,向宏伟的、建有钟楼和尖塔的大理石教堂挑战,仿佛它们也变成了矿物质。莫非圣人们的遗骸被埋葬之后就是这样期待着肉体的复活吗?难道这些碎片能够重新组合感知神灵光辉的器官吗?能够像普里韦尔诺所写的那样,察觉到最微小的气味的差别吗?

威廉碰了一下我的肩膀,使我从沉思中惊醒。"我走了。"他说道,"我上缮写室去,还得查阅一些东西。"

"可是现在弄不到书了,"我说道,"本诺接到了命令……"

"我只需再查一下那天看过的那些书,书还都在缮写室韦南齐奥的书桌上。你如果愿意,就留在这里。这教堂地下室,是这几天你所听到的基督守贫争论的最好概括。现在你知道,为修道院院长的宝座,你的这些兄弟们为什么要相互残杀了。"

"您真相信尼科拉给您的提示吗?那么凶杀案是牵涉到授职的一场争斗了?"

"我跟你说过,现在我不想把我的大胆假设公之于众。尼科拉说了很多事情,有些我很感兴趣,不过现在我要去追寻另一条线索,也许是同一条线索,只是角度不同。你可别被这些圣物箱迷住了。十字架的碎片我在别的教堂见得多了,如果全都是真的,那我们的主受酷刑的地方就不是两根交叉的木板,而是一整片树林了。"

"导师!"我生气地说道。

"就是这样，阿德索，还有更为珍贵的宝物呢。不久前我在一座德国的大教堂见过圣徒施洗约翰十二岁时的头骨。"

"真的吗?"我仰慕地说道，随后我又心生疑团，"可是施洗约翰是在暮年时被杀害的!"

"那个头骨应该是在另一个珍宝库里。"威廉一本正经地说道。我从来不知道他什么时候是在开玩笑。在我生长的国度里，人们开玩笑，总是说完之后哈哈大笑，于是大家跟着开怀大笑。可威廉却只在说正经事时才笑，而开玩笑时，他总保持一副严肃的神情。

第六天

辰时经

其间，阿德索在聆听《愤怒之日》时做了一个梦，也可以说是产生了幻觉。

威廉辞别尼科拉上缮写室去了。我已经看够了珍宝，决定上教堂去为马拉希亚的灵魂祈祷。我从未喜欢过那个人，他让我害怕，而且坦率地说，很长一段时间里，我都怀疑他是几起凶杀案的主犯。而现在我想他也许是个可怜虫，就像许多强势人群中的弱者，因被未能满足的欲望所困而感到郁闷，沉默寡言，躲躲闪闪，他深知自己无话可说。对他我觉得有某种懊悔，我想为他那不可思议的命运作祈祷，这也许可以消除我的愧疚感。

教堂里清冷的灯光微弱幽暗，那不幸者的尸体陈放在重要位置，僧侣们为吊唁死者唱颂经的低沉哀婉的吟诵声不绝于耳。

在梅尔克的修道院里，我曾多次参加临终修士兄弟的祈祷。那种氛围不能说是愉快的，但我觉得宁静肃穆，而且有一种轻松的公正感。人们轮流走进临终者的房间，用吉祥的话语安慰他，而每个人都在心里为他祈祷幸福，因为他正在了结自己充满美德的一生，不久将加入天使们的合唱队伍，去享受无尽的欢乐。那种平静,那种神圣的羡慕之情,将会部分地感染垂死的人,使他能最后安详地死去。可是这与最近几天里的死亡有着多么大的差异啊!我终于亲眼见到了"非洲之终端"的魔蝎的牺牲品是怎样死去的,而韦南齐奥和贝伦加肯定也是那样死去的,他们在水中得到慰藉,面目也像马拉希亚那样难以辨认。

我坐在教堂最后,蜷缩着身子抵御寒冷。我暖过来一些以后,就跟随着僧侣兄弟加入了祈祷的合唱。我跟着感觉唱,嘴唇一张一合,但似乎不知道自己在念诵什么。我晃动着脑袋,闭上了眼睛。不知过了多长时间,我想自己是睡着了,而且其间至少醒过三四次。后来,唱诗班唱起《愤怒之日》……赞美诗的吟唱像麻醉剂似的催我入睡。我完全睡着了,疲惫不堪地陷入了不安的麻木状态之中。或者可以说,不仅是昏昏入睡,而且像是在母腹中蜷缩着身子的胎儿。而在那灵魂的迷雾之中,我又像是来到一个不属于这个世界的地域,我产生了幻觉,也可以说是走入了梦境。

我沿着狭小的楼梯进入一个低矮的通道,像是进入教堂的地下珍宝室。但我一直往下走着,来到一个更加宽敞的教堂地下室,那是楼堡的厨房。那肯定是厨房,不过那里的人不仅在锅灶周围忙碌,而且还使用鼓风机和锤子,好像尼科拉手下的铁匠们也如约聚集到那里了。炉火和锅灶四周闪烁着红光,锅里滚烫的沸水喷出热腾腾的蒸汽,升到液体表面的大气泡会突然爆裂,持续不断地发出劈劈啪啪的巨响。厨师们在空中挥舞着烤肉扦,而集聚在那里的见习僧们蹦蹦跳跳地争抢着烤鸡和那些灼热的铁扦上串起的各种野味。铁匠们在一旁狠命捶打着,响声震耳欲聋,铁砧上迸出的一团团火星,跟两个炉灶上喷出的烟雾混合在一起。

我不知道自己是在满嘴酱汁、嚼着香肠的萨尔瓦多雷可以忍受的地狱里,还是在天堂。不过我没时间弄清自己的所在,因为有一群头如大锅的小矮人跑进来，他们猛力撞我，把我推到膳厅门槛处，逼我进去。

膳厅里布置得像过节。墙上挂着大壁毯和旗帜，然而上面画的并不是通常号召人们怜悯的虔诚信徒，也不是赞颂国王荣耀的图案，而更像是阿德尔摩绘制在手稿页边的装饰画，不过没有他画的那么可怕，倒显得有些滑稽可笑：野兔围绕着挂满礼品的悬赏树跳舞，水中游着的鱼儿自动跳进锅里，端着锅的厨子是身穿主教服的猴子，大腹便便的妖怪围着热气腾腾的大锅起舞。

坐在首席的是身着节日盛装的院长，他长袍上绣着绛红色的花纹，手里拿着叉子，俨如手执一根权杖。坐在他身旁的是豪尔赫，他手捧一大壶葡萄酒豪饮。食品总管穿着贝尔纳·古伊的服装，拿着一本形似蝎子的书本，认真地念着圣人们的生平事迹和福音书上的片断，不过那是耶稣跟门徒开玩笑的一些故事，耶稣要他记住那是一块石头，并且将在那块沿着平川滚动而感到惭愧的石头上建立起他的教堂，还有圣人哲罗姆评论《圣经》的故事，说上帝想对耶路撒冷裸露出脊梁。食品总管每念一句，豪尔赫就哈哈大笑，用拳头敲击桌子，大声喊道："你将是未来的院长，上帝的娘胎！"他的确是这么说的，愿上帝宽恕我。

院长高兴地示意，于是进来一队圣女。她们个个服饰华丽，光彩照人，队列中央有一位女子一眼看去像是我的母亲，后来我意识到是自己眼花了，因为那肯定是那个威武得像旌旗展开的军队的姑娘。只是她头上戴了一顶白色珍珠冠，两串白珍珠从脸颊两边垂下，与挂在胸前的两串珍珠交织在一起，每串珍珠上都挂有一颗李子大小的钻石。另外从双颊耳鬓垂下一排天蓝色珍珠，在她那白皙挺直的脖颈颈际处联结成黎巴嫩的高塔状的护喉甲胄。她身上披着紫红色的斗篷，手里拿着一只镶有钻石的高脚金杯，不知为什么,我知道,杯里装的是某天她从塞韦里诺那里偷来的毒药。这位像朝霞般美丽少女的后面跟随着好几个女人。一位披着白色绣花斗篷,深色长衫上是双层的金色披肩,披肩上绣着野花;第二位身披黄色锦缎斗篷,浅玫瑰色的长衫上绣着绿叶,两片前襟上织着一幅深色迷宫图案;第三位披着红色斗篷,翠绿色的长衫上织着红色的小动物图案,双手捧着一条绣花的白披巾。我没有注意其他女子的服饰,因为我只想弄明白,那些陪同看上去像圣母马利亚的那位姑娘的女人是谁,好像她们每个人手里都拿着或是用嘴衔着一张纸条,我知道那是路得、撒拉、苏珊娜以及《圣经》里提及的别的女人。

此时,院长大声喊道:"Traete, filii de puta!"①由《圣经》人物组成的另一队人又走进餐厅,他们的服饰华丽端庄,一眼就能认出,队伍中端坐在宝座上的就是我们的主,同时他又是亚当。他身披浅紫色斗篷,斗篷固定在肩,头戴缀有红宝石和白珍珠的冠状头饰,那珠冠与姑娘戴的那顶相似,他手拿金杯,杯中斟满猪血。其他圣人我下面再提,都是我熟悉的,他们簇拥着天主。另外还有一队法国国王的弓箭手紧随其后,他们有的穿红色衣服,有的穿绿色衣服,每人手持一面翠绿色盾牌,上面印有"基督"字样。弓箭手支队的头领上前拜见修道院院长,向院长献上酒杯,并说道:"我知道,那些土地,连同其界碑以及土地上的财富,三十多年来都属圣本笃的修道院所有。"院长回答道:"四的第一和第七。"接着众人齐唱:"在非洲之终端,阿门。"仪式完毕,便各就各位。

相对而站的两个队列随即散开,院长下令盛宴开始,所罗门着手摆放饭菜;雅各和安得烈抬进一大捆干草;亚当坐在中央,夏娃

---

① 拉丁语,进来吧,婊子养的。

躺在一片树叶上；该隐拖着一把犁进来，亚伯提着一只桶来给勃鲁内罗那匹马挤奶，诺亚划着方舟气势磅礴地入场；亚伯拉罕坐在一棵大树底下；以扫躺在礼拜堂的金祭台上，摩西蹲在一块石头上；但以理倒在马拉希亚怀里的一个灵台上，多比亚司躺在一张床上；约瑟趴在一个量小麦的斗上，便雅悯横躺在一个口袋上；还有别人，这时，幻象变模糊了。大卫待在一座小山丘上，约翰席地而坐；法老站在沙地上（自然啦，我自语道，可是为什么呢？）拉撒路站在桌子旁；耶稣待在井沿上，撒该趴在一棵树的枝干上；马太坐在一张凳子上，喇合坐在一个麻絮堆上，路得坐在稻草上，德克拉坐在窗台上（阿德尔摩苍白的脸出现在窗外，像是在警告她这样可能会坠入悬崖）；苏珊娜在菜园里，犹大在坟墓间徘徊，彼得坐在布道台上，雅各在一张网中，以利亚在一个马鞍上，拉结在一卷铺盖上；放下利剑的使徒保罗听着以扫的嘟囔，而约伯在粪堆上呻吟；利百加拿着一件长衫，犹滴拿着一条毛毯，夏甲带着一块灵柩盖布。而几位见习僧抬着一口热气腾腾的大锅，萨尔维麦克的韦南齐奥从热锅里跳了出来，他全身通红，向众人分发猪血肠。

膳厅里越来越拥挤，大家都狼吞虎咽地吃着美味。约拿在桌上放了两个倭瓜，以赛亚端上蔬菜；以西结送上黑莓，撒该拿来榕树花；相继摆上桌的还有亚当的柠檬，但以理的羽扇豆，法老的青椒，该隐的刺菜蓟，夏娃的无花果，拉结的苹果，亚拿的像钻石那么大的李子，利亚的洋葱，亚伦的橄榄，约瑟的鸡蛋，诺亚的葡萄，西缅的桃核；而耶稣则唱着《愤怒之日》，高兴地在这些美食上各滴了几滴醋，那是从法国国王一名弓箭手的长矛上取下来的一小块海绵中挤出来的。

"我的孩子们，我所有的绵羊们，"这时已酩酊大醉的院长说道，"你们不能这样穿得破破烂烂地进晚餐，你们过来，你们过来。"

他敲了镜子上方四的第一和第七，镜子碎了，撒了一地。随即，在迷宫的大厅，从镜子深处飞出许多彩色衣服，像幽灵似的变了形，上面镶嵌着宝石，但都很脏，全是撕破了的。撒该拿了一件白色的，亚伯拉罕拿了一件葡萄色的；罗得拿硫黄色的，约拿要浅蓝色的；德克拉是淡红色的，但以理挑狮鬃色的；约翰选水晶色的，亚当要兽皮色的；犹大的衣服上印有银币，拉伯穿猩红色的；夏娃拿的是善恶之树色，还有人拿多彩的；有人取的是蔬菜色，有人穿的是海蓝色；有人爱树皮色，有人喜墙灰色；有人穿褚石色、黑色或者风信子花色、火红色或硫黄色，耶稣则穿一件鸽子状的衣服炫耀自己，并嘲笑犹大从来不会爽朗地跟人开玩笑。

这时豪尔赫摘去眼镜，点燃一片荒地上丛生的荆棘，撒拉为他送去木柴，耶弗他为他拾来柴火，以扫帮他放下来，约瑟为他在木柴上雕凿，而雅各凿了井，但以理坐在湖边，仆人们取来水，诺亚取来葡萄酒，夏甲拿来一个酒袋；亚伯拉罕牵来一头小牛，喇合把它拴在一根木桩上，耶稣递上一根绳子，以利亚捆起牛脚，然后押沙龙用头发把牛吊起，彼得拔出利剑，该隐把小牛屠宰；希律王挤出牛血，闪去掉内脏和牛粪，雅各淋上油，莫雷萨敦撒上盐，安条克把小牛架在火上，利百加把小牛烤熟。夏娃第一个品尝，觉得无比难吃，但是亚当说别去多想，塞韦里诺建议加一些香草时，亚当拍拍他的肩膀。耶稣掰开面包分给大家吃，雅各大声喊叫，因为以扫吃光了他的红豆，以扫狼吞虎咽地吃着火炉上的小羊肉，约拿却吃着炖鲸鱼肉，而耶稣已经四十个昼夜没进食了。

这时，人们端着五颜六色的各种美味猎物进进出出。便雅悯总是挑最大的那份拿，马利亚总是拿最好的，马大抱怨总是让她洗盘子。此后他们又分吃烤熟的小牛，这时那小牛变得特别大。约翰要牛头，押沙龙要牛脑，亚伦要牛舌，参孙要颌部，彼得要耳朵，荷罗孚尼也要牛头,利亚要臀部,扫罗要脖子,约拿要腹部;多比亚司得到牛胆,夏娃得到肋骨,马利亚得到牛胸,以利沙巴得到了牛鞭,摩西得到牛尾,罗得得到大腿,而以西结得到牛骨头。此时,耶稣在吞吃一头驴,圣方济各在吃一匹狼,亚伯在吃一只羊,夏娃在吃一条海鳝,施洗约翰在吃一只蝗虫,法老在吃一条珊瑚虫(很自然,我自语道,可为什么呢?),大卫在吃一只斑螯,扑在一位黝黑而又丰满的姑娘身上,而参孙嘴里咬着一头狮子的脊背,德克拉被一只毛茸茸的黑蜘蛛追赶,大声吼叫着逃跑。

显然,所有的人都喝醉了。有人滑倒在葡萄酒瓶子上;有人掉在锅里,两条腿像两根桩子般交叉在一起露在外面;而耶稣用发黑的十个手指把书拆成一页页,递给别人,嘴里说,你们拿去吃了吧,这是辛福西奥的谜语,其中有你们的救世主上帝之子鱼的谜语。人们尽情饮酒:耶稣喝的是葡萄干酿的酒,约拿喝的是玛尔西卡葡萄酒,法老喝的是苏莲托酒(为什么?),摩西喝的是格拉蒂塔酒,以扫喝的是克雷塔酒,亚伦喝的是亚得里亚诺酒,撒该喝的是阿尔布斯提诺酒,德克拉喝的是阿尔西诺酒,约翰喝的是阿尔巴诺酒,亚伯喝的是坎帕尼亚酒,马利亚喝的是西涅亚酒,拉结喝的是佛罗伦萨酒。

亚当仰卧在地,肚子咕噜咕噜作响,葡萄酒从他的肋骨间流淌出来;诺亚在梦中咒骂含;荷罗孚尼放肆地打着呼噜;约拿睡得很沉,彼得守夜直到鸡鸣;耶稣突然惊醒,听见贝尔纳·古伊和勒普热的贝特朗在策划对姑娘处以火刑,他叫喊道:"圣父啊,如果可能的话,把这只酒杯递给我!"有人倒酒时洒了,有人品尝着美酒,有人狂笑不已,有人含笑而死,有人提着细颈瓶,有人喝别人杯里的酒。苏姗娜叫喊说,她绝不愿把自己洁白的身躯献给食品总管,也绝不会为了一颗牛心而卖身。彼拉多像个受磨难的灵魂在餐室里来回走动，求人给他点水洗手；而帽子上插有羽饰的多里奇诺修士递给他水，然后狞笑着撩开长袍，露出被血染红的外阴，而该隐搂抱着特伦托的玛尔盖丽达嘲笑他：多里奇诺哭了起来，把脑袋靠在贝尔纳·古伊肩上，称他为天使般的教皇；乌贝尔蒂诺用一棵生命之树安慰多里奇诺，切塞纳的米凯莱用一个金口袋慰藉他，两位马利亚在他身上抹油膏，亚当说服他咬一个刚摘的苹果。

这时楼堡的天顶打开了，罗杰·培根驾着一个飞行器从天而降，他是唯一的主宰世界的人。而后，大卫奏起齐特拉琴，莎乐美披着她那七条轻纱翩翩起舞，每掉落一条轻纱，七个号中的一个就吹响一次，露出七个封印中的一个，直到只剩下披着日头的女子。大家都说从来没有见过如此令人快乐的修道院，而贝伦加撩起男男女女的衣服，亲吻他们的肛门。这时一种舞蹈开始了，耶稣穿着导师的衣服，约翰穿得像看守，彼得穿得像角斗士，宁录身穿猎人服，犹大扮得像告密者，亚当扮得像园丁，夏娃扮得像织布女，该隐扮得像盗贼，亚伯拉罕扮得像牧人，雅各①扮得像邮差，撒迦利扮得像神父，大卫像国王，犹八像古希腊的吟唱者，圣雅各②像渔夫，安条克像厨师，利百加像卖水人，莫雷萨顿像傻瓜，马大像女仆，希律王像狂怒的疯子，多比亚司像医生，约瑟像木匠，诺亚像醉汉，以扫像农夫，约伯像忧伤的男子，但以理像法官，他玛像妓女，马利亚像女主人，并吩咐仆人们再端一些葡萄酒来，因为她那个神经错乱的儿子不愿意把水变成葡萄酒。

这时修道院院长大发雷霆，他说，他组织了一个如此美好的聚会，却没有人赠送他什么东西，于是大家都争着给他送礼物珍宝：一头公牛，一只绵羊，一头狮子，一匹骆驼，一只鹿，一头小牛，一匹

① Jacob，《圣经》人物，曾与天使角力并获胜。
② Saint James，耶稣十二门徒之一，又名大雅各。

506

牝马,一辆太阳马车,圣埃奥巴诺的下巴,圣女莫里蒙达的尾巴,圣女亚伦达丽娜的子宫,圣女布尔戈西娜的后颈窝(她在十二岁的时候后颈被雕凿成一只酒杯形状),还有一本《所罗门五棱经》。但是,院长仍大声喊叫说,他们这样做是为了转移他的注意力,而那些物品都是他们从教堂地下珍宝库抢来的,还丢了一本关于蝎子和七声号的十分珍贵的书;他叫来法国国王派遣的弓箭手,让他们搜查所有可疑之人。而令众人感到羞愧的是,竟从夏甲身上搜出一块彩色花缎布,从拉结身上搜出一颗金印,德克拉怀里藏着一面银镜,便雅悯腋下搜出一根饮料吸管,犹滴衣服里藏着一条丝毯,隆基诺手里拿着一根矛,亚比米勒怀里搂着他人的妻子。然而最糟糕的是,在黝黑而美丽的姑娘身上找到了一只黑公鸡。她跟黑猫一般黑,他们称她是女巫,是假使徒,于是,人们扑到她身上惩罚她。施洗礼的圣人约翰砍下了她的头,亚伯割断了她的喉管,亚当搀她走,尼布甲尼撒[①]用一只烧红的手在她胸口写上黄道十二宫的印记,以利亚把她掠到一辆火轮车上,诺亚把她浸泡在水里,罗得把她变成了一座盐雕像,苏姗娜控告她犯了淫秽罪,约瑟背叛她跟了另一个女人,亚拿把她塞进一个炉窑里,参孙用镣铐锁住她,保罗鞭笞她,彼得把她头朝下钉在十字架上,司提反朝她投石头,劳伦斯把她架在火上烘烤,巴托洛谬要剥她的皮,犹大揭发她,食品总管烧她,彼得否定一切。随后,人们向姑娘的尸体扑过去,往她身上扔粪便,在她脸上踩踏,在她头上撒尿,朝她胸上吐秽物,撕扯她的头发,用火炬灼烧她的脊背。姑娘昔日那柔美的身躯现已被剐成碎片,散落在圣物箱及水晶和金子制作的圣骨盒周围。或者说,并不是姑娘的尸体碎片充斥着教堂地下室,而是地下室的碎

---

① Nabucodonosor(前 630—前 562),巴比伦国王。

片先是旋转飞舞着慢慢组成如今已成矿物质的姑娘的躯体，然后又重新分解，散落在四周，而被疯狂的渎神逆行糟蹋的躯体碎块，堆积在那里，变成了神圣的尘埃微粒。仿佛是在几千年过程中那唯一无比巨大的躯体解体成了碎块，而且现在这些碎块好像准备占据整个教堂地下室，这正如已亡故的僧侣们的藏骨之处，却又更具耀眼的光辉，仿佛上帝的杰作——人的躯体，偶然间分解成多重而又分离的形式，就这样变成了与自己大相径庭的形象，不再是理想的，而是世俗的，由尘土和碎片组成的，它只能象征着死亡和毁灭……

　　现在我找不到一个参加盛宴的人物和他们带来的礼物了，仿佛所有赴宴的客人都在地下室里化成了干尸的残存物，每个人都缩成自身的一部分来喻示：拉结成了一根骨头，但以理成了一颗牙齿，参孙像一个下巴，耶稣像他紫色长袍的一条碎片。盛宴的结尾仿佛演变成了残杀姑娘的一场狂欢，而这场狂欢仿佛又变成了全球性的。在这里我见到这场杀戮的最后结局，那些躯体（我说什么呢？那些饥饿口渴参加盛宴的人在尘世间完整的躯体）都变成了一具具独特的尸体，像受过酷刑备受折磨的多里奇诺的尸体那样，被撕裂成碎片，变成了肮脏而又耀眼的珍宝，如同剥了皮的动物被撑开挂起来那样，不过还保留着变为化石的人皮、内脏和所有器官以及脸部的线条。看得出皮肤上的每一个褶皱、疤痕和丝绒般的表皮，真皮上密布的胸毛和阴毛成了华丽的锦缎，乳房、指甲、脚跟的角质层、丝状的睫毛、眼睛的水晶体、嘴唇的赘肉、脊椎骨和骨架，全都化成了砂状物，但都未失去原有的形状并保持着原来的位置和布局。掏空了肌肉的疲软的大腿，像一双靴子，大腿肉堆在一边像一幅占卜看相的天宫图，上面一道道红色血管像是阿拉伯式图像；成堆的内脏，红宝石样黏糊糊的心，珍珠般排成项链状的整齐牙齿,玫瑰色透着天蓝色像垂饰板似的舌头,一排像蜡烛的手指,有如地毯线条的腹部,重新打结像封印般的肚脐……现在,这令人毛骨悚然的尸体在教堂地下室的各个角落对我发出狞笑,对我嘶声低语,想要我的命。它被分解后放在圣物箱和遗骨盒里,然而又无序地整合在一起。就是那在晚宴上又吃又喝的躯体,它狂欢,猥亵地旋转飞舞,而出现在这里的则是它无可逆转的毁灭,隐隐约约的、失去理智的毁灭。乌贝尔蒂诺抓住我的胳膊,指甲都掐进我的肉里,对我低声说道:"你看,都是一样的事情,那个起先得意洋洋的狂妄的人,那个嬉戏取乐的人,如今在这里受到了惩罚和报应。他摆脱了激情的诱惑,因不朽和永恒变得僵硬,凝结在永恒的冰冻之中得以保存和净化,因已完成腐化而避免了腐化,因已化成尘埃和矿物质而不再变成尘埃,死亡是这个地球上匆匆过客的归宿,是劳累的结束……"

此时萨尔瓦多雷突然进来了,他全身冒着火焰像一个恶魔,他大声喊道:"笨蛋!你没看见这是《约伯记》①上所写的大野兽吗?我的小主人,你怕什么呀?这就是奶酪薄饼!"教堂地下室顿时变得明亮,闪烁着红光,重新又变成了厨房,而与其说是厨房还不如说是母腹内壁。黏糊糊的,湿漉漉的,正中央是一头乌鸦一般黑的野兽。它长着千只手,被链条锁在一个大炉架上,这些手伸出想要抓住它周围的人,就像乡下人在口渴时想挤榨一串葡萄似的,它紧紧抓住逮着的人,用手撕扯,有人被撕下大腿,有人被揪下脑袋,它饱餐一顿之后,喷出一团比硫黄还要臭的火焰。然而,那场面已不令我恐惧,这的确是异乎寻常的奥秘,我惊诧自己竟然亲切地望着那个"善良的魔鬼"(我是这样想的),毕竟它只不过就是萨尔瓦多

---

① Libro di Job, 这里指《圣经》。

雷罢了。因为对于已死之人的躯体,对于他所受的苦难,所犯的贪腐之罪,现在我全知道,我什么也不害怕。事实上,现在那火焰显得可爱而又欢快,在它的照耀下,我重又看到了参加盛宴的客人们。他们又恢复了原样。他们唱着歌并认定一切将重新开始,姑娘也毛发无损地出现在他们中间,依然美丽动人。她对我说:"没有什么,没有什么,你将会看到我比以前更美,你让我到火刑架上去焚烧一会儿,然后我们在这里相见!"她让我看她的外阴,愿上帝宽恕我,我进到里面,并且发现自己是在一个美丽的洞穴里,像是黄金时代的快乐谷,那里流水潺潺,果树成荫,树上挂着奶酪薄饼。人们都在向院长表示感谢,感谢他举办了如此盛大的晚宴。他们向他表达亲切和欢乐之情,推他踢他,撕扯他的衣服,让他躺在地上,还用木棒打他的脊背,而院长笑着,求他们别挠他痒痒。守贫的修士们骑着鼻孔喷着硫黄雾气的马儿进来了,他们腰间系着装满黄金的袋子,他们用金子把狼变成了羔羊,把羔羊变成了狼,并且经得人民议会的同意给它们加冕,让它们当皇帝,庶民高歌颂扬无比万能的上帝。"让笑化解苦恼,让笑使人捧腹折腰。"耶稣挥动着带荆棘的头冠,大声喊道。教皇约翰进来了,他斥责这种混乱的场面,并说道:"这样下去,我们会落到什么地步呀!"但是众人都嘲笑他,院长带头牵着猪离开,到树林里去寻找松露了。我正要跟着他们去,看见威廉待在一个角落里,他是从迷宫出来的。他手里拿着磁石,那磁石迅速地把他拖向北去。"别把我留在这里,导师!"我喊叫道,"我也想看看'非洲之终端'!"

"你已经看到了!"正在远去的威廉回答我说。我醒来了,这时教堂里在吟唱葬礼悼歌的最后几句:

那将是令人悲恸的日子,

罪人从骨灰里出来，

以得到上帝的审判。

上帝啊，请对他宽容些！

仁慈的主，耶稣啊，

赐予他安宁吧！

　　这表明，我的幻觉，如果不是那么长的话，就像所有的幻觉一样，是瞬间即逝的，就像说一个"阿门"那样短暂，比吟唱《愤怒之日》的时间短得多。

第六天

辰时经后

其间，威廉为阿德索释梦。

　　我心神疲惫地走出大门厅，发现那里聚集着一小群人。那是动身要走的方济各会的人，威廉下来给他们送行。

　　我也加入了与他们的告别式，兄弟般地拥抱了他们。而后我问威廉，另一个使团的人何时带着犯人启程。他说半个小时以前他们就走了，就是我们在珍宝室的时候，我想，也许正是我做梦的时候。

　　听后，我顿感沮丧，随即又恢复了常态。这样更好。否则眼看着获罪的人（我说的是可怜的食品总管和萨尔瓦多雷……当然还有那位姑娘）被带走，走得远远的永远不再相见，我会受不了的。其实，当时我还被我的梦所困扰，我的情感仿佛已经麻木了。

　　方济各修士一行朝大门走去离开修道院时，威廉和我留在教堂前，我们两人都伤感万分，尽管出自不同的缘由。后来，我决定向导师讲述我的梦。尽管幻觉千奇百怪毫无逻辑，但我清晰地记得每一个形象，每一个手势，每一句话，梦中的一切都历历在目。我一丝不漏地讲给了威廉听，因为我知道梦经常传达神秘的信息，有学问的人可以从中解读出所含的预言。

威廉默默地听我讲完后，问我道："你知道你梦见什么了吗？"

"就是我跟您说的那些……"我不安地答道。

"当然，这我明白。但是你知道吗？你讲的大部分都已经被写出来了，你把这些天来见到的人和事都加在你所熟悉的画面中了，因为梦里的情节你早已在什么地方读到或听到过，或是你幼年时在学校里，或是在修道院里。那是西普里安的《晚餐》。"

我疑惑了一阵，很快就想起来了。那是真的！也许我忘了书名，可哪个不甘寂寞的成年僧侣及小僧侣没有为这个幻象丛生的故事发笑或者微笑过呢？书中所写的故事，无论是散文体或是诗歌体，都属于复活节欢庆的传统，以及僧侣的游戏。尽管最严厉的导师禁止和斥责见习僧读这个故事，可每个修道院里的僧侣们都在私下里口耳相传，或以多种方式加以演绎或改编。有人断定那故事在快乐的面纱下隐含着伦理道德上的教益，因而虔诚地加以誊写；还有人鼓励传播这个故事，认为通过游戏，年轻人更容易记住《圣经》故事里的一些篇章。其中有一个用诗歌体写成的版本，是写给教皇约翰八世的，上面的题词是："我喜欢玩耍，你接受玩耍的人吧，教皇约翰。要是你愿意，你也可以笑。"而且人们说秃头查理为了娱悦进晚餐的显贵要人，还用诙谐神秘的宗教方式，把一个诗歌体的版本搬上了舞台：

> 加乌德里克笑着倒地，
>
> 撒迦利亚仰卧在床上惊诧不已，
>
> 阿纳斯塔修斯教诲着……

当初我和我的伙伴们互相背诵这些片断给对方听时，不知挨了导师多少训斥。我记得梅尔克的一位老僧曾经说过,像西普里安这么一位有道德的人,不可能写出这种低俗的东西,那是亵渎《圣经》的拙劣之作,唯有异教徒或小丑才写得出来,而不是出自神圣的殉道者……好多年来我已忘了那些幼稚的游戏。那天,《晚餐》一书怎么会如此活灵活现地出现在我的梦里呢?我一直以为梦是神圣的信息,或者最多是在沉睡的记忆中,荒谬地断断续续地重现白天所发生的事情。现在我才知道书上读到的东西也可以梦见,因此,人是可以梦见梦中之事的。

"我真想成为阿特米多鲁斯①,正确地解析你的梦,"威廉说道,"但是我觉得,即使没有阿特米多鲁斯的学识,你的梦也很容易说清。我可怜的孩子,这些天你所经历的一系列事件,打乱了事物一切正确的规则。今天早晨在你那沉睡的思维中又浮现出一出喜剧的记忆,尽管也许带有别的意向,那出喜剧里的世界都是颠倒了的。你最近的记忆、你的焦虑和你的惧怕都添加在那出喜剧之中了。以阿德尔摩的页边插画为起点,你在梦中再现了一场盛大的狂欢节,梦中的所有事物好像都错位了,就像在《晚餐》一书中那样,每个人所做的都是他在世时做过的。你的梦是对你所受教诲的质疑。"

"不是我,"我勇敢地说道,"而是我的梦。不过,那就是说,梦并不是超凡的神圣的信息,而是邪恶的胡思乱想,不包含任何真理!"

"我不知道,阿德索,"威廉说道,"我们已掌握了许多事实,假如有朝一日来个什么人,执意要从我们的梦中寻求事实真相的话,那么敌基督降临的日子就真的不远了。然而,我越琢磨你的梦,就

---

① Artemidorodus Daldianus,古罗马占卜家,著有《释梦》。

越觉得它是一种启示。也许不是对你,而是对我的启示。请原谅,我利用你的梦来扩展我的假设。我知道,这是一种卑劣行径,不该那样做……不过我相信你沉睡的心灵比我在这六天中清醒的心灵所理解的事情还要多……"

"真的吗?"

"我觉得你的梦是一种启示,因为跟我的一个假设相吻合。谢谢。"

"可是我的梦和所有的梦一样是没有什么意思的……"

"它也和所有的梦及幻觉一样是另有含义的。得从它的寓意和解释《圣经》等作品的神秘去解读……"

"就像《圣经》那样?"

"一个梦就是一部著作,而许多著作只是梦。"

第六天

午时经

其间,前几任藏书馆馆长的接任史得到了证实,那本神秘的书也有了更多的消息。

威廉想再上缮写室去,其实他刚从那里下来。他向本诺提出要查阅图书目录,并迅速地翻阅了一下。"应该就在这里,"他说道,"我在一个小时之前就见到过……"他在其中一页停住。"就是这本,"他说道,"你念念这个书名。"

在一篇目录(非洲之终端!)中有一部书标有四个书名,表明这部书中有好几篇文章。我念道:

一、阿拉伯语。《论一个傻子的言语》;

二、叙利亚语。《埃及炼金术手册》;

三、亚尔科佛里巴导师对迦太基主教西普里安的《晚餐》的评价;

四、《关于贞女的淫荡和娼妓的情爱之无头书》。

"是关于什么的?"我问道。

"是我们要找的书，"威廉轻声对我说，"这就是为什么你的梦对我有启示。现在我能肯定就是这部书。而实际上……"他迅速地翻阅了前后几页目录，"实际上这就是我所想的那些书，全在一起。不过这不是我要查的。你听着，你的记事本呢？我们得计算一下，你尽量回想清楚前天阿利纳多对我们说过的话，以及今天上午我们从尼科拉那里所听到的。上午，尼科拉告诉我们说，大约在三十年前他来到这里时，阿博内已被任命为修道院院长了。原来的院长是里米尼的保罗。是不是这样？我们推测这种职位的更替大约发生在一二九〇年，早一年或晚一年都没有关系。还有，尼科拉对我们说，他到这里时，博比奥的罗伯特已是藏书馆馆长了。对不对？后来他死了，藏书馆馆长的位置给了马拉希亚，这是本世纪初的事。你记下来。但尼科拉来到这里之前，里米尼的保罗当了一个时期的藏书馆馆长。具体是什么时候开始的呢？这没人对我们说过，我们可以从修道院的记事簿上查到，我想那个记事簿大概在院长那里，而我暂时不打算向院长要。我们假设保罗是在六十年前被指定为藏书馆馆长的，你记下来。大约五十年前本该轮到阿利纳多担任藏书馆馆长，却被另一个人顶替了，事隔几十年，为什么他还耿耿于怀呢？他影射的是里米尼的保罗吗？"

　　"或者是博比奥的罗伯特！"我说道。

　　"好像是如此。不过现在你看看这份目录。你知道，书名是按照书籍入馆时间登记的，这一点马拉希亚对我们说过。而由谁登记的呢？由藏书馆馆长。因此，按照目录上的不同笔迹，就可以确认藏书馆馆长的接替情况。现在我们从后往前查看目录，最后的笔迹是马拉希亚的。他没有写满几页，修道院近三十年没有纳入多少书。再往前翻，接着的一系列目录字迹颤抖，我清楚地看出这是博比奥的罗伯特的字,他是病人。这也没有几页,罗伯特在职的时间可能不长。下面就是我们现在发现的:连续好几页是另一个笔迹,笔锋刚劲有力,字迹清晰,登记了入馆的一大批书籍(其中有我刚才查阅的一批书),给人的印象很深。里米尼的保罗工作真尽力啊!太尽力了!你想想,难怪尼科拉告诉我们,保罗在相当年轻时就当上了修道院院长。不过,就算这位贪婪读书的人在短短几年内让修道院充实了许多书籍……然而,不是说,他有个奇怪的缺陷,也可以说是丧失书写能力的病,因而被人称作'不会写字的院长'嘛?那么,这好几页的书目是谁写的呢?我认为是他的助理。但是如果这位助理后来被正式任命为藏书馆馆长,那么就还该是他来继续登录书目,我们明白了,为什么那么多页的目录是同一个笔迹。所以,在保罗和罗伯特之间,应该还有一位藏书馆馆长,他的任职大约是在五十年之前,他就是阿利纳多那个神秘的竞争对手,而当时较为年长的阿利纳多本指望接替保罗位置的。后来,那个人消失不见了,而与阿利纳多和其他人的期望相左的是,被任命接替其位置的人却是罗伯特。"

"可是,为什么您如此肯定这是正确的分析呢?就算这个笔迹是出自那个不知名的藏书馆馆长,前面几页登录的书名为什么不可能是保罗的笔迹呢?"

"因为除了登录这些入馆的书外,还登记着教皇的敕令和谕旨,上面都有确切的日期。我想说的是,比如你在这里找到了卜尼法斯八世的谕旨《坚定的审慎》,日期是一二九六年,你就知道这卷文档不是在当年进来的,并可以推断也不是很久之后入馆的。凭着这一点,我顺着年份排列就有了标志性的里程碑,因此,如果我假设里米尼的保罗在一二六五年成为藏书馆馆长,一二七五年当上了修道院院长,而从一二六五至一二八五年书目的笔迹,不是后来接任他的博比奥的罗伯特的，而是另一个人的，那么，就出现了十年的间隔。"

我的导师真是机敏过人。"不过发现了这个，您能得出什么结论呢？"我问道。

"得不出任何结论，"他回答我说，"只是一些前提。"

他站起身来去和本诺交谈。本诺乖乖地坐在自己的位子上，但神情不定。他坐的仍然是自己的老位子，不敢去坐那个挨着图书目录的马拉希亚的位子。威廉朝他走过去，但保持了一定的距离。我们没有忘记头天晚上那令人不快的一幕。

"藏书馆馆长先生，即便你现在大权在握，我希望你还愿意告诉我一件事情。那天早晨阿德尔摩和别人在这里讨论诙谐的谜语时，贝伦加首先提到了'非洲之终端'，当时是不是有人谈起西普里安的《晚餐》那本书？"

"是有人提起过，"本诺说道，"我没有跟你说起过吗？在谈论到辛福齐奥的谜语之前，正是韦南齐奥提到了西普里安的《晚餐》，马拉希亚听了就火冒三丈，说那是一部下流之作，并提醒说院长是禁止大家阅读那本书的……"

"唔？院长？"威廉说道，"很有意思。谢谢你，本诺。"

"你们等一下，"本诺说道，"我想跟你们谈谈。"他示意让我们跟随他走出缮写室，为了避免别人听见他说话，就待在通向厨房的楼梯上。他的嘴唇在发抖。

"威廉，我很害怕，"他说道，"他们把马拉希亚也杀死了。现在知道太多事情的就是我了。何况我受到那群意大利人的憎恨……他们不想再要一个外国人当藏书馆馆长……我想，那些人被杀就是这个原因……我从未对你们谈到过阿利纳多对马拉希亚的仇恨，以及他的积怨……"

"很多年以前,是谁夺走了他藏书馆馆长的位置呢?"

"这我不知道,他总是说得很笼统,再说那已是很遥远的事了。他们大概都死了。但是阿利纳多周围的那群意大利人经常在谈论……他们常常谈论马拉希亚是稻草人那样的傀儡,他是由某个人跟院长合谋安插在这里的……我不知不觉地……卷入了两个对立派别的争斗之中……这我今天早晨才明白……意大利这块土地上处处都暗藏杀机,他们连教皇都能毒死,可以想象,像我这么一个可怜的年轻人……昨天我还不明白,我原以为一切都源于那本书,可现在我没有把握了,那只是个借口……我应该……我想……我真想逃跑。你们能给我出出主意吗?"

"我劝你保持镇静。现在你想听我的劝告了,是不是?可是昨天晚上,你还好像是世界的主宰。傻瓜,要是你昨天帮助了我,我们尚能阻止最后那桩凶杀案的发生。是你把那本书给了马拉希亚,才导致了他的死亡。不过,你至少得告诉我一件事。那本书到没到过你手里?你碰没碰过它?你读没读过它?"

"这我不知道。我发誓,我没有碰过它,或者说,我只是到实验室取它时才碰过它,但我没有打开,我把它藏在僧袍下,然后去我的房间把它放在草褥下。当时我知道马拉希亚一直在监视我,我立刻就回到了缮写室。而后来马拉希亚提出要我当他的助手,我就把他带到我的房间,把书交给了他。这就是一切。"

"你可别对我说你连打开都没打开过。"

"不,我打开过,在把它藏起来之前,为了确定那真是你们也在寻找的那本书。书的开头一篇是用阿拉伯语写的手稿,后面一篇是用叙利亚语写的,我想,再后面一篇是用拉丁语写的,最后一篇是用希腊语写的……"

我回想起了在目录里见到过的一些缩写。头两篇题目是用缩写 ar.和 syr.①。就是那本书！不过威廉紧追不舍："那么说你碰过它，而你却没有死。也就是说光碰它不会死。而关于那篇希腊文的手稿，你能告诉我什么？你看过它吗？"

"只看了一点儿，只是弄明白了那是一篇无题的文稿，一开始好像就少了一部分……"

"《关于贞女的淫荡和娼妓的情爱之无头书》……"威廉低声道。

"……我设法看了第一页，不过说实话，我希腊语很差，我本该在希腊语上多下些工夫的。最后另一个细节令我感到很好奇，正好就是用希腊语写的那几页。我没有全都翻阅，因为我翻不开。那些书页，怎么说呢，都湿了，一页一页粘在一起分不开。因为那羊皮纸挺怪，所以才会这样……比别的羊皮纸柔软，以致头一页都被腐蚀了，几乎都烂成碎片了，的确是……总之，很奇怪。"

"'奇怪'，塞韦里诺也是这么形容的。"威廉说道。

"那种羊皮纸好像非同一般……仿佛是布，但是很薄……"本诺继续说着。

"亚麻纸，或是布纹羊皮纸，"威廉说道，"你从未见过那种羊皮纸吗？"

"我听说过，但是以前我没见过。人说那种纸很贵，也容易碎，所以用得很少。是阿拉伯人制造的，是不是？"

"是阿拉伯人发明的。不过意大利的法布里亚诺也制造这种纸。而且也……那肯定是的，当然了！"威廉的眼睛发亮。

"这是多美好且有意思的发现啊，好样的，本诺，我谢谢你！是啊，我想在这座藏书馆里，亚麻纸的手稿很少有，因为新近并没有

---

① 分别是阿拉伯语和叙利亚语的缩写。

手稿送来。况且许多人担心那种纸不像羊皮纸能保存几个世纪，也许这是真的。我们想象一下，假如人们并不希望收藏在这里的东西像青铜器那样耐久……布纹羊皮纸，嗯？好，再见。你尽可放心。你不会有危险的。"

"真的吗？威廉，你们能向我保证吗？"

"我向你保证，如果你就老老实实待在自己位置上的话。你已经惹了太多的麻烦。"

我们辞别本诺离开缮写室时，他就算说不上放心，似乎也平静多了。

"笨蛋！"我们出来走到外面时，威廉嘟囔道，"要是他不在中间插一杠子，我们早就把一切都解决了……"

我们在膳厅找到了院长。威廉迎上去，要求跟他谈话。阿博内无法推托，约我们过一会儿在他寓所见面。

第六天

午后经

其间，院长拒而不听威廉的分析，却大谈宝石的内涵，表示希望威廉别再调查那些不幸的事件。

院长的寓所在参事厅上面，他在宽敞豪华的客厅里接见我们。那是个晴朗的有风天，从客厅的窗口可以看到修道院教堂的屋顶，还可以看到楼堡的建筑。

院长站在一扇窗前，他一面欣赏宏伟的楼堡建筑，一面做出庄重的手势指给我们看。

"令人叹为观止的古堡，"他说道，"它的建造比例综合了诺亚方舟的黄金规则。楼堡的建筑分三层，因为三是三位一体的数字。拜见亚伯拉罕的天使是三位；约拿在巨鲸腹内是三天；耶稣和拉撒路在墓室里有三天；基督三次请求圣父把他面前斟满苦酒的杯子挪开，并且三次躲起来与使徒们一起祈祷；彼得三次背离他，他升天后三次向他的门徒们显灵。神学宣扬三种善德；神圣的语言有三种；灵魂分三部分；理性的造化物分天使、人和魔鬼三个类别；声音分嗓声、气息声和拍击声三类；人类历史分立法之前、立法期间和立法之后三个时代。"

"神秘和奇妙的和谐统一。"威廉认同道。

"不过,四方形也同样。"院长继续说道,"蕴含神圣的教诲。东南西北基本方位是四;春夏秋冬四季;水火土气四大元素;冷热干湿四种气候;出生、长大、成熟、衰老四个阶段;动物有天上、地上、飞行和水生四类;构成彩虹的基本颜色是四种;产生一个闰年需四年。"

"噢,那当然,"威廉说道,"七也跟这些数字一样是神秘的数字,三加四等于七;而三的四倍是十二,就像十二个门徒一样;十二乘以十二等于一百四十四,就是上帝选民的数字。"威廉对神秘数字世界的奥秘精到的论述让院长无话可说。这样,威廉就能把谈话引上正题。

"我们必须谈谈最近发生的事件,对此我考虑了很久。"威廉说道。

院长转过身来背朝着窗户,神情严厉地面对威廉:"也许太久了。威廉修士,我承认,我原本对您有更多的指望。您来这里已经快六天了,除了阿德尔摩,又死了四个僧侣,还有两个让宗教裁判所逮捕了——当然,那是行使法律,但要是裁判官不插手前几桩命案的话,我们本来是可以避免蒙受这种耻辱的——最后,我作为调解人所举办的这次会晤,由于这些罪恶行径,落了个令人难堪的结局……当初我请您调查阿德尔摩的死因时,您好像认同我的看法,我本指望对这些事件能有不同的解决办法……"

威廉沉默不语,显得很尴尬。院长当然说得在理。在这个故事的一开始我就说过,我的导师喜欢以机敏的推断使人折服,而当此之时,他行动的迟缓不无公正地受到谴责,他的自尊心受到挫伤,那是符合逻辑的。

"是的,"他承认道,"我辜负了您的期望,但是,尊敬的院长大人,我要向您解释为什么。造成这些罪行的缘由并不是僧侣之间的一场争斗和某种报复,而是事情本身牵涉到修道院久远的历史渊源……"

院长不安地看了看他:"您想说什么? 我也明白,问题的关键并不在食品总管不幸的往事,它又牵涉另一件事情。可那是一件我也许知道却又不能谈论的事情……我本希望您已澄清此事,并由您来跟我谈的……"

"尊敬的院长大人想的是某些从告解中得知的事情……"院长移开视线,威廉继续道,"如果院长想知道我是否清楚有关贝伦加和阿德尔摩之间,以及贝伦加和马拉希亚之间的不正当关系,那么,这是修道院里人人皆知的,而不是从您那里得知的……"

院长涨红了脸:"我认为当着这位见习僧谈论这类事欠妥。会晤已经结束,我认为您不再需要他当您的书记员了。孩子,你出去吧。"他用命令的口吻对我说道。我委屈地走了出去。但出于好奇,我只半掩上大厅的门,蹲在门背后,注意倾听他们的谈话。

威廉继续讲下去:"那么,这些不正当的关系,即便发生过,它在这些令人痛心的案件中也是无足轻重的。关键在另一件事情上,我想您已经想到了。一切都是围绕着一起盗窃案,对一部书的占有,那书原先是藏在'非洲之终端'里面的,现在经过马拉希亚之手又放回那里了,不过一连串的命案好像并未就此中止,这您也看到了。"

一段长时间的沉默之后,院长才又说话,声音嘶哑而又迟疑,仿佛因意想不到的揭示而感到震惊:"不可能……您是怎么知道'非洲之终端'的? 您违背我的禁令进了藏书馆?"

威廉本该说出真相,不过那样一来,院长将会大发雷霆。可他显然又不想撒谎,于是选择了用反问来作回答:"尊敬的院长大人,在我们第一次见面时,您不是对我说过,我从没见过勃鲁内罗那匹马,却能准确地描述出它的特点,像我这样一个人,要推断禁止他进入的场所,难道还会有什么困难吗?"

"那倒也是,"院长说道,"可是您为什么会那样思考的呢?"

"怎么会往那儿想,那就说来话长了。可是已经发生的一连串凶案,都是为阻止人去发现不想让人知道的某种秘密。现在那些对藏书馆秘密略有所知的人,不管是直接地还是通过诈骗手段知道的,全都死了。只留下一个人,那就是您。"

"您这是含沙射影……您这是含沙射影……"院长说这话时,好像脖子上的青筋都暴起了。

"您别误会,"威廉说道,很可能他也的确想试着暗示一下,"我是说,有人是知道真相的,并且不想让别人知道。您是剩下的知道实情的最后一个人,您很可能是下一个受害者。除非您能把您所知道的那本禁书告诉我,尤其是要告诉我修道院里有谁对于藏书馆的事情知道得跟您一样多,甚至比您还多。"

"这里很冷,"院长说道,"我们出去吧。"

我急忙离开厅门,赶到通往地下的楼梯口等他们。院长见到我,对我微微一笑。

"几天来,这位年轻僧侣听到多少令人不安的事情啊! 振作些,孩子,别惶恐不安。我觉得实际存在的阴谋,没有人想象的那么多……"

他举起一只手,有意让白天的光线照到他戴在无名指上的一枚戒指,那是一枚闪闪发光象征权力的戒指。镶嵌在上面的各种宝石璀璨夺目。

"你认出它了,是吧?"他对我说道,"它象征我的权威,也象征我的重任。这不是一件装饰品,它庄重地宣布我是圣言的守护人。"他用手指摸着那些色彩绚丽的宝石，那乃是令人赞叹的人类和大自然共同创造的艺术杰作。"这是紫晶，"他说，"它是谦逊之镜，让我们回想起圣马太的单纯和谦和；这是绿玛瑙，它是仁慈的标志，象征着约瑟和圣雅各的虔诚；这是碧玉，蕴含着信仰，象征圣彼得；红玛瑙，忘我牺牲的标志，令我们想起圣巴托洛谬；这是蓝宝石，它象征希望和默想，代表圣安得烈和圣保罗；水苍玉，象征健康的教义、科学和宽容，代表圣多马的善德……宝石的内涵多么丰富多样，"他沉浸在神秘的遐想之中，继续说道，"那是传统的宝石鉴赏家们从亚伦所佩戴的胸饰，以及从使徒的书卷中有关圣城耶路撒冷的描述演绎出来的。另外，锡安山①城墙上镶嵌的宝石跟摩西的兄长胸饰上缀有的宝石是一样的，《出埃及记》中记载的红玉、白玛瑙和红玛瑙在《启示录》中是用绿玛瑙、红玛瑙、翡翠和紫玛瑙替代的。"

威廉刚想开口说话，便被院长用手势阻止了，院长继续他的讲话："我记得有一本祈祷书手稿是写在羊皮纸上的，装饰在上面的每一块宝石上都刻有描写和赞颂圣母的诗句。诗里还提到她的订婚戒指，就像是用宝石的语言谱写了一首闪烁着真理之光具有象征意义的诗篇。不过，镶嵌宝石的戒指拥有含有深意的矿物质，譬如纯洁的水晶让人重获灵魂和肉体，如同玛瑙的琥珀象征节欲，吸铁的磁石像圣母用其仁慈之弓拨动悔罪人的心弦。正如你们所见，那都是镶嵌在我戒指上的宝石，哪怕是最小最不起眼的尺寸。"

他晃动着戒指，那闪烁的亮光令我目眩，他像是想震慑我。"神奇的宝石语言，是不是？对于别的圣人，那些宝石还另有含义。对于英诺森三世来说，红宝石意味着沉静和忍耐，石榴红宝石象征

---

① Zion，耶路撒冷城旁的山丘，是该城最古老的地方，也代表耶路撒冷城本身。

着仁爱。宝石的语言是多样的，根据它们显现的氛围，解释每一种宝石所蕴含的多种真理。而由谁来断定内涵是否正确呢？这你是知道的，孩子，是他们教会了你：权威人士、最可靠和最有名望的，也就是最神圣的鉴赏家。否则，怎么能避免不陷入魔鬼诱惑我们的误区呢？魔鬼怎么会憎恨宝石的语言的，这很特别。肮脏的野兽从宝石的语言看到传达着不同含义和不同层次智慧的一种信息，魔鬼想制服它，因为璀璨的宝石回应了其在毁灭之前曾有的奇迹。"

他把手伸给我让我亲吻戒指，我跪了下来。他抚摸了我的头："所以，孩子，你把这些天所听到的都忘了吧，那无疑都是些谬误。你已进入最伟大、最高贵的修道院，我就是这个修道院的院长，你是在我的管辖之下，因此，你须听命于我，把那些事情忘了吧，并且永远封上你的嘴。你发誓。"

我当时颇受感动，我被制服了。本来我肯定会发誓的。而我倘若那样做了，那么你，我善良的读者，现在你就读不到我这忠实的记载了。然而，这时威廉加以干预了，也许不是为阻止我发誓，而是他因感到厌恶而作出了本能的反应，想粉碎他已在我身上产生的魔力。

"这跟孩子有什么关系？我向您提出了一个问题，我提醒您有危险，我要求您说出一个人的名字……难道您现在要我也亲吻这枚戒指，并发誓忘记我所知道和怀疑的一切吗？"

"哦，您……"院长伤感地说道，"不过，我并不指望一位托钵僧能够理解我们传统的美，或者能严守秘密，还有保持沉默，那是建立我们宏伟业绩的基石……您告诉了我一个离奇的故事，一个令人难以置信的故事。为了一本禁书，造成了一连串的凶杀，有人知道了唯有我才应该知道的事情……荒唐的无稽之谈，毫无意义的推论。您尽可把它说出去,如果您愿意的话,没有人会相信您的。而尽管在您奇异的构想中有某些成分是真的,好吧,一切都重新由我来负责。我会调查的,我有办法,我有权威。当初我就不该请一个外来人调查只属于我管辖范围的事,不管他多么睿智。但您心里是清楚的,当初我始终以为那只是牵涉到违背操守的事情,而且我是想让另外一个人把我在听人告解时所得知的事情告诉我。好,现在您告诉我了。双方使团的会晤已经结束,您在这里的使命也已经结束。我想皇宫正急切地期待着您,那里不能长时间缺少您这样的人。我准许您离开修道院。我不想让您日落之后上路,路上不安全。你们明天一早就走。噢,您别感谢我,您作为我们兄弟中的一员,并且光临我们的修道院,那是我们的荣幸。您可以跟您的见习僧回去了,让他给您准备行李。自然,您不必再继续您的调查了。您不要再骚扰僧侣们了。您走吧。"

院长的这番话与其说是告辞,不如说是下逐客令。威廉辞别后就下了楼梯。

"这是什么意思?"我问道。我真是一点儿也不明白。

"尽你所能构想一种假设。你应该已经学会该怎么做。"

"如果我真就这样学会了的话,那我至少可以构想两种完全相反的假设,而两种全都是令人难以置信的。好,那么……"我咽了一下口水,作这种假设使我很不自在,"第一种假设,院长本来就已经知道一切,并且心想您什么也发现不了。他在阿德尔摩死后,先把调查任务交给您,但后来他逐渐明白,事情比他想象的要复杂得多,从某种程度上也牵涉到他,他不愿意让您把事情查得水落石出;第二种假设,院长从未怀疑过什么(至于是什么,我不知道,因为我不知道您现在的想法)。不管怎么样,他一直以为一切都源于一场争吵……鸡奸僧侣之间的一场争吵……不过,现在您让他睁开了眼睛,他突然发现了一件可怕的事情,他想到了一个名字,他心里清楚谁应该对那几起凶杀案负责。不过,事情到了这种地步,他想自己来处理,把您支走,以挽回修道院的声誉。"

"想得不错。你开始能运用推理了。不过,你已经看到,无论哪种情况,我们的院长都是为他修道院的名声而担心。不管他是凶手还是下一个受害者,他都不愿意让有损于这圣地的消息透露到山外去。你可以杀了他的僧侣们,但是你不能毁坏这座修道院的荣誉。啊,为了……"威廉现在很恼火,"这个僭主的私生子,这个只因给圣人阿奎那下葬而变得有名望的孔雀,这个只因戴着一枚像玻璃杯底那样大的戒指而活着的大皮囊! 不可一世的傲慢的家伙! 你们克吕尼修会全是傲慢的家伙! 你们比君主们更糟,比无赖还无赖!"

"导师……"我的自尊心受到了伤害,我壮起胆子以责备的口吻说道。

"住口,你同他们是一路货色。你们并不是什么地位低下的贱民,也不是贱民的儿女。如果你们遇上一个农民,就会接纳他,但昨天我看到了,你们毫不犹豫地把他交给了执行宗教法庭裁判的世俗权力。如果是一个你们中的人,他就会受到保护。阿博内会认出凶手,会在教堂地下的珍宝库里刺死他,并取出他的肾来分放在圣骨盒里,只要能保住修道院的声誉……一个方济各修士,一个普通的教士,想要在这座神圣的房子里发现老鼠窝? 这可不行,阿博内无论如何是不允许他这样做的。谢谢,威廉修士,皇帝需要您,您看见了我的戒指有多漂亮,再见了。然而,现在已经不是我和阿博内之间的挑战了,而是我和整个事件之间的挑战,在事情查明之前我是不会走出这个围墙的。他不是要我明天早晨就走吗? 好吧,他是修道院的主人,但是在明天早晨之前,我就要查清楚。

我必须得查清楚。"

"您必须查清楚？现在谁强迫您呢？"

"没有人强迫我们查清楚，阿德索。但必须查清楚，这就是一切，哪怕是理解错了。"

对于刚才威廉诋毁我的教会及修道院院长的那番话，我还困惑不解，感到委屈。我试图为阿博内作一些辩解，于是构想出第三种假设，我觉得自己在这方面似乎已经得心应手了："导师，您没有考虑到第三种可能性，"我说道，"这几天我们注意到了，而今天早晨尼科拉的那番表白，以及我们在教堂里听到的窃窃私语，更加使我们看明白了，这里有一帮意大利僧侣不愿容忍接连由外籍人员继任藏书馆馆长，他们遣责院长不遵守传统。根据我的理解，他们隐蔽在阿利纳多背后，并把他推到前面当做一面旗帜，以求得在修道院建立另一种体制。对此我很能理解，作为一个见习僧也会在他的修道院里听到很多这一类议论、影射和阴谋策划的。因此说，院长也许是生怕您的发现会给他的敌人提供武器，而他是想谨慎地了结一切……"

"有可能。可他仍然是个酒囊饭袋，他会让人给杀了的。"

"可您对我的假设怎么看？"

"待会儿我再告诉你。"

我们走进庭院。风刮得更加猛烈，虽然午后经刚过不久，光线已很黯淡。时近黄昏，我们剩下的时间不多了。在夕祷时，院长肯定会通知僧侣们说，威廉不再有权利进行调查，也不能再到处活动了。

"时间不早了，"威廉说道，"而一个人在时间紧迫时，一定得保持镇定。我们要像仍有足够的时间那样行动。首先要解决的一个难题，就是怎么进入'非洲之终端'，因为最终的答案应该就在那里。另外，我们还得救一个人，我还不能确定是哪一个。最后，我们得注意马厩那边会不会出点什么事，你得盯住那儿……你看，那里乱成一团了……"

楼堡和庭院之间的空地上的确异常热闹。刚才，有位见习僧从院长的寓所出来朝楼堡跑去。现在尼科拉从那里出来，朝宿舍方向走。早晨见到的帕奇菲科、埃马洛、彼得等一伙人，正在一个角落里跟阿利纳多不停地交谈，好像是想说服他什么。

随后，他们好像做出了决定。埃马洛搀扶着还在犹豫不决的阿利纳多，并且跟他朝院长的住所走去。他们正要进去时，见尼科拉从宿舍出来，领着豪尔赫也朝院长住所走。尼科拉看见两个人先一步进去了，就跟豪尔赫耳语了几句，老人摇了摇头，他们继续朝参事厅走去。

"院长牢牢掌控了局面……"威廉怀疑地喃喃道。从楼堡里又走出来一些僧侣，他们本该待在缮写室里的，紧跟着他们出来的是本诺，他忧心忡忡地向我们迎了上来。

"缮写室里乱糟糟的，"他对我们说道，"没有人工作，大家议论纷纷……发生什么事啦？"

"今天早晨为止，最可疑的人好像全都死了。昨天以前，大家都防范着贝伦加，他愚蠢、毫无信义又好色；还防范过异教嫌疑食品总管；最后是遭众人憎恨的马拉希亚……可现在，都不知道该防范谁了，他们都急于想找出一个敌人，或一只替罪羊。人人自危，有些人像你一样害怕，有些人决计让别人害怕。你们都太焦急不安了。阿德索，你多去马厩瞧一瞧。我去休息了。"

我本该觉得惊诧：明明只剩下几个小时了，反倒去休息，这似乎不是明智之举。不过，现在我对我导师太了解了，他的身体越是放松，他的思想就越是活跃。

第六天

夕祷与晚祷之间

其间,简述长时间的困惑和迷茫。

要讲述后来在夕祷和晚祷之间的时辰里所发生的事情是很难的。

威廉不在。我围着马厩转,但没有发现什么不正常的情况。马夫们正在把被大风吹得狂躁不安的马匹牵进马厩,其他一切都很平静。

我走进教堂。人们都已在唱诗台上就位,此时院长发现豪尔赫不在。他用手势示意推迟礼拜仪式。他喊本诺,让他去寻找。本诺不在。有人提醒说他可能在安排锁缮写室的门。院长烦躁地说,早就关照过本诺不用锁门,因为他不知道规则。亚历山德里亚的埃马洛从他的位子上站起来说:"尊贵的院长,要是您同意的话,我去叫他来……"

"没有人要你做什么,"院长粗暴地说,埃马洛回到位子上,满含深意地看了提沃利的帕奇菲科一眼。院长叫尼科拉,他不在。大家提醒说尼科拉正在准备晚饭。院长做了个失望的手势,似乎他不愿在众人面前显出自己的烦躁不安。

"把豪尔赫找来，"他叫喊道，"你们去把他找来！你去！"他命令见习僧的导师。

另一个人提醒他说阿利纳多也不见了。"我知道，"院长说道，"他体弱多病。"我待在圣阿尔巴诺的彼得旁边，听见他用意大利中部的一种通俗语跟邻座诺拉的古佐说话，我能听懂部分意思："我相信是这样。今天那可怜的老人和院长谈过话出去后，显得很郁闷。阿博内的行为真像阿维尼翁教皇的婊子！"

见习僧们显得茫然失措，正像我意识到的那样，凭借他们那童贞的敏感，已察觉到笼罩在唱诗班里的紧张气氛。久久的静默和尴尬在持续着。院长命令吟诵几段赞美诗，他随意点了三首，都不是夕祷规定要唱的。大家面面相觑，然后开始低声吟唱起来。见习僧们的导师回来了，后面跟着本诺，他低着头在自己位子上就了座。豪尔赫不在缮写室，也不在他的房间。院长下令开始祷告。

祷告结束后，在大家下楼去用晚餐之前，我去叫威廉。他一动不动地和衣躺在简陋的床铺上。他说没有想到已经那么晚了。我向他简述了发生的事情。他摇了摇头。

在膳厅门口，我们看到了尼科拉，几个小时之前他曾陪同豪尔赫去院长那里。威廉问他，老人刚才是否直接进了院长的寓所。尼科拉说豪尔赫在门外等了很久，因为当时客厅里有阿利纳多和亚历山德里亚的埃马洛。后来豪尔赫进去了，他在里面待了许久，尼科拉一直在外面等着他。后来豪尔赫出来了，让尼科拉陪他去教堂。那是在夕祷前一个小时，教堂里还空无一人。

院长发现我们在跟食品总管说话。"威廉修士，"他警告说，"您还在进行调查吗？"他示意威廉在餐桌旁就座，圣本笃会一如既往的好客传统是神圣的。

晚餐比平时更加沉闷而惨淡。院长忧虑不安,勉强地吃着东西。最后,他吩咐僧侣们赶紧准备做晚祷。

阿利纳多和豪尔赫还是没有出席。僧侣们指着瞎眼老人空缺的位置低声议论着。晚祷结束后,院长要大家吟诵一段特别的祷文,为布尔戈斯的豪尔赫的健康祈祷,但是并不清楚是指他的身体健康还是指他永恒的健康。人人都明白,一场新的灾难将要降临这座修道院。此后,院长命令大家迅速赶回各自房间就寝,要比平时更抓紧时间,并特别强调谁都不得留在外面走动。胆战心惊的见习僧率先出去了,他们把兜帽压在脸上低着头,不像平时那样交头接耳,推推搡搡,嘻嘻哈哈,或有意无意地绊倒别人,不计后果地开玩笑捉弄人(作为见习僧,仍然是孩子,往往导师训斥也无济于事,无法阻止他们孩子气的表现,他们究竟年纪还小)。

成年的僧侣们出来时,我悄悄尾随在那帮"意大利人"后面,现在我的眼睛已能认出他们来了。帕奇菲科正在对埃马洛低声说道:"你相信阿博内真的不知道豪尔赫在哪里吗?"埃马洛回答说:"也可能知道,知道在哪里,而且知道他再也回不来了。也许老盲人太苛求了,而阿博内不想再要他了……"

当我和威廉正佯装要回到朝圣者宿舍时,发现院长从膳厅尚开着的门走进了楼堡。威廉建议再等一会儿,后来院子里没有人了,他让我跟着他。我们迅速地穿过空地,走进了教堂。

晚祷之后

其间，威廉几乎是偶然发现了进入"非洲之终端"的秘密。

我们像两个刺客似的埋伏在教堂入口处的一根柱子后面，从那里可以看到安放着圣骨的内堂。

"阿博内去关楼堡的门了，"威廉说道，"他把门从里面反锁上以后，他就只能从圣骨堂出来了。"

"然后呢？"

"然后我们看他做什么。"

可是我们无法知道他做什么。一个小时过去了，他还是没有出来。"他去'非洲之终端'了。"我说道。"也可能。"威廉回答道。准备了许多假设的我，补充道："也许他又从膳厅出来，去寻找豪尔赫了。"威廉说："这也有可能。""也许豪尔赫已经死了，"我又想象道，"也许他在楼堡里，并正在对院长下手。也许他们两人在另一个地方，而有一个人潜伏在那里等着他们。那些'意大利人'想要怎么样？而本诺为什么那么害怕？莫非那是他戴在脸上的一个假面具想要欺骗我们？如果他既不知道怎么关门也不知道怎么出来，为什么夕祷时他留在缮写室里呢？他是想探索进入迷宫的路吗?"

"一切都有可能,"威廉说道,"但唯有一件事是肯定要发生,或正在发生,或已经发生了。而到最后,仁慈的神灵会赋予我们一个准确的判断。"

"那是什么?"我充满希望地问道。

"那就是巴斯克维尔的威廉修士,他现在仿佛已经明白了一切,却不知道如何进入'非洲之终端'。去马厩,阿德索,去马厩。"

"但如果院长发现了我们呢?"

"那我们就装成两个幽灵。"

我虽觉得那不是一个可行的好办法,但没有吭声。威廉越来越紧张不安。我们从北面的大门出去,穿过墓地,狂风呼啸,我祈求上帝别让我们撞见两个鬼影,因为那天夜里,修道院里不乏受难的幽灵。我们走到马厩,感觉到马匹因狂风的肆虐而躁动。马厩的正门是一排金属的栅栏门,齐胸高,透过它可以看到里面。在黑暗中可以辨认出马匹的轮廓,我认出了那匹名叫勃鲁内罗的马在左边第一个位置上。它右边第三匹马觉察到有人,就昂起头嘶鸣。我微微笑道:"Tertius equi."

"你说什么?"威廉问道。

"没什么,我想起了可怜的萨尔瓦多雷。他曾想用这匹马作什么魔法,用他蹩脚的拉丁文,像是 Tertius equi。那就是字母 u。"

"字母 u?"一直心不在焉地听着我絮絮叨叨的威廉问道。

"是的,因为在标准的拉丁语里,tertius equi 要说的并不是第三匹马,而是 equi 这个词的第三个字母 u。不过,那是瞎扯……"

威廉看了看我,在黑暗中,我好像看见他的脸变了形:"愿上帝保佑你,阿德索!"他说道,"当然,具体的推测,他指的应该是在词语中,而不是在物体中来推测……我怎么那么笨呢!"

他张开手用力拍了一下脑门，发出"啪"的一声，我想他准是打疼了自己。"我的孩子，今天，第二次从你嘴里发出智慧之声，第一次是在梦里，现在你却是清醒着的！快跑，你快跑到你的房间去把灯取来，把我们藏着的那两盏灯都取来。别让人看见你，然后你马上到教堂去与我会合！别问，快去！"

我没问就走了。灯就在我的草褥垫床铺底下，都灌满了油，因为那是我事先已准备好的。我把打火石塞进僧袍里，把两盏灯像宝贝一样揣到怀里，就跑步去教堂了。

威廉待在三足炉鼎下，正在重新阅读羊皮纸手稿上韦南齐奥留下的笔记。

"阿德索，"他对我说，"primum et septimum de quatuor，并不意味着四的第一和第七，而是四这个字的第一和第七个字母！"我还是没有明白，后来我豁然开朗："原来是《宝座上的二十四位老者》那篇铭文！那段诗文！刻写在镜子上方的字！"

"我们走！"威廉说道，"也许我们还可以救一条人命！"

"谁的命?"我问道，而他却已在骷髅头周围忙碌着，在打开通向圣骨堂的甬道。

"一个不值得救的人的生命。"他说道。此时我们掌灯前行，已经到了地下通道，朝通向厨房的门口走去。

前面我已说过，在这里你只要推开一扇木门，就会发现已身处厨房的壁炉后面，在通往缮写室的螺旋形楼梯下了。而就在我们推那扇木门时，听到左边墙壁里发出几声沉闷的响声。声音是从门边的墙壁传来的，那里是沿墙排放骷髅头和圣骨的一排墓穴尽头。在最后一个墓穴那里，有一段实心墙填满了方形的大石块，正中央嵌有一块石碑，上面刻着褪了色的单音节字。响声像是从石碑后面或是上方传来，又像是就在我们头顶上面。

如果这事发生在头天晚上，我会立刻想到死去的僧侣，但现在我随时准备面对活着的僧侣身上发生的更可怕的事。"会是谁呢？"我问道。

威廉开了门，从壁炉后面出去。沿着螺旋式楼梯的墙壁也听得到响声，就好像有人被囚禁在墙壁夹层里面，或者可以推测在厨房内墙和南角楼的外墙之间存在不小的空间（的确有相当的宽度）。

"有人被关在里面了，"威廉说道，"我一直在琢磨的是，这座楼堡有那么多的通道，是不是另有一个进入'非洲之终端'的通道。显然是有的。从圣骨堂上去到厨房之前，有一堵内墙可以打开，并且可以沿着一道隐藏在墙体内与此平行的楼梯上去，直接就进入用墙体隐藏的房间了。"

"可现在谁在夹层里面呢？"

"第二个人。一个人已在'非洲之终端'，另一个人力图追上他，可那个在高处的人应该已经封住了两个入口的机关。这样，后者就落入了陷阱，而且他想必是异常焦急，因为在那像羊肠小道一样狭小的空间里，空气稀少。"

"那是谁呢？我们得救他出来呀！"

"究竟是谁，一会儿我们就会看到。至于搭救他，那只能从上面把机关打开，因为在这边我们不知道机关秘密。我们得赶紧上去。"

就这样，我们上去进到缮写室，并从那里抵达迷宫，很快就赶到了南角楼。最少有两次我不得不放慢脚步，不能快步往前冲，因为那天夜里从墙缝刮进来的寒风形成几股气流，钻进过道里，呼啸着钻入各个房间，吹得散乱在桌上的书页唿唿作响，致使我不得不用手挡住油灯上晃动的火苗。

我们很快来到有镜子的房间，这回我们对等待着我们的变形把戏已有心理准备。我们举起灯,照亮镜框上方的那些铭文,宝座四周就座的二十四位长老……秘密昭然若揭:quatuor 这个字有七个字母,只需按动第一个字母 q 和第七个字母 r。我兴奋不已,想亲手去按动那两个字母。我急忙把灯搁在房间中央的桌上,我精神紧张,动作慌乱,放灯的时候,火苗把一本书的封面烧着了。

"当心,笨蛋!"威廉喊道,并一口气吹灭了灯盏,"你想放火烧掉藏书馆吗?"

我连忙道歉,并又要点灯。"算了,"威廉说道,"用我的就够了。你拿着,给我照亮,铭文太高了,你够不着。我们动作得快点儿。"

"要是里面的人带着武器怎么办?"我问道,那时威廉在摸索着寻找那几个关键字母,像他那么高的个子,想摸到《启示录》中的那一句铭文,还得踮着脚尖。

"把灯拿高些,真见鬼,别害怕,上帝跟我们在一起!"他答非所问地回答我道。他的手指正要碰到 quatuor 的字母 q,而我在他身后几步的地方,对他的一举一动看得比他自己更清楚。我已说过,铭文的字母像是刻在或是嵌在墙上的:很明显,组成 quatuor 一词的那些字母,都镶了金属框架,字母后面便是镶嵌在墙壁上的一个奇妙的机械装置。字母 q 被按动往前推时,发出清脆的咔咔声;按动字母 r 的时候,也发出咔咔的响声。整个镜框颤动一下,"咔嚓",玻璃表面朝后面弹开。原来镜子是一道门,门轴及合叶都在左边。威廉把手伸进镜门右侧和墙体之间的缝隙,把镜门朝自己方向拉。随着"吱嘎"一声,门朝我们打开了。威廉钻入门内,我也把灯举过头,紧随其后进去了。

晚祷结束两个小时之后,在第六天与第七天交替的深夜,我们进入了"非洲之终端"。

第七天

第七天

夜　晚

若要记述这里的奇妙发现,标题就该跟整个篇章一样长了,这不符合惯例。

我们来到一个房间,其形状与另外三个没有窗户的七边形过厅相似。里面不通风,书籍因潮湿而有一股刺鼻的霉味儿。我高举油灯先照亮天花板,然后把灯放低左右移动,摇曳的灯光照到远处靠墙摆放的书架。

最后我们看到屋子中央一张堆满纸页的桌子,桌后是一个坐着的人形,他好像在黑暗中等待我们。尽管他是个活人,可是一动不动。还没等灯光照亮那人的脸,威廉就说话了。

"晚上好,尊敬的豪尔赫,"他说道,"你一直在等我们吗?"

灯光照亮了老人的脸,他像是并不瞎,看着我们。

"是你吗,巴斯克维尔的威廉?"他问道,"今天下午夕祷之前我就来这里把自己关起来,然后一直等着你。我知道你会来的。"

"可是院长呢?"威廉问道,"在暗道楼梯上挣扎的是他吗?"

豪尔赫犹豫了片刻。"他还活着吗?"他问道,"我以为他已经窒息而死了。"

"在我们的谈话开始之前，"威廉说道，"我想先救他出来。你可以从这里把暗道机关打开。"

"不，"豪尔赫疲惫地说道，"已经不能了。机关得从下面操作。按动下面的石碑，这上面就会弹出一个杠杆，打开那边尽头的一扇暗门，就在那个书柜后面，"他指了指自己的身后，"你可以看到书柜旁边有一个轮子，上面带有一些秤砣，那轮子是用来控制这上面的装置的。我从这里听到轮子转动，就知道阿博内已经从下面进了暗道，我就拉了连接秤砣的绳子，可是绳子断了。现在暗道两边都已经堵死，那条绕在装置上的绳索无法再重新接上，阿博内死定了。"

"你为什么要杀死他？"

"今天他派人来叫我时，对我说，多亏了你，他已经知道了一切。那时他还不知道我想全力保护的是什么，他从来没有真正懂得藏书馆的珍宝和宗旨。他要我告诉他不为他所知的秘密。他愿意开放'非洲之终端'。那帮意大利人深信我和我的前任酝酿并保有什么秘密，要求院长把秘密公开。他们被寻求新鲜事物的欲望所诱惑……"

"你该不会是答应了他，为了修道院的声誉不受到伤害，不让任何人知道什么，你将会到这里来，你将会了结你的生命，就像你结束别人的生命那样。然后你指点给他来这里的路线，让他过后来这里检查。可是实际上你到这里等着他，是为了杀死他。难道你没有想过他可以从镜子那里进来吗？"

"不会的，阿博内个子矮，他自己没有办法够着镜子上方铭文的字母。我指给他的通道只有我知道，那是我多年使用的通道，因为我在黑暗中走起来比较方便。只要到了圣骨堂，然后沿着死人的骨头一直走到通道的尽头就行了。"

"你就这样让他来这里，明知这样会置他于死地……"

"我已经无法再信任他。他害怕了。他已经很出名了，就因为他在福萨诺瓦成功地把一具尸体从旋梯抬下去。那是不该得到的荣耀。如今他死了，却不再有人能够把他的尸体抬上来。"

"那条通道你走了四十年。当你的眼睛快瞎时，你就意识到以后不能再掌控藏书馆了。你让一个你信得过的人当上院长，先让他任命对你言听计从的博比奥的罗伯特当藏书馆馆长，然后内定由马拉希亚接班；马拉希亚不经由你的同意不敢越雷池一步。所以四十年来，你始终主宰着这座修道院。那帮意大利人对此心知肚明，阿利纳多也总是念念不忘，挂在嘴上。可没人听他的，都认为他神志不清，是不是这样？不过，你仍然等着我来，你无法堵死镜子后面的入口，因为机关装置是封闭在墙内的。可你为什么等着我？你怎么肯定我一定会来呢？"威廉问道，但他说话的口吻表明他已猜到了答案，而他等着豪尔赫的回答就像是等着对自己精明睿智的褒奖。

"从第一天起，我就知道你会搞清楚一切。从你的声音，从你引我就一个我不想谈论的话题进行争论的做法，我就知道你比别人都强，你是无论如何都能达到目的的。你知道，只要审慎思索，并用自己的头脑重新构建别人的思路，就可揭开谜团。何况，我听说你向其他僧侣所提的问题都一一切中要害。但是你从来没有提出有关藏书馆的问题，仿佛你早就知道它的奥秘。一天夜里我去敲过你房间的门，你不在。当时你肯定是在这里。我听一位仆人说，厨房的油灯缺了两盏。最后，前天塞韦里诺来教堂的前厅跟你谈及一本书时，我便确信你是在追寻我的踪迹。"

"不过，你又成功地从我手里弄走了那本书。你去找了马拉希亚，当时他什么都不知道。他心怀嫉妒，因阿德尔摩抢走了他最心爱的贝伦加,他无法摆脱内心的阴影;而贝伦加是想要更年轻的伴侣。马拉希亚不明白韦南齐奥跟这件事有什么关系,而你又使他的思绪更加混乱。你跟他说,贝伦加跟塞韦里诺关系暧昧,所以贝伦加给了他'非洲之终端'那里的一本书作为报答。我不知道你究竟跟马拉希亚说了什么。嫉妒得发疯的马拉希亚去找了塞韦里诺,并把他杀了。之后他没来得及寻找你曾经对他描述过的那本书,因为这时食品总管来了。事情是不是这样?"

"差不多。"

"不过你不想让马拉希亚死。他很可能从来没有看过'非洲之终端'那里的藏书,他相信你,服从你的禁令。他只事先在藏书馆点燃药草,以吓跑晚上可能潜入的好奇者。塞韦里诺给他提供药草,因此,那天塞韦里诺才会让马拉希亚进入医务所,马拉希亚每天都要去取新鲜药草的。我猜得对吗?"

"你猜对了。我并不想让马拉希亚死,我要他无论如何得找回那本书,把它放回这里,别打开它。我告诉他那本书有毒,比千只蝎子的毒性都要大。可那个疯子第一次擅自行动。我不愿他死,他对我忠心耿耿。不过你别对我重述你知道的事情,我知道你都清楚。我不想满足你的自豪感,你已经都猜到了。今天早晨我在缮写室听见你盘问本诺有关西普里安的《晚餐》的书稿,当时你已接近真相了。我不知道你是怎么发现镜子的秘密的,但当我从院长那里得知你对他提起过'非洲之终端',我就认定,不久你会找到这里的。因此,我在这儿等着你。现在你想要什么?"

"我想看看最后装订成册的手稿,"威廉说道,"那本书中有一篇阿拉伯语的文章,一篇叙利亚语的文章,以及西普里安的《晚餐》一书的译介或誊写本。我想看看用希腊语写的那卷,大概是由一个阿拉伯人或是西班牙人写的。你是借助于里米尼的保罗得到的那本书,他们派你到你家乡去搜集里昂和卡斯蒂利亚最漂亮的《启示录》手稿。那乃是一件猎获物,使你出了名,并在这座修道院享有威望。它使你登上了藏书馆馆长的职位,而那本来是应该由比你年长十岁的阿利纳多担任的。我想看看那卷写在亚麻纸上的希腊语抄本,那种纸当时十分稀有,你家乡布尔戈斯附近的西罗斯就是产地。我想见到那本你读完之后偷来的书,你为了不让别人读到它,就把它藏在这里,把它精心保护起来。你没有毁掉它,因为像你这样的人,是不会毁掉书卷的,而只是把它藏起来让谁都碰不到它。我想见到亚里士多德《诗学》的第二卷,就是那本人人都以为已经丢失或从未写过的书,而你保存的也许是个孤本。”

“威廉,要是你当藏书馆馆长该会是多么出色啊,”豪尔赫带着一种赞赏而又不无遗憾的口吻说道,“看来,你什么都知道了。你过来,我想你那边的桌旁有一个凳子。你坐下,这是对你的奖赏。”

威廉坐了下来,把我递给他的那盏灯搁在桌上,灯光从下方照亮豪尔赫的脸。老人拿起面前的那本书递给了他。我认出了书的装帧,就是我在医务所打开过的那本,当时我以为那是一本阿拉伯语的手稿。

“你读吧,翻阅一下,威廉,”豪尔赫说道,“你赢了。”

威廉看了看那卷书,但没有碰它。他从修士长袍中拿出一副手套,不是他平时戴的露出手指尖的那副,而是我们发现塞韦里诺死时手上戴的那副。威廉慢慢地打开破损易碎的书卷,我凑近了他,俯身趴在他肩上。听觉极其敏锐的豪尔赫,听见我发出的声响,他说:“孩子,你也在啊?我也会让你看的……过一会儿。”

威廉快速翻阅了头几页。“依照目录记载,是一卷有关几个愚人格言的阿拉伯语书稿,”他说道,“说的是什么呢?”

“哦,是异教徒一些愚蠢的传说,书中认为愚人会说出精辟的格言,令神父们也感到惊诧,他们的首领哈里发听了也很兴奋……"

"第二卷是叙利亚语手稿,不过根据目录,是一本有关炼金术的埃及语小册子的译文。怎么会收集在这里呢?"

"是关于耶稣的第三纪元的一部埃及作品。跟后来的作品有连贯性,但没有那么危险。谁也不会听一位非洲炼金术士的胡言乱语。他把世界的创造归之于神之笑……"他仰起头,凭着博览群书的学者惊人的记忆力吟诵起来,那是在他还拥有视力的四十年里不断背诵而学到的东西:"上帝笑了一笑,统治世界的七位神祇就降生了,当他发出一声大笑时,就产生了光;第二声大笑时,就产生了水;而当他笑到第七声时,就产生了心灵……荒唐之极! 接着是无数愚人中的一个写的那篇评论西普里安的《晚餐》的作品,也同样荒诞无稽……不过,这些不是你感兴趣的。"

威廉的确很快翻过了前面的书页,读到了用希腊语写的第三卷。我立刻见到那卷书的纸页质地不同,比较柔软。第一页几乎快掉下来了,页边已磨损了一部分,上面布满了淡淡的斑痕。岁月的流逝和气候潮湿往往会在书籍上留下这种印记。威廉先是用希腊文念了前面几行,然后翻译成拉丁语,并接着继续翻译成拉丁语读,让我也能知道这部致人于死命的书是怎么开头的。

"在第一卷里,我们论及悲剧,谈到了悲剧在引起怜悯和惧怕的同时,怎样产生净化情感的作用。就像我们承诺过的那样,现在我们看看喜剧(也谈论讽刺诗和滑稽剧),探讨一下它怎么在引人发笑愉悦的同时,也能使激情达到净化。那种激情是多么值得重视,这我们已经在关于心灵的那卷书里谈到了,因为——在所有的动物中——唯有人是有能力笑的。

因此我们将会界定喜剧中的摹仿行为属于哪一类，以此检验喜剧何以能引人发笑，而引人发笑的就是剧情和话语。我们将会说明剧情的可笑怎样由将最好与最坏等同的方法产生，或者相反，由迷惑人让人感到意外的方法产生；由不可能违反自然法则到违反自然法则的方法产生，由微不足道和不合逻辑的因素产生，由人物的自卑自鄙及滑稽可笑和粗俗的手势产生，由不值得称道的事物的不和谐及其选择产生。所以我们将会论述话语的可笑怎么来自用类似的话语来表达不同的事物，以及用不同的话语来表达类似的事物的双关语，来自话语的重复和游戏，来自昵称和发音的谬误，还来自语言的不规范……"

威廉吃力地翻译着，并不时停下来，以选用恰当的词句。他边翻译边微笑，仿佛在说那就是他祈望找到的东西。他大声地念了第一页，然后就停下了，好像对别的已不感兴趣。他又匆匆翻阅下面的书页，但是他翻过几页，就翻不开了。书页右上角沿边缘外侧，上页跟下页都粘在一起了。亚麻纸——受了潮变质后往往是这样——渗出一种粘液，纸就粘住了。豪尔赫发现翻阅书页的微弱响声停止了，便催促威廉读下去。

"继续啊，威廉，你读啊，再翻啊。它是你的，你值得拥有它。"

威廉笑了，而且他觉得挺有意思："这么说，你并不真的认为我精明。豪尔赫！我戴上了手套，可你看不见。手套碍事，我无法把粘在一起的书页一张张揭开。我本该不戴手套翻阅书页的，把手指放在舌头上舔湿，就像今天早晨我在缮写室里翻书那样。不曾想，我突然明白了这个奥秘。你满以为我会直接用手翻阅下去，直到吃下相当剂量的毒药。我说的毒药是你在很久之前的某一天从塞韦里诺的实验室里偷走的。也许当时你已在担心,因为之前你听到有人在缮写室里谈论'非洲之终端',或是谈论丢失的亚里士多德的那本书,或者这两本书都谈到了,并表现出极大的好奇心。我想那瓶毒药你藏了很久,打算一旦感到有某种危险时就使用它。而几天前你感到了这种危险,一方面韦南齐奥几乎已谈到这本书的主题,另一方面贝伦加为了打动阿德尔摩,由于轻率和虚荣,并非像你所期望的那样能保守秘密。于是你出手了,到这里布置了陷阱。你安排得很及时,过了几夜后,韦南齐奥溜进来,偷走了这本书,并心急如焚地贪婪地翻阅。不久他就感到不舒服,跑到厨房想寻求帮助,于是他就死在厨房里了。我没有说错吧?"

"没错,你说下去。"

"接下来就简单了。贝伦加在厨房发现了韦南齐奥的尸体,生怕会就此展开调查。因为说到底,韦南齐奥夜里擅入楼堡,乃是因贝伦加最初向阿德尔摩泄露了机密。贝伦加不知道该怎么办,就把尸体扛出厨房,扔进猪血缸里了,以为这样人们都会相信韦南齐奥是自己淹死的。"

"可你是怎么知道事情是这样的呢?"

"这你也清楚,他们在贝伦加那里发现了一块染有血迹的厚布时,我注意到了你当时的反应。那个笨蛋把韦南齐奥扔进猪血缸后,用那块布擦了手。可是他失踪了,他只能是带着那本他也好奇的书失踪了。而你一直期盼人们能在什么地方发现他,不是被杀死,而是被毒死。剩下的事就很清楚了,塞韦里诺重新找到了那本书,因为贝伦加为了避人耳目,先去了医务所看那本书。在你的唆使下,马拉希亚杀死了塞韦里诺,而后他回到这里,想知道致使他成了杀人犯的这书究竟有什么秘密,结果他也毙命。这样,所有的命案便有了合理的解释……真愚蠢……"

"谁愚蠢?"

"我。因为阿利纳多的一席话,我居然深信一连串的凶案是遵循《启示录》的七声号的顺序发生的。阿德尔摩死在冰雹中,却是一起自杀;韦南齐奥死在血泊中,却是由于贝伦加古怪的念头;贝伦加死在水中,却纯属偶然;塞韦里诺死在浑天仪所示天体的第三部分,可那是因为浑天仪是马拉希亚当时唯一可以顺手取来击毙他的凶器。最后,马拉希亚死于蝎子般的剧毒……为什么你告诉他那本书的毒性胜过千只蝎子?"

"那是因为你。阿利纳多把他的想法告诉过我,而我听人说你也觉得他的说法可信……于是我相信有一种神的意志在掌控着这些人的死亡,因此责任并不在我。而且我告诫过马拉希亚,如果他对那本书也感到好奇的话,他同样会在神的安排下丧命,就像后来果真发生的那样。"

"原来如此……为了解释犯罪活动,我有过一个错误的推理。杀人凶手的行踪正与这个推理相符,而就是这个推理使我寻觅到你的踪迹。现如今,谁都摆脱不了约翰《启示录》一书的困扰,而我觉得你是对此书思考得最多的。这并不全是因为你对敌基督的思辨,而是因为你来自最辉煌的《启示录》的家乡。有一天,某人对我说,这本书最漂亮的手抄本是由你带到藏书馆来的。还有,有一天阿利纳多在胡言乱语中说出了他的一个神秘的敌对者,那人曾被派到西罗斯去寻找书籍(令我好奇的是,他说那人过早地回到黑暗的王国;当时人们以为他是说那人过早去世了,其实他影射的是你的失明)。西罗斯靠近布尔戈斯,而今天早晨我在图书目录里找到了一批西班牙文《启示录》的书目,就是在你接任或正要继任里米尼的保罗那段时期内收录的。在那批书籍中也有这本书,但我直到获悉被偷的那本书是用亚麻纸制作的,我才肯定了自己的推断。

于是我想起了西罗斯,我也就胸有成竹了。当然,随着对这本书及其所含毒性的概念逐渐形成,《启示录》所隐含的寓意就不攻自破了。但我还是不明白书本和《启示录》中的号角顺序,两者怎么都引到你身上去了呢?那是鉴于我对书的来历有更好的了解,在《启示录》号角顺序的指引下,我不得不想到你,以及你有关'笑'的讨论。以致今天晚上尽管我已不再相信《启示录》中所预示的顺序,我还是坚持要检查马厩,在那里等待第六声号。而真的就是在马厩里,纯属偶然,阿德索给我指出了进入'非洲之终端'的秘诀。"

"我听不明白你说的,"豪尔赫说道,"你自豪地向我表明你是怎么按照你的推理追寻到我,可你却又向我表明你遵循的是一种错误的推理。你究竟想跟我说什么?"

"不想跟你说什么。我很困惑,这就是一切。不过,那并不重要。重要的是我到了这里。"

"上帝吹响七次号。而你,尽管还陷在你的错误之中,可你已隐约地听到那号的回声了。"

"这你在昨晚的布道中已经说过。你力图使自己相信,所有这一切都是按照神的设计进行的,以此自欺欺人地掩饰你是杀人凶手的事实。"

"我没有杀死任何人。他们每个人都是由自己罪恶的命运安排而导致死亡的。我只是工具。"

"昨天你说犹大也是工具。这并没有使他免受地狱之灾。"

"我愿冒被打入地狱的风险。上帝会赦免我的,因为他知道我是为了他的荣耀。我的职责是呵护藏书馆。"

"就在片刻之前,你还打算害死我和这个孩子……"

"你挺机敏,但是你并不比别人更强。"

"现在我粉碎了你的阴谋,接下来还能怎么样呢?"

"我们走着瞧，"豪尔赫回答说，"我并不是非要你死。也许我会说服你。但是你先告诉我，你是怎么猜到事情是牵涉到《诗学》第二卷的？"

"你那些谴责诅咒'笑'的论点当然不足以让我猜到，我从你和别人的争论中所知道的也微不足道，我是得益于韦南齐奥留下的一些笔记。一开始我不明白那些笔记想说明什么，但上面有些提示，诸如，顺着平原翻滚的一块石头，从地底下鸣叫的蝉，以及值得敬仰的无花果树。先前我曾读到过类似的句子，这几天我查阅了一下，那是亚里士多德在《诗学》第一卷和《修辞学》中用过的一些例句。后来，我想起来，塞维里亚的伊西多尔把喜剧定义为某种讲述贞女的淫荡和娼妓的爱……我头脑里逐渐勾勒出这第二卷书的内容。不用阅读那些会毒死我的书页，我就几乎可以全部向你讲述出来。喜剧产生于乡下人居住的农村，当初是作为盛宴或聚会之后欢乐的庆祝活动。剧中讲述的不是有名望或者有权势的人，而是卑微和可笑的人，不是刁蛮的人，故事也不是以人物的死亡为结局。喜剧往往用表现贱民的缺点和陋习来达到滑稽可笑的效果。在这里，亚里士多德把'笑'的倾向视作一种积极的力量，通过一些诙谐的字谜和意想不到的比喻，产生一种认知的价值。尽管喜剧对我们讲述的事情像是虚构的，与事实并不相符，但实际上却正因如此才迫使我们更好地观察事物，并让我们自己来说：你看，事情原来如此，以前我并不知道。喜剧展现的人物和世界比实际存在的和我们原来想象的更糟糕，以此来揭示真理。总之，比英雄的史诗、悲剧和圣人的生平中所展示的人物和世界都更坏。是不是这样？"

"相当可以了。你是通过阅读其他书籍而构想出来的吧？"

"这在韦南齐奥原来所研读的许多书中都谈到了。我相信韦南齐奥很久以来就在寻找这本书。他应该是在图书目录上看到了我也看到过的线索,并且深信那就是他正在寻找的书。可他不知道怎么进入'非洲之终端'。当他听到贝伦加跟阿德尔摩说到这本书的时候,他就像一只追寻野兔踪迹的猎狗一样急于捕到猎物。"

"事情就是这样,我很快就意识到了。我明白该是我出手拼死捍卫藏书馆的时候了⋯⋯"

"你就把有剧毒的油膏抹在书上。你一定费了好大的劲⋯⋯完全在黑暗中。"

"如今我的手比你的眼睛看的更多。我从塞韦里诺那里还拿走了一把小刷子,而且我也戴上了手套。这是个好主意,是不是?使你花了许多时间和精力才弄明白⋯⋯"

"是的。我原来想到过一种更复杂的装置,想到过一颗有毒的牙齿或类似的什么东西。我应该说,你的办法是惩戒性的,受害者自己毒死自己,而且正好是利用他想阅读的心理⋯⋯"

我不寒而栗地意识到,此刻这两个殊死较量的人,竟然相互赞赏着,就像两人的作为都只是为了赢得对方的喝彩。我想到了贝伦加诱惑阿德尔摩施展的计谋,比起眼前这两人征服对方所使用的诡计和疯狂才干,就不算什么了,而那姑娘使我勾魂摄魄的那些纯朴自然的举动,比起这些日子我眼皮底下所发生的、用七天的时间理出头绪的诱惑行为,就更不算什么了。这么说吧,两个对话者都用话语给对方一些神秘的启迪,都既害怕又仇恨对方,但又暗自企望自己得到对方的认同。

"不过,现在你告诉我,"威廉又说道,"为什么?为什么有那么多别的书,你偏偏要保护这本呢?你不用付出犯罪的代价,就把论述魔法的著作和一些可能亵渎上帝威名的书籍藏了起来,而为什么就为了这几页书稿,却不惜把你的几位修士兄弟打入地狱,也把你自己打入地狱呢？有许多书籍论及喜剧，还有许许多多书籍的内容也蕴含对'笑'的赞扬，为什么唯独这一本书使你这么害怕呢？"

"因为那是'哲人'所写的书。亚里士多德的每一部书，都颠覆了基督教几个世纪以来所积累的部分智慧。神父们谆谆教诲的是圣言力量之所在的道理，而只要波伊提乌评论到哲人的话，圣言之超人的神秘，就变成人类范畴和演绎推理的拙劣模仿了。《创世记》说到应该知道有关宇宙的构成，而只要重新研读哲人有关自然科学方面的书籍，就足以让人把宇宙想象成是由污浊混沌的物质所构成，也足以让阿拉伯人阿威罗伊说服世人相信世界是永恒的。我们都知道事物神圣的名字，而阿博内——受了哲人的诱惑——为其送葬的多明我会修士因为傲慢的心理，按照自然的论据又重新一一命名。这样一来，对于这位最有权威的雅典哲人来说，宇宙是向那些善于仰天探究光的起源的人们展现其面貌的，宇宙成了收藏尘世迹象的地方，从而追溯出命名的抽象的效应。以前我们总仰望天空，恼怒地乜斜物质的淤泥浊水；现在我们却俯视大地，并在大地的印证下相信上天。哲人的每一句话都颠覆了世界的形象，如今连圣人和教皇都以哲人的话来起誓。但他并没有到颠覆上帝形象的地步。如果这本书成了公开解读的课题，那么我们就越过极限了。"

"但是在关于'笑'的这个话题中，是什么使你感到害怕呢？即便你消灭了这本书，也不能消灭笑声啊。"

"当然不能。'笑'是我们血肉之躯的弱点，是堕落和愚钝之举。'笑'是乡下人的消遣，是醉汉的放纵。教会也明智地允许有节庆、狂欢和集市，宣泄情绪，克制欲望及避免白天出现野性的遗精现象……然而，这样看来，'笑'毕竟是卑微的，是贱民护身的法宝,平民还俗的奥秘。使徒也这么说,与其被人烧死,还不如还俗结婚;与其背叛依上帝意愿建立的秩序,还不如在用餐最后,喝光酒壶和酒坛里的酒,酩酊大醉之后,享受你们那些对尘世习俗卑劣而滑稽的模仿。你们推举出愚人之王来吧,沉溺在驴和猪一般的庆典仪式之中,你们头朝下纵情狂欢耍把戏吧……但是,这里,这里……"这时豪尔赫用手指敲着桌子,渐渐靠近威廉面前摊开的那本书,"这里'笑'的功能却逆转了,它被提升为法术,学者们的世界向它敞开了大门,'笑'被当做哲学和异端神学的主题了……你昨天看见了贱民是怎么领会和实践最为污秽的异端学说的,他们既否认上帝的法则又否认自然法则。然而教会能够忍受贱民的异端,因为他们谴责自己,判自己有罪,他们往往会被自己的愚昧无知所毁灭。没有教养的多里奇诺及同类的疯狂永远不会让神的秩序陷入危机。他宣扬暴力,并将死于暴力,不留下痕迹,他将会像一次嘉年华一样消融。在短暂的欢庆主显节期间,世界颠倒过来也无妨。只要行动不演变成计划,只要没有一种拉丁语能翻译这种俗语。'笑'使愚民摆脱对魔鬼的惧怕,因为在愚人的狂欢节,连魔鬼也显得可怜和愚蠢,因而可以控制它。然而,这本书也可能教诲人,以为摆脱对魔鬼的恐惧也是一种智慧。当愚民一笑,葡萄酒在喉咙里汩汩作响时,他就感觉自己成了主人,因为'笑'颠覆了自己与僭主之间的关系。不过这本书也可以教导有学识的人学到一些聪明的策略,使那种颠覆从此合法化。于是,愚民令人兴奋的下意识的腹部活动,就会变成大脑的思维活动。正是我们人独有的'笑',标志着我们有不沦为罪人的节制。但是有多少像你一样被腐蚀的头脑会从这本书中得出极端的推论啊,因此'笑'是人的终极!'笑'能在瞬间消除愚民的恐惧心理。但是治人的法规的基点是惧怕,其实就是对上帝的惧怕。这本书可以迸发出魔王撒旦的火星,引燃焚烧整个世界的新的火灾:'笑'被描绘成连普罗米修斯都不甚知晓的一种消除恐惧的新法术。愚民在发笑的那一时刻,连死也不在乎了,但在开怀笑过之后,按照神祇的安排,他们又会感到恐惧。这本书可以衍生出新的摧毁性的祈望,即通过释放恐惧来消除死亡。恐惧也许是神祇馈赠于人的最有益、最富情感的天赋,没有恐惧,我们这些有罪之人将会变成什么样呢? 多少世纪以来,学者和神父们以神圣的学识精华粉饰炫耀自己,借助那至高无上的思想,来救赎人类免受贫困和卑贱之物的诱惑。而这本书把喜剧,还有讽刺剧和滑稽剧说成灵丹妙药,说通过演示弊病、陋习和弱点能产生净化情绪的作用,会引导伪学者竭力用接受低俗来赎回(用魔鬼式的颠覆)高尚的心灵。这本书还会让人以为人类可以在尘世间找到尽享荣华富贵的极乐世界,然而我们不应该也不许可有这样的想法。你看那些不知羞耻地阅读西普里安的《晚餐》的小僧侣。那本书是对《圣经》最恶意的篡改! 他们明知看那种书是罪恶的,但当哲人为那些荒唐的想象做辩解时,噢,那些不足取的嘲弄就跃居中心喧宾夺主,本来的中心意思就荡然无存了。上帝的子民将变成从未名之地的深渊冒出来的魔鬼群体,而到那时,已知世界的边缘将变成天主教帝国的心脏,独目人将坐上彼得的宝座,勃雷米人①将主持修道院,挺着肚子的大脑袋侏儒将看管藏书馆! 发号施令的将是仆人,而我们(那么也有你)得俯首听命。一位希腊的哲人(是你的亚里士多德肮脏权势的同谋)说,敌对者的'严肃'要用'笑'来抵消,'笑'可以对抗'严肃'。我们的神父谨慎地做了选择:如果'笑'是平民的乐趣,平民的纵欲则应该用'严肃'来控制和打击,而且应该受到'严肃'的威慑。而平民没有手段

————————————

① Blemmyes,传说中埃塞俄比亚人的一支,没有脑袋,眼睛和嘴长在胸口。

来完善'笑'，以使它变成对抗牧师们的'严肃'的工具。牧师们把'严肃'注入永恒不息的生命中去，会使其免受食、色、情、欲的诱惑。然而如果有一天，某人引用哲人的言论，俨然以哲人口吻说话，把'笑'的艺术提升为一种微妙的武器，如果戏谑取代了信仰，如果至高无上的最神圣形象被颠覆了，取代了悉心拯救人类的救赎形象，啊，到了那天，威廉，就连你和你的学识也会被颠覆的。"

"为什么？我将会战斗，用我的机智去与他人的机智较量。那将是一个更美好的世界，比贝尔纳·古伊用火和炽热的烙铁来羞辱多里奇诺的那种世界要美好。"

"到那时你自己也会陷入魔鬼的阴谋之中。你将会站在哈米吉多顿的战场上为另一方决斗，那将是最后的决战。然而教会在那一天会再一次定下交战的规则。咒骂吓不倒我们，因为即使从上帝的诅咒里，我们仍会看到耶和华怒斥叛逆的天使时错愕的形象。那种以革新的幻想名义杀害我们牧师的人所采用的暴力吓不倒我们，因为那是力图毁灭以色列人民的同样的暴力。迦太基的多纳图派的严厉，阿哥尼斯特派自杀的疯狂，鲍格米勒派的淫荡纵欲，卡特里派自豪的纯洁，鞭笞派血腥的需求，自由灵弟兄会对罪恶的热望，全都吓不倒我们：这些人我们都了解，并且了解他们犯罪的根由，那也正是我们所遵循的圣德的根源。他们吓不倒我们，尤其是我们知道如何消灭他们，更知道如何让他们自生自灭，让他们把来自地狱深渊的死的意志固执地带到天国，而且我还想说的是，他们的存在对于我们是宝贵的，是记载在上帝的宏图之中的。因为他们的罪孽激励我们的善德，他们的咒骂鼓励我们高唱赞歌，他们无序的悔罪调整我们祭祀的品味，他们的渎神叛逆反衬出我们的虔诚。这样，就如同黑暗的王子有必要存在，因其叛逆和绝望，上帝的荣耀才更加辉煌，那是一切希望的开始和终结。但是，假如有一天——平民也不再例外，学者的苦修被用来证明圣书颠扑不破的真理——嘲讽的技巧被人接受，并不再那么机械做作，而是显得高雅洒脱，假如有一天某个人能够说（或能够听他说）：我嘲笑基督转世为人……到那时我们就没有阻止那种咒骂的武器了。那些饱食终日打嗝放屁的人，借咒骂来释放积聚在体内污秽的恶气，然而他们只是发泄发泄淫威，随时随地肆无忌惮地打嗝放屁！"

"莱克格斯①曾为'笑'竖立了一座雕像。"

"你是在克罗里基奥的诽谤性文章上读到的，他极力为滑稽剧演员开脱亵渎的罪名。书上说，如同让医生用'笑'治好病的患者，如果上帝已定了他在尘世间终了的日子，那医生还有什么必要去医治他呢？"

"我不相信喜剧能作为医生治好患者的病。喜剧只是教患者嘲笑病痛。"

"病痛无法驱逐。病痛只能消除。"

"连同病人的躯体。"

"假如必要的话。"

豪尔赫好像不明白。要是他看得见的话，他一定会用惊愕的目光瞪着对方，"我？"他说。

"是的，他们骗了你。魔鬼并不是物质的巨擘泰斗，魔鬼是精神的狂傲，是不带微笑的信仰，是向来不被质疑的真理。魔鬼的心理是阴暗的，他知道自己去哪里，却又总是回到来的地方去。你是魔鬼，也像魔鬼一样生活在黑暗中。假如你原本想说服我，那么你没有成功。我憎恨你，豪尔赫，而且如果我能够，我要让你赤身裸体，屁股眼里插上鸡毛，脸涂成变戏法的小丑，然后把你拖到院子

---

① Licurgus（约 390—324），雅典演说家和政治家。

里,让全修道院的人都嗤笑你,让他们不再害怕。我真想在你全身抹上蜜,让你在羽毛堆里打滚,然后用皮带把你牵到集市上,并对所有的人说:这个人原来一直向你们宣讲真理,并且总说真理有死亡的味道,当时你们并不相信他的话,认为他有那种阴暗忧郁的心理。可现在我要告诉你们,在这无奇不有令人眼花缭乱的世间,上帝允许你们想象这样一个世界,在那里,自命解释真理的人,不过是一个滑稽可笑的蠢货,他只是学舌,不断重复着很久以前别人说过的话。"

"你比魔鬼更可恶,方济各修士,"豪尔赫说道,"你是个小丑,就像抛弃了你们的那个圣人一样。你就像你的圣方济各,他把自己的整个身心都化作了传道的工具,他布道时还要像街头卖艺者一样表演一番,把金币放在悭吝人手里让他困惑不解;他不是用讲道来羞辱修女的虔诚,而是吟诵《圣经》里的'神啊!求你怜悯我'羞辱她们;他用法语行乞;他化装成流浪汉迷惑饕餮者,他赤身扑在雪地上,他还跟动物说话;他把神秘的耶稣诞生图描绘成田园式的乡村景象,他模仿羊叫呼唤伯利恒的小羔羊……那确实是一个好教派……那位佛罗伦萨的迪奥提萨尔维[①]修士不就是方济各会的吗?"

"是的,"威廉微笑道,"就是那个到布道者的修道院去的人,他说要是不给他圣约翰僧袍上的一块布,他就不接受食物,说他想把那块布当做圣物收藏起来;而他一拿到那块布,就用它擦屁股,然后扔到粪坑里,还用一根竿子在粪便里搅动,嘴里喊着:'哎呀,兄弟们,帮帮我吧,我把圣人的遗物掉到粪坑里了。'"

---

① Diotisalvi,方济各修士。下文是引用编年史学者萨林贝内·德·阿达姆(Salimbene de Adam,1221—1288)在其所著《编年史》中讲述的方济各修士们的诙谐幽默的行为。

"看来，你觉得这个故事很有趣。也许你还想给我讲述另一个叫米勒莫斯凯的方济各修士的故事。有一天，他在冰上滑倒躺在了地上，与他同一个城市的人嘲笑他，其中一个问他是不是想在身子底下垫点儿什么东西御寒，他回答说：'是的，你的妻子……'你们就是这样寻求真理的。"

"方济各就是这样来教会人们从另一个角度看待事物的。"

"但我们鞭笞了你们。昨天你见到了他们，你那些修士兄弟们，他们重又进入我们的行列，他们的谈吐不再像那些贱民。贱民是不应该说话的。这本书想辩解说，贱民的语言也传达了某种智慧。这必须阻止，我就是这样做的。你说我是魔鬼，这不是真的。我是上帝的手。"

"上帝的手是创造，而不是隐藏。"

"凡事都有界限，超越界限是不允许的。上帝希望在某些书页写上警言：这里藏着狮子。"

"上帝也创造了魔鬼，包括你。他希望人们谈论他创造的一切。"

豪尔赫伸出颤抖的手，把那本书拉到自己跟前。他打开书，倒过来，让威廉继续看。"那么，"他说道，"为什么上帝让这本书遗失了漫长的几个世纪呢？而且只留下一个手抄本，谁也不知道原稿的下落。又为什么让那个抄本多年来隐埋在一个不懂希腊文的异教徒手中，之后，又被遗弃在一个古老的藏书馆的密室搁置起来了呢？为什么天意安排了我，而不是你，在那里找到了它，并一直带在身上，又把它藏了好几年呢？我知道，我就想亲眼见到书是怎么用钻石体的字母写成的，我看见了你用眼睛所看不见的东西。我知道这是上帝的意愿，我在诠释上帝意愿的同时采取了行动。以圣父、圣子和圣灵的名义。"

第七天

夜 晚

其间，发生了火灾，由于过多的美德，地狱之力占了上风。

瞎眼老人默不作声。他摊开双手放在书上，仿佛是在抚摸书页，或是在铺平书页以便更好地阅读，或是想保护它免受猛禽的劫掠。

"不管怎么说，这一切都无济于事，"威廉对他说，"现在都结束了，我找到了你，也找到了这本书，而别的人都是白白死掉了。"

"没有白死，"豪尔赫说道，"也许死的人太多了。至少向你提供了一个证据，证明这本书是该诅咒的，这个证据你得到了。然而他们是不应该白死的。为了不让他们白死，再死一个人也不算多。"

他一边这样说着，一边开始用他苍白干枯的双手，将那本书柔软的纸页慢慢撕成一条条一块块碎片，一点点塞进嘴里，慢慢地咀嚼，就像是在吃圣饼，像是要把这变成自己的肉。

威廉出神地望着他，好像没有意识到正在发生的一切。而后，他惊醒过来，探身向前，叫喊道："你干什么？"豪尔赫咧嘴一笑，露出没有血色的牙床，同时一缕浅黄色的唾液从他苍白的嘴唇流到下颌灰白而稀疏的短须上。

"你一直在等待第七声号,是不是?现在你听听那声音在说什么:七雷所说的,你要封上,不可写出来。你拿着吃尽了,便叫你肚子发苦,然而在你口中要甜如蜜。你没看见吗?现在我把不该说出的都封在嘴里了,我要把它带到坟墓里去。"

他笑了,正是他,豪尔赫。我第一次听见他笑……他只是嗓子眼儿里笑,嘴唇没有笑的样子,简直像是在哭:"威廉,你没有料到会是这样的结局吧,是不是?承蒙上帝的恩宠,我这个老头子还是赢了,不是吗?"威廉想从他手里夺回那本书,豪尔赫从空气的颤动察觉到了,就用左手紧紧地把书本抱在怀里,抽身后退,右手在继续撕碎书页塞到嘴里。

他在桌子的另一边,威廉够不到他,就想猛地绕过桌子,但他被修士长袍缠住了,碰倒了凳子,这样豪尔赫就察觉到了动静。老人又哈哈大笑,这次笑得更厉害,同时出其不意地快速伸出右手,他凭感觉到的热气找到油灯的位置,摸到了火苗,并强忍着疼痛用手捂住,灯灭了。房间陷入一片黑暗之中,我们最后一次听见豪尔赫的笑声:"你们来抓我吧,现在是我看得更清楚了!"然后,他就沉默不语,听不见他的声音了,他总是悄无声息地挪动脚步,意外地出现在人眼前。此时,我们听到的只是不时从房间不同方向传来的撕纸声。

"阿德索,"威廉大声喊道,"你把住门口,别让他出去!"

但是他说得太晚了。几秒钟之前我就想朝那个老头子扑去,所以房间里一黑下来,我就跳向前去,想逆着我导师行动的方向迂回到桌子的另一边。我明白得太晚了,让豪尔赫赢得了溜到门口的时间,在黑暗中他能超乎寻常地把握行动方向。果然,我们听到身后传来撕纸片的声音,但相当微弱,因为已是来自另一个房间。

与此同时,我们听到了另一种响声,吱吱嘎嘎的,费劲儿而又逐渐增强,那是门上的合叶发出的。

"镜子!"威廉喊道,"他要把我们关在里面!"我们循声朝入口处冲去,我被一个凳子绊倒,扭伤了一条腿,但我顾不了这些,我顿然醒悟,如果豪尔赫把我们关在里面,我们就永远出不去了:在黑暗中我们别想找到打开门的办法,我们不知道从哪里,按动什么装置,才能打开门。

我想威廉也跟我一样在死命朝镜门冲过去,因为我抵达门口时,听到他就在我身边。我们俩铆足了劲用身子抵住那正朝我们关过来的镜子背面。在这千钧一发之时,镜门顶住了,没有关上,少时向后退了一下,门又重新打开。显然,豪尔赫自知在这次较量中处于劣势,就黯然离去。我们走出了那个该死的房间,然而,我们却不知道老人的去向,周围仍是漆黑一片。

我突然想起来了:"导师,我带着打火石呢!"

"那你还等什么,"威廉喊道,"你找一找灯,把它点上!"黑暗中我转身急奔"非洲之终端"而去,摸黑寻找油灯。真像是上帝显灵,灯很快就找到了。我在僧袍里翻寻,找到了打火石,我的双手颤抖,点了两三次都没点着,威廉在门口喘着气:"快点儿,快点儿!"我终于把灯点着了。

"快点儿,"威廉又催促我,"否则那瞎子会把整卷亚里士多德都吃下去的!"

"那他就死定了!"我一面焦急地喊道,一面追上他,跟着他寻找。

"他死不死跟我无关,该死的!"威廉喊道,眼睛盯着周围,毫无目的地移动着步子,"反正他已经吃下去那毒药,他死定了。可我要那本书!"

之后,他停住脚步,又十分镇静地补充说:"别动。要是这样下去,我们永远找不到他。别出声,停一会儿。"我们静静地一动不动。在寂静中我们听到不远处传来身体碰撞书架及书本落地的声音。"在那边!"我们齐声喊道。

　　我们朝发出响声的方向跑去,不过我们很快意识到要放慢脚步。那天晚上,一走出"非洲之终端",藏书馆里就有很强的穿堂风嗖嗖作响,跟外面呼啸着发出呜咽之声的疾风相呼应。我们这次好不容易点燃的灯随时有被吹灭的危险,如快步行走,就会增加这种危险,因此我们不能快走,也必须让豪尔赫放慢脚步。但是威廉凭直觉认为应反其道而行之,他喊道:"我们抓到你了,老东西,我们有灯了!"这是明智之举,这会使豪尔赫感到不安,他定会加快步伐,从而减弱他在黑暗中保持平衡的那种妖魔般的敏感度。果然,过了一会儿,我们又听到有响动,便循声进到 YSPANIA 中的 Y 房间。只见桌子撞翻,他倒在掉落地上的书堆里。他手里仍捧着那本书,正挣扎着要站起来。他拼命想站起来,然而他并没有停止撕扯书页,似乎想争分夺秒地吞噬掉他的猎物。

　　我们赶到他身边时,他已经站起来了。觉察到我们在,他就面朝着我们往后退。现在,在红色灯光的映照下,他的脸显得很可怕:面部轮廓扭曲变形,一道汗水由额头顺着面颊流淌下来,平时死白的眼睛充满了血丝,嘴上沾着羊皮纸碎片,那模样活像一头饥肠辘辘的猛兽,在狼吞虎咽地吞噬了太多的猎物后,看着眼前的食物再也吃不下去了。他内心的焦虑,他腹中过量的毒药,以及他绝望的魔鬼般的决心,使他这位往常备受崇敬的老者的形象,此刻显得既可憎可恨又滑稽可笑:在别的时候,他这样子也许可以令人发笑,可此时的我们也无异于动物,我们几乎也成为搜索、追逐猎物的狼狗了。

我们本可以镇静地抓住他，但我们操之过急，猛地向他扑过去，他挣脱开了，双手紧捂胸口护着书卷。我用左手抓住了他，右手尽量举高油灯，火苗擦过他的脸颊，热气灼痛了他，他发出一声沉闷的低吼，嘴里掉出不少碎纸片。他松开手里的书，把手伸向油灯，猛地从我手里夺走，扔到前方……

油灯正好落在刚才从桌上碰下来的那堆层层叠叠的书上。灯油四溅，火焰立刻蹿到一张易脆的羊皮纸上，那些书就像一堆干柴烧了起来。转瞬间，火势大增，好像那些珍藏千年的书卷几个世纪以来就带着对火的渴望，期待着这场大火，此刻，它们正享受着这种未曾满足的渴望骤然实现的快感。威廉顿感情况危急，他放开了豪尔赫——他像是获得了自由，向后退了几步——威廉犹豫了好一阵子，肯定是太迟疑不决了，不知是该再抓住豪尔赫，还是去扑灭那堆火。书堆中一本最古老的书瞬间烧了起来，向上蹿出一股火苗。

理应能够吹灭微弱火苗的穿堂风，吹过熊熊燃烧的书堆，助长了火势，火苗乱窜，火星乱飞。

"快灭火，"威廉喊道，"要不全都烧没了！"

我朝火堆扑去，但马上又收住了脚，因为我也不知如何是好。威廉赶过来想帮助我。我们本能地双手伸向火堆，睁大眼睛搜寻灭火之物；我急中生智，撩起僧袍，套头一脱，扔到火堆，但见越烧越旺的大火一下子就吞噬了它，此举反而助了火势。我缩回被烫伤的手，转身看威廉，只见豪尔赫就在他身后，正向他靠过来。热焰的高温引导他确定了火的位置，他随即将手里那本亚里士多德的书扔进了火里。

威廉气愤之极，猛地推开瞎眼老人。豪尔赫的头重重撞在书架的一个棱角上，他跌倒在地……威廉低声咒骂，没去管他。他回望书堆,已经太晚了,亚里士多德的书——那本被老人吃剩下的书,已化为灰烬。

此时,穿堂风带起火星飞向四周墙壁,另一个书架上的书册在滚滚热浪中卷曲起来,又被火星点燃,屋子里现在已不是一处着火,而是两处了。

威廉知道我们只用双手灭不了火,就决定用书救书。他抓起一本装帧较结实的书册,用它来作为武器扑火,但扔到火堆里,装帧的球饰只是激起了更多的火星;他试着用脚驱除火星,反而扬起了那些快燃成灰的羊皮纸碎片,像蝙蝠在空中飞舞;加上穿堂风之力,那些燃着的纸片又吹到各处,点燃了更多的书册。

倒霉的是,那是迷宫里最杂乱的一个房间。卷成筒状的手稿都松开,从书架的隔层上垂下来;装订已散的书籍纸页露在封面外,就像忍受多年干渴的舌头伸在唇外;而桌上又堆着因马拉希亚(才几天的事情)的疏忽而没有放回原处去的大量书籍。如此一来,经受了豪尔赫造成的灭顶之灾后,整个屋子就被点燃的羊皮纸页所吞噬,那些书籍就只等着变成大自然的另一种物质了。

总之,那里成了一个火场,一个燃烧着的荆棘丛生的荒地。连书柜也加入了这场祭礼,开始发出噼噼啪啪的响声。我意识到整座迷宫已成了一个祭奠用的无比巨大的干柴堆,只等着迎接第一颗火花……

“水,需要水!”威廉说,然后又补充问道:“这地狱里哪儿找得到水?”

“厨房,下面的厨房!”我喊道。

威廉手足无措地看了看我,烈焰照得他满脸通红。“是啊,可在我们下去再上来之前……真见鬼!”接着他喊道,“这间屋子反正是完了,也许下一个屋子也要完了。我们快下楼去,我去找水,你去报警喊人,这要好多人!"

我们找到了通向楼梯的路,因为大火也照亮了邻近的几个屋子,但越接近楼梯光线越暗,以致最后两间屋子我们几乎是摸黑穿过的。月光惨淡地照着楼下的缮写室,从那里我们下到了餐厅。威廉跑到厨房,我跑到餐厅门口,慌慌张张地想从里面打开门。因为紧张,我变得笨手笨脚,门好不容易才打开。我出来跑到庭院里,拔腿就朝宿舍跑。后来我想,不能逐一叫醒僧侣们,灵机一动,我跑向教堂,寻找上钟楼的路。一登上钟楼,我就抓住所有的绳子,敲响了警钟。我使足劲拉,以致最大的那口钟的绳子甩动时竟把我腾空吊起。我两只手的手背在藏书馆里已被烧伤,拽着钟绳的手掌本来完好无损,但上下一撸绳子,也磨破出血了。我只得松开绳子。

不过,我敲的钟声已够响的了。我冲到外面,看到从宿舍最先应声跑出来的僧侣,而远处也传来了仆人们的嘈杂声,他们把头探出门外,不知发生了什么事情。我无法解释,我已说不出话来,好不容易迸出几句,还是我的母语。我用受伤流血的手指着楼堡南边的窗口,这时雪花石膏窗洞透出一种不寻常的光亮。从火光的强度来看,就在我下楼和敲钟的时候,大火已蔓延到楼堡别的房间了。"非洲之终端"的所有窗户,以及南面和东面之间的正门都能看到火光闪耀。

"水,你们提水来啊!"我喊着。

起初没有人明白。僧侣们平日视藏书馆为神圣的禁地,他们断然不会想到它竟然会像村民的茅屋那样,遭遇到尘世间的不测。最先赶到的那些僧侣抬眼望着窗户,在胸前画着十字,吓得嘴里低声念叨,他们想必是以为神又显灵了。我抓住他们的衣襟,恳求他们醒悟,直到后来有一个人把我抽泣呜咽的话语翻译成了人类的语言。

是莫利蒙多的尼科拉,他说:"藏书馆着火了!"

"对。"我低声应道,随即筋疲力尽地瘫倒在地。

尼科拉抖擞起精神,大声吩咐仆人们,指挥着围在他身边的僧侣们:指派一些人去打开楼堡所有的门,催促另一些人去寻找水桶和各种器皿,打发在场的人去修道院的水井和水槽取水,命令牛倌们牵骡子和驴来运送水罐……倘若这些指令是修道院的某个权威人士发出的,那会立刻得到响应。仆人们已习惯了听命于雷米乔,缮写员们也习惯了听命于马拉希亚,所有的人都听从修道院院长的指令,可此刻这三个人没有一个在场。僧侣们的目光四下扫视,在寻找院长,以求得到指点和慰藉,然而他们找不到他。只有我知道他已经死了,或快要死了。现在他被封闭在火炉一样令人窒息的一个狭小通道里,那里都快变成一头法拉利斯①的铜牛了。

尼科拉催着牛倌们快行动,但有几个僧侣也是出于好意把他们推向另一个方向。有些修士兄弟显然是慌了手脚,还有一些睡眼惺忪。已能正常说话的我,尽力向他们解释。不过有必要提醒读者的是,我已把僧衣扔进了火堆,当时我几乎是赤身裸体,身上血迹斑斑,脸被烟尘熏得黪黑,全身又冻得发木;我这样一个乳臭未干的少年,显然无法赢得众人的信任。

尼科拉终于带着一些修士兄弟和几个仆人进了厨房。那时已有人把厨房的门打开了,另一些人明智地带了几个火把。我们发现厨房里一片狼藉,想必是威廉为寻找水源和运水器皿时翻腾的。

这时,我见威廉从餐厅的门里出来,他的脸烧伤了,衣服冒着烟,手里拿着一口大锅,显得既可怜又无奈,我委实同情他。其实,

---

① Falaride(约前570—前554),西西里岛阿格里琴托的暴君,传说他把敌人关在一个烧红的青铜制作的公牛里受刑。

即便他能把一大锅水端到楼上，不翻不洒，上下跑上多少次，也无济于事。我想起了圣人奥古斯丁看见一个男孩想用小勺淘干海水的故事：那男孩是个天使，他这样做是戏弄想深入了解神圣的大自然秘密的圣人。威廉筋疲力尽地靠在门框上，像那个天使一样对我说："没有办法，我们灭不了这场大火，即使全修道院的僧侣都来救火也没用。藏书馆算是完了。"跟天使不同的是，威廉哭了。

我紧紧抱住他，他扯下一块桌布披在我身上。最终我们败下阵来，停在那里，万般无奈地望着周围所发生的一切。

人们来回乱跑，有些人空手上去，在螺旋式楼梯又遇上因好奇而空手上去又返回的人，他们返回是为寻找盛水的家什。有些比较精干的人立刻开始寻找锅和水盆，可他们又发现厨房里的水根本不够用。突然，大屋子里闯进来驮着水罐的骡子，牛倌赶着它们，卸下水罐，示意要把水运上楼去。可他们不知道从哪里上楼到缮写室去，有几个抄写员着实费了不少时间给他们指路，上去时他们又遇到面带惧色下来的人。有几个水罐打碎了，水流了一地；有些水罐顺着排在螺旋式楼梯上的人传上去了。我跟着人群到了缮写室，从藏书馆的入口处冒出来滚滚浓烟，最后那些试图通过东角楼上去的人已经回来，他们被呛得直咳嗽，眼睛熏得发红。他们宣布说，那个地狱已经无法进入了。

这时我见到了本诺。他脸都走样了，手里端着一个特大的水盆从底层上来。他听到那些返回来的人所说的话，便训斥他们说："地狱会吞噬你们所有的人，胆小鬼！"他转过身来像是求助，见到了我，"阿德索，"他喊道，"藏书馆……藏书馆……"他没有等我回答便冲到楼梯口，勇敢地钻入浓烟中。这是我最后一次见到他。

我听到上面传来爆裂声。灰泥夹带着石块从缮写室的拱顶纷纷落下。一块雕刻成花朵状的拱顶石脱落，差点儿砸在我头上。迷宫的地板正在塌陷。

我下到一层，奔向室外。有些仆人自觉地拿来了梯子，想从上面几层窗口爬进去，提水上去，但最长的梯子也只能勉强达到缮写室的窗口，而上去的人也无法从外面打开窗户。他们派人从里面开窗，但这时已没人敢再上去了。

这时，我望着第三层的窗户。藏书馆完全变成了一个冒烟的火炉或烟囱。火焰从一个房间蔓延到另一个房间，迅速点燃了千万册书卷。现在所有的窗口都闪着火光，一股黑色的浓烟从屋顶蹿出，大火已烧到楼堡顶的梁木了。历来固若金汤、坚不可摧的楼堡，在这危急关头是如此脆弱，建筑有裂缝、墙体里头已腐朽，石块碎裂脱落，火焰很快就烧到任何一个木质的部分。

突然，有些窗户像是因内力的挤压爆裂了，火星飞溅，游移不定的光亮点缀着黑暗的夜空。风势从强变弱了，这很不幸，因为要是风力大些，也许可以吹灭迸出的火星，而风力小却会使火星烧起来，室内起火点燃的羊皮纸页也会四处飘散。这时听得一声巨响：迷宫某处的地板塌陷了，着火的木梁猛然塌落到底层，我见缮写室里升起了烈焰，吐着火舌，飞溅的火星随时可能点燃那里的书柜、散乱的书籍和桌上的纸张。我听见一群缮写员发出绝望的叫声，他们双手揪着头发，还奋勇地冲上楼去挽救他们珍爱的羊皮纸书稿。一切都来不及了。神志迷乱的人们交汇于厨房和膳厅，人们四处奔跑，每个人都在妨碍着别人，相互碰撞，跌倒在地，水从端着的水盆中洒出；牵进厨房的骡子觉察到有火情，也蹬着前蹄朝出口冲，撞倒了里面的人和惊恐万状的牛倌。总之，看得出来，这群粗人，连同那些既虔诚又有学识却无能的人，由于没有任何人带领，正在以各种方式阻碍着本来能够赶来救火的援军。

整个台地混乱不堪，然而这只是悲剧的开始。从窗口和屋顶蹿出的火星，趁着风势，现已肆无忌惮地迸向各处，最终教堂的屋顶也没能幸免。谁都知道，再灿烂辉煌的教堂也禁不住火的吞噬：跟神圣的耶路撒冷一样，上帝之屋有石头撑场面，显得富丽而坚固，但支撑墙垣和屋顶的，却是虽令人赞叹却相当脆弱的木质结构，而即便教堂是石头建筑，人们也会想到，拱顶下如同高耸的橡树林般的根根梁柱，就是通常的橡木，加之教堂的所有装饰，如祭台、唱诗台、绘图的桌台、凳子、座位和烛台，都是木质的。这座修道院的教堂也一样，尽管它那美丽的大门第一天曾令我着魔。很快教堂就烧起来了。僧侣和修道院里所有的人都知道修道院危在旦夕了，人们拼命狂奔乱跑，试图解救危难，结果是更加混乱。

　　按说，教堂通道较多，容易出入，比藏书馆容易防卫。藏书馆自身隐秘，防卫甚严，难以进入，这注定了它覆灭的命运，而教堂在祈祷的时辰是对众人开放的，在紧急的时刻也不例外。但是水已经用完了，或者说原本储存有足够量的水，大量提取后，已所剩无多了，水井里的水原本就有限，根本救不了急。人们都急于扑灭教堂的火，但是个个束手无策。何况，火是从屋顶烧下来的，要爬上去用泥土和破布压住火焰实属艰难，而火烧到底部时，用泥土和沙子去灭也是徒劳。天花顶板已经塌落下来，还压倒了好几个救火的人。

　　现在，痛惜巨额财富被烧毁的喊叫声，夹杂着伤者的惨叫声，响成一片。有人脸部被烧伤，有人四肢被压断，有人身体被轰然塌落的天顶压在下面，其景惨不忍睹。

　　风越刮越大，火势迅速蔓延。继教堂之后，牲畜棚和马厩也起火了。受惊的牲畜挣断绳索冲出围栏，马匹、牛、羊、猪在台地上四处逃窜，凄厉地嘶鸣着，吼叫着。火星还落在了一些马匹的鬃毛上，只见带着火焰的骏马，受惊的动物，惊恐万状，四处乱跑。它们所到之处，都惨遭践踏。我看见老阿利纳多茫然失措地乱转，还没明白究竟发生了什么，结果被鬃毛着火的那匹非凡的勃鲁内罗撞倒，在尘埃中拖了一段路后，弃在那里，可怜地成了一团不成形的物体。然而我对他爱莫能助，既没有办法也没有时间，更不能为他如此的结局而恸哭，因为此时这样的场面比比皆是。

带着火焰的马匹把火传到了风没有刮到的地方：现在连冶炼作坊和见习僧宿舍也着火了。成群的人在台地像没头的苍蝇跑来跑去，毫无目标，也无虚幻的目标。我看见了尼科拉，他头部受伤，衣服撕成了碎条，灰头土脸地跪在甬道的入口处，诅咒着神降的灾祸。我看见提沃利的帕奇菲科，他不想为救火再作任何努力，正在力图抓住一头受惊跑过来的骡子，而当他成功之后，就朝我喊，让我也赶紧学他逃走，逃出那个世界末日可怕的灾难。

我担心地想着威廉究竟在哪儿，生怕他被压在坍塌的砖石下。找了好久，才在庭院那里找到了他。他手里提着自己的旅行包，在大火蔓延到朝圣者的宿舍时，他赶回房间去，至少把他最珍贵的东西抢救了出来；他也取出了我的包，我找出几件衣服穿上。我们站在那里，气喘吁吁地看着四周的惨状。

修道院已无力回天了。无情的大火几乎烧到了所有的建筑物，仅是火势大小的区别。那些还没烧到的少数建筑，过不久也难逃一劫，因为一切都在助长火势的蔓延，无论是自然的建筑材料，还是混乱无序的救援人群。修道院只有没建筑物的部分才算安全，如菜园、庭院前面的花园……建筑物已是万劫不复了。因全然放弃了救火的打算，我们便站在没有危险的空旷地上无奈地观看着眼前的一切。

我们望着在缓缓燃烧的教堂，这些庞大建筑物的木结构很快燃起后，火势要延续好几个小时，有时甚至是好几天。而楼堡就不同了，此时还燃着熊熊烈火，这里处处皆是易燃物。现在大火已烧到整个缮写室，并蔓延到了厨房。至于昔日几百年岁月中里面隐藏着迷宫的第四层顶楼，这时已完全烧毁了。

"那里曾是天主教世界最宏大的藏书馆。"威廉说道。"现在，"他补充道，"敌基督真的降临了，因为没有任何智慧可以成为挡住他的屏障。何况，今天夜里我们已看到他的面容了。"

"谁的面容？"我惊愕地问道。

"我说的是豪尔赫。从他那张因敌视哲学而扭曲的脸上，我头一次看到了敌基督的肖像。他并非如他的预言者们所想的来自犹大的部族，也并非来自遥远的国度。敌基督可以由虔诚本身萌生，由对上帝和真理过度的挚爱产生，就如同异教产生于圣人，妖魔产生于先知一样。对预言者和那些打算为真理而死的人要有所畏惧，阿德索，因为他们往往让许多人跟他们一样去死，而且还常常死在他们前头，有时甚至代替他们去死。豪尔赫完成了一件恶魔般的事情，他以如此邪恶的方式热爱他的真理，以致为了毁灭谎言不惜代价。豪尔赫害怕亚里士多德的第二卷书，因为此书也许教导人们真的去改变一切真理的面目，使我们不成为自己幻觉的奴隶。也许深爱人类之人的使命就是让人笑对真理，'使真理变得可笑'，因为唯一的真理就是学会摆脱对真理不理智的狂热。"

"我的导师，"我壮着胆痛苦地说道，"您现在这么说，是因为您的心灵受到了伤害。不过今天晚上您发现了一个真理，这是您通过分析这几天掌握的线索而得到的。豪尔赫赢了，而您彻底揭穿了他的阴谋，所以最终是您赢了豪尔赫……"

"这里原本并没有什么阴谋，"威廉说道，"我是无意中发现了这种阴谋……"

他的话自相矛盾，我没有明白威廉是否真的希望事情就是那样。"但是您凭着雪地上的脚印推测出勃鲁内罗，那是真的，"我说，"阿德尔摩真的是自杀；韦南齐奥也真的不是溺死在猪血缸里；迷宫真的是如您想象的那种格局；进入'非洲之终端'真的要按quatuor中的某些字母；那本神秘的书真的就是亚里士多德所著……我可以继续列举出所有您凭借您的科学所发现的真实的东西……"

"我从未怀疑过真理的符号，阿德索，这是人在世上用来引导自己的唯一可靠的工具。我所不明白的是这些符号之间的关系。我通过《启示录》的模式，追寻到了豪尔赫，那模式仿佛主宰着所有的命案，然而那却是偶然的巧合。我在寻找所有凶杀案主犯的过程中追寻到豪尔赫，然而，我们发现每一起凶杀案实际上都不是同一个人所为，或者根本没有人。我按一个心灵邪恶却具有推理能力的人所设计的方案追寻到豪尔赫，事实上却没有任何方案，或者说豪尔赫是被自己当初的方案所击败，于是产生了一连串相互矛盾和制约的因果效应，事情按照各自的规律进展，并不产生于任何方案。我的智慧又在哪里呢？我表现得很固执，追寻着表面的秩序，而其实我该明白，宇宙本无秩序。"

"不过在想象错误的秩序时，您还是有所发现……"

"你说得十分精辟，阿德索，谢谢你。我们的头脑所想象的秩序像是一张网，或是一架梯子，那是为了获某种东西而制造的。但是，上去后就得把梯子扔掉，因为人们发现，尽管梯子是有用的，但是没有意义。这么说吧，他上去后就得把梯子扔掉……是这么说的吧？"

"在我们的话里听上去是这样的。这是谁说的？"

"一位你们那里的神秘论者。他在什么地方写过，我记不得了。有朝一日是否有人去找这部手稿,也未见得。唯一有用的那些真理,就是那些要被扔掉的工具。"

"您没有什么可以自责的,您已经尽心尽力了。"

"我是尽了个人之所能,但那是微不足道的。要接受宇宙无序这种概念是很难的,因为这会冒犯上帝的自由意志和他的无所不能。如此,上帝的自由便是对,我们责罚,或者至少也是责罚我们的傲慢。"

我大胆说出了一句神学的结论,这是我生平第一次也是最后一次:"然而,一个必然存在的人怎么能够存在于完全被'可能'充斥的环境之中呢?上帝和宇宙原始的混沌之间究竟有什么差别呢?认定上帝绝对的万能,以及他对选择的绝对自由,不就等于表明上帝的不存在吗?"

威廉看了看我,脸部的线条没有流露出任何表情,他说道:"要是一位学者对你的问题给予肯定回答的话,那么他就不能继续传授他的知识了。"我没有听懂他的意思。"您的意思是,"我问道,"倘若缺少真理本身的标准,就不再有可能传达知识了,或者说,您就不能传达您所知道的知识了,因为别人不会同意您这样做,是不是?"

这时候,宿舍的屋顶塌下来一大片,发出一声巨响,一团火星腾空掀起。一些在院子里乱走的绵羊和母山羊经过我们身边,发出骇人的哀号;一些仆人大声叫喊着成群结队地从我们身旁走过,差点儿踩着我们。

"这里太混乱了,"威廉说道,"不在地震中,上帝不在地震中。"

尾　声

修道院连续烧了三天三夜，一切挽救的努力皆归之徒然。就在我们逗留的第七天早晨，幸存下来的人们发觉所有的建筑已尽数焚毁，连最漂亮的建筑物外墙也都残破不全，而且教堂仿佛卷裹起来吞噬了它的钟楼。到此地步，没有人想再与上帝的惩罚对抗了。提取最后几桶水的人越来越跑不动了，而参事厅连同修道院院长高贵的住所仍在静静地燃烧。

在大火烧到许多工场的外侧时，仆人们抢先搬出设备，尽可能多地抢救出一些物品；他们还争相去搜索山头，至少想牵回趁夜晚的混乱逃出围墙的牲口。

我见到有几名仆人冒险进入了残破的教堂，我猜想他们是想设法潜入教堂的地下珍宝室，在逃离之前抄拿几件宝物。我不知道他们是否得手了，地下室是否塌陷了，也不知道这些无赖在企图进入地下室时是否被埋在地下了。

这时上来一些村里的人，是来帮忙救火，或是来趁火打劫。葬身火海的死者多半留在依然炽热的废墟之中。到了第三天，受伤的人得到了医治，暴露在外的尸体也都掩埋，僧侣和余下的人都收拾好自己的东西离开还在冒烟的台地，就像离开一个该诅咒的地方。我不知道他们会流落到何方。

威廉和我在树林里找到了两匹迷失的马作为坐骑，我们觉得此时它们是不属于任何人的东西，我们就骑上马，离开了那个地方。我们朝东而行。我们再度来到博比奥，得悉了有关皇帝的不幸消息。他抵达罗马后受到民众拥戴，加冕为皇帝。考虑到与教皇约翰已无法达成任何协议，就选了一个反教皇约翰的尼古拉五世为教皇。马西利乌斯被任命为罗马主教，然而由于他的过错，或是他的软弱，罗马城里发生了一些说起来相当悲惨的事情。忠于教皇的神职人员因不愿意做弥撒而遭受刑罚；一位圣奥古斯丁派的教区总司铎被扔到坎皮多里奥山的狮子窝里；马西利乌斯和让丹的约翰发表声明称教皇约翰是异教徒，而且路德维希让人判处约翰死刑。但是德国皇帝施政不善，与当地僭主不和，而且剽掠国库的金钱。我们陆陆续续听到这些消息后，就推迟了赴罗马的行程。我知道威廉是不愿意见证那些使他大失所望的事件。

我们一到庞坡萨，便得知罗马发生了反对路德维希的叛乱，皇帝到比萨避难，而约翰的特使们热烈而隆重地进驻了教廷之城。

与此同时，切塞纳的米凯莱意识到自己前往阿维尼翁不会取得任何结果，而且他担心性命难保，就出逃到比萨与路德维希会合。由于卢卡的僭主卡斯特鲁乔去世，皇帝失去了他有力的支持。

总而言之，预料到可能发生的事件，得知巴伐利亚的路德维希将会抵达慕尼黑，我们就调转方向改变行程，并决定在他之前赶到慕尼黑，这也是因为威廉感到意大利对他来说已经不安全。在接下来的那些岁月里，路德维希看到与吉伯林派的联盟已经解体，次年，反教皇的尼古拉五世最终脖子上挂着绳索去面见约翰投降。

我们抵达慕尼黑后，我不得不与我的恩师洒泪而别。他吉凶未卜。我的家人希望我回到梅尔克。在那天夜里修道院被烧成一片废墟的悲剧中,威廉曾流露出他的沮丧和失望。自那以后,我们好像是出于默契,再也没有谈论过那件事。即使在我们伤心话别时,也没再提及。

我的导师对我未来的研修提出了许多好的建议,他还把玻璃匠尼科拉为他制作的那副眼镜赠送给我,因为他找回了原来的那副。他对我说,我还年轻,但总有一天会用得着的(是的,现在我正戴着那副眼镜写这几行字呢)。然后,他像慈父般亲切地紧紧拥抱了我,跟我辞别。

此后,我没有再见过他。很久之后,我得知本世纪中叶曾肆虐欧洲的那场鼠疫要了他的命。我常常为他祈祷,求上帝接纳他的灵魂,并宽恕他因智者的自豪而做出的许多傲慢的举动。

多年之后,我已相当成熟,我获得了前往意大利的机会,那是我所在的修道院院长派我去的。在回程中,我不惜绕了一大段路想重访那座被大火焚烧的修道院,我无法抵御那种诱惑。

山坡上的两个村庄人烟稀少,周围的田地已经荒芜。我爬到台地上,眼前呈现出一番荒凉死寂的景象,我不禁凄然泪下。

昔日那块宝地上巍然屹立的宏伟建筑,如今只剩下零零落落的几处废墟,就像古代异教徒摧毁罗马城所留下的遗迹。残垣断壁上爬满了常青藤,梁柱和几处框缘门楣仍完好未毁。地上杂草丛生,当初的菜园和花园完全辨认不出。唯一依稀可辨的是墓地,因为地面露出几座坟头。生命的迹象,仅见于那些展翅高飞忽而俯冲下来捕猎蜥蜴和蛇蝎的猛禽,偶尔有像神话中那一瞪眼就置敌于死地的怪蛇出没,它们或隐藏在石缝里,或匍匐在残垣断壁上。教堂的正门已腐朽,只剩下一些发霉的痕迹。三角形的门楣在历经风吹日晒雨淋后,只剩一半,肮脏的苔藓使它黯然失色,只隐约看得见坐在宝座上的基督的左眼，以及狮子残破的面部。

除了南侧的墙，楼堡几乎全倒塌了，但仿佛仍然屹立在那里，蔑视着时光的流逝。面朝悬崖的两座角楼似乎还完好，然而所有的窗户都像空洞的眼窝，腐烂的绿萝藤蔓好似湿黏的泪水。楼堡内部被毁坏的艺术品，跟自然景象交融在一起；站在厨房透过上面塌陷的楼板和屋顶之间的宽大缺口，可以仰望外面的天空，倒塌在下面的建筑物犹如坠落在地的天使。没有绿色苔藓覆盖的地方，仍是几十年前被烟火熏成的黑色。

我在瓦砾堆里翻寻，不时会找到从缮写室和藏书馆飘落的羊皮纸碎片，它们像埋在地下的珍宝一样残存下来；我开始收集这些破碎的纸页，像是要把它们重新拼凑成一本书。后来我在一个角楼瞥见一个通向缮写室的螺旋形楼梯，它摇摇欲坠，却竟然保留了下来，从那里踩着一个瓦砾堆爬上去，便到达了藏书馆的高度。不过，藏书馆只不过是贴着外墙的一条回廊了，从哪个角度看过去都是空的。

沿着一段残壁，我找到了一个书柜，它奇迹般地直立在墙前，真不知道它是怎么逃过那一劫的，因雨水和昆虫的侵袭，它已腐烂不堪。书柜里面还有几页纸。别的书页我是在下面废墟中找到的。我的收获甚是可怜，但那是我花了整整一天才收集到的。藏书馆的残壁，仿佛在给我传达一种信息。有些羊皮纸碎片已经褪色，有些上面还隐约可见图案的影子，时而还会出现一个或几个模糊的字样。有时我会找到还可以读出几个完整句子的纸片，比较容易找到的是那些有金属装帧封面保护的书籍……书籍的幽灵，表面看是完好的，但里面已被吞噬，然而有时会残留半页，露出一句"引言"，一个标题……

回国途中，以及日后在梅尔克，我花费了许多时间试图认读那些残片。我经常从一个字或者一个残缺的图像辨认出是哪一部作品。在我又找到那些书的其他抄本时，我就高兴地研读它们，仿佛命运馈赠我那件遗物，辨认出被烧毁的抄本，是上天给予我明显的信息，像是说：你拿去读吧。经我耐心的拼接，结果我好像是建了一个小型藏书馆，它象征那座业已消失的庞大藏书馆，一个由片断、引证、不完整的句子、残缺不全的书本构建成的藏书馆。

我越是读着这些残缺的书目，就越是深信那是偶然的结果，并不包含任何信息。但这些不完整的书页却陪伴我度过余生，我视其为神谕，经常查阅。我仿佛觉得，现在我写在纸页上的无非是一些拼凑起来的文集摘录，一首形象的颂歌，一篇无尽的字谜，不过是转述并重复那些残存的纸页上的片断对我的启示。我不知道是我一直在谈论它们，还是它们通过我的嘴说出来。然而，不管是哪一种可能，我越是向我自己叙述它们其中的故事，我越是搞不明白，故事中是否有阴谋设计，这一连串事件的发生，是否超越自然，或是超越与事件有关联的时代。这对于我这个行将就木的年迈僧侣来说，是个艰苦的事情，不知道我所写的是否有某种含义，或者含义不止一种，而是很多，或者根本没有任何含义。

然而，我这样失去明辨事物的能力，也许意味着巨大的黑暗已快临近，那正是无穷的黑暗向已衰老的世界投下的阴影产生的效果。

如今巴比伦的荣耀在哪里？昔日的皑皑白雪在哪里？大地跳着死亡之舞，我时常觉得多瑙河上满载狂人的船只正驶向一个黑暗之地。我只能沉默。静静地独自坐着跟上帝说话，是一件多么快乐、有益、惬意和温馨的事情啊！不久，我将重新开始我的生命，我不再相信那是上帝的荣耀，虽然我所属教会的修道院院长们总是那样谆谆教导我；也不再相信那是上帝的欢乐，虽然当时的方济各修士们都那样相信，甚而不再相信那是虔诚。上帝是唱高调的虚无，'现在'和'这里'都碰触不到它。很快我将进入这片广阔的沙漠之中，它平坦而浩瀚，在那里一颗真正慈悲的心会得到无上的幸福。我将沉入超凡的黑暗，在无声的寂静和难以言喻的和谐之中消融，而在我那样沉溺时，一切平等和不平等都将逐渐消失，而我的灵魂将在那深渊中得以超脱，不再知道平等和不平等或任何别的；所有的差异都将被忘却。我将回到简单的根基之中；回到寂静的沙漠之中，在那里，人们从无任何差别；回到心灵隐秘之处，在那里，没有人处于适合自己的位置。我将沉浸在寂静而渺无人迹的神的境界，在那里，没有作品也没有形象。

缮写室里好冷，我的大拇指都冻疼了。我留下这份手稿，不知道为谁而写，也不知主题是什么：stat rosa pristina nomine, nomina nuda tenemus。[①]

（沈萼梅　刘锡荣　译）

---

① 拉丁语，昔日玫瑰以其名流芳，今人所持唯玫瑰之名。

玫瑰的名字注

降临草原的玫瑰

你骄傲而又矜持

嫣红一片何等鲜艳

怡人原野处处生机

然而美丽动人的你

却注定命途多舛

——胡安娜·伊内斯·德·拉·克鲁斯①

① Juana Inés de la Cruz(1651—1695)，墨西哥女诗人。此处西班牙语译文及本书多处拉丁语译文均为北京大学法语系已故教授张冠尧先生提供。

书名与含意

自从我写了《玫瑰的名字》以后，收到了很多读者来信，大部分都问我结尾的拉丁语六音步诗①是什么意思，它是怎样孕育出书名的。我总是一成不变地回答，这是莫尔莱的贝尔纳《鄙世论》中的一句诗，他是十二世纪本笃会修士，致力于"今何在"（ubi sunt）主题（从这里衍生出法国诗人维庸②的名句"去岁之雪今何在"）各种变体的研究，并为常见的题材（昔日名流、盛极一时的都会城邦、貌美的公主王妃，一切皆烟消云散）补充上这样一个观点：尽管万事万物都会消亡，我们依旧持有其纯粹的名称。我也想到了阿伯拉尔使用"玫瑰什么也不是"（nulla rosa est）这一陈述来表明语言既能道出灰飞烟灭之物，也能道出虚无缥缈之物。然后，我让读者自己得出结论，因为我认为一个叙述者不应该为他的作品提供阐释，否则就没必要写小说，更何况小说正是生产阐释的绝妙机器。只不过，这些看上去相当高明的漂亮话跌在了一个不可逾越的障碍上：一部小说应该有一个书名。

然而，不幸的是，一个书名已经是一把阐释的钥匙了。人们不可能对《红与黑》或《战争与和平》生成的暗示视而不见。最照顾读者的书名是简缩成书中主人公名字的书名，如《大卫·科波菲尔》、《鲁滨逊·克鲁索》。不过，对书中人名的援用也可以构成作者过度的干预。《高老头》就会使读者的注意力集中到老父亲的形象上，而小说也是拉斯蒂涅或又名高冷的伏脱冷的史诗。也许应该像大仲马那样诚实地作弊，《三个火枪手》讲了四条好汉的故事。不过，这都是在疏忽大意的时候才出现在作者笔下的罕见的奢侈。

事实上，我的小说曾有过另一个工作用名：《修道院凶杀案》。我把它排除了，因为它只强调侦探线索，并因此会不适当地引导嗜读故事和情节的不幸读者匆匆购买一本令他们失望的书。我的梦想是把书定名为《梅尔克的阿德索》。这是个非常中性的书名，因为毕竟阿德索是叙事的声音。但是在意大利，出版商不喜欢专有名词，甚至《伦佐与露琪亚》③也被改掉。除此之外，类似的书名真是屈指可数：《莱莫尼奥·博雷奥》、《鲁贝》、《梅泰洛》……与充斥其他国家文学的《贝姨》、《巴利·林顿》、《阿尔芒斯》和《汤姆·琼斯》比起来，可以说微不足道。

《玫瑰的名字》的想法差不多是偶然来到的，我喜欢这个名字，因为玫瑰是一个意义如此丰富的象征形象，以致落到毫无意义或几乎毫无意义的地步：神秘的玫瑰，"她恰似玫瑰只绽放一个清晨"④，双玫瑰战争，一朵玫瑰是一朵玫瑰是一朵玫瑰是一朵玫瑰，十字玫瑰，感谢这些美妙无比的玫瑰，玫瑰色的人生。读者迷失了方向，他无法选择一种解读。即便他把握到了结尾诗句可能的唯名论解读——如果碰巧他一直读到这里的话——，他已经作过天知道什么样其他的选择。一个书名应该把思绪搅乱，而不是把它理清。

---

① Stat rosa pristina nomine, nomina nuda tenemus.（昔日玫瑰以其名流芳，今人所持唯玫瑰之名）——原注
② François Villon(1431—1463)，法国诗人。
③ 曼佐尼（Alessandro Manzoni, 1785—1873）小说《约婚夫妇》最初的书名。——原注
④ 法国诗人马莱伯（François de Malherbe，1555—1628）《慰佩里埃先生丧女》中的诗句，雨果小说《悲惨世界》中有借用。

没有什么比发现自己没有想到而由读者提出的解读,更让一部小说的作者感到安慰的了。当我写理论著作的时候,我对批评家的态度是"判断"性质的:他们是否理解了我要说的? 写小说则完全不同。我不是说作者不能认定某一解读在他看来是荒诞不经的,但无论如何,他应该三缄其口:让别人拿着文本去反驳这一解读吧。至于其他方面,大部分读者都会让人发现我们没有想到的语义效果。不过,没有想到又意味着什么呢?

一个法国女学者,米雷耶·卡勒·格吕贝,费心找到了将贫民意义上的 simples 与药草意义上的 simples 连在一起的文字游戏,进而她发现我讲了异端的"莠草"。我可以回答说,在当时的文学里,simples 一词的两种用法以及"莠草"的表达法是经常出现的。另外,我很了解格雷马斯①使用过的例子:当人们把药草师定义为ami des simples②时,就产生了双重同位意义。我当时是否意识到自己在玩弄文字游戏呢? 现在说这些没有什么用,文本在那里,它产生自己的语义效果。

读小说评论,当我看到有人摘引开庭审讯结束时威廉的一句答话时,我幸福未名。"在纯洁之中,最令您害怕的是什么?"阿德索问。"是匆忙,"威廉回答。我曾经并且现在也非常喜爱这两行字。

后来,有一个读者让我注意到,在下一页,当贝尔纳·古伊以酷刑威胁食品总管修士时,他说:"审判并不像假使徒们所认为的那样,是匆忙进行的,上帝的审判要用数个世纪来完成。"法译本中使用了两个不同的词,而意大利文版中是两次重复使用"匆

---

① Algirdas Julien Greimas (1917—1993),立陶宛裔法国语言学家,符号学巴黎学派创始人。
② 法语,药草的朋友,贫民的朋友。

忙"(fretta)一词。这位读者确有理由问我,在威廉担忧的匆忙与贝尔纳赞赏的无需匆忙之间,我想建立什么样的联系。这时候,我意识到某些令人不安的事情发生了。阿德索与威廉的问答在初稿中是不存在的。这一简短对话是我校稿时加进去的:为了文体的优美,我需要在让贝尔纳说话之前再插入一个有力度的时间。当然,在我让威廉仇视匆忙(并且满怀信念地仇视,这让我喜欢这句对话)的时候,我完全忘记了行文不远的地方,贝尔纳也谈到了匆忙。如果我们不考虑威廉的回答去重读贝尔纳的话,会发现这只是一种说法,是人们可以从法官口中听到的那种声言,类似"法律面前人人平等"那样一句话。而现在的问题是,相对于威廉指称的匆忙,贝尔纳指称的匆忙合情合理地产生了一个语义效果,读者也就自然有理由关心他们所说的是否同一件事,并且威廉表示的对匆忙的仇恨和贝尔纳表示的对匆忙的仇恨是否有些微不同。文本在那里,它产生自己的效果。不管我愿不愿意,我们现在都面临一个问题,一个暧昧的挑衅,至于我本人,则处在阐释这一对立的为难境地,同时也明白,某个语义(也许不止一个)来到这里筑了巢。

作者在写完作品后或许就该死去,以免妨碍文本自身的进展。

谈创作过程

当然,作者不该阐释。但他可以讲述他为什么写作,如何写作。文学评论并不总是有助于理解所评论的作品,但却有助于理解如何解决生产作品这一技术问题。

爱伦·坡在他的《一首诗的诞生》中讲了他怎样写《乌鸦》。他没有告诉我们该怎样去读，而是谈到为了产生诗学效果，他为自己提出了哪些问题。要是由我来定义，我会说，诗学效果就是一个文本所展示出的、能生成难以穷尽的各式解读的能力。

作家（或画家或雕塑家或作曲家）总是知道他做的是什么，他为此付出了什么。他知道他该解决一个问题。最初的素材可能是隐晦、冲动、萦绕于心性质的，往往是某种心愿或某个回忆。不过，其后，问题要在纸上解决，向工作的材料发问。这些材料都有属于自己的自然法则，但同时也带来了它们所承载的文化的回忆（互文性的回声）。

当作者告诉我们他的工作受灵感支配时，他是在撒谎。天才是百分之二十的灵感加百分之八十的汗水。

拉马丁在谈到他的一首我已经忘了标题的著名诗篇时说，该诗是一气呵成之作，产生于丛林中的一个暴风雨之夜。在他死后，人们发现了该诗的手稿及众多的改动、异文：这也许是整个法国文学中最下工夫的一首诗！

当作家（或艺术家）说他创作时并未考虑创作规则的时候，他只是想说他创作时不知道自己了解创作规则。一个孩子能把自己的母语说得很好却不能写出它的语法来。但是，语法学家并不是唯一了解语言规则的人，因为孩子在不自觉的情况下对此也非常了解：语法学家是知道孩子为什么以及如何了解语言的人。

讲述我们是如何写作的，并不意味着就此证明我们写得"好"。爱伦·坡认为，"作品的效果是一回事，对创作过程的了解是另一回事"。当康定斯基或克利向我们讲述他们如何作画时，他们不是在告诉我们他们中的一个比另一个更好。当米开朗琪罗告诉我们雕塑就是解除已经印在石头上的形象所受的压迫时，他并没有说梵蒂冈的《圣母怜子》是否比荣达尼尼家族收藏的《圣母怜子》更美。也有这样的现象：有关艺术创作过程的最高明的文字往往出自那些作品效果一般但很会思考自己创作过程的二流艺术家，如瓦萨里①、霍拉修·格里诺②、阿隆·科普兰③……

中世纪，当然

我写了部小说，因为我想写小说。我觉得，对于着手讲故事来说，这理由足够了。人天生就是一个会虚构故事的动物。我从一九七八年三月开始写，被一个源于原始冲动的念头所驱使：我想毒死一个修士。

我相信一部小说就是产生于类似的一个念头，其余的是顺便加上的血肉。这念头应该是更久远些产生的。我找到了一个一九七五年的笔记本，我在上面记载了生活在某个不确定修道院的僧侣名单。除此之外，别无其他。最初，我开始读奥尔菲拉④的《毒药论》，这本书是我二十年前，由于喜欢（著有《那边》的）于斯曼⑤的作品，在巴黎一个旧书商那里买到的。

由于没有任何一种毒药让我满意，我让一个生物学家朋友告诉我某种具有确定特性（接触某些东西的时候，通过皮肤吸收）的药物。他回信告诉我说，他不了解与我要求的标准相符的毒药。我马上销毁了来信，这些信件要是在另一个背景下阅读，会直接给

---

① Giorgio Vasari(1511—1574)，意大利作家、艺术家。
② Horatio Greenough(1805—1852)，美国雕塑家、艺术理论家。
③ Aaron Copland(1900—1990)，美国作曲家。
④ Mathieu Orfila(1787—1853)，法国医生、化学家。
⑤ Joris-Karl Huysmans(1848—1907)，法国作家。

人带来牢狱之灾。

根据最初的构思，我的修士们应该是生活在一个当代的修道院（我想到一个读《宣言报》的修士调查员）。然而，由于一个修道院里储存着众多的中世纪回忆，我就开始翻阅我那些冬眠的中世纪档案（一本一九五六年写的关于中世纪美学的书，一九五九年写的上百页的有关同一主题的论述，其间还有几篇散论，一九六二年因研究乔伊斯又回到中世纪传统，然后是一九七二年对《启示录》及里耶巴纳的贝亚图斯的《〈启示录〉评注》中彩饰字母问题的一篇长论：总之，中世纪活跃在我那时的研究中）。我接触到自一九五二年以来收集的大量材料（卡片、复印件、笔记本），其用途都不很明确：魔怪的故事或中世纪百科全书的分析或目录学的理论……曾经有一时刻，我对自己说，既然中世纪就在我的日常想象之中，还不如索性写一个发生在这一时代的故事。就像我接受一些采访时所说的那样，对现在的世界我只是通过电视屏幕了解，而对中世纪，我有着直接的认识。当我和家人在乡村的草地上点起篝火时，妻子抱怨我不知道去看树林中顺势升起且随火苗跳跃不止的点点火星。后来，当她读到火灾那一章时，她说："怎么回事，那火星，你当时看着呢！"我回答说："没有，但我知道在一个中世纪修士眼里，那是怎样一番景象。"

十年前，在我发表研究里耶巴纳的贝亚图斯的《〈启示录〉评注》的论著的时候，我让出版商（弗兰科·玛丽亚·里奇）加进一封作者的信，信中我这样坦白：

　　"不论做什么，我似乎都是为治学而生。穿越在独角兽和林鸮出没的象征的森林，把教堂的四方和尖顶结构与隐藏在目录方正表述形式下的狡黠的尖端诠释相比较，从福阿尔街漫游到西多会式建筑的大殿,又不时与克吕尼会的修士友好地交谈。这些博学和阔绰的修士,在胖胖的、理性的托马斯·阿奎那的眼皮底下,被欧坦的洪诺留那些神奇的地理书籍所吸引,里面同时向人们解释为什么性爱与儿童无关,怎样才能到达迷失岛,又怎样可以仅凭一面小镜子和对动物寓言集的坚定信念捉到鳍蜥。"

"我从来没有放弃过这份志趣和衷情,即便后来,由于精神和物质的原因(研究中世纪需要有一笔可观的财富,并且要有能力旅行到各处遥远的图书馆,给那些难以找到的手稿做缩微胶片),我走上了其他的路。中世纪长期以来即使不是我的职业,也成了我的业余爱好,以及某种持久的诱惑,我随便在什么地方都能看到透明的中世纪,哪怕是在我做的看起来与中世纪毫无干系的事情中。"

"我曾在欧坦修道院的回廊中度过秘密的假日,而格里沃院长现今正在那里写关于魔鬼的论著,书籍的精美封面就浸透着硫黄。在穆瓦萨克和孔克镇,沉醉在乡间的风光中,《启示录》中的老者以及在热锅中堆放受罚灵魂的魔鬼使我目眩神迷,而与此同时,我又心旷神怡地阅读光明派教士比德的作品,感受奥卡姆所追求的理性的安慰,为的是更好地理解索绪尔也说不清楚的符号的奥秘。如此这般穿梭往来,感受《圣布伦丹朝圣记》①的恋旧情怀,在《凯尔斯书》②中体验如何控制我们的思想,又在凯尔特人的《代称的暗示》启发下重游博尔

---

① *Peregrinatio Sancti Brandani*,以爱尔兰教士圣布伦丹(Saint Brandan,约484—577)的传说写成的长诗,为中世纪重要历史文化文献。
② Kells,爱尔兰米斯郡小镇,公元九世纪曾印出精美的拉丁文饰本福音书,被称为《凯尔斯书》。

赫斯的世界,在絮热主教的日记里领悟经过验证的权力与大众的关系问题……"

面　具

说实话,我不仅仅决定讲中世纪,我还决定站在中世纪讲,借助一个当时的编年史作者的口来讲。我在叙事方面是个新手。此前,我都是从另一个方向看待叙事者的。我羞于讲故事。我感觉有点儿像一个突然被暴露在成排的照明灯前的剧评家,他看到自己处于众目睽睽之下,而看他的人正是到目前为止一直和他同谋的、坐在剧场正厅的那些观众。

我们可以说"那是十一月末一个美丽的早晨"而不感觉自己像个包打听吗?如果我让一个包打听先生这么说会怎么样?也就是说,如果"那是一个美丽的早晨……"这句话让某个有权这样说的人说出来,因为在他那个时代可以这样做?

一个面具,这就是我所需要的。

我着手阅读,反复阅读中世纪的编年史作品,为了把握其中的节奏以及那份纯真。如果让编年史家为我说话,我就摆脱了任何嫌疑。摆脱了任何嫌疑,却摆脱不了互文性的回声。我就是这样再次发现了所有作家一直了然于胸(并且告诉过我们不知多少遍)的事情:一本书总是讲着其他的书,每一个故事都在讲一个已经讲过的故事,荷马知道这些,阿里奥斯托①知道这些,更不用说拉

①　Ludovico Ariosto(1474—1553),意大利诗人,著有《疯狂的罗兰》。

伯雷和塞万提斯了。所以,我的故事只能从找到的一份手稿开始,所以,这个故事也(自然)是某种转述。我立即写下了引言,设置了一个四层的嵌套,把我的故事放到三个其他叙述中去:我所讲的是阿德索告诉马比荣、马比荣告诉瓦莱、瓦莱又告诉我的……

从此,我就从惧怕中解脱出来。而有一年时间,我停止了写作。我之所以停下来,是因为我发现了我已经知道(大家也都知道)、但由于写作而更有体会的另外一件东西。

我发现,归根结底,一部小说与字词毫无关系。写小说,关系到宇宙学,就像《创世记》里讲的故事那样(伍迪·艾伦说的好,应该给自己树立榜样)。

作为宇宙学行为的小说

我认为,要讲故事,首先要建造一个世界,这个世界要尽可能地填充起来,直至细枝末节。如果我建了一条河、两个河岸,并且在左岸安排一个钓鱼人,如果我再给这个钓鱼人配上一个易怒的性格和一份不太整洁的犯罪记录,这时,我就可以开始写作了,把不能不发生的事情转换成词句。一个钓鱼人做什么?他钓鱼(这就要有一连串不可避免的手势动作)。然后,发生了什么呢?或者鱼咬钩或者鱼不咬钩。如果鱼咬钩,钓鱼人收获到一些鱼,满心欢喜回到家中。故事结束。如果鱼不咬钩,由于他性格易怒,他很可能要生气。他可能把鱼杆折断。这不是什么大问题,但已经露出些端倪。不是有一句印度谚语说:"坐在河岸上等待,你仇敌的尸体就会漂过来。"如果真的顺流漂过来一具尸体会怎样呢?因为这一可能是包含在河流的互文区域里面的，不要忘记我的钓鱼人有份满载内容的犯罪记录。他甘愿冒把自己卷进事端的危险吗？他将做什么？他要逃跑吗？他要假装没有看见尸体吗？他会感觉到压在他身上的所有怀疑吗？因为不管怎样，这尸体是他所仇恨之人的。鉴于他性格易怒，他会因为自己没有亲手完成一直铭记于心的复仇而发火吗？您看，只需很少的东西就可以把这个世界填充起来，而这已经是某个故事的开篇了。也是某种文体的开端，因为一个钓鱼人带给我的，应该是一个缓慢的、河流般的叙述节奏，与他的耐心等待相符的叙述节奏，但同时也是不耐烦的易怒的暴跳节奏。

应该先建造世界，词句随后即至，几乎是自动到来。Rem tene，verba sequentur①. 在我看来，这与写诗过程中所发生的事情正好相反：verba tene，res sequentur②.

我写小说的第一年都用来建造世界：在一个中世纪的图书馆里所能找到的所有图书的长长的目录；众多人物的名单和他们的身份，这其中许多人被排除出故事（因为我也应该知道在书中哪些修士不出现，读者没必要了解他们，但我应该了解）。谁说过叙事要与身份登记机关竞争？也许它还要与城市规划部竞争。为此，我翻遍建筑百科全书，长时间研究其中的建筑图片和设计图，以便为我的修道院画出设计图，确定其间的距离，直到螺旋梯的台阶数。马可·费拉里③说我的对话是电影式的，因为它们在时间上具备准确性。当然。当我的两个人物边说话边从膳厅向庭院走去的时候，我是把修道院设计图放在眼前写的，等他们走到庭院时，

---

① 拉丁语，先有世界，随后有言语。
② 拉丁语，先有言语，随后有世界。
③ Marco Ferreri(1928—1997)，意大利导演。

他们就停止了说话。

为了能够自由地创作，应该给自己设定一些限制。在诗歌中，可以作为限制的是音步、诗体、诗韵，可以是现代人依耳倾听而称作诗音的东西……在叙事体中，限制来自潜在的世界。这与现实主义毫无关系（尽管这可以用来解释包括现实主义在内的东西）。我们可以建造一个完全不真实的世界，在那里驴子会飞，公主会经一吻死而复生：这一纯粹由可能性和非现实性构成的世界，应依据最初界定的结构而存在（应该知道，在这个世界中，公主的复活是因为王子的吻还是因为巫女的吻，另外，公主的吻是否会把蟾蜍或是犰狳又变成王子）。

历史也属于我的世界的一部分，这就是我反复阅读了那么多中世纪编年史作品的原因所在。阅读这些作品的时候，我意识到我的小说中还应该收入那些最初并未接触的东西，比如为守贫进行的斗争以及对小兄弟会的宗教审判。

举一个例子：为什么在我的书中要有十四世纪的小兄弟会？就算是要写一个中世纪故事，还是把它放在十三或十二世纪更好，因为我对这两个世纪的了解胜过十四世纪。是的，但是我需要一个调查员，可能的话最好是个英国人（互文性的引用），他具有很强的观察意识，并且对蛛丝马迹的解读极为敏感。这样的能力，我们只能到方济各修士中去寻找，并且他要晚于罗杰·培根。另外，只有在奥卡姆派修士那里才能有深入的符号理论。更确切地说，这一理论以前存在过，然而以前，对符号的阐释或者是象征类型的，或者是倾向于在符号中读出理念和共相。只有在培根或奥卡姆那里，才是为了深入了解个体而使用符号。因此，我应该把自己的故事放到十四世纪，而这样做又令我非常恼火，因为在其中我感到不甚自在。我又去读了一些书，并且发现，一个十四世纪的方济各修士，即使是英国人，也不可能不知道关于守贫的论战，尤其当他是奥卡姆的朋友、弟子或研究专家的时候。（一开始，我决定调查员应该是奥卡姆本人，后来我放弃了这一念头，因为我对这位"无敌博士"本人没有什么好感。）

但是，为什么一切要发生在一三二七年十一月末呢？因为在十二月份，切塞纳的米凯莱已经到达阿维尼翁了（这就是在历史小说中填充起一个世界的关键所在：有些因素，比如楼梯的级数，取决于作者的决定，其他的因素，比如米凯莱的行踪，取决于真实的世界，而在这种类型的小说中，真实的世界有时与叙述的可能性世界互相吻合）。

不过，十一月，这还太早。实际上，我还需要杀一头猪。为什么？很简单，为了把一具尸体头朝下放到一个血缸里。为什么又有这个需要？因为《启示录》的第二声号角说……我总不能去改变《启示录》吧，它属于世界的一部分。我能做的，只是把修道院放到山里去，以便让雪在此时出现。否则，我的故事也可以在平原上发展，在庞坡萨镇或孔克镇。

是建造起来的世界告诉我们故事该如何进展。所有人都会问为什么要用豪尔赫这个名字引人联想到博尔赫斯，为什么博尔赫斯又这样存心不良。我不知道！我需要一个看守图书馆的盲人（这在我看来是一个很好的叙述想法），而图书馆加上盲人，只能产生博尔赫斯，还因为他有债要还。当我把豪尔赫放到图书馆的时候，我当时不知道凶手就是他。可以说一切都是他自己去做的。大家不要以为这是一个"唯灵论"的立场，即所谓小说人物有自己的生命，作者几乎在通灵的状态下，让人物依据自己对作者的提示展开行动：这是蠢话，也就可以用来作为中学毕业会考的作文题目。不。真实情况是，人物依据他们生活其中的世界的法则，不得不做某些事，而叙述者成了他的预设前提的俘虏。

迷宫对我来说也是一次美丽的体验。此前我所了解的迷宫都是露天的，我当时手头就有圣阿尔坎杰利（Santarcangeli）关于迷宫的精彩著述。这些迷宫都是非常复杂且极为曲折繁转的。但是，我需要一个封闭的迷宫（什么时候见过露天的图书馆?），并且，如果它过于复杂，有很多走廊和内室的话，就不会有足够的通风条件。而良好的通风条件对孕育火灾是必要的（修道院建筑在故事最后被烧毁，这对我来说是很清楚明白的，它有宇宙学、历史学的原因：中世纪的教堂和修道院就像麦秆一样易燃，设想一个没有火灾的中世纪故事，就像设想一个太平洋战争片里没有燃烧的战斗机俯冲下来一样）。正是为了这个，我才花了两三个月的时间来建造一个合适的迷宫，而且，在小说结尾，我不得不又加上凶杀案，否则气氛总是不够的。

谁　说

我遇到了很多问题。我想要一个封闭的地方，一个集中营式的世界。为了使它更封闭，我需要在地点的同一性之外，加上时间的同一性（既然行动的同一性是不确定的）。因此，这将是一个严格按教规时间起居作息的本笃会修道院（也许我潜意识中的范本是《尤利西斯》，因为它有着把一天分成小时的严格结构；也可能是《魔山》，因为在多岩的疗养院背景下才会出现那样多的交谈）。

人物的交谈给我提出了很大问题，我在写作过程中才解决。有一个论题在叙述理论中很少涉及过，那就是"语词附助"（turn

ancillaries），即叙述者所采用的让不同人物开口说话的手法。让我们看一看以下五个对话的不同：

1. "你怎么样?"
   "不错,你呢?"
2. "你怎么样?"让说。
   "不错,你呢?"皮埃尔说。
3. "怎么样?"让说,"你怎么样?"
   皮埃尔马上回答:"不错,你呢?"
4. "你怎么样?"让急切地问道。
   "不错,你呢?"皮埃尔冷笑道。
5. 让问:"你怎么样?"
   "不错,"皮埃尔声音平淡地回答。
   然后,带着无以言状的微笑说:"你呢?"

除了头两个例子外,我们可以在其余几个例子中观察出我们所说的"陈述时位"(instance de l'énonciation)的存在。作者通过个人评价干预进来,为两个人物所说的话提供意义上的暗示。然而,这样的意图是否在前两个看上去干巴巴的例子中真正不存在呢?读者呢? 他是否在前两个被消毒的例子中感到更自由? 他是否不自觉地受到了情绪传染(这让我们想起海明威那些表面上中性的对话),要不然他就是在其他的例子中感到更自由,因为在那里他至少知道作者在玩什么把戏?

这是一个风格问题,一个意识形态问题,一个"诗学"问题,类似音韵的选择和文字游戏的引入。有必要在其中找到某种联贯性。也许,帮助我解脱困境的,是所有对话都由阿德索转述这一事实,但显而易见的是,阿德索也就此把他的视角强加给了整个叙述。

对话也给我提出了另一个问题。在何种程度上,这些对话算是中世纪的对话呢? 换句话说,在写作中我意识到小说采用了滑稽歌剧的结构,有很长的宣叙调和宽广的咏叹调。咏叹调(比如对教堂正门的描写)是以中世纪的大修辞学为参照的,这方面不乏范例。而对话呢? 某些时候,当咏叹调来自絮热和圣伯尔纳的时候,我担心那些对话会让人以为是出自阿加莎·克里斯蒂笔下。我又去读了中世纪小说,我是说骑士传奇,于是我发现,尽管有我个人风格方面的破例,我还是遵照了中世纪并不陌生的一种叙述和诗学习惯。但是,这个问题还是长期困扰过我,并且,对是否解决了在宣叙调与咏叹调之间的转换,我没有把握。

另一个问题:声音和叙述时位(instances narratives)的交织。我知道我正在用另外一个人的话来讲(我讲)一个故事。在前言中我提醒说这另一个人的话经历了至少两个叙述时位即马比荣和瓦莱神父的过滤,人们可以去设想这两个人作为语文学家对未经加工的原始文本进行了处理(但谁会相信这个?)。然而,问题出现在由阿德索作为第一人称所做的叙述内部。他在八十岁的时候讲他十八岁时所经历的事情。到底谁在说话,是十八岁的阿德索还是八十岁的阿德索? 两个人都在说,这是明显的,也是有意的。关键正在于不断地导演出老年阿德索讲述他回想起来的青年阿德索所看到、听到的事情。我的典型是《浮士德博士》中的色勒努斯·蔡特布洛姆(但我没有再去读这本书,遥远的回忆对我已足够)。这一双重陈述游戏让我着迷,不能自拔。并且——让我们再回到我前面说过的面具问题上——,在把阿德索一分为二的时候,我又一次把作为现实生活中的我或讲故事的我即我这个叙述者与被叙述的人物,包括叙述声音之间的那一系列隔板、屏障一分为二了。我总感觉到更受保护，并且所有这一经验都使我想起（我想说类似身体感官的记忆，与普鲁斯特那浸了椴花茶的马德莱娜小蛋糕一样真切）小时候在被子里玩的某些游戏。当时，我感觉就像在一艘潜水艇里，从那里，我向躲在另一个床上的被子里的姐姐发出信息，我们两个与外部世界隔绝，完全自由地设想在静静的海底中驶向远方。

阿德索对我来说非常重要。从一开始，我就想通过某个人的声音讲整个故事（包括其中的奥秘、暧昧以及与之相关的政治和神学事件），这个人经历了这些事件，以一个少年人拍照似的忠诚把他不能理解的事件记录了下来（这个人，直到晚年，也还是不能完全理解这些事件，以致他最后选择了向神圣虚无的逃遁，而他的导师原来并没有教导他这样做）。

通过一个什么都不理解的人的话让人理解一切。读评论文章时，我发现这是小说中最未给有学识的读者留下印象的一个方面（没有人，或几乎没有人注意到这一点）。然而，我在想，对于非学者型的读者来说，这是否是该小说的可读性的一个决定性因素。他们认同了叙述者的单纯，当他们不能完全理解的时候，他们感到自己没有罪过。我调动起他们的兴奋点，让他们去面对性、陌生的语言、思想的困难、政治生活的秘密……这些事情我也是到了现在，即事后，才理解的，然而，也许当时我在阿德索身上移植了我自己年少时的激动，尤其是爱的颤栗（不过，总是确保通过中介人才得以实施：实际上，阿德索所体验的个人情爱的痛苦，是通过教会圣师用来谈论上帝之爱的词句来完成的）。艺术之真谛，在于远离个人情感，乔伊斯和艾略特就是这样教导我的。

与个人情感的斗争是一场困难的战斗。以里尔的阿兰的《自然颂》为蓝本，我写过一篇漂亮的祷文，让威廉在一个动情的时刻说出来。然后，我明白我们两个，我作为作者，他作为人物，都为此激动不已。我，作为作者，出于诗学的原因，我不该这样；他，作为人物，他不能这样，因为他是另一种材料制成的，并且他的激动要么是纯精神的，要么是非常有节制的。于是，我删除了这一页。一个女友在读完书后，对我说："我唯一的异议，是威廉从未动过怜悯之心。"我把这话告诉另一个朋友，他回答我："很好，这就是他的慈善风格。"也许他正是这样的。但愿如此。

暗示忽略法

阿德索帮我解决了另一个问题。我本可以把我的故事放在一个大家都知道讲的是什么的中世纪。在一个当代故事中，如果一个人物说梵蒂冈不同意他离婚，没必要向人解释梵蒂冈是什么，为什么它不同意离婚。但在一部历史小说中，情况就不是这样。我们讲故事也是为了给当代人说明过去发生了什么，告诉他们这些遥远的事件在何种意义上有现实意义。

这时，就很容易落入"萨尔加里①式"的圈套。萨尔加里书中的人物遭到敌人围捕，逃到森林中，被猴面包树的树根绊倒：这时，叙述者中止了行动的叙述，来给我们上一堂有关猴面包树的植物课。现在这成了一种俗套，同我们所爱之人的恶习一样有趣，但应该避免。

为了避开这一暗礁，我重写了好几百页，但我不记得是否曾意识到我怎样解决了这个难题。我只是在两年后才意识到这一点，当

---

① Emilio Salgari(1862—1911)，意大利作家。

时我试图弄明白为什么不喜欢太"学究气"作品的读者也喜欢读我这本书。阿德索的叙述风格是建立在我们称作"暗示忽略法"的修辞格之上的。这方面最有名的例子是："我可以提请你们注意,她是如此了解有才情作品之美……可是我为什么要这样饶舌呢"(波舒哀①语)。我们说不愿谈一件大家都很了解的事情,但这么说的时候,我们还是谈到这件事。这就有点儿像是阿德索所采取的方式:他一边暗示说这些人物和事件众所周知,一边又在讲这些人物和事件。至于那些世纪初在意大利发生和出现而阿德索的读者、世纪末的德国人不可能了解的人物和事件,阿德索毫无保留地和盘托出。甚至用一种教谕的口吻,因为这是中世纪编年史家的风格,他们热衷于每次指称某物时都要引进百科全书式的概念。一个女友(不是刚才提到的那个)在读了我的手稿后,对我说她对叙事的新闻语气甚感惊讶,那不是小说的语气而是《快报》某篇文章的语气。如果我没记错,她就是这样说的。起初,这些话让我不很受用,之后我理解了她把握住却没有意识到的东西。中世纪那些年代的编年史家就是这样叙述的,并且,之所以我们今天仍在使用 chronique② 这个词,正是因为那个时候人们写了很多 chroniques。

气　韵

　　充满教谕味道的冗长段落也有另外一个存在的理由。读了原

① 　Jacques-Bénigne Bossuet(1627—1704),法国天主教教士、演说家。
② 　法语,编年史,报纸专栏。

稿以后，出版社的朋友们建议我把开篇一百页缩短，他们认为这些内容太耗神，太累人。我丝毫没有犹豫，我拒绝了。我的观点是，如果某个人要进修道院并且要在里面生活七天，他就应该接受它的节奏。如果他做不到，那他永远也不会读完整本书。因而，这开篇一百页有补赎和入门仪式的效果。活该那些不喜欢的人：让他们停在山坡上吧。

进入一部小说，就像去山中远足：应该一鼓作气，否则就会马上停下来。诗歌就是这样的情景。见鬼的是那些由演员朗诵的诗，让人无法接受：他们为了"表演"，不顾诗本身的格律，就像用散文说话一样，依据内容而不是节奏跨行朗读。为了阅读一首十一音节且三行压韵的诗，应该用诗人要求的吟唱的节奏。朗读但丁的诗作的时候，与其不顾一切地寻求诗的意义，还不如把它当成儿歌来吟唱。

在叙事作品中，气韵并非蕴含在语句里，而是在更宽广的语段中，在事件的有节奏的划分中。有一些小说像羚羊一样呼吸，也有一些像鲸鱼和大象一样呼吸。和谐并不在于气的长短，而在于气的韵律感。如果，在某一时刻，气停顿下来而某一章（或某一节）在呼吸终止前结束，它可以在叙事节省方面产生重要的作用：标志一个断点，一个戏剧性变化。至少，大作家是这样做的："不幸的女人回答"——句号，另起一行——与"再见吧，群山"的节奏是不一样的。当这些发生的时候，就像伦巴第明朗的天空铺满了血①。一部小说的伟大，在于作家总是知道在什么时候加速、刹车，怎样在一个有规律性的背景节奏范围内分配加速和刹车的次数。音乐中，我们可以"演奏散板"，但不可过度为之，否则，我们就会像那些

---

① 这里参照了曼佐尼《约婚夫妇》中的两段文字。——原注。

蹩脚的演奏家一样,以为演奏肖邦只需加强散板即可。我并不是在说我如何解决了这方面的问题,我在说我是如何给自己提出问题的。假如我说我当时是有意识地为自己提出问题的,那我是在撒谎。有一种写作精神,那就是通过手指敲击键盘的节奏来思考。

我愿意提供一个叙述就是用手指思考这方面的例子:很明显,在厨房性交那一场是完全依据宗教经文的引用来构建的,从《旧约·雅歌》到圣女希尔德加德又到圣伯尔纳和让·德·费康。无需中世纪神秘主义的体验,只要稍加留意,就至少会发现这一点。不过,如果现在有人问我,这些引文是谁的,某条引文从何处开始,另一条又从何处结束,我是不可能说得出来的。

实际上,所有的宗教文本我当时都有数十张的卡片,有时是成页的书和复印件,比我后来使用的要多得多。但是,当我写那一场景时,我是一气呵成的(只是写完以后,我进行了润色,就像绘画完成后涂上一层润色光油以消除笔触)。因而,写作的时候,我身边放着散乱的所有宗教文本,我一会儿向这个瞥一眼,一会儿向那个瞥一眼,从这上面抄一段然后马上与另一段联接到一起。这一章是我初稿中写得最快的一章。然后,我明白,原来这是努力要用自己的手指来跟随性交的节奏,结果却无法停止下来选择适当的引文。促使我在那一时刻插入的引文恰如其分的,是我插入这一引文时采用的节奏。我不去看那些会把我手指的节奏打乱的引文。我不能说事件的写作与事件本身(当然有持续非常长的性交存在)持续了同样长的时间,但我试图最大限度地减少性交时间和写作时间之间的差距。我说的写作不是罗兰·巴特意义上的,而是打字意义上的,我说的写作是物质的、身体的行为。我谈的也是身体的节奏而不是情感的节奏。由此而被过滤了的情感存在于最初的时候,存在于我将神秘的迷醉与色情的迷醉合为一体的决定之中,那个时候我阅读并选择了我要引用的文本。然后，就没有任何情感可言了，是阿德索在做爱，不是我。而我，我该做的，只是在眼睛和手指的游戏中诠释阿德索的情感，就如同我决定边击鼓边讲一个爱情故事一样。

构建读者

节奏，气韵，补赎……为了谁，为了我吗？不，当然是为了读者。人们写作时总是想着某个读者，就像画家作画时想着欣赏画的观众一样。画上一笔之后，他向后退两三步，研究效果：他此时看画，就像欣赏画的观众在合适的光线下看挂在墙上的画一样。作品完成后，文本与读者之间就建立起了对话（作者被排除了）。写作过程中，有两种对话：此一文本与所有其他以前写过的文本（人们只是在其他书的基础上或围绕其他的书才写书）之间的对话，以及作者和他的模范读者之间的对话。我在自己的著作《故事中的读者》或更早的《开放的作品》中阐述了这一理论，而这不是我本人发明的。

作者是有可能在写作时想着某一预设公众的，就像现代小说的开山祖理查森、菲尔丁或笛福那样，他们为商人和他们的太太写作。乔伊斯也是为某一公众写作，他设想的理想读者是一个得了理想的失眠症的读者。无论我们以为面对着的是就在门口随时准备掏腰包的近在眼前的读者，还是我们想象着为将来的读者写作，写作都是通过文本建构作者自己的模范读者。

想象某个读者可以克服开篇一百页的补赎暗礁，这又意味着什么呢？它恰好意味着，写作这一百页的目的就在于构建一个适于阅读后面那些书页的读者。

有没有作家只为后代写作呢？没有，即使有人这样声称，也没有。因为，既然他不是预言家诺查丹马斯，他只能依据他所了解的当代人的模式来设想后人。有没有作者只为少数读者写作呢？有的，如果是说他想象中的模范读者在他的预测中很少有机会代表大多数的话。不过，即便在这样的情况下，作者写作还是希望——这希望也并非十分隐秘——他的书能创造印数，并且在他的文本的恳请和鼓励下，他如此耐心细致渴求和寻找的读者能有更多新的代表。

如果有什么区别的话，那是两种文本之间的区别，一种文本希望产生新的读者，另一种文本寻求迎合大街上的读者的需求。在后一种情况下，我们是依据批量产品的方法写作并制作我们的书，作家为此做了某种市场分析并主动去适应市场。这一生产套餐式的工作经过长时段的分析便可现出原形：如果我们考察一下写出来的那些不同的小说，会发现在所有的作品中，在变换了名字、地点和相貌以后，作者讲的总是同样的故事，这故事就是读者已经表示需要的故事。

但是，当作家立意创新并预想不同的读者时，他愿意去做的，不是列出所需货物清单的市场分析家，而是本能地把握时代精神脉络的哲学家。他愿意向他的公众揭示他们应有的愿望，即便他们自己对此也不甚了了。他要向读者揭示他们自身，让他们面对自己。

如果曼佐尼愿意顺从公众的需求，他有信手拈来的题材：中世纪历史小说，就像在古希腊悲剧中一样，里面是些大名鼎鼎的人物，国王和王妃（在《阿德尔齐》中他不是这样做了吗），伟大且崇高的激情，重大战争题材，以及对强人辈出的古意大利人的辉煌战功的赞颂。在他之前、之后甚至与他同代的人们不正是这样做的，从工匠式的阿泽利奥到不忍卒读的坎图乃至狂热且低劣的盖拉齐，不都是一些多少有些倒霉的历史小说家？

然而，曼佐尼又是怎样反其道而行之的呢？他选择了十七世纪：一个奴隶制的时代，一些卑劣的人物，一个好动刀剑的人，单枪匹马且背叛故主。他没有讲述战斗，却勇敢地选择了用文献资料和哭喊把他的故事变得沉重起来⋯⋯而这却让人喜欢，让所有人喜欢，无论是学者还是白丁，无论是大人物还是小人物，无论是笃信宗教的人还是痛恨教士的人。因为他感觉到他那个时代的读者应该有这玩意儿，即便他们自己不知道这一点，即便他们没有提出要求，即便他们不相信这也是可以消费的。多少的工作，要经过多少次的锉、凿、洗、刷，才使他的产品适于入口！才使他的预设读者变成他所渴望的模范读者。

曼佐尼并不是为了让原有的读者喜欢而写作，而是为了创造出不可能不喜欢他的小说的读者。要是小说没人喜欢那就很不幸了。请看他是如何虚伪而又从容地说起他只要二十五个读者的。他实际上想要的是两千五百万个。

而我写作时的模范读者是什么样的呢？一个同谋，当然，一个进入我游戏的同谋。我想完全成为中世纪的人并且就好像生活在我的时代一样生活在中世纪（反之亦然）。然而，同时我也想竭尽全力让我的读者的形象凸显出来，使他在克服了入门的难题后，成为我的或者是我的文本的猎物，让他不想别的，只想到文本提供给他的东西，而这个文本正愿意成为改造读者的一次经验。你以为要性描写，要最后发现凶手的犯罪情节，要许多行动，而同时你又羞于接受类似于《十三号出租马车》和《库儿迪厄的铁匠》那样的可敬的低劣制作。而我,我将给你拉丁语、很少的女人、大量的神学以及就像身临"大木偶剧场"①那样成桶的血,一直到你禁不住要叫:"错了! 我不和你玩了!"然后,然后你就会成为我的了,你会为让世界的秩序化为乌有的神圣无限的全能之存在而感到战栗。然后,如果你有天赋,你会意识到我是以何种方式把你诱入陷阱的:无论如何,走每一步时我都和你说过,我提醒过你我要引领你进入万劫不复之地,但与魔鬼签约之美正在于签字之时我们知道是在与谁打交道。否则,为什么要得到地狱的回报?

既然我想让唯一使我们战栗的东西即形而上被看作是令人愉悦的,我要做的便只是(在情节模式上)选择最形而上、最哲学的东西,即侦探小说。

侦探形而上

如果说我的小说开篇像侦探小说(并且,直到结尾,它愚弄着幼稚的读者,以致他无法意识到这是一部几乎什么都没有被发现而侦探也遭遇了失败的侦探小说),这并非出于偶然。我相信人们喜欢侦探小说不是因为里面有谋杀,也不是因为里面歌颂(智力的、社会的、法律的和道德的)终极秩序战胜了错乱无序。侦探小说之所以让人喜欢,是因为它是纯粹状态的推理故事。但是,医疗诊断、科学研究、形而上的探求也属于推理。其实,哲学(精神分析也一样)的基础问题和侦探小说是同一个:谁之错? 要想知道(以

① Le Grand Guignol,法国巴黎第十八区的一家剧场,曾以上演恐怖血腥戏闻名。

为知道)这一点，应该假设所有的事实都有一个逻辑，那是罪犯赋予它们的逻辑。每一个调查和推理故事讲给我们的都是我们长久以来栖居其间的东西(似乎海德格尔这么说过)。这样，人们就清楚无误地明白为什么我的基本故事(谁是凶手)要分出那么多其他故事，而所有其他的故事又都围绕着推理进行。

推理的抽象世界，就是迷宫。有三种类型的迷宫。第一种是希腊式的，忒修斯的迷宫。它不会让任何人迷路：一个人进来，来到中央，然后从中央走向出口。正是为此，在迷宫中央才有怪物弥诺陶洛斯，否则这故事将失去它的意趣，而只是一次健康的漫步。是的，但是你不知道你要到达什么地方，也不知道弥诺陶洛斯会做什么。恐惧也许就诞生了。然而，如果你像退卷线一样把古典的迷宫摊开，你会发现自己手里就拿着一根线，"阿里阿德涅之线"。古典的迷宫，正是阿里阿德涅之线本身。

第二种是矫饰主义的迷宫：如果你把它平摊开来，在你手里的是某种树，某种树根形状的结构，有众多的死胡同。只有一个出口，但你会走错路。为了不迷失方向，你需要一根"阿里阿德涅之线"。这种迷宫是典型的不断摸索反复试验程序（trial-and-error process）。

最后，还有网络式迷宫，或德勒兹和瓜塔利①称作"根状茎"式的迷宫。在"根状茎"结构中，每一条路都可与任何其他一条相联结，它没有中央，没有四周，没有出口，因为从可能性上讲它是无限的。推理的空间就是"根状茎"形式的空间。我小说中那错综复杂的图书馆还是一个矫饰主义的迷宫，但威廉意识到的自己所生活的世界已经是"根状茎"结构的了：它是可以结构化的，但它还从

---

① 德勒兹(Gilles Deleuze, 1925—1995)和瓜塔利(Félix Guattari, 1930—1992)均为当代法国哲学家，两人曾合著多部作品，下文所述出自《千高原》。

来未被彻底结构出来。

一个十七岁的男孩子对我说，他一点儿也没弄懂那些神学论辩，但这论辩的作用就好像是迷宫空间的延伸（类似希区柯克影片中毛骨悚然的音乐）。我认为（小说中）确实发生了某些类似的事情：即便是幼稚的读者也嗅到了自己正面对一个有关迷宫的故事，但那些迷宫并非是空间意义上的。很奇怪的是，这样一来，最幼稚的阅读成了最"结构式"的阅读。幼稚的读者不需内容的中介，就进入了与如下事实的直接接触：他会认为，不管怎样，一部小说尤其是它的情节应该让人消遣、娱乐。

如果一部小说让人消遣，它就获得了公众的认同。不过，有一段时间，人们认为这一认同是一个负面的迹象，如果一部小说得到了公众的喜爱，就是因为它没有说出任何新意，并且只向读者提供他已然期待的东西。

不过，我还是认为，下面两句话涵义是不同的："如果一部小说向读者提供了他所期待的东西，它就会获得他的赞同"和"如果一部小说获得了读者的赞同，那是因为它向读者提供了他所期待的东西"。

第二个肯定句并非总是正确的。从笛福或巴尔扎克那样的作家，到《铁皮鼓》或《百年孤独》那样的作品，都说明了这一点。

人们会说，"赞同＝负面价值"的方程式得到过曾采取某些论战立场的我们这些"六三学派"[①]人士的鼓励，甚至早在一九六三年以前，我们就把有销量的书等同为商业化的书，把商业化的书等同为情节小说，并且为那些遭到非议并为大众所拒绝的实验作品

----

① 一九六三年，一些致力于文学创新的意大利先锋派作家和诗人在西西里首府巴勒莫集会，就共同关心的文学艺术问题交换看法，参加这次集会的作家被称为"六三学派"或"六三派"。

摇旗呐喊。我们的确这么说过，而当时说这些是有所指的。正是这样一些话最让那些持正统思想的文人恼火，也正是这样一些话令专栏编辑们念念不忘，因为之所以这样表达，正是为了取得这一效果。当时我们想要攻击的目标是传统小说，它从根本上讲是商业化的，并且——与十九世纪的论题相比——现代的传统小说缺乏任何有意义的创新。

然后，不可避免地组成了某些联盟，人们不择手段，有时只是为了小集团之间的勾心斗角。我还记得我们的敌人是兰佩杜萨①，巴萨尼②和卡索拉③。今天，我会在他们之间作出细致的区别来。兰佩杜萨写了一部划时代的好小说，有人赞扬不止，似乎这部小说开辟了意大利文学的一条新道路，我们就此展开论战，批评他以辉煌的方式封闭了其他道路。对卡索拉，我的看法未变。相反，说到巴萨尼，我会非常非常谨慎。如果处在一九六三年，我会很乐意把他看作同路人。但这不是我要说的问题。

问题是，大家都忘了一九六五年发生的事情，当时，"六三学派"在巴勒莫重新聚到一起，讨论实验小说的问题（这次讨论的发言稿以《实验小说》之名收在费尔特里内利（Feltrinelli）出版社的书目中，有两个日期：封面是一九六五年，印刷出版是一九六六年）。

不过，这次讨论倒是充满了有趣的思想。首先，是雷纳托·巴里利（Renato Barilli）的开幕辞，他当时是新小说所有实验的理论家，正在清算新的罗伯—格里耶，清算格拉斯和品钦（不要忘记，品钦在今天被喻为后现代的鼻祖之一，不过后现代这个词在

---

① Giuseppe Tomasi di Lampedusa(1896—1957)，意大利小说家，代表作《豹》。
② Giorgio Bassani(1916—2000)，意大利作家，代表作《费拉拉的五个故事》。
③ Carlo Cassola(1917—1987)，意大利作家，代表作《伐木》。

当时至少在意大利是不存在的,约翰·巴思在美国还刚刚起步)。巴里利提到了被重新发现的喜读凡尔纳的罗素,他没有提到博尔赫斯,因为那时还没有开始为后者恢复名誉。那么,巴里利,他当时是怎么说的呢? 他说,到那时为止,我们一直在欢天喜地地迎接叙事作品中情节的缺失和行动的淡化,但是叙事作品的一个新阶段开始了,随之而来的是对行动、哪怕是另一类行动的重估。

至于我,我当时在讨论会上分析了我们前一天晚上观看巴鲁切罗①和格里菲②所拍摄的奇特的拼贴式电影《不确定的验证》(*Verifica incerta*)的感受。这个故事是由一些故事片断、标准情景和商业电影题材组成的。我注意到让观众最为开心的地方是那几年前会让他们恼怒的地方,也就是说,是那些逻辑和时间的因果联系被逃避掉而他们的期望看起来被粗暴压抑掉的地方。先锋派成了传统,从前的不协调音色现在让人耳目愉悦。惟一的结论是:信息的不可接收性不再是实验性叙事(及所有艺术)作品的权威标准,因为不可接收性从此被编码,变得令人愉悦。一些集不可接收性与令人愉悦为一体的新形式携手并进的前景将要出现。我提到在马里内蒂③那里举办未来派晚会的时代,观众现场吹口哨喝倒彩是必不可少的,"今天,正相反,如果只是因为一种经验被当作正常的经验接受就意味着失败,那么这样的论战就是愚蠢的、非建设性的。这是以历史上的先锋派的价值观为参照,而在此情况下可能出现的先锋派批评家只能是一个过时的马里内蒂信徒。让我们把话重复一次:信息的不可接收性只是在一个非常确定的历

---

① Gianfranco Baruchello(1924—   ),意大利作家、艺术家。
② Alberto Grifi(1938—2007),意大利电影艺术家。
③ Filippo Tommaso Marinetti(1876—1944),意大利裔法国诗人、未来派作家。

史时期才成为一种价值保障…… 或许我们应该放弃不停地左右我们的论辩的这一内在想法，即惊世骇俗应该是某项工作的有效性的证明。有序与无序、消费作品与挑衅作品之间的对立，应在保留其固有价值的同时，从另一个角度被重新考察：我认为在那些表面看来容易消费的作品中，也将有可能找到一些决裂和抗议的元素，并且我们反过来也能发现，有些作品看起来具有挑衅意义并能让观众气得跳起来，实际上绝对没有在抗议什么东西…… 最近，我就见到一个因某一产品太让他喜欢而充满怀疑和顾虑的人……"如此这般不一而足。

一九六五年。这是流行艺术的开端，也是非形象的实验艺术与叙事的形象的大众艺术之间的传统区分变得毫无意义的年代。当时，普瑟尔①谈到披头士时，对我说："他们是在为我们工作，"而他并没有意识到他也是在为他们工作（后来，凯茜·贝伯莲②向我们展示了，达到普赛尔③水平的披头士作品也可以与蒙特威尔第④和萨蒂⑤一起在音乐会上演唱）。

后现代，反讽，消遣

一九六五年以来，有两种观点被彻底澄清了。人们可以通过引述其他情节的方式重新找到情节，而引述本身可以认为比引述

①　Henri Pousseur(1925—2009)，比利时作曲家。
②　Cathy Berberian(1928—1983)，美国女歌唱家。
③　Henry Purcell(1659—1695)，英国作曲家、音乐家。
④　Claudio Monteverdi(1567—1643)，意大利音乐家。
⑤　Erik Satie(1866—1925)，法国音乐家。

的情节更少约定性和商业性（在以"情节的回归"为专题的一九七二年度《邦皮亚尼文学年刊》中，我们看到有人以某种绝妙的反讽方式重新探讨蓬松·杜泰拉伊①及欧仁·苏创作的得失，而略带反讽色彩的对大仲马某些精彩篇幅的评述也令人叹为观止）。如此说来，我们是否可以考虑接受某种商业性小说，它颇具争议却令人愉悦？

这种焊接，这种与情节和消遣性的重逢，将由美国的后现代理论家来完成。

不幸的是，"后现代"一词无所不包（我在这里想到的是美国批评家提出的作为文学范畴的后现代，而不是利奥塔②的更广泛意义上的后现代）。我觉得今天人们似乎到处随意套用这个名称，并且似乎有人试图赋予它任意追溯既往的功能：以前，它只适用于近二十年来的几个作家和艺术家，然后它总是不断往前追溯，渐渐就追溯到了二十世纪初，过不久，"后现代"这一范畴就可能落到荷马身上了。

不过，我相信，后现代不是某种可以用编年的方式确定的倾向，而是某种精神范畴，某种艺术意志（Kunstwollen），某种操作方式。我们可以说每一个时代都有它的后现代，就像每个时代都有它的矫饰主义（我甚至在想，后现代是否就是元历史范畴的矫饰主义的现代名称）。我相信在任何时代，人们都会经历尼采在论述历史研究之危险的《不合时宜的考察》中描绘过的危机时刻。过去制约着我们，骚扰着我们，勒索着我们。历史上的先锋派（这里我也是把先锋的范畴当做元历史范畴看待的）企图与过去算账。"打倒

---

① Ponson du Terrail（1829—1871），法国通俗小说家。
② Jean-François Lyotard（1924—1998），法国哲学家，后现代思潮理论家，著有《后现代状况：关于知识的报告》。

月光",这一未来派的口号,是所有先锋派典型的行动纲领,只需用某些更适当的东西代替月光即可。先锋派破坏过去,把过去毁容。《阿维尼翁的少女》是典型的先锋派举动。并且,在把过去毁容后,先锋派走得更远,它把过去注销,走向抽象、非形象、空白画布、撕碎的画布、烧毁的画布。在建筑艺术上,将是极其简约的幕墙、以石柱和平行六面体形式出现的建筑。在文学上,将是对话语流的破坏,直到巴勒斯①似的剪贴,直到沉默无言,直到空白的书页。在音乐上,将是从无调到噪音,到绝对的无音(在这个意义上,原始的巢穴倒是现代的)。

但是,先锋派(现代派)不再前进的时刻来临了,因为从此它生产了一种谈论它那些艰涩文本(概念艺术)的元语言。后现代对现代的回答是:既然这过去不能被毁灭,因为它的毁灭会导致沉寂,那么就应该承认需要重游过去,以反讽的并非单纯的方式重游过去。我考虑后现代的态度的时候就想到下面的一种态度:一个男人爱上了一个很有教养的女人,但他知道他不能对她说"我爱你爱到绝望",因为他们彼此都知道这些词句芭芭拉·卡特兰德②已经写过了。不过,有一个解决办法。他可以说:"就像芭芭拉·卡特兰德所说的那样,我爱你爱到绝望。"这样,在避免了虚假的单纯又清楚地表明我们不能以单纯的方式交谈之后,这男人还是向这女人说出了他想说的话:他爱她,他在一个单纯消失的时代爱着她。如果女人继续这一玩法,她就是接受了某种爱情告白。两个对话者谁都不觉得自己单纯,两个人都接受了我们不能取消的过去和陈词滥调的挑战,两个人都很有意识并兴致盎然地玩起了这一反讽的游戏……但是,两个人却都又一次成功地谈起了爱。

---

① William Burroughs(1914—1997),美国作家,代表作为《裸体午餐》。
② Barbara Cartland(1901—2000),英国女作家,擅长言情小说。

反讽,元语言游戏,陈述的平方化。结果是,与现代派在一起,对游戏一窍不通,肯定就是拒绝;与后现代派在一起,人们可以对游戏毫无了解而把事情严肃地对待起来。这却是反讽的优点(与危险)之所在。总有人会把反讽话语严肃对待的。我认为毕加索、格里斯①和布拉克②的粘贴画是现代的,所以正常的人不能接受它们。相反,恩斯特③所作的粘贴画,这些十九世纪版画的断片重叠,则是后现代的:人们可以把它们当成奇异故事或梦幻叙事来阅读,而意识不到它们也是关于版画、可能还关于这个粘贴画本身的话语。如果后现代就是这样的,那我们就可以理解为什么斯特恩、拉伯雷也是后现代的,为什么博尔赫斯也肯定是,为什么现代时刻和后现代时刻在同一艺术家身上可以同时并存、快速接续或相互替换。看看乔伊斯吧。《肖像》是一个具有某种现代派尝试的故事。《都柏林人》尽管早于《肖像》,但比它更现代。《尤利西斯》处于临界状态。《芬尼根的觉醒》已经是后现代了,或至少可以说,它开辟了后现代的话语。为了理解它,需要的不是对陈词滥调的否定,而是一种新的反讽式思考。

我们已经把后现代差不多全谈到了,包括它的初始阶段(也就是说起步于约翰·巴思一九六七年发表的"枯竭的文学"等论述,该文最近又在美国的后现代杂志《凯列班》第七期上发表)。这并不是说我完全同意后现代理论家(包括巴思)为作家和艺术家打的分数,指出谁是后现代,谁还不是。让我感兴趣的是,该倾向的理论家从他们的前提中总结出的那种理论质素:"我理想中的后现代作家既不模仿也不排斥他二十世纪的父辈和十九世纪的祖辈。他

---

① Juan Gris(1887—1927),西班牙艺术家、立体派画家。
② Georges Braque(1882—1963),法国艺术家、立体派画家。
③ Max Ernst(1891—1976),德裔法籍画家、雕刻家,超现实主义创始人之一。

消化了现代主义,但并没有把它当成重负担在肩上……也许这个作家不能指望争取或打动喜欢米切纳①和华莱士②的读者,更不用说那些被大众媒介施过脑切除手术的文盲了,但他应该至少某些时候让一个更广泛的读者群感动和愉悦,这一读者群要比托马斯·曼称作艺术的献身者、最初的基督徒那样的圈子更广泛。理想的后现代小说应该超越现实主义和非现实主义、形式主义和内容主义、纯文学和介入文学、精英叙事和大众叙事等等的纠纷。我更喜欢与好的爵士乐或古典音乐的类比:在重新听一段乐曲或者对它进行分析的时候,人们会发现许许多多他第一次听时没有把握到的东西,但这第一次应该让你兴奋到产生再次倾听的欲望。无论是对专家还是对外行来说,概莫如此。"(巴思在一九八〇年又旧话重提,但这次论述的题目是"充盈的文学"。)当然,这些话也可以被钟情悖论的人所引用。菲德勒③在一九八一年的一篇文论以及最近在《杂家》(Salmagundi)上与其他美国作家的论战中正是这样做的。菲德勒意在惊世骇俗,这显而易见。他推崇《最后一个莫希干人》,推崇其中的冒险叙事、哥特式风格、浓墨重彩的文字渲染。虽然评论界对这些都嗤之以鼻,但他认为这部小说知道如何制造神话、如何占据不止一代人的想象世界。他想知道是否会有人发表像《汤姆叔叔的小屋》那样的新作,让人不论是在厨房、在沙龙还是在儿童房里都读得津津有味。他把莎士比亚和那些知道如何使读者得到娱乐消遣的作家等同看待,把莎士比亚的作品和《飘》相提并论。我们大家都知道,只有太过细致的批评家才会这样看问题。他只是想拆除横在艺术与消遣性之间的栅栏。他本能

---

① James Michener(1907—1997),美国小说家。
② Irving Wallace(1916—1990),美国小说家、电影编剧。
③ Leslie Fiedler(1917—2003),美国文学评论家。

地理解到，使一群广大的读者感动并占据他们的梦境，也许正是今日先锋派的做法，并且这也会让我们更感到如释重负地说，占据读者的梦境并不一定意味着给他们唱摇篮曲。它可以意味着令他们魂牵梦萦。

历史小说

两年来，我拒绝回答一些无聊的问题。比如：你的作品是否都是开放的作品？我怎么知道！这是你的事儿，不是我的！或者：你把自己认同于哪一个人物？我的上帝，一个作者会认同于谁呢？认同于副词，当然。

最无聊的问题莫过于拐弯抹角地说，讲述过去意味着逃避现在，是真的吗？他们问我。很可能，我回答：曼佐尼之所以讲十七世纪的故事，是因为他对十九世纪不感兴趣；朱斯蒂①的《圣安布洛乔》是写给同时代的奥地利人的，而贝尔谢②的《蓬蒂达的逃亡者》说的则是从前的寓言。《爱情故事》贴近它自己的时代，而《帕尔马修道院》讲的只是二十五年前发生的事件……

勿庸讳言，现代欧洲所有的问题，就像我们今天所感觉到的那样，都形成于中世纪，从城镇民主到银行经济，从民族王朝到城邦都市，从新技术到农民起义。中世纪是我们的童年，应该经常回归到那里做一番回想。但是，我们也可以用《王者之剑》的

---

① Giuseppe Giusti(1809—1850)，意大利北部诗人、讽刺作家。
② Giovanni Berchet(1783—1851)，意大利诗人、文学理论家。

风格谈起中世纪。因而,问题在其他地方,并且我们无法回避。写历史小说又意味着什么? 我认为有三种叙述过去的方式。一种是罗曼司(romance),从布列塔尼史诗到托尔金的故事,这其中也可以找到"哥特式小说",可它根本不是小说,全是罗曼司。过去在这里是场景,是借端,是寓言的构建,它让人驰骋想象。就此来说,科幻小说是纯粹的罗曼司。而罗曼司,讲的是某个他处的故事。

随后是侠客小说。就像大仲马的作品一样,侠客小说为自己选择了一个"真实的"可辨认的过去:为了达到这一目的,它充斥着已经记录在百科全书中的人物(如黎塞留、马萨林),让他们完成一些百科全书中没有记录但也没有否认的行动,比如遇到米莱狄,或者和某位姓博纳西厄的人有接触。自然,为了给人留下与史实相符的印象,历史人物(遵照史书记载)在小说中也会去做他们已经做过的事情(围攻拉罗舍尔,与奥地利的安娜王后关系亲密,与投石党打交道)。虚构人物则在这一(真实)背景中插进来。不过,这些虚构人物所表达的情感也可以附会到其他时代的人物身上去。达达尼昂在伦敦取回王后珠宝时所做的事情,在十六世纪或十八世纪他也可以这样去做。没有必要非得生活在十七世纪才有达达尼昂的内心世界。

相反,在历史小说中,通用百科全书中有名有姓人物的登场并非是必不可少的。在《约婚夫妇》中,最有名的人物是费德里科主教,在曼佐尼之前,很少有人知道他(另一个人物圣查理,比他有名得多)。但伦佐、露琪亚和堂·罗德里戈所做的一切只能在十七世纪的伦巴第实现。人物的活动被用来更好地理解历史,理解所发生的事情,尽管是杜撰的故事,却比专论的历史书籍更无比清晰地展现出那个时代真实的意大利。

在这个意义上讲,我当然是要写一部历史小说。不是因为乌贝尔蒂诺或米凯莱曾确实存在过并且多多少少说出他们真正说过的话,而是因为像威廉这样的虚构人物说出的一切都本该在这个时代说出来。

我不知道自己在写书时是否一直忠实于上述原则。当我把一些后代作者(如维特根斯坦)的引文改头换面以使它们被当成当时的引文来对待的时候,我不认为这是自己的某些疏忽,在这种情况下,我非常清楚,不是我的中世纪人物现代化了,而是现代人用中世纪的方式在思考。不过,我也问自己,是否有的时候我赋予了我的虚构人物这样一种能力:从彻头彻尾的中世纪思想的断简残篇出发,归纳出某些虚幻的概念,而这样的玄思空想是不会被中世纪所认可的。但我认为历史小说也应该做这些。它应该在过去的历史中辨认出那些后来所发生的事情的成因,也应该描绘出这些成因缓慢变化发展并产生其结果的过程。

如果我的一个人物在比较两个中世纪观念的时候,总结出第三个更现代的观念,他的所作所为正是其后的文化所实现的,而如果没有人写出过他说的话,肯定有某个人,即便以某种含混的方式,产生过把它写出来的念头(即便没有把这念头说出来,出于天知道什么样的恐惧和羞怯)。

不管怎样,有一件事让我感到非常有趣:每次有评论家或读者给我写信,或对我说某一个人物说的话太现代,恰好每一次,在他们这样指摘的地方,我摘录的正是十四世纪的文本。

还有一些篇幅在读者那里是作为妙不可言的中世纪味道来品尝的,而我当时却觉得有些现代得不合情理。问题在于,每个人都有他自己的经常是腐朽的关于中世纪的看法。只有我们这些人,那个时代的修士,知道真理何在。但是,要把真理说出来,却会使我们走上火刑柱。

结束语

写完小说两年以后，我又找到了一九五三年的一则笔记。

"贺拉斯和他的朋友向 P 伯爵求助以揭开幽灵的秘密。P 伯爵是一个古怪、冷漠的绅士。另一方，一个丹麦卫队的年轻上尉，他使用美国人的方法。故事情节根据悲剧的线索正常发展。最后一幕，P 伯爵把全家人聚到一起，解释秘密所在：凶手是哈姆雷特。太晚了，哈姆雷特死了。"

多年以后，我发现切斯特顿[①]也有过一个大致的想法。据说"乌里波"[②]学社最近建立了一个包含所有可能的侦探情景的矩阵，并注意到只剩下一种书还没有写：凶手就是读者的书。

其中的寓意在于：确实存在一些令人魂牵梦萦的观念，但它们从来都不是个人的观念，而是书与书之间的言说。此外，一场真正的侦探调查应该证明的是，凶手正是我们自己。

（王东亮　译）

[①]　Gilbert Keith Chesterton(1874—1931)，英国评论家、侦探小说家，以布朗神父系列侦探小说闻名。

[②]　OuLiPo，法文 Ouvroir de Littérature Potentielle 的简写，意为"可能性文学工场"，一个由法国当代著名作家雷蒙·格诺等发起的汇集作家与数学家的文学组织。该组织借助数学手段从理论和实践两方面探讨文学创作中各种形式的可能性及各种形式限制所起的作用。

图书在版编目(CIP)数据

玫瑰的名字/(意)翁贝托·埃科(Umberto Eco)著;
沈萼梅,刘锡荣译.—修订本.—上海:上海译
文出版社,2019.9(2025.4重印)
(400)
ISBN 978 - 7 - 5327 - 7135 - 6

Ⅰ.①玫… Ⅱ.①翁… ②沈… ③刘… Ⅲ.①长篇小
说一意大利一现代 Ⅳ.①Ⅰ546.45

中国版本图书馆 CIP 数据核字(2019)第 211909 号

Umberto Eco

Il nome della rosa

© 2020 La nave di Teseo Editore,Milano

图字:09 - 2005 - 648 号 09 - 2009 - 723 号

| 玫瑰的名字
Il nome della rosa | UMBERTO ECO
翁贝托·埃科 著
沈萼梅 刘锡荣 王东亮 译 | 出版统筹 赵武平
责任编辑 李月敏
装帧设计 尚燕平 |

上海译文出版社有限公司出版、发行
网址:www.yiwen.com.cn
201101 上海市闵行区号景路 159 弄 B 座
浙江新华数码印务有限公司印刷

开本 890×1240 1/32 印张 20 插页 5 字数 370,000
2020 年 6 月第 1 版 2025 年 4 月第 8 次印刷

ISBN 978 - 7 - 5327 - 7135 - 6
定价:89.00 元